티보가家 사람들

미행

티보가 사람들

에필로그

로제 마르탱 뒤 가르
정지영 옮김

8

일러두기

· 이 책은 갈리마르 출판사에서 펴낸 Bibliothèque de la Pléiade판의 로제 마르탱 뒤 가르 전집 I, II(1955)에 실린 *Les Thibault*를 번역한 것이다.
·「티보가 사람들」은 총 여덟 작품으로 이루어진 대하소설이다. 이 책 『티보가 사람들—에필로그』는 그중 마지막 작품이다.
· 소설의 주는 모두 옮긴이의 주이며, 알베르 카뮈의 글「영원한 현대인, 로제 마르탱 뒤 가르」의 주는 모두 갈리마르 편집자의 주이다.
· 알베르 카뮈의 글은 1955년 갈리마르 플레이아드판의 로제 마르탱 뒤 가르 전집에 붙인 서문이다.

차례

에필로그

티보가 사람들

1

"피에레! 전화 소리가 안 들려?"

사무실에 근무하는 연락병은 의사도 환자도 치료 때문에 아래층을 텅 비운 아침 시간을 이용해서 베란다 난간에 기대어 재스민 냄새를 맡고 있었다. 그는 황급히 담배를 버리고 달려가 수화기를 들었다.

"여보세요!"

"여보세요! 여기는 그라스 우체국. 르 무스키에 요양소 앞으로 온 전보입니다."

"잠시만…" 하면서 연락병은 메모지철과 연필을 끌어당겼다. "말씀하세요."

우체국 직원은 이미 전문을 읽기 시작했다.

"파리—1918년 5월 3일—7시 15분—닥터 티보—가스중독 환자 진료소—그라스 부근 르 무스키에—알프 마리팀—알겠습니까?"

"마—리—팀" 하고 연락병은 되풀이했다.

"계속합니다. 베즈 아주머니… 블라디미르 할 때의 W에 A, I, Z, E… 베즈 아주머니 사망—장례는 양로원에서 일요일 10시—발신인 지젤. 이상. 다시 읽겠습니다…."

연락병은 홀을 나와 계단 쪽을 향해 갔다. 마침 그때 흰 가운을 걸친 늙은 위생병이 쟁반을 들고 사무실 입구에 나타났다.

"뤼도빅, 올라가는 길이세요? 그럼, 이 전보를 53호실에 전해줘요."

53호실은 비어 있었다. 침대도 방도 말끔히 정돈되어 있었다. 뤼도빅은 열린 창가로 다가가 정원을 휘둘러보았으나 티보 군의관은 거기에도 없었다. 몸이 성해 보이는 몇몇 환자가 푸른 파자마 차림에 운동화를 신고, 사병 혹은 장교의 약모를 쓴 채 양지에서 환담을 나누며 왔다 갔다 하고 있었다. 다른 사람들은 사이프러스나무를 따라 가지런히 놓인 그늘진 천의자에서 몸을 쭉 뻗은 채 신문을 읽고 있었다.

위생병은 식은 탕약 주발이 놓인 쟁반을 다시 들고 57호실로 들어갔다. 두 주째 '57호'는 누워 꼼짝을 못 하고 있었다. 얼굴은 땀으로 흠뻑 젖어 있고, 초췌한 모습에 텁수룩한 수염을 한 그는 베개 위로 얼굴을 내민 채 고통스럽게 숨을 쉬고 있었다. 그리고 씩씩거리는 그의 숨소리는 복도에서도 들을 수 있었다. 뤼도빅은 그릇에다 물약 두 숟가락을 따라 환자가 마실 수 있도록 목을 받쳐준 뒤 세면대에 가서 타구를 비웠다. 그러고는 몇 마디 격려의 말을 한 다음 닥터 티보를 찾으러 갔다. 그는 그 층에서 내려가기 전에 혹시나 해서 49호실 방을 열어보았다. 대령이 긴 등의자에 길게 드러누운 채 가까이에 타구를 놓고 세 명의 사병을 상대로 브리지*를 하고 있었다. 군의관은 그곳에도 없었다.

"틀림없이 흡입실에 있을 거야." 하고 계단 밑에서 마주친

* 4인 2조로 하는 카드놀이의 일종.

닥터 바르도가 알려주었다. "나에게 맡겨. 그리로 가는 길이니까."

의자에 앉아 머리에 두건을 두른 여러 명의 환자가 흡입기 쪽으로 몸을 구부리고 있었다. 박하와 유칼리유油 냄새가 나는 증기가 조용한 작은 방을 가득 채우고 있었기 때문에 서로의 얼굴도 알아볼 수 없을 정도였다.

"티보, 전보가 왔어."

앙투안은 땀방울로 젖어 있는 충혈된 얼굴을 타월 밑으로 내밀었다. 그는 눈의 물기를 닦은 뒤 놀란 표정으로 바르도의 손에서 전보를 받아들었다. 그리고 그것을 읽었다.

"중대한 일인가?"

앙투안은 아니라는 듯이 고개를 저었다. 낮고 굵은 목소리에 억눌린 듯 울림이 없는 소리로 그는 말했다.

"친척 할머니가… 돌아가셨어."

그는 전보를 파자마 호주머니 속으로 슬그머니 넣고 다시 타월 속으로 모습을 감추었다.

바르도는 그의 어깨를 툭 쳤다.

"화학 실험 결과가 나왔어. 자네 일 끝마치는 대로 내게로 오게나."

닥터 바르도는 앙투안과 같은 또래였다. 두 사람은 옛날에 각자 의학을 시작할 무렵 파리에서 서로 알게 되었다. 그 뒤 바르도는 이 년 동안 산속에 들어가 요양하기 위해 학업을 중단하지 않으면 안 되었다. 회복되기는 했지만 조심을 요하는 데다가 파리의 겨울이 싫었기 때문에 그는 몽펠리에* 대학에서 학위를 취득했다. 그리고 폐결핵 전문의로 진출했다. 선전포고가 내리자 랑드 지방의 한 요양소 원장직을 맡았다. 그런데 1916년, 몽펠리에 대학 학생이었을 때 그의 스승이었던 세그르 교수가 남프랑스에다 가스중독자 병원 창설 임무를 맡게 되었다고 하면서 그에게 함께 일해주었으면 하고 요청해왔던 것이다. 그래서 두 사람은 함께 그라스 근처에다 지금의 르 무스키에 요양소를 세우기에 이른 것이다. 이곳에서는 육십여 명 이상의 사병과 열다섯 명 정도의 장교가 치료를 받고 있었다.

앙투안은 1917년 11월 말 샹파뉴 전선을 시찰하다가 이페리트 가스의 해를 입고 후방에 있는 여러 군데의 요양소에서 치료를 받기는 했지만 아무런 효과를 못 보다가 초겨울에 마침내 이곳으로 오게 된 것이다.

르 무스키에의 장교용 병동 안에서는 앙투안이 가스에 중독된 유일한 군의관이었다. 이들 두 사람은 서로 젊은 시절 의사로서의 추억을 공유하고 있었기 때문에 아주 자연스럽게 가까워졌다. 물론 두 사람이 기질 면에 있어서 아주 상이한 면이 없는 것은 아니었다. 바르도는 비교적 명상적이고 일에 전념하는 기질이면서도 모험심이 적고 의지가 약한 편이었다. 그러나 앙투안과 마찬가지로 의학에 대해서는 대단한 열정과 까다로울 정도의 직업적인 양심을 갖고 있었다. 두 사람은 곧 자신들이 같은 부류에 속한다는 것을 알아차렸다. 그래서 그들 사이에는 굳은 우정 관계가 맺어졌다. 세그르 교수에게서 모든 일을 위임받은 바르도는, 식민지 군대의 군의관이었으며 중상을

* 지중해 연안에 있는 도시.

입은 뒤 르 무스키에 요양소로 임명되어 온 자기의 조수인 닥터 마제와는 별로 뜻이 맞지 않았다. 사정이 이런 만큼 바르도는 앙투안에게만은 자신이 생각하고 있는 것을 조금도 거리낌 없이 흔쾌히 털어놓곤 했다. 그리고 여러 가지 문제점이 아직 모호한 채로 남아 있는 치료법에 관한 자신의 연구 결과를 앙투안에게 묻기도 하며, 또 그것을 알려주기도 했다. 물론 그것은 앙투안이 바르도의 일을 도와준다는 뜻은 아니었다. 왜냐하면 그는 너무나 치명적인 부상을 입어 무엇보다도 자신의 일이 걱정스러운 데다가 또 병이 너무 자주 재발하기 때문에 증상에 세심한 주의를 기울여야 했으므로 딴 데 마음을 쓸 여유가 없었다. 그러나 그런 증상에도 불구하고 앙투안은 다른 환자들의 증상에 끊임없이 신경을 쏟았다. 그리고 잠시나마 병세가 나아져서 기운이 나고 마음이 편해져서 여유가 생기기만 하면 바르도의 진찰실에 모습을 나타내 그의 실험에 참여하기도 했으며, 때로는 세그르 교수가 매일 밤 방에 바르도와 마제를 모아놓고 하는 회의에도 참석하곤 했다. 이처럼 환자로서의 생활만을 하는 것이 아니라, 이따금 의사의 생활도 함께할 수 있는 요양소의 분위기가 그에게는 별로 괴로운 것이 아니었다. 이곳 생활에서도 그는 지난 십오 년간 평시에서나 전시에서나 그의 참되고 유일한 생존 이유였던 것으로부터 완전히 유리되지는 않았던 것이다.

앙투안은 흡입이 끝나자마자 급격한 기온의 변화로부터 스스로를 미리 보호하기 위해 목둘레에 목도리를 감았다. 그리고 바르도를 만나러 갔다. 바르도는 가스중독 환자들에게 시키는 호흡체조를 몸소 감독하기 위해 매일 아침 삼십 분씩 별관에서 지내곤 했다.

바르도는 환자들 가운데에 우뚝 서서 다정한 눈초리로, 쉰 목소리에 숨을 헐떡거리고 있는 이 불협화음을 지켜보고 있었다. 그는 가장 키가 큰 환자들보다도 두개골 절반쯤은 더 커 보였다. 나이에 비해 일찍 벗겨진 대머리 때문에 그의 얼굴은 희멀쑥해 보였고, 그의 키를 더욱 커 보이게 했다. 그의 몸집은 키와 균형을 이루고 있었다. 전에 결핵 환자였던 바르도는 거구의 남자였다. 어깨에서 허리까지 그의 상반신은 등 뒤에서 보면 터질 듯한 가운을 통해 떡 벌어진 몸집과 당당한 체구를 드러내고 있었다.

"만족스러워." 하고 바르도는 탈의실로 사용하고 있는 작은 방으로 즉시 앙투안을 이끌고 가면서 말했다. 그 방에는 두 사람밖에 없었다. "실은 걱정하고 있었어…. 그런데 그럴 필요가 없게 되었어. 단백의 반응이 음성이야. 좋은 징후지."

그는 소매 깃에서 한 장의 종이쪽지를 꺼냈다. 앙투안은 그것을 받아들고 훑어보았다.

"이것을 베낀 다음 오늘 저녁 돌려주겠네." (가스중독 초기부터 앙투안은 별도의 비망록을 만들어 증상에 관한 지극히 면밀한 임상 일지를 꼬박꼬박 써왔었다.)

"흡입을 매우 오랫동안 하는군." 하고 바르도가 중얼거렸다. "피곤하지 않나?"

"아니, 괜찮아." 하고 앙투안이 대답했다. "이렇게 흡입하는 것이 아주 좋아." 그의 목소리는 약하고 숨이 가쁜 듯했다. 그러나 또렷또렷하게 들려오는 목소리였다. "잠에서 깼을 때는 목구멍을 뒤덮고 있는 분비물이 어찌나 대단한지 목소리가 전혀 나오질 않아. 그런데 보다시피 증기로 닦아내면 훨씬 좋아져."

바르도는 자기주장을 굽히지 않았다.

"내 말을 듣게나. 너무 남용하지 말게. 목소리가 안 나오는 것이 짜증나기는 하겠지만 그리 대수로운 건 아니야. 흡입을 계속할 경우 기침이 나오는 것을 너무 급격하게 막아버릴 위험이 있다네." 그의 느릿느릿한 발음은 그가 부르고뉴 지방 태생이라는 것을 여실히 말해주었다. 그의 그런 발음은 눈길에서도 엿볼 수 있듯이 다정하고 진지한 표정을 더욱 두드러지게 해주었다.

바르도는 의자에 앉았다. 그리고 앙투안도 자리에 앉게 했다. 그는 되도록이면 환자들에게 자신은 바쁠 것이 없으므로 그들의 이야기를 얼마든지 들어줄 시간이 있으며, 그들의 하소연을 들어주는 것만이 자신의 관심사라는 인상을 주기 위해 노력하고 있었다.

"한동안 거담제를 복용토록 하게나." 하고 그는 어제 하루 동안의 앙투안의 증세에 관해 물은 뒤에 말했다. "테르핀*이든 드로세라**든 아무거나 좋아. 서양지치***를 다린 것 속에 넣은 거야…. 그래, 민간요법이지…. 잠들기 전에 땀을 흠뻑 흘리도록 하게나. 단 감기에 걸리지 않도록 해야 하네. 이보다

* 거담제를 말한다.

** 끈끈이주걱를 말한다.

*** 달여서 발한·이뇨제로 쓴다.

더 좋은 방법은 없어!" 모음과 이중 모음에 힘을 주어 발음하는 말투와 마지막 모음을 노래하듯 길게 끄는 그 말투('거담제 pôtions expectôrântes… 서양지치bourrâche… 땀을 흠뻑 흘리는 거야sûeur abôndânte…')는 첼로의 저음부의 현을 활로 짓누르는듯 했다.

바르도는 여러 가지 충고를 되풀이하는 데 기쁨을 느끼고 있었다. 그리고 자신의 치료 방법의 효과에 대해 종교적인 확신을 갖고 있었기 때문에 어떠한 실패를 당하더라도 실망하는 법이 없었다. 그는 무엇보다도 남을 설득하는 것을 좋아했다. 특히 앙투안에 대해서 그러했다. 그 이유는 치사스러운 질투심에서가 아니라 앙투안이 자기보다 우수하다는 것을 알고 있었기 때문이다.

"그러고 나서" 하며 그는 앙투안에게서 눈을 떼지 않고 말을 계속했다. "야간의 분비물을 줄이고 싶으면 며칠 동안 살바르산 요법을 써보는 것이 어떨까? …어때?" 하고 그는 때마침 들어온 닥터 마제에게 덧붙여 말했다.

마제는 아무런 대꾸도 하지 않았다. 그는 탈의실 구석에 있는 옷장을 열었다. 그리고 카키색 군복을 흰 작업복으로 갈아입었다. 여러 차례의 세탁 때문에 빛이 바래고 아주 후줄근해졌지만 거기에는 훈장이 더덕더덕 달려 있었다. 방 안에서는 고약한 땀 냄새가 코를 찔렀다.

"목소리가 잠기는 상태가 심해질 경우 스트리크닌을 언제고 다시 쓸 수 있을 거야." 하며 바르도는 말을 계속했다. "이번 겨울에 샤퓌에게 해보니까 결과가 좋았어."

마제는 돌아보며 빈정거리는 듯한 투로 말했다.

"권하기에 그보다 더 고무적인 예가 없다는 식이군…!"

마제의 네모난 얼굴의 좁은 이마에는 깊은 칼자국이 나 있었다. 이마 언저리까지 나 있는 희끗희끗하고 숱이 많은 그의 머리카락은 짧게 깎여 있었다. 눈의 흰자위는 하찮은 일에도 충혈되곤 했다. 오랜 식민지 근무로 햇볕에 탄 그의 얼굴에는 검은 콧수염이 텁수룩하게 나 있었다.

앙투안은 의아스러운 태도로 바르도를 바라보았다.

"티보의 경우는 다행히도 샤퓌의 경우와는 아무런 관계가 없어." 하고 바르도가 재빨리 말했다. 불만스러워하는 눈치가 역력했다. "샤퓌는 아무래도 상태가 좋지 않아." 하고 이번에는 앙투안 쪽을 향해 설명했다. "지난밤에도 좋지 않았어. 나를 깨우러 두 번이나 왔었으니까. 심장의 중독이 급속히 진전되고 있어. 완전한 이상 수축성 부정맥이야…. 오늘 아침 소장이 오기를 기다리고 있어. 그를 57호실로 데리고 가기 위해서 말이야."

마제는 작업복 단추를 채우면서 다가왔다. 세 사람은 이페리트 가스에 피해를 입은 환자들의 심장과 혈관 장애에 관해 잠시 이야기를 나누었다. 바르도에 의하면 그것은 '환자의 나이에 따라 아주 다르다'는 것이었다. (샤퓌는 포병 대령으로 팔개월 전부터 치료를 받고 있었다. 그의 나이는 오십을 넘어섰다.)

"…그리고 그들의 병력病歷에 따라서." 하고 앙투안이 덧붙였다.

샤퓌는 같은 층의 이웃이었다. 앙투안은 그를 여러 번 진찰해준 바 있다. 그리고 대령은 가스중독증에 걸리기 전에 이미 잠복성 승모판 협착 증세를 보이고 있었다는 것을 앙투안은 알고 있었다. 이 사실은 세그르나 바르도 그리고 마제도 알아차리지 못한 것 같았다. 앙투안은 이 사실을 말해주려고 했다.

(그는 남의 잘못을 들추어내어 상대방에게 알려주는 데서 전보다 짓궂은 쾌감을 느끼고 있었다. 비록 상대가 친구일지라도. 이것은 자신이 병고에 시달리고 있다는 열등감에서 오는 하찮은 복수심 때문이었다.) 그런데 그에게는 말한다는 것이 여간 힘든 일이 아니었다. 그래서 그는 포기하고 말았다.

"신문을 보았습니까?" 마제가 물었다.

앙투안은 읽지 않았다는 시늉을 해 보였다.

"독일 놈들의 플랑드르 지방 공격은 사실상 저지된 것 같아." 바르도가 말했다.

"그래, 그런 것 같아." 하며 마제도 의견을 같이했다. "이프르* 는 잘 버티었어. 이제르강의 전선은 확보되어 있다고 영국군은 공식적으로 발표하고 있고."

"희생이 컸을 거야." 앙투안이 말했다.

마제는 살짝 어깨를 흔들어 보였다. 그것은 '대단히 컸을 거야'라고도, '별거 아니었을 테지!'라고도 의미하는 듯했다. 그는 옷장으로 다시 가서 군복 윗옷의 호주머니를 뒤져보고 나서 다시 앙투안에게로 왔다.

"자, 이걸 보게나. 구아랑이 나에게 건네준 것인데… 보게나. 중유럽 쪽의 공식 성명에 따르면 사월 한 달 사이에 영국군은 이제르강 전선에서만도 이십만 명 이상의 희생자를 냈다는 거야!"

"연합군 측 모두가 이 숫자를 알게 된다면…." 하고 바르도가 말했다.

* 벨기에의 서부 도시. 제1차 세계대전에서 독일 제국과 연합국 간의 격전지였다.

앙투안은 고개를 끄덕였다. 그리고 마제는 가소롭다는 듯 껄껄대며 웃었다. 그는 문 가까이에 있었다. 어깨너머로 뒤돌아보며 말했다.

"모든 사람이 알고 있는 정보라면 그것은 전혀 믿을 만한 것이 못 돼! 전쟁이니까!"

그는 언제나 다른 사람을 우습게 여기는 듯했다.

"오늘 아침 내가 무엇을 곰곰이 생각하고 있었는지 알고 있나?" 하고 바르도는 마제가 나가자 다시 말을 이었다. "말하자면 오늘날 어떤 나라의 정부도 자기 나라의 국민 감정을 대표하고 있지 못하다는 거야. 양쪽 진영을 두고 볼 때 일반 대중이 진정으로 무엇을 생각하고 있는지 아는 사람은 아무도 없어. 곧 지도자들의 목소리가 지도를 받는 사람들의 목소리를 덮어 버리고 있어…. 보라구, 프랑스의 경우를! 자네는 전쟁을 한 달 더 연기하는 한이 있더라도 알자스 로렌 지방을 되찾기를 바라는 병사가 이십 명 중에 한 사람이라도 있을 거라고 생각하나?"

"오십 명 중에도 없겠지!"

"그런데도 전 세계는 클레망소와 푸앵카레가 프랑스의 일반 여론을 진정으로 대변하고 있는 것으로 확신하고 있어…. 선전은 전례 없이 공공연한 허위 분위기를 만들어냈어! 도처에서 말이야! 과연 각 국민이 다시금 그들의 진정한 목소리를 들려줄 수 있을지, 그리고 유럽의 언론이 과연 제구실을 하는 날이 올지 나는 의심스러워…."

세그르 교수가 들어오자 그는 말을 중단했다.

교수는 두 사람의 인사에 군대식의 거수경례로 응답했다. 그는 바르도와 악수했다. 그러나 앙투안과는 하지 않았다. 주걱

턱이며 매부리코며 금테 안경에 흰 앞머리가 너울너울한 작은 체구의 그는 티에르*의 풍자화와 흡사했다. 그는 옷차림에 몹시 신경을 쓰고 있었으며, 언제나 말끔히 면도한 모습이었다. 그의 말투는 간결했다. 그리고 그의 깔끔한 태도 때문에 동료들조차도 그에게서 거리감을 느끼고 있었다. 그는 혼자 떨어져 자기 사무실에서 살고 있었다. 식사도 그리로 가져오게 했다. 대단한 일꾼인 교수는 바르도와 마제의 임상 소견을 기초로 하여 가스중독 환자들의 치료법에 관해 의학 잡지에 게재할 원고를 쓰면서 나날을 보내고 있었다. 그가 환자들을 직접 대하는 것은 환자가 새로 들어온다던가 갑자기 병이 악화되는 경우를 빼놓고는 드물었다.

바르도는 57호실 환자 상태에 관해 그에게 설명하려고 했다. 그런데 교수는 첫마디부터 상대의 말을 가로막고는 문 쪽을 향해 걸어가면서 이렇게 말했다.

"가보세나."

앙투안은 두 사람이 나가는 것을 물끄러미 바라보았다. '좋은 녀석이야, 바르도 저 친구는.' 하고 그는 생각했다. '저런 친구를 갖고 있다는 건 여간 다행스런 일이 아니야….'

앙투안은 언제나 이 시간에 자기 방으로 되돌아와 거기에서 치료를 끝낸 다음 정오까지 쉬곤 했다. 어떤 때는 아침나절의 진료 때문에 녹초가 되어 안락의자에서 졸다가 점심 식사를 알리는 종소리에 소스라쳐 깨곤 하는 경우도 있었다.

* 19세기 프랑스의 정치가이자 역사학자이다.

앙투안은 거리를 약간 둔 채 두 사람의 뒤를 따라갔다. '어쨌든' 하고 그는 문득 생각했다. '만일 이곳에서 죽어버렸더라면 바르도 같은 친구의 우정은 아무런 도움도 안 되었을 테지….'

앙투안은 호흡을 조절하기 위해 천천히 걸어갔다. 삼층까지 올라갈 때에는 조금만 방심해도 이따금 옆구리에 통증을 느끼곤 했다. 별로 심한 것은 아니었지만 그래도 그 통증을 잊기까지는 몇 시간이 걸리곤 했던 것이다.

조제프는 이번에도 발을 내리는 것을 잊어버렸다. 그 때문에 약품이 가지런히 놓여 있는 선반 주위에서 파리 몇 마리가 날아다니고 있었다. 파리채는 못에 걸려 있었다. 그러나 지칠 대로 지쳐 있는 앙투안은 그것을 쫓아낼 엄두도 나지 않았다. 그는 창 앞에 전개되고 있는 멋진 풍경은 거들떠보지도 않고 창문의 발을 내린 다음 안락의자에 앉았다. 그리고 잠시 눈을 감고 있었다. 그런 뒤 호주머니에서 전보를 꺼내 무심코 다시 읽었다.

가련한 노파는 마침내 자신의 생애를 끝마쳤다…. 이 세상을 하직하는 것 이외에는 무슨 할 일이 있었겠는가? 하지만 그다지 고령은 아니었는데…. "육십이 넘어서, 알다시피 앙투안, 이 나이에 나는 누구의 신세도 지고 싶지 않아." 하고 그녀는 남은 생애를 양로원에서 지내기로 마음먹었을 때 고개를 흔들며 이렇게 되풀이했던 것이다. 그것은 티보 씨가 세상을 떠난 뒤 며칠도 안 되어서였다. 1913년 12월 아니면 1914년 1월경이었을 것이다…. 지금은 1918년 5월이니 벌써 사년도 더 된 일이구나! 세상을 떠날 때 그녀의 나이가 칠십은 되었을까? …앙투안은 매다는 촛대 아래서 앞가르마를 탄 희끗희끗한 머리 사이로 드러난 노랗고 작은 그녀의 이마며, 식탁보 위에서 떨고 있는 상아 같은 작은 손이며, 무엇엔가 놀란 듯한 라마 같은 작은 두 눈을 다시 보는 듯했다…. 그녀는 모든 것에 무서움을 타곤 했다. 가령 벽장 속에서 쥐 소리가 난다든가, 천둥소리가 멀리서 울린다든가, 마르세유에서 일어난 페스트 소동이라든가, 시칠리아 섬에서 기록된 지진 등. 쾅 하고 닫히는 문소리나 좀 급작스러운 벨 소리에도 "어머나!" 하고 소스라쳐 놀라곤 했다. 그러고는 불안한 모습으로 스스로 '두건'이라고 일컫던 검은색 실클로 된 여자용 케이프 밑으로 팔짱을 끼는 것이었다. 그리고 그녀의 웃음소리가 떠올랐다…. 그녀는 자주 웃곤 했다. 그것도 늘 하찮은 일에, 어린 소녀처럼 킥킥거리며 순박한 웃음을 짓곤 했다…. 분명 젊었을 때는 매력적이었을 것이다. 어떤 기숙사 마당에서 까만 비로드로 된 리본을 목에 달고 땋아 늘인 머리를 헤어네트 속에 말아넣고는 굴레 던지기를 하고 있는 그녀의 모습을 쉽게 상상해볼 수 있었다! …젊었을 때는 도대체 어떠했을까? 한번도 그때 이야기를 한 적이 없었다. 그렇다고 그녀에게 그런 질문을 한 사람도 없었다. 이름이라도 알고 있는 사람이 있었을까? 어느 누구도 그녀를 이름으로 부르는 사람은 없었다. 성으로 부르는 사람도 없었다. 다만 그녀의 직분에 따라 지칭했을 따름이다. 곧 그것은 '수위 아주머니'라든가 '승강기'라고 부르는 것처럼 그녀를 '마드무아젤'이라고 불렀던 것이다…. 이십년 동안 줄곧 티보 씨의 횡포 밑에서 경건한 공포심을 갖고 살았다. 이십년 동안 줄곧 앞에 나타나지 않고 묵묵히 지칠 줄 모르며 살아왔던 그녀는 집안의 주동 인물이었다. 그렇다고 어느 누구도 그녀의 꼼꼼함이나 상냥함을 고맙게 여기지 않았다. 자신을 내던진 헌신과 자기 희생과 겸허와 한정되고 소박한 애정으로 시종일관한 생애였다. 그렇지만 보상은 거의 없었다.

'지젤은 슬퍼할 거야.' 앙투안은 생각했다.

꼭 그렇게 믿는 것은 아니었지만 그는 그렇게 확신하고 싶었다. 오랫동안의 잘못을 속죄하는 뜻에서 그에게는 지젤의 슬픔이라도 필요했던 것이다.

'편지를 써야지.' 하고 앙투안은 급하게 생각했다. (동원된 이후로 그는 꼭 필요한 경우를 제외하고는 서신을 삼가왔다. 그리고 병상에 누운 뒤부터는 편지 쓰는 일을 완전히 그만두다시피 했다. 때때로 지젤, 필립 박사, 스튀들레, 주슬렝에게 몇 자 끄적거려 엽서를 보내는 것이 고작이었다….) '긴 조전弔電을 쳐 보내야겠군.' 하고 그는 생각했다. '그러면 며칠간의 여유를 두고 편지를 쓸 수 있을 테니까…. 어째서 장례식 시간을 알려왔을까? 설마 내가 여행을 할 수 있으리라고 생각하지는 않았을 텐데…!'

전쟁이 시작된 이래 그는 한 번도 파리에 간 적이 없다. 거기에 가보았자 무슨 할 일이 있단 말인가? 보고 싶은 사람들은 모두가 자신과 마찬가지로 동원되었으니 말이다. 집과 텅 빈 아파트와 용도가 바뀐 실험실에 가보았자 무슨 소용이 있단 말인가? 자신의 휴가 차례가 돌아올 때마다 그 기회를 다른 친구들에게 양보하곤 했다. 전선에 있을 때만 해도 활동적이고 규칙적인 생활에 얽매여 있었기 때문에 생각할 틈이 없었다. 단 한 번, 솜Somme에서의 공격 개시 전에 '휴가'를 받은 적이 있었다. 그래서 겨울이 끝날 무렵 혼자 틀어박히기 위해 디에프로 출발했었다. 그러나 그곳에 도착한 지 이틀 뒤에 다시 기차를 타고 부대로 되돌아왔던 것이다. 그것은 역한 바닷물 냄새가 풍기고, 밤낮으로 눅눅한 바람이 불어대며, 게다가 부상당한 영국 병사들로 우글거리는 그 도시에서 한가롭게 지낸다는 것이 너무나 고통스럽게 여겨졌기 때문이었다…. 동원된 뒤 그는 한 번도 지젤을(필립 박사도 제니도 그 어느 누구도) 만난 적이 없었다. 최초의 부상 뒤 회복기에 있는 동안 지젤이 생 디지에로 그를 문병 오겠다는 것조차도 그는 거절한 바 있었다. 그는 이삼 개월마다 한 번씩 지젤과 주고받는 애틋하고 간결한 서신만으로 후방의 세계와, 과거와 최소한도로 접촉하는 것으로 충분했다.

그가 제니의 임신을 알게 된 것은 바로 편지를 통해서였다. 또한 편지를 통해서 자크가 죽은 것이 틀림없다는 사실도 확인하게 되었다. 1915년 겨울에 그와 매우 친밀한 편지를 여러 차례 교환한 제니는 제네바에 갔으면 한다는 편지를 그에게 보내왔다. 제니는 이 여행에 두 가지 목적을 두고 있었다. 곧 가족들로부터 멀리 떨어진 그곳에서 아무도 모르게 해산하고 싶다는 것과, 스위스에 머물면서 자크의 죽음, 그때까지 수수께끼에 쌓여 있던 자크의 죽음에 관해서 이런저런 조사를 해보고자 한다는 것이었다. 제니와 여전히 관련을 맺고 있던 혁명가 동지 사이에서는 자크가 8월 초순 '위험한 임무'를 수행하다가 행방불명이 됐다는 소문이 파다했었다. 그래서 앙투안은 제니를 뤼멜에게 소개해주어야겠다는 생각을 했었다. 뤼멜이 소집된 곳은 파리였는데, 그것도 자신의 근무처인 케 도르세였다. 그는 별 어려움 없이 제니에게 필요한 통행증을 얻어주었다. 제네바에서 제니는 반네드를 만날 수 있었다. 반네드는 제니가 조사하는 일을 도와주었다. 그는 제니와 함께 바젤에 가서 제니를 프라트넬에게 소개했다. 마침내 제니는 이 서점 주인을 통해 자크의 마지막 며칠 동안에 관해 여러 가지 확실한 정보를 얻게 되었는데, 선전문을 작성한 일이며 메네스트렐의 비행기를 기다렸던 일이며, 8월 10일 아침에 알자스 전선을 향해 비행한 사실 등을 알게 되었던 것이다. 그 뒤의 일은 프라트넬도 아는 바가 없었다. 그러나 제니를 통해 이런 사실을 알게 된 앙투안은 뤼멜에게 조사를 의뢰했다. 그리하여 독일수용소의 포로 명단을 조사했으나 헛수고만 하던 끝에 마침내 파리 육군부의 문서보관소에서 바로 8월 10일자 보병 사령부가 발부한 한 문서를 발견하기에 이른 것이다. 알자스 주둔 군대의 퇴각에 관해 언급하고 있는 이 문서에는 비행기 한 대가 격추되면서 화염에 휩싸였다고 기록되어 있다. 시체는 완전히 불에 타버려 누가 누구인지 신원을 알 수 없다는 것이었다. 그러나 비행기의 잔해로 미루어 보아 스위스제 비무장기임에 틀림없었다는 것이다. 그리고 그 보고서는 타버린 종이 뭉치 속에서 격렬한 반군국주의 전단 조각을 판독할 수 있있다고 덧붙이고 있다. 의심할 여지가 없었다. 시체는 자크와 조종사임에 틀림없었다…. 무슨 개죽음이란 말인가! 앙투안은 이런 죽음이 보여주는 어처구니없는 상황을 받아들일 수 없었다. 사년이 지난 지금에 와서도 슬프다는 감정보다는 오히려 노여움이 앞서는 것이었다.

앙투안은 자리에서 일어나 파리채를 떼어내어 화가 난 듯 열두어 마리 파리를 때려잡았다. 그리고 나머지는 수건으로 내쫓으려고 했다. 그런데 갑자기 기침이 나와 안락의자 등에 두 손을 얹고 몸을 구부린 채 꼼짝달싹을 못 했다. 몸을 겨우 일으킬 수 있게 되자 그는 습포에 테레벤틴을 적셔 잠시 가슴에 갖다 대었다. 일시적으로 편안해지자 침대에 가서 베개 두 개를 집어 들고 와 의자에 다시 앉았다. 그리고 체액 침하를 막기 위해 상체를 곧바로 하고 엄지와 검지로 후두를 누르며 조심스럽게 호흡 연습을 시작했다. 그러면서 점점 더 고른 숨결로 또렷한 발음을 내기 위해 안간힘을 썼다.

"아… 에… 이… 오… 우…"

그의 눈길은 방 안을 이리저리 둘러보고 있었다. 좁고 역겨울 정도의 보잘것없는 방이었다. 오늘 아침에는 바닷바람 때문에 창의 발이 흔들거렸다. 그리고 래커로 칠한 짙은 분홍빛 벽 위에는 반사광이 춤을 추고 있었다. 그 벽은 코니스 밑에서 너풀거리고 있는 초콜릿빛의 메꽃 무늬를 지닌 프리즈에까지 드러나 있었다. 화장대 거울 위에는 어떤 잡지에서 오려낸 것 같은 세일러복 칼라를 한 여섯 명의 미국 아가씨들이 한 줄로 늘어서서 여섯 개의 다리를 들어 활 모양으로 구부리고 있었다. 이것은 앙투안보다 먼저 53호실에 있던 환자가 생존 시 걸어놓았던 미술 장식품 중 마지막으로 남은 것이었다. 다른 것은 다 없애버렸지만 미치광이 같은 이 여섯 명의 아가씨들만은 너무나 높은 곳에 걸려 있어서 그것을 떼어내는 일이란 무모한 짓 같았다. 이층 병동의 사환인 조제프를 시켜 마지막으로 한 번 더 떼내려고 시도해야겠다는 생각을 늘 해왔지만 조제프는 키가 작은 데다가 발판마저 아래층에 있었다. 그래서 그는 이제 더 이상 그 문제는 생각하지 않기로 했다. 소나무로 된 작은 책상 위에는—자기로 된 타구가 거기에 당당히 자리 잡고 있는가 하면, 약품이 들어 있는 작은 병과 상자 사이에 헌 신문이며 잡지며 전선의 지도며 음반 등이 산더미처럼 쌓여 있었다—그가 매일 저녁 그날의 의학적 관찰을 적어두는 비망록을 펼칠 만한 자리밖에는 남아 있지 않았다. 세면대의 유리 선반 위에도 물약 병이 잔뜩 쌓여 있었다. 책상과 칠하지 않은 옷장(여기에는 내의류와 옷가지가 들어 있었다) 사이에는 장교용 트렁크가 세워져 있었다. 칠이 벗겨져 희미하게 보이긴 하지만 **닥터 티보—제2대대 군의관**이라는 규정문을 아직 읽을 수 있었다. 장교용 트렁크는 못 쓰게 된 축음기의 받침대로 쓰이고 있었다.

장밋빛이 도는 이 감방에 갇혀 자신의 병세의 추이를 지켜보며, 결과적으로 나아진 것은 없지만 그래도 치유의 뚜렷한 징후를 기대하면서 지내온 지도 어느덧 오개월이 가까워온다…. 그는 이 방 안에서 괴로워하고, 시간을 헤아리고, 먹고 마시고 기침을 하고, 끝까지 읽은 적이 없는 책을 들여다보기도 하고, 과거와 미래를 곰곰이 생각해보기도 하고, 사람들의 방문을 받고 농담도 하며 전쟁과 평화에 관해 숨이 가쁠 정도로 토론도 하곤 했던 것이다…. 열이 나고, 숨이 가쁘고 불면으로 고통스러워하고 있는 시간에 자신을 지켜본 이 침대, 이 안락의자, 이 타구가 역겨울 때도 있었다. 다행히 지금의 상태는 꽤 자주 아래층에 내려가 도피할 수 있을 정도였다. 그럴 때면 읽지는 않지만 그런대로 자신의 고독을 달래주는 책 한 권을 들고 사이프러스나무가 늘어선 산책길 아니면 올리브나무 밑으로 피신하곤 했다. 때로는 물을 끌어 올리는 소리 때문에 시원한 느낌을 갖게 하는 채소밭 멀리까지 도피하기도 했다. 혹은 잠시 서 있을 수 있는 기력이 생길 때면 바르도와 마제와 함께 실험실에 틀어박히기도 했다. 그곳에 있으면 그는 곧 친숙한 분위기를 맛볼 수 있었던 것이다. 바르도는 앙투안에게 가운을 빌려주며 자신이 하는 일에 가담시켰다. 그곳을 나올 때 기진맥진해 있곤 했지만 그런 날이야말로 그에게는 더할 나위 없이 흐뭇한 날이었던 것이다.

회복될 날을 기다리며 그곳에서 헛되이 보내는 강요된 이 휴식 기간, 몇 주일, 몇 개월을 미래를 위해서 유익하게 이용할 수만 있다면! 이미 여러 차례 무엇인가 개인적인 일을 시도해보았었다. 그러나 그럴 때마다 병이 재발하곤 하여 무슨 결과를 얻어내기도 전에 하는 수 없이 하던 일을 중단하지 않으면 안 되었던 것이다. 특히 그의 뇌리를 떠나지 않는 계획이 하나 있었다. 바로 전쟁이 발발하기 전에 자신이 수집해놓은 유아기의 호흡 장애와 어린아이의 지능 발육 내지는 그에 관한 관찰 기록을 하나의 긴 연구로 완성시키는 일이었다. 이제 자료는 충분히 모아져서 대단한 저서는 아닐지라도 잡지에 실을 경우 적어도 방대한 주제를 다룬 글을 만들 수 있을 정도는 되었다. 게다가 우선권을 확보하기 위해 그것을 빨리 발표하고 싶었다. 왜냐하면 그것은 이미 유행 중인 주제이며, 잘못하다가는 다른 소아과 전문의에게 선수를 빼앗길 우려가 있기 때문이다. 그러나 설사 자신의 건강이 그 일을 허락한다 하더라도 그것에 관한 문헌이며 실험한 모든 것을 파리에 두고 왔기 때문에 시도해보고자 해도 어쩔 도리가 없었다. 비서였던 르와는 전쟁 발발 이개월 만에 아라스 지역 공격 때 소대 병력 전체와 함께 실종되었으며, 주슬렝은 이 년 전부터 슐레지엔의 포로 수용소에 수용되어 있다. 한편 1916년 베르됭에서 부상당한 스튀들레는 상처는 나았지만 귀가 먹어 방사선과 전문의로 있다가 최근 근동 파견 군대의 위생반에 배속되었다.

점심 식사 시간이 다가옴을 알리는 첫번째 징이 울리자 앙투안은 자리에서 일어났다. 그는 목 안쪽을 들여다보기 위해 세면대의 벽등을 켰다. 식사를 하기 전에 무엇을 삼킬 때마다 느끼는 고통을 가라앉히기 위해 목 안에 약간의 약물을 주입하곤 했다. 어떤 날에는 그 고통이 하도 견디기 힘들어 바르도에게 달려가 전기 지짐 치료를 받지 않으면 안 될 때도 있었다.

두 번째 징이 울리기를 기다리면서 앙투안은 안락의자를 창가까지 밀고 가서 발을 올렸다. 그의 눈앞에는 광활한 계단식 경작지가 펼쳐져 있었으며, 그 뒤로는 바위투성이의 산마루가 우뚝 솟아 있었다. 오른쪽에는 눈에 익은 구릉의 능선이 기복을 이루며 뿌연 햇살 속에서 짙은 청색이 도는 바다 지평선까지 이어지고 있었다. 아래에는 정원이 있었는데 그곳으로부터 꽃향기가 풍겨오는가 하면 여러 사람의 목소리가 들려오기도 했다. 앙투안은 사이프러스나무가 양쪽에 늘어선 큰 산책길에서 환자들이 언제나처럼 오가는 것을 잠시 눈여겨보기 위해 몸을 구부렸다. 그는 환자들을 모두 알고 있었다. 구아랑과 그의 말동무인 부아즈네(성대를 다치지 않은 사람은 이들 둘뿐이었다. 그래서 그들은 아침부터 저녁까지 장광설을 늘어놓고 있었다), 책을 옆구리에 끼고 있는 다로스, 사람들이 '캥거루'라고 부르는 에크만, 매일 아침 하듯이 한 무리의 젊은 장교들에 둘러싸인 채 지도를 펴놓고 공보公報에 관해 이런저런 설명을 붙이는 레몽 사령관. 그들이 흥분해서 계속 몸짓을 하는 것만 보아도 앙투안에게는 그들의 목소리가 들리는 듯했다. 그리고 자신도 그들 사이에 끼어 있었던 것과 거의 다름없는 무기력을 느꼈다.

징이 다시 울리자 온 정원이 겁에 질린 개미 떼처럼 술렁이기 시작했다.

앙투안은 한숨지으며 다시 몸을 일으켜 세웠다. '저 음침한 징소리만큼 마음을 스산하게 하는 것도 없을 거야.' 하고 그는 생각했다. '왜 다른 데서처럼 종을 치지 않을까?'

그는 조금도 시장기를 느끼지 않았다. 게다가 또다시 여기서 내려가 음식 냄새를 맡으며 시끄러운 식사 시중 소리, 언제나 변함없는 **장교 식당**의 혼잡스러움을 감내해야 한다는 생각에 맥이 풀렸다. 또 마음에도 없는 미소를 지으며, 독일의 작전 계획에 관해 매일같이 듣는 장광설, 전쟁이 얼마나 지속될 것인가에 대한 예측, 공보의 내막에 관한 설명 등을 듣는 일이 끔찍하게만 여겨졌던 것이다… 이 모든 것들은 으레 짓궂은 소리, 전선에서의 추억, 음담 같은 것을 곁들이기 마련이었다. 거기에다 점액의 상태라든가 전날 밤에는 가래의 양이 많았다는 식의 솔직한 고백에 이르게 되면 더욱 견디기 힘들었다….

그는 잠옷 윗도리를 벗고, 세 줄의 계급장이 달린 하얀 리넨 제품의 낡은 군복으로 갈아입은 뒤 호주머니에서 지젤의 전보를 꺼냈다. 그러고는 꼼짝도 않고 그 자리에 우뚝 섰다.

'거기에 가면 어떨까?'

그는 자신도 모르게 미소를 지었다. 그러지 못하리라는 것을 그는 알고 있었다. 그리고 그런 내적인 확신이 있었기에 그 환상적인 계획을 중심으로 온갖 상상력을 펼쳐볼 수 있었다. 물론 그 계획 자체가 아주 실현 불가능한 것은 아닐 것이다. 여러 가지로 조심하면서 꾸준히 치료를 계속하고 흡입기와 필요한 약품 일체를 가져가기만 한다면 병세가 악화될 염려는 조금도 없을 것이다. **장례는 일요일 열시**…. 내일 토요일 오후에 떠나는 급행을 타면 일요일 아침에는 충분히 파리에 도착할 것이다…. 세그르는 분명히 허락해줄 테고. 도스의 경우는 상태가 더 나빴는데도 허가해주지 않았던가? …어떤 의미에서는 절호의 기회인지도 모른다…. 뜻밖의 일인 만큼 마음이 끌리지 않는 것도 아니고….

앙투안은 문득 전쟁 전과 마찬가지로, 풍족하고 건강한 생활을 하던 시절에 그러했던 것처럼 좋은 음식이 차려져 있는 식당차의 식탁에 조용히 혼자 앉아 있는 자신의 모습을 그려보았다….

파리에 가면 옛 스승인 필립 박사에게 자신의 건강 상태에 관해 문의할 수 있을 것이다… 무엇보다도 자신이 수집해놓은 문헌과 **테스트**를 다시 보게 될 것이다. 노트와 책을 한 보따리 싸가지고 와야지. 일할 때 필요한 것, 기약 없는 이 회복기를 메울 수 있는 것을….

파리! 삼사 일 동안의 도피! **장교 식당** 없는 삼사 일!

그래, 망설일 이유가 어디에 있단 말인가?

2

적막 속에서 찰카닥 하고 빗장 소리가 났다. 그리고 수위실의 쪽문이 살짝 열렸다. 푸른 나사로 된 소매와 반지가 빛나고 있는 주름투성이의 손이 앙투안의 눈에 들어왔다.

"곧바로 가세요." 하고 누군가가 모습을 드러내지 않고 중얼거렸다. "복도를 죽 따라가면 안뜰이 나옵니다."

텅 빈 현관은 타일로 번쩍거리는 복도로 이어져 있었으며, 양로원의 조용한 안쪽을 향해 뻗어 있었다. 왼쪽에는 검은 털실로 짠 세모꼴 숄을 어깨에 두른 두 노파가 층계의 아래 계단에 쭈그리고 앉아 마치 단역배우처럼 서로 얼굴을 맞대고 목소리를 죽여가며 무엇인가 종알거리고 있었다.

사분의 삼쯤 햇볕이 드리워진 안뜰에는 사람 그림자조차 눈에 띄지 않았다. 성당은 뜰 구석에 자리 잡고 있었다. 입구의 문이 하나 열려 있었는데, 그것이 건물의 전면에 장방형의 어두운 공간을 만들어주고 있었다. 그곳을 통해 리드 오르간 소리가 흘러나오고 있었다. 장례 미사가 진행 중이었다. 앙투안은 건물 쪽으로 가까이 갔다. 어두운 성당 안을 들여다보는 순간 그의 눈에는 작은 불꽃들이 타오르고 있는 삼각 촛대가 보였다. 성당의 타일 바닥은 안뜰의 지면보다 낮았기 때문에 두 단쯤 내려가지 않으면 안 되었다. 앙투안은 통로를 가로막고 있는 장의사 인부들 사이를 비집고 들어갔다. 작은 실내는 사람들로 꽉 차 있었다. 성당 안은 지하 성당답게 냉기가 감돌고 있었다. 앙투안은 한 손으로 성수반을 짚고 간신히 발돋움해보았다. 성단 앞에는 검은 시트로 어설프게 싸인 관이 네 개의 큰 촛대 사이에 안치되어 있었다. 그런 초라한 영구대 뒤에 안경을 쓴 백발의 키가 작은 남자가 팔짱을 끼고 서 있었다. 그리고 곁에는 간호사인 듯한 여자 한 사람이 무릎을 꿇고 있었는데,

푸른 베일에 얼굴이 가려져 있었다. 그녀가 고개를 돌리자 앙투안은 그녀가 지젤임을 알 수 있었다. '친척도 없고 친구도 없고… 바보스런 저 샬르밖에는 아무도 없으니….' 하고 그는 생각했다. '오기를 잘했다. 그런데 제니의 모습이 안 보이는데… 퐁타냉 부인도 다니엘도…. 다행이다. 내가 파리에 와 있다는 사실을 그들에게 알리지 말라고 지젤에게 일러두어야지. 그러면 메종 라피트에 가지 않아도 될 테니까.' 그는 세모꼴 숄을 쓰고 있는 노파들과 큰 베일을 쓰고 있는 수녀들이 빽빽이 줄지어 앉아 있는 벤치에 아무도 아는 얼굴이 없다는 것을 확인했다. '도저히 끝까지 서 있지 못하겠는걸…. 이 안이 춥기도 하지만….' 그가 나가려고 할 때 주위의 벤치가 삐걱 소리를 냈다. 참례자들이 무릎을 꿇기 위해 자리에서 일어나는 소리였다. 위령미사를 집전하던 사제가 두 손을 높이 들고 신도들 쪽으로 몸을 돌렸다. 앙투안은 그가 훤칠한 키에 이마가 벗겨진 베카르 신부임을 알아보았다.

앙투안은 층계를 다시 올라가 안뜰로 되돌아갔다. 마침 햇볕이 비치는 벤치가 있어서 가 앉았다. 견갑골 사이의 아픈 곳 때문에 그는 몹시 고통스러웠다. 그렇다고 이번의 긴 철도 여행이 그를 과도하게 혹사시킨 것 때문은 아니었다. 밤에 오는 동안 그런대로 몇 시간은 발을 뻗고 누워 있을 수 있었다. 실은 리옹역으로부터 푸앵 뒤 주르까지 강가의 돌투성이 도로 위를, 그것도 낡은 택시를 타고 오다 보니 완전히 녹초가 되어버린 것이다.

'어린아이 관 같군.' 그는 생각했다. '그렇게도 작았던가!' 그에게는 위니베르시테가街의 집에서 종종걸음 치며 왔다 갔다

하던 그녀의 모습, 또는 방 안에서 상감 세공한 책상 앞에 놓인 의자 끝에 광선을 등지고 걸터앉아 있는 그녀의 모습이 선명하게 떠올랐다. 그것은 그녀가 말하듯이 '대대로 내려오는 가구'였다. 또한 그것은 티보 씨의 집을 관리하기 위해 왔을 때 그녀가 지니고 온 유일한 유품이기도 했다. 이 '비밀' 서랍에다 그녀는 매달 월급을 챙겨 넣곤 했으며, 온갖 소중한 물건을 보관해 두고 있었다. 그리고 여기에다 잡동사니도 쑤셔넣었던 것이다. 바로 여기에다 대추즙이며 영수증이며 편지지며 바닐라 상자며 티보 씨가 쓰다 버린 연필 토막이며 팸플릿이며, 요리책, 실, 바늘, 단추, 쥐약, 방수포, 붓꽃주머니, 아르니카, 집 안의 헌 열쇠 꾸러미 일체, 그리고 기도서라든가 사진이라든가 그 밖에 손의 피부를 부드럽게 하는 오이 포마드 등을 넣어두고 있었다. 그리고 서랍이 열리자마자 그 포마드의 김빠진 냄새가 바닐라와 붓꽃 냄새와 뒤섞여 현관까지 풍겼던 것이다. 어린 시절의 앙투안과 자크에게는 이 책상 서랍이 오랫동안 신기한 보물처럼 현혹적인 매력의 대상이 되었었다. 훗날 자크와 지젤은 그 책상 서랍을 '마을의 잡동사니'라고 불렀다. 왜냐하면 그것은 무엇이든지 찾아볼 수 있는 시골의 잡화상 같은 것이었기 때문이다….

사람들 발소리에 앙투안은 고개를 들었다. 검은 옷을 입은 장의사 사람들이 두 번째 문을 열었다. 그리고 화환을 안뜰로 들고 와 땅에 내려놓았다. 앙투안은 일어섰다.

식이 끝날 무렵이었다. 양달령 앞치마를 두른 수녀 둘이 시선을 떨군 채 야채를 가득 실은 작은 수레를 끌고 지나가더니 안뜰을 둘러싼 건물 가운데 하나로 재빨리 자취를 감추었다.

이층 십자형 유리창의 커튼은 들어 올려져 있었다. 그리고 그 창 뒤에는 짧은 윗도리 차림의 거동이 자유롭지 못한 노파들이 자리 잡고 있었다. 몸이 성한 재원자在院者들은 성당으로부터 나오더니 절뚝거리며 문 양편으로 무리를 지어 모였다. 오르간 소리가 그쳤다. 은빛 십자가와 사제의 중백의中白衣가 어둠 속으로부터 모습을 드러냈다. 두 남자가 둘러멘 관이 나타났다. 뒤에는 어린이 합창대가 따르고 있었고, 그다음에 늙은 사제, 베카르 신부 순서로 이어지고 있었다.

이번에는 지젤이 돌계단을 올라가 햇빛을 받으며 모습을 드러냈다. 그녀 뒤에는 샬르 씨가 있었다. 운구를 하는 사람들은 장의사 인부들이 관 위에 화환을 올려놓도록 하기 위해 잠시 멈추어 섰다. 지젤은 두 눈에 눈물을 가득 머금은 채 관 쪽을 향해 있었다. 명상에 잠긴 그녀의 얼굴에서 성숙한 표정을 발견한 앙투안은 놀라지 않을 수 없었다. 지젤을 생각할 때 그는 언제나 열다섯 살의 말괄량이를 떠올리곤 했던 것이다. '지젤은 나를 보지 못했어…. 내가 여기에 와 있으리라고는 꿈에도 생각하지 못할 거야.' 하면서 그는 상대편이 아무것도 눈치채지 못하는데 자신만이 일방적으로 그녀를 관찰하고 있는 것에 약간 거북스러움을 느꼈다. 그는 지젤의 얼굴색이 진한 흑갈색이라는 것을 까맣게 잊고 있었다. '이마 위 흰 가두리 때문에 피부가 더 검게 보이는 것이 틀림없어….'

검은 장갑을 낀 샬르 씨는 손에 고풍스런 모자를 들고 있었다. 그는 목을 내밀고는 새 같은 작은 머리를 좌우로 흔들고 있었다. 앙투안의 모습을 얼핏 알아본 그는 마치 터져 나오는 비명을 억누르기라도 하려는 듯 손을 갑자기 입으로 갖다 댔다.

지젤이 뒤를 돌아보았다. 그녀의 눈길은 앙투안에게로 쏠렸다. 앙투안을 즉시 알아보지 못하기라도 한 듯이 그녀는 잠시 그를 뚫어지게 바라보았다. 그러고 나서 그에게로 달려와 흐느끼기 시작했다. 앙투안은 그녀를 어색하게 껴안았다. 관을 둘러메고 있던 사람들이 다시 걷기 시작하는 모습을 보고 그는 지젤에게서 슬며시 몸을 비켰다.

"곁에 있어줘요." 지젤은 속삭이듯 말했다. "떠나지 마세요."

그녀는 자기 자리로 되돌아갔다. 앙투안도 그 뒤를 따라갔다. 샬르 씨는 두 사람이 오는 것을 멍하니 바라보고 있었다.

"앙투안 씨 아니세요?" 하고 그는 앙투안이 손을 내밀자 꿈이라도 꾸고 있는 듯 중얼거렸다.

"장지는 먼가?" 앙투안이 지젤에게 물었다.

"르발루아에 있어요…. 마차는 여러 대 있어요." 그녀는 낮은 목소리로 대답했다.

장례 행렬은 천천히 안뜰을 지나갔다.

말 두 마리가 이끄는 영구 마차가 한길에서 기다리고 있었다. 동네 사람들과 아이들이 인도 위에 울타리를 이루고 있었다. 낡은 마차 위에는 마치 코끼리 잔등 위에 놓인 가마처럼 일종의 특별석 세 자리가 마련되어 있었다. 거기는 여러 개의 디딤대를 밟고 올라가게 되어 있었다. 세 자리는 지젤, 샬르 씨 그리고 장례 담당자를 위해 마련되어 있었다. 그러나 장례 담당자는 자기 자리를 앙투안에게 양보하고 자신은 이각모를 쓴 마부 곁 의자로 기어올라갔다. 마차가 흔들 하더니 변두리 지역의 포석길 위를 덜커덕거리며 느린 속도로 굴러가기 시작했다. 두 신부는 장례를 위해 마련한 사륜마차를 타고 뒤따랐다.

자리에 올라타려고 계속 애를 쓴 탓에 앙투안은 기관지가 아파왔다. 자리에 앉은 직후부터 계속 기침이 발작적으로 나왔기 때문에 그는 한순간 고개를 숙인 채 손수건을 입에 갖다 대고 있어야만 했다.

지젤은 두 남자 사이에 앉았다. 그녀는 기침이 멎기를 기다렸다가 드디어 앙투안의 팔을 잡았다.

"와주어서 고마워요. 별로 기대도 하지 않았었는데…!"

"아, 이런 시기에는 뜻하지 않게 무슨 일이 일어날지 모르니까요." 하고 샬르 씨는 거드름을 피우며 탄식하듯 말했다. 그는 앙투안이 기침하는 것을 바라보기 위해 몸을 기울이고 있었다. 그리고 안경 너머로 앙투안을 계속 주시했다. 머리를 설레설레 저으면서 그는 말했다. "실례했습니다. 즉시 알아뵙지 못해서요. 그럴 수밖에 없지 않았겠어요, 지젤 씨?"

앙투안은 불쾌하게 여기지 않을 수 없었다. 그러나 그는 아무렇지도 않은 척하면서 말했다.

"그래요…. 꽤 말랐으니까…. 이페리트 가스 때문에…!"

지젤은 낮은 그 목소리에 흠칫하여 돌아보았다. 그녀는 안뜰에서 처음 앙투안을 본 순간 그의 전체적인 모습에 매우 놀랐었다. 그러나 그때는 그를 똑똑히 관찰하지 못했었다. 하기는 그의 모습이 변했다고 해서 조금도 놀라운 일은 아니었다. 왜냐하면 오 년 동안이나 떠나 있었던 데다가 이처럼 군복 차림이니까. 그런데 자신이 생각했던 것보다는 앙투안 쪽에서 더 충격을 받은 것은 아닌가 하는 생각이 지금 그녀의 뇌리를 스쳐갔다. 그녀는 앙투안이 가스중독에 걸렸다는 것에 관해 상세한 내용을 들은 적이 없었다. 그가 남프랑스에서 치료를 받고 있으며, '회복 중에 있다'는 사실만을 여러 번의 그의 편지를 통해 알고 있을 뿐이었다….

"이페리트라고요?" 하고 샬르 씨는 의기양양한 태도로 그 방면에 전문가인 체하면서 되받았다. "아무렴요. 이페리트 가스군요. **무타르드***라고도 하지요…. 현대문명이 발견한 것 중의 하나라고 할까요…." 줄곧 그는 신기한 듯 앙투안을 뚫어지게 바라보고 있었다. "그놈의 가스 때문에 홀쭉해지셨군요…. 대신 무공훈장을 받으셨네요. 거기에다 훈장이 두 개라…. 영광스러운 일이지요."

지젤은 앙투안의 윗옷을 힐긋 쳐다보았다. 편지에서 그는 이 훈장에 관해 한마디도 비친 적이 없었다.

"그런데 의사들은?" 하고 그녀는 엉겁결에 말을 꺼냈다. "뭐라고 하던가요? 앞으로도 계속 병원에 있어야 한대요?"

"회복이 더디니까." 하고 앙투안은 솔직히 말했다. 그러면서 그는 애써 미소를 지어 보였다. 무엇인가 더 하고 싶은 말이 있는지 깊게 한숨을 내쉬다가 입을 다물어버렸다. 말들은 빨리 달리기 시작했다. 마차의 흔들림 때문에 그는 숨을 쉴 수가 없었다.

"우리 발명소에서는 무엇이건 필요한 것은 다 팔고 있습죠. 물론 방독면도요." 하고 샬르 씨는 느닷없이 입을 비죽거리는가 하면 치아를 드러내 보이면서 지껄였다.

지젤은 다정한 말 한마디를 해주고 싶었다.

"샬르 씨, 댁의 사업은 잘되어가고 있나요? 만족스럽게 여기

* '겨자'라는 뜻.

세요?"

"아무렴요, 잘되고말고요…. 요즈음의 상황답게 말이죠, 지젤 아가씨! 상황 변화에 적응해야지요. 발명가란 발명가는 모두 동원되어버렸답니다. 그들은 전선에 가서는, 글쎄, 무엇 하나 제대로 하는 일이 없어요…. 이따금 무엇인가 생각해내는 자가 있기는 합니다만. 예를 들면 이번에 막 생산해낸 **연합국의 주사위 놀이**를 들 수 있지요…. 가지고 다니기 간편하고… 작전 지역을 도안해 끼워넣었답니다. 즉, 라 마른이라든가, 레 에파르주라든가 두오몽 따위를…. 전선의 참호에서는 매우 평판이 좋은 모양입니다…. 상황에 적응해야지요, 지젤 아가씨…."

'여하간 저자는 여전하군.' 앙투안은 생각했다.

영구 마차는 푸앵 뒤 주르에서 르발루아로 가기 위해 외곽 도로로 접어들었다. 일요일인 오늘은 구름 한 점 없는 청명한 하루가 될 것 같았다. 이미 햇살은 뜨거워지고 있었다. 성벽 위에서는 병사들이 한가로이 거닐고 있었다. 도핀Dauphine 문 앞에서는 밝은 빛깔의 드레스를 입은 파리 여성들이 어린아이와 개를 데리고 부아*로 가고 있었다. 그리고 인도에는 꽃을 가득 실은 야채상의 마차가 일렬로 늘어서 있었다. 옛날과 다름없는 광경이었다.

"그래… 지젤… 무슨 병으로 돌아가셨지?" 하고 앙투안은 마차의 흔들림 때문에 떨리는 목소리로 물었다.

지젤은 재빠르게 몸을 돌렸다.

"무슨 병이냐고요? 아주머니는… 흔히 말하듯이 노환이었

* 불로뉴 숲을 말한다.

어요. 위라든가 신장이라든가 심장 따위가 그만. 몇 주 전부터 아무것도 소화를 시키지 못했으니까요. 마지막 날 밤에 갑자기 심장이 멎었어요." 그녀는 잠시 입을 다물었다. "아주머니가 양로원에 들어간 다음부터는 성격이 얼마나 변했는지 상상도 못 할 거예요…. 자신의 일 이외에는 아무것에도 마음을 쓰지 않았으니까요…. 자기 관리, 자신의 안락, 저축한 돈… 아주머니는 시중드는 사람이나 수녀들을 몹시 괴롭혔답니다…. 그랬다니까요! 사사건건 시비를 걸었는가 하면 자신이 학대받고 있다고 믿었으니까요. 마침내는 옆의 사람이 돈을 훔쳐 갔다고 아우성칠 정도였어요. 말로 하자면 끝이 없어요…. 어떤 때는 수녀들이 자기를 독살하려고 한다면서 며칠이고 아무것도 마시지 않고 있었어요…!"

그녀는 다시 입을 다물었다. 그리고 침묵이 흘렀다. 앙투안의 묵묵부답을 그녀는 오해하고 있었다. 앙투안이 자기를 나무라고 있는 것으로 여겼던 것이다. 왜냐하면 얼마 전부터 그녀는 양심의 가책을 느끼며 거기에서 벗어나지 못하고 있었기 때문이다. 아주머니를 위해서 자신이 해야 할 일을 모두 잘했는지 어떤지를 줄곧 자문해왔던 것이다. '나는 아주머니가 전적으로 키우다시피 했어.' 하고 그녀는 생각하곤 했다. '그런데 나는 아주머니 곁을 떠날 수 있게 되자마자 떠나버렸어. 그리고 양로원으로 아주머니를 찾아간 것도 몇 번 안 되고….'

"메종에서는" 하며 그녀는 변명이라도 하려는 듯이 목소리를 약간 높이면서 말을 이었다. "병원 일로 꼼짝할 수가 없었어요! …아주머니를 보러 온다는 것이 여간 힘드는 일이 아니었답니다. 특히 지난 몇 개월 동안에는 통 아주머니를 찾아뵙지 못했어요. 그러다가 지난달에 원장님의 편지를 받고 곧 달려왔어요. 잊으려야 잊을 수 없군요…. 불쌍한 아주머니…. 아주머니는 방구석에서 속옷 바람으로 트렁크 위에 앉아 정신 나간 모습으로 자기 옷가지를 정리하고 있었어요. 띠를 두른 머리에는 흰 즈크모자를 쓰고 한쪽 발에만 양말을 신고 있었으며, 다른 한쪽은 맨발인 채. 이미 해골처럼 되어 있었어요. 이마는 불쑥 튀어나와 있고, 두 뺨은 움푹 파여 있었으며 목 언저리 살은 다 빠져버린 채…. 그래도 다리만은 놀랄 만큼 정정했어요. 싱싱하기까지 할 정도였으니까요. 마치 젊은 처녀의 다리 같이…. 나에 관한 일이나 다른 사람의 소식 같은 것은 물으려고 하지도 않았어요. 그저 주위 사람들과 수녀들에 대한 불평만을 털어놓기 시작했어요. 그러더니 사물함을 열러 가더군요. 왠지 알겠어요? '만일의 경우를 생각해서' 저축한 돈을 숨겨둔 서랍을 나에게 보여주고 싶었던 거예요. 그리고 장례식에 관한 이야기를 시작했어요. '앞으로는 나를 못 보게 될 거다. 죽을 테니까.' 그러면서 하는 말이 '하지만 걱정 말아. 원장님께 부탁해서 너의 새해 선물은 어떻게 해서라도 보내줄 테니까.' 나는 그 말을 농담으로 돌리려고 했어요. '하지만 아주머니, 아주머니는 여러 해 전부터 돌아가신다고 말씀해오지 않았어요!' 그랬더니 아주머니는 화를 벌컥 냈어요. '나는 죽고 싶어! **산다는 게 지겨워 못 견디겠어!**' 그러고는 다리를 바라보면서 '이것 봐, 내 발이 얼마나 귀여운가. 너는 언제나 사내 같은 발을 하고 있었지!' 작별하는 순간 아주머니를 포옹하려고 했더니 몸부림치며 하는 말이 '나를 껴안지 마. 고약한 냄새가 나니까. **나에게는 늙은이 냄새가 나거든…**.' 바로 그때 아주머니는 당신에 관해 얘기했어요. 내가 문간에 가 있으려니까 나를 다시 부르더군요. '얘야, 이가 여섯 개나 빠졌어! 마치 무가 뽑히듯 빠져버렸다니까!' 그러고는 쾌활하게 웃기 시작했어요. 귀여운 아주머니의 웃음 있잖아요? '이가 여섯 개나! 앙투안에게도 말해줘…. 그리고 죽기 전에 나를 보고 싶거든 빨리 와달라고 일러줘!'"

앙투안은 듣고만 있었다. 감흥이 전혀 없는 것은 아니었다. 이제는 병이라든가 죽음에 관한 이야기에 대해 일종의 호기심 같은 것마저 느끼게 되었다. 그건 그렇고, 수다를 떨고 있는 바람에 자신은 말을 하지 않고 있을 수가 있었다.

"그래, 그게 마지막 방문이었나?"

"아니요. 열흘 전쯤에도 갔었어요. 아주머니가 영성체를 받았다고 알려왔기 때문이죠. 방 안은 어두컴컴했어요. 이제는 햇볕을 이겨내지 못하시더군요…. 마르트 수녀님이 나를 침대까지 인도해주셨어요. 아주머니는 이불로 감싸여 있었는데 아주 작아 보였어요…. 수녀님은 혼수상태에 있는 아주머니를 일깨워보려고 했어요. '당신의 지젤이 왔습니다!' 마침내 이불이 들썩이더군요. 내가 왔다는 것을 알아차렸는지, 나를 알아보았는지 그것은 모르겠어요. 아주머니는 이렇게 또렷이 말했어요. '이다지도 끈담!' 그리고 잠시 뒤에 하는 말이 '새로운 것이 뭐 있나, 전쟁은?' 아주머니에게 말을 걸었지만 아무런 대꾸가 없더군요. 무슨 말인지 알아차리지 못하는 것 같았어요. 내 말을 여러 번 가로막으면서 '그래? 새로운 것이 있냐 말이야?' 이마에 입맞춤을 해드리려고 했더니 나를 떠밀면서 하시는 말이 '내 머리를 헝클어뜨리지 마라!' 불쌍한 아주머니…. **내 머리를 헝클어뜨리지 마라**라는 말이 내가 들은 마지막 말이에요…."

샬르 씨는 손수건으로 눈물을 닦은 다음 그것을 정성스럽게 접었다. 그러고는 나무라는 듯한 어조로 입안에서 중얼중얼 말했다.

"그것은 안 되지…. 머리를 망가뜨리면 안 되고말고!"

지젤은 재빨리 고개를 수그렸다. 그녀의 얼굴에는 자신도 모르게 청순하면서도 장난기 어린 미소가 얼핏 스쳐갔다. 앙투안도 그 미소를 놓치지 않았다. 갑자기 지젤이 아주 친근하게 느껴졌다. 그래서 니그레트*라고 부르며 옛날처럼 약 올려주고 싶은 생각이 들었다.

샹페레 문의 철책을 지날 무렵 검문 때문에 마차가 멈추었다. 광장에는 방공용 대공 포차며 기관총 장비, 장갑차며 위장 덮개로 가려진 채 보초병들이 감시하고 있는 대공 조명차 따위가 정차해 있었다.

장례 행렬이 다시 움직이기 시작하여 르발루아의 번잡한 시내로 접어들자 샬르 씨가 탄식하듯 말했다.

"아! …어찌 되었던 아주머니는 양로원에 계셨기 때문에 행복했어요! 앙투안 씨, 저도 바로 그러기를 바랍니다. 남자를 위한 양로원 말입니다. 하지만 시설이 좋은 양로원…. 그렇다면 안심할 수 있겠죠…. 어떤 일이 일어나도 걱정하지 않아도 될 테니까요…." 그는 안경을 벗어 닦았다. 안경을 벗은 그의 두 눈은 껌벅이고 있었으며, 거기에는 비장하면서도 다정한 빛이 엿보이고 있었다. "앙투안 씨, 아버님에게서 받은 연금도 양로원에 몽땅 기부할 겁니다." 하며 그는 말을 이었다. "그러면 죽

* '어린 깜둥이 계집애'라는 뜻.

을 때까지 편안할 수 있겠죠…. 아침나절까지 잘 수 있을 테고, 또 이런저런 일을 생각할 수 있을 테지요…. 참, 라니에 있는 어떤 양로원에 가본 적이 있어요. 하지만 지금과 같은 상황에서는 그곳은 너무 동쪽에 있어요. 독일 놈들에 대해서는 걱정 안 해도 될까요? 게다가 거기의 지하실*이란 것들이 형편없어서. 진짜 지하실이 아니죠. 지금과 같은 상황에서는 진짜 지하실이 필요합니다…." 그는 **지금과 같은 상황에서**라는 말을 떨리는 목소리로, 그리고 불길한 전조를 뿌리치기라도 하려는 듯 검은 장갑을 낀 두 손을 앞으로 들어 올리면서 말했다. 스웨이드 가죽으로 된 다 낡아빠진 장갑은 너무 길 뿐만 아니라 뻣뻣해진 가죽이 손가락 끝에 볼품없이 꼬여 있어 손잡이 둘 달린 작은 모루 같았다.

앙투안과 지젤은 잠자코 있었다. 두 사람은 이제 미소를 짓고 싶은 마음도 없었다.

"모든 것이 다 걱정스럽군요. 어디를 가나 안심할 수 없으니." 하며 샬르 씨는 푸념 섞인 투로 말을 이었다. "경보가 있는 날 밤에도 진짜 대피소만 있으면 안심할 수 있을 텐데…. 거기라면 안심할 수 있겠지요…. 19구의 내 집 앞에는 대피소가 하나 있어요. 진짜…" 그는 잠시 입을 다물었다. 왜냐하면 앙투안이 기침을 하기 시작했기 때문이다. 마침내 그는 결론지었다. "앙투안 씨, 이런 상황에서 대피소에서 몇 날 밤을 지낸다 해도 그것도 그런대로 괜찮은 편이랍니다!"

말들은 큰 담을 따라가며 속도를 늦추었다.

* 여기서는 지하 대피소를 뜻한다.

"여기가 틀림없어요." 지젤이 말했다.

"그럼, 다음에 너는 어디로 가지?" 앙투안이 물었다. 그는 옆구리에 울려오는 마차의 동요를 줄이기 위해 마차의 등받이에 어깨를 바싹 붙이고 있었다.

"위니베르시테가街, 당신 집에요…. 그저께부터 거기에 묵고 있어요…. 마차로 거기까지 데려다주기로 되어 있어요. 계산에 포함되어 있으니까."

"그보다는 택시를 잡도록 하지." 하고 앙투안은 미소를 지으며 말했다. 마차에 올라탔을 때부터 앙투안은 거기에 꼼짝 않고 있는 것이 고통스럽게 느껴지기도 했지만, 거기에서 내려올 생각을 하니 끔찍하게만 여겨졌던 것이다. 그래서 돌아올 때는 다른 교통수단을 찾기로 단단히 마음먹고 있었다.

지젤은 놀란 눈으로 그를 바라보았다. 그러나 아무런 이유도 묻지 않았다.

이윽고 마차는 묘지의 입구를 통과했다.

3

"모두가 잘 붙었네요. 십 분 동안 가만히 붙이고 있을 수 있지요?"

"이십 분이라도."

여덟 개의 흡각을 아무것도 걸치지 않은 등 위에 붙인 앙투안은 위니베르시테가街의 작은 서재 의자에 말 타듯 걸터앉아 있었다.

"잠깐만." 하고 지젤이 말했다. "감기 걸리면 안 돼요."

그녀는 안락의자 등 위에 놓아두었던 간호사 케이프를 들고 와 앙투안의 두 어깨를 감싸주었다.

'어쩌면 이렇게 다정하고 친절할 수 있을까.' 생각하면서 그는 자신의 마음을 따뜻하게 해주는 그녀의 온정이 예전과 다름없음을 발견하고 몹시 마음의 동요를 느꼈다. '지난 몇 년 동안 어째서 지젤을 멀리했을까? 왜 편지도 하지 않았을까?' 그는 르 무스키에의 장밋빛이 도는 자신의 방, 거울 위로 다리를 쳐들고 있는 여섯 명의 **처녀들**, 식사 때의 혼잡스러움, 헌신적이기는 하지만 거친 조제프의 시중 따위가 문득 생각났다. '지젤의 간호를 받으며 여기에 있으면 얼마나 좋을까….'

"문은 열어놓겠어요." 하고 그녀는 말했다. "만일 필요한 것이 있으면 부르세요. 나는 포포트*를 준비할 테니까요."

"그만둬, **포포트**는 하지 마!" 그는 퉁명스럽게 말했다. "제발 그만둬! **포포트**라면 이젠 넌더리가 난다니까. 사 년이나 됐어!"

지젤은 미소를 지어 보였다. 그리고 그를 혼자 남겨놓고 나갔다.

혼자가 된 그는 보금자리를 다시 찾았다는 느낌, 머리맡에 다정한 여인의 손길이 있다는 생각뿐이었다.

또한 그는 홀로 그 **냄새**와 함께 있었던 것이다. 그 냄새는 그가 문지방을 넘어 현관을 지나면서 전에 모자를 걸던 왼쪽 모자걸이에 자신의 군모를 무심코 걸었을 때부터 그를 사로잡았

* 장교·하사관의 회식을 말한다.

다. 그 뒤 그는 줄곧 콧구멍을 벌름거리며 자기 집의 그 냄새를 집요한 호기심을 갖고 맡고 있었다. 망각 속에 있었지만 즉시 생각나는 그 냄새, 불분명하게 떠다니기 때문에 꼭 집어서 무어라고 말할 수 없는 냄새, 그것은 그림이며 양탄자며 커튼이며 안락의자며 책 따위에서 발산되는 것으로서, 층마다 구석구석 스며들어 있었다. 모직물, 왁스, 담배, 가죽, 약품 등 잡다한 냄새가 뒤섞인 것이었다….

묘지에서 돌아와서, 여행용 가방을 찾기 위해 리옹역에 들르는 길이 그에게는 한없이 길게 여겨졌었다. 옆구리의 통증이 더욱 심해지고, 호흡곤란은 한층 심도를 더해만 갔었다. 집 앞에 이르러 택시에서 내리면서 심히 몸이 불편함을 느낀 앙투안은 이번 여행을 시도한 자신을 몹시 나무라기까지 했었다. 다행히 그는 치료 용구를 지니고 왔기 때문에 집에 도착하자마자 산소를 공급하기 위한 주사를 놓아 호흡곤란을 진정시킬 수가 있었다. 이어서 지젤은 그의 지시에 따라 흡각을 붙여주었다. 흡각이 효력을 나타내기 시작했다. 이미 기관지가 시원해지면서 호흡도 훨씬 편안해지기 시작했다.

앙투안은 꼼짝도 않고 목을 굽힌 채, 능을 펴고 의지의 등반이 위에다 야윈 두 팔을 포개놓고 감동 어린 눈길로 주위를 살펴보고 있었다. 그는 집에 돌아와 자신의 작은 서재를 다시 보았을 때 이렇게도 마음의 혼란을 느끼리라고는 미처 생각지도 못했었다. 아무것도 변한 것이 없었다. 지젤은 순식간에 커버를 벗긴 다음 안락의자를 제자리에 갖다놓았다. 그리고 덧문을 열고 발을 반쯤 내렸다. 아무것도 변한 것이 없었다. 그러나 모든 것이 예상 밖이라는 느낌이 들었다. 전에 그가 줄곧 살아온 방이건만, 마치 오랜 세월을 까맣게 잊고 있다가 갑자기 놀라울 정도로 분명하게 떠오르는 어린 시절의 여러 가지 추억처럼, 친숙하면서도 동시에 생소한 느낌을 주었던 것이다. 그의 눈길은 아름답고 엷은 밤색의 양탄자, 가죽으로 된 안락의자, 긴 의자, 쿠션, 벽난로와 그 위에 놓인 벽시계, 장식으로 붙인 것들, 서가의 선반 등을 반가운 듯 두리번거리고 있었다. '나는 정말 이 집의 가구를 이토록 소중하게 여겼던 것일까?' 하고 그는 생각했다. 책 한 권 한 권마다—사실 그는 사 년 전부터 이 책들을 생각해본 적이 한 번도 없었다—마치 바로 어제 손으로 만지기라도 한 것처럼 정확하게 표제를 붙일 수가 있었다. 개개의 가구마다, 물건마다—조그만 원탁, 거북이 등딱지로 만든 종이용 칼, 용이 그려져 있는 청동재떨이, 담뱃갑 따위가—그에게는 무엇인가 자신이 걸어온 삶의 한 시기를 생각나게 했던 것이다. 그것을 구입한 때와 장소라든가, 병세의 진행 과정을 지금도 일일이 기억할 수 있는 어느 환자가 치료 후 감사의 뜻으로 주던 일, 안의 이런저런 몸짓, 칼리프의 이런저런 견해, 아버지에 대한 이러저러한 추억 따위를, 저마다 생각나게 했다. 그도 그럴 것이 이 서재는 티보 씨의 화장실이었기 때문이다. 눈만 감으면 크고 육중한 마호가니 세면대, 거울이 달린 옷장, 발 담그는 구리 대야, 구석에 있던 신발장 등이 눈에 선하게 떠올랐다…. 만일 자신이 개조한 지금의 방 모습이 아니고 어린 시절에 줄곧 지내며 보아온 그 방을 보았다 해도 더 이상 놀라지는 않았을 것이다.

'이상하기도 하지….' 그는 생각했다. '방금 대문을 들어설 때 **내 집**이 아니고 **아버지의 집**으로 들어온다는 느낌이 들었

으니….'

그는 눈을 다시 떴다. 긴 의자에 붙은 낮은 책상 위에 전화가 있는 것이 눈에 띄었다. 거기에서 수없이 전화를 걸던 청년, 기운차고 자신의 힘을 자랑스럽게 여기며, 독선적인 태도로 언제나 분주히 왔다 갔다 하고, 산다는 것과 행동한다는 것에 기쁨을 느끼며 지칠 줄 모르던 그 청년의 모습이 지금 그의 눈앞에 떠올랐다. 그 청년과 지금의 자기 자신 사이에는 전쟁와 반항과 명상의 사 년이 가로놓여 있었다. 거기에는 몇 개월을 두고 겪은 고통, 일시적으로 닥쳐오는 체력의 감퇴, 한순간도 잊을 수 없는 조로早老의 시기가 있었다. 갑자기 의기소침해진 앙투안은 두 팔 위에 이마를 대고 엎드렸다. 과거 앞에서 현재는 차츰 희미해져갔다. 아버지, 자크, 베즈 아주머니 모두가 고인이 됐다. 지난날의 가족과의 생활이 젊음과 건강의 프리즘을 통해서 떠올랐다. 그런 옛날을 되찾을 수 있다면 무엇인들 바치지 않겠는가? 다시는 오지 않을 지나간 과거라고 생각하는 애석한 심정에 현재의 슬픔이 뒤섞여 있었다. 고독함을 떨쳐버리기 위해 지젤을 부를 생각도 해보았다. 그러나 아직은 정신을 가다듬을 만한 힘이 있었다. 현실을 직시할 힘이 있었다. 만사는 건강의 문제이다. 우선 건강을 회복하는 것이 중요하다. 그는 되도록 빨리 은사인 필립 박사와 진지하게 의논하여 더 적극적이고 더 빠른 치료 방법을 강구해보기로 결심했다. 르 무스키에에서 받은 치료는 결국 몸을 허약하게 하는 것임에 틀림없었다. 자신이 이토록 몸이 쇠약해진다는 것은 정상이 아니었다. 필립은 자신이 원기를 회복하도록 도와줄 것이다. 필립… 지젤… 그의 생각은 혼란해지기 시작했다. 지젤을 르 무스키에로 데려간다… 회복된다…. 갑자기 그는 졸음에 빠져들어갔다.

몇 분 뒤 눈을 떴을 때 지젤이 안락의자의 팔걸이에 걸터앉아 그를 바라보고 있었다. 그를 주시하느라고, 약간 불안해하는 눈치로 눈살을 찌푸리고 있었다. 무엇이든지 전혀 감출 줄 모르는 지젤의 윤기 있는 얼굴을 보고 앙투안은 그녀가 무엇을 생각하고 있는지를 읽을 수 있었다.

"내 꼴이 추하다고 생각하지, 안 그래?"

"아니요. 야위었다고."

"작년 가을에 비하면 9킬로가 빠졌어!"

"그 정도면 몸이 좀 가벼워졌다고 느끼지 않으세요?"

"많이."

"아직도 음색이 좀… 쉰 것 같아요." (그녀가 주목한 앙투안의 변화 중에서 그녀의 마음을 가장 섬뜩하게 하는 것은 그가 이토록 약해졌다는 것, 그의 성대가 쉬어 있다는 것이었다.)

"지금은 아무것도 아니야. 어떤 때는, 예를 들면 아침 같은 때는 전혀 목소리가 나오질 않아."

잠시 침묵이 흘렀다. 지젤이 벌떡 일어서면서 침묵을 깼다.

"그것을 떼어버릴까요?"

"좋을 대로."

지젤은 의자를 끌고 가서 그의 곁에 걸터앉았다. 그가 감기에 걸리지 않도록 하기 위해 두 손을 외투 밑으로 넣었다. 그리고 살짝 흡각을 떼어냈다. 그녀는 그것을 차례로 자기 무릎 위에 놓았다. 그러고 나서 앞치마의 네 귀퉁이를 치켜들고 유리를 씻으러 갔다.

앙투안은 일어섰다. 아까보다 훨씬 편하게 호흡할 수 있게 된 것을 확인하고 그는 둥근 보랏빛 자국이 난 앙상한 자신의 등을 거울에 비추어본 다음 옷을 다시 입었다.

그가 지젤에게로 다시 갔을 때 그녀는 이미 식탁에 식기를 늘어놓은 뒤였다.

그는 넓은 식당, 거기에 가지런히 놓여 있는 스무 개 남짓한 의자, 전에 레옹이 예식을 거행하듯 식사 준비를 하던 대리석 찬장을 한번 휘둘러본 뒤 말했다.

"저어, 전쟁이 끝나면 곧 집을 팔까 해."

지젤은 손에 접시를 든 채 몸을 돌려 놀란 모습으로 그를 응시했다.

"이 집을요?"

"모두 다 처분하고 싶어. 모든 것을. 나는 자그마한 아파트를 하나 빌리면 돼. 단출하고 실용적인… 나는…."

그는 미소 지었다. 자신도 무엇을 어떻게 하려는지 잘 알지 못하고 있었다. 그러나 한 가지 분명한 사실은 오늘 아침까지 생각했던 것과는 반대로 옛날과 같은 생활은 다시는 시작하지 않겠다고 결심한 것이었다.

"얇은 고기찜, 버터에 볶은 국수, 그리고 딸기… 이 정도면 될까요?" 하고 말하는 지젤의 태도에는 앙투안이 전적으로 자신의 기호에 따라 개조한 집안 분위기인데도 불구하고 애착을 못 갖는 이유를 굳이 묻고 싶지 않다는 뜻이 다분히 들어 있었다. 그녀는 꿈이라는 것이 별로 없었다. 그래서 장래의 계획 같은 것에는 그다지 관심을 가져본 적이 없었다.

"수고를 많이 했군." 하고 앙투안은 차려놓은 식탁을 보며 말했다.

"아직 십 분쯤은 더 있어야 해요. 냅킨을 못 찾았어요."

"내가 가서 찾아올게."

골방은 펼쳐진 채 아무렇게나 놓여 있는 접는 침대 하나가 어수선한 느낌을 주었다. 매트의 움푹 들어간 곳에 있는 여남은 개의 묵주가 눈에 띄었다. 의자 위에는 옷가지가 어지럽게 놓여 있었다.

'어째서 끝 방을 차지하지 않았을까?' 하고 그는 생각했다.

그는 벽장을 열어보았다. 계속해서 두 번째, 세 번째 벽장도 열어보았다. 세 개 모두가 손도 안 댄 리넨류로 가득 차 있었다. 시트, 베갯잇, 타월천으로 된 가운, 행주, 취사용 앞치마 따위로. 몇 묶음이나 되는지 알 수 없는 것들이 살 때 붉은 끈으로 봉한 그대로였다. 그는 어깨를 으쓱했다. '이게 다 무슨 짓이람…. 꼭 필요한 것만 있으면 되지. 나머지는 '경매소'에나 보내버리지!' 그러면서도 그는 냅킨 한 다발을 집어 들었다. 그리고 그중에서 두 뭉치를 꺼냈다. '그 이유를 알 만하군! 자크의 방에서 자는 것이 싫어서 여기에 와 있는 거야….'

그는 복도를 다시 나와 한가로운 걸음걸이로 래커칠을 한 벽을 만져보기도 하고, 지나는 길에 이 방 저 방 문을 살며시 열어보기도 하며, 마치 남의 집을 방문한 사람처럼 호기심 어린 눈초리로 방 안을 들여다보기도 했다.

현관으로 다시 온 그는 두 짝으로 된 진찰실 문 앞에 멈추어 섰다. 들어갈까 말까 잠시 망설이다가 마침내 손잡이를 돌렸다. 창문은 모두 닫혀 있었다. 서가 앞에는 커버를 씌운 가구들이 아무렇게나 놓여 있었다. 방은 더 커 보였다. 덧문의 틈 사이로 들어오는 햇살이 한 줄기 광선을 흐트러뜨려, 손님을 초대하는 날에나 들어갈 수 있는 시골의 커다란 응접실을 방불케 했다.

그는 문득 1914년 7월 하순, 스튀들레가 들고 와 보여주던 여러 개의 신문, 논쟁하던 일, 번민에 싸여 있던 일을 상기했다…. 그리고 동생이 몇 차례 찾아왔던 일을…. 그때 자크는 제니를 데리고 오지 않았었던가? 동원령이 내리던 바로 그날에…?

그는 문틈에 기댄 채 상체를 구부리고 코를 킁킁거리며 냄새를 맡고 있었다. **그 냄새**가 여기에는 더 잘 보존되어 있었다. 다른 곳보다 더 코를 찌르고, 약간 다르기는 하지만 더 향기로웠다…. 방 한가운데는 크고 당당한 사무용 책상이 시트에 가려진 채 있었는데, 그 모양이 꼭 어린아이의 영구대와 흡사했다.

'저 밑에 무엇을 쌓아두었을까?'

그는 들어가서 덮인 것을 걷어 올려보기로 했다. 책상 위에는 소포와 소책자가 산더미처럼 쌓여 있었다. 전쟁이 시작된 뒤부터 수위 아주머니는 갖가지 인쇄물, 팸플릿, 신문, 잡지 그리고 여러 곳의 실험실에서 보내오는 각종 견본을 여기에 가져다놓았던 것이다. '무슨 냄새일까?' 그는 생각했다. 전에 늘 맡아오던 냄새 말고도 독특한 냄새로서, 무겁고 어딘가 모르게 그윽한 향기가 섞여 있었다.

무심코 그는 의학잡지 몇 권의 겉봉을 뜯어 뒤적거려 보았다. 그런데 별안간 라셸이 머리에 떠올랐다. 어째서일까? 왜 안은 아니지? 이 집에 한 번도 발을 들여놓은 적이 없으며, 게다가 지난 몇 달 동안 전혀 생각해본 적이 없는 라셸이 어째서 떠오를까? '라셸은 어찌 되었을까? 지금쯤 어디에 있을까? 적도 지방 어디, 유럽에서 먼 곳, 전쟁과는 상관도 없는 곳에서 이르슈와 함께 있겠지….' 르 무스키에로 가지고 가려 했던 여러 권의 소책자를 그는 벽난로 위로 던져버렸다. '지금 이런 잡지를 독차지하고 있는 의사들이란 모두 동원되지 않은 늙은이들이다…. 행운이지! 이걸 기회로 돈을 몽땅 긁어모을 거야….' 그는 목차를 훑어보았다. 전선의 이동하는 야전병원으로부터 한 젊은 군의관이 틈틈이 시간을 내어 기이한 증상에 관해 짤막한 보고를 보내온 것이 눈에 띄었다. 특히 외과담당 군의관들이…. '전쟁이 적어도 이 방면에는 공헌할 거야. 외과의학을 발전시키는 일에는….' 그는 잡지 더미를 뒤져 여기저기에서 별책을 찾아내면 그것을 벽난로 위에 올려놓으며 그 방에 그대로 있었다. '내가 유아의 호흡 질환에 관한 논문을 정서할 수 있다면 세비옹은 그의 잡지에다 틀림없이 실어줄 텐데….'

다른 것들과는 색다르게 여러 가지 종류의 우표가 붙어 있는 소포 하나가 그의 눈길을 끌었다. 그것을 집어 곧 냄새를 맡아보았다. 조금 전에 맡았던 향기로운 그 냄새가 또다시 그의 마음을 흔들어놓았다. 콧구멍을 벌름거리며 발신자의 이름을 눈여겨보았다. **마드무아젤 보네. 코나크리 병원. 프랑스령 기니.** 우표에는 **1915년 3월** 소인이 찍혀 있었다. 삼 년 전이다. 깜짝 놀란 그는 이 작은 소포를 손안에 넣고는 뒤집어 보며 무게를 재어보았다. 약품인가? 향수인가? 끈을 잘랐다. 그리고 사방에 온통 못을 박은 장방형의 붉은색 나무상자에서 종이를 꺼냈다. '허, 참… 열기가 힘들군….' 그는 연장이라도 없나 해서 사방을 두리번거렸다. 호기심이 가지만 하는 수 없이 포기하려는 순간, 주머니에 군용 칼이 있다는 생각이 떠올랐다. 상자의 가

느다란 홈에서 칼날이 삐걱 소리를 냈다. 슬쩍 힘을 가하자 뚜껑이 열렸다. 강렬한 향수 냄새가 코를 찔렀다. 동양의 향료, 안식향, 향나무 향내였다. 익히 알고 있는 냄새이면서도 꼬집어 무어라고 말할 수가 없었다. 그는 깔려 있는 톱밥을 손톱 끝으로 조심스럽게 헤쳤다. 먼지투성이의 작고 노르스름한 구슬 몇 개가 반짝이며 나타났다. 불현듯 지난날의 일이 떠올랐다. 몇 알의 이 노란 구슬… 용연향과 사향으로 된 목걸이! 라셀의 목걸이!

앙투안은 그것을 손가락 사이에 들고 조심스럽게 문질렀다. 그의 두 눈에서는 눈물이 글썽거렸다. 라셀! 그녀의 하얀 목과 목덜미… 르 아브르항, 새벽녘의 **로마니아호**의 출범…. 그런데 이 목걸이는 왜 보냈을까? 코나크리의 마드무아젤 보네란 누구일까? 1915년 3월… 이와 같은 사실은 모두 무엇을 뜻하는 것일까?

그는 복도에서 나는 발소리를 듣고 부랴부랴 그 목걸이를 주머니 속에 밀어 넣었다.

지젤이 식사 때문에 그를 부르러 온 것이다. 그녀는 문지방에 우뚝 서서 냄새를 맡아보았다.

"이상한 냄새네요…."

그는 아무렇게나 쌓여 있는 소책자와 약품을 시트로 다시 덮었다.

"여기에도 온갖 특수한 약품을 쌓아놓았기 때문이야…."

"오지 않겠어요? 준비됐으니까."

그는 지젤의 뒤를 따라갔다. 호주머니 깊숙이 넣은 손바닥의 우묵한 곳에서 차가운 구슬이 미지근해지는 것을 느꼈다. 그러면서 그는 희고 다갈색인 라셀의 육체를 생각하고 있었다.

4

둘이 큰 식탁 한쪽 끝에 나란히 자리를 잡자마자 지젤은 다정하면서도 단호한 태도로 말했다.

"자아, 이제는 건강 상태에 관해 진지하게 말해주세요."

앙투안은 시무룩한 표정을 지었다. 그는 자신에 관해, 자신의 고통과 치료에 관해 얼마든지 말할 용의가 있었다. 게다가 간곡히 요청해오는 것이 불쾌하지 않았다. 지젤이 묻는 처음 몇 가지 질문에는 심드렁하게 대답했다. 그런데 그 여러 가지 질문이 바보스럽지 않다는 것을 즉시 깨달았다. 언제나 어린 소녀로만 여겼던 지젤이 지난 삼 년 동안의 병원 생활을 통해 정확한 지식의 소유자가 되었던 것이다. 이제는 의학에 관해 이야기해도 될 만한 상대였다. 그들 사이에는 더욱 긴밀한 관계가 이루어질 수 있었다…. 지젤이 자기에게 보여주는 관심에 힘을 얻은 앙투안은 자신의 증상을 설명하고, 지난 몇 달 동안 겪은 여러 과정을 대충 이야기해주었다. 만일 지젤이 그가 하는 말을 대수롭지 않게 여기는 눈치를 보였더라면, 그리고 애써 격려의 말만을 계속했더라면 그는 즉시 자신의 불안을 과장했을지도 모른다. 그러나 지젤이 긴장된 얼굴로 자신의 말에 귀를 기울이며, 또 매우 진지하고 무엇인가 탐색하는 듯한 눈길로 응시하고 있는 것을 보자 앙투안은 오히려 안심시키려는 말투로 이렇게 말을 맺었다.

"언제고 나는 회복될 거야." (그리고 사실 그는 마음속으로 그렇게 생각하고 있었다.) "시간이 좀 걸리겠지." 하고 그는 확신에 찬 미소를 지어 보이며 말을 이었다. "하지만, 암, 회복되고말고. 회복돼야지…. 그런데 문제는 이거야. 나는 완전히 회복될까? 가령 내가 후두를 못 쓰게 된다든가 아니면 성대가 아주 약해진다고 상상해봐. 전처럼 활동할 수 있을까? …알겠지만 살 수 있으리라는 확신만으로는 참을 수 없어. 앞으로 불구의 인간으로 살아갈 생각은 없으니까. 전처럼 나의 건강을 되찾는다는 확신을 갖고 싶은 거야! 그런데 그게 확실치가 않아…."

지젤은 상대의 말을 더 잘 알아듣고 분명히 이해하기 위해서 하던 식사를 중단했다. 그리고 원시인의 눈처럼, 동그랗고 무엇에 놀란 듯하면서도 응시하는 순박하고 유순한 두 눈으로 그를 유심히 바라보고 있었다. 몇 년 동안 굶주려왔던 이렇듯 다정한 배려가 그에게는 무척 흐뭇하게 여겨졌다. 그는 안심이 되는 듯 슬쩍 웃어 보였다.

"이건 확실치는 않아. 하지만 불가능한 것은 아니야. 끈기 있게 노력한다면 불가능한 일은 거의 없으니까! …지금까지 나는 꼭 하려고 마음먹었던 일은 모두 해냈으니까. 이번이라고 해서 못해낼 것은 없지 않을까? …나는 낫고 싶어. 틀림없이 나을 거야."

마지막 말에서 목소리를 높이다가 기침이 나와 앙투안은 말을 중단하지 않으면 안 되었다. 기침은 매우 격렬했다. 그리고 한참 계속되었다. 그러는 동안 지젤은 접시 위로 고개를 숙이고 몰래 앙투안을 관찰하고 있었다. 그녀는 스스로 마음을 안정시키고자 애썼다. '저이는 마음만 먹으면 할 수 있어. 몸조리를 할 수 있을 거야. 그리고 틀림없이 회복될 거야.'

기침이 멎자 지젤은 그를 향해 몸을 돌렸다. 앙투안은 잠시 가만히 있겠다는 시늉을 해 보였다.

"물을 좀 마셔요." 하고 지젤은 자기 잔에 물을 채우면서 말했다. 그리고 입에서 맴도는 질문을 참지 못하고 물었다. "언제까지 있을 거예요?"

앙투안은 아무런 대답을 하지 않았다. 그 질문이야말로 앙투안이 듣고 싶지 않은 것 중의 하나였다. 실은 그의 휴가는 나흘이었다. 그러나 그 휴가를 단축시킬 생각을 하고 있었다. 일시적인 치료밖에는 별 방법이 없는 데다가 이것저것 피곤해지는 일이 많은 파리에서 나흘이라는 긴 시간을 보내고 싶지 않았기 때문이다.

"얼마 동안이나?" 하고 지젤은 눈길로 그에게 물으면서 말을 이었다. "팔 일? 육 일? 오 일?"

앙투안은 아니라는 뜻으로 고개를 저었다. 숨을 깊이 들이마시더니 미소를 지은 뒤 이렇게 말했다.

"내일 떠나."

"내일이라고요?" 그녀는 어찌나 실망했던지 목소리까지 떨었다. "그렇다면 메종 라피트에 식구들을 보러 오지 않겠다는 말인가요?"

"그럴 수밖에 없어, 지젤…. 이번에는 안 돼…. 다음 기회에…. 여름쯤에…."

"하지만 만나자마자! 오랜만인데! …내일이라고요? …파리에 같이 있을 수도 없어요. 무슨 일이 있어도 오늘 밤엔 메종으로 되돌아가야만 해요. 내일 아침에 꼭 해야 할 일이 있어요. 생각 좀 해보세요! 집을 비운 지가 삼 일이나 됐어요. 떠나기 전날 여섯 명의 환자가 새로 왔던걸요!"

"하지만 하루는 온종일 함께 지낼 수 있지 않겠어." 하고 그는 달래 듯 말했다.

"그런데 그것조차 불가능해요." 그녀는 아연실색하며 외쳤다. "곧 양로원에 가야 해요. 아주머니에 관한 여러 가지 일과 가구 문제를 속히 처리해야 해요. 방을 비워주어야 하니까요…."

그녀의 두 눈엔 눈물이 그렁그렁했다. 앙투안은 지젤이 어렸을 적 몹시 슬픔에 잠겨 있던 때의 일이 문득 생각났다. 순간, 이런 생각이 그의 뇌리를 스쳐갔다. '지젤 곁에서 간호를 받으며 이런 애정을 느낀다면 얼마나 좋을까….'

앙투안은 무슨 말을 해야 좋을지 몰랐다. 자신도 이번 만남이 너무나 짧은 것을 한편으로는 몹시 가슴 아프게 여기고 있었다.

"어쩌면 연장시킬 수 있을지도 몰라…." 하고 그는 확신도 없이 나오는 대로 말했다. "모르겠어…. 한번 해보지…."

지젤의 두 눈은 대번에 빛나더니 생글거리기 시작했다. 눈물을 머금은 그녀의 눈은 아름답기 그지없었다…. (이것 역시 앙투안에게는 지난날의 일들을 생각나게 했다.)

"아무렴 그렇게 해야지요!" 하고 그녀는 결정이 된 듯 손뼉을 치며 말했다. "그리고 며칠을 메종에 와서 같이 지내는 거예요!"

'아직 어린애야.' 하고 그는 생각했다. '무어라고 꼬집어서 말

할 수는 없지만 지젤의 순박한 면이 여자로서의 성숙함과 대조를 이루고 있어. 아주 매력적인걸….'

앙투안은 화제를 바꾸기 위해 자못 궁금한 듯한 태도로 몸을 구부리며 말했다.

"그런데, 설명 좀 해봐. 파리에는 아무도 동행하지 않았으니 어찌된 일인지 말이야! 메종은 그렇게 먼 곳도 아닌데 장례식에 덜렁 혼자 오게 하다니!"

지젤은 즉시 반박했다.

"거기에서 우리가 하고 있는 일이 어떤 것인지 전혀 알지 못하고 있기 때문이에요! 어쩌겠어요? …내가 자리를 비우면 다른 사람들이 그만큼 할 일이 많아지니!"

앙투안은 지젤의 분개한 태도에 미소를 짓지 않을 수 없었다. 지젤은 앙투안을 설득하기 위해 병원의 일이 어떤 것인지, 메종에서의 그들의 생활이 어떤 것인지에 관해 장황한 설명을 늘어놓기 시작했다.

(1914년 9월 중순, 라 마른 전투가 있은 뒤부터 무엇인가 유익한 일을 하고 싶은 욕망에 사로잡혀 있던 퐁타냉 부인은 메종 라피트에 병원을 하나 세울 계획을 죽 해왔던 것이다. 부인은 생 제르맹의 숲가에 아버지로부터 물려받은 부동산을 처분하지 않고 그대로 소유하고 있었다. 마침 그 집에 세 들어 있던 영국 사람들은 전쟁이 발발하자 프랑스를 떠나버렸다. 그래서 그 낡은 별장이 비게 된 것이다. 그런데 그 집이 너무 협소하기도 하거니와 기차역에서 너무 떨어져 있어서 물건을 구하는 데도 불편했다. 그 무렵 퐁타냉 부인은 자기 집보다 훨씬 크고 **그 고장**과 가까이 위치해 있는 티보 씨의 집을 빌렸으면 하는 생각

에서 앙투안의 뜻을 물었던 것이다. 물론 앙투안은 쾌히 승낙했다. 그는 즉시 파리에 남아 있는 지젤에게 편지를 써 보내 두 하녀와 함께 퐁타냉 부인이 별장을 개조하는 일을 돕도록 했다. 한편 퐁타냉 부인 쪽에서는 외과의사의 아내이자 간호사 자격증을 소지하고 있는 조카 니콜 에케의 협조를 받기로 되어 있었다. 전상자戰傷者 구원 협회 주관하의 운영위원회가 재빨리 구성되었다. 그리하여 급히 서둘러 시설을 갖춘 티보가의 별장은 여섯 주일 뒤에는 위생국 산하의 '제7병원'이라는 명칭으로 일단의 회복기의 환자들을 최초로 받을 준비를 갖추게 되었다. 그 뒤로 퐁타냉 부인과 니콜이 운영하고 있는 '제7병원'은 단 하루도 쉰 적이 없었다.)

앙투안은 여러 통의 편지를 통해 이 모든 것을 알고 있었다. 자기 아버지의 집이 그래도 무엇인가에 기여한다는 사실이 그에게는 여간 기쁜 일이 아니었다. 특히 흐뭇하게 여겼던 것은 파리에서 하는 일 없이 빈둥빈둥 지내지나 않을까 걱정했던 지젤이 퐁타냉가에서 따뜻한 대접을 받고 있다는 사실이었다. 사실 앙투안은 '제7병원'의 운영 문제 같은 것에는 별로 관심이 없었다. 그렇다고 옛날 티보 씨의 요리사였던 건장한 클로틸드가 관리하고 있고, 지금은 기괴한 팔랑스테르*의 꼴을 하고 있는 퐁타냉가의 별장에 관해서 관심을 두고 있는 것도 아니었다. 그 별장에는 지금 니콜과 지젤이 와서 살고 있고, 다니엘도 절단 수술을 받은 뒤에 끼어들었으며, 스위스에서 돌아온 제니

* 19세기 초 프랑스 사회주의자 푸리에가 주창한 사회주의적 공동생활체를 말한다.

도 아이를 데리고 와 있었다. 앙투안은 지젤이 늘어놓는 이야기에 호기심을 갖고 귀 기울이고 있었다. 그의 눈에는 지금까지 별로 생각해보지도 않았던 이런 작은 인간 집단의 생활이 별안간 하나의 실체로 떠올랐던 것이다.

"우리 가운데서 가장 고생하는 사람은 제니예요." 하고 지젤이 설명했다. 그녀는 말하고 싶은 것이 한두 가지가 아니었다. "제니는 장 폴을 보살피는 일 말고도 시트와 내의류 시중까지 들고 있어요. 세탁이며 다림질이며 바느질이며 회계며, 거기에다 침대를 서른여덟 개, 때로는 마흔 개, 많을 때는 마흔다섯 개까지 들여놓는 병원인데 거기에 필요한 온갖 시트와 내의류를 정리하고, 또 그것을 매일 분배하는 일을 한다고 상상해보세요! 저녁때는 녹초가 되어서 돌아오곤 해요. 오후는 내내 병원에서 지내지만 아침 시간은 어린것을 돌보기 위해 별장에 있어요…. 퐁타냉 부인은 환자들 곁을 떠나지 않고요. 마구간 위에다 방 하나를 더 들여놓은 것 아세요?"

앙투안은 지젤이(그토록 근엄했던 베즈 아주머니의 조카인) 자기 입으로 제니에 관해서, 그것도 제니가 어머니가 되었다는 사실을 지극히 당연한 것처럼 말하는 것을 듣고 사뭇 이상한 생각이 들었다. '틀림없어.' 하고 그는 생각했다. '삼 년 전의 일이야…. 예전 같으면 틀림없이 남의 입에 오르내릴 일이었을 텐데 이렇게 모든 가치관이 온통 뒤죽박죽되다 보니 이제는 오히려 쉽게 받아들여지는군….'

"더군다나 모처럼 파리에 왔다가 장 폴을 보지도 않고 돌아가시다니!" 하고 지젤은 원망하는 투로 말하면서 한숨지었다. "제니는 무척 섭섭해할 거예요."

"아무 말도 하지 않으면 될 거 아니야…."

"그럴 수는 없어요." 하고 지젤은 이상할 정도로 진지한 투로 말하면서 별안간 고개를 숙였다. "제니에게 나는 아무것도 숨기고 싶지 않아요. 결코."

앙투안은 놀란 태도로 그녀를 바라보았다. 그리고 굳이 그 이유를 묻고자 하지 않았다.

"그래, 휴가를 연장시킬 자신은 있으세요?" 지젤이 물었다.

"애써보겠어."

"어떻게요?"

앙투안은 계속 거짓말을 했다.

"뤼멜에게 휴가 담당 군행정실에 전화를 걸도록 부탁하겠어…."

"뤼멜…." 하고 말하는 지젤의 모습은 무슨 생각에 잠겨 있는 듯했다.

"그렇지 않아도 오늘 그를 찾아보려고 하던 참이었어. 꽤 오랫동안 만나지 못했으니까. 그 이후로는… 우리를 위해 여러 가지로 애써준 것에 대해 인사도 할 겸해서."

오늘 이야기를 나누는 가운데 앙투안이 자기 입으로 자크의 죽음에 관해 암시하기는 이것이 처음이었다. 지젤의 얼굴은 갑자기 일그러졌다. 그리고 거무죽죽한 그녀의 얼굴은 더욱 검게 보였다.

(1914년 가을의 일이었다. 지젤은 자크의 죽음을 오랫동안 믿으려 하지 않았다. 자클로부터 아무런 기별이 없다는 것, 제네바에 있는 자크의 친구들이 보내온 소식에 따르면 자크가 행방불명이 되었다는 것, 제니와 앙투안도 확실히 그렇게 믿고

있다는 사실 등, 이 모든 것이 그녀에게는 문제가 되지 않았던 것이다. '전쟁을 핑계 삼아 또다시 도망쳤어.' 하고 그녀는 줄곧 생각해왔다. '이번에도 다시 돌아올 거야.' 이와 같이 자크가 돌아올 날을 불안한 마음으로 기다리면서 9일 기도를 하곤 했다. 이 무렵에 그녀는 제니와 가까워졌다. 이들 두 여인이 친하게 된 것은 처음에는 꽤나 불순한 타산에 근거를 두고 있었다. '자크가 돌아왔을 때 친구 사이가 된 우리를 보게 될 거다. 그렇게 되면 나는 제삼자로서 그들 생활 속에 끼어들 수 있을 거야. 그리고 자크는 자기가 없는 동안 내가 제니를 돌보아준 것을 고맙게 생각하겠지….' 그런데 뤼멜을 통해 비행기가 화염에 휩싸여 추락했다는 사실을 알았을 때, 그리고 공식 문서 사본을 읽었을 때, 그녀는 하는 수 없이 사실을 인정하지 않을 수 없었다. 그러면서도 마음속으로는 막연한 직관을 믿으며, 그것이 분명한 사실이 아니기를 바라고 있었다. 그리고 지금도 문득 생각날 때마다 마음속으로 이렇게 되뇌곤 하는 것이었다. '누가 알아…?')

지젤은 앙투안과 시선이 마주치는 것을 피하기 위해 다시 고개를 숙였다. 그리고 자신의 모든 것이 갑자기 침몰하기라도 한 듯 흐르는 눈물을 억지로 참으며 얼마 동안 꼼짝도 않고 멍하니 있었다. 마침내 그녀는 북받쳐오는 눈물을 참기 위해 부엌으로 갔다.

'몸이 무척 둔해졌구나.' 앙투안은 생각했다. 그러면서 그녀의 뒷모습을 계속 바라보았다. 그리고 본의 아니게 그녀의 마음을 그토록 혼란스럽게 한 것을 한편 가슴 아프게 여겼다. '저 허리! …상체며 몸 전체가 나이보다 열 살은 더 들어 보이는걸.

서른은 넘어 보이는군!'

그는 호주머니에서 목걸이를 꺼냈다. 버찌 씨처럼 굵고 진한 회색 사향옥의 작은 알이 용연향의 구슬과 번갈아 끼워져 있었다. 그 용연향의 모양과 색깔이 꼭 자두와 흡사해, 반투명하고 어두운 황색은 너무 익은 자두 같았다. 앙투안은 그 목걸이를 무심코 손가락 사이로 굴리고 있었다. 그 용연향의 구슬은 미지근해졌다. 앙투안에게는 지금 막 라셀의 목에서 벗긴 것처럼 느껴졌다….

딸기 접시를 든 지젤이 다시 모습을 나타냈을 때 그녀의 얼굴에서는 아직도 슬픈 기색을 역력히 읽을 수 있었다. 그것을 본 앙투안은 가슴이 뭉클해짐을 느꼈다. 지젤이 딸기 접시를 식탁에 놓으려고 했을 때 앙투안은 아무 말도 하지 않고 은팔찌를 끼고 있는 그녀의 적갈색 손목을 쓰다듬어주었다. 그녀는 소스라쳤다. 그러면서 속눈썹을 바르르 떨었다…. 지젤은 앙투안의 시선을 피했다. 그녀는 자기 자리에 앉았다. 다시 눈물 두 방울이 눈가에 맺혔다. 이번에는 자신의 슬픔을 감추려고도 하지 않고 애매한 미소를 띠면서 앙투안 쪽으로 몸을 돌렸다. 그리고 한동안 아무 말도 없이 그대로 있었다.

"나는 바보예요." 하고 지젤은 마침내 한숨지으며 말했다. 그리고 차분히 딸기에 설탕을 치기 시작했다. 그러나 곧 설탕통을 내려놓더니 신경질적으로 몸을 일으켰다. "내가 가장 고통스럽게 여기고 있는 게 무엇인지 아세요, 앙투안? 그건 내 주위에 있는 사람들 어느 누구도 그의 이름을 입 밖에 내지 않는다는 거예요…. 제니는 항상 그이를 생각하고 있어요. 나는 그것을 알 수 있고, 또 피부로 느끼고 있어요. 장 폴이 자크의 아들이기 때문에 제니는 그토록 그 아이를 귀여워하는 거예요…. 그리고 자크는 언제나 우리 가운데 존재하고 있어요. 내가 지금 제니에게 애정을 품고 있는 것도 실은 자크에 대한 추억 때문이지요. 그리고 제니 역시 그런 것이 없다면 무엇 때문에 나를 이렇듯 따뜻하게 맞이해주며, 나를 언니처럼 대하겠어요? 그런데 제니는 결코 자크에 관한 이야기를 입 밖에 내는 법이 없어요! 마치 우리 둘을 끊임없이 괴롭히고 있고, 영원히 우리 둘을 묶어놓고 있는 비밀이라도 되는 것처럼 말이에요. 그래서 그 비밀에 관해 어떤 암시도 해서는 안 되는 것처럼 말이지요! 그 때문에, 앙투안, 나는 숨이 막힐 지경이랍니다! …말해두지만" 하고 그녀는 헐떡이며 말을 계속했다. "제니는 교만해요. 그리고 까다롭고! 제니… 이제는 제니가 어떤 여자인지 알 만해요! …나는 제니를 좋아해요. 제니와 장 폴을 위해서라면 목숨이라도 바치겠어요! 하지만 나는 괴로워요. 제니가 그토록 마음을 닫고 있는 게 괴로워요. 게다가 그다지도… 뭐라고 말해야 좋을지…. 제니는 자크가 모든 사람들로부터 버림받았다는 생각 때문에 괴로워하는 것 같아요. 자기를 제외한 모든 사람에게서. 자크를 이해한 사람이 자기뿐이라고 생각하고 있어요! 그리고 그런 생각에 광적으로 집착하고 있어요! 그래서 아무하고도 자크에 관한 이야기를 하려 들지 않아요. 특히 나하고는! …하지만, 하지만…"

굵은 눈물방울이 그녀의 뺨 위로 흘러내렸다. 그런가 하면 갑자기 나이 들어 보이는 얼굴에는 슬픈 기색이라기보다는 앙투안 자신으로서는, 무어라 꼬집어 설명할 수 없는 잔인함이 뒤섞인 열정과 분노의 빛이 이글거렸다. 앙투안은 곰곰이 생각해보았다. 놀라운 것은 제니와 지젤이 그렇게 가까워져 있으리라고는 짐작조차 못 했었다는 사실이다.

"제니는 내가… 자크를 좋아한다는 것을 전혀 알지 못하고 있는 게 틀림없어요." 지젤은 목소리를 낮추어 말했다. 그러나 목소리는 여전히 격앙된 그대로였다. "나는 자크에 관한 이야기를 제니와 마음을 터놓고 할 수 있기를 무척 바라고 있어요! 아무것도 감출 게 없으니까요…. 제니가 모든 것을 알았으면 해요! 전에는 내가 자기를 미워했었다는 것도—그래요, 아주 미워했어요!—그런데 지금은 정반대예요. 자크가 죽은 뒤로는 내가 자크에 대해 느끼고 있던 모든 것을…" (그녀의 눈길은 자기紫氣와 같은 광채를 띠었다.) … "제니와 그들의 어린아이에게 모든 것을 쏟고 있다는 것을 알아주었으면 해요!"

조금 전부터 앙투안에게는 지젤이 하는 말이 거의 귀에 들어오지 않았다. 그는 오로지 그녀의 갈색 눈꺼풀과 긴 속눈썹의 움직임에만 정신이 팔려 있었다. 천천히 떴다가 다시 감기며, 눈동자의 빛을 가렸다가 다시 드러내곤 하는 그 움직임은 마치 명멸하는 등대의 불빛과도 같았다. 그는 식탁에 팔꿈치를 올려놓은 다음 한 손으로 뺨을 괴었다. 그러고는 황홀감에 젖은 채 손가락 끝에 밴 사향 냄새를 맡고 있었다.

"이제 나에게는 두 사람 모두 한집안 식구나 다름없어요!" 하고 지젤은 애써 침착한 척하면서 말을 이었다. "제니는 나를 언제나 자기 곁에 있게 하겠다고 약속했어요…."

'만일 내가 제의하면 나와 함께 있어줄까?' 하고 앙투안은 생각했다.

"…그래요, 그렇게 약속했어요. 그래서 나는 사는 보람을 느끼며 앞으로의 일도 생각하게 된 거예요. 아시겠어요? 이제 이 세상에서 나에게 소중한 것은 아무것도 없어요. 있다면 그것은 제니일 뿐, 그리고 우리의 귀여운 꼬마일 뿐!"

'제니는 받아들이지 않을걸.' 앙투안은 생각했다. 한편 그녀의 떨리는 목소리에서 무엇인가 귀에 거슬리는 울림을 알아챈 그는 거기에 그녀의 본심이 드러나 있는 것 같아 섬뜩했다. '틀림없어.' 그는 생각했다. '저 두 여인 저마다의 속사정, 두 미혼녀가 서로 다정히 지내고 있는 것은 그 마음속에 여러 가지 괴로움이 있기 때문인 것이다! …애정도 틀림없이 있겠지. 그러나 질투심도 분명히 숨겨져 있다. 그리고 증오심도 어느 정도는 깔려 있는 게 틀림없지! …이런 것들이 모두 뒤범벅이 되어 격렬한 애정처럼 보이고 있는 것이다….'

지젤은 이야기를 계속했다. 지금 그녀가 하고 있는 말은 스스로를 달래며 자신의 마음을 가라앉히기 위한 푸념에 지나지 않았다. 그녀는 이런 말을 하지 않고는 견딜 수가 없었다.

"제니는 특출한 사람이에요…. 품위 있고 정력적이며… 아주 멋있어요! 하지만 남들에게는 얼마나 엄격한지 몰라요! 예를 들자면 다니엘을 대하는 태도도 아주 냉혹해요. 어처구니없을 정도니까요…. 내 느낌으로는 나에게도 마찬가지로…. 하기야 제니 입장에서 볼 때 그럴 만한 자격을 가졌다고 할 수 있겠지요. 제니에 비하면 나야 보잘것없는 인간이니까요. 하지만 제니가 늘 옳은 것만은 아니에요. 진실을 똑바로 볼 줄 모르며, 자기 자신을 너무 믿고 있어요. 다른 사람들의 생각 같은 것은 인정하려 들지 않으니까요…. 그렇다고 내 쪽에서 무리한 것을 요구하는 것도 아닌데! 만일 장 폴이 자기 아버지의 종교를 그대로 따르는 것을 제니가 원치 않는다 해도 나로서는 어쩔 수 없는 일이며, 제니를 설득할 생각도 없어요…. 그러나 그럴 경우 최소한 목사님에게 세례를 받게 하는 것이 좋을 텐데!" 그녀의 눈길은 냉엄한 빛을 띠었다. 그리고 전에 베즈 아주머니가 그렇게 했듯이 툭 튀어나온 이마를 고집스럽게 몇 번 흔들었다. 그러고는 입술을 꼭 다물고 있는 것이 어떤 타협도 있을 수 없다는 듯한 태도였다. "그렇게 생각하지 않으세요?" 하고 그녀는 앙투안 쪽으로 몸을 획 돌리면서 외쳤다. "그 애를 신교도로 만들고 싶다면 그렇게 하라지요! 하지만 자크의 아이를 개처럼 키워서는 안 돼요!"

앙투안은 애매한 몸짓을 해 보였다.

"당신은 그 애가 어떤지를 모르세요." 하며 지젤은 말을 이었다. "천성이 다혈질이어서 신앙심이 필요한 애예요!…" 이렇게 말하면서 한숨짓더니 별안간 어조를 바꾸어 비통한 투로 말을 이었다. "자크와 똑같아요! 자크가 그대로 믿음을 간직했더라면 아무 일도 일어나지 않았을 텐데!…" 지젤의 얼굴 표정은 또다시 순식간에 변하면서 부드러워졌다. 한편 그녀의 두 눈은 기쁨의 미소와 함께 점차 빛나기 시작했다. "그 애는 자크를 너무나 닮았어요! 짙은 밤색 머리도 자크를 그대로 닮았어요! 눈과 손도 그렇고요! …이제 겨우 세 살밖에 안 되었는데 어찌나 고집쟁이인지! 때로는 몹시 고집불통이기도 하고, 또 때로는 무척 상냥하기도 해요…." 이렇게 말하는 그녀의 목소리에서 이미 원망스러워하는 흔적은 조금도 찾아볼 수 없었다. 그녀는 명랑하게 웃으며 말했다. "나를 지이 아주머니라고 불러요!"

"그래, 그렇게 고집불통인가?"

"자크와 똑같아요. 화내는 것까지도요, 알겠어요? 겉으로 드러내지 않고 화내는 것…. 그럴 때면 정원의 구석 쪽으로 도망가서 혼자서 무엇인가 생각하곤 해요."

"영리한가?"

"아주! 뭐든지 금세 알아차려요. 눈치도 빠르고. 그리고 감수성이 어찌나 예민한지! 다정하게 대하면 무슨 일에든지 말을 잘 들어요. 하지만 거칠게 대한다든가, 하고자 하는 것을 못 하게 막으면 눈살을 찌푸리고는 두 주먹을 불끈 쥔답니다. 그때는 제정신이 아니에요…. 그것도 자크와 똑같아요." 지젤은 잠시 무슨 생각에 잠겨 있는 듯했다. "지난번에 다니엘이 그 애의 사진을 찍었어요. 제니가 보내드렸지요?"

"아니. 그 애의 사진 같은 것은 아직 한 번도 받아본 적이 없어."

뜻밖이라는 듯 지젤은 앙투안을 향해 두 눈을 치켜들었다. 그리고 질문하려는 듯 무엇인가 우물거리더니 그만두고 말았다.

"핸드백 속에 사진을 갖고 있는데… 보실래요?"

"보여줘."

지젤은 핸드백을 찾으러 뛰어갔다. 그리고 거기에서 아마추어가 찍은 작은 사진 두 장을 꺼냈다.

작년에 찍은 것 같은 한 장은 장 폴이 자기 어머니와 함께 찍은 것이었다. 좀 통통해진 제니의 얼굴은 옛날에 비해 훨씬 복스럽고 부드러워 보였으며, 어딘지 모르게 위엄이 있어 보였다. '어머니를 그대로 닮았구나.' 앙투안은 생각했다. 제니는 검은색 드레스를 입고 있었다. 그리고 장 폴을 안고 돌계단 위에 앉아 있었다.

다른 한 장은 분명히 보다 최근에 찍은 것 같은데 장 폴만이 있었다. 작은 체구에 놀라울 정도로 근육이 발달한 장 폴이 몸에 꼭 맞는 저지 스웨터를 입고 턱을 아래로 당긴 채 시무룩한 표정을 지으며 뻣뻣이 서 있었다.

앙투안은 이 두 장의 사진을 한참 동안 들여다보았다. 특히 두 번째 사진이 자크를 더욱 생각나게 했다. 머리털이 나 있는 모습이며, 움푹 들어간 날카로운 눈초리이며, 입, 턱 등이 자크를 그대로 닮았다. 그야말로 티보가家 특유의 강한 턱이었다.

"그런데 말이에요." 하고 지젤은 선 채 앙투안의 어깨 쪽으로 몸을 구부리며 설명했다. "모래 장난을 하고 있던 중이었어요. 저기에 삽이 있었어요. 그 장난을 못하게 하니까 화가 나서 삽을 집어던지더군요. 그러고는 벽까지 뒷걸음쳐 갔어요…."

앙투안은 웃으며 지젤을 향해 얼굴을 들었다.

"그토록 그 애가 귀여운가?"

지젤은 아무 대답도 하지 않고 미소만 지어 보였다. 경탄스러울 정도의 애정을 담고 있는 듯한 그 미소야말로 그 어느 것보다도 많은 것을 말해주고 있었다.

그렇지만 앙투안 입장에서는 눈치도 채지 못할 한 가지 가슴 아픈 일이 그녀를 엄습해왔다. 지난날 저지른 그 어처구니없는 짓을 생각할 때마다 그녀는 가슴이 죄어드는 것만 같았다…. (이 년 전의 일이다. 아니, 더 되었는지도 모른다. 장 폴이 아직 젖먹이였을 때의 일이다…. 지젤은 장 폴을 안아주고 흔들어주며 품에 안아 잠재우는 것을 무엇보다 즐거운 일로 여기고 있었다. 그리고 젖을 물리고 있는 제니를 보면 쓰라린 절망과 질투의 감정이 그녀를 엄습하곤 했다. 어느 여름날의 일이다. 제니는 그녀에게 장 폴을 맡겼다—소나기를 머금은 짜증스럽도록 무더운 날씨였다 ―엉뚱한 유혹에 사로잡힌 지젤은 장 폴을 데리고 자기 방에 틀어박혔다. 그리고 자기의 젖을 물려주었다. 아아, 그때 장 폴이 조그만 입으로 얼마나 걸신들린 듯 그녀에게 달라붙었으며, 그리고 그 작은 입이 젖을 빨 때 얼마나 유방을 물어뜯으며 아프게 했던가! …그런 일이 있은 뒤 지젤은 며칠 동안 반상출혈과 동시에 부끄러운 생각 때문에 무척 괴로워했었다…. 그것은 죄악이었는가? 그녀는 고해실에서 대충 그 일을 고백하고, 오랫동안 스스로 속죄한 뒤에야 비로소 마음의 안정을 되찾을 수 있었다. 그 뒤로는 두 번 다시 그런 일을 되풀이하지 않았다….)

"그런 태도를 자주 보이나? 고집불통의 그런 태도 말이야?" 앙투안이 물었다.

"오, 그야 자주 있는 일이에요! 하지만 그때마다 다니엘이 그러지 못하게 하지요. 아직 다니엘의 말은 그런대로 듣는 편이랍니다. 다니엘이 남자니까 그런가 봐요. 참, 그 애는 엄마를 무척 좋아한답니다. 물론 저도 퍽 좋아하지요. 하지만 우리는 여자들이라서. 글쎄, 뭐라고 말할까? 그 애는 벌써 남자라는 우월감을 갖고 있어요. 우스워요? 그게 사실이에요! 하찮은 일에서도 그런 것을 느낄 수 있는걸요…."

"내 생각으로는 두 사람이 늘 그 애 곁에 있으니까 위엄이 없어지는 게 아닌가 해. 반면 삼촌과 만나는 기회는 드무니까…."

"드물다고요? 그 애는 오히려 우리보다는 삼촌과 함께 보내는 시간이 더 많아요. 우리는 병원에 가고 없으니까요! 다니엘이 거의 온종일 그 애를 돌보고 있어요."

"다니엘이?"

지젤은 앙투안의 어깨에 올려놓고 있던 손을 떼더니 약간 몸을 비키며 의자에 앉았다.

"그래요. 왜요? 놀라셨나요?"

"다니엘이 애 보는 일을 하다니 도무지 믿어지지가 않는군…."

지젤은 무슨 뜻인지 이해하지 못했다. 그녀가 다니엘을 알기 시작한 것은 그가 수술을 받은 뒤부터였다.

"정반대예요. 오히려 장 폴이 그의 친구가 되어주고 있어요. 메종 라피트에서는 하루가 길어요."

"그런데 지금은 제대한 몸일 텐데, 그렇다면 다시 일을 시작하지 않았나?"

"병원에서요?"

"아니, 그림 그리는 일 말이야!"

"그림 그리는 일이라고요? 그가 그림 그리는 것은 본 적이 없는데…."

"그러면 다니엘은 파리에 자주 가지 않나?"

"전혀. 집 밖은 고사하고 정원에도 나가는 일이 없어요."

"그 정도로 걷는 것을 힘들어 하나?"

"그 때문은 아니에요. 다리를 저는 것도 눈여겨보지 않으면 모를 정도이니까요. 특히 새 기구를 쓰기 시작한 뒤부터는…. 그런데도 통 나가려고 하지 않아요. 신문을 읽는 일, 장 폴을 보살피며 같이 놀아주는 일, 그 아이와 함께 집 안을 거니는 일이 고작이랍니다. 이따금 클로틸드에게 가서 완두콩 껍질을 까거나 과일 껍질을 벗겨 잼 만드는 것을 도와주기도 하지요. 어떤 때는 테라스의 자갈을 고르기도 해요. 자주 있는 일은 아니지만…. 그런 기질을 타고난 사람인 것 같아요. 차분하고 무관심하며 약간 무딘 듯한….”

“다니엘이?”

“그렇다니까요.”

“전에는 전혀 그렇지 않았는데… 지금은 퍽 비관하고 있는 모양이군.”

“무슨 말씀이세요! 조금도 권태로워하는 기색이 없어요. 여하간 푸념을 한다거나 하는 일이 전혀 없으니까요. 이따금 뚱한 모습을 보일 때도 있지만—그것도 딴사람하고 그렇지 나하고는 절대로 그런 일이 없어요—그것은 딴사람들이 그를 대할 줄 모르기 때문이지요. 니콜은 공연히 그분을 괴롭히며 약을 올리곤 해요. 제니도 서투르지요. 침묵을 지키고 있는가 하면 냉랭하게 대해서 그의 마음을 상하게 해요…. 제니는 마음이 착해요. 퍽 착해요. 그런데 나타낼 줄 몰라요. 남을 기쁘게 해주는 말이나 태도를 보이는 적이 없으니까요….”

앙투안은 더 이상 아무런 대꾸도 하지 않았다. 그러나 지젤은 어이없어 하는 그의 태도를 보고 웃음을 터뜨렸다.

“다니엘의 기질을 잘 모르시나 봐요. 그분은 언제나 응석받이로 자라온 게 틀림없어요. …말할 수 없이 게으르답니다!”

식사는 이미 끝난 지 오래다. 지젤은 시계를 보자마자 부리나케 자리에서 일어났다.

“식탁을 치우겠어요. 그런 다음 저는 가보아야 해요.”

지젤은 앙투안 앞에 서서 그를 다정한 눈길로 바라보았다. 아무도 없는 방에 환자를 혼자 남겨두고 가는 것이 못내 아쉬운 눈치였다. 그녀는 무엇인가 말하려는 듯 망설이고 있었다.

상냥하면서 수줍은 듯한 미소가 눈길을 스쳐가더니 마침내 입술에까지 떠올랐다.

"오후 늦게 모시러 올까요? 혼자 여기에 있느니 차라리 메종 라피트에 가서 우리와 함께 저녁 시간을 보내는 것이 어떨까요?"

앙투안은 머리를 저었다.

"어쨌든 오늘 저녁은 안 돼. 오늘 뤼멜을 꼭 만나야 해. 내일은 필립 박사를 만나야 하고. 게다가 아래층에 가서 정리할 것도 있고, 여러 가지 서류도 찾아야…."

앙투안은 무엇인가 곰곰이 생각하고 있었다. 르 무스키에는 금요일 저녁까지 돌아가면 된다. 그러므로 메종 라피트에서 이틀을 보낸다고 해서 문제될 것은 아무것도 없었다.

"그런데 거기에 가면 내가 어디서 묵는다는 거야?"

지젤은 대답도 하기 전에 재빨리 몸을 구부려 흔쾌히 그를 포옹했다.

"어디서냐고요? 물론 별장에서이지요! 빈방이 두 개나 있어요."

앙투안은 장 폴의 사진을 손에 들고 있었다. 그리고 틈틈이 그것을 들여다보곤 했다.

"좋아. 휴가 연장을 위해 수속을 밟겠어…. 그럼 내일 저녁에…." 그는 사진을 손가락 사이에 끼고 높이 쳐들었다. "내가 가져도 되겠지?"

5

지젤이 떠나간 뒤 혼자 있게 된 앙투안은 뤼멜에게 전화를 걸었다. 일요일인데도 불구하고 뤼멜은 케 도르세의 그의 사무실에 나와 있었다. 오후에는 한 시간도 낼 수 없다고 사과한 뒤, 뤼멜은 저녁 식사를 같이하자고 제의했다.

앙투안은 여덟시에 외무부에 도착했다. 뤼멜은 전등이 희미하게 비치고 있는 층계 밑에서 그를 기다리고 있었다. 관청답게 어둠침침한 불빛 아래에서 조용히 사무실을 나서는 공무원들의 오가는 모습이며, 늦게 누군가를 만나러 온 몇몇 방문객들이 아무 말 없이 오가는 모습은 어딘지 모르게 범상치 않고 사람의 시선을 피하는 듯한 느낌을 주었다.

"맥심으로 안내할게. 자네를 병원 생활의 분위기에서 좀 벗어나게 해줄 거야." 뤼멜은 다정하게 위로하는 듯한 미소를 띠면서 말했다. 그러면서 그는 앞마당에 세워져 있는 작은 기가 달린 자동차로 앙투안을 안내했다.

"별로 보잘것없는 손님인데." 하고 앙투안은 솔직히 말했다. "저녁에는 우유밖에 안 드는걸."

"거기 가면 병에 넣어 차게 한 아주 좋은 우유가 있어." 하고 뤼멜은 말했다. 그는 맥심에 가서 저녁 식사를 하기로 마음을 정하고 있었다.

앙투안은 머리를 끄덕이며 승낙 표시를 했다. 그는 오늘 하루를 집에서 서류정리함을 뒤지고, 서고에서 무엇을 찾아내느라고 보냈기 때문에 몹시 지쳐 있었다. 그래서 오늘 저녁 뤼멜과의 대담이 그에게는 적지 않은 걱정거리였던 것이다. 우선 말하는 것이 힘들다는 것과 성대를 보호해야 한다는 것을 뤼멜에게 알렸다.

"나처럼 말하기 좋아하는 사람에게는 정말 행운이군." 하고 뤼멜이 큰 소리로 말했다. 그는 앙투안의 초췌한 모습, 낮고 억눌린 듯한 목소리 때문에 받은 좋지 않은 인상을 어떻게 해서든지 겉으로 드러내지 않기 위해 명랑한 어투를 가장하고 있었다.

환하게 불이 켜져 있는 식당 홀에서 본 앙투안의 홀쭉하고 창백한 얼굴 모습은 뤼멜을 한층 더 놀라게 했다. 그러나 그는 앙투안의 건강에 관해 지나치게 관심을 갖고 묻는 것은 삼갔다. 그리고 대수롭지 않은 몇 가지 질문을 한 다음 즉시 화제를 바꾸었다.

"수프는 그만두기로 하지. 오히려 굴이 좋을 거야. 철이 끝날 무렵이긴 하지만 아직은 그런대로 먹을 만해…. 나는 자주 이곳에 와서 저녁을 하곤 한다네."

"나도 여기에 자주 오곤 했어." 앙투안은 작은 소리로 말했다. 그의 눈길은 천천히 홀을 둘러본 뒤, 주문을 기다리며 서 있는 늙은 웨이터에게로 쏠렸다. "이봐, 장, 나를 모르겠나?"

"아무렴 알아뵙지요, 선생님." 하고 웨이터는 인사치레의 미소를 띠며 고개를 숙였다.

'거짓말을 하는구나.' 앙투안은 생각했다. '전에는 나를 언제나 **의사 선생님**이라고 불렀는데….'

"사무실에서 아주 가까워서" 하며 뤼멜은 말을 이었다. "비상이 걸리는 날 저녁 같은 때는 아주 편리해. 길만 건너면 해군부의 방공호가 있으니까."

뤼멜이 메뉴를 고르고 있는 동안 앙투안은 그를 유심히 바라보았다. 뤼멜도 변해 있었다. 사자 같던 그의 얼굴이 지금은 살이 올라 퉁퉁해져 있었다. 갈기를 방불케 하던 머리도 꽤 희어져 있었다. 눈언저리에는 나이가 들어 보이는 누리끼리한 피부에 무수한 잔주름이 사방으로 잡혀 있었다. 눈초리만은 푸르고 생기가 있어 보였지만 아랫눈꺼풀 밑에는 엷은 보랏빛의 군살이 무엇이 곪아서 얼룩진 듯한 광대뼈 위로 늘어져 있었다.

"디저트는 나중에 생각하기로 하지." 뤼멜은 웨이터에게 메뉴를 돌려주며 지친 모습으로 말했다. 그는 고개를 뒤로 젖히고 두 손을 벌려 잠시 얼굴을 감싸더니 손가락으로 화끈거리는 눈꺼풀을 눌렀다. 그러고 나서 깊은 한숨을 내쉬며 말했다. "여보게, 보다시피 동원이 된 뒤로 지금까지 단 하루도 휴가를 못 얻었다네. 이제는 지칠 대로 지쳐 있어."

그것은 분명한 사실이었다. 신경이 예민한 뤼멜의 경우 쌓이고 쌓인 피로가 극도의 열병 증세로 나타났던 것이다. 앙투안이 뤼멜과 작별하던 1914년 당시만 해도 뤼멜은 확신에 차 있었고 자신만만했으며 좀 거만스러워 보이기까지 했었다. 그리고 모든 문제에 관해 거리낌 없이 장광설을 늘어놓기는 했지만 거기에는 애써 자중하는 기색도 엿보였던 것이다. 그런데 사년에 걸친 과로의 결과, 그는 눈을 끔벅거리며 갑자기 경련이라도 일어난 듯 웃어대고, 어떤 이야기를 하다가 느닷없이 다른 이야기로 비약하면서 쉴 새 없이 요란한 몸짓을 하는가 하면, 병적인 흥분이 새빨간 얼굴에 떠올랐다가 별안간 심한 우울증에 빠지는 그런 사람으로 변모되어 있었다. 그러면서도 그는 지난날처럼 당당하게 행동하려고 애쓰고 있었다. 피곤하다고 투덜대며 지친 모습을 보이면서도 잠깐씩 기운을 되찾곤 했다. 그는 머리를 약간 뒤로 젖히더니 한 손으로 느긋하게 머리카락을 쓸어 올렸다. 그러고는 열정을 되찾은 듯 희색이 만면하여 보라는 듯이 미소를 지어 보였다.

앙투안은 자크의 죽음에 관해 자세한 조사를 해준 것과, 제니가 스위스로 가고자 했을 때 그녀에게 베푼 도움에 대해 사의를 표하려고 했다. 뤼멜은 단호히 그의 말을 가로막았다.

"당연한 일이지! 여보게, 그런 이야기는 그만하게나!…" 그러고 나서 엉뚱하게 이런 말을 내뱉었다. "매력적인 젊은 여인이었어… 아주 매력적인…."

'저 인간은 너무 사교적이다 못해 이따금 바보스러워지는군.' 하고 앙투안은 생각했다.

뤼멜은 앙투안의 말을 가로막더니 계속 말을 했다. 그는 앙투안이 그 일에 대해 아무것도 모르고 있기라도 한 것처럼 자신이 취한 조치에 관해 자세한 이야기를 시작했다. 그의 머릿속에는 모든 것이 놀라울 정도로 명확하게 기록되어 있었다. 중간에 나섰던 사람들의 이름과 날짜를 거침없이 대고 있었다.

"가련한 최후였어!" 그는 한숨지으며 결론을 내렸다. "자네 우유 안 마시나? 미지근해질 텐데…." 그는 앙투안을 향해 주저하는 듯한 눈길을 보내더니 잔에 입술을 축였다. 그리고 고양이 털처럼 헝클어진 수염을 닦더니 또다시 탄식하듯 말했다. "그래, 가련한 최후였어…. 자네 생각도 했었어, 참말이야…. 하지만 사정이 사정이었던 만큼… 자네의 사상… 티보라는 이름의 명망을 위해서…. 생각해보면—적어도 가문을 위해서라도—그러한 최후를… 과연… 바람직스러운 것이었다고 할 수 있을까?…"

앙투안은 아무런 대꾸도 하지 않고 눈살을 찌푸렸다. 뤼멜의 말이 그의 아픈 곳을 찔렀기 때문이다. 그러면서도 그는 자크의 최후에 관한 소식을 들었을 때 자기 자신도 그러한 생각을 했었다는 사실을 인정하지 않을 수 없었다. 그렇다. 그렇게 생각했었다. 그러나 지금에 와서는 그렇지 않다. 오히려 전에 그런 망상을 품고 있었다는 사실을 생각만 해도 가슴이 찢어지는 듯한 자괴감을 느꼈다. 지난 몇 년 동안 체험한 전쟁, 병원에서 오랫동안 불면의 생활을 겪으면서 하게 된 성찰, 이런 것들이 지난날 자신의 대부분의 판단에 커다란 혼란을 가져다주었던 것이다.

그는 뤼멜과 그런 개인적인 문제를 두고 이야기할 생각은 추호도 없었다. 더구나 다른 곳도 아닌 여기에서라면 더더욱 그러했다. 전에 안과 저녁 식사를 하러 자주 들렀던 이 식당에 들어섰을 때부터 그는 거북함을 느꼈던 것이다. 전쟁이 일어난 지 사십사 개월, 이런 호화스러운 식당에 이토록 많은 손님이 와 있다는 사실에 그는 솔직히 말해서 놀라움을 금치 못했다. 전에 저녁이면 손님들로 들끓었던 것과 마찬가지로 식탁이란 식탁은 하나도 빈 곳이 없었다. 여인들은 전처럼 많지는 않아 보였다. 전처럼 화려하지도 않았고, 대부분 간호사 같아 보였다. 남자들은 대부분 군인이었다. 그들은 번쩍거리는 멜빵을 조여 매고 가지각색의 훈장이 달린 긴 군복을 입고 으스대고 있었다. 휴가를 얻어 나온 장교도 몇 명 있었지만 그들 중의 대부분은 파리 관구 아니면 총사령부 소속의 장교들이었다. 그밖에 비행사들도 꽤 있었는데, 시끄럽게 굴면서 서로 흥겨워하고 있었다. 침울한 눈길에 약간 광기를 띠고 있는 것이 마시기 전부터 취해 있는 듯했다. 이탈리아, 벨기에, 루마니아, 일본식 군복 등 가지각색의 군복을 진열한 듯한 느낌이다. 거기에 해군도 몇 명 있었다. 그들은 거의가 영국인으로—칼라가 젖혀진 카키색 군복 상의와 깨끗한 셔츠를 입고 있었다—샴페인을 터뜨리며 저녁 식사를 하러 온 무리였다.

"회복기가 끝나면 잊지 말고 나에게 알려주게." 뤼멜이 상냥하게 말했다. "또다시 전선으로 가는 일은 없어야 하니까. 자네는 자네 몫을 할 만큼 한 셈이야…."

앙투안은 상대의 말을 정정해주고 싶었다. 1917년 겨울, 최초의 부상이 완쾌된 것으로 판단되어 그는 후방의 병원으로 전속되었던 것이다. 그러나 뤼멜은 말을 계속했다.

"지금 같아서는 전쟁이 끝날 때까지 본부에 있을 게 틀림없어. 클레망소가 수상이 됐을 때 나는 자칫하면 런던으로 갈 뻔했지. 그와 각별한 관계를 맺고 있는 푸앵카레 대통령이 아니었다면, 그리고 무엇보다도 내가 의중을 속속들이 다 잘 알고 있고, 또 나를 데리고 있고 싶어 하는 베르드로*의 항의가 없었다면 나는 가는 수밖에 없었을 거야. 물론 이런 시기에 그곳에서의 생활이라고 해서 흥미가 없는 것은 아니었겠지만. 그러나 여기에서처럼 모든 일의 중심에 있지는 못했겠지. 참 통쾌한 일이야!"

"그건 나도 알 만하군…. 자네야 적어도 특권층에 속하니까 일이 어떻게 돌아가는지 알고 있겠지… 안 그래? 앞으로의 정

* 당시의 외무장관 이름이다.

세도 어느 정도는 예측할 수 있을 테고!"

"그렇지는 않아." 뤼멜은 상대의 말을 가로막았다. "알다니, 천만에. 그리고 예측한다는 것은 더더구나 불가능하고… 내막을 알고 있다 해도 아무런 소용이 없다네. 무슨 일이 일어나고 있는지 알 수 없으니까. 나중에 가서야 무엇인가가 일어났다는 것을 알게 되는 것이 고작이야…. 오늘날의 정치가는 클레망소처럼 전제적인 자라 할지라도 사태에 직접적인 영향을 미치지는 못하는 거야. 오히려 사태에 끌려가고 있지…. 전시戰時에 통치한다는 것은 사방에서 물이 스며들어 오고 있는 배를 조종하는 것과 같다고나 할까. 가장 위험하다고 생각되는 물구멍을 막기 위해 순간순간 임기응변으로 일을 처리할 수밖에 없어. 그야말로 난파의 분위기 속에서 살고 있는 거지. 이따금 배의 위치를 측정하고 지도를 보며 대체적인 방향을 지시하는 것이 고작일 뿐이야…. 클레망소 수상도 다른 사람들과 다를 바 없어. 그도 이런저런 일을 겪곤 해. 그럴 때마다 될 수 있으면 그것을 이용하곤 할 뿐이야. 현재의 내 직책에서는 그를 아주 가까이에서 보고 있는 편이야. 어쨌든 보기 드문 귀재지…." 뤼멜은 잠시 생각에 잠기는 듯했다. 그리고 주저하다가 말을 이었다. "클레망소 수상은 타고난 회의주의와… 심사숙고된 비관주의… 그리고 과감한 낙관주의, 이 세 가지가 역설적으로 혼합돼 있는 인물이라네. 그러나 이 세 가지가 훌륭하게 배합되어 있다는 것을 인정해야 해!" 그는 자신의 발상이 재미있다는 듯이 눈웃음을 치며 묘하게 미소 지었다. 그러면서 적절한 표현을 찾아낸 것을 흥겨워하고 있었다. 그런데 그것은 사실 지난 몇 달 전부터 그가 새로운 상대를 만날 때마다 써오곤 하던 상투적인 문구였던 것이다. "게다가" 하며 그는 말을 계속했다. "이 위대한 회의주의자는 소박한 신념에 의해 움직이고 있어. 그는 자신의 조국이 패배당해서는 안 된다고 철석같이 믿고 있어. 대단한 정신력이야! 지금도—하기는 우리 둘이서 조용히 할 이야기지만 내가 알기엔 가장 낙관론자였던 자들의 신념조차 흔들리고 있는 이 판국에—이 나이 많은 애국자에게는 승리가 절대 확실한 것으로 되어 있어! 마치 하늘의 뜻에 따라, 프랑스의 대의명분 때문에라도 영광스러운 승리를 거두지 않을 수 없다는 식으로!"

앙투안은 잔기침을 하며 말을 하려고 했다. 옆 식탁에서 한 영국 군의관이 막 여송연에 불을 붙였다. 그런데 그 목소리가 아주 희미한 데다가 입술에 대고 있는 냅킨 때문에 몇 마디만이 들렸다.

"…미국의 원조… 윌슨…."

뤼멜은 알아들은 척하는 것이 더 간단하다고 생각했다. 게다가 자못 흥미 있다는 태도마저 취했다.

"흥." 하고 뤼멜은 생각에 잠긴 듯한 몸짓으로 뺨을 쓰다듬으면서 말했다. "그래, 윌슨 대통령은 우리가 볼 때 말이지…! 이제는 프랑스에서도 영국에서도 그 미국 교수의 환상에 대해 대단한 존경심을 내세우지 않을 수 없게 되었어. 하지만 우리는 그를 높이 평가하지는 않아. 머리가 둔한 자야. 그리고 상대를 조금도 의식하지 않는 자야. 그러면서 정치가라고 하니…! 철두철미 신비스런 상상력이 만들어낸 환상적 세계에서 살고 있는 거야…. 그런 청교도의 단순하기 이를 데 없는 도덕주의로 인해 우리 유럽의 종래의 복잡다단한 기구가 잘못되는 일이 없었으면 해!"

앙투안은 말에 끼어들고 싶었다. 그러나 목소리 상태가 허락지 않았다. 그가 볼 때 윌슨은 오늘날의 위대한 지도자들 중에서 전쟁의 이면까지도 바라볼 수 있는 유일한 인물이었으며, 세계의 장래를 생각할 수 있는 유일한 인물이었던 것이다. 그는 찬동할 수 없다는 뜻으로 힘찬 몸짓만을 해 보였다.

뤼멜은 가소롭다는 듯 미소를 지어 보였다.

"농담은 아니겠지, 여보게? 여하간 윌슨 대통령의 부질없는 말에 동조하지는 말게나! 잘못하다가는 반미개국이며 애들 같은 나라인 대서양 저쪽에서 진지하게 받아들일지도 몰라. 그러나 전통이 깊고 사리를 분간할 줄 아는 우리 유럽에서는 어림도 없는 일이지! 그런 공상적인 계획을 우리 유럽에 들여온다면 그야말로 엉망진창이 되고 말 거야! '권리'니 '정의'니 '자유'니 하는 따위의 대문자로 시작되는 거창한 말을 지나치게 경계한다고 해서 손해볼 것은 없어. 나폴레옹 3세 치하의 프랑스의 경우 '관대한' 정책이라는 것이 어떤 참담한 결과를 가져다주었는지를 알아야 할 거야!"

뤼멜은 팔을 뻗어 주근깨가 있는 통통한 손을 식탁보 위에 올려놓았다. 그리고 몸을 구부리며 비밀 이야기라도 하듯이 말했다.

"게다가 소식통에 의하면 윌슨 대통령은 보기보다는 순박하지 않아서 자신의 **교서**에 스스로 속지 않는다는 거야…. '승리 없는 평화'의 주창자인 윌슨은 오로지 주변 상황을 이용하여 구대륙을 미국의 보호 아래에 두고자 하는 야심, 그리고 장차 연합국이 승리할 경우 세계 무대에서 차지할지도 모를 연합국의 우월한 입장을 저지하겠다는 지극히 현실적인 야심을 갖고 있을지 몰라. 여담이지만 바로 그런 점에서 심히 바보스런 짓을 연출하고 있는 거야! 왜냐하면 프랑스와 영국이 이렇다 할 **물질적인** 이득도 없으면서 여러 해에 걸친 소모전에 국력을 낭비하리라고 믿는 것 자체가 유치한 생각인 거야!"

'하지만' 하고 앙투안은 마음속으로 반론을 폈다. '참된 평화를 이룩하는 것, 영속적인 평화를 이룩하는 것이야말로 유럽 여러 나라 국민에게는 전쟁이 가져다주는 가장 큰 **물질적인** 이득이 아닐까?' 그러나 그는 아무 말도 하지 않았다. 더위와 떠들썩한 소리와 더욱이 담배 연기에 뒤섞인 음식물 냄새 때문에 그는 점점 더 기분이 언짢아짐을 느꼈다. 숨 쉬기도 점점 힘들어졌다. '무엇 때문에 여기에 있지?' 하고 생각하면서 그는 자기 자신에 대해 화가 났다. '오늘 밤은 잠들기가 힘들겠군!'

뤼멜은 아무것도 눈치채지 못했다. 그는 윌슨을 헐뜯음으로써 일종의 쾌감을 느끼는 것 같았다. 사실 케 도르세 안에서는 몇 달 전부터 윌슨을 표적으로 모두가 열을 올리고 있었던 것이다. 뤼멜은 속이 후련한 듯 큰 소리로 웃으며 하던 말을 중단했다. 그리고 엉겅퀴 위에 앉아 있기라도 한 듯 의자에서 안절부절못하고 있었다.

"다행스럽게도 훌륭한 현실주의자이며 당당한 라틴족인 푸앵카레 대통령과 클레망소 수상은 윌슨 대통령의 부질없는 망상은 물론, 그가 가슴속에 품고 있는 과대망상증까지도 간파했어…. 그런 과대망상증은 어떤 목적에 이용되는가에 따라… 수확이 결정되는 거야! 지금 이 시점에서는 미국으로부터 가능하면 많은 양의 석유며 자재며 비행기며 인력을 우려내는 것이 중요한 거야. 그러기 위해서는 이 대단한 공급자의 비위를 거슬리지 않을 필요가 있거든. 필요하다면 그의 장단에 기꺼이 춤도 추어야 해. 약간 정신이 나간 자들과 함께 놀아나듯이 말이야. 물론 지금까지 이런 전략의 결과는 괜찮은 편이야….” 뤼멜은 앙투안 쪽으로 상체를 굽히면서 그의 귀에다 대고 속삭였다. “올해 피카르디에서 영국군이 패배한 뒤 우리가 견디어낼 수 있었던 것은 우리가 몇 주일에 걸쳐 그에게서 얻어낸 이천 톤의 기름과 그가 매달 우리에게 보내준 삼십만의 병력 덕분이라는 것을 자네는 알고 있나? …그러니 이대로 나가는 수밖에 별 도리가 없어. 코안경을 낀 로엔그린*의 어처구니없는 괴벽에 장단을 맞추는 수밖에…. 앞으로 강력한 미국 군대가 프랑스 땅에 와서 바통을 이어받을 때 비로소 우리는 숨을 좀 돌릴 수 있을 거야. 그러면 우리는 미국으로 하여금 앞잡이 노릇을 하도록 내버려두고 구경만 하고 있으면 되는 거지!”

앙투안은 생각에 잠긴 채 뤼멜이 안심 스테이크를 먹고 있는 모습을 바라보고 있었다. 뤼멜은 ‘살짝 구운 것!’을 주문했다. 그는 발언권을 요청하기라도 하듯 손을 들었다.

“그렇다면 자네는… 전쟁이 아직 여러 해 계속될 것으로 생각하나?”

뤼멜은 접시를 밀어내더니 몸을 살짝 뒤로 젖혔다.

“꼭 그렇게는 여기지 않아. 어쩌면 뜻밖의 좋은 소식이 있을지 모른다는 생각도 들어….” 그는 아무 말 없이 잠깐 자신의

* 바그너의 오페라 「로엔그린」에 나오는 백마의 기사로 그 기사를 자처하는 윌슨 대통령을 빈정대는 것이다.

손톱을 살펴보았다. "이봐, 티보." 하며 그는 옆에 있는 사람들에게 들리지나 않을까 해서 다시 목소리를 낮추면서 말했다. "기억나는군. 1915년 2월이었어. 데샤넬*씨가 어느 날 저녁 내 앞에서 이런 말을 한 적이 있어. '이 전쟁이 얼마나 지속될지 그리고 어떻게 급변해갈지는 예측할 수가 없네. 내가 보기에 이것은 대혁명** 그리고 제정*** 시대의 전쟁을 다시 하는 것과 다름없어. 어쩌면 **휴전**은 있을지 몰라도 **궁극적인 평화**는 요원하네!' 그 당시 나는 그것을 하나의 재담으로 흘려버렸어. 그런데 지금… 지금 생각해보니 그 말은 실로 예언자적인 시각을 갖고 했던 것으로 여겨져." 그는 하던 말을 중단하고 잠시 소금 그릇을 만지작거리더니 이야기를 계속했다. "내일이라도 연합군이 압도적인 승리를 거둔 다음에 동맹국****이 전투 중지를 제의해 오더라도 나는 '자아, **휴전**은 됐지만 **궁극적인 평화**는 아직 요원해'라고 말한 데샤넬 씨와 생각을 같이할 거야."

뤼멜은 한숨을 지었다. 그리고 교습이라도 하는 듯 앙투안을 몹시 짜증나게 하는 어조로 벨기에를 침공한 뒤부터의 정세에 관해 입담 좋게 늘어놓기 시작했다. 그런 식으로 군더더기 없이 뚜렷한 골격만을 압축시킴으로써 사건의 경과는 놀랄 만한 논리성을 띠며 연결되는 것이었다. 그것은 마치 한판의 서양장기에 관해 이야기하는 듯한 느낌을 주기도 했다. 이 전쟁—앙

* 프랑스의 정치가로 1920년에 대통령이 된다.

** 1789년의 프랑스혁명을 말한다.

*** 나폴레옹 1세의 제정을 가리킨다.

**** 제1차 세계대전에서 연합국과 싸운 독일-오스트리아-헝가리를 가리킨다.

투안이 매일같이 체험한 전쟁—그것은 갑자기 그에게서 시간적으로 저만치 물러서더니 역사적인 양상으로 떠올랐던 것이다. 라 마른이라든가 라 솜이라든가 베르됭에서의 전투 따위가 입심 좋은 뤼멜의 입에 오르내리면서—이런 지명들이 지금까지 앙투안에게는 구체적이고 개인적이며 그리고 처참한 추억만을 불러일으키는 것이었는데—곧 현실성을 잃고 전문적인 보고서의 정확한 표제 내지는 다음 세대를 위한 교과서의 각 장의 제목 같은 것이 되어버렸다.

"그리고 이제 1918년." 하며 뤼멜은 결론지었다. "미국의 전쟁 개입은 봉쇄망을 조이는 것이 되고, 그것은 게르만 민족의 사기 저하를 뜻하는 거야. 논리적으로 말해서 그들의 패전은 불가피해. 이런 새로운 국면에 직면한 그들은 양자택일의 기로에 처하게 되었어. 즉 너무 늦기 전에 불안정하지만 평화 협상을 하든가, 아니면 미국 군인들이 물밀듯이 몰려오기 전에 승리를 거두기 위해 필사적인 공격을 하든가. 그런데 그들은 공격 쪽을 택했어. 그것이 바로 지난 3월 피카르디에서 있었던 대대적인 반격이야. 그런데 그것은 성공 일보 직전에 실패했어. 그래서 이번에 다시 공격해온 거야. 사정은 이렇게 됐어. 과연 이번에는 성공할 것인가? 그럴지도 모르지. 이번 여름까지 프랑스가 화해를 요청하지 않으리라는 장담도 할 수 없어. 하지만 만일 그들이 실패할 경우에는 마지막 카드를 내보일 거야. 전쟁에 진 것이니까. 우리로서는 미군이 대거 도착하기만을 기다리며 이대로 가만히 있든가 아니면—그런데 이것이 포슈 장군의 속셈인 것 같아—미군이 전투에 임하기 전에 전 전선에 걸친 공격에서 남은 마지막 병력까지 투입하여 확고한 담보를 손안에 넣든가 둘 중의 하나야. 그래서 나는 이렇게 말하고 싶어. 진정한 평화, **궁극적인 평화**는 아직 요원하다고. 하지만 **휴전**은 아마 곧 이루어질 거라고."

뤼멜은 하던 말을 중단해야만 했다. 앙투안이 너무나 기침을 심하게 하기 때문에 이번에는 모르는 척할 수가 없었다.

"미안하네…. 쓸데없이 지껄이다 보니 공연히 자네만 괴롭혔군…. 가보세."

뤼멜은 급사장에게 손짓을 했다. 그리고 미군들이 하는 식으로 바지 주머니에서 구겨진 지폐 몇 장을 꺼내 별거 아니라는 듯이 계산을 마쳤다.

루아얄 거리는 어두웠다. 자동차는 불을 끄고 인도 옆에서 기다리고 있었다.

뤼멜은 고개를 쳐들었다.

"하늘이 맑군. **그자들**이 오늘 밤에는 올지도 몰라…. 외무부로 되돌아가 보아야겠어. 새로운 정보가 들어와 있을지도 모르니까. 그 전에 우선 자네를 집에까지 데려다줄게."

뤼멜은 앙투안을 먼저 태운 다음 차에 오르기 전에 주위에 있는 신문팔이 소녀에게서 석간신문을 몇 부 샀다.

"처음부터 끝까지 거짓말이야." 앙투안이 투덜거렸다.

뤼멜은 즉시 대꾸하지 않았다. 그는 운전기사와 자기들 사이에 있는 칸막이 유리새시를 조심스럽게 닫았다.

"물론 처음부터 끝까지 거짓말이지!" 하고 그는 금세 대들기라도 할 듯이 앙투안 쪽으로 몸을 돌리며 말했다. "안심시키는 소식을 정기적으로 공급하는 것이 결국 식량이나 탄약을 보급하는 것만큼 국가이익을 위해 중요하다는 것을 자네는 모르고 있단 말인가?"

"그건 그래. 자네들은 국민을 선도할 임무를 띠고 있으니까." 하고 앙투안은 빈정대듯 말했다.

뤼멜은 다정하게 앙투안의 무릎을 살짝 쳤다.

"자, 자, 티보, 농담은 그만해두게. 생각 좀 해보게나. 전쟁 중에 있는 정부가 도대체 무엇을 할 수 있겠나? 정세를 주도해나가? 자네도 알다시피 그것은 안 돼. 그렇다고 여론을 이끌고 간다? 그래, 그건 가능한 일이야. 그거야말로 정부가 할 수 있는 유일한 것이지! …그래, 우리는 그 일에 전념하고 있는 셈이야. 우리의 주된 일은—무어라고 말하면 좋을까?—전황을 **조정해서** 전달하는 것이야…. 국민들로 하여금 끊임없이 궁극적인 승리의 확신을 갖도록 하는 것이 필요해…. 또한 그들의 지도자가 군인이든 민간인이든 그 자질에 대해 옳건 그르건 간에 국민들에게 매일같이 신뢰감을 심어줄 필요가 있어…."

"그리고 그걸 위해서라면 수단 방법을 가리지 않는다는 것이겠지!"

"물론이지!"

"계획적인 거짓말이군!"

"솔직히 말해서 자네는—모르기는 하지만—우리가 슈투트가르트와 카를스루에에 가하는 공중폭격이 **베르타***가 파리 시내에 퍼붓는 모든 포탄보다 훨씬 더 민간인의 '무고한 희생'을 냈다고 말해도 된다는 건가? …또 우리가 파렴치 죄라고 부르

* 제1차 세계대전 당시의 독일 장거리포를 말한다.

고 있는 독일의 잠수함 공격이 동맹국에게는 1916년 공격이 실패로 돌아간 뒤, 우리의 저항을 분쇄하기 위해서 필요한 작전이며 그들에게 남아 있는 유일한 기회였다는 것도? …또 **루시타니아호***를 격침시킨 그 유명한 어뢰 공격도 결국 **루시타니아호**에 타고 있던 아녀자들의 희생에 비해 무자비한 봉쇄로 인해 독일과 오스트리아에서 이미 죽은 아녀자의 숫자가 만 배 또는 이만 배도 더 되니까 그것은 지극히 정당한 보복이었으며, 매우 유연한 대응책이었다고 해도 된다는 건가? …아니야, 그렇지는 않아. 진실이라고 해서 다 말해도 되는 것은 아니야! 적은 언제나 옳지 않고, 연합국의 목적만이 정당할 필요가 있어! 어쩔 수 없이…"

"…거짓말하는 것이지!"

"옳아. 전선에서 싸우고 있는 사람들이 후방에서 무엇을 획책하고 있는지를 알지 못하도록 하기 위해서라도! 또 후방에 있는 사람들에게 전선에서 끔찍한 일이 벌어지고 있다는 것을 눈치채지 못하도록 하기 위해서라도! …적국이나 여러 중립국의 영사관 사이에서 이루어지는 막후 활동을 아무도 모르게 하는 것이 절대 필요한 거야! 암, 그렇고말고! 따라서 우리 활동의 요점은—군인이 아닌 민간인 지도자들의 활동을 두고 하는 말이지만—결국… 자네가 말하듯이 속이는 것으로 끝나는 것이 아니라 **교묘하게** 속이는 데 있는 거야! 이것은 쉬운 일이 아니라는 것을 알아주었으면 해! 여기에는 오랜 세월의 경험과

* 독일 잠수함에 의해 격침되어 승선하고 있던 사람들 대다수가 희생된 영국 선박이다.

그리고 고갈되는 법이 없는 재치와 창의력이 필요한 것이지…. 분명히 말해두지만 미래는 우리의 편이라고! 효과적인 거짓말로 말할 것 같으면 사 년 전부터 프랑스에서 우리는 놀라운 기적을 이룩했어!"

자동차는 불빛이 뜸한 생 제르맹가街와 위니베르시테가街를 천천히 지난 뒤 앙투안의 집 앞에서 멈추었다. 두 사람은 차에서 내렸다.

"여보게." 하며 뤼멜은 말을 계속했다. "1917년 4월 니벨 공세*가 있던 그 주간으로 기억하는데…" 그의 목소리는 돌연 열기를 다시 띠기 시작했다. 뤼멜은 앙투안의 팔을 잡고 운전사로부터 좀 떨어진 곳으로 그를 이끌고 갔다. "시시각각 무슨 일이 일어나고 있는지 모든 것을 알고 있는 우리에게 그것이 어떠했겠는지 자네는 상상도 못 할 거야… 거듭된 잘못을 뻔히 보고 있던 우리… 매일 저녁 희생자들의 총수를 알고 있던 우리가 어떠했겠는가 말이야! 사오 일 동안의 전투에서 삼십사만의 전사자와 팔십만 이상의 부상자를 냈어! …게다가 전멸한 여러 연대에서는 반란이 일어났고! …하지만 진실을 밝히고 옳게 행동하는 것이 문제가 아니었어. 반란이 전군에 퍼지기 전에 어떻게 해서든지 그 부대의 봉기를 가차 없이 진압하지 않으면 안 되었던 거야! 국가의 사활이 걸려 있었으니까…. 어떻게 해서든지 명령 계통을 유지시키고 잘못을 은폐해서 위신을 지키도록 하는 것이 문제였으니까…. 더 고약했던 것은

* 영국-프랑스 연합군이 개시한 공세로, 전술은 성공적이었으나 목표였던 독일군 전선 돌파에 실패하여 작전은 중단되고 수많은 사상자를 냈다.

잘못을 뻔히 알면서도 의도적으로 밀고 나가 공세를 다시 취했고, 그러다 보니 다른 몇 개 사단을 격전장으로 몰아넣어 슈맹 데 담과 라포 전선에서 이만 내지 이만오천 명의 병사들을 또 희생시켰던 일이야…."

"그건 또 어째서?"

"비록 보잘것없는 성공일지라도 여하간 **그럴듯한 거짓말**을 갖다 붙일 수는 있었으니까! 그리고 사방에서 흔들리고 있는 신뢰를 회복하려고 했던 거야! …결국 크라온 기습 공격이 적중했어. 그것을 우리는 대단한 승리를 거둔 것처럼 떠들어댔지. 우리는 안도의 한숨을 내쉴 수가 있었어! …열흘 뒤에 정부는 사령관들을 해임했어. 그러고는 페탱 장군을 임명했어…."

피로에 지쳐서 더 이상 서 있을 수 없었던 앙투안은 벽에 등을 기대고 있었다. 뤼멜은 그를 정문까지 부축해주었다.

"그랬어." 하며 뤼멜은 말을 계속했다. "우리는 안도의 한숨을 쉴 수가 있었지. 하지만 분명히 말해두는데 그와 같은 사오 주일을 경험하느니 차라리 내 생애의 일 년을 바치겠어!" 그는 진지해 보였나. "그럼 실례하네. 자네를 다시 만나 퍽 기뻤어…." 그리고 앙투안이 문턱을 넘어서려고 하자 "여보게, 부디 몸 조심해! 의사들이란 모두가 매한가지야. 자기 자신의 건강이 문제가 될 때는 아무리 성실한 의사라도 소홀하기 쉬우니까!…"

방은 지젤이 정돈해놓았다. 덧문은 닫혀 있었고 커튼도 드리워져 있었다. 의자의 커버도 치워지고 침대도 잘 정돈되어 있었다. 머리맡의 테이블에는 손이 닿는 곳에 컵과 찬물을 넣은 물병이 놓여 있었다. 이런 섬세한 배려가 오히려 앙투안의 마음을 몹시 불안하게 했다. 그는 마음속으로 생각했다. '아무래도 내가 생각하고 있는 것 이상으로 지쳐 있는 게 틀림없어….'

앙투안은 우선 오존 주사를 놓는 일에 마음을 썼다. 그런 다음 안락의자에 몸을 파묻고 십 분 정도 상체를 젖히고 목을 등받이에 기댄 채 꼼짝 않고 있었다.

그는 갑자기 끓어오르는 적의와 함께 뤼멜을 생각했다. 그것은 부당한 감정이었는지도 모른다. 그는 자신이 그런 감정을 품는 것에 놀라지 않을 수 없었다. '**전쟁**을 하고 있는 자… 전쟁을 하고 있지 않은 자… 우리와 그들 사이에는 결코 화해란 있을 수 없을 것이다!'

그의 호흡곤란은 차츰 수그러져 갔다. 체온을 재보기 위해 자리에서 일어났다. 38도 1분…. 꽤나 힘든 하루였지만 이 정도면 괜찮은 편이었다….

침대에 눕기 전에 충분히 흡입하는 것을 그는 잊지 않았다.

"안 돼." 하고 그는 화가 치밀어 베개에 머리를 파묻으면서 혼잣말했다. '그들과는 타협할 수 없어! 동원 해제 날이 오면 **전쟁**에 참여하지 않았던 자들은 몸을 숨기거나 우리 눈앞에서 사라져야만 할 것이다. 내일의 프랑스와 유럽은 마땅히 재향 군인들에게 돌아갈 것이다. 어디에서건 거기에 참가한 사람들은 참가하지 않은 자들과 협력하는 것을 용납하지 않을 것이다!'

그는 어둠 때문에 답답함을 느꼈다. 그러나 불을 켜지는 않았다. 그의 방은 전에 티보 씨가 지내던 방이었다. 세상을 떠나기 전에 노인은 이 방에서 그토록 투병하며 괴로워했던 것이다. 그에게는 그때의 이런저런 세세한 일들이 머리에 떠올랐다. 마지막 목욕이며 자크며 진통제 주사며 임종 당시의 온갖 우여곡절. 어둠 속에서 두 눈을 크게 뜨고 있는 그에게는 아버지의 방에 있던 커다란 마호가니 침대, 장식 융단이 깔린 기도대, 그리고 온갖 약품을 잔뜩 올려놓았던 서랍장이 보이는 듯했다.

6

오존 주사 덕택에 그날 밤은 그리 고통스럽지 않았다. 그러나 앙투안에게는 잠을 자지 못한 것이나 다름없었다. 새벽녘이 되어서야 그는 잠시 눈을 붙일 수가 있었다. 그것도 터무니없는 악몽 속에서 몸부림치다가 땀에 흠뻑 젖은 채 잠에서 깨어났다. 땀을 어찌나 흘렸던지 속옷을 갈아입어야만 했다. 다시 누웠지만 잠을 이루지 못하리라는 것을 뻔히 알고 있었기 때문에 금방 꾸고 난 괴상한 꿈의 상세한 내용을 생각해보기로 했다.

'자… 세 가지의 뚜렷한 에피소드가 있다…. 세 장면. 그러나 배경은 다 똑같다. 우리 집의 현관….'

'처음에 나는 레옹과 함께 그곳에 있었다. 나는 미칠 듯한 불안에 사로잡혀 있었다. 왜냐하면 아버지가 곧 오기로 되어 있었기 때문이다. 사정은 몹시 다급했었다. 아버지가 안 계시는 틈을 타서 나는 아버지가 소유하고 있는 모든 것을 손안에 넣고, 집안을 온통 뒤엎어버리려고 했기 때문이다. 그런데 아버지가 곧 돌아오시기로 되어 있었던 것이 아닌가. 그래서 그 사실이 탄로 날 참이었다. 그것은 끔찍한 일이었다. 어떻게 하면 파국을 모면할 수 있을까 해서 나는 현관에서 서성거리고 있었다. 그렇다고 도망칠 수도 없었다. 무엇 때문이었지? 그것은 금방 돌아오기로 되어 있는 지젤 때문이었다…. 레옹도 나만큼이나 얼이 빠진 채 입구의 문에 뺨을 대고 망을 보고 있었다. 공포에 질린 듯 크게 뜨고 있던 그의 멍청한 눈이 지금도 눈에 선하다. 불현듯 그는 고개를 돌리더니 나에게 이렇게 물었다. "마님께 알려드리면 어떨까요?"'

'이것이 첫번째 장면이다. 다음은, 돌연 아버지가 현관 한가운데, 내 앞에 우뚝 서 있는 것이었다. 아버지는 **장례식 때문에** 외투 차림에 머리에는 상장喪章이 달린(샬르 씨의 것과 똑같은) 모자를 쓰고 있었다. 누구의 장례식이었을까? 그의 곁에는 새 여행용 가방이 마룻바닥에 놓여 있었다. (그것은 그저께 내가 여기에 올 때 들고 온 것과 모양이 같았다.) 레옹은 모습을 감추었다. 아버지는 의연하면서도 분주한 모습으로 주머니 속을 뒤지고 있었다. 아버지는 나를 알아보고는 이렇게 말했다. "아아, 너로구나? …유모는 여기 없니?" 그러고 나서 또 이렇게 덧붙였다. "얘야, 너에게 이야기해줄 것이 있는데, 나는 매우 **아름다운** 나라를 몇 군데 구경하고 왔단다…." (그런 경우에 아버지가 취하곤 했던 엄숙하고 아버지 같은 그 말투에) 나는 입이 바짝 말라 아무런 말도 할 수 없었다. 꾸중 들을 일 앞에서 벌벌 떨고 있는 어린애로 다시 돌아간 기분이었다…. 동시에 어리둥절해진 나는 자문해보았다. '이곳까지 올라오면서 아버지는 계단 모양이 달라진 것을 어째서 모르셨을까? 채색 유리창이 없어진 것도? 양탄자를 새로 깐 것도?' 그러고 나서 나는 겁에 질려 생각했다. '어떻게 하면 그 침대를 보지 못하게 우리 방에 들어가시는 것을 막을 수 있을까…?' 그 뒤의 일은 기억나지 않는다. 단절이 있었던 것 같다….'

'어쨌든—그리고 이것이 세 번째 장면이다—여전히 같은 장소에 서 있는 아버지가 다시 보인다. 그러나 이번에는 실내화를 신고 낡은 점퍼를 입고 있다. 기분이 좋지 않아 보였다. 가끔 턱수염을 어루만지며 칼라 사이에 끼여 있는 목을 치켜올리곤 했다. 그러고는 싸늘한 미소를 지으며 나에게 이렇게 말했다. "애야, 도대체 내 코안경을 어디에 두었느냐?" 아버지가 찾는 안경이란 귀갑 테 안경으로 내가 아버지의 책상에서 발견하여 아버지의 다른 옷가지와 함께 빈민 구제 부인회에 갖다준 바로 그것이었다…. 그 말을 듣자 아버지는 버럭 화를 냈다. 그는 고래고래 소리를 지르며 내게로 다가왔다. "그럼 내 주식은? 내 주식은 어떻게 했어?" 나는 더듬거리며 대꾸했다. "주식이라니요, 아버지?" 구슬 같은 땀이 흘러나와 나는 연신 땀을 닦아내야만 했는데, 그렇게 땀을 닦으면서도 바깥에 귀를 기울이고 있었던 것이 생각난다. 나는 승강기 소리가 들리면서 시젤이(간호사 옷차림으로, 왜냐하면 그녀가 병원에서 돌아올 시간이었으므로) 들어오기를 이제나저제나 하고 학수고대하고 있었던 것이다…. 바로 그 순간 나는 실제로 온몸이 땀에 젖은 채 잠에서 깨어났다….'

앙투안은 자신이 겁에 질려 있었던 것을 떠올리면서 미소를 지었다. 그러나 마음의 동요는 여전히 가시지 않고 있었다. '열이 좀 있는 게 틀림없어.' 하고 그는 생각했다. 사실 열이 37도 8

분이나 되었다. 어제저녁에 비해 좀 내리기는 했지만 아침나절로는 좀 높은 편이었다.

두 시간 뒤 몸단장과 치료에 열중하면서도 그의 생각은 지난밤의 꿈을 회상하는 것에 이끌려갔다.

'기이하기도 하군.' 그는 생각했다. '요컨대 꿈은 매우 짧았다. 전부 해봤자 짤막한 세 장면이었는데. 레옹과 함께 불안하게 기다리던 장면. 이어 여행용 가방을 든 아버지의 출현. 그리고 안경과 주식에 관한 이야기… 바로 그거였지. 하지만 그 **주변으로** 꽤나 많은 일들이 있었다! 그 과거란 모두가 매우 특색이 있으면서 지극히 완벽하다. 그런데 꿈은 바로 그 과거에 근거하고 있는 것이다!'

그는 세면대 앞에서 너무 오래 지체하고 있었던 탓으로 가슴이 좀 답답해옴을 느꼈기 때문에 욕조의 가장자리에 앉았다. 그리고 잠시 생각에 잠겼다.

'하기야 꿈속에 나타나는 과거란 이미 알려진 현상이며, 그리고 이미 검토된 바가 있는 현상인 것이다…. 그런데도 나는 지금까지 그것을 생각해본 적이 한 번도 없었다…. 지난밤의 꿈만 하더라도 상황은 더할 나위 없이 명백하다…. 따라서 나에게 그럴 생각만 있다면 확실히 적어둘 만한 가치가 있을 것이다…. 그렇게 하지 않는다면 이틀 뒤에는 깡그리 잊어버리고 말 테니까.'

앙투안은 시계를 보았다. 전혀 서두를 필요가 없었다. 그는 늘 갖고 다니면서 매일 밤 병상 메모를 하던 비망록을 집어 들고는 거기서 몇 장의 백지를 뜯었다. 그리고 지젤이 화장실 옷걸이에 걸쳐놓은 가운으로 몸을 감싸면서 ('매사에 자상한 여자구나.' 미소 지으면서 그는 생각했다.) 침대에 다시 누우러 갔다.

한 시간 남짓 썼을까 난데없이 벨 소리가 울려 그는 쓰던 것을 멈추었다.

필립 박사가 보낸 속달우편이었다. 박사는 매우 다정한 어투로 모레 저녁까지는 앙투안을 접견할 수 없어 미안하다고 전해 왔다. 북쪽 지방의 몇몇 병원을 시찰하는 임무를 띠고 이틀 동안 파리를 떠나게 된다는 것이었다.

앙투안은 몹시 실망했다. 그러나 자신이 출발할 때까지는 필립 박사가 돌아올 것이라고 생각하면서 스스로를 달랬다. 박사와는 수요일에 저녁 식사를 하자. 그리고 목요일에 그라스행 기차를 타면 된다.

침대에는 여러 장의 종이가 흩어져 있었다. 모두 다섯 장이었는데 각각의 글자가 따로 떨어져 있어서 하나같이 알아보기 힘든 기이한 글씨로 뒤덮여 있었다. 그것은 그가 그리스어 작문을 하던 시기에 익힌 습관이었다. 앙투안은 그 종이쪽지들을 모아 다시 읽었다. 처음 두 장에는 꿈을 분석한 이야기가 적혀 있었는데, 기억나는 것 중에서 특징적인 것을 상세하게 기록하고 있었다. 다른 세 장에는 알쏭달쏭한 해몽이 쓰여 있었다. **'잘 이해한 것은…'*** 하고 그는 못마땅하다는 듯 중얼거렸다. 전에는 이와 같이 함축적인 내용을 메모해두는 일에 남다른 재주가 있

* '잘 이해한 것은 명확하게 표현된다'라는 17세기 프랑스의 작가 부알로의 말이다.

어 그의 명석한 두뇌는 오랫동안 사색한 것을 불과 몇 줄의 요점만으로 압축할 수 있었다. '훈련을 다시 해야겠구나.' 그는 생각했다. '잡지를 내는 일을 다시 시작하려면….'

앙투안은 다음과 같이 썼다.

....

꿈에서는 두 가지 사실이 뚜렷이 구별된다.

1 꿈 자체, 에피소드(여기에는 꿈꾸는 당사자가 항상 어느 정도는 끼어들게 마련이다), **행위**, 이것은 일반적으로 짧고, 단편적이고, 변화무쌍하며, 배우가 연기하는 극의 한 장면과 유사하다.

2 이렇게 짧고 극적인 순간 주위에는 주어진 하나의 **상황**이 있게 마련이다. 그리고 이 상황은 순간을 지배하며 그 순간을 그럴듯하게 만든다. 행위 바깥에 따로 존재하는 하나의 상황. 그런데 꿈을 꾸는 당사자는 그 상황에 대해 명확한 의식을 갖고 있다. 꿈의 줄거리 구성 면에서 볼 때 꿈을 꾸는 사람은 오래전부터 그 상황 속에 자리 잡고 있는 셈이다. 요컨대 깨어 있을 때 우리 각자에게 우리의 과거가 생각나는 것이나 다를 바 없다.

내 꿈의 경우에 행위를 형성하고 있는 세 개의 에피소드를 중심으로 꿈의 일부를 이루고 있지는 않지만 암암리에 그 안에 포함되어 있는 일련의 **상황**이 존재한다는 것을 나는 알고 있다. 그런데 잘 생각해보면 이들 상황은 두 종류로 이루어져 있으며, 서로 다른 두 개의 **구역** 같은 것을 형성하고 있다. 즉, 첫 번째로는 마치 그 속에 꿈이 감싸여 있는 것 같은 직접적인 상황이 있다. 다음으로는 시간적으로 더 멀리 떨어진 두 번째 구역이 있다. 즉, 훨씬 오래된 일련의 상황이 있는 것이다. 이것은 가상적인 과거를 형성하고 있으며, 이 과거가 없었더라면 꿈도 생겨나지 않았을 것이다. 그런데 꿈을 꾼 내가 끊임없이 의식하고 있는 이런 과거가 꿈속에서는 아무런 역할도 하지 않았다. 그것은 극에 나오는 등장인물들의 과거가 그들을 우연히 무대 위로 모아놓게 된 그 행위보다 먼저 존재하고 있는 것과 같이 꿈보다 **먼저 존재했던** 과거인 것이다.

좀 더 분명히 밝혀보자. 내가 첫 번째 구역이라고 하는 것은 예를 들면 꿈꿀 동안은 시간이 문제가 되지 않았음에도 불구하고 그때가 몇 시였는지를 **나는 알고 있었던 것이다**. 그때는 낮 열두시 십오분 전이었고, 늘 하듯이 저녁 식사를 위해 지젤을 기다리고 있다는 것을 **나는 알고 있었다**. 그날 아침 그녀는 마침 외출 중이라 알릴 수가 없었지만 아버지로부터 장례식 때문에 귀가한다는 전보가 와 있었다는 것을 **나는 알고 있었다**. (여기에서 한 가지 알 수 없는 것은 그게 누구의 장례식이었나 하는 것이다. 유모의 장례식은 아니었던 것 같다. 그러나 가까운 친척의 장례식이었던 것만은 틀림없다. 왜냐하면 우리 모두가 슬픔에 젖어 있었기 때문이다.) 아버지가 차비를 치르려고 호주머니를 뒤지며 잔돈을 찾고 있다는 것을 **나는 알고 있었다**. 아버지의 짐을 실은 택시가 아버지를 집 앞에서 내려준 것을 **내가 알고 있었기 때문이다**. (그리고 현관에서 아버지를 보는 것과 동시에 길에 멈추어 선 그 택시를 내가 보고 있었다고 말할 수 있을 것 같다.) 그 밖의 여러 가지.

두 번째 구역의 상황. 이것은 꿈속에서 그 존재를 알고 있었던 꽤 오래된 일련의 사건인 것이다. 그러한 사건에 대해 내가 꿈속에서 생각하고 있었다고는 단언할 수 없다. 그러나 그러한 사건에 관한 추억은 우리의 실생활에 관한 추억과 마찬가지로 **나 자신 속에 있었던 것이다**. 따라서 **나는** 아버지가 어떤 자선 단체인지는 모르겠으나 그 단체의 사업과 관계 있는 몇 가지 조사(외국에서의 감화사업 조사 또는 그런 종류의 것)를 위해 어딘가 아주 먼 곳으로 파견되어 오래전부터 프랑스를 떠나 있었다는 것을 **알고 있었다**. (**실은 알고 있는 상태에 있었다**고 해야 옳을지도 모르겠다.) 그것은 매우 먼 곳으로의 여행이기 때문에 결코 돌아오지 못할 것 같은 여행이었다…. 아버지가 출발할 때 그것을 뜻밖의 행운으로 여기면서 우리가 어떤 반응을 보였는지도 또한 **나는 알고 있었다**. 아버지의 감시의 눈길이 멀어지자마자 내가 지젤을 아내로 맞이했다는 것을 **나는 알고 있었다**. 아버지의 집을 차지한 다음, 모든 것의 위치를 바꾸어놓고, 가구를 팔고, 아버지의 개인 소지품들을 수녀들에게 나누어주고, 사방의 칸막이를 뜯어내어 집 안을 완전히 개조해버렸다는 것도 **알고 있었다**.

(그런데 이상한 것은 꿈속에서 개조한 것들이 실제로 내가 한 것과는 다르다는 것이다. 즉, 꿈에 본 현관은 밝은 황토색으로 칠해져 있었지만 실은 엷은 밤색이 아닌 붉은 카펫이 깔려 있었던 것이다. 그리고 콘솔 테이블이 있어야 할 곳에 아버지의 응접실에 있던 옛날 참나무 시계가 있었다.)

이게 다는 아니다. **내가 알고 있었던** 것을 적으려면 한이 없을 것 같다. 예를 들면 지젤과 나, 우리 두 사람의 방(그런데 꿈속에서는 이 방의 장면이 나타나지 않았다.)은 전에 아버지의 방이었으며, 그것은 바그람가街에 있는 안의 방과 비슷했었다는 것을 아주 분명하게 **나는 알고 있었다**. 그뿐만 아니라 그날 아침 레옹이 방을 치울 시간이 없어서 우리 침대가 흐트러진 채로 있었다는 것, 그리고 아버지가 그 방 문을 열지나 않을까 하는 생각에 내가 전전긍긍하고 있었다는 것도 **나는 알고 있었다**…. 하여간 우리 생활과 우리 주위 사람들의 생활에 관해 자질구레한 것까지 속속들이 **나는 알고 있었다**. 특히 다음과 같은 점이 이상하게 생각되는데, 그것은 꿈속에서 자크가 전혀 아무런 역할도 하지 않았다는 것이다. 내가 지젤과 결혼한 뒤 질투에 못 이겨 스위스로 망명한 것을 **나는 알고 있었다**. 그리고 또한 자크가….

꿈에 관한 메모는 여기에서 끝났다. 앙투안은 더 이상 쓰고 싶지 않았다. 그는 연필을 들었다. 그리고 여백에 다음과 같이 썼다.

> 이 점에 관해 꿈을 연구한 사람들이 뭐라고 말하는지 조사해 볼 것.

그러고 나서 그는 종이쪽지를 접은 뒤 자리에서 일어났다. 그리고 끓일 물을 올려놓았다.

잠시 후 그는 타월로 머리를 감싸고 얼굴은 땀투성이가 된 채, 두 눈을 감고 후련함을 느끼게 해주는 증기를 깊숙히 들이마시면서 여전히 어젯밤의 꿈에 관해 생각하고 있었다. 그는 문득 이 꿈의 주제 자체가 일종의 자책감이나 책임감 같은 것, 심지어는 죄의식까지도 보여주는 것으로서 이러한 것들은 깨어 있을 때는 자존심 때문에 어둠 속에 가려져 있는 것이라는 사실을 깨달았다. '사실' 하고 그는 인정했다. '아버지가 돌아가신 뒤에 일어난 일에 대해 내가 큰소리칠 것이라곤 하나도 없다.' (그 말은 사치스러웠던 살림살이에 그치지 않고 안과의 관계, 밤 외출 등, 요컨대 아무런 저항 없이 안일한 생활에 끌려 들어갔던 과거의 모든 것을 의미하는 것이었다.) '게다가' 하고 그는 덧붙였다. '아버지가 물려준 재산의 대부분을 잃어버리고 말았다….' (부동산의 반 이상을 집을 개조하는 데 써버렸다. 그리고 티보 씨의 현명한 투자에 의해 생기는 이윤을 대수롭지 않게 여기면서, 지금에 와서는 아무런 가치가 없게 된 러시아 유가증권으로 바꾸어놓았던 것이다.) '그렇지.' 하고 그는 마음속으로 생각했다. '쓸데없는 후회는 하지 말자….' 그는 양심의 가책을 느끼게 하는 일이 있을 때마다 이런 식으로 마음을 달래곤 했던 것이다. 그러면서도 마음 한구석에서는 '가산家産'이라는 생각, 자손 대대로 물려주기 위해 절약한 돈이라는 부르주아적인 생각을 그대로 간직하고 있었다. 그 꿈이 그것을 잘 말해주고 있었다. 그리고 그 어느 누구에게도 갚아야 할 부채가 있는 것은 아니었으나 그래도 여러 세대에 걸쳐 정성스레 이루어놓은 재산을 불과 일 년도 안 되는 사이에 탕진했다는 사실에 일종의 수치감 같은 것을 느꼈다.

그는 잠시 타월에서 목을 내밀고 신선한 공기를 좀 마신 다음, 충혈된 두 눈을 문질렀다. 그러고 나서 또다시 뜨겁고 축축한 타월로 몸을 감쌌다.

1914년 겨울에 있었던 일을 오늘 아침 두루 생각하고 있던 중, 어제 지젤이 떠난 뒤, 텅 빈 화려한 실험실, **테스트**를 적어 넣은 카드 상자와 번호는 매겨져 있어도 안에 아무것도 들어 있지 않은, 손도 대지 않은 편지를 진열한 '문헌실', 이름도 당당한 그 방에 들어가면서 짜증스럽게 느꼈던 인상이 불현듯 함께 떠올랐다. 그토록 잘 정돈되어 있으면서도 한 번도 이용한 적이 없는 '붕대실' 안으로 들어가보았다. 거기에서 지난날 검소했던 아래층의 자신의 방이며, 젊은 의사로서 씩씩하고 유능했던 시절 등을 회상하면서, 아버지가 세상을 떠난 이후로 자신이 그릇된 길로 빠져들어 갔었다는 사실을 비로소 깨달았던 것이다.

미지근해진 흡입기에서는 김이 빠진 듯한 증기밖에는 나오지 않았다. 그는 젖은 수건들을 멀리 내던지고는 얼굴을 닦았다. 그리고 자기 방으로 돌아갔다.

"아… 에… 아… 오…" 하고 그는 거울 앞에 서서 목소리를 내보려고 애썼다. 목소리는 여전히 쉬어 있었지만 울림을 낼 수 있어서 일시적으로 후두가 편해졌다.

'흡입 체조를 이십 분 한다…. 그 뒤 십 분을 쉴 것. 그러고 나서 옷을 입은 다음, 짐을 챙기기로 하자. 오늘은 필립 박사를 만날 수 없으니까 메종 방향으로 가는 기차면 아무거나 타기로 하자.'

역으로 안내하는 자동차를 타고 튀일리 공원 화단을 지나면서, 그리고 흰 대리석상들이 5월의 햇살을 받으며 잔디밭 위에 우뚝 서 있는 모습과, 엷은 보랏빛 아지랑이가 카루젤 개선문 주변에 어른거리는 것을 바라보다가, 문득 어느 봄날 아침 루브르 광장에서 안을 만났던 일이 생각났다. 그러자 한 가지 생각이 불현듯 그의 뇌리를 스치고 지나갔다.

"부아*의 입구로 갑시다." 그는 운전기사에게 외쳤다. "그리고 스폰티니 거리로 접어드세요."

바탱쿠르 저택 근처에 이르자 그는 속도를 줄이도록 했다. 그리고 창문 밖으로 몸을 내밀었다. 덧문이란 덧문은 모두 닫혀 있었다. 철문도 닫혀 있었다. 수위실 위에는 다음과 같은 게시판이 매달려 있었다.

아름다운 저택을 팝니다.

안뜰—차고—정원

(총면적: 625제곱미터)

'팝니다.' 위에는 손으로 쓴 '혹은 세줌'이라는 글이 덧붙여 있었다.

자동차는 정원의 담을 따라 천천히 굴러갔다. 앙투안은 아무런 감회도 느끼지 못했다. 정말 아무런 감회도 감격도 회환도 느끼지 못했다. 그리고 어째서 여기에 와볼 생각이 들었는지 스스로에게 물어보기까지 했다.

"차를 돌려요… 생 라자르역으로." 그는 운전기사에게 외쳤다.

* 파리의 서쪽에 위치한 불로뉴 숲을 가리킨다.

'그건 그래.' 하며 그는 마치 그 어떤 것도 아침의 명상을 그만두게 하지 못한다는 듯 곧 생각에 잠겼다. '나는 나의 직업 생활을 좀 더 잘 꾸려나가는 것이 필요하다는 구실로 나 자신을 속여왔다…. 그러한 물질적인 편의가 나의 일을 고무시키기는 커녕 오히려 마비시키는 결과를 가져왔다! 그렇게 훌륭한 기구도 실은 공전空轉하고 있었을 뿐이다. 거창한 일을 실현하기 위한 모든 것이 마련되어 있었다. 그런데도 사실상 나는 아무것도 하지 않았던 것이다….' 아버지의 유산에 관해 자크가 취한 태도, 금전에 대한 동생의 혐오감이 문득 머리에 떠올랐다. 앙투안은 당시 자크의 그런 태도를 어리석은 짓으로 여겨던 것이다. '자크가 옳았어. 오늘 같이 있었더라면 우리는 얼마나 서로를 잘 이해했을까! …금전에 의한 중독. 그것도 물려받은 돈에 의해서. 자신이 직접 벌지도 않은 돈 때문에…. 전쟁이 없었더라면 나는 볼 장 다 본 인간이 될 뻔했다. 결코 그런 중독에서 빠져나오지 못했을 것이다. 돈이면 무엇이든지 살 수 있는 것으로 믿었을 정도였으니까. 자신은 별로 일도 하지 않으면서 남을 부리는 것은 가진 자의 당연한 특권처럼 여기고 있었다. 주슬렝이나 스튀들레가 나의 실험실에서 이룩한 최초의 발견을 나는 파렴치하게도 나의 공적으로 삼았을지도 모른다…. 착취자, 나는 바로 그런 인간이 될 뻔했다! …나는 돈으로 남을 지배하는 기쁨을 알았다…. 돈 때문에 남에게서 존경받는 즐거움을 알았다…. 그리고 그렇게 존경받는 것을 지극히 당연한 것처럼 생각하고, 또 돈이 나에게 무언가 우월함을 가져다주는 것으로 착각하고 있었다…. 그래서는 안 된다! …그리고 돈 때문에 가진 자와 다른 사람들 사이에 이루어지는 그릇되고 애매한 관계! 그것은 돈이 만들어내는 가장 음험한 범죄 중의 하나이다. 나는 이미 모든 것, 모든 사람을 경계하기 시작했었다. 가장 절친한 친구에 대해서조차도 '왜 그런 말을 하지? 내 수표책을 탐내고 있는 게 아닐까?…'라는 생각을 미리부터 품었다. 그래서는 안 된다, 안 되고말고!…'

이렇게 지난날의 찌꺼기를 휘젓다보니 앙투안으로서는 씁쓸함을 느끼지 않을 수 없었다. 생 라자르역에 도착했을 때에야 비로소 마음이 놓이는 듯싶었다. 자기 자신으로부터 벗어나게 해주는 이런 기분 전환을 다행으로 여기면서, 숨이 찬 것도 잊은 채, 홀을 꽉 메우고 있는 인파 속으로 뛰어들었다.

"표 한 장…. 아니, 메종 라피트까지 군인 **삼등칸** 한 장…. 기차는 몇 시에 있지요?"

그는 지금까지 삼등 열차를 타본 적이 별로 없었다. 오늘 그는 삼등 열차를 탄다는 사실에 무언가 짜릿한 쾌감을 느꼈다.

7

클로틸드가 문을 노크했다. 한쪽 손 위에 쟁반을 편편히 올려놓고 잠시 기다려보다 또다시 노크를 했다. 아무 대답도 없었다. 그녀는 앙투안이 아침 식사도 하지 않고 외출한 것으로 생각하고 성을 내며 문을 열었다.

방 안은 캄캄했다. 앙투안은 아직 자리에 누워 있었다. 그는 노크 소리를 들었다. 그러나 아침에 흡입을 하기 전에는 전혀 목소리가 나오지 않으므로 목소리를 내고자 하는 노력조차 아예 체념하고 있었다. 그래서 클로틸드에게 손짓으로 그런 사정을 알려주었다.

앙투안이 그녀를 안심시키고자 하는 미소와 함께 무언의 몸짓을 해 보였지만 클로틸드는 놀라움과 충격으로 눈썹을 치켜올리고는 문지방에 우두커니 서 있었다. 앙투안이 한마디도 하지 않고 있는 것을 보고 그녀의 뇌리에는—어제저녁 이곳에 왔을 때 부엌에까지 자기와 이야기하기 위해 오지 않았던가—그가 발작 때문에 거의 마비 상태에 빠져 있다는 생각이 문득 뇌리를 스쳐갔다. 그것을 어렴풋이 눈치챈 앙투안은 그녀에게 더욱 미소를 지어 보이면서 쟁반을 침대까지 가져오라고 손짓을 했다. 그리고 머리맡 탁자 위에 놓여 있는 연필과 메모지철을 들고 갈겨썼다.

어젯밤은 푹 잤어. 아침에는 언제나 목소리가 나오질 않아.

클로틸드는 종이에 쓴 글을 천천히 읽어 내려가더니 어이없는 듯 잠시 앙투안의 얼굴을 물끄러미 바라보았다. 그러고 나서 단도직입적으로 말했다.

"상관없어요. 단지 앙투안 씨가 이런 모습으로 돌아오실 줄은 생각조차 못 했어요…. 놈들이 그야말로 혹독하게 굴었군요!"

클로틸드는 덧문을 열러 갔다. 아침 햇살이 방 안을 가득 채웠다. 하늘에는 구름 한 점 없었다. 그리고 목조로 된 발코니에 매달려 테를 이루고 있는 장식용 덩굴 너머 아주 가까운 곳에는 전나무숲이, 좀 더 먼 곳에는 이미 녹색이 짙어지고 있는 나뭇가지와 생 제르맹 숲이 가벼운 미풍에 흔들거리고 있었다.

"앙투안 씨가 식사나 제대로 하실 수 있을런지요?" 하고 클로틸드는 침대 곁으로 돌아오면서 말했다. 그녀는 찻잔에 뜨거운 우유를 가득 부었다. 앙투안이 그 속에 빵을 조금씩 뜯어 넣고 있는 동안 앞치마 주머니에 두 손을 찔러 넣고 주의 깊은 태도로 한 발 물러섰다. 그리고 앙투안이 아주 힘들게 삼키고 있는 것을 보고 클로틸드는 참지 못하고 되풀이했다.

"이럴 줄은 생각지도 못했어요, 정말로! 앙투안 씨가 가스에 중독되었다는 사실은 알고 있었어요. 하지만 '가스라면 부상당하는 것보다는 낫다'고 생각했었는데… 그런데 그게 아니군요! …정말로 저는 병에 대해서는 아무것도 몰라요. 앙투안 씨가 저와 동생 앞으로 보낸 편지에서 지젤 씨와 함께 퐁타냉 부인 댁으로 가라고 하셨을 때 아드리엔은 즉시 '나는 부상자들을 돌보겠어'라고 말하더군요. 하지만 저는 '나는 부엌일이고 집안일이고 닥치는 대로 할 작정이야. 지금까지 일을 두고 싫다 좋다 한 적은 한 번도 없으니까. 하지만 부상병의 시중만은 질색이야. 내 성미에 맞지 않으니까'라고 말했답니다. 그 결과 아드리엔은 병원에서 일하게 되었고 저는 별장에 있게 됐지요. 한가로운 시간이 별로 없다고 해서 불평할 생각은 없어요. 아시겠지만 이곳에서 해야 할 일을 제대로 하려면 여자 한 몸으로는 하루가 스물다섯 시간이라도 며칠 걸릴 겁니다. 어쨌든 저로서는 상처 속에서 돌아다니는 것보다는 다행스런 일이지요."

앙투안은 미소를 지으며 듣고 있었다. (지젤 대신에 충실한 이 아가씨의 간호를 받는 것도 그다지 나쁘지는 않겠지…. 하지만 유감스럽게도 간호인으로서는 별로 적격자가 못 되는군….)

앙투안은 그러한 매일의 일과가 얼마나 고된지 자신도 알고 있다는 것을 보여주기 위해 심각한 표정을 짓고 입술을 꼭 다물었다. 그리고 여러 번 고개를 끄덕여 보였다.

"오" 하며 그녀는 양심에 거리끼기라도 한 듯 곧 말을 이었다. "사실은 생각보다는 바쁘지 않아요. 여자들은 거의 매일같이 병원에 가고 없고, 저녁 식사 때나 겨우 볼 정도죠. 낮에는 다니엘 씨와 제니 씨, 그리고 꼬마뿐이니까요."

마치 몇 년 동안의 전쟁이 지난날에 느꼈던 거리감을 제거해 주기라도 한 듯 그녀는 전보다 더 친근감을 갖고 앙투안을 수다로 괴롭히며, 아무런 거리낌 없이 이 사람 저 사람에 대한 자신의 의견을 토로했다. "…지젤 씨는 우리와 함께 있으면 언제나 상냥해요…." "…퐁타냉 부인으로 말할 것 같으면 실은 거만한 분이 아닌데 그 앞에 가면 주눅이 들어 어떻게 말을 꺼내야 할지 모르겠어요…." "…니콜 씨는 아주 꾀가 많아요. 그래서 남을 잘 부려요!" "…제니 씨는 말수가 적어요. 하지만 일에는 몸을 아끼지 않을 뿐만 아니라 이해심도 많지요…." 그러면서도 그녀의 이야기는 감탄과 애정이 깃든 말투로 여전히 '꼬마'에게로 되돌아가는 것이었다. "꼬마는 훌륭한 사람이 될 거예요! 그리고 고인이 된 자기 아버지처럼 남을 지배할 수 있을 거예요!…" ('사실 그 할아버지의 그 손자인 셈이구나.' 하고 앙투안은 생각했다.) "지금도 제멋대로 하게 내버려두면 금방 주위 사람들을 멍청하게 만들어버리죠…. 앙투안 씨는 상상도 못 하실 거예요. 잠시도 가만히 있지 못하고 손을 안 대는 곳이 없어요! 무슨 말을 해도, 누구의 말도 듣는 법이 없고…. 다행히 다니엘 씨가 줄곧 옆에 있으면서 돌보아주니까 괜찮지만. 저의 경우는 일이 있어서 그럴 수도 없어요. 잠시도 눈을 뗄 수가 없지요…. 다니엘 씨에게는 일거리랍니다. 사실 하루 종일 혼자서 껌 씹는 일 이외에는 할 일이 없으니까요. 만일 꼬마를 돌보는 일이 없다면 심심하기 짝이 없을 거예요….” 그녀는 함축성 있는 태도로 고개를 잠시 흔들어 보였다. “요즈음 같아서는 누가 무슨 말을 하든 절룩거리게 됐다고 해서 언짢게 여기지 않을 사람들도 있을 거라는 생각을 떨쳐버릴 수가 없어요….”

앙투안은 메모지를 집어 들고 써 보였다. **‘레옹**은?’

“아, 가엾은 레옹….” 레옹에 관해 앙투안에게 전해줄 만한 소식은 별로 없었다. (레옹은 전선에 도착하던 그다음 날 샤를루아 근처에서 열네 시간의 전투 끝에 포로가 되었다. 앙투안은 수용소 번호를 알자마자 클로틸드를 시켜 먹을 것이 든 소포 꾸러미를 매달 하나씩 보내곤 했다. 그때마다 레옹은 엽서로 간단히 사의를 표해오곤 했다. 그러면서도 레옹은 자신의 생활에 관해서는 일언반구의 설명도 없었다.) “그가 우리에게 플루트를 하나 보내 달라고 한 사실을 알고 계세요? 지젤 씨가 파리에서 하나 구했어요.”

앙투안은 이미 우유를 다 마셨다.

“제니 씨를 도와드리러 내려가보아야겠어요.” 클로틸드는 앙투안 앞에 있는 쟁반을 치우면서 말했다. “화요일은 그분의 세탁날이에요. 그 세탁기란 것이 다루기에 어찌나 힘든지. 꼬마가 어지간히 더럽혀놓아야지요…!”

그녀는 문지방까지 가더니 앙투안을 다시 보려고 뒤로 돌아섰다. 평평한 그녀의 얼굴은 갑자기 생각에 잠긴 듯한 모습을 띠었다.

"앙투안 씨, 지난 몇 년 동안 꽤나 많은 것을 목격한 셈이지요, 안 그래요? 별의별 것을 다! …아드리엔에게도 자주 말하지만 '만일 돌아가신 어른께서 되돌아오신다면! 그분께서 세상을 떠나신 뒤에 일어난 일을 당신이 모두 보신다면!'"

앙투안은 혼자가 되자 한가롭게 몸치장을 시작했다. 서두를 필요가 전혀 없었기 때문이다. 그는 그날의 치료를 정성껏 할 생각이었다.

'만일 돌아가신 어른께서 되돌아오신다면….' 클로틸드가 한 말에서 새삼 어젯밤의 꿈이 다시 생각났다. '아버지는 아직 우리 모두에게 엄청난 영향력을 행사하고 있구나!' 하고 그는 생각했다.

다시 창문을 열었을 때에는 이미 열한시가 지난 뒤였다. 앙투안은 자신이 발성 연습하는 것을 아무도 듣지 못하도록 창문을 닫아두었었다.

정원에서 한 남자의 목소리가 들려왔다. "장 폴! 거기서 내려와! 내 곁으로 와!" 그러자 멀리서 울려오는 메아리처럼 맑고 침착한 한 여인의 목소리가 들렸다. "장 폴! 단* 삼촌 말씀을 들어야지!"

앙투안은 발코니 쪽으로 나갔다. 그는 개머루넝쿨을 헤치지 않고 살며시 밖을 내다보았다. 눈앞에는 정원과 숲을 갈라놓고 있는 도랑을 굽어보듯 길쭉한 테라스가 펼쳐져 있었다. 플라타

* 장 폴이 다니엘을 부를 때의 애칭.

너스 두 그루의 그늘 아래에는 (그곳은 전에 퐁타냉 부인이 늘 자리 잡고 있던 곳이다.) 다니엘이 버들가지로 만든 의자 위에서 두 다리를 쭉 뻗은 채 무릎에 책 한 권을 올려놓고 있었다. 그곳에서 얼마 떨어지지 않은 곳에서는 밝은 하늘색 편물옷을 입은 아이가 담 밑에 엎어놓은 작은 양동이를 발판으로 테라스의 난간 위로 기어오르려 하고 있었다. 둑 저편, 활짝 열린 문으로 햇볕이 들고 있고, 전에 정원사가 살던 집에서는 제니가 팔을 드러내고 나무통 앞에 반쯤 꿇어앉아 비누로 세탁을 하고 있었다.

"이리로 오렴, 장 폴!" 다니엘이 다시 외쳤다.

한순간 장 폴의 더부룩한 갈색 머리털이 햇살에 타오르는 듯했다. 어린아이는 삼촌 곁에 가기로 이미 마음을 먹었다. 그러나 시키는 대로 하기 싫다는 듯 아이는 땅바닥에 털썩 주저앉아 부삽을 들고 들통에 모래를 가득 채웠다.

잠시 후 앙투안이 현관 앞의 돌계단을 내려갔을 때도 장 폴은 여전히 그곳에 있었다.

"와서 앙투안 삼촌에게 인사하렴." 다니엘이 말했다.

아이는 난간 밑에 쭈그리고 앉아 아무 소리도 못 들은 척하며 삽으로 열심히 장난을 하고 있었다. 앙투안이 다가오는 것을 보자 아이는 부삽을 놓고 지금까지보다 더 고개를 수그렸다. 팔에 안겨 들려진 장 폴은 잠시 발버둥을 치다가 하는 수 없다는 듯 깔깔대기 시작했다. 앙투안은 머리털에 키스를 한 다음 귀에다 대고 물었다.

"앙투안 삼촌이 싫으니?"

"그래." 장 폴은 외쳤다.

그렇게 하다 보니 앙투안은 숨이 가빠왔다. 장 폴을 땅에 내려놓고 다니엘이 있는 곳으로 돌아왔다. 앉자마자 장 폴이 달려와 그의 무릎 위로 기어올랐다. 그러고는 앙투안의 긴 상의에 몸을 바싹 붙이고 자는 척했다. 다니엘은 긴 의자에서 꼼짝도 하지 않았다. 그는 넥타이도 매지 않은 채 우중충한 헌 바지와 줄무늬에 플란넬로 된 테니스용 윗도리를 입고 있었다. 의족을 한 발에는 검은 반장화가 신겨져 있었고, 다른 쪽에는 맨발에 실내화를 신고 있었다. 그는 전보다 살이 쪘다. 이목구비는 전처럼 반듯해 보이지만 얼굴 전체가 통통해져 있었다. 너무 긴 머리에 수염을 깎은 푸르스름한 턱을 한 오늘 아침 그의 모습은, 평상시에는 칠칠치 못하게 굴다가도 막상 저녁이 되어 무대에 서면 로마 황제답게 연기하는 지방 순회 비극 배우를 연상케 했다.

일어나면서부터 기관지와 후두에 정신이 팔려 있던 앙투안은 그다지 대수롭게 여기지는 않았지만 다니엘이 자기와 인사를 나눈 뒤에 건강에 관해 아무런 질문도 하지 않았다는 것이 문득 생각났다. 하기는 두 사람은 전날 저녁 서로의 건강 상태에 관해 이야기를 나누며 서로의 불행을 털어놓은 바 있다. 그는 어색한 분위기에서 벗어나려고 물어보는 듯한 태도로 다니엘이 방금 덮어 자갈 위에 올려놓은 장정한 사절판 책 쪽으로 몸을 구부렸다.

"이거 말인가요?" 하고 다니엘이 말했다. "**세계 일주**… 옛날 여행 잡지… 1877년 호." 그는 책을 다시 집어 들고 무심한 태도로 페이지를 넘겼다. "삽화로 가득 차 있어요…. 집에 전권을 가지고 있답니다."

앙투안은 꼬마의 머리를 별생각 없이 쓰다듬고 있었다. 꼬마는 삼촌의 가슴팍에 머리를 기댄 채 두 눈을 크게 뜨고는 깊은 생각에 잠겨 있는 것처럼 했다.

"오늘 아침에는 뭔가 새로운 소식이라도 있나? 신문을 읽었겠지?"

"아니요." 다니엘이 말했다.

"연합국의 군사위원회는 최근 포슈 장군의 권한을 이탈리아 전선까지 확장하기로 결정한 모양이던데."

"그래요?"

"이제는 공식화되어야 할 텐데."

장 폴은 갑자기 지루하게 느낀 듯 땅바닥에 털썩 주저앉았다.

"어디 가니?" 두 삼촌이 동시에 물었다.

"엄마한테."

아이는 두 발을 번갈아가며 디디며 즐거운 듯 정원사의 집 쪽으로 달려갔다. 두 사람은 유쾌한 눈길을 서로 주고받았다. 다니엘이 주머니에서 추잉 껌을 한 통 꺼내 앙투안에게 권했다.

"그만두겠어."

"심심풀이로 좋아요." 다니엘이 말했다. "나는 담배를 끊었어요."

다니엘은 껌을 하나 꺼내 통째로 입안에 넣고 씹기 시작했다. 앙투안은 미소 지으면서 그 모습을 바라보았다.

"껌을 씹는 자네를 보니 전선에 있을 때의 일이 생각나는군…. 빌레르 브르토뇌에서의 일이야…. 우리는 미군 위생반이 오랫동안 점령하고 있던 농가에 우리 야전병원을 설치하기로 했었지. 그런데 우리 위생병들은 그자들이 주추며, 문이며, 책상 밑이며, 의자 밑 등 도처에 뱉어낸 껌을 망치로 떼어내느라고 하루를 꼬박 소비할 정도였어…. 그것들은 나중에는 시멘트처럼 딱딱해지는데, 그게 얼마나 더러운지! …앵글로색슨족의 점령이 몇 년만 더 계속된다면 아르투아 지방과 피카르디 지방의 가구란 가구는 온통 본래 모습을 잃고 흉칙한 껌의 집산지가 되고 말 거야….” 가벼운 기침 때문에 그는 하던 말을 잠시 중단해야만 했다. “…마치… 태평양에 있는 몇 개의 바위가… 구아노*의 산이 된 것처럼!”

다니엘이 미소를 지었다. 자크와 마찬가지로 다니엘의 미소에 언제나 매력을 느꼈던 앙투안은 그의 미소가 조금도 매력을 잃지 않았다는 것, 얼굴이 비록 퉁퉁해지긴 했지만 윗입술은 여전히 재기를 띤 채, 완만하게 왼쪽으로 비스듬히 처져 있다는 것, 주름진 눈꺼풀 사이로 어딘가 모르게 심술기가 번뜩인다는 사실을 확인하는 순간 뭔가 흐뭇함을 느꼈다.

앙투안은 계속 기침을 했다. 그러면서 괴로워 못 견디겠다는 시늉을 했다.

“보다시피… 한심해…. 카타르… 환자야….” 하고 그는 힘들게 말했다. 그리고 숨을 돌리고 나서 “놈들에게 혹독하게 당했어—클로틸드가 말하듯이. 그래도 우리는 운이 좋은 편에 속하는지도 몰라!…”

“당신은 그럴지도 모르지만” 하고 다니엘이 재빨리 낮은 소리로 말했다.

잠시 침묵이 흘렀다. 이번에는 다니엘이 침묵을 깼다.

* 조분석 비료.

"조금 전에 신문을 읽었느냐고 물었죠? 안 읽었어요. 되도록이면 읽지 않으려고 해요. 그렇지 않아도 생각나는 것은 전쟁에 관한 것뿐인데! 다른 것은 이제 생각하려야 할 수도 없어요…. 전황 보고만 하더라도 우리처럼 **무슨 무슨 전선에서 가벼운 움직임**… 아니면 **무엇 무엇에 대한 기습공격 주효** 따위가 무엇을 뜻하는지를 훤히 알고 있는 사람들에게는 이제… 지긋지긋해요!" 그는 긴 의자의 등받이 위로 머리를 젖혔다. 그리고 눈을 감은 채 낮은 목소리로 말하기 시작했다. "**공격을 해보지 않고서는**, 보병처럼 공격을 해보지 않고서는 이해할 수 없을 겁니다…. 기병으로 있을 때는 전쟁이 어떤 것인지 몰랐어요…. 하기는 돌격도 해보았지요. 예, 세 번…. 그리고 기병의 돌격 역시 말로는 다 할 수 없는 것이지요…. 하지만 그것은 총검을 착용하고 '일제히 나오는' 보병의 돌격에 비하면 아무것도 아니에요…."

다니엘은 몸을 부르르 떨더니 두 눈을 다시 떴다. 그리고 껌을 거칠게 씹으면서 앞을 뚫어지게 바라보다가 말을 이었다.

"결국 후방에서 전선이 어떤 것인지 아는 사람이 얼마나 될까요? 전선에서 돌아온 사람은 몇 명이나 될 거며? …그리고 돌아왔더라도 그들이 무엇 때문에 그것에 관해 말하겠어요? 그들은 이야기할 수도 없고, 또 이야기하고 싶지도 않을 겁니다. 아무도 자신들을 이해하지 못하리라는 것을 알고 있으니까요."

그는 입을 다물었다. 두 사람은 얼마 동안 한마디도 나누지 않았으며, 심지어는 서로의 얼굴을 쳐다보지도 않았다. 그러다가 이번에는 앙투안이 이야기를 시작했다. 그는 기침 때문에 말을 더듬거리는가 하면, 군데군데 중단해야만 했다.

"이것이 마지막 전쟁이겠지 하고 생각할 때가 종종 있어. 또 다른 전쟁이 있을지도 모른다는 생각은 아예 하기도 싫은 때가 있어! …그것에 대해 확신을 갖는 때가 말이야…. 그러다가도 또 어느 순간에는 자신을 잃고… 뭐가 뭔지 모르게 되지…."

다니엘은 아무 말 없이 멍한 눈길로 껌을 씹고 있었다. 무슨 생각을 하고 있는 것일까?

앙투안은 줄곧 입을 다물고 있었다. 몇 분을 계속해서 말하는 것이 그에게는 너무나 고통스런 일이었기 때문이다. 그러나 그는 지금까지 같은 것을 백 번이고 천 번이고 계속 생각해왔던 것이다. '소름 끼치는 일이야.' 하고 그는 생각했다. '인간끼리의 화해에 방해가 되고 있는 모든 것을 냉정히 생각해보면… 정신적인 진보가 이루어져—정신적인 진보가 과연 있을까?—인간이 갖고 있는 본능적 편집, 타고나면서부터 갖고 있는 완력에 대한 경배심, 그리고 폭력에 의해 지배하고, 자기와는 다르게 느끼고 살아가는 약자에 대해 자신이 느끼고 살아가는 방식을 폭력으로 강요함으로써 인간이라는 동물이 느끼는 광직인 쾌감에서 마침내 인류를 벗어나게 하려면 과연 몇 세기나 더 걸려야 할까? …게다가 또 정책이라든가 정부라는 것들이 있으니…. 전쟁이란 전쟁을 일으키는 당국이나 그것을 결정해서 다른 사람들로 하여금 전쟁을 하도록 하는 권력자들에게는 위기에 처했을 때 아주 매력적이고 아주 손쉬운 해결책임에 틀림없어…. 여러 나라의 정부가 앞으로는 더 이상 이런 방법을 쓰지 않으리라고 어떻게 기대할 수 있을까? …그러기 위해서는 그런 방법이 불가능하다는 것을 그들이 확실히 알고 있어야만 할 거야. 평화주의가 여론 속에 깊이 뿌리를 내리고 널리 확장되어서 여러 나라의 호전적인 정책에 대한 넘어설 수 없는 장애가 되어야만 할 거야. 그런 것을 기대한다는 것은 몽상에 지나지 않겠지…. 그리고 또 평화주의가 승리한다 하더라도 그것이 과연 평화를 위한 진지한 보장이 될까? 언제고 평화주의 정당이 우리 주변 국가에서 권력을 장악한다고 치자. 그들이 다른 세계에 평화주의 이데올로기를 폭력으로 강요하기 위해 전쟁의 유혹에 굴복하지 않는다고 누가 장담할 수 있을까?…'

"장 폴!" 클로틸드는 보이지 않는 아이를 향해 쾌활하게 소리쳤다.

그녀는 쟁반에 오트밀 주발, 찐 자두, 밀크 파이를 올려놓은 것을 들고 두 사람에게 다가왔다. 그리고 그것을 정원용 테이블에 놓았다.

"장 폴!" 다니엘이 불렀다.

아이는 햇볕을 받으며 테라스를 건너질러 냅다 달려왔다. 잦은 세탁으로 색이 바랜 푸른 재킷은 그의 눈빛과 흡사했다. 앙투안은 건장한 클로틸드의 팔에 안겨 의자에 옮겨진 장 폴을 보면서 어렸을 때의 자크와 똑같은 것에 새삼 놀랐다. '얼굴 모양이 똑같구나.' 그는 생각했다. '곤두선 머리털도 똑같고… 뿌연 얼굴빛이며, 주름이 진 작은 코 주위에 주근깨가 나 있는 것도 똑같군….' 앙투안은 장 폴에게 미소를 지어 보였다. 장 폴은 자기를 놀리는 것으로 알고 고개를 돌리더니 눈썹을 잔뜩 찡그리며 못마땅한 듯한 눈길로 앙투안을 슬쩍 엿보았다. 그의 두 눈은 자크의 그것과 똑같이 잠시도 가만히 있지 못하며, 너무나 변덕스런 표정을 보이고 있었다. 또 때로는 생글거리며 다정해 보이는가 하면, 때로는 불안한 빛을 띠기도 하고, 때로는 지금의 경우와 같이 야생적이고 냉혹하며 비정한 모습을 보이기도 했다. 그러나 이런 여러 가지 표정에도 불구하고 눈길은 유난히 날카롭고 상대를 관찰하는 듯했다.

이번에는 제니가 햇볕이 드는 둑을 지나갔다. 소매를 걷어 올린 그녀의 두 손은 물일에 부어올라 있었다. 앞치마도 젖어 있었다. 제니는 앙투안을 향해 다정스러운 미소를 살짝 지어 보이며 물었다.

"어제저녁은 어떠셨어요? …어머나, 제 손이 젖어 있군요…. 잘 주무셨나요?"

"딴 날보다는 잘 잔 편이야, 고마워."

풍만한 가슴을 하고 있는 이 젊은 엄마, 가정부가 하는 일을 아무렇지도 않게 수행하고 있는 제니를 대하면서 앙투안은 동원령이 내리던 날, 자크가 위니베르시테가街로 그녀를 데리고 왔을 때의 일이 문득 생각났다. 그때 제니는 검은 빛깔의 드레스를 몸에 꼭 맞게 입고, 신중하고 무엇인가 경계하는 듯한 태도를 보였었다. 그리고 손에는 장갑을 끼고 있었다.

제니는 다니엘을 돌아보았다.

"장 폴에게 오트밀을 좀 먹여주었으면 하는데요. 아직 속옷을 널 것이 있어서." 제니는 아들 곁으로 다가가 목에 냅킨을 매어주었다. 그리고 새의 목처럼 귀여운 아들의 목덜미를 쓰다듬어주었다. "장 폴, 단 삼촌하고 얌전히 오트밀을 먹고 있어라… 곧 돌아올 테니까." 하고 그녀는 물러가면서 덧붙였다.

"응, 엄마." (장 폴은 제니와 다니엘이 그랬듯이 **엄-마** 하고 음절을 떼어서 발음했다.)

다니엘은 긴 의자에서 일어나 장 폴 곁에 앉았다. 그는 줄곧 자신의 생각에 몰두해 있었다. 그래서 누이동생이 자리를 비키자마자 아무 일도 없었던 듯이 말을 계속했다.

"그리고 또 다른 사실이 있는데, 이건 말해보았자 소용이 없을뿐더러, 후방에 있는 사람들은 도저히 상상조차 할 수 없는 일이지요. 즉 발포 지역 안으로 들어가자마자 언제나 일어나는 그 기적과 같은 것. 우선 우연이라는 것에 완전히 몸을 맡기고, 선택의 자유도 없이 개인적인 의사는 송두리째 포기함으로써 느낄 수 있는 해방감 같은 것. 게다가" 하며 그는 감정이 북받치는 듯한 목소리로 덧붙였다. "위기에 처했을 때 서로 모두가 느끼는 동지애, **형제의 우애**란… 그건 그래요. 우리들은 '지원 부대'로 가서 후방 사 킬로미터만 물러서면 인간으로 되돌아가는 것이지요…."

앙투안은 침묵으로 동의를 표시했다. 전쟁이라면 그는 진창과 피의 기억만을 간직하고 있었다. 그러나 다니엘이 무엇을 말하고자 하는지를 알고 있었다. 그도 마찬가지로 다니엘이 말하는 '기적', 싸움터에서의 군대라는 신비스런 공동체, 개인의 순화, 같은 운명이라는 부담감에 의해 공동체 정신과 형제애 정신이 즉각 형성되는 것을 경험했던 것이다.

장 폴은 앙투안이 있어서 주눅이 들었는지 다니엘이 먹여주는 대로 받아먹었다. 이야기를 하면서도 스푼에 가득 담은 음식을 아이가 벌리고 있는 입에다 능숙한 솜씨로 떠 넣어주는 것으로 보아 다니엘은 애를 보는 역할에 있어서 초심자가 아닌 것이 분명했다.

'지금 내 눈앞에서 벌어지고 있는 것은' 하고 앙투안은 갑자기 마음속으로 생각했다. '전에 같으면 상상도 할 수 없었던 일이다…. 다니엘이 불구가 되고, 이런 누추한 차림으로 어린애 보는 보모의 신세로 변하다니! …게다가 이 아이는 제니와 자크 사이에서 태어난 아들이 아닌가!… 어쨌든 그건 사실이다. 그리고 나 자신 별로 놀라고 있지도 않으니…. 엄연한 사실인 만큼… 받아들이는 도리밖에! …일이 이렇게 된 이상 이러지 않을 수도 있었을 텐데라는 생각은 금물이다…. 또는 아주 다를 수도 있었을 텐데라는 생각도….' 그는 잠시 이런 종잡을 수 없는 생각에 잠겨 있었다. '만일 구아랑이 내 말을 듣는다면 자유의지에 관한 사단논법의 연설이라도 하지 않고서는 못 배길걸….' 그는 생각했다.

"자, 한눈팔지 말고." 하고 다니엘이 꾸짖듯 말했다. 오트밀이 끝나고 자두를 주자 식욕은 더욱 왕성해졌다. 아이는 테라스 저쪽, 닭장 철망에 세탁물을 널기 위해 왔다 갔다 하는 어머니 모습을 눈으로 좇는 일에 정신이 팔려 있었다. 그래서 다니엘은 장 폴이 입을 벌릴 때까지 기다리면서 몇 번이고 스푼을 든 채 한참 동안 그대로 있지 않으면 안 되었다. 그러나 짜증을 내지는 않았다. 일을 마치자 제니는 오빠와 교대하기 위해 서둘러 왔다. 앙투안의 시야에는 그녀가 다시 햇볕이 비치는 테라스를 건너오는 모습이 들어왔다. 이미 앞치마를 벗었으며, 걸으면서 소매도 내렸다. 제니는 다니엘을 그 일에서 해방시켜 주고자 했다. 그러나 다니엘 쪽에서 반대했다.

"놔 둬. 곧 끝날 테니까."

"그래, 우유는?" 하고 제니는 명랑한 목소리로 말했다. "빨리! 장 폴이 우유를 마시지 않으면 앙투안 삼촌이 뭐라고 하실까?"

팔꿈치를 세우고 우유 사발을 이미 밀어내던 장 폴은 그 짓을 뚝 멈추더니 덤벼들기라도 하려는 듯 완강한 눈길로 앙투안을 노려보았다. 아이는 위협 같은 것을 기대하고 있었던 것이 틀림없다. 그런데 앙투안이 자기편이라도 되는 것 같은 미소와 눈짓을 보내자 아이는 어찌할 바를 모르며 잠시 주저했다. 이어서 장 폴의 얼굴은 장난기 서린 쾌활함으로 환해졌다. 그리고 자신이 순순히 따르고 있다는 것을 보여주기라도 하려는 듯 앙투안을 빤히 쳐다보면서 숨도 쉬지 않고 우유를 들이켰다.

"이제 장 폴은 잠을 자러 갈 차례야. 엄마가 앙투안 삼촌, 단 삼촌과 함께 조용히 점심을 들게." 하고 제니는 장 폴의 냅킨을 풀어주고 아이가 의자에서 내려오는 것을 도와주며 말했다.

앙투안과 다니엘만이 남았다.

다니엘은 그 자리에서 몇 걸음 움직여 플라타너스의 줄기에서 얇은 껍질을 벗겨내어 물끄러미 바라보더니 손가락으로 뭉갰다. 그러고 나서 호주머니에서 다른 껌을 꺼내 다시 씹기 시작했다. 마침내 그는 긴 의자에 다시 와 다리를 쭉 뻗고 앉았다.

앙투안은 잠자코 있었다. 그는 다니엘의 일, 전쟁에 관한 것, 공격에 대해 생각하고 있었다. 또 일선에서의 그 신비스런 동료 관계를 생각하고 있었다. 르 무스키에에서 그 작은 몸집의 뤼뱅이—뤼뱅을 볼 때마다 그는 지난날 자신의 협력자였던 젊은 르와가 생각나곤 했다—어느 날 식탁에서 떨리는 목소리로, 눈에는 서글픈 빛을 띠면서 "남이 뭐라고 하든 전쟁에는 나름대로 **아름다움**이 있다"라고 주장하지 않았던가? 그는 이십세의 어린 나이에 소르본의 벤치에서 돌연 병영으로, 축구팀에서 참호 속으로 뛰어들었던 것이다. 그리고 민간 생활에서 아무것도 '시작해본 것' 없이, 자기 뒤에 아무것도 남겨놓은 것 없이 전선에 뛰어들었던 것이다. 위험한 이 스포츠에 대담하게 몸을 맡겼던 것이다. '전쟁의 아름다움' 하고 앙투안은 생각했다. '내가 눈으로 직접 목격한 온갖 공포에 비한다면 과연 그러할까?'

문득 한 가지 추억이 되살아났다. 전투가 오래 지속되었던 1914년 9월 초순경의 일이다. 앙투안 자신은 그 전투를 '프로뱅의 공격'이라고 계속 불러왔지만 다른 사람들은 '마른 전투'라고 했다. 어느 날 밤, 그는 격심한 포격 중에 구호반을 급히 이동시키지 않으면 안 되었다. 부상자들 철수를 무사히 끝낸 다음, 위생병들을 데리고 도랑 속을 기어서 포탄의 낙하점에서 멀리 벗어날 수 있었다. 그리고 지붕이 완전히 없어진 어떤 허름한 집까지 도달할 수 있었다. 두터운 벽과 아치형의 지하실이 있어서 그런대로 임시 대피소는 되는 셈이었다. 바로 그때였다. 적의 대포가 사정거리를 늘리는 것이 아닌가. 포탄의 낙하점이 점점 가까워졌다. 곧 위생병들을 지하실로 내려보내고 자신은 뒤에서 뚜껑을 닫아주었다. 그러고 나서 입구에 기대어 포격이 끝나기를 살피면서 이십여 분 정도 혼자 있었다. 바로 그때 일이 벌어졌던 것이다. 삼, 사십 미터 떨어진 곳에서 격렬한 폭음이 일자 그는 회반죽 부스러기가 자욱한 속을 헤치며 방구석까지 황급히 물러섰다. 그러자 어둠 속에 한 줄로 서 있는 자신의 부하들과 부딪혔다. 어떻게 그들이 거기에 있는 것일까? 그들은 군의관이 자기들과 함께 '피신'하지 않는 것을 보고 한 사람씩 널판 뚜껑을 열고, 서로 약속이나 한 듯 분대장 뒤에 가만히 줄지어 서 있었던 것이다.

'어쨌든 꽤나 고약한 순간이었지.' 앙투안은 생각했다. '하지만 그런 연대감과 성실성을 보여준다는 것은 내가 일생을 두고 잊지 못할 한순간의 기쁨을 가져다주었던 것이다…. 만일 그날 밤 뤼뱅과 같은 사람이 "전쟁에는 나름대로의 아름다움이 있다"라고 나에게 말했다면 나는 그렇다고 말했을지도 모른다….'

그러나 그는 곧 생각을 바꾸었다.

"아니야!"

다니엘이 놀라서 고개를 돌렸다. 앙투안은 자신도 모르게 낮은 소리로 그렇게 말한 것이다.

다니엘은 살짝 미소를 지어 보였다.

"내가 말하고 싶은 것은…" 하고 다니엘이 말을 꺼냈다.

그는 변명이라도 하려는 듯 미소를 짓다가 곧 자신의 심정을 설명하기를 체념하고 입을 다물었다.

이층에서는 침대에 누워 있기 싫다고 투정하는 장 폴의 울음소리가 들려왔다.

8

제니는 아이를 작은 침대에 눕혔다. 그리고 매일 아침 그렇게 하듯이 아이가 잠들기를 기다리면서 식사 후에 곧 병원의 내의실에 일하러 갈 수 있도록 옷을 갈아입었다. 한 창문 앞을 지나다가 그녀는 얇은 명주로 된 커튼을 통해 앙투안과 다니엘이 플라타너스 그늘에서 한담하고 있는 모습을 목격했다. 앙투안의 목소리는 울림이 없으므로 그녀에게까지는 들려오지 않았다. 그러나 다니엘의 목소리는 지쳐 있는 듯했으나 갑작스런 생기를 띠곤 했기 때문에 이따금 들려왔다. 그러나 제니는 그가 무슨 말을 하는지 통 알아들을 수 없었다.

그녀는 지난날 그토록 건장하고 아무 걱정 없이 서로 야심에 찬 장래의 계획으로 가슴이 부풀어 있던 청년 시절의 두 사람을 생각하며 비통한 심정을 금할 수 없었다. 전쟁은 그들을 지금처럼 만들어버린 것이다…. 그나마 그들은 여기 있기라도 하지! 계속 살아갈 테니까! 건강 상태도 좋아지겠지. 앙투안은 자기 목소리를 되찾을 것이고. 다니엘도 다리를 저는 일에 익숙해질 테니까. 얼마 안 가서 두 사람 모두 자기들의 삶을 되찾게 될 거야! …그런데 자크는 그렇지 않다! 그 역시 이렇게 화창한 오월의 아침, 남들처럼 그 어딘가에 살아 있을 수 있었을 텐데…. 만일 살아 있었다면 그를 만나기 위해 모든 것을 내팽개치고 갔을 텐데…. 그리고 둘이서 아이를 키웠을 텐데…. 그러나 모든 것은 영원히 끝나버리고 말았다!

다니엘의 목소리는 더 이상 들려오지 않았다. 제니는 창가로 다가갔다. 그러자 집 쪽으로 오고 있는 앙투안의 모습이 눈에 띄었다. 실은 그녀는 지난밤부터 앙투안과 단둘이 있을 기회를 모색하고 있었다. 장 폴이 잠든 것을 얼핏 눈으로 확인하자, 스커트의 훅 단추를 채우고 재빨리 방 안을 대충 치운 다음, 층계참 쪽으로 나 있는 문을 열었다.

앙투안은 난간을 움켜잡고 천천히 층계를 올라오고 있었다. 그가 고개를 들고 알아보자 제니는 미소를 지어 보였다. 그리고 한 손가락을 두 입술 위에 얹고 그를 맞이하러 왔다.

“장 폴이 자는 모습을 와서 보세요.”

너무나 숨이 가빠 대답은 하지 못하고 대신 발끝으로 걸으며 제니의 뒤를 따라갔다.

그들이 들어선 곳은 푸른 무늬의 주이 천으로 둘러친 매우 큰 방으로, 넓다기보다는 긴 편이었다. 방구석에는 두 개의 똑같은 침대가 놓여 있었고, 그 사이에 장 폴의 침대가 있었다. ‘옛날에 퐁타냉 부부가 쓰던 방이 틀림없어.’ 하고 그는 기이하게도 모두 사용되고 있는 것 같아 보이는 두 개의 침대가 있는 이유를 궁금하게 여기면서 생각했다. 왜냐하면 각 침대 옆에는 눈에 익은 여러 가지 물건이 놓여 있고, 머리맡 탁자가 있었기 때문이다. 침대 위, 벽 중앙에는 살아 있는 모습처럼 사람의 시선을 끄는 실물 크기의 자크의 초상화가 걸려 있었다. 현대식 기법의 유화로서 앙투안은 처음 보는 것이었다.

장 폴은 몸을 오그린 채, 한쪽 어깨는 베개 밑에 묻고, 엉클어진 머리에, 촉촉한 입술을 살짝 벌린 채 잠들어 있었다. 자유로운 팔은 이불 위로 길게 뻗고 있었다. 그런데 그것은 그냥 던져져 있는 것이 아니라 작은 주먹이 마치 주먹질이라도 하려는 듯 꼭 쥐어져 있었다.

앙투안은 무언의 몸짓으로 질문하듯 초상화를 가리켰다.

“스위스에서 가져왔어요.” 제니가 말했다. 그녀도 그림을 물끄러미 바라보았다. 그러고 나서 아이 쪽으로 시선을 돌렸다. “무척이나 닮았어요!”

"그 나이의 자크를 알았더라면!"

'그러나' 하며 그는 생각했다. '둘이 정신적인 면에서 유사하다는 것을 의미하는 것은 결코 아니다…. 이 아이는 자크에게서 찾아볼 수 없는 수많은 요소를 지니고 있다!' 그는 낮은 목소리로 자신의 생각을 마무리했다.

"이상도 하지, 안 그래? 멀고 가까운 또 직간접적인 수많은 조상들이 이 작은 생명을 만들어내는데 협력했으니! 그중에서도 누구의 영향이 우세할까? 불가사의야…. 한 사람 한 사람이 태어나는 일은 알려지지 않은 기적이다. 개개인이란 옛날 요소의 총체이면서도 또한 완전히 새로운 집합체인 것이다…."

장 폴은 깨지도 않고, 주먹을 풀지도 않다가 갑자기 누가 살펴보는 것이 싫은 듯 팔로 얼굴을 가렸다. 앙투안과 제니는 동시에 미소 지었다.

'또 이상한 것은' 하고 앙투안은 제니와 함께 말없이 방의 다른 구석으로 물러가며 생각했다. '다르게 태어날 수 있는 여러 가지 가능성 중에서 자크가 자기 속에 갖고 있는 이 합성물만이—장 폴이라는 이 합성물만이—그 형태를 갖추고, 생명을 부여받은 것은 기이한 일이다….'

"오빠는 무엇에 관해 말하는데 그렇게 열을 올렸나요?" 하고 제니는 목소리를 낮추며 물었다.

"전쟁에 관해서지…. 무엇을 하든 늘 그 강박관념에 다시 사로잡히곤 해."

제니의 얼굴 표정이 굳어졌다.

"나는 오빠와 이야기할 때 그 문제는 절대로 입 밖에 내지 않아요."

"어째서?"

"오빠는 종종 이런저런 견해를 피력하곤 하는데 나는 그런 오빠가 부끄럽게만 여겨져요…. 민족주의 신문에서 읽은 것들을… 만약 오빠가 자크 앞에서 그런 말을 했다면 자크는 결코 참지 못했을 그런 것들 말이에요!"

'그럼 제니는 도대체 무슨 신문을 읽고 있는 것일까?' 앙투안은 생각했다. '자크를 생각하며 『위마니테』를 읽을까?'

제니는 갑자기 그의 곁으로 다가왔다.

"동원령이 내리던 날 저녁에 (지금도 나는 그 장소를 기억하고 있어요. 하원 앞, 초소 근처였지요.) 자크는 내 팔을 꼭 붙잡으면서 말했어요. '알겠어, 제니. 오늘부터는 사람들을 분류할 때 전쟁을 받아들이는가 또는 거부하는가에 따라 해야 할 거야!'"

제니는 잠시 꼼짝도 하지 않았다. 지금도 그녀의 뇌리 속에서는 자크의 말이 메아리치고 있었던 것이다. 이윽고 무거운 한숨을 짓더니 획 돌아서서 뚜껑이 열려 있는 마호가니 사무용 책상 앞에 가서 앉았다. 그리고 앙투안에게 의자에 앉으라는 시늉을 해 보였다.

앙투안은 여전히 선 채로 초상화를 유심히 바라보았다. 초상화 속 자크는 약간 비스듬한 자세로 의자에 앉아 얼굴을 대담하게 들고, 한 손은 꽉 오므린 채 넓적다리 위에 올려놓고 있었다. 그 포즈에서는 약간 반항적인 면모가 보였다. 그러나 그것은 자연스런 포즈였고, 자크는 그렇게 앉는 것을 좋아했다. 짙은 적갈색의 머리털 타래는 이마를 거칠게 갈라놓았다. ('훗날 장 폴의 머리도 짙어지겠지.' 앙투안은 생각했다.) 눈두덩 사이에 숨겨진 눈초리, 못마땅한 입매를 하고 있는 두툼한 입술, 실팍한 턱이 얼굴에 고뇌에 찬, 거의 사납기까지 한 표정을 가져다주었다. 배경은 미완성인 채로 있었다.

“1914년 6월의 것인데” 하며 제니는 설명했다. “패터슨이라는 영국 사람이 그린 것이에요. 그 사람 지금 볼셰비키에 가담해서 투쟁하고 있는 것 같은데…. 반네드가 이 초상화를 자기 집에 가져다두었다가 제네바에서 저에게 주었어요. 반네드는 색소 결핍증에 걸린 사람인데 자크의 친구였답니다…. 아마 편지에다 썼던 걸로 아는데요.”

제니는 이런저런 추억을 더듬으며 스위스에 머물고 있던 때의 일을 모두 털어놓기 시작했다. (그녀는 어느 누구에게도 말한 적이 없는 이러한 것들을 앙투안에게 이야기할 수 있게 된 것을 무척 기쁘게 여기고 있는 것 같았다.) 반네드는 그녀를 **글로브** 호텔로 데리고 가서 자크가 있던 방(‘창이 없고 층계참을 향한…’)을 보여주었으며, 다음에는 **카페 랑도**와 **본부**로 안내해 **잡담실** 모임의 생존자들을 그녀에게 소개해주었다…. 바로 그들 중에서 그녀는 전에 『위마니테』지에서 조레스 협력자였던 스테파니(파리에서 자크의 소개로 알게 되었다.)를 만나게 되었다. 스테파니는 운 좋게 스위스로 빠져나가 그곳에서 『그들의 대전』*이라는 신문을 창간했다. 그는 이런 골수 국제사회주의자들 중에서도 가장 활동적인 사람 중의 하나였다…. “반네드는 저와 바젤에도 같이 갔어요.” 하고 말하는 그녀의 두 눈은 깊은 생각에 잠겨 있는 듯했다.

* 제1차 세계대전을 당시에는 ‘대전’이라고 불렀다.

제니는 사무용 책상 쪽으로 몸을 굽혀 열쇠로 잠겨 있는 서랍을 열었다. 그러고는 성유물함을 다루듯 조심스럽게 원고 뭉치를 꺼냈다. 그녀는 그것을 앙투안에게 주기 전에 잠시 두 손으로 잡고 있었다.

앙투안은 호기심을 느끼며 그것을 받아들고 뒤적거려 보았다. 그런데 이런 글귀가….

그런데 여러분은 지금… 총에 탄환을 장전한 채 서로 마주 보며 여차하면 어리석게도 서로 죽이려고 하고 있습니다….

순간적으로 그는 머리에 떠오르는 것이 있었다. 지금 그는 자크가 죽기 전날에 급히 쓴 원고의 마지막 몇 페이지를 손에 들고 있는 것이다. 그것들은 구겨지고, 군데군데 지워져 있었으며, 인쇄 잉크의 얼룩으로 더러워져 있었다. 글씨는 자크의 것이 틀림없지만 서두른 데다 흥분해 있었기 때문에 흐트러져 있으며, 때로는 거칠고 힘을 주어 썼는가 하면 또 때로는 어린아이가 쓴 것처럼 알아보기 어려운 데도 있었다.

프랑스 정부든 독일 정부든 간에 가장 명백한 여러분의 개인적 이익에 역행해서, 여러분의 의사에 역행해서, 여러분의 선조에 역행해서, 무엇보다도 인간적이고 무엇보다도 순수하고 무엇보다도 정당한 여러분의 본능에 역행해서 여러분을 가정으로부터 빼앗고, 여러분을 일터에서 빼앗고, 여러분의 생명을 마음대로 처분할 권리를 그들이 갖고 있는 것일까요? 도대체 무엇이 그들에게 여러분의 생사를 마음대로 처분할 수 있는 그 엄청난 권한을 가져다준 것일까요? 여러분의 무지인 것입니다! 여러분의 소극적인 태도 때문인 것입니다…!

앙투안은 고개를 들었다.

"선언문 초안이에요." 하고 속삭이듯 말하는 제니의 목소리는 변해 있었다. "바젤에서 프라트넬이 저에게 주었는데… 프라트넬은 인쇄를 맡았던 서점 주인이에요…. 그 사람들이 원고를 보관했다가 저에게…"

"그 사람들이라니?"

"프라트넬과 자크를 알고 있던 젊은 독일 사람 카펠… 의사인데… 해산할 때 저에게 끔찍이 잘해주었어요…. 그들이 자크가 유숙하면서 이것을 썼다는 집으로 저를 데려가주었어요…. 그리고 자크가 비행기로 출발했다는 고원으로도 안내하고요…." 제니는 이야기를 하면서 군인과 외국인과 간첩으로 들끓던 국경 도시에 체류했을 때의 일을 되살려냈다. 라인강 기슭이며, 삼엄하게 경비하고 있던 다리들이며, 스툼프 부인의 오래된 집이며, 자크가 살던 다락방이며, 석탄투성이의 도크 풍경을 향해 있는 좁은 천창天窓 등에 관해 앙투안에게 설명하면서 이런 것들을 다시 떠올리고 있었다…. 거기에 반네드, 프라트넬, 카펠과 함께 자크가 메네스트렐과 합류하기 위해 타고 갔었다는 흔들거리는 그 마차로 고원까지 갔을 때의 일을…. 제니에게는 이렇게 설명해주던 프라트넬의 목소리가 아직도 귀에 선했다. "여기서부터 둑으로 올라갔어요…. 밤이었지요…. 우리는 새벽이 오기를 누워서 기다렸지요…. 바로 여기, 산꼭대기의 뚫린 곳을 통해 비행기가 나타나는 게 보이더니…

이곳에 착륙했어요…. 티보가 올라타더군요….”

“그 고원에서 기다리고 있는 동안 자크는 무엇을 했으며, 무엇을 생각하고 있었을까요?” 하고 제니는 한숨지으며 말했다. “그들 말에 의하면 자크는 자기들과 떨어져 있었다는 거예요…. 혼자 외딴곳에 가서 누워 있었다는군요…. 자신의 죽음을 예견하고 있었던 게 틀림없어요. 죽음에 임박해서 무슨 생각을 했을까요? 저로선 결코 알 수 없는 일이겠지요.”

초상화를 물끄러미 바라보던 앙투안은 제니의 이야기를 들으면서 그도 또한 자크가 고원에서 지낸 하룻밤, 운명의 비행기가 도착했을 때의 일을 곰곰이 생각하고 있었다. 어처구니없는 그 희생! 그러한 영웅주의, 그 밖의 허다한 영웅주의의 무익함에 관해 생각하고 있었다…. 거의 모든 영웅주의의 무익함에 관해. 그의 뇌리에는 숭고하면서도 공허한 전쟁의 갖가지 추억들이 되살아났다! ‘거의 언제나’ 하고 그는 생각했다. ‘그런 대담한 광기를 부릴 수 있는 것은 그릇된 판단 때문이다. 곧, 지고의 자기희생을 할 만한 가치가 있는지 어떤지를 생각해보지도 않고 그저 막연히 어떤 가치에 대해 환상적인 신뢰를 품기 때문이다….’ 그는, 물신숭배라고 할 수 있을 정도로 활력과 의지를 몹시 중히 여겼다. 그러면서도 기질적으로 영웅주의에 대해 혐오감을 갖고 있었다. 그리고 사 년에 걸친 전쟁은 이러한 혐오감을 강화시켰을 뿐이다. 그렇다고 동생의 행위를 과소평가할 생각은 조금도 없었다. 자크는 자신의 신념을 지키기 위해 죽은 것이다. 자신을 희생하면서까지 자기 자신에게 충실했던 것이다. 그렇게 최후를 마치는 것에 대해서는 존경심을 갖지 않을 수 없다. 그러나 자크의 ‘사상’을 생각할 때마다 앙투안은 다음과 같은 근본적인 모순에 부딪히곤 했다. 즉, 체질적으로 그리고 지적인 면에서 한사코 폭력을 증오하던 동생이—폭력에 대항해서 투쟁하기 위해, 그리고 형제애와 같은 친교를 역설하며 전쟁에 대한 사보타주를 부르짖었을 때에 그러한 그의 근본적인 증오심이 입증되지 않았던가?—도대체 어떻게 해서 몇 년씩이나 사회혁명을 위해 투쟁할 수 있었을까? 다시 말해서 폭력 중에서도 가장 악질적인 공론가들의 이론적, 계획적 그리고 냉혹한 폭력을 지지할 수 있었단 말인가? '자크는 그토록 어리석지는 않았어.' 하고 그는 생각했다. '자크는 적어도 자신이 바라는 완전한 혁명이 불의의 살육이나 수많은 속죄양들의 대량 학살 없이도 가능하다고 믿을 만큼 인간의 본성에 대해 환상을 품고 있지는 않았어!'

그의 시선은 초상화의 수수께끼 같은 얼굴에 집중되어 있다가 다시 제니의 얼굴로 향했다. 제니는 단지 앙투안의 이야기를 좇고 있을 뿐이었다. 그런데도 그녀의 얼굴은 내부에서 일어나는 놀랄 만한 흥분으로 빛나고 있었다.

'어쨌든' 하고 그는 생각했다. '나는 지금껏 이렇다 할 일을 해놓은 것이 아무것도 없다. 그러니 자신의 신념에 따라 극단적인 행동을 하는 사람들을 이러쿵저러쿵할 권리가 나에게는 없지…. 불가능한 것을 시도하는 용기 있는 사람들에 대해서도 그렇고.'

"뭐니 뭐니 해도 가장 고통스러운 것 중의 하나는" 하고 제니는 잠시 침묵을 지키고 있다가 덧붙였다. "제가 아이를 가지게 되리라는 것을 자크는 몰랐을 것이라는 거예요." 이렇게 말하면서 그녀는 원고를 집어 다시 서랍에 넣었다. 그러고는 다시 얼마간 침묵을 지켰다. 잠시 후 마치 생각한 바를 분명히 말하기라도 하려는 듯 입을 뗐다.(앙투안은 제니가 이렇게 스스럼없이 속내 이야기를 해주는 것이 여간 고맙지 않았다.) "저는 장 폴이 바젤에서 태어난 것을 무척 기쁘게 여기고 있어요. 그곳은 애기 아빠가 마지막 며칠을 보낸 곳이면서 또 일생을 통해 가장 보람 있는 시기를 보낸 곳이기도 하니까요…."

자크의 추억을 떠올릴 때마다 그녀의 푸른 눈동자는 조금씩 짙어졌으며, 약간의 붉은 기운이 관자놀이에 감돌았다. 그리고 얼굴 전체에 걸쳐 강렬하면서도 무언가 충족되지 않은 듯한 기이한 표정이 떠올랐다가는 즉시 사라지곤 했다. '자크와의 사랑이 마음속에 영원히 못을 박았구나.' 앙투안은 생각했다. 그는 이런 생각을 하면서 화가 났으나 곧 그런 화를 내는 자신을 의아스럽게 생각했다. '터무니없는 사랑' 하고 그는 생각하지 않을 수 없었다. '분명히 서로 어울리지 않는 두 사람 사이의 사랑이란 오해에 불과할 수밖에…. 어쩌면 오래 지속되지 못했을 오해이건만, 지금도 추억 속에 남아 있어 자크에 관해 이야기할 때는 어떤 경우라도 빼놓는 법이 없구나!' (이것은 그에게 하나의 집념처럼 되어 있었다. 즉 모든 정열적인 사랑의 밑바닥에는 오해라든가 너그러운 환상이라든가 판단의 오류가 있게 마련이다. 서로에 대해 그릇된 생각을 품고 있는 것이지. 그러나 그런 것이 없다면 서로 맹목적으로 사랑한다는 것은 불가능할 것이다.)

"저의 책임이 무거워졌어요." 그녀는 말했다. "자크가 자기의 아들을 어떻게 하고자 했는지에 따라 장 폴을 키워야 할 테니까요. 그걸 생각하면 이따금 두려울 때가 있어요…." 제니는 얼굴을 들었다. 그녀의 눈길에는 자랑스러워하는 빛이 스쳐갔다. 그녀는 속으로 '하지만 나는 자신 있어요'라고 생각하는 것 같았다. 그러나 이렇게 말했다.

"하지만 저는 그 애를 믿어요!"

여하튼 앙투안은 이토록 씩씩하고, 장래에 대해 이토록 꿋꿋한 제니를 보게 되어 매우 기뻤다. 실은 그가 받은 몇 통의 편지투로 미루어 보아 전보다 더 우유부단하고 더 마음이 약해져 있는 제니, 일에도 별로 뜻이 없는 제니를 보게 되리라고 상상했던 것이다. 그런데 앙투안은 제니가 남이 보기에도 상처 입은 사랑을 자신의 힘으로 승화시키기 위해 절망의 늪에서 벗어날 줄 알고, 고생을 한 많은 여성들이 그러하듯 스스로 불행에 몸을 맡기지 않았음을 확인했을 때 제니가 퍽 대견스러워 보였다. 그렇다, 제니는 건강을 되찾았다. 그리고 꿋꿋하게 자기 자신을 지켜왔으며, 홀로 앞으로의 삶을 떠맡았다. 앙투안은 그녀의 그러한 태도에 무척 감명받았음을 솔직히 시인하면서 이렇게 말했다.

"그 점에서는 제니가 대단한 정신력을 보여주었어!"

제니는 아무 말도 않고 듣고만 있다가 담담하게 말했다.

"그런 칭찬을 받을 만한 자격이 없어요…. 저에게 큰 힘이 되었던 것은 자크와 저, 우리 둘이서 함께 생활한 적이 없었기 때문인 것 같아요. 자크가 세상을 떠났다고 해서 저의 일상이 달라진 것은 아무것도 없으니까요…. 그랬어요. 처음에는 적어도 힘이 되어주었지요…. 다음에는 아이가 있었고요. 장 폴을 낳기 훨씬 전부터 그 아이를 가졌다는 사실이 저의 마음을 든든하게 해주었어요. 삶의 목적이 있었으니까요. 자크의 유복자를 키운다는….”

제니는 다시 입을 다물었다가 말을 이었다.

“퍽이나 어려운 일이에요…. 이 아이는 꽤나 다루기 힘들어요! 이따금 오싹해질 때가 있으니까요….” 제니는 탐색하는 듯하면서 의혹의 눈길로 아이를 바라보았다. “물론 다니엘이 장 폴에 관해서 말했겠죠?”

“장 폴에 관해서? 아니, 별로.”

앙투안은 남매가 장 폴의 성격에 관해 의견이 같지 않다는 것, 그리고 이런 견해차 때문에 두 사람 사이에 불화 같은 것이 야기되고 있다는 것을 눈치챘다.

“오빠 말로는 장 폴이 말을 안 듣는 데서 쾌감 같은 것을 느낀다는 거예요. 그건 부당한 얘기예요. 그렇지는 않아요. 어쨌든 생각보다는 더 복잡해요…. 저도 그 문제에 관해 곰곰이 생각해보았지요. 분명한 것은 본능적으로 이 애는 ‘싫다’고 말해요. 하지만 그것은 악의가 있어서가 아니에요. 단지 반대해보고 싶은 심정에서 그러는 거지요. 요컨대 자신을 나타내보고자 하는 욕구인 거예요. 자기가 존재한다는 것을 스스로 확인시켜 보고자 하는 욕구 같은 것 말이에요…. 그리고 그것은 분명히 억제할 수 없는 내적 힘의 발로니까 그걸 탓할 수는 없겠지요…. 자기 보존의 본능처럼 그것은 이 아이의 마음속에 깃들어 있는 본능인 거예요! …대부분의 경우 저는 장 폴을 꾸짖지 않아요.”

앙투안은 호기심을 갖고 듣고 있었다. 그는 제니가 이야기를 계속하도록 하기 위해 동조의 뜻을 나타냈다.

“이해하시겠죠?” 하고 제니는 신뢰에 찬 미소를 띠우며 말했다. "아이들을 다루어보셨으니까 놀라시지는 않겠지만… 저의 경우에는 이렇게 고집 센 아이 앞에선 어떻게 해야 좋을지 모르겠어요…. 그래요. 말을 안 듣는 이 아이를 보노라면 어이가 없기도 하고, 또 아연실색할 때가 한두 번이 아니에요—감탄에 가깝다고나 할까요—이 아이가 자라고, 성장하고, 이해력이 생기는 것을 보고 있을 때와 똑같은…. 정원에 혼자 있다가 넘어지기라도 하면 이 아이는 울어요. 그런데 우리들 중의 누군가가 있을 때는 다치거나 해도 좀처럼 울지 않아요…. 사탕을 주겠다 해도 별다른 이유가 없으면 거절하고 말아요. 하지만 나중에 몰래 상자를 훔치러 와요. 그건 먹고 싶어서가 아니에요. 상자를 열어보지도 않는답니다. 안락의자의 방석 밑에 감추거나 아니면 모래 더미 밑에 파묻으러 가거나 하지요. 왜 그럴까요? 자신이 **독립하여** 스스로 무엇인가 한다는 것을 보여주기 위한 단순한 욕망에서 그런 것 같아요…. 꾸짖으면 잠자코 있어요. 하지만 그 작은 근육이 온통 반항기로 뻣뻣해지고 눈빛이 달라져요. 그러면서 어찌나 매몰스럽게 노려보는지 더 이상 야단치고 싶은 생각이 없어지고 말아요. 고집불통의 눈초리… 그러면서도 티 없이 맑고 어딘가 모르게 쓸쓸해 보이는 눈길… 그 눈초리를 보고 있노라면 저는 압도당하고 말아요! 아마 자크의 어린 시절의 눈초리가 그러했겠지요…."

앙투안은 미소를 지었다.

"아마 제니의 눈초리겠지!"

제니는 손짓으로 그런 추측을 뿌리쳤다. 그리고 즉시 말을 이었다.

"이건 꼭 말씀드리고 싶어요. 이 아이는 억지로 시키는 일은 무엇이든지 마다해요. 반대로 조금만 상냥하게 대해주면 고분고분해지고요…. 가령 토라져 있을 때 팔로 끌어안으면 만사가 끝나고 말아요. 제 가슴에 얼굴을 파묻고는 저를 꼭 껴안으면서 웃는답니다. 마치 마음속에 지니고 있던 딱딱한 것이 부드러워지다가 별안간 녹아버리기라도 한 것처럼… 마치 마귀에 홀려 있다가 갑자기 제정신이 들기라도 한 것처럼!"

"상대가 지젤일 때는 더 말을 안 듣겠군?"

"그렇지가 않아요." 제니는 별안간 굳은 표정을 지으며 말했다. "**지젤 아줌마**는 장 폴이 가장 좋아하는 사람이에요. 지젤만 있으면 만사가 해결되니까요!"

"지젤이 시키는 대로 장 폴이 하는 모양이지?"

"저나 다니엘의 경우처럼은 하지 않아요. 이 아이는 지젤 없이는 못 살 거예요. 그것은 지젤이 자기의 온갖 변덕에 굴복하기 때문이지요! 그리고 지젤에게 해달라고 하는 것들이란 대개는 자존심 때문에 다른 사람들에게는 부탁하기 어려운 것들이랍니다. 짧은 바지의 단추를 끌러달라든가 혹은 키가 작기 때문에 손이 미치지 못하는 곳의 물건을 집어달라든가. 그리고 내가 없으면 고맙다는 인사를 하는 법이 없어요! 이래라저래라 하는 그 말버릇이란! 마치…" 제니는 잠시 말을 멈추었다가 자신의 생각을 다 털어놓았다. "이런 말을 하면 지젤에게는 퍽 미안한 일이지만 이것은 사실이라고 생각해요. 장 폴은 지젤이 노예 신분으로 태어났다는 것을 알아채기라도 한 것 같아요…."

이 마지막 몇 마디에 당황한 앙투안은 의아스러운 눈길로 제니를 주시했다. 그러나 제니는 그의 시선을 피했다. 때마침 점심 식사를 알리는 종소리가 울리기 시작했기 때문에 제니는 일어났다.

그들은 함께 문 쪽으로 다가갔다. 제니는 무엇인가 말하고 싶은 눈치였다. 그녀는 자물쇠를 잡았다가 놓았다.

"마음이 홀가분해졌어요…." 제니는 속삭이듯 말했다. "스위스에서 돌아온 뒤로 누구하고도 자크에 관해 말할 기회가 없었으니까요…."

"하지만 지젤이 있지 않아?" 앙투안은 제니가 털어놓은 속내 이야기와 푸념이 생각나서 용기를 내어 말했다.

제니는 두 눈을 내리깐 채, 한쪽 어깨를 문틀에 기대고 서 있으면서 그 말을 못 들은 척했다.

"지젤이 있다고요?" 하며 마침내 제니는 앙투안의 말이 자신에게까지 전달되는 데는 얼마간의 시간이 필요했다는 듯이 한참 있다가 되풀이했다.

"제니를 이해할 수 있는 사람은 지젤밖에 없을 거야. 자크를 좋아했으니까. 몹시 슬퍼하고 있어… 지젤도."

제니는 눈을 내리깐 채 고개를 저었다. 아무런 설명도 하기 싫다는 눈치였다. 드디어 앙투안을 바라보더니 뜻밖의 거친 투로 말했다.

"지젤이라고요? 지젤에게는 그런대로 할 일이 있어요! 소일거리가 있는 셈이지요. 그래서 고민 같은 것은 할 필요가 없어요!" 제니는 다시 고개를 숙였다. 잠시 그러고 있다가 말했다. "이따금 지젤이 부러울 때가 있어요!" 그러나 그 말투, 그리고 웃음이 나오다 막혀버린 것 같은 목의 울림은 방금 그녀가 한 말과는 모순됨을 여실히 드러내고 있었다. 제니는 자신이 한 말을 곧 후회하는 것 같았다. "하지만 앙투안, 당신도 알다시피 지젤은 저에게 진정한 친구가 되어주었어요." 하고 그녀는 차분한 목소리로, 그리고 진지한 어조로 나지막하게 말했다. "우리의 앞날을 생각할 때 지젤은 우리에게 매우 소중한 사람이에요. 항상 우리 곁에 있어줄 거라고 생각하면 뭔가 위안을 느껴요…."

앙투안은 그다음에 '하지만'이라는 말이 나올 것으로 생각하고 있었다. 아닌 게 아니라 잠시 망설이다가 제니는 말을 이었다.

"하지만 지젤은 그런 사람인걸요, 안 그래요? 누구나 자기의 개성을 갖고 있으니까요…. 지젤에게는 장점이 아주 많아요. 반면에 결점도 있어요…." 또다시 주저하다가 말을 이었다. "예를 들면 지젤은 솔직한 편이 아니에요."

"지젤이? 그토록 솔직한 눈길을 지니고 있는데!"

처음에 앙투안은 거부감을 느꼈다. 그러나 곰곰이 생각해보니 제니가 무엇을 말하고자 했는지 알 것 같았다. 지젤은 위선적인 여자는 아니었다. 그러나 자신의 은밀한 생각 중의 어떤 것은 짐짓 감추곤 하는 편이었다. 자기가 좋아하고 싫어하는 것을 분명하게 나타내지를 않으며, 구구한 설명을 꺼려 하곤 했다. 싫어도 내색하지 않고, 몹시 싫어하는 사람들에게도 곧잘 미소 지어 보이며 고분고분하게 대하는 그런 여자이다. 소심해서일까? 수줍음 탓일까? 숨기기 위해서일까? 아니면 그녀의 혈관 속에 흐르고 있는 흑백 혼혈의 본능적인 이중인격, 오랫동안 노예였던 종족에서 찾아볼 수 있는 선천적인 방어 심리라고나 할까? '노예로 태어난 여자….'

앙투안은 지체하지 않고 자신이 한 말을 정정했다.

"그래, 그래, 알 만해."

"그렇다면 짐작하실 거예요. 무척 좋아하면서도, 매일 친하게 지내면서도, 그래요…. 그런데도… 지젤과는 화젯거리로 삼을 수 없는 것들이 있다는 것을…." 제니는 다시 몸을 일으켜 세우고 말했다. "절대로 말해서는 안 되는 것들이!"

그리고 이야기를 끝내려는 듯 격한 동작으로 문을 열었다.

"식사하러 오세요!"

9

식사는 밖에, 부엌의 포치에 차려져 있었다.

점심 식사는 빨리 끝났다. 제니는 거의 식욕이 없었다. 앙투안은 식사 전에 치료를 할 틈이 없었기 때문에 음식물을 삼키는 데 힘들어했다. 다니엘만이 클로틸드가 요리한 연골과 청완두에 열중했다. 그는 아무 말 없이 무심하면서도 방심한 태도로 먹고 있었다. 식사가 끝날 무렵 앙투안이 뤼멜에 관해, 그리고 '후방의 동원된 자들'에 관해 이야기를 꺼내자 그는 돌연 지금까지의 침묵을 깨고 '전쟁 모리배들'에 대해 가혹한 변호를 시작했다. ('그자들뿐일 거야. 전쟁을 인간답게 이끌어갈 줄 알았던 것은….') 그리고 냉소적인 감탄과 함께 지난날의 사업주였던 그 '천재적인 도둑 뤼드비그손'이 이룩한 비약을 예로 들었다. 뤼드비그손은 전쟁 초기부터 영국에 자리 잡고 있었는데, 주위 사람들 말에 의하면 시티*의 은행가들과 몇몇 영국인 정치가들의 아리송한 도움으로 그 유명한 S.A.C.라는 유한책임연금 주식회사를 설립하여 그 재산을 열 배나 늘렸다는 것이다.

'틀림없어. 훗날 제니는 놀랄 만큼 어머니를 닮을 거야.' 하고 앙투안은 지난 사 년 동안 많이 달라진 제니의 몸집에 놀라며 생각했다. 어머니가 되어 아이에게 젖을 먹이다보니 허리와 가슴 부분이 풍만해지고, 목도 굵어졌다. 그렇다고 육중해진 그 체구가 보기에 흉하지는 않았다. 오히려 그녀의 몸가짐이라든가 용모, 거기에다 섬세하면서도 어딘가 모르게 냉담해 보이는 표정 속에 지금도 남아 있는 신교도적인 엄격함을 한결 부드럽게 해주었다. 눈초리는 예나 다름없이 여전히 고독과 조용한 대담성과 비탄의 빛을 띠고 있었다. 그것은 전에 그녀의 오빠와 자크가 가출했을 때, 앙투안이 어린 소녀인 제니를 처음으로 보고 몹시 마음에 걸려 하던 바로 그 시선이었다…. '그건 그렇고, 어쨌든' 하고 앙투안은 생각했다. '지금 제니는 전보다는 더 여유가 있어 보이는군…. 궁금한 것은 제니의 어떤 매력이 자크의 마음을 그토록 사로잡을 수 있었는지 하는 거다…. 전에 제니는 얼마나 못됐었는가! 수줍음과 오만함이 어색하게 뒤섞여 있는 꼴이었지! 그렇게도 조심스럽고 쌀쌀해 보이더니! 그런데 지금은 적어도 남에게 자신을 보이기 위해 초인적 노력을 하고 있다는 인상은 주지 않는다…. 오늘 아침만 해도 정말 마음을 터놓고 나에게 말했다…. 그렇다. 나를 대하는 제니의 오늘 아침의 태도는 정말 나무랄 데 없었다…. 그건 그래.

* 런던의 금융가이다.

제니에게서는 자기 어머니가 지니고 있는 우아함이라든가 정숙함 같은 것은 결코 찾아볼 수 없을 것이다…. 그렇다. 저렇게 의연한 척하는 모습 속에는 언제나 '나는 사람들의 시선을 끌려고 애쓰지 않아요. 남을 즐겁게 해주려고도 생각지 않아요. 그저 나 자신만으로 충분해요…'라는 생각이 깔려 있을 게 틀림없다. 하기야 사람마다 취미가 다양하니까. 여러 유형의 여자가 있는 것도 필요해. 그렇지만 저런 여자는 내가 좋아하는 유형은 결코 아니야…. 어쨌든 제니는 딴사람이 되었다.'

앙투안은 점심 식사를 끝내자마자 제니와 함께 병원으로 퐁타냉 부인을 찾아가기로 했다.

다니엘이 다시 긴 의자에 다리를 뻗고 누워 있는 동안 제니는 장 폴을 깨우러 올라갔다. 앙투안도 그 틈을 이용해 방으로 올라가 재빨리 흡입을 했다. 실은 그는 오늘 하루의 피로를 걱정하고 있던 터였다.

제니는 자전거를 타고 다니는 습관이 있었다. 그래서 돌아올 때를 위해 자전거를 꺼냈다. 그리고 앙투안과 함께 걸어서 공원을 지났다.

"내가 보기에 다니엘은 많이 변했어." 앙투안은 공원을 지나 큰 거리에 이르자 문득 생각난 듯 말했다. "이제는 아무 일도 하지 않는다는 것이 사실인가?"

"전혀 아무 일도!"

그 말에는 나무라는 투가 담겨져 있었다. 아침나절 그리고 점심 식사를 하는 동안 앙투안은 오누이 사이에 무엇인가 석연치 않은 빛이 감도는 것을 느낄 수 있었다. 얼마 전까지 다니엘이 제니에게 베풀던 세심한 배려를 생각해보더라도 앙투안은 제니의 그러한 태도에 놀라지 않을 수 없었다. 그리고 이 점에 관해서는 다니엘 쪽에서도 소홀한 점이 있지 않았을까 자문해 보았다.

두 사람은 잠시 동안 아무 말 않고 걸었다. 싹트기 시작한 보리수의 잎이 빛의 얼룩진 그늘을 땅 위에 투사하고 있었다. 고목 밑의 공기는 하늘이 청명했는데도 불구하고 비 오기 전처럼 답답하고 후텁지근했다.

"향기롭지?" 앙투안이 고개를 들면서 말했다. 어떤 정원 너머로 보이는 한 울타리에서 활짝 핀 라일락꽃 냄새가 풍겨나오고 있었다.

"마음만 있으면 병원에서 일할 수 있을 텐데." 제니는 라일락에는 신경도 쓰지 않고 말했다. "엄마도 여러 번 권했어요. 그럴 때마다 오빠는 '이 목발 가지고는 아무짝에도 소용없어요!' 라고 말했어요. 하지만 그건 핑계에 지나지 않아요…." 제니는 자전거 핸들을 잡고 있던 손을 바꾸며 앙투안 곁으로 다가섰다. "사실 오빠가 남을 위해 무엇인가 하는 것을 본 적이 한 번도 없었으니까요. 지금은 더더구나."

'너무하군.' 하고 앙투안은 생각했다. '아이를 봐주는 것만도 고맙게 생각해야 할 텐데.'

제니는 입을 다물고 있다가 신랄한 어조로 말했다.

"오빠는 사회적인 의식을 가져본 적이 없는 사람이에요."

뜻밖의 말이었다…. '모든 것을 자크와 결부시키고 있구나.' 하고 그는 못마땅하게 생각했다. '자크의 생각에 따라 오빠를 판단하는군.'

"정말이지" 하고 앙투안은 우울한 듯이 말했다. "자신을 불구자라고 생각하고 있는 사람은 동정해주어야 해…."

제니는 다니엘의 일만을 생각하고 있었기 때문에 거침없이 이렇게 대꾸했다.

"오빠는 전사할 수도 있었어요! 무엇 때문에 불평하는 거지요? 저렇게 살아 있는데 말이에요!"

그녀는 자신의 냉혹함을 의식하지 못하고 즉시 말했다.

"다리라고요? 다리를 약간 절룩거릴 정도니까… 병원의 회계를 맡아 어머니를 돕지 못할 것은 없지 않겠어요? 요컨대 사회에 도움이 되고자 하는 생각은 갖고 있지 않더라도…."

'여전히 자크의 말 그대로구나.' 하고 앙투안은 생각했다.

"…하다못해 그림 그리는 일이야 못할 것 없지 않겠어요…. 그래요. 아시겠지만 거기에는 다른 이유가 있어요. 건강 문제가 아니라 성격 문제랍니다!" 그녀는 극도로 흥분한 나머지 자신도 모르게 보조를 빨리했다. 앙투안은 숨이 가빠왔다. 이것을 눈치챈 제니는 걸음을 늦추었다. "오빠는 늘 너무 편하게만 살아왔어요…. 자업자득이지요! 지금에 와서 별것 아닌 걸로 괴로워하는 것은 다 자만심 때문인 거예요. 정원에 나간 적도 없고 파리에 간 적도 없어요. 어째서일까요? 남들 앞에 보이는 것이 부끄러워서 그런 거에요. 지난날의 '성공' 따위는 단념해야 한다는 결단을 오빠는 못 내리고 있어요! 그가 전에 영위하던 식의 생활은 이제 더 이상 할 수 없다는 것을 받아들이지 못하고 있어요! 한심한 소년의 생활! 방탕한 생활! 전쟁 전의 부도덕한 생활 말이에요!"

"가혹하군, 제니!"

그녀는 미소 짓고 있는 앙투안을 바라보았다. 그리고 그 미소가 사라지기를 기다리다가 단호한 어조로 말했다.

"장 폴 때문에 걱정이에요!"

"장 폴 때문에?"

"네! 자크가 저에게 많은 것을 가르쳐주었어요…. 지금 이 환경이 숨 막힐 것만 같아요. 이곳은 제가 있을 만한 곳이 못 돼요! 그리고 장 폴이 이런 분위기에서 자라야 한다는 생각을 하면 참을 수가 없어요!"

앙투안은 무슨 말인지 잘 알아듣지 못한 것처럼 상반신을 약간 세웠다.

"이렇게 툭 터놓고 이야기하는 것은 당신을 믿기 때문이에요." 하고 그녀는 말을 이었다. "또 언젠가는 당신의 충고가 필요하기 때문이고요…. 저는 어머니를 무척 사랑하고 있어요. 어머니의 용기며 그 품위 있는 삶에 감탄하고 있어요. 또 나를 위해 베푸신 모든 것을 잊지 않고 있어요…. 하지만 난들 별수가 있나요? 우리는 어느 것 하나 같은 생각을 갖고 있지 않아요! 어떤 일에도! …물론 지금의 나는 1914년 무렵의 내가 더 이상 아니에요. 엄마도 그 뒤로 많이 변하셨고요! …엄마가 병원의 책임을 맡은 지도 사 년이 됐어요. 일을 꾸미고 결정을 내리며, 남에게 명령하고, 남에게서 존경받고, 남을 부리는 따위의 일에만 종사한 지가 사 년…. 어머니는 권위주의적인 것에 취미를 붙이셨어요. 어머니는… 요컨대, 분명히 말씀드리지만 어머니는 전과 같지 않아요!…"

앙투안은 믿을 수 없다는 듯이 애매한 몸짓을 해 보였다.

"어머니는 어떤 일이나 관대하셨더랬어요." 하며 제니는 말을 계속했다. “신앙심이 매우 깊었었지만 자신의 견해를 남에게 강요하는 따위의 일은 절대로 없었어요. 그런데 오늘에 와서는! …환자들에게 어머니가 훈계하는 것을 만일 당신이 듣는다면! …그리고 가장 말을 잘 듣는 사람들이 언제나 가장 긴 의병 휴가를 얻지요….”

“가혹하군.” 앙투안은 되풀이했다. “너무해.”

“그런지도 모르지요…. 그래요… 이렇게 하나부터 열까지 죄다 말씀드리는 제가 잘못인지 모르겠군요…. 어떻게 하면 저의 말을 이해하실 수 있을지 모르겠군요…. 자, 예를 들면 엄마는 ‘우리의 용사들’*이라고 말하는가 하면, 또 ‘보슈’**라고 한답니다.

“우리도 모두 그렇게 부르지!”

“그렇지 않아요. 관점이 달라요…. 사 년 동안 저지른 온갖 잔학 행위도 애국심의 이름으로 엄마는 너그럽게 봐주세요! 그리고 거기에 동조하고요! 연합국의 주장만이 순수하고 옳다고 확신하고 계셔요! 독일이 패망할 때까지 전쟁은 계속되어야 한다는 서예요! …그리고 엄마와 생각을 달리하는 사람들은 프랑스인답지 않다고 하셔요…. 그리고 전쟁의 참된 원인을 추구하고, 모든 책임을 자본주의에 있다고 생각하는 사람들은 모두가….”

앙투안은 제니의 말을 들으면서 놀라지 않을 수 없었다. 이런 속내 이야기를 통해 드러난 제니의 정신 상태, 세계관, 이미

* 제1차 세계대전 당시의 프랑스 군인을 말한다.

** 독일 군인을 경멸하는 호칭이다.

고인이 된 자크의 영향이 몸에 배다시피 한 그녀의 새로운 가치 기준은 앙투안의 흥미를 자아냈던 것이다. 이것은 퐁타냉 부인의 성격적인 변화 이상으로 그의 흥미를 끌었다. 앙투안은 이렇게 말하고 싶었다. "장 폴이 걱정스러워!" 이것은 제니의 그와 같은 정신적 변천(그에게 그것은 꽤나 부자연스럽고 인위적인 것으로 여겨졌다.)이 장 폴의 주변에 어떤 위험한 분위기를 자아내지 않을까 하는 불안이 앞섰기 때문이다. 어쨌든 그것은 어린 두뇌의 발육을 위해서는 나태한 단 삼촌의 경우라든가 할머니의 근시안적인 맹목적 애국심보다도 더 위험한 것임에 틀림없었다….

두 사람은 햇볕이 드는 원형 광장으로 나왔다. 거기에서는 티보가의 별장 입구가 보였다. 앙투안은 자신도 모르게 넋 놓은 사람처럼 주위의 모습을 살펴보았다. 아득한 옛날, 전생前生에 와본 장소 같은 느낌이 들었던 것이다….

그러나 모든 것이 옛날 그대로였다. 즉, 길 양쪽에 인도가 있고, 그 끝에 성채의 웅장한 모습이 보이는 넓은 가로수 길이며, 일요일이면 물을 뿜어대는 원형의 분수가 있는 작은 광장이며, 잔디가 깔린 화단, 회양목 숲, 그리고 그 주위의 흰 가로목 등이 예나 다름없었다. 또한 아버지가 만들도록 한 정원의 나무들이 낮게 가지를 늘어뜨리고 있는 그 밑, 어린 지젤이 숨어 자기가 오는 것을 살피고 있던 뒷문도 그대로였다. 이곳에는 어디를 둘러보아도 전쟁의 상처가 엿보이지 않았다….

제니는 광장으로 들어서기 전에 발걸음을 멈추었다.

"엄마가 전쟁의 고통을 매일같이 겪으면서 생활해오신 지가 삼 년도 더 되었어요…. 그래서인지 이제는 그런 고통에 무감각해진 것 같아요. 그런 역겨운 일을 하다 보니 그만큼 엄마의 감수성도 무디어졌나 봐요….”

“간호사 일?”

“아니요” 하고 그녀는 냉담하게 대답했다. “그 일이라야 딴 게 아니고 젊은 사람들을 치료해주고 낫게 한 다음 다시 싸움터로 내보내 죽게 하는 것이지요! 한 번 더 투우장에 내보내기 위해 피카도르*의 말의 찢어진 배를 다시 꿰매는 것과 같아요!” 그녀는 고개를 숙였다. 한데 뒤늦게 쑥스러운 생각이 들었던지 돌연 앙투안 쪽을 돌아보았다. “마음이 상하셨나요?”

“아니!”

그는 ‘아니’라는 말을 자연스럽게 한 자기 자신에 대해 놀라움을 금치 못했다. 그리고 제니의 분노나 힐난보다는 퐁타냉 부인식의 조국애가 오늘의 자기 자신과는 비할 데 없이 거리가 멀다고 느끼면서 스스로 또한 놀라지 않을 수 없었다. 그는 동생을 생각하면서 새삼 마음속으로 되뇌었다. ‘자크가 살아 있다면 전보다는 더 잘 이해해줄 텐데!’

두 사람은 철책에 이르렀다.

제니는 한숨을 지었다. 그들의 산책이 끝나는 것을 섭섭하게 여겼던 것이다. 그녀는 다정하게 미소를 지어 보이며 말했다.

“고마워요…. 어쩌다 이렇게 마음을 터놓고 이야기하니까 참 좋아요….”

* 말을 타고 창으로 찔러 소를 성나게 하는 투우사를 가리키는 스페인어이다.

10

공들여 만든 별장의 철문(세월의 흐름에 따라 약간 도금이 벗겨지긴 했지만 O.T.라는 모노그램이 거기에 당당하게 새겨져 있었다.)은 열려 있었다. 통로에는 구급차가 오가며 파놓은 바퀴 자국들이 그대로 남아 있었다. 그 통로는 전에 티보 씨가 매일 갈퀴로 가는 자갈을 긁어모으도록 한 곳이기도 한데, 지금은 그 흔적도 찾아볼 수 없었다. 별장의 거의 모든 창문도 열려 있었다. 그리고 나뭇가지 사이로 햇빛을 받은 별장의 정면이 붉은 무늬가 있는 새 블라인드로 화사하게 장식되어 있는 것이 보였다.

"여기가 내의류를 취급하는 내 담당 구역이에요." 제니는 옛날 차고 문 앞에 이르자 말했다. "가보세요…. 베란다를 가로질러 오른쪽 사무실로 들어가세요…. 어머니는 거기에 계실 거예요."

혼자가 된 앙투안은 숨을 돌리기 위해 잠시 멈추어 섰다. 그의 눈길이 가닿는 모든 수풀과 모든 길모퉁이가 그에게는 즉시 낯익은 것이 되었다. 멀리서 이따금 들려오는 피아노 소리가 옛날의 일을 문득 상기시켰다. 머리를 땋아 뒤로 늘어뜨리고 피아노 의자에 앉아 있던 지젤, 그리고 명령이라도 하는 듯 박자를 세는 메트로놈과 아주머니로부터 이중의 감시를 받아가며 음계를 더듬더듬 읽던 지젤….

무성한 수풀을 통해 보이는 별장 앞에는 축제라도 벌이는 듯 사람들이 법석을 떠는 모습이 눈에 띄었다. 약모를 쓰고 회색빛의 플란넬 옷을 입은 젊은 병사들이 현관 앞의 층계에 줄줄이 늘어서서 햇볕을 쪼이며 한담하고 있었다. 다른 병사들은 정원의 탁자 주위에 모여 카드놀이를 하거나 아니면 신문을 읽고 있었다. 윗옷을 벗은 채, 푸른 군복바지에 각반을 찬 두 병사가 잔디의 풀을 깎고 있었다. 앙투안에게는 잔디 깎는 기계의 덜컹거리는 소리가 짜증스럽게 들렸다. 더 멀리 너도밤나무 그늘에서는 회복기 환자 대여섯 명이 투구대 주위에서 왁자지껄 떠들어대고 있었다. 그리고 구리로 된 개구리*에 원반이 부딪히는 소리가 들려왔다.

낯선 군의관이 다가오자 계단에 아무렇게나 누워 있던 사병들이 일어나 군대식으로 경례를 했다. 앙투안은 돌계단을 올라갔다. 베란다는 전부 유리가 끼워져 있었기 때문에 사방이 막혀 온실 안처럼 후텁지근한 것이 가정의 겨울 온실을 방불케 했다. 건강 때문에 아직 외출을 할 수 없는 환자들은 거기에 와서 눕곤 했다. 왼쪽에는 피아노가 있었다. 그것은 밝은색 호두나무로 만들어진 아주 오래된 악기로서 지젤이 어렸을 때 연습하곤 하던 것이다. 한 사병이 건반 앞에 앉아 서투른 솜씨로 라 마드롱**의 후렴을 치고 있었다.

피아노 소리가 그쳤다. 그리고 사병은 지나가는 군의관에게 경례를 하기 위해 손을 들었다. 앙투안은 응접실 안으로 들어갔다. 지금은 아무도 없는 시각이었다. 마치 호텔의 홀과 같았다. 안락의자와 의자가 네 개의 트럼프용 책상 주위에 놓여 있었다.

* 구리로 된 개구리 입에 원반을 던지는 놀이를 말한다.

** 제1차 세계대전 때 유행한 가요이다.

티보 씨의 서재 문은 닫혀 있었다. 압정으로 고정시킨 마분지 위에는 **사무실**이라고 쓰여 있었다. 앙투안은 안으로 들어갔다. 처음에는 아무도 눈에 띄지 않았다. 방 안에는 전에 쓰던 가구가 그대로 보존되어 있었다. 커다란 떡갈나무 테이블이며 안락의자며 서가가 전에 놓여 있던 그대로 당당하게 자리 잡고 있었다. 그러나 서재는 칸막이에 의해 둘로 나뉘어 있었다. 문소리가 나자 타자기 소리가 뚝 그쳤다. 그리고 칸막이 위로 젊은 비서의 얼굴이 나타났다. 그는 손님의 얼굴을 보자마자 큰 소리를 지르며 반가워했다.

"의사 선생님 아니세요!"

어리둥절한 앙투안은 미소 지어 보였다. 사실 앙투안은 자기 쪽으로 다가오는 그 청년을 처음에는 전혀 알아보지 못했다. 그런데 그 청년은 전에 팔에 난 종기를 수술해주었던 그 소년, 베르뇌유 거리에 살던 두 고아 중에서 동생인 루루임에 틀림없었다. (전쟁 초기에 파리를 떠나면서 앙투안은 두 아이를 클로틸드와 아드리엔에게 부탁했던 것이다. 그러고 보니 퐁타냉 부인이 그 두 형제에게 병원에 일자리를 마련해주었다고 한 것이 어렴풋이 생각났다.)

"너 무척 컸구나!" 앙투안이 말했다. "지금 몇 살이지?"

"20년도*입니다, 의사 선생님."

"그래, 여기서 무엇을 하지?"

"처음에는 우편물을 담당하다가 지금은 서기 일을 보고 있어요."

* 1920년도 소집 적령자를 가리킨다.

"그런데 형은?"

"샹파뉴에 있답니다…. 부상당했는데, 들으셨지요? 손을 다쳤어요. 1917년 4월 핌므 근방에서요. 알고 계시지요? …1916년에 입대했답니다…. 여기 이 두 손가락을 절단했어요…. 다행히 왼쪽 손이라서…."

"그럼 전선으로 다시 떠났다는 건가?"

"뭐, 형은 요령이 있어서요! 기상 관측 부대에 배속됐어요…. 그러니까 위험은 없어요." 루루는 측은한 눈초리로 앙투안을 바라보았다. 마침내 그는 속삭이듯 물었다. "독가스 해를 당하셨다면서요?"

"그렇다네." 앙투안이 대답했다. 그는 자신의 어린 시절을 생각나게 하는, 황금빛 못이 박혀 있는 암홍색 비로드가 입혀진 작은 안락의자를 눈여겨보았다. 그리고 지친 모습으로 거기에 가서 앉았다.

"독가스는 야비한 짓이지요." 루루는 얼굴을 찌푸리며 말했다. "그런 데다 비열하고… 치사한 짓이지요…."

"퐁타냉 부인은 안 계신가?" 앙투안이 그의 말을 가로막았다.

"위로 올라가셨는데요… 가서 말씀드릴게요…. 환자가 또 오기로 되어 있기 때문에 방마다 침대를 들여놓고 있어요."

앙투안은 혼자가 되었다. 아버지와 단둘이 있게 된 것이다. 티보 씨의 강렬한 개성이 아직도 이 방에서 떠나지 않고 있었다. 그것은 물건 하나하나로부터, 그리고 그 물건의 정해진 용도에 따라 알맞게 선택된 장소로부터 풍겨나오고 있었다. 은뚜껑이 달린 잉크병이며, 탁상용 램프며, 압지틀이며, 펜 닦개며, 벽에 걸린 기압계 등. 그의 개성이 너무 강했기 때문에 가구를 옮겨놓는다든가 병풍을 치는 것쯤으로는 그의 모습을 완전히 지울 수가 없었다. 그의 개성은 이 방에 집요하게 뿌리를 박고 반세기라는 오랜 세월에 걸쳐 전제적인 권위를 행사해왔던 것이다. 앙투안은 참나무 비슷한 자재로 된 그 문을 슬쩍 쳐다보기만 해도 잊으려야 결코 잊을 수 없는 방식, 곧, 슬며시, 음험하면서도 동시에 거칠게 여닫히는 소리가 귀에 들리는 듯했다. 또 양탄자 위에 길게 펼쳐져 있는 마모 자국을 바라보았을 때도 두 눈을 반쯤 뜬 채, 부어오른 큼지막한 두 손을 허리춤에 끼워넣고, 무거운 발걸음으로 책장과 벽난로 사이를 왔다 갔다 하던 아버지의 모습을 다시 보는 듯했다. 그리고 보나*가 그린 **예수상**의 복제품과 밑의 가죽에 머리글자가 두 개 얽혀 움푹하게 찍혀 있는 주인 없는 그 안락의자를 바라보는 것만으로도, 어깨를 움츠리고 의자에 푹 파묻힌 채, 귀찮은 손님 쪽으로 턱수염을 치켜올리고 있는 육중한 아버지의 모습, 그리고 말문을 열기 전에 눈썹 사이의 코안경을 떼어내어 마치 성호를 긋듯이 정중하고 침착한 태도로 그것을 조끼 주머니에 집어넣곤 하던 아버지의 모습이 즉시 떠올랐던 것이다.

문이 열리는 소리에 앙투안은 일어섰다. 퐁타냉 부인이 들어왔다.

부인은 간호사들과 마찬가지로 블라우스를 입고 있었다. 머리는 완전히 백발이 되었는데도 베일은 쓰지 않고 있었다. 얼굴은 창백하고 홀쭉했다. '심장병 환자의 안색이군.' 앙투안은

* 19, 20세기에 활동한 프랑스의 화가.

무의식적으로 생각했다. '…오래 살지는 못할 것 같군….'

부인은 그의 두 손을 잡고 자리에 앉게 했다. 그리고 자신은 큰 테이블 저쪽, 안락의자에 가서 앉았다. 그곳이 '이단자'가 늘 가서 앉는 자리임에 틀림없었다…. ('만일 돌아가신 어르신네가 살아서 돌아오신다면…!')

부인은 곧 그의 건강에 관해 물었다. 부인을 기다리는 동안 잠시 휴식을 취할 수 있었던 앙투안은 미소를 지으며 대답했다.

"만일 전선에 그대로 있었다면 나는 이미 이 세상을 하직했을 겁니다…. 다행히 나는 심지가 굳기 때문에…."

이번에는 앙투안 쪽에서 병원일, 이곳에서의 부인의 생활에 관해 물었다. 부인은 즉시 생기를 띠었다.

"나는 아무 쓸모가 없어요…. 훌륭한 일꾼이 한 사람 옆에 있는 덕택으로. 니콜이 총지휘를 맡고 있지요. 알다시피 그 애는 자격증이란 자격증은 모두 갖추고 있어요. 나에게는 엄청난 도움을 주고 있지요…. 그래요, 기가 막힌 일꾼이랍니다! 그리고 모누 메종에 집이 있는 젊은 부인들과 처녀들이라서 이 집의 방이란 방은 모두 환자들에게 할당되고 있어요. 그리고 간호사들은 자원봉사자들이라서 적은 급여로 그럭저럭 균형을 맞추어나갈 수 있지요. 여하튼 큰 도움을 받고 있어요! 첫날부터 그랬으니까요! 이 고장 사람들은 무척 인심이 후해요! 생각해보세요. 침대며 대야며 식기며 내의류 등 일상용품 일체를 이웃 사람들이 보내주었으니! 그런데 우리는 또 새로운 환자들을 받게 되어 있답니다…. 니콜과 지젤은 침구를 모으러 나갔지요. 틀림없이 현재 모자라는 것 모두를 구해가지고 올 겁니다!"

두 눈을 치켜올리고, 감격에 찬 승리의 미소를 띠고 있는 부인의 모습은 전능하신 주님이 이 세상을, 특히 메종 라피트를 봉사자들과 동정심이 많은 사람들로 충만토록 해준 것에 감사하고 있는 것 같았다.

부인은 여러 차례 별장 내부를 개조한 사실, 그리고 앞으로 구상하고 있는 내부 변경에 관해 상세히 설명했다. 전쟁이 언젠가는 끝나리라는 것, 따라서 병원 생활도 그만두게 되리라는 생각 따위는 조금도 하고 있는 것 같지 않았다.

"와서 보세요!" 부인은 쾌활하게 말했다.

아닌 게 아니라 구석구석 개조되어 있었다. 당구실은 의무실로, 사무실은 진찰실로, 욕실은 진료실로 쓰이고 있었다. 난방이 잘된 오렌지 나무용 온실은 열두 개의 침대가 여유 있게 놓여 있는 병실로 개조되어 있었다.

"올라갑시다."

작은 공동 침실로 쓰이고 있는 방들은 때마침 텅 비어 있었다. 이층에 열다섯 명, 삼층에는 열 명의 환자가 기거하고 있었다. 다락방이 있는 층에는 붐빌 경우를 대비해서 열두 개의 보조 침대가 마련되어 있었다.

앙투안은 옛날의 자기 방을 보고 싶은 생각이 들었지만 그 방은 열쇠로 잠겨 있었다. 소독을 하기로 되어 있다는 것이다. 원래 파라티푸스 환자가 들어 있었는데 오늘 아침 생 제르맹 병원으로 이송했다는 것이다.

퐁타냉 부인은 자못 경영주다운 위엄을 보이며 방마다 문을 열어보는가 하면, 예리한 눈으로 모든 것을 샅샅이 점검하기도 하고, 지나는 길에 세면대가 깨끗한지 어떤지 확인해보기도 하며, 라디에이터의 온도, 테이블에 흩어져 있는 책과 잡지의 제목까지 검사하면서 이 방 저 방을 두루 살펴보았다. 이따금 부인은 손목을 치켜들고 시간을 확인해보곤 했는데, 이런 동작은 그녀에게 하나의 버릇처럼 되어버렸다.

앙투안은 약간 헐떡거리면서 그 뒤를 따라갔다. 머릿속에서는 클로틸드가 한 말이 맴돌았다. '만일 돌아가신 어르신네께서…!'

삼층에 이르러 퐁타냉 부인이 그를 꽃무늬 벽지를 바르고 창문이 마로니에나무 꼭대기를 향해 나 있는 방으로 안내하려 하자 그는 여러 가지 상념에 사로잡혀 문지방에 우뚝 서버렸다.

"자크의 방…."

부인은 깜짝 놀라며 그를 바라보았다. 갑자기 그의 두 눈에는 눈물이 가득 고였다. 부인은 어색한 모습을 보이지 않으려고 창문을 닫으러 갔다. 그러고는 이런 뜻하지 않은 계기로 더욱 친숙한 대화를 하고 싶어지기라도 한 듯 이렇게 말하는 것이었다.

"이번에는 마구간이었던 별채로 안내하겠어요. 거기에도 나의 본부를 차렸답니다. 거기에 가면 좀 더 차분히 이야기를 나눌 수 있을 테니까요."

두 사람은 아무 말 없이 층계를 내려왔다. 베란다를 지나는 것을 피하기 위해 그들은 뒷문을 통해 정원으로 나왔다. 사병 네 사람이 그늘에서 철제 침대에 흰 칠을 하고 있었다. 퐁타냉 부인은 사병들 곁으로 다가갔다.

"빨리 서둘러줘요…. 내일까지는 말라야 하니까…. 그리고 로브레, 당신은 거기서 내려와요!" (한 남자가 부엌의 처마 위에 올라가 참으아리속의 줄기를 묶고 있었다.) "그제까지만 해도 침대에 누워 있던 사람이 오늘 벌써 사다리 위에 올라가다니?" 수염이 텁수룩하고, 틀림없이 국민군에 편입되어 있었던 것으로 보이는 그 남자는 미소 지으면서 부인이 시키는 대로 했다. 그 남자가 아래로 내려오자마자 퐁타냉 부인은 그에게로 다가가 윗옷의 단추 두 개를 푼 다음 그의 옆구리를 짚어보았다. "그럴 줄 알았어요. 붕대가 느슨해져 있어요. 의무실에 가서 그것을 보이세요!" 그리고 앙투안에게 보라는 듯이 말했다. "수술한 지가 삼 주도 안 되었는걸요!"

두 사람은 옛날 마구간에 가기 위해 잔디밭을 한 바퀴 돌았다. 지나는 길에 마주치는 환자들은 부인에게 고개를 돌려 정다운 얼굴 표정을 지어 보이면서 약모를 벗어 민간인식으로 인사를 했다.

"나의 숙소는 저 위에 있어요." 부인은 별채의 문을 밀면서 말했다.

아래층, 전에 마구간이었던 곳에는 칸마다 작업대가 들어서 있었다. 그리고 바닥에는 부스러기가 어지럽게 흩어져 있었다.

"모두들 여기를 **잡동사니** 작업장이라고 부른답니다." 하고 부인은 지난날 마부가 살고 있던 방으로 통하는 물레방아 같은 좁은 계단을 올라가며 설명했다. "이제는 어떤 작업도 외부에 의뢰하는 일이 없어요. 착한 이 사람들이 내가 부탁하는 것이면 무엇이든지 수리를 해주니까요. 배관 공사이건, 목수일이건, 전기 공사이건 간에…."

부인은 앙투안보다 앞장서서 두 개의 지붕밑 방 중 첫번째 방으로 들어갔다. 그녀는 그곳을 작으나마 개인 사무실로 쓰고 있었다. 가구라고는 팔걸이가 달린 정원용 의자 두 개, 서류와 장부류가 가득 쌓여 있는 책상 하나가 고작이었다. 그리고 타일을 깐 바닥에는 낡은 돗자리가 놓여 있었다. 앙투안은 방 안으로 들어가자마자 자기가 쓰던 램프가 테이블에 놓여 있는 것을 금방 알아보았다. 녹색의 판지로 된 갓을 씌운 큰 석유램프. 전에, 나방 소리가 시끄러운 유월의 무더운 밤에, 온 집안이 잠들어 있는 동안 그 밑에서 시험 준비를 하곤 했던 것이다. 벽은 석회로 산뜻하게 칠해져 있었다. 그 벽에는 몇 장의 사진이 핀으로 꽂혀 있었다. 몸을 뒤로 젖히고, 안락의자 등받이에 한 손을 올려놓고 있는 청년 제롬. 영국 수병의 옷차림에 장딴지를 드러낸 다니엘. 머리를 땋아서 늘어뜨리고, 불끈 쥐어 쳐든 주먹 위에 길들인 비둘기를 얹고 있는 소녀 시절의 제니. 그리고 또 상복 차림으로 아이를 무릎 위에 올려놓고 있는 젊은 여인의 모습인 제니.

기침이 나기 시작하자 앙투안은 권하기도 전에 거기에 있던 의자에 앉았다. 그리고 고개를 드는 순간 자신을 유심히 바라보고 있는 퐁타냉 부인의 눈길과 마주쳤다. 그러나 부인은 그의 건강 상태에 관해서는 전혀 내색을 하지 않았다.

"오신 걸 핑계 삼아 바느질이나 좀 해야겠어요." 하고 부인은 약간 애교스럽게 웃으며 말했다. "바느질할 시간조차 없어요." 그녀는 테이블에 있는 까만 성경책을 밀어내더니 그 자리에 바느질 바구니를 올려놓았다. 그러고 나서 또다시 시계를 본 뒤 자리에 앉았다.

"다니엘이 무슨 말을 하던가요? 자기 다리를 보이던가요?" 하고 부인은 한숨을 억누르며 물었다. (다니엘은 절단한 자기

다리를 한 번도 어머니에게 보인 적이 없었다.)

“아니요. 하지만 자기가 겪은 온갖 고초를 들려주더군요…. 몇 가지 운동요법을 권했습니다. 누구나 어느 정도 꾸준히 노력하기만 하면 큰 성과를 얻을 수 있다고…. 하긴 그 자신도 그 기구를 부착한 뒤로는 걷는 데 거의 불편이 없다고 하더군요.”

부인은 앙투안의 말을 듣고 있지 않은 것 같았다. 두 손을 스커트의 움푹한 곳에 놓고, 얼굴은 창 쪽으로 돌린 채 생각에 잠긴 눈길로 정원의 초목들을 바라보고 있었다.

별안간 부인은 몸을 돌렸다.

“그 애가 부상당하던 날 이곳에서 무슨 일이 있었는지 말하던가요?”

“이곳에서? …아니요….”

“주님께서 나에게 그 일을 미리 알려주셨어요.” 하고 부인은 엄숙하게 말했다. “다니엘이 부상당하던 날 주님의 예시가 있었어요.” 부인은 살짝 손을 치켜들었다. 그러고는 마음이 산란해진 듯 입을 다물었다. 이윽고 부인은 아무렇지도 않은 척하면서도 무언가 엄숙함이 깃든 어조로 (마치 성경의 한 페이지를 외우기라도 하듯, 또한 사람들 앞에서 기적을 증언하는 것이 자신의 의무이기라도 한 듯) 말을 이었다. “어느 목요일이었어요. 새벽녘에 눈을 떴어요. 주님이 계신 것을 느꼈어요. 그래서 기도를 하려고 마음먹었지요. 그런데 몸이 몹시 불편함을 느꼈어요…. 병원을 시작한 뒤로 그렇게 아파보기는 처음 있는 일이었으니까요. 그 뒤로도 그런 일은 전혀 없었답니다…. 나는 야간 당직 간호사 한 사람을 부르기 위해 창문을 열러 가려고 했어요. 그런데 서 있을 수도 없더군요. 다행히도 여느 때와는 달리 내가 모습을 나타내지 않은 것을 알아챈 간호사 한 사람이 때마침 달려왔어요. 그리고 침대에 누워 꼼짝도 못 하고 있는 나를 발견한 거지요. 몸을 일으키려고 했지만 현기증이 나서 금세 쓰러지곤 했어요. 마치 상처로 인해 심한 출혈을 한 것처럼 기진맥진해 있었어요. 그런 와중에서도 끊임없이 다니엘을 생각하고 있었어요. 나는 기도를 했습니다. 그런데 아침나절 내내 몸의 상태는 점점 더 나빠질 뿐이었어요. 제니가 몇 차례 의사를 데리고 왔어요. 에테르 시럽을 먹으라고 주더군요. 거의 말을 할 수가 없었어요. 그런데 열한시 반, 점심 식사를 알리는 첫 종이 울린 지 얼마 안 되어서 나는 자신도 모르게 소리를 질렀어요. 그러고는 얼마 동안 정신을 잃었습니다. 하지만 곧 깨어났고, 그때 기분은 나아져 있었어요. 아주 상태가 좋아져서 저녁 무렵에는 자리에서 일어나 사무실로 내려가서 보고서와 우편물에 사인도 할 정도였으니까요. 그것으로 끝이었지요." 부인은 단조로우면서 다소 조심스러운 목소리로 이야기를 하면서 잠시 말을 중단했다가 다시 시작했다. "그래요. 바로 그날 목요일 새벽에 다니엘이 속해 있는 연대에 공격 명령이 내려졌던 것입니다. 오전 중 내내 아주 용감하게 싸웠어요. 상처 하나 입지 않고. 그런데 열한시 반 조금 지나서 포탄 파편 하나가 넓적다리를 관통한 거예요. 열한시 반 조금 지나… 구조반으로 실려갔다가 다시 야전병원으로 운반되어 거기에서 몇 시간 뒤에 다리를 절단하게 되었어요. 덕분에 목숨만은 구하게 된 거지요…." 부인은 앙투안의 얼굴을 보면서 몇 번이고 고개를 저었다. "물론 열흘쯤 지나서야 그 사실을 알게 되었답니다."

앙투안은 아무 말도 하지 않았다. 무슨 말을 할 수 있었겠는가? …부인의 이야기를 들으면서 그는 어린 제니의 뇌막염 사건, 그리고 그레고리 목사의 '기적적인' 치료를 다시 떠올렸다. 또한 필립 박사가 미소를 띠면서 이따금 하던 말이 생각났다. '사람들은 언제나 각자 자기 나름대로의 경험을 갖게 마련이지….'

퐁타냉 부인은 잠시 잠자코 있었다. 그녀는 일감을 손에 들었다. 그러나 바느질을 시작하기 전에 안경집에서 안경을 꺼내 그것으로 제니와 장 폴의 사진을 가리켰다.

"장 폴을 어떻게 생각하시는지 아직 말씀하지 않았지요?"

"아주 잘생겼더군요!"

"그렇죠?" 하고 부인은 대견스러워하며 말했다. "다니엘이 일요일면 이따금 데리고 오곤 해요. 볼 때마다 더 자라고 더 실해지는 것 같아요! …다니엘은 장 폴이 성미가 고약하고 말을 잘 안 듣는다고 투덜대요. 하지만 성깔이 있다고 해서 뭐 놀라울 것은 없지 않겠어요? 게다가 사내애는 담력과 고집이 있어야 해요…. 반대하시는 건 아니겠죠!" 하고 부인은 반 농담 삼아 말했다. "자주 못 보는 것이 안타까워요. 하지만 나에게는 그 애를 보는 것보다는 환자를 돌보는 일이 더 중요해요…." 마치 방향을 바꾸었던 물줄기가 다시 본래의 흐름을 되찾듯이 부인은 다시 병원 이야기로 되돌아갔다.

앙투안은 잠자코 그녀의 말에 동의했다. 기침이 다시 나올까 두려워서 별 대꾸할 마음도 없었던 것이다. 안경을 낀 부인의 모습은 늙어 보였다. '심장병 환자의 얼굴빛이구나.' 그는 다시 한번 생각했다. 부인은 몸을 똑바로 하고 안락의자에 앉아 있었다. 그리고 허물없는 자세로, 그러면서도 위엄을 잃지 않은 채 천천히 바느질을 하면서 병원일의 진행 과정이며, 또 자신이 맡은 책임감에서 오는 여러 가지 고민거리를 털어놓기 시작했다.

'불행도 어떤 일에는 행복이 된다.' 하고 앙투안은 생각했다. '전쟁은 이런 류의 여성, 이런 연령의 여성들에게 예기치 않았던 행복의 한 형태를 마련해주었구나. 헌신하고, 공적인 활동을 할 수 있는 기회, 고마워하는 분위기 속에서 지배한다는 즐거움을….'

퐁타냉 부인은 그가 무슨 생각을 하고 있는지 짐작이라도 한 듯 말했다.

"물론 나는 아무런 불평도 하지 않아요! 내가 하는 일이 때로는 힘겹게 여겨질 때도 있지만 이제는 내게 꼭 필요한 일이 됐어요. 앞으로는 옛날과 같은 생활은 도저히 할 수 없을 것 같아요. 이제는 어떤 일에든 내가 유익한 존재라는 것을 느낄 필요가 있으니까요." 부인은 미소를 지었다. "아시겠어요? 훗날 당신도 환자들을 위해 병원을 하나 차리셔야지요. 그러면 내가 그 병원을 맡아 관리해드릴게요!" 그리고 즉시 덧붙여 말했다. "니콜과 지젤… 어쩌면 제니에게도 도와달라고…. 안 될 이유가 없지 않아요?"

앙투안도 신이 나서 같은 말을 되풀이했다.

"안 될 이유가 어디 있겠어요?"

잠시 침묵이 흐르다가 부인이 말을 이었다.

"제니도 살면서 무엇인가 하는 일이 있어야 할 거예요." 부인은 별안간 한숨짓더니 은연중 떠오른 생각을 아무런 맥락 없이 드러내면서 말했다. "가엾은 자크. 그를 마지막으로 본 때의 일을 영영 잊지 못할 거예요…."

부인은 또다시 입을 다물었다. 동원령이 내린 그다음 날 빈에서 돌아왔을 때의 일이 생각났던 것이다. 그러나 그녀에게는 이런저런 괴로운 추억을 털어버리는 데 남다른 재주가 있었다. 부인은 이마에 축 늘어진 흰머리를 재빨리 쓸어 올렸다. 그렇지만 자신의 마음을 사로잡고 있는 몇 가지 문제를 앙투안과 이야기해보기로 결심했다.

"우리는 하느님의 예지를 믿지 않으면 안 돼요." 부인은 말을 시작했다. (거기에는 상냥하면서도 명령하는 듯이 '내 말을 가로막지 마세요'라는 어조가 깃들어 있었다.) "우리는 주님이 원하시는 바를 받아들이지 않으면 안 돼요. 자크의 죽음도 주님의 그런 뜻 중의 하나였을 것입니다." 부인은 결정적인 말을 하기 전에 잠시 마음을 가다듬었다. "그 사랑은 가장 고통스러운 결과를 가져올 수밖에 없었어요. 두 사람 모두에게…. 이렇게 말씀드려서 죄송합니다만."

"저의 생각도 똑같습니다." 앙투안은 힘주어 말했다. "만일 자크가 살아 있었다면 두 사람의 삶은 그야말로 지옥이나 다름없었을 겁니다."

부인은 만족스러운 눈길로 앙투안을 바라보더니 여러 번 고개를 끄떡이며 동감의 표시를 나타냈다. 그러고 나서 다시 바느질을 시작했다.

또다시 침묵이 계속되다가 부인이 먼저 말을 꺼냈다.

"솔직히 말씀드려 그 일로 인해… 몹시 괴로웠다고 하지 않는다면 거짓말이겠지요…. 제니가 임신했다는 사실을 알게 되던 그날….”

앙투안은 이 일에 관해서 종종 부인을 생각해보았다. 그래서 부인이 자기 쪽으로 눈을 들었을 때 그는 천천히 눈을 깜빡거리면서 잘 알겠다는 시늉을 했다.

“오” 하고 부인은 자기가 말하고자 한 것을 오해하지나 않았을까 걱정하면서 말했다. “그것은 뭐… 떳떳하지 못한 애를 낳는다고 해서가 아니라… 그래요… 그건 대수로운 일이 아니었어요…. 무엇보다도 나의 마음을 아프게 했던 것은 그런 끔찍한 사랑의 모험이 우리의 생활 속에 파고들어 언제까지나 꼬리를 물고 다니며 그 증표를 남기지나 않을까 하는 생각 때문이었어요…. 부담 없이 말씀드리는 편이 좋지 않겠어요? 저는 이렇게 생각했어요. ‘이제 제니는 일생을 두고 멍에를 짊어지게 되었구나…. 벌을 받은 것이다! **주님의 뜻대로 이루어지소서!**’ … 그런데 그것은 잘못된 생각이었어요. 믿음이 없었던 탓이겠지요. 주님의 뜻은 이루 헤아릴 수 없어요. 그 섭리는 눈에 보이지 않고, 그 은혜는 한이 없는 것이죠…. 나는 그것이 틀림없는 하나의 시련이며 벌이라고 생각했는데, 오히려 주님의 은총이었던 것입니다…. 용서의 증표라고 할까… 기쁨의 원천이라고 할까…. 주님은 왜 우리를 벌하실까요? 그런 일이 있었다 해도 거기에는 ‘악’이 조금도 작용하지 않았다는 것을 주님이 우리보다 더 잘 알고 계시지 않았을까요? 그리고 두 사람의 마음이 언제나 밝고, 죄를 범하고 있으면서도 깨끗했다는 것을 우리보다 더 잘 알고 계시지 않았을까요?”

‘참 이상도 하다.’ 앙투안은 생각했다. ‘부인 때문에 견딜 수 없을 정도로 짜증이 나 있어야 할 텐데…. 전혀 그렇지 않으니.

부인에게는 나로 하여금 존경하지 않을 수 없게 하는 그 무엇이 있다. 아니 존경이라기보다는 공감 같은 것이…. 부인의 선량함 때문일까? …어쨌든 선량하다는 것, 그것은 매우 귀한 것이다. 참되고 **자연스런** 선량함이란….'

"제니는 자기 몫을 훌륭히 해내고 있어요." 부인은 계속 바느질일을 하며 노래라도 부르는 듯한, 또렷한 목소리로 말을 계속했다. "제니는 지금 마음속에 자신의 일생을 고귀하게 해줄 보물을 간직하고 있어요. 즉 자신을 송두리째 바친 것에 대한 추억, 황홀했던 순간에 대한 추억. 그 추억으로 인해 예외적이라고 해도 되겠지요, 비참한 나날이 뒤따르지 않았던 것입니다…."

'인간들 중에는' 하고 앙투안은 생각했다. '이 세상에 대해 항시 만족스럽게 생각하는 사람들이 있게 마련이야…. 그런 사람들의 경우 모든 일이 순조롭게 풀려갈 테지…. 그들의 삶이란 잔잔한 날에 뱃놀이를 하는 것과 같은 것이다. 흐르는 물결에 그냥 몸을 맡기고 있으면 되는 것이니까. 선착장까지….'

"…그리고 지금 제니에게는 아주 고귀한 임무가 주어져 있어요. 아이가…."

"아주 달라졌더군요, 완전히 딴사람이 됐어요." 앙투안은 용기를 내어 말했다. "아주 성숙해지고… 아니, 성숙해졌다기보다는… 어쨌든 아주…."

퐁타냉 부인은 바느질거리를 무릎 위에 올려놓았다. 그리고 이미 안경도 벗고 있었다.

"좀 솔직히 털어놓고 싶은 이야기가 있어요. 나는 제니가 **행복하다**고 생각해요! …그래요… 행복하고말고요. 지금까지는 행복이 무엇인지를 몰랐을 정도로, 또 그 애로서는 그렇게 되는 것이 당연하다고 여겨질 정도로… 왜냐하면 그 애는 행복을 누리기 위해 태어나지 않았으니까요. 그 애 마음속에는 언제나 괴로움이 자리 잡고 있었답니다. 게다가 더 안타까웠던 것은 자기 자신을 미워하는 것이었습니다. 자신을 사랑한다든가, 신에 의해 만들어진 자신 속에 있는 것을 사랑할 줄 몰랐습니다. 딱하게도 그 애는 신앙심을 가져본 적이 없습니다. 그 애의 영혼은 언제나 엉뚱한 일에 쓰이고 있는 신전에 지나지 않았어요…. 그런데 보다시피 성경의 기적이 우리 속에서, 우리 주위에서 매일같이 행해지고 있습니다! 모든 괴로움에는 그 보상이 있게 마련이고, 모든 무질서는 보편적인 조화를 지향하고 있습니다…. 지금 하느님의 은총이 내려진 것입니다. 지금—내 직감이 틀리지 않아요—지금 그 애는 과부로서 그리고 어머니로서의 역할을 해나가면서 자기가 얻을 수 있는 인간의 행복은 모두, 그리고 자신의 성격으로 만들어낼 수 있는 조화와 만족은 모두 찾아냈어요…. 그리고 내가 지금 느끼는 바로는 그 애의 마음속에는…"

"아주머님!" 하고 정원 쪽에서 부르는 소리가 들려왔다.

퐁타냉 부인은 일어섰다.

"니콜이 돌아왔어요."

"아주머님, 면장님이 오셨어요." 하는 니콜의 목소리가 다시 들려왔다. "말씀드릴 게 있대요."

퐁타냉 부인은 이미 문에까지 가 있었다. 앙투안의 귀에는 그녀가 계단에서 쾌활하게 외치는 소리가 들렸다.

"잠깐 올라왔다 가려무나. 모시고 오도록 해…. 네가 아는 분이 계시니까!"

니콜은 문을 열자마자 흠칫 멈추어 서서, 마치 누군지 잘 알아보지 못하겠다는 듯이 앙투안의 얼굴을 뚫어지게 바라보았다.

앙투안은 가슴을 찔린 듯한 느낌이 들었다. 그리고 우물쭈물 말했다.

"몰골이 사납지, 안 그래?"

니콜은 얼굴을 붉혔다. 그리고 거북한 심정을 억누르기 위해 웃음을 지어 보였다.

"전혀 그렇지 않아요…. 다만 뜻밖에 여기에서 뵙게 되니까 그런 거예요."

두 사람은 서로 만난 지가 오래되었다. 왜냐하면 그녀는 당직 간호사에게 맡겨둘 수 없는 파라티푸스 환자를 돌보느라고 어젯밤 별장에서 있었던 저녁 식사에 참석하지 못했기 때문이다.

니콜은 오히려 나이보다 젊어 보였다. 어제 밤샘을 했는데도 불구하고 우윳빛이 감도는 안색은 조금도 변함이 없었다. 푸른 두 눈은 예나 다름없이 비길 데 없을 만큼 투명했다.

앙투안은 전쟁 중에 두 번 만난 적이 있는 그녀의 남편에 관한 소식을 물어보았다.

"현재 그이의 **군용 외과 자동차** 부대는 샹파뉴 전선에 있어요." 하고 니콜은 반짝거리는 눈길로 끊임없이 주위를 둘러보며 말했다. 그 눈길은 소녀 같은 순진함과 유부녀의 요염함을 다 풍기고 있어서 어느 것이 그녀의 본심인지 도무지 구분할 수가 없었다. "아주 일이 많대요…. 하지만 잡지에 쓸 틈만은 있나 봐요…. 이번 주에도 타자로 칠 원고를 보내왔어요… 지혈기 사용법에 관해서라든가, 하여튼 그 비슷한 거예요….”

햇살은 그녀의 블라우스 천을 통해 우뚝 솟아 있는 둥근 어깨 위를 미끌어지듯 비추면서 몸을 움직일 때마다 머리에 쓰고 있는 베일의 주름에 비추어 들고, 솜털이 많은 팔뚝을 금빛으로 물들였다. 그리고 미소를 지을 때마다 그녀의 치아를 빛나게 했다. ‘젊은 환자들 마음을 꽤나 설레게 하겠군.’ 앙투안은 순간적으로 생각했다.

“어제 집에 돌아오지 못해 섭섭했어요.” 그녀는 말했다. “어제저녁은 어땠나요? 다니엘은 기분이 좋았나요? 같이 좀 어울리도록 해주셨나요?”

“물론이지. 왜?”

“아주 우울해하며 뚱해 있어요….”

앙투안은 안됐다는 시늉을 해 보였다.

“어쨌든 불쌍해!”

“그런 상태에서 벗어나도록 해야지요.” 니콜은 말했다. “다시 그림을 그릴 결심을 하도록 말이에요.” 진지한 그 말투로 미루어 보아 정말 큰 문젯거리이며, 해결을 위해 앙투안이 꼭 와주기를 기다리고 있었다는 듯한 태도였다. “지금과 같은 생활을 계속해서는 안 돼요. 바보가 되고 말 거예요. 이대로 나가다가는….”

앙투안은 미소를 지었다.

“그런 줄은 몰랐는걸.”

“그렇다니까요…. 제니에게 물어보세요…. 정말 어떻게 할 방법이 없어요…. 우리를 보면 자기 방으로 올라가버리든가,

어울리기가 싫어서일까요? 화가 나서 그럴까요? 뭐가 뭔지 모르겠어요…. 혹은 우리와 함께 있어도 입 한번 벙긋하지 않아요. 그럴 때면 응접실 공기가 갑자기 싸늘해지는 것 같아요! … 그이만 있으면 모두가 거북해하고… 분명히 말씀드리는데 그를 설득해서 일을 하도록 하고, 파리로 돌아가 사람들을 만나며 새 삶을 시작하게끔 한다면 그에게 그보다 더 큰 도움이 없을 거예요!"

앙투안은 머리를 설레설레 흔들더니 또다시 중얼거렸다.

"불쌍해…."

무언가 본능적인 의혹이 앙투안으로 하여금 경계심을 갖도록 했다. 이유를 설명할 수는 없지만 그가 받은 인상으로는 니콜이 겉으로 나타내지 않는 어떤 은밀한 생각에 따라 움직이고 있는 것 같았다.

(그것은 전혀 근거 없는 것은 아니었다. 작년 겨울의 어느 날 밤 이후 니콜은 다니엘에 관해 자기 나름대로의 생각을 갖게 되었던 것이다. 그날, 밤도 늦었기 때문에 제니와 지젤은 자러 올라가버린 뒤였다. 니콜은 끝내야 할 일이 있어서 거실 난로 앞에 다니엘과 함께 늦게까지 남아 있었다. 그러던 중 다니엘이 느닷없이 이렇게 말했다. "니콜, 잠깐만. 그대로 움직이지 마!" 그러더니 주위에 흩어져 있는 어떤 팸플릿 뒷면에다 연필로 니콜의 옆모습을 스케치하기 시작했다. 그녀는 예기치 않았던 그런 변덕에 기꺼이 응해주었다. 그런데 잠시 뒤, 뭔가 좀 이상한 예감이 들어 돌연 뒤돌아보니까 다니엘은 그리던 손을 멈추고 그녀를 노려보고 있는 것이 아닌가. 욕정과 어두운 분노와 치욕과 어쩌면 증오까지도 다분히 섞인 가증스런 눈초리….

그는 흠칫 눈을 내리깔고 팸플릿을 아무렇게나 구겨서 난로 속으로 내던졌다. 그런 다음 한마디 말도 없이 방을 나가버렸다. '그러면 그렇지!' 하고 니콜은 어처구니없다는 듯이 마음속으로 생각했다. '아직도 나를 좋아하고 있구나.' 니콜은 그 옛날, 파리의 아주머니 집에 살고 있었을 때, 당시 청소년이었던 다니엘이 마치 무엇에 홀린 사람처럼 자신을 집 안 구석구석으로 몰고 다니며 괴롭혔던 일을 생생하게 기억하고 있다. 이미 오래전에 사라진 것으로 알고 있었던 그 철부지의 광기 어린 사랑이 이곳 별장에서 같이 생활을 하다 보니 되살아난 것이 틀림없었다…. 그날 이후 니콜의 눈에는 모든 것이 뚜렷해졌다. 모든 것은 다니엘이 자신에 대해 품고 있는 사랑에 연루되어 있었던 것이다. 즉 폐쇄적이고 불안해하는 태도라든가, 부루퉁한 태도라든가, 메종을 떠나려 하지 않고, 자신의 습관이나 기질과는 정반대로 은둔해서 빈둥거리며 단정한 척하는 생활을 하고 있는 것이라든가.)

"제 생각을 말씀드릴까요?" 니콜은 말을 계속했다. 그러나 그 문제에 집착하는 것이 앙투안에게는 얼마나 이상하게 보일까 하는 것에는 조금도 신경 쓰는 것 같지 않았다. "말씀하신 대로 다니엘은 불쌍해요. 하지만 그가 괴로워하고 있는 것은 몸이 부자유스러운 데서 오는 것만은 아니에요. 그래요… 여자들에게는 그러한 직감이 있어요…. 그이는 틀림없이 또 다른 일로 괴로워하고 있어요…. 내적인 일로. 그리고 그의 가슴을 짓이기는 일로… 어쩌면 뜻대로 안 되는 어떤 사랑… 이루어질 수 없는 열정과 같은 것으로…."

니콜은 자신의 속마음을 너무 드러내 보이지나 않았나 해서 흠칫 겁이 났다. 그러고는 얼굴을 붉혔다. 그러나 앙투안은 그녀를 보고 있지 않았다. 그의 눈에는 껌을 씹으며 두 손으로 목덜미를 받치고, 눈을 멍청하게 뜬 채 플라타너스 그늘 밑에 누워 있는 다니엘의 모습이 스쳐 지나갔던 것이다.

"그럴지도 모르지." 하고 그는 순순히 그녀의 말에 동의했다.

니콜은 안심한 듯 웃기 시작했다.

"어쨌든 당신도 다니엘이 전쟁 전에 파리에서 생활하던 모습을 기억하실 거예요!"

그녀는 하던 말을 중단했다. 층계참에서 나는 아주머니의 발소리를 들었기 때문이다.

퐁타냉 부인은 한 뭉치의 서류를 들고 있었다.

"실례합니다. 잠시 볼일이 있어서. 곧 다시 나가야 해요…." 부인은 방금 전해받은 산더미 같은 편지와 행정 서류를 들어 보였다. "매일같이 올라오는 **보고서**에 짓눌려 있답니다. 관계 당국에 몇 부씩 사본을 보내야 해요. 그래서 매일 오후 두 시간은 편지 쓰는 일에 빼앗기고 있어요!"

"말씀들 하세요." 하고 자리에서 일어나 있던 앙투안이 말했다.

"다시 오셔야 해요. 얼마 동안은 우리와 함께 계시는 거지요?"

"그러지 못해요…. 내일 떠나려고 하는데요."

"내일이라고요?" 니콜이 말했다.

"금요일까지는 르 무스키에로 돌아가야만 하기 때문에."

세 사람은 흔들거리는 계단을 함께 내려왔다.

퐁타냉 부인은 손목시계를 보았다.

"대문까지만이라도 동행하겠어요…."

"저는 이만 실례하겠어요." 니콜이 외쳤다. "그럼 오늘 저녁에 뵙지요."

니콜의 모습이 멀어지자 퐁타냉 부인은 계속 발걸음을 옮기면서 불안정한 목소리로 물었다.

"니콜이 다니엘에 관해 무슨 말을 했지요? 불쌍한 다니엘… 하루에도 몇 번씩이나 그 애 생각을 하는지 몰라요. 또 그 애를 위해 기도도 하고…. 그 애가 지금 겪고 있는 시련은 무척 무거운 거예요!"

"적어도 그가 삶을 이어갈 것이라는 사실은 당신도 확신하시지요, 부인. 어쨌든 지금과 같은 때 그런 확신이 선다는 것만도 대단한 일입니다!"

부인은 그 말의 뜻을 이해하려고 하는 것 같지 않았다. 사태를 그런 각도에서 보고 있지는 않았던 것이다.

두 사람은 잠시 아무 말 않고 걸었다.

"하루 온종일 혼자…" 하며 부인은 말을 이었다. "불구의 몸을 가지고 혼자서! 혼자 그런 회한을 가지고 있으면서도 그 사실을 아무에게도 털어놓지 않아요… 나에게까지도!"

앙투안은 정말 의아스럽다는 눈길을 보이면서 길 한가운데 멈추어 섰다.

"그 애가 무엇을 느끼고 있는지 너무나 잘 알고 있어요." 하며 퐁타냉 부인은 자신감과 비통함이 한데 얽힌 어조로 말을 계속했다. "그렇게 격렬하면서도 아량 있는 성격을 타고났는데…. 아직도 용기와 건강이 넘치고 있음을 스스로 느끼고 있을 텐데! 조국이 침략당하고… 위협받고 있는 것을 보고만 있으려니…. 게다가 조국을 위해 자신은 아무 일도 할 수 없이!"

"그런 식으로 생각하시나요?" 앙투안은 얼떨결에 말해버렸다. 예기치도 않았던 그런 설명을 듣게 된 앙투안은 설마 하는 기분을 감출 수가 없었던 것이다.

부인은 상반신을 뒤로 젖혔다. 그리고 잘 알았다는 듯한 미소가 약간의 자만의 빛과 함께 입가를 스쳐갔다.

"다니엘? 사실은 지극히 간단해요. 하지만 유감스럽게도 어쩔 도리가 없어요…. 그 애는 이제 자신의 의무를 이행할 수 없기 때문에 비탄에 빠져 있는 겁니다." 그런데 앙투안이 아직 제대로 납득하지 못한 것 같아 보이자 부인은 엄숙하면서도 고집스런 표정을 지으며 덧붙여 말했다.

"제가 말씀드리는 것은 사실 그대로예요. 그 애가 병원에 오기 싫어하는 것도 실은 그 애 자신이 말하듯이 여기까지 오는 일이 자신을 피곤하게 하기 때문이 아니에요. 그래요. 그건 그 애와 같은 또래, 그 애와 똑같이 부상당했으면서도 내일이라도 당장 싸우러 다시 나갈 수 있는 젊은이들, 젊은 사병들 사이에 있는 것이 견딜 수 없기 때문이죠!"

앙투안은 아무런 대꾸도 하지 않았다. 두 사람은 아무 말 않고 철문 가까이까지 왔다. 퐁타냉 부인은 발길을 멈추었다.

"언제 또 만날 수 있을지 하느님만이 아시겠군요." 부인은 감동 어린 눈으로 그를 바라보며 말했다. 그리고 부인은 앙투안이 내민 손을 한참 동안 자신의 두 손으로 꼭 쥐고 있었다. "그럼, 행운을 빕니다."

11

'모두가 다니엘에 관해서는 마치 수수께끼처럼 말하고 있군.' 하고 앙투안은 광장을 가로질러 가면서 생각했다. '그리고 각자 자기 나름대로의 해석을 나에게 들려주고 있고…. 그런데 십중팔구 거기에는 수수께끼 같은 것은 있을 수 없어!'

좀 지쳐 있긴 하지만 이 정도인 것에 놀라기도 하고 다행스럽기도 하여 그는 서두르지 않고 천천히 퐁타냉 저택을 향해 걸어갔다. 혼자인 것이 마음 홀가분하게 느껴졌다. 보리수가 서 있는 가로수 길은 숲까지 죽 뻗어 있었다. 이미 낮아진 오후 네시의 태양은 나무줄기 사이로 스며들고 있었으며, 불타는 듯한 긴 줄무늬를 땅에 드리우고 있었다. 앙투안은 잠시 남프랑스의 먼지 많은 도로를 생각하면서 일 드 프랑스*의 봄 냄새가 물씬한, 가볍고 시큼한 맛을 풍기는 이곳 공기를 한껏 들이마시고 있었다.

그러나 그의 생각은 우울하기만 했다. 이번 메종 라피트 체류는 그에게 너무나 많은 추억으로 혼란을 불러일으켰다. 그리고 티보가의 별장 방문은 너무도 많은 망령을 떠올렸다. 그 망령은 앙투안을 계속 따라다녔으며, 그것들에 저항할 수가 없었다. 젊은 날의 일, 지난날의 건강했던 시절… 아버지, 자크… 지난 이십사 시간 동안 자크가 유난히 가까워진 느낌이었다. 지금까지는 한 번도 자크의 죽음이 자신에게서 그 어느 누구도 대신할 수 없는 존재, 즉 하나밖에 없는 **동생**을 앗아간 것이라

* 파리를 중심으로 한 프랑스의 옛 주 이름이다.

고 생각해본 적이 없었다. 그렇다, 자크가 죽은 뒤, 단 한 번도 그의 죽음이 만회할 수 없는 사실임을 지금처럼 분명히 느껴본 적이 없었다. 그는 이렇게 참된 절망을, 이렇게 꾸밈없는 절망을 지금에 와서야 느끼는 자기 자신을 책망하지 않을 수 없었다. 어떻게 그럴 수가 있었단 말인가? 여러 가지 상황과 전쟁 때문에… 뤼멜에게서 편지를 받았을 당시의 일이 생생히 떠올랐다. 그 편지에 따르면 최소한의 희망을 갖는 것도 어리석은 짓일지 모른다는 것이었다. 그는 그 편지를 어느 날 저녁, 자신이 속해 있는 사단이 에파르주 진지로 출발하기 불과 몇 시간 전에 베르됭 야전병원의 안뜰에서 받았다. 그렇지 않아도 소식을 기다리고 있던 참이었다. 그러나 그날 밤, 출발을 위한 북새통 속에서는 슬픔에 젖어 있을 시간도 없었다. 그 뒤 두 주일 동안도 마찬가지였다. 비를 맞으며, 진창 속에서 계속된 이동. 폐허가 된 뵈브르 지방의 여러 작은 마을에서 의료 봉사를 행하는 데 따르는 어려움. 개인적인 고민 따위는 생각조차 할 수 없을 정도로 기진맥진한 생활. 그 후, 휴식이 주어져 뤼멜의 편지를 다시 읽고 그에게 회답을 쓸 때에도 자크의 죽음 같은 것에 대해서는 별생각을 하지 않고 있었다. 그런데 지난날의 가족적인 생활 분위기를 되찾은 지금, 애석해하는 그의 마음은 늦게나마 그 심도를 더해갔다. 이제는 돌이킬 수 없다는 사실이 격심한 고통 속에서 그를 사로잡고 놓아주지 않았던 것이다. 바로 앞에 보이는 한길의 풍경 하나하나에도 갖가지 추억, 함께 장난하던 추억이 깃들어 있었다. 자크와는 상당한 나이 차에도 불구하고 저기 보이는 방책을 함께 훌쩍 뛰어넘곤 했었다. 건초 베는 시기 전에는 오월의 풀 속을 함께 뒹구는가 하면, 보리수의 이끼가 잔뜩 낀 뿌리 사이에서 우글거리는 벌레집을 막대기 끝으로 뒤집어놓기도 했었다. 그 벌레에 둘은 '병정'이라는 이름을 붙여주었다. 왜냐하면 등딱지가 검붉은색인 데다 기묘한 검은 장식끈을 달고 있었기 때문이다. 오늘과 같은 오후에는 저기 보이는 말뚝 울타리와 산울타리를 따라가며 지나는 길에 금작화류라든가 라일락 꽃송이를 함께 따기도 했고, 또 핸들 위에 수영복이라든가 라켓을 얹어놓고 저기 보이는 길 위를 자전거를 타고 따라가기도 했었다. 그리고 저 멀리 아카시아나무로 그늘진 정문을 바라보면서 아직 어렸을 때, 메종 라피트로 피서 와 있던 어느 고등학교 교사에게 여름방학을 이용하여 교습을 받으러 가던 일을 떠올리기도 했다. 9월에 접어들어 해가 질 무렵이면 공원에서 길을 잃고 헤매지나 않을까 해서 아주머니와 자크가 자주 저기 정문까지 마중 나와 있기도 했다. 당시 세 살밖에 안 된 꼬마인 동생이 아주머니의 손에서 빠져나와 자기를 향해 달려와서는 팔에 매달려 알아들을 수 없는 말로 그날에 있었던 하찮은 일들을 들려주던 일도 떠올랐다….

변장에 이르렀을 때도 그는 이런저런 생각에 잠겨 있었다. 그곳의 작은 문을 열었을 때, 그리고 정원 입구에 있던 장 폴이 자기에게로 잽싸게 달려오기 위해 다니엘의 손을 갑자기 뿌리치는 것을 보았을 때, 앙투안은 더부룩한 붉은 머리카락을 날리며 당돌한 몸짓으로 달려오는 자크를 보는 듯했다. 자신도 모르게 감격한 앙투안은 전에 동생에게 했던 것처럼 두 손으로 장 폴을 붙잡고 번쩍 들어 올려 입을 맞추었다. 그러나 그것이 아무리 애무의 행동이라 해도 강제적으로 하는 것은 못 견뎌하는 장 폴이 발버둥을 치며 어찌나 격렬하게 몸부림을 쳤던지 앙투안은 어쩔 수 없이 숨을 헐떡이며 웃으면서 땅에 내려놓을 수밖에 없었다.

다니엘은 두 손을 호주머니에 찔러넣고 그 광경을 물끄러미 바라보고 있었다.

"녀석, 꽤나 씩씩하군!" 앙투안은 아버지나 다름없는 긍지를 느끼며 말했다. "허리힘이 대단해! 물에서 막 잡아올린 생선 같군!"

다니엘은 미소를 지었다. 그 미소에는 앙투안의 미소에서 찾아볼 수 있었던 것과 아주 흡사한 긍지가 깃들어 있었다. 이어 다니엘은 손을 들어 하늘을 가리켰다.

"아주 좋은 하루군요, 그렇지 않아요? …또다시 여름이 시작되는군요…."

장 폴과의 실랑이 때문에 약간 지친 앙투안은 길가에 앉아 있었다.

"거기 잠시 계실 건가요?" 다니엘이 물었다. "오래 서 있었기 때문에 잠시 내 다리를 뻗으러 가야겠어요… 꼬마를 좀 맡아주시겠습니까?"

"그러지."

다니엘은 어린아이 쪽으로 몸을 돌렸다.

"앙투안 삼촌과 좀 있다가 돌아오는 거야. 얌전히 있겠지?"

장 폴은 아무 대답도 않고 고개를 숙였다. 그리고 눈을 치뜨고 앙투안을 한번 힐끗 쳐다보더니 멀어져가는 다니엘 쪽을 망설이는 눈길로 바라보며 그의 뒤를 쫓아가고 싶어 하는 눈치를 보였다. 그런데 때마침 발치에 떨어진 풍뎅이가 눈에 띄자 다니엘을 잊어버리고 그대로 주저앉아버렸다. 그리고 일어나지 못하고 바둥거리는 벌레를 한동안 물끄러미 바라보고 있었다.

'저 애를 길들이는 최선의 방법은 무관심한 척하는 거야.' 앙투안은 생각했다. 그는 동생이 저 아이 또래였을 때에 좋아하던 놀이가 생각났다. 그래서 두꺼운 솔껍질 하나를 주운 다음 칼을 꺼내 아무 말 않고 배 모양으로 다듬기 시작했다.

장 폴은 그 광경을 몰래 지켜보다가 재빨리 다가왔다.

"그 칼 누구 거야?"

"내 거지…. 앙투안 삼촌은 군인이니까 빵을 자르거나 고기를 자르는 데 칼이 필요하거든…."

사실 이런 설명은 장 폴의 관심을 끌지 못했다.

"무엇을 하고 있는 거야?"

"잘 봐…. 모르겠니? 작은 배를 만들고 있단다. 너를 위해 배를 만들고 있는 거야. 엄마가 목욕시켜 줄 때 욕조에다 배를 넣어. 그러면 가라앉지 않고 떠 있을 거야."

장 폴은 무슨 생각에 잠겼는지 이마에 주름을 짓고 듣고 있었다. 뭔가 못마땅해하는 것 같았다. 가냘프고 쉰 앙투안의 목소리가 불쾌감을 자아냈기 때문이다.

게다가 앙투안의 말을 전혀 이해하지 못한 것 같았다. 지금까지 배를 본 적이 없어서일까? …장 폴은 한숨을 크게 내쉬더니 충격을 받은 듯 발끈했다. 왜냐하면 그 사실이 분명히 틀렸기 때문이다. 그러면서도 앙투안의 말을 정정해주었다.

"하지만 난 엄마하고 말고 단 삼촌이랑 목욕하는걸!"

그러고 나서 앙투안이 배를 만드는 일에는 아랑곳도 하지 않고 풍뎅이 쪽으로 다시 시선을 돌렸다.

앙투안은 하는 수 없이 배를 버렸다. 그리고 칼을 자기 곁에 놓았다.

잠시 후 장 폴이 다시 곁으로 왔다. 앙투안은 다시 관계를 이어보려고 애썼다.

“오늘은 무슨 재미있는 일을 했지? 단 삼촌과 공원에 산보 갔었니?”

장 폴은 기억의 맨 밑바닥을 더듬기라도 하는 것 같더니 그렇다는 시늉을 해 보였다.

“얌전했겠지?”

다시 그렇다는 시늉을 했다. 그러면서 거의 동시에 앙투안 곁으로 와서 잠시 머뭇거리더니 엄숙하게 털어놓았다.

“잘 모르겠어.”

앙투안은 미소 짓지 않을 수 없었다.

“뭐라고? 얌전했는지 어쨌는지 모르겠단 말이야?”

“그게 아니야! 얌전했어!” 하고 장 폴은 역정을 내며 외쳤다. 그러고는 여전히 묘한 소심증에 사로잡혔는지 우스꽝스럽게 코를 실룩거리면서 음절 하나하나를 똑똑히 끊어 되풀이했다.

“난 잘 모르겠어.”

장 폴은 멀리 물러가려는 것처럼 앙투안의 뒤쪽으로 돌아가더니 별안간 몸을 구부리면서 땅에 있는 칼을 슬쩍 집으려고 했다.

“안 돼! 그건 안 돼!” 앙투안은 칼에 손을 얹으면서 꾸짖었다.

장 폴은 뒤로 물러서지도 않고 화가 난 눈길로 앙투안을 바라보았다.

“그런 걸 갖고 놀면 안 돼! 다치니까.” 앙투안은 설명했다. 그는 칼을 접어 호주머니에 넣었다. 화가 난 장 폴은 위협적인 태도를 보이면서 금방이라도 덤벼들 듯한 태세였다. 앙투안은 화해를 하기 위해 한쪽 손을 크게 벌려 다정하게 앞으로 내밀었다. 푸른 눈동자가 번쩍 빛났다. 그리고 내민 그 손에 키스라도 하려는 것처럼 장 폴은 꽉 잡더니 느닷없이 물어뜯는 것이 아니겠는가.

"아야…." 앙투안은 소리를 질렀다. 어찌나 놀라고 당황했던지 화를 낼 겨를도 없었다. "장 폴은 나쁜 사람이야." 앙투안은 물린 손가락을 문지르면서 말했다. "장 폴은 앙투안 삼촌을 아프게 했어."

꼬마는 흥미를 갖고 앙투안을 바라보았다.

"많이 아파?" 꼬마는 물었다.

"많이 아파."

"많이 아프단 말이지." 하고 장 폴은 눈에 띄게 만족해하면서 반복했다. 그러고는 획 돌아서더니 깡총거리면서 멀리 도망쳤다.

이 일은 앙투안을 어리둥절하게 했다. '단순히 보복을 하고 싶어서였을까? 아냐…. 그렇다면 뭣 때문일까? 그런 식의 행동에는 여러 가지 의미가 포함되어 있어…. 가장 생각하기 쉬운 것은 내가 못 하게 하고, 또 못 하게 하는 것을 억지로 할 수도 없는 상황에서 자신이 그렇게 무력하다는 사실이 돌연 참을 수 없게 여겨졌기 때문이겠지…. 내 손에 달려든 것은 나를 아프게 한다든가, 그래서 나를 혼내주겠다는 그런 의도 때문은 아닐 것이다…. 모르기는 해도 어떤 육체적인 필요, 신경을 가라앉히고자 하는 어쩔 수 없는 필요 때문이겠지…. 하기야 그러한 반발심을 판단하기 위해서는 우선 그런 욕구의 정도를 측정해보는 것이 필요할지도 모른다. 칼을 잡으려는 욕망에는 아마

도 거역 못할 그 무엇이 있었을 것이다. 어른도 감히 상상할 수 없을 정도의!…'

그는 곁눈질로 장 폴이 가까이 있다는 것을 확인했다. 아이는 10미터쯤 떨어진 곳에서 쌓아놓은 흙 위로 올라가려고 애쓰면서 그 누구도 안중에 두지 않았다.

'저런 앙심에 찬 반항은 자크도 얼마든지 할 수 있었을 거야.' 앙투안은 생각했다. '하지만 물기까지 했을까?'

앙투안은 좀 더 확실히 이해하기 위해 과거의 이런저런 일을 더듬어보았다. 현재와 과거, 아들과 아버지가 어쩌면 저렇게도 똑같을까 하는 생각을 떨쳐버릴 수가 없었다. 장 폴의 눈초리에서 얼핏 읽을 수 있었던 반항, 원한, 도전, 혼자 마음속에 품고 있는 오만과 같은 감정의 싹들은 그에게는 낯익은 것들이었다. 그는 이런 것들을 동생의 눈길에서 수없이 보았던 것이다. 그 유사성이 너무나 충격적이어서 조금도 주저함 없이 그 유추를 계속 밀고 나갔다. 그리하여 장 폴의 반항적인 태도 속에는 자크가 죽을 때까지 반항적인 폭력 아래 감추고 있었던 똑같은 미덕, 소심함, 순박함, 이해받지 못한 애정 등이 숨겨져 있다고 확신하기에 이르렀다.

감기에 걸리지나 않을까 걱정되어 막 일어서려고 하던 참에 그의 시선은 때마침 장 폴이 하고 있던 기묘한 곡예에 이끌렸다. 장 폴이 공략하려고 애쓰는 작은 언덕은 높이만도 2미터는 되어 보였다. 오른쪽과 왼쪽은 지면까지 비스듬히 경사가 져 있어서 오르기가 쉬웠다. 그러나 가운데는 가파른 급경사로 되어 있었다. 그런데도 장 폴은 바로 그쪽으로 기어오르려고 하고 있었다. 앙투안은 장 폴이 몇 번이고 뛰어들어 반쯤 올라갔다가는 미끄러져 땅에 굴러떨어지곤 하는 광경을 보았다. 별로 아프지는 않은 것 같았다. 솔잎이 땅에 쌓여 있었으므로 떨어져도 충격이 대단치 않았을 것이다. 장 폴은 자기 일에 온통 정신이 팔려 있는 것 같았다. 곧 세상에 자신과 또 자신이 집착하고 있는 목표만이 존재하고 있는 것 같았다. 다시 시도할 때마다 정상에 조금씩 더 접근해 갔으며, 그럴 때마다 더 높은 곳에서 굴러떨어지곤 했다. 그러면 장 폴은 무릎을 문지르고는 다시 시작하는 것이었다.

'티보가家다운 정력이군.' 앙투안은 흐뭇하게 생각했다. '아버지에게선 권위와 남을 지배하고자 하는 성향을 볼 수 있었지…. 자크에게서는 과격함과 반항… 내 경우는 끈질김…. 그런데 지금? 장 폴의 핏속에 흐르고 있는 저 힘은 어떤 형태를 띨 것인가?'

장 폴은 다시 돌진했다. 어찌나 맹렬하게 뛰어들었던지 거의 꼭대기까지 이르렀다. 그러나 발밑의 흙이 무너지는 바람에 이번에도 균형을 잃어버렸다가 마침 곁에 있는 한 묶음의 풀을 잡고 간신히 몸을 지탱하면서 허리에 마지막 힘을 주었다. 마침내 흙더미 꼭대기까지 기어올라갔다.

'내가 자기를 보았는지 어떤지 확인하기 위해 틀림없이 뒤돌아보겠지.' 앙투안은 생각했다.

그의 추측은 빗나갔다. 꼬마는 등을 돌린 채 앙투안은 거들떠보지도 않았다. 꼬마는 작은 두 다리로 잠시 꼭대기에 버티고 서 있었다. 드디어 만족스럽게 여겨졌던지 장 폴은 한쪽 언덕으로 조용히 내려왔다. 그리고 자신이 정복했던 꼭대기는 뒤돌아보지도 않고 나무에 등을 기대고는 신고 있던 샌들 한 짝을 벗어 들어 있던 자갈을 털어내고 나서 다시 정성스레 신었다. 그러나 샌들 단추를 혼자 끼울 수 없다는 것을 알고 있는 장 폴은 앙투안에게로 왔다. 그리고 아무 말 없이 발을 내놓았다. 앙투안은 미소를 지어 보이면서 해달라는 대로 샌들의 단추를 끼워주었다.

"이제는 집으로 가볼까?"

"싫어."

'이 아이가 싫다고 말하는 것은 남다른 데가 있구나.' 앙투안은 생각했다. '제니의 말이 옳았어. 특별히 부탁하는 일을 피하려고 한다기보다는, 전반적으로 미리부터 거부하는 것이다…. 그 이유야 어떻든 간에 자신의 독립성의 한 조각이라도 남에게 양도하지 않겠다는 것이겠지!'

앙투안은 서 있었다.

"자, 장 폴, 말을 들어. 단 삼촌이 기다리고 있어. 가자!"

"싫어."

"나에게 길을 가르쳐다오." 하며 앙투안은 다시 말을 이었다. (그는 자신이 애를 구슬리는 데 몹시 서투르다는 것을 알고 있었다.) "어느 쪽 길로 가지? 이쪽? 아니면 저쪽?" 그러면서 그는 장 폴의 손을 잡으려고 했다. 그러나 꼬마는 완강하게 두 팔을 허리로 가져갔다.

"난 싫다고 말했잖아!"

"좋아!" 앙투안이 말했다. "그럼 여기 혼자 있고 싶은 모양이지? 혼자 있도록 해!" 이렇게 말하면서 그는 짐짓 집 쪽을 향해 걷기 시작했다. 나무줄기 사이로 노을에 장밋빛으로 불타는 듯한 집의 벽이 보였다.

서른 발자국도 채 못 갔을 때였다. 같이 가려고 뒤에서 열심히 뛰어오는 장 폴의 발소리가 들렸다. 앙투안은 아무 일도 없었던 것처럼 꼬마를 흔쾌히 맞아주기로 결심했다. 그런데 장 폴은 뛰어서 그를 앞질러갔다. 그러고는 발길을 멈추지도 않고 불손하게 말했다.

"난 집에 갈 거야! 가고 싶으니까!"

12

별장에서의 저녁 식사는 지젤과 니콜의 수다 덕분에 보통은 활기를 띠는 편이었다. 하루의 일과를 끝냈다는 행복감에 젖어—거기에는 또 퐁타냉 부인의 어머니다우면서도 빈틈없는 감독의 눈길에서 벗어나게 되었다는 기쁨이 곁들어 있는 것인지도 모른다—두 여인은 식사를 하면서 그날 있었던 여러 가지 사건에 관해 자신들이 생각하는 바를 허심탄회하게 털어놓는가 하면, 새로 입원한 환자들에 관해 서로 의견을 나누기도 하고, 또 일하는 동안에 생긴 사소한 일들에 관해 기숙생들처럼 흥겹게 이야기를 나누기도 했다.

그날 저녁 앙투안은 꽤 피로해 있었지만 두 여자가 전문용어를 써가면서 여러 가지 치료에 관해 진지하게 토론을 하고, 의사들의 역량에 관해 나름대로 판단을 내리는 것을 재미있게 듣고 있었다. 두 사람은 여러 번 그것에 관한 전문가로서의 앙투안의 의견을 물어왔다. 그러면 그는 미소를 지으면서 자신의 의견을 말해주었다.

제니는 같은 식탁에서 식사를 하고 있는 장 폴에게 정신이 팔려 화제에 끼는 둥 마는 둥했다. 한편 다니엘은 늘 그렇듯이 침묵을 지키면서도(특히 동생과 니콜이 함께 있을 때에 그러했다.) 앙투안에게만은 여러 번 말을 걸어왔다.

니콜이 석간신문을 갖고 왔다. 장거리포에 의한 파리 포격이 문제가 되었다. 파리 6구와 7구의 여러 건물이 최근 피해를 입었다는 것이다. 다섯 명의 사망자 가운데 여자가 셋이고, 젖먹이 아이도 하나 있었다고 한다. 이 아이의 죽음에 대해 연합국 측의 언론은 튜턴족*의 야만적 행위라고 하면서 입을 모아 맹렬한 비난을 퍼붓고 있었다는 것이다.

니콜은 그러한 잔악 행위가 행하여지고 있는 것에 격분하고 있었다.

"독일 놈들이란!" 하고 그녀는 외쳤다. "전쟁을 하는 수법이 짐승이나 다름없어요! 벌써부터 화염방사기며 독가스를 사용하고 있어요! 잠수함을 동원하고! 하지만 무고한 민간인들을 학살하는 것은 무엇에도 비할 수 없는 짓이에요. 그건 극악무도한 짓이에요! 도의심이라든가 인간으로서의 감정을 송두리째 버리지 않고서는 도저히 있을 수 없는 처사예요!"

"그럼 당신은 정말로 무고한 민간인들을 학살하는 게 젊은 군인들을 일선으로 내보내어 죽게 하는 것보다 훨씬 비인간적이고, 훨씬 부도덕하며, 훨씬 극악무도한 처사라고 생각하는 겁니까?" 하고 앙투안이 넌지시 물었다.

니콜과 지젤은 어이없다는 듯 그를 바라보았다.

* 독일 사람을 경멸하는 말이다.

다니엘은 들고 있던 포크를 내려놓고 눈을 아래로 깐 채 잠자코 있었다.

"착각하지 말아요…." 하며 앙투안이 말을 이었다. "전쟁을 어떤 법규로 묶는다는 것, 전쟁을 어느 한도 내에서 제한하고자 한다는 것, 전쟁을 체계화한다는 것(흔히들 말하듯이 **전쟁을 인간답게 한다는 것!**), 요컨대 '이것은 야만적이다! 저것은 부도덕하다!'라고 규정짓는 것, 그것은 곧 전쟁을 하는 또 다른 방식이 있다는 것을 인정하는 거나 다름없어요… 이를테면 완전히 문명적인 방법… 완전히 도덕적인 방법 말입니다…."

그는 하던 말을 중단하고 제니의 눈길을 찾았다. 그러나 제니는 무엇인가 마시고 있는 장 폴에게로 고개를 숙이고 있었다.

"말도 안 되는 것은" 하며 그는 말을 이었다. "이렇게 죽이고, 저렇게 죽이고 하는 방법에 따라 조금 더 잔인하고, 조금 덜 잔인하다고 정말 말할 수 있는 것일까요? 또 이 사람을 죽이는 것보다는 차라리 저 사람을 죽이는 게 낫다는 식의 생각이 정말 가능한 것일까요?…"

제니는 장 폴을 돌보던 일을 갑자기 멈추었다. 그러고 나서 금속잔을 어찌나 거칠게 놓았던지 하마터면 뒤엎을 뻔했다.

"말도 안 되는 것은" 하고 제니는 이를 악물며 말했다. "각 나라 국민의 소극적인 태도예요! 그들은 다수예요! 따라서 힘이 있어요! 모든 전쟁은 그들이 그것을 받아들이느냐 아니면 거부하느냐에 달려 있어요! 도대체 그들은 무엇을 기다리고 있는 거지요? '안 돼!'라고 말하기만 하면 될 텐데. 그러면 그들 모두가 요구하는 평화가 곧 현실이 될 텐데!"

다니엘이 눈을 들었다. 그리고 이상야릇한 눈길로 동생을 한 번 힐끗 바라보았다.

잠시 침묵이 흘렀다.

앙투안이 차분히 결론을 내렸다.

"말도 안 되는 것은 이것도 저것도 아니고, 간단히 말해 전쟁 바로 그것이야!"

아무도 말을 꺼내는 사람이 없는 가운데 몇 분이 흘러갔다.

'인간은 너 나 할 것 없이 평화를 원하고 있다.' 하고 앙투안은 제니가 한 말을 상기하면서 생각했다. '과연 그럴까? …인간은 평화가 위태롭게 되자마자 그것을 외치지…. 그러나 그것을 얻고 나면 그때부터 그들 상호 간의 불관용과 투쟁 본능 때문에 그것을 불안정한 것으로 만들어버리고 만다…. 전쟁의 책임을 정부나 정책에 전가시키는 것, 물론 그렇지! 하지만 그러한 책임을 묻는 데 있어서 인간의 본성이 차지하는 부분도 잊어서는 안 된다…. 모든 평화주의의 밑바닥에는 인간의 도덕적 진보에 대한 확신이 전제되어야 한다. 나는 그 확신을 갖고 있다. 아니, 나는 감정적으로 그러한 확신을 가질 필요가 있다. 인간의 양심이 완벽을 향해 무한정 갈 수 없다고 나 스스로 생각할 수 없으니까! 언젠가는 인류가 이 지구상에 질서와 우애를 확립하는 날이 오리라는 것을 믿을 필요가 있다…. 하지만 그러한 혁명을 실현하기 위해서는 몇몇 현인의 의지나 희생만으로는 충분치가 않다. 거기에는 여러 세기에 걸친 발전이 필요한 것이다. 어쩌면 몇천 년이라는 세월이 필요할지도 모른다…. (이십세기의 인간에게서 과연 위대한 것을 기대할 수 있을까…?) 그건 그렇고, 괜히 헛고생을 한 셈이군. 현대 사회의

탐욕스런 야수들 속에서 살아갈 수밖에 없다는 자위거리를 그렇게 먼 미래 속에서는 찾아낼 수 없으니까 말이다!…'

앙투안은 주위에 있는 사람들 모두가 계속 침묵을 지키고 있는 것을 알아챘다. 분위기가 마치 전기를 품고 있는 것처럼 무거웠다. 자신이 이런 갑작스런 뇌우雷雨와 같은 분위기의 원인이었던 것을 후회하면서 이야기를 다시 명랑하게 이끌어가기로 했다.

그는 다니엘 쪽을 돌아보았다.

"그런데, 자네 친구인 그 괴짜… 그 목사님 말이야…. 그 후 어찌 되었나?"

"그레고리 목사?"

그 이름을 들은 모두의 눈에는 짓궂은 빛이 역력했다.

니콜은 재미있어 하는 자신의 얼굴 표정과는 대조적으로 슬픈 듯한 목소리로 말했다.

"테레즈 아주머니는 그분 때문에 아주 걱정하고 계셔요. 부활절 무렵부터 그분은 아르카숑 요양원에 있어요…."

"최근 소식에 의하면 이제는 일어나기 어렵게 되었다는군요." 다니엘이 덧붙였다.

제니는 목사가 전쟁 초기부터 전선에 나가 있었다는 것을 모두에게 주지시켰다. 그리고 다시 이야기는 중단되었다.

앙투안이 뭔가 말해야 한다는 생각에 물었다.

"그럼 지원했었나?"

"말하자면" 하고 다니엘이 정정했다. "지원하기 위해 온갖 수단을 다 썼나 봐요. 하지만 나이와 건강 때문에 어쩔 수 없었지요. 그래서 미군 야전병원 소대에 들어갔어요. 그리고 그 무서운 1917년 겨울을 영국군 전선에서 보냈지요…. 기관지염이 계속 악화되고… 각혈…. 그래서 강제로 입원시켰지요. 하지만 때는 너무 늦었어요."

"우리가 그분을 마지막으로 본 것이 1916년 휴가 때였어요. 이곳에 오셨더랬지요." 제니가 말했다.

이번에는 니콜이 부연 설명했다.

"그런데 이미 알아볼 수 없을 정도였답니다…. 유령 같았어요…. 톨스토이처럼 긴 수염을 하고… 동화 속의 마법사 같았어요!"

"약을 써서 환자들의 치료를 여전히 거부하고 그러면서 자기의 주문呪文만을 고집하고 있었답니까?" 하고 앙투안이 빈정거리듯 말했다.

니콜은 웃기 시작했다.

"그래요, 그래요…. 그 일에 관해 어처구니없는 말을 했어요. 여기에 왔을 때에는 자기의 소형 트럭으로 죽어가는 사람들을 운반하는 일을 한 것이 이미 이 년 전부터라고 하면서 침착한 태도로 '죽음은 존재하지 않는다!' 되풀이해서 말했어요."

"니콜!" 지젤이 말했다. 앙투안 앞에서 목사가 놀림감이 되는 것이 보기가 딱해서였다.

"게다가 그분은 **죽음**이란 말은 한 번도 입 밖에 낸 적이 없어요." 니콜은 말을 이었다. "단지 '**죽음의 환영**'이라고 했지요."

"그리고 어머니에게 보낸 편지에는" 하고 다니엘이 미소를 지으면서 말을 이었다. "이런 놀라운 글귀가 쓰여 있어요. '내 삶은 얼마 안 있어 **불가시성不可視性의 세계** 속으로 사라질 겁니다….'"

지젤은 앙투안을 향해 비난하는 듯한 눈길을 던졌다.

"웃지 말아요…. 우스꽝스런 짓은 해도 군자君子나 다름없어요…."

"내가 뭐랬나요? 아마도 그는 성자일 거예요." 하고 앙투안은 지젤의 말을 수긍했다. "하지만 운 나쁘게 그런 성인의 손에 걸려든 불쌍한 영국 부상병들을 생각하지 않을 수 없는걸. 그리고 위생병으로서는 틀림없이 위험한 인물이었다고 생각할 수밖에 없군요!"

디저트는 이미 끝났다.

제니는 장 폴을 의자에서 내려준 다음 자리에서 일어났다. 모두 함께 일어나 그녀의 뒤를 따라 응접실로 갔다. 제니는 응접실을 그냥 지나가기만 했다. 다른 날보다 밤이 더 늦었기 때문에 아이를 재우러 가는 데 마음이 더 급했던 것이다.

지젤은 불빛에서 떨어진 곳에 있는 낮은 의자에 가서 앉았다. 그녀는 병이 나아 후방 부대로 돌아가는 군인들에게 여비 겸 주기로 한 양말을 짜고 있었다. 한편, 다니엘은 피아노 위에 있는 세계일주 한 권을 손에 들었다. 그러고는 방 안에서 유일하게 석유램프가 놓여 있는 둥근 책상 저쪽, 방구석에 있는 긴 의자에 가서 앉았다. '괜히 보는 척하는 걸까.' 하고 앙투안은 램프갓 밑으로 고개를 수그린 채 얌전한 아이처럼 찬찬히 페이지를 뒤적거리고 있는 다니엘을 보면서 생각했다. '아니면 정말로 저 오래된 삽화에 관심을 갖고 있는 걸까?'

앙투안은 벽난로 근처로 다가갔는데, 때마침 니콜이 난로 앞에 무릎을 꿇고 앉아 불을 지피고 있었다.

"장작불을 본 지도 퍽 오래되었군!"

"밤에는 아직 선선해요." 니콜이 말했다. "그래서 불을 때면 퍽 쾌적해져요!" 그녀는 몸을 반쯤 일으켰다. "처음 뵌 곳이 바로 여기 메종에서였지요. 생생히 기억나요… 당신은?"

"나 역시."

그 옛날, 어느 여름날 저녁에 자크의 간청에 못 이겨, 그리고 아버지 모르게 동생과 '위그노'* 집에 같이 가기로 했던 일, 자신보다 네 살 위이며, 외과의사인 펠릭스 에케를 그곳에서 만나 깜짝 놀랐던 일, 장미꽃이 만발한 오솔길에서 제니와 니콜을 만났을 때의 일, 자크가 고등사범학교에 입학하여 학생이 되었을 때의 일, 풋내기 의사인 자신을 두고 유독 퐁타냉 부인만이 격식을 차려 '의사 선생님'이라고 불러주던 일 등을 떠올리고 있었다…. 모두가 젊었었다! 앞으로 어떻게 될지 전혀 알지 못하면서 자신들의 나이와 삶에 대해 자신만만했었다. 게다가 모두가 유럽의 국가 원수들이 그들에게 무슨 재앙을 꾸미고 있는지도 전혀 눈치채지 못하였던 것이다. 그리고 그 재앙 때문에 각자의 사소한 계획마저도 단숨에 무위로 끝나게 되리라는 것, 어떤 사람들의 삶은 파멸로 치닫게 되고, 또 어떤 사람들의 삶은 송두리째 바뀌게 되며, 개개인의 운명에 파멸과 비탄만을 축적시키게 되리라는 것, 앞으로 얼마 동안이나 이 세계를 혼란 속으로 빠뜨릴 것인가 하는 문제 따위는 전혀 알지 못하고 있었던 것이 아닌가?

"약혼한 지 얼마 안 되어서였어요." 하고 니콜은 생각에 잠긴 듯이 말을 이었다. 그 당시를 회상하는 그녀의 모습에는 우수

* 프랑스의 칼뱅파 신교도를 일컫는 말이다.

의 그늘이 무겁게 드리워져 있는 것 같았다. "펠릭스가 자기 차로 나를 데리고 갔더랬어요…. 돌아오는 길에 사르트루빌에서 한밤중에 차가 고장이 났었지요…."

다니엘이 눈을 치켜떴다. 그리고 고개를 전혀 움직이지 않고 두 사람 쪽을 힐끔 쳐다보았다. 앙투안도 이 사실을 눈치챘다. 듣고 있었을까? 이렇게 과거를 회상하는 일이 그에게는 어떤 감동이나 회한을 불러일으킨 것일까? 아니면 단순히 이런 잡담이 그를 짜증 나게 한 것일까? 다니엘은 다시 책을 뒤적거리기 시작했다. 그러나 얼마 안 가서 하품을 삼키더니 책을 덮고 일어서서 침착하게 저녁 인사를 했다.

지젤은 뜨개질을 내려놓았다.

"올라가는 건가요, 다니엘?"

어슴푸레한 빛 속에서 지젤의 머리카락은 더욱 곱슬거리고, 얼굴빛은 더 까무잡잡하며, 눈의 각막은 한층 더 반짝거리는 것 같았다. 이렇게 난롯불에 비친 그녀의 모습, 낮은 의자에 앉은 채 고개를 수그리고 있는 그 모습은 그녀의 조상의 나라 아프리카를 떠오르게 했다. 영락없는 섶나무 가지의 불 앞에 쭈그리고 앉은 아프리카 여인이었다.

지젤이 의자에서 일어섰다.

"아마 당신 램프는 분명히 찬방에 있을 거예요. 오세요, 불을 켜드릴 테니."

두 사람은 함께 응접실에서 나갔다. 앙투안은 무심코 그들의 뒷모습을 바라보았다. 이어서 그의 눈길은 일어선 채 자기를 관찰하고 있는 니콜 쪽으로 되돌아갔다. 둘만이 남았다. 니콜은 야릇하게 미소 지었다.

"다니엘은 지젤과 결혼해야만 할 거예요." 하고 니콜이 말했다.

"뭐라고?"

"그래요. 그렇게 되면 더할 나위 없이 좋을 거예요. 당신은 그렇게 생각지 않으세요?"

전혀 예기치도 못했던 니콜의 그런 생각을 알게 된 앙투안은 멍하니 눈을 크게 뜨고, 눈썹을 치켜올린 채 꼼짝 않고 있었다. 니콜은 웃음을 터뜨렸다. 잘 울려퍼지는 비둘기 울음소리를 연상케 하는 목구멍에서 나오는 웃음이었다.

"그렇게 깜짝 놀라실 줄은 몰랐어요!"

니콜은 안락의자 하나를 불 가까이로 끌어당겼다. 그리고 단정치 못하고, 뭔가 도발적인 자세로 두 다리를 꼬고 앉아서 아무 말 없이 그를 관찰하고 있었다.

앙투안은 니콜 곁에 와서 앉았다.

"두 사람 사이에 무엇인가 있다고 생각하는 거야?"

"나는 그런 말 하지 않았어요." 하고 그녀는 잘라 말했다. "어쨌든 다니엘 쪽에서는 그런 생각을 해본 적이 분명히 한 번도 없을 거예요…."

"지젤도 그럴 거야." 앙투안은 자신도 모르게 단언했다.

"지젤 역시 그럴지도 모르지요. 하지만 다니엘에게 관심이 있는 것은 사실이에요. 그의 심부름으로 시내에 가는 것도, 그에게 신문이나 껌을 사다주는 것도 언제나 지젤이거든요…. 매사에 친절을 베풀고 있어요. 게다가 다니엘 쪽에서도 눈에 띌 정도로 흔쾌히 받아들이고 있고요…. 다니엘이 지젤에게만은 언짢은 태도를 보이지 않으려고 한다는 것을 당신도 이미 눈치채셨겠지요?”

앙투안은 잠자코 있었다. 지젤이 결혼할지도 모른다는 생각이 우선 그에게는 불쾌한 일이었다. 짧은 기간이었지만 지젤이 한때 그의 생활 속에서 차지하고 있던 과거와 그녀의 위치를 완전히 잊을 수 없었기 때문이다. 그러나 아무리 생각해보아도 내놓고 반대할 수 있는 어떠한 명분도 찾아낼 수 없었다.

니콜은 아무 말 않고 연신 웃기만 했는데, 그러는 그녀의 입언저리에는 두 개의 보조개가 파여 있었다. 그리고 그렇게 즐거워하는 모습에는 무엇인가 도가 지나치고 자연스럽지 못한 데가 있었다. ‘혹시 니콜이 사촌인 다니엘을 사랑하는 것이 아닐까?’ 그는 생각했다.

“여봐요, 의사 선생님, 제 생각이 그다지 터무니없는 것은 아님을 알아주세요.” 하고 니콜이 힘주어 말했다. “지젤은 그 사람을 위해서라면 자신을 바칠 거예요. 그리고 지젤과 같은 여자에게는 그런 종류의 헌신 속에서만 그럴싸한 자신의 삶을 꾸려나갈 수 있을 테니까요…. 다니엘로 말할 것 같으면…” 니콜은 땋아 늘인 금발머리가 의자 등받이에 닿을 정도로 얼굴을 천천히 뒤로 젖혔다. 앙투안은 순간 그녀의 촉촉한 입술 사이로 치아가 반짝이는 것을 보았다. 곧이어 니콜은 눈을 감았다. 속눈썹 사이로 짐짓 짓궂은 눈길이 얼핏 스쳐갔다. “당신도 알다시피 남에게서 사랑받을 마음의 준비가 항상 되어 있는 사람이라니까요….”

어딘지 모르게 초조해 보이던 기색이 그녀에게서 사라졌다. 칸막이를 통해 낡은 계단을 밟을 때 나는 삐걱거리는 소리가 들려왔기 때문이다.

"가령 어제 밤샘을 하면서 간호해준 파라티푸스 환자만 해도 그래요." 하고 니콜은 좀 불안스러울 정도로 능청스럽게 재빨리 화제를 바꾸면서 큰 소리로 말했다. "사부아 태생 사람이에요…. 1892년도에 입대한 노병老兵이랍니다…." 뒤에 지젤을 데리고 들어오는 제니를 보자 니콜은 말투를 빨리했다. "무슨 말인지 통 알아들을 수 없는 사투리로 지껄여대는 거예요. 그런데 줄곧 '엄마!'라고 부르고 있었어요. 어린아이 같은 목소리로. 가슴이 찢어지는 것 같았어요."

"허허." 하면서 앙투안은 니콜의 임기응변에 맞장구를 치면서도 그렇게 하는 자신이 꽤나 한심스럽게 여겨졌다. "나도 그런 비명을 자주 들은 적이 있어. 하지만 잘못 생각하면 안 돼. 그것은 다행히 반사적인 비명, 예로부터 무의식적으로 해오는 하나의 습관에 불과한 거야…. '엄마!'라고 외치면서 죽어가는 사람들 중에서 똑똑히 자기 어머니를 생각하고 있던 사람은 내가 알기로는 매우 극소수인 것 같아."

제니는 두 팔 안에 갈색의 양모 타래를 끼고 감을 참이었다.

"오늘 저녁에는 누가 나를 도와줄 수 있을까?"

"나는 졸려 죽겠어." 하고 니콜이 생기를 잃은 미소를 띠며 말했다. 그러고는 시계를 보았다. "어머, 벌써 열시 이십분 전이야…."

"내가 할게요." 지젤이 말했다.

제니는 머리를 저으며 안 된다는 뜻을 나타냈다.

"안 돼요. 당신도 지쳐 있어요. 올라가 쉬도록 해요."

니콜은 제니를 포옹한 다음 앙투안에게로 다가갔다.

"미안해요. 아침 일곱시에 나가야 한답니다. 게다가 어젯밤에는 잠시도 눈을 붙이지 못했거든요."

이어서 지젤이 그의 곁으로 왔다. 앙투안이 내일 떠난다는 것, 그리고 단둘이서 지난날의 파리에서의 친교를 되살려볼 겨를도 없이 그의 체류가 끝나간다는 것을 생각하자 그녀는 가슴이 미어지는 듯했다. 섭섭한 마음을 털어놓고 싶었으나 그랬다가는 왈칵 울음이 터질 것만 같은 두려움이 앞섰다. 지젤은 아무 말도 않고 이마를 앙투안에게로 내밀었다.

"잘 있어, 지젤." 앙투안은 낮은 목소리로 매우 다정하게 말했다.

지젤은 곧 앙투안 쪽에서도 자신이 무슨 생각을 하고 있는지를 미리 알아차렸으리라는 것, 그 역시 이렇게 헤어지는 것을 몹시 가슴 아파하리라고 굳게 믿고 있었다. 그리고 이러한 확신은 돌연 그녀에게 이 작별을 덜 고통스럽게 해주었다.

지젤은 앙투안의 시선을 피했다. 그리고 니콜에게로 다시 갔다.

'저런, 제니에게 저녁 인사도 안 했잖아?' 하고 앙투안은 생각했다. 그는 두 사람 사이에 뭔가 오해가 있었던 게 아닌가 하는 생각을 할 겨를도 없었다. 제니는 거실을 황급히 가로질러 문지방까지 지젤을 쫓아가서는 그녀의 어깨에 손을 얹고 말했다.

"장 폴에게 이불을 충분히 덮어주지 않은 것 같아요. 다리를 무엇으로 좀 덮어주지 않을래요?"

"장밋빛 이불 말인가요?"

"흰색이 더 따뜻하겠지요."

두 사람은 헤어지면서 여전히 인사를 나누지 않았다.

앙투안은 서 있었다.

"제니, 당신은 올라가지 않아요? 나 때문에 있을 필요는 없는데."

"조금도 졸리지가 않아요." 하면서 제니는 조금 전까지 니콜이 앉아 있던 안락의자에 걸터앉았다.

"그럼 같이 일을 하지. 지젤 대신 할게. 털실을 내게 줘."

"말도 안 돼요!"

"왜? 그렇게 어려운가?"

앙투안은 털실을 집어 들고 낮은 의자 위로 몸을 굽혔다. 제니는 미소 지으며 그가 하는 대로 내맡겼다.

"이것 봐요." 하고 그는 몇 번 실패하고 나서 말했다. "이제 점점 잘 되어가는군!"

제니는 이토록 소박하고 이토록 친절한 그를 보고 놀라기도 했지만, 또 한편으로는 기쁘게 생각했다. 그리고 그토록 오랫동안 그를 잘못 알고 있었던 자신이 부끄럽게 여겨졌다. 이 시점에서 앙투안야말로 가장 믿을 수 있는 사람이 아닐까? 기침이 나서 말을 못하고 있는 앙투안을 보면서 '어떻게 해서든 낫기만 한다면!' 하고 그녀는 생각했다. '지난날의 건강을 되찾기만 한다면!' 장 폴을 위해서라도 앙투안이 건강을 회복하기를 제니는 바라고 있었다.

기침이 수그러지자 앙투안은 다시 일을 시작하면서 느닷없이 말했다.

"제니, 알고 있어? 이런 제니를 보니 얼마나 마음이 놓이는지 몰라…. 말하자면 이토록 굳건하고… 이토록 평온한…."

털실 뭉치 위로 시선을 떨구면서 제니는 생각에 잠긴 모습으로 되풀이했다.

"평온한…."

뭐니 뭐니 해도 그것은 사실이었다. 그녀 자신도 지금 자신의 슬픔을 감싸주고 있는 이 차분한 분위기에 이따금 놀라곤 했던 것이다. 앙투안이 한 말을 생각하면서 지금 자신의 상태를 삼 년 반 전에 겪은 정신적인 혼란과, 생각만 해도 끔찍했던 허탈감과 비교해보았다. 전쟁 발발 초기에 자클로부터 아무런 소식이 없어 최악의 사태를 예감할 수밖에 없었던 상황에서 무기력과 과격함이라는 서로 모순되는 상태에 빠져 있던 자신, 고독에 짓눌리면서도 눈앞에 있는 타인의 존재을 견디지 못했던 자신의 모습이 눈에 선했다. 그리고 무엇인가 끊임없이 자신에게서 빠져나가고 그러나 자신은 끊임없이 붙잡으려고 하는 소중한 그 무엇을 좇기라도 하듯 어머니를 피해 집을 나서던 자신, 동원령에 의해 변모된 파리 시내를 때로는 오후 내내 걸어다니기도 하고, 전에 자크와 같이 갔던 모든 장소를 피곤한 줄도 모르고 찾아다니던 자신의 모습이 떠올랐던 것이다. 동부역이며, 생 뱅상 드 폴 광장이며, 크루아상 거리이며, 그토록 자주 그를 기다리곤 했던 증권거래소 근처의 바들이며, 몽루주의 골목과, 자크가 흥분한 청중을 향해 전쟁에 반기를 들라고 외치던 그 회관… 그날 밤 기진맥진해진 자신은 지친 몸을 이끌고 집으로 돌아왔었다. 그리고 자크가 두 팔로 껴안았던 그 침대 위에 신음 소리를 내며 쓰러져 몇 시간인가 잠들었다가 다시 절망의 하루를 맞기 위해 곧 눈을 뜨지 않았었던가… 확실히 그렇다. 그런 몇 주일과 비교해볼 때 지금의 생활은 놀라울 만큼 '평온'하다! 삼 년이라는 세월이 흘러가는 동안 모든 것이 변했다. 자신의 주위는 말할 것도 없고, 마음까지도.

모든 것이, 심지어는 자크에 대해 품고 있던 이미지까지도…. 아무리 열렬한 사랑도 시간의 작용에는 항거하지 못한다는 것은 얼마나 기이한 일인가! 지금에 와서 자크를 생각할 때에 오늘날의 자크의 모습 같은 것은 상상해본 적이 없다. 물론 1914년 7월의 자크의 모습도 상상해본 적이 없다. 그렇다. 지금 자신에게 떠오르는 자크는 일찍이 알고 있던 열광적이고 변덕스런 모습이 아니라, 한 손을 무릎 위에 올려놓고 화실의 유리창을 통해 들어오는 강렬한 빛을 이마에 받으며 비스듬히 걸터앉아 꼼짝 않고 있는 자크의 모습, 즉 밤낮으로 눈앞에 바라보고 있는 초상화 속 자크의 모습인 것이다.

별안간 제니는 무엇인가 무서운 생각에 사로잡혔다. 자크가 갑자기 돌아온 일을 막 상상했던 것이다. 그때 그녀가 느낀 것은 기쁨만큼이나 거북함이었다…. 이제 와서 자기 자신을 속인들 무슨 소용이 있겠는가. 가령 1914년 당시의 자크가 돌연 모습을 드러낸다면, 오늘의 제니 앞에 자크가 기적적으로 나타난다면 그녀로서는 지금까지 자크를 위해 효성스럽게 간직해왔다고 믿고 있는 그 자리를 아무런 손상 없이 그에게 되돌려줄 수 없으리라….

제니는 앙투안을 향해 비탄의 눈길을 보냈다. 그러나 앙투안은 그것을 보지 못했다. 거머쥔 두 주먹으로 털실을 팽팽하게 유지하는 데에 정신이 팔려 있는 데다가 좌우 규칙적으로 몸을 기울이며 실을 푸는 데 열중해 있었기 때문에 마법의 털실오라기에서 눈을 뗄 여유가 없었던 것이다. 그는 자신이 좀 어리석다는 느낌이 들었다. 어깨 언저리의 통증이 고통스러웠다. 이런 일을 돕겠다고 나선 것이 잘못이었다는 것, 이렇게 팔을 드는 동작 때문에 점점 숨이 가빠온다는 것, 의자가 낮은 데다가 너무 불 가까운 곳에 앉아 있었기 때문에 나중에 위에 올라가 옷을 벗을 때 혹시 감기에 걸리지나 않을까 하고 이런저런 걱정을 하면서 스스로를 나무랐던 것이다….

제니는 그에게 자기 자신에 관해, 자크에 관해, 장 폴에 관해 말하고 싶었다. 오늘 아침 자기 방에서 했듯이. 뜻밖에 마음을 터놓고 이야기할 수 있었던 그 순간을 제니는 하루 종일 마음속에 간직하고 있었다. 그러나 오늘 저녁에는 다시 **경직된** 느낌이었다…. 대인 관계에서 서투른 것, 의사소통이 원만히 이루어지지 않는 것이 그녀의 내면생활에 있어서 하나의 비극이라면 비극이었다! 자크 곁에 있을 때에도 자신을 송두리째 내맡기지 못했었다. '속을 알 수 없는' 여자라고 자크가 나무란 적이 몇 번이었던가? 그것은 지금까지도 고통스런 기억으로 남아 줄곧 머리에서 떠나지 않고 있었다. 훗날 장 폴을 대할 때에는 어떨 것인가? 자신의 소극적이고, 겉으로는 쌀쌀해 보이는 성격 때문에 본의 아니게 그 애에게서 반감을 사지나 않을까?

시계가 울리는 소리에 두 사람은 동시에 고개를 들었다. 그리고 그들은 오랫동안 침묵을 지키고 있었다는 사실을 새삼 의식했다.

제니 쪽에서 미소를 지었다.

"나머지 타래는 그냥 두도록 해요. 이것만 끝내기로 하지요. 올라가 보아야겠어요." 이미 시작한 뭉치를 서둘러 감으면서 제니는 이렇게 설명했다. "안 그러면 금방 잠든 지젤을 깨우게 될지도 모르니까요…. 지젤도 충분히 쉬게 해주어야 해요."

그 말을 듣는 순간 앙투안은 나란히 놓여 있던 침대가 생각났다. 그리고 지젤이 제니에게 저녁 인사를 하지 않은 이유를 이해하게 되었다. 즉, 두 여인은 같은 방을 쓰고 있었던 것이다. 그러면서 두 사람 모두 작은 어린이용 침대를 가운데 두고 자크의 초상화를 바라보며 잠들곤 했다… 앙투안은 티보 씨의 집에서 지내던 지젤의 우울했던 어린 시절을 생각하면서 가슴이 북받쳐옴을 느꼈다. '불쌍한 지젤이 그래도 하나의 가정을 갖게 되었구나.' 니콜이 한 말이 떠올랐다. '지젤이 다니엘과 결혼할까?' 왠지는 몰라도 그럴 것 같지는 않았다. 게다가 지젤은 결혼하지 않아도 행복할 수 있었다. 제니와 장 폴과 함께 생활함으로써 삶의 보람과 기쁨을 찾을 수 있었던 것이다. 자크의 분신이라 할 수 있는 이 두 사람을 위해 그녀는 공허한 애정과 충견忠犬과도 같은 애착심을 쏟을 것이다. 지젤은 백발의 흑백 혼혈인이 될 것이며, 늙고 온화한 '지이* 아주머니'가 될 것이다….

실뭉치를 다 감고 나자 제니는 일어서서 털실을 정리한 다음, 장작에 재를 덮었다. 그리고 책상에 있는 큰 램프를 들었다.

"내가 들지." 하고 앙투안은 건성으로 말했다.

제니는 그의 숨소리가 하도 거칠고 단속적이었기 때문에 조금도 그에게 수고를 끼치고 싶지 않았다.

"고마워요. 하지만 늘 하는 일이니까요. 언제나 제가 맨 나중에 올라가거든요."

문에 이르자 제니는 몸을 돌렸다. 그리고 모든 것이 제대로 정리되어 있는지를 확인하기 위해 램프를 치켜들었다. 그녀의

* 지젤의 애칭.

눈길은 친근감이 도는 응접실을 둘러본 뒤 이윽고 앙투안에게로 와서 멈추었다.

"장 폴은 이런 환경을 떠나 키우고 싶어요!" 하고 제니는 결연히 말했다. "전쟁이 끝나면 즉시 생활을 바꾸려고 해요. 다른 데 가서 자리 잡겠어요!"

"다른 데라고?"

"이 모든 것을 청산하고 싶어요." 제니는 단호하면서도 진지한 어조로 말을 이었다. "여기를 떠나고 싶어요."

"어디로 가게?" 앙투안에게는 뭔가 집히는 것이 있었다. "스위스로?"

제니는 대답하기에 앞서 잠시 그를 응시했다.

"아니요." 마침내 그녀가 말했다. "물론 그것도 생각해보았어요. 그런데 10월 혁명* 이후 자크의 친구였던 믿을 만한 사람들은 모두 러시아로 떠나고 그곳에는 없어요…. 그래서 한때는 러시아로 갈 생각도 한 적이 있었어요…. 하지만 그럴 순 없지요. 장 폴은 프랑스 교육을 받는 것이 더 바람직해요. 그래서 프랑스에 있기로 했어요. 그러나 어머니에게서도 다니엘에게서도 멀리 떨어져 있을 거예요. 나 자신의 삶을 살 거예요. 어쩌면 시골이 될지도 모르겠어요. 지젤과 함께 어딘가에 가서 자리 잡을 거예요. 둘이서 같이 일하겠어요. 그리고 장 폴은, 자크가 그렇게 되기를 원했을지도 모를 그런 아이로 어엿하게 키울 생각이에요."

"제니." 하고 앙투안은 격렬한 어조로 말했다. "나도 역시

* 1917년의 러시아 혁명을 가리킨다.

그때쯤이면 의사로서의 생활을 재개하고 내 몫을 할 수 있을 거야….”

제니는 머리를 저으면서 앙투안의 말을 가로막았다.

“고마워요. 당신에게라면 필요할 경우 서슴지 않고 도움을 청하겠어요. 하지만 나는 무엇보다도 스스로 생활을 꾸려가는 여자가 되고 싶어요. 독립심이 강한 여자, 자신의 일을 통해 어디까지나 자유로이 생각하고, 자기가 옳다고 믿는 것에 따라 행동할 권리가 있다고 믿는 그런 여자를 장 폴로 하여금 어머니로 갖게 하고 싶어요…. 저의 말에 동의하지 않으세요?”

“동의하고말고!”

제니는 다정한 눈길로 감사의 뜻을 나타냈다. 그리고 상대가 알아주었으면 하는 말은 모두 다 했다는 듯이 문을 열고 앞장서서 계단을 올라갔다.

제니는 앙투안을 그의 방까지 안내한 뒤 응접실의 램프를 거기에 놓으면서 부족한 것이 없나 확인했다. 그러고 나서 그녀는 손을 내밀었다.

“한 가지 고백할 것이 있어요, 앙투안.”

“말해봐요.” 앙투안은 다그쳤다.

“저어… 사실 나는… 당신에 대해 지금 느끼고 있는 것과 같은… 감정을 항상 가지고 있었던 건 아니에요.”

“나 역시 그래.” 하고 앙투안은 미소를 지으면서 솔직히 털어놓았다.

그 미소 때문에 제니는 즉각 말을 잇지 못하고 주저주저하고 있었다. 제니는 자신의 손을 앙투안의 손에 그대로 맡기고 있었다. 그러면서 엄숙한 눈길로 앙투안을 바라보았다. 마침내 결심한 듯 말했다.

"하지만 지금 장 폴의 장래를 생각하면 나는… 아실 거예요. 그 때문에 나는 감히 당신이 곁에 있어줄 거라고, 그리고 자크의 아이가 당신에게는 남이 아닐 거라고 생각할 용기가 점점 더 나는 거예요…. 저에게 조언을 아끼지 마세요, 앙투안…. 장 폴에게 자기 아버지의 장점이란 장점은 모두 갖게 해주고 싶어요. 그렇다고…" 제니는 차마 말끝을 맺지 못했다. 그러나 즉시 상반신을 일으키고는 (앙투안은 자기 손가락 사이에 있는 그녀의 작은 손이 떨리는 것을 느꼈다.) 뒷걸음치는 말을 장애물 앞으로 몰고 오는 기수처럼 침을 삼키며 다시 말을 이었다. "자크의 결점을 몰랐던 건 아니에요, 당신도 아시겠지만…." 제니는 다시 입을 다물었다. 잠시 후 본의 아닌 말을 입 밖에 냈다는 듯이 먼 곳을 바라보면서 덧붙였다. "그러나 그이가 앞에 있을 때는 그런 것들은 까맣게 잊고 있었어요…."

그녀는 눈을 깜빡거렸다. 사고의 맥락을 찾으려고 했으나 헛된 일이었다. 다시 앙투안에게 물었다.

"점심 식사 후에야 떠나시겠지요? …그렇다면…" 제니는 애써 미소 지어 보였다. "…그렇다면 아침나절에 잠시 다시 뵐 수 있겠군요…." 그녀는 손을 빼면서 낮은 목소리로 말했다. "편히 쉬세요." 그러고 나서 뒤도 돌아보지 않고 나갔다.

13

"닥터 티보가 오셨어요." 하고 늙은 하인이 유쾌한 목소리로 앙투안의 내방을 알렸다.

필립 박사는 앙투안이 오기를 기다리면서 서재에 있는 책상 앞에 앉아 몇 통의 편지를 쓰고 있었다. 박사는 서둘러 일어나더니 문지방에 우뚝 서 있는 앙투안을 향해 깡충깡충 뛰는 듯한 어설픈 걸음걸이로 다가왔다. 그는 앙투안의 손을 잡기 전에 깜빡거리고 있는 눈꺼풀 사이로 빛을 반사하는 듯한 날카로운 눈길로 앙투안을 빤히 쳐다보았다. 그리고 머리를 약간 흔들면서 감동을 드러내지 않으려고 비웃는 듯한 미소를 띠고 말했다.

"자네 멋있는걸, 그 청회색 군복을 입으니! 그래 어떤가?"

'퍽 늙으셨구나.' 하고 앙투안은 생각했다.

박사의 두 어깨는 활 모양으로 굽어 있었다. 그리고 긴 체구는 두 다리에서 더욱 불안정한 느낌을 주었다. 짙은 눈썹과 염소수염은 완전히 세어져 있었다. 그러나 몸짓이며 눈길이며 미소 등은 아직도 활력과 젊음, 심지어는 남을 당황하게 만드는 장난기마저 엿보이고 있어서 노인의 얼굴과는 걸맞지 않는 느낌을 주었다.

박사는 검은 줄무늬가 있는 구식 붉은 군복바지에 옷자락이 헤어진 모닝코트를 입고 있었다. 그런데 이 양다리 걸친 듯한 옷차림이야말로 반관반민인 그의 직무를 잘 반영해주고 있었다. 1914년 말경부터 박사는 군의 위생 업무 개선을 담당하는 한 위원회의 의장으로 추대되었다. 그날부터 그는 자신이 보기에도 불충분하기 이를 데 없는 기구의 악폐를 퇴치하는 임무에 전념했다. 의학계에서의 명성이 그에게 예외적이라 할 만큼의 독자성을 보장해주었다. 그는 관의 법규와 맞서 악습을 고발하며 관련자에게 경고를 내리기도 했다. 다소 늦은 감이 있기는 하나 지난 삼 년 동안 이룩된 매우 적절한 여러 가지 개혁은 상당 부분이 이처럼 박사의 용기 있고 끈질긴 투쟁에 의해 쟁취된 것이다.

필립 박사는 앙투안의 손을 여전히 잡고 있다가 작고 습한 후음을 울리면서 힘없이 앙투안의 두 손을 흔들었다.

"자! …그래! …그 뒤로! …어떤가?" 그러고 나서 앙투안을 책상 쪽으로 밀면서 "할 말이 하도 많아서 어디서부터 시작해야 할지 모르겠군…." 그는 앙투안을 환자에게 권하곤 하는 안락의자에 앉도록 했다. 그러나 자신은 책상 뒤에 앉지 않고 팔을 쭉 뻗어 이동의자를 앙투안 바로 곁으로 잡아당긴 뒤, 그 위에 말 타듯 걸터앉았다. 그러고는 앙투안의 얼굴을 뚫어지게 바라보았다.

"자, 여보게. 자네 얘기나 들어보자고, 가스 이야기는 도대체 어느 정도인가?"

앙투안은 당황했다. 그는 필립 박사가 직업적인 깊은 관심과 진중함을 나타내는 모습을 지금까지 수없이 보아왔다. 그러나 자기 자신이 그 대상이 되어보기는 이번이 처음이었다.

"저의 몰골이 흉하지요, 선생님?"

"약간 여위었군…. 그다지 눈에 띌 정도는 아니야!"

박사는 코에 걸었던 안경을 벗어 닦은 뒤, 다시 끼고 몸을 굽히며 미소 지어 보였다.

"그럼 자초지종을 말해보게!"

"실은, 선생님, 저는 점잖게 말해서 **중증 가스중독 환자**라고 부르는 그런 사람이지요. 처량한 신세랍니다."

박사는 약간 조급한 동작을 보였다.

"그만 됐어…. 처음부터 들어보자고. 처음의 부상은? 어떤 흔적이 남아 있나?"

"전쟁이 지난여름에, 즉 제가 이페리트 가스를 마시기 전에만 끝났더라도 별로 흔적이 없었을 겁니다… 별로 마시지 않았으니까요. 따라서 지금과 같은 상태는 아니었을 겁니다. 그런데 구멍이 뚫려, 정상적인 탄력성을 잃어버렸던 폐의 상태 때문에 가스로 입은 상태는 오른쪽으로 더욱 악화되었지요."

필립 박사는 얼굴을 찡그렸다.

"그렇습니다." 하며 앙투안은 근심스러운 모습을 하고 말을 이었다. "아주 심한 타격을 받았습니다. 낙관할 수는 없겠지요. 물론 어떻게 해서든지 이겨내도록 해보겠습니다. 그러나 오랜 시일이 필요하겠지요. 게다가…" 기침이 나기 시작했기 때문에 그는 하던 말을 잠시 중단하지 않을 수 없었다. "게다가 앞으로의 삶은 당연히 힘겹겠지요!"

"어떤가, 함께 저녁 식사라도 할까?" 하고 문득 생각난 듯 박사가 물었다.

"좋습니다, 선생님. 한데 편지에서도 말씀드렸듯이 저는 식이요법을 하고 있는데요…."

"드니에게 일러두었네. 우유를 구해놓았을 걸세…. 그러니 함께 저녁 식사를 한다면 시간은 충분하네. 그럼 처음부터 시작해보세. 어떻게 해서 그런 일이 일어났나? 안전한 곳에 있는 줄로만 알고 있었는데?"

앙투안은 화가 치미는 듯 어깨를 으쓱해 보였다.

"어처구니없는 일이지요! 작년 11월의 일이었습니다. 당시 저는 에페르네에서 평온하게 지내고 있었습니다. 그런데 그곳에서—이것도 분명 숙명일 텐데요—저는 가스 중독자들을 돕기 위한 구조반을 편성하는 임무를 떠맡게 되었습니다. 슈맹 데 담 지역에서 있는 작전 뒤였는데—마침 말메종과 파르니는 아군이 탈환한 직후였습니다—저는 제게 보내진 가스 중독자 중에 간호병과 들것병이 많은 것을 보고 놀라지 않을 수 없었습니다. 정말 이상한 일이었습니다. 그래서 각 구조반 안에 가스 예방 조치가 충분히 되어 있는지, 그리고 요원이 그 조치를 충실히 이행하고 있는지 의구심을 품게 되었지요. 어떻게 해서든지 알아보고 싶었습니다. 마침 군단의 의무대장과 안면이 있는 처지라 현장 조사를 위한 허가를 얻어 냈습니다. 그런데 바로 그 조사를 하고 돌아오던 길에 어처구니없이 당하고 말았던 것입니다…. 제가 전선에서 돌아오던 그 순간에 독일군들이 가스 공격을 해온 것입니다. 이것이 첫 번째 불운이었습니다. 두 번째 불운은 계절답지 않게 습하고 훈훈한 날씨였지요. 아시다시피 이페리트 가스는 습기가 있으면 산성 반응 때문에 더 독해지지요."

"계속하게." 박사는 말했다. 그는 팔꿈치를 무릎 위에 올려놓고, 두 주먹으로 턱을 받친 다음 앙투안을 뚫어지게 바라보았다.

"저는 사단 본부에 두고 온 자동차 쪽으로 가려고 서둘렀습니다. 교대병으로 들끓는 연락 참호를 피하고 싶었기 때문에 지름길을 택해야 한다고 생각했지요. 캄캄한 밤이었습니다. 반쯤 물에 잠긴 참호 속을 절벅거리며 이십 분 정도 걸었습니다. 자세한 것은 짐작에 맡기겠습니다…."

"방독면은 없었나?"

"물론 갖고는 있었습니다! 그런데 빌린 것이었지요…. 그것을 쓰는 방법이 서툴렀던 게 틀림없습니다. 아니면 착용한 시기가 너무 늦었던가. 저의 머릿속에는 한 가지 생각밖에는 없었으니까요. 즉 자동차가 있는 곳까지 가야 한다는 일념…. 마침내 사단 본부에 이르러 차에 올라타고 그대로 달렸습니다. 차라리 사단 소속의 이동 야전병원에 들러 탄산수소염으로 즉시 목을 가시는 편이 훨씬 나았을 텐데…."

"그야 물론이지!"

"그러나 제가 화를 당했으리라고는 꿈에도 생각지 못했어요. 목 언저리와 겨드랑이에서 따끔거리는 통증을 느낀 것도 한 시간이 지난 뒤였거든요…. 에페르네에 도착한 것은 한밤중이었습니다. 저는 곧 콜라르골을 바른 뒤 자리에 누웠습니다. 줄곧 대수로운 일이 아니려니 했지요. 그런데 기관지 계통이 생각했던 것보다 훨씬 깊게 다쳤던 모양입니다…. 참, 어처구니없는 짓이지요. 규정대로 모든 주의가 준수되고 있는지 어떤지를 확인하러 갔던 것인데 제 자신이 그것을 지키지 않은 꼴이 되었으니!…"

"그래서?" 하며 필립 박사는 말을 가로막았다. 그리고 그런 문제라면 모르는 게 없다는 것을 기어코 과시하면서 "그 이튿날에는 눈의 장애, 위장 장애, 그 밖에 여러 가지…"

"그런데 아무런 징후도 없었습니다. 이튿날이 되어도 거의 아무런 증상도 나타나지 않았습니다. 겨드랑이에 가벼운 홍반 정도였죠. 피부에 약간의 염증이 있었으나 별것 아니었습니다. 물집도 없었고. 그런데 기관지에 뜻밖에 깊은 손상이 있었는데, 며칠 지난 뒤에야 비로소 발견했지요… 그 뒤의 일은 짐작하시겠지만. 계속되는 후두 기관지염… 의막을 수반하는 급성 기관지염… 흔히들 말하는 후유증이지 뭐겠습니까! 여섯 달 전부터 그 상태죠….”

“성대는?”

“비참한 상태랍니다! 저의 목소리는 듣고 계신 그대로입니다. 그래도 오늘 저녁은 하루 종일 치료를 한 덕분에 말을 할 수 있는 형편이랍니다. 목소리가 전혀 나오지 않을 때도 종종 있어요.”

“성대의 염증성 상해인가?”

“아닙니다.”

“신경의 손상인가?”

“그것도 아닙니다. 부어오른 가성대들이 포개져서 목소리가 안 나오는 것입니다.”

“말할 것도 없이 그것이 성대의 진동을 방해하고 있는 거야. 스트리크닌을 복용했나?”

“하루에 6 내지 7밀리그램까지 먹었습니다. 그런데도 아무런 차도가 없습니다! 지독한 불면증만 겹치고!”

“자네 남프랑스에는 언제부터 가 있었나?”

“올해 초부터입니다. 처음에는 에페르네에서 몽모니옹 병원으로 이송되었다가 뒤이어 그라스 근처의 르 무스키에 요양소로 옮겨졌습니다. 12월 말쯤이었죠. 그 당시 상처는 점차 아물어가는 중이었습니다. 그런데 르 무스키에에서 폐의 경화증이 확인되었습니다. 호흡곤란이 아주 빠른 속도로 가속화되더군요. 이렇다 할 이유도 없이 체온이 갑자기 39도 9분, 40도까지 올라가는가 하면 금세 37도 35도로 다시 떨어지곤 했습니다….
2월에는 혈담이 수반되는 건성 늑막염을 앓았습니다."

"이제는 그런 심한 체온의 변동은 없나?"

"아직 있습니다."

"무엇 때문이라고 생각하나?"

"감염 때문이라고 보는데요."

"감염이 여전히 잠복해 있단 말인가?"

"아니면 무슨 만성 전염병 탓인지도 모르지요. 누가 알겠습니까?"

두 사람의 시선이 마주쳤다. 앙투안의 시선에 의아스러운 듯한 빛이 스쳐갔다. 박사가 손을 내밀었다.

"아니야, 아니야, 티보! 자네가 **그렇게** 생각하고 있다면 그것은 기우에 지나지 않아. 내가 알기로는 이런 경우 폐결핵으로 진행되는 예는 전혀 없었어. 이것은 자네가 나보다 더 잘 알 걸세. 이페리트 가스에 침해당한 사람이 결핵 환자가 되는 것은 가스를 마시기 **이전에** 그 증후가 있었던 경우에 한해서… 그런데" 하고 박사는 몸을 일으키면서 말을 이었다. "자네는 운이 좋은 편이야. 호흡기에 관계되는 어떤 병력도 없었으니 말일세!"

박사는 확신에 찬 태도로 미소를 지었다. 앙투안은 묵묵히 박사를 바라보았다. 그는 별안간 다정한 눈길로 노스승을 바라보다가 이번에는 자기 쪽에서 미소를 지어 보였다.

"네, 알고 있습니다." 그는 말했다. "운이 좋은 편이지요!"

"마찬가지로" 하며 박사는 생각한 바를 분명히 말하려는 듯이 계속했다. "폐부종은 질식가스에 의해 상처를 입은 사람에게서는 종종 볼 수 있지만 이페리트 가스에 침해당한 사람에게서는 극히 드문 일이야. 이것 역시 운이 좋았던 거지…. 게다가 이페리트 가스로 인해 폐에 후유증을 일으키는 경우는 극히 드물어. 그리고 내 생각으로는 다른 독가스에 의해서 생기는 후유증보다도 대체로 덜 심각한 것 같고. 안 그런가? 최근 그것에 관한 좋은 글을 읽은 적이 있어."

"아샤르의 글 말입니까?" 앙투안이 물었다. 앙투안은 머리를 설레설레 흔들었다. "일반적으로 이페리트는 질식가스의 경우와는 반대로 폐포보다는 오히려 소기관지 쪽으로 침해하며, 가스 교환을 상대적으로 덜 변화시키는 것으로 알고 있습니다. 그러나 저의 개인적인 경험이라든가 또 저 자신이 다른 사람에 관해 조사한 결과에 따르면 회의적이 되지 않을 수 없습니다. 유감스러운 사실입니다만 이페리트 침해를 당한 폐는 온갖 종류의 2차 증상을 보이고 있습니다. 대부분이 다루기 힘든 것으로서 결국 만성화하는 경향을 보이고 있습니다. 게다가 저는 이페리트 환자의 경우 폐포의 내부로부터 두정頭頂까지 경화하여 폐의 기능이 마비된 예가 허다하다는 것까지 관찰했습니다…."

잠시 침묵이 흘렀다.

"심장 쪽은?" 필립 박사가 물었다.

"지금까지는 그럭저럭 견디어내고 있습니다. 그러나 얼마 동안이나 견디어낼까요? 몇 달 전부터 중독 상태로 지쳐 있는 몸을 그런대로 지탱해준 장본인인 심장에게 약해지지 말아 달라고 요구하는 것은 무리라고 해야겠지요. 이미 근섬유와 신경핵 등이 독소에 침범된 것이 아닌가 하는 생각조차 듭니다.

지난 몇 주일 동안 심장 혈관 장애를 몇 차례 겪은 일이 있으니까요….”

“겪었다고? 어떻게?”

“아직 X선 검사는 받지 못했습니다. 그리고 청진 결과 저를 간호해주는 사람들의 말로는 전혀 이상이 없다는 것입니다. 그러나 그것이 사실일까요? …다른 검사 방법도 있습니다. 즉 맥박과 혈압을 재보는 것이지요. 그런데 체온은 38도 5분 혹은 39도를 넘지 않는데 바로 지난주에만 해도 맥박이 120에서 135 사이를 왔다 갔다 하면서 비정상적인 변화를 보였습니다. 이러한 심계증과 초기 폐부종 사이에 어떤 모종의 관계가 있다는 것은 별 놀라운 일이 아니지요…. 그렇게 생각지 않으십니까?”

박사는 그 질문에 대답을 회피했다.

“어째서 자주 흡각을 해서 심장의 기능을 원활하게 해주지 않는 거지? 필요하기만 하다면 사혈이라도 해야잖나…?”

앙투안은 그 말을 듣지 못한 것 같았다. 그는 스승의 얼굴을 유심히 바라보고 있었다. 박사는 미소를 띠더니 조끼 주머니에서 앙투안에게도 눈에 익은 양쪽 뚜껑이 달린 금시계를 꺼냈다. 그리고 몸을 구부리면서(정말 호기심이 있어서라기보다는 오래된 타성 때문에 이렇게 한다는 듯이) 앙투안의 손목을 잡았다.

시간이 꽤 흘렀다. 박사는 시곗바늘을 응시하면서 꼼짝도 하지 않고 있었다. 앙투안은 갑자기 무언가 섬뜩한 생각이 들었다. 진지하고 수수께끼 같은 박사의 얼굴을 보던 순간 까맣게 잊고 있던 추억 하나가, 그것도 아주 선명하게 그의 기억의 밑바닥으로부터 떠올랐다. 박사와 친분을 맺은 지 얼마 안 되었을 무렵, 어느 날 아침, 병원에서 매우 까다로운 진찰을 마친 박사와 함께 진찰실을 나올 때였다. 박사는 앙투안의 팔을 잡으며 농담 겸 아주 자신만만한 태도로 이렇게 말한 적이 있다. "여보게, 의사란 절박한 경우에는 자기 자신만의 세계로 돌아가 혼자 깊이 생각할 수 있어야 한다네. 그런데 그렇게 하기 위해서는 한 가지 방법이 있어. 즉 클로노미터란 것이지. 의사는 자기의 조끼 호주머니에 받침접시만큼 묵직한 크고 멋진 클로노미터를 갖고 있어야 해! 이것만 있으면 구원을 받을 수 있지. 불안에 빠진 가족이 온통 성가시게 굴 수도 있고, 거리에서 사고의 희생자를 앞에 놓고 연달아 질문 공세를 해오는 군중 속에 있을 수도 있어. 그런 경우 무엇인가 생각하고 싶다든가, 아무도 방해하는 사람 없이 혼자 있고 싶을 때에는 한 가지 마법을 쓰는 거야. 즉 보란 듯이 그것을 꺼내어 맥을 짚는 거지! 순식간에 주위는 쥐 죽은 듯이 조용해지며 혼자만이 되는 거야! 눈금만을 들여다보며 침착한 기분으로 판단을 내릴 수 있고, 서재에서 머리를 감싸고 있는 것과 마찬가지로 정신을 집중해서 진단을 내릴 수도 있어…. 자네 이 점에 대해선 내 경험을 믿어주고 뛰어가서 멋진 클로노미터를 사오게나!"

박사는 앙투안이 불안해하는 것을 눈치채지 못했다. 그는 잡고 있던 손목을 놓고 천천히 일어섰다.

"확실히 맥박이 빨라. 약간 크고. 하지만 정상이야."

"네. 그런데 어떤 때는 반대로—특히 저녁에는—작고 약해서 재기가 힘들 때가 있습니다. 그 이유를 말씀해주세요! 게다가 폐의 장애가 악화되면 또다시 맥박이 빨라집니다…. 대개 간헐적이지요."

"눈의 압박을 재보았나?"

"그것도 실은 이렇다 할 감소를 보이지 않습니다."

또다시 얼마간의 침묵이 흘렀다.

"이미 폐도 약해져 있습니다." 하고 앙투안은 억지웃음을 지으며 말했다. "여기에 심장까지 약해지면!…"

박사는 손짓으로 그의 말을 막았다.

"쳇! 고혈압증과 심계증은 대개의 경우 단순한 생체 보호 현상에 불과해, 티보. 자네 말을 통 이해하지 못하겠군. 자네도 나와 마찬가지로 알고 있으리라 생각되지만, 예를 들어 사소한 뇌색전의 경우에도 심장은 고혈압증과 심계증을 통해 폐포의 폐색을 훌륭히 막아주고 있어. 로제가 그것을 증명해주었어. 그 뒤로 다른 많은 사람들도 증명한 바 있고."

앙투안은 아무 대답도 하지 않았다. 또다시 터져 나오는 기침 때문에 그는 까무러칠 뻔했다.

"어떤 치료를 하고 있지?" 박사는 물었다. 그러나 자신의 질문에 그다지 비중을 두고 있는 것 같지 않았다.

앙투안은 말을 할 수 있게 되자마자 낙담한 듯 어깨를 치켜올렸다.

"온갖 치료를 다 해보았습니다! 안 해 본 것이 없을 정도로…. 물론 아편제는 말고…. 유황제… 이어서 비소제… 또 유황제, 비소제…."

그 목소리는 쉬어서 들릴까 말까 할 정도였으며, 이따금 끊어지곤 했다. 그는 입을 다물었다. 스승과의 긴 대화로 인해 완전히 녹초가 되어 있었다. 고개를 뒤로 젖히고, 잠시 상체는 곧바로 세우고, 목덜미를 기댄 채 두 눈을 감은 상태로 있었다. 다시 눈을 떴을 때 매우 다정한 박사의 눈길이 자신을 향하고 있는 것에 흠칫했다. 스승의 이러한 따뜻한 표정은 불안스러워하는 태도 이상으로 그의 마음을 뒤흔들어놓았다. 앙투안은 더듬거리며 말했다.

"선생님은 제가 이런 정도까지 되어 있으리라고는…"

"천만에!" 하고 박사는 웃으며 앙투안의 말을 가로막았다. "자네의 최근 편지로 미루어 보아 이토록 순조로우리라고는 기대하지 않았어!" 그러면서 덧붙였다. "어디, 몸 안의 상태가 어떤지 좀 살펴보자고…."

앙투안은 간신히 일어섰다. 그리고 윗옷을 벗었다.

"정식으로 청진해보자고." 하고 박사는 쾌활하게 말했다. "저기 가서 드러눕게나."

그는 흰 시트로 덮혀 있는, 환자들을 눕히는 긴 의자를 가리켰다. 앙투안은 시키는 대로 했다. 박사는 그의 앞에 무릎을 꿇고 아무 말 없이 면밀한 청진을 시작했다. 청진을 끝내자 그는 불쑥 일어났다.

"피이…" 하고 그는 별것 아닌 것처럼 하면서도 앙투안의 불안스러워하는 눈길을 피하며 말했다. "물론… 몇 군데 기관지 폐쇄로 인한 호흡 잡음이 있기는 해…. 가벼운 침윤이 있는가봐…. 또 오른쪽 폐의 위쪽 모두가 약간의 폐충혈을…." 그는 마침내 결심한 듯 앙투안 쪽으로 고개를 돌렸다. "새로운 것은 하나도 없어, 안 그런가?"

"네." 앙투안은 말했다. 그리고 천천히 몸을 일으켰다.

"아무렴." 하고 박사는 말을 이으면서 부자유스런 걸음걸이로 책상 앞까지 걸어가서 그 앞에 앉았다. 그는 처방을 쓰기라도 하려는 듯 주머니에서 무의식적으로 만년필을 꺼냈다. "폐기종인 것은 의심할 여지가 없어. 솔직히 말하자면 내 생각으로 자네는 오랫동안 점막의 과민성을 느꼈을 수도 있을 것 같은데…." 그는 만년필을 가지고 장난하듯 만지작거렸다. 그러고 나서 눈썹을 치켜올리더니 책상 위에 놓인 물건들을 물끄러미 바라보았다. "뭐, 이런 정도야!" 하고 그는 펼쳐져 있던 전화번호부를 지극히 사무적인 동작으로 덮으면서 말했다.

앙투안은 다가가 책상 가장자리에 두 손을 놓았다. 박사는 만년필 뚜껑을 씌워 주머니에 넣은 뒤 고개를 들었다. 그리고 한마디 한마디에 힘을 주며 결론을 내렸다.

"정말 골치 아픈 일이겠지. 하지만 **그 정도일 뿐이야!**"

앙투안은 아무 말 않고 다시 몸을 일으켰다. 그는 거울 앞에서 칼라를 다시 매만지기 위해 벽난로 쪽으로 갔다.

조심스럽게 문을 두드리는 소리가 두 번 났다.

"저녁 식사가 준비된 모양이네." 하고 필립 박사가 쾌활한 어조로 말했다.

그는 자리에 여전히 앉아 있었다. 앙투안은 스승 쪽으로 돌아와 다시 책상 위에 두 손을 얹었다.

"정말 할 수 있는 것은 모두 하고 있습니다, 선생님." 앙투안은 지친 목소리로 중얼거렸다. "모든 것을! 세상에 알려진 치료 방법이란 방법은 모두 끈기 있게 해보고 있습니다. 저의 환자 중의 한 사람을 치료하듯 임상적 견지에서 저 자신을 관찰하고 있습니다. 첫날부터 매일 비망록도 작성하고 있고요! 분석과 X선 검사를 되풀이하고 있지요. 부주의한 일이 없도록 하기 위해, 또한 치료의 기회를 놓치는 일이 없도록 하기 위해 저 자신을 관찰하면서 살아가고 있습니다….” 앙투안은 한숨지었다. “그러면서도 의기소침해지는 저 자신을 이겨내기가 힘들 때가 있습니다!”

“그래서는 안 돼! 알다시피 자네는 나아지고 있지 않은가!”

“그런데 나아지고 있다는 것을 전혀 확신하지 못하고 있는데 문제가 있습니다!” 앙투안은 말했다. 그는 깊이 생각하지 않고 단지 직감으로 말했던 것이다. 자신도 모르게 얼떨결에 그렇게 울부짖다시피 한 것이다. 그러자 뜻하지 않은 마음의 동요가 갑자기 그를 엄습했다. 마치 금방 입 밖에 낸 그 말이 지금까지 한 번도 겉으로 드러내지 않은 속생각을 별안간 노출시키기라도 한 것 같았다. 윗입술의 위쪽에 땀이 보일 듯 말 듯 망울졌다.

박사는 이러한 동요를 눈치챘을까? 이러한 그의 비통한 심정을 알았을까? 자신을 언제나 잘 통제할 수 있기 때문에 얼굴이 저처럼 평온하고, 확신에 차 있어 보이는 것일까? 아니다. 쾌활하게 어깨를 으쓱해 보인다든가, 열정적이고 빈정거리는 듯한 가성을 내는 것은 그가 건성으로 그렇게 한다고는 도저히 믿기 어려웠다.

“그럼 어디 나의 속마음을 자네에게 털어놓아 볼까? 좋아, 경과가 그토록 완만한 것을 나는 아주 다행스럽게 여기고 있어!…” 박사는 앙투안이 놀라는 모습을 잠시 즐기는 것 같았다. “이봐. 친자식처럼 여기던 전의 인턴 여섯 명 중에서 셋은 전사하고 둘은 평생 불구가 되었네. 이것은 이기적인 생각일지 몰라도 솔직히 말해 여섯 번째는 안전한 상태에 있었으면 해. 전선에서 백오십 킬로 떨어진 남프랑스의 햇살을 받으며 앞으로 몇 달은 더 살기를 말일세! 생각은 자유네만 나로서는 이 악몽이 끝날 때까지 자네가 완쾌되는 것을 조금도 바라고 싶지 않아! 작년 11월에 자네가 가스에 중독되지 않았더라면 오늘 저녁처럼 둘이서 함께 저녁 식사를 할 수 있으리라고 누가 장담하겠나!…" 박사는 경쾌하게 일어섰다. "이제는 식사나 하지!"

'그의 말이 옳아.' 하면서 앙투안은 설득력 있는 박사의 감언에 귀가 솔깃해졌다. '뭐니 뭐니 해도 나는 심지가 굳은 편이니까….'

식당의 식탁 위에 놓인 포타주 접시에서 김이 무럭무럭 나고 있었다. (몇 년 전부터 박사는 수프와 콩포트*만으로 저녁 식사를 대신하고 있었다.)

박사는 앙투안을 우유병과 찻잔 앞으로 앉게 했다.

"드니가 우유를 덥히지 않았군. 덥혀 오도록 할 수 있어…"

"아닙니다. 언제나 찬 것을 마신답니다. 괜찮습니다."

"설탕 없이 말인가?"

기침이 나와 앙투안은 대답을 할 수 없었다. 그는 손으로 설탕을 넣지 않는다는 시늉을 해 보였다. 박사는 그에게서 시선을 돌렸다. 그러면서 기침하는 앙투안의 모습을 보지 말아야겠으며, 더 이상 건강에 관한 이야기는 삼가고, 되도록이면 빨리 화제를 바꾸는 것이 좋겠다고 생각했다. 박사는 기침이 끝나기를 기다리면서 포타주에 수저를 넣어 조심스럽게 젓기 시작했다. 그는 침묵 때문에 분위기가 서먹서먹해지는 것을 피하기

* 과일 설탕 조림.

위해 지극히 자연스러운 투로 말을 시작했다.

"그놈의 보건위원회에서 싸우느라고 또 하루를 보냈어…. 티푸스 예방 백신주사에 관한 정부의 지침이 말이 안 될 정도로 일관성이 없어!"

앙투안은 미소 지어 보였다. 그리고 목소리를 가다듬기 위해 우유 한 모금을 마셨다.

"선생님, 누가 뭐라 해도 삼 년 전부터 선생님은 훌륭한 일을 하셨습니다!"

"정말 고생이 많았다네!" 그는 화제를 바꾸려고 했으나 주제를 찾아내지 못했다. 그래서 같은 내용의 화제를 계속했다. "정말 고생이 많았지! 1915년 위생 기관의 편성 업무를 맡았을 때에 사정이 어떠했는지 자네는 상상도 못 할 거야!"

'나 역시 그 누구보다도 그 사정을 잘 알고 있었지.' 하고 앙투안은 속으로 생각했다. 그러나 그는 말할 기회를 되도록이면 피하고 싶었기에 잘 알겠다는 미소를 지으면서 듣고만 있었다.

"그 무렵" 하며 필립 박사는 말을 계속했다. "부상병들은 군대나 식량을 수송하는 보통열차 편으로 후송되고 있었어…. 때에 따라서는 가축을 실어나르는 차이기도 했어! …스물네 시간을 난방도 안 된 객차 안에서 기다려야 하는 처량한 사람들도 나는 보았다네. 왜냐하면 정규 열차를 마련하기에는 그들의 수가 충분치 않았기 때문이었어…. 대개의 경우 현지 주민들이 식사를 제공했지…. 그리고 치료만 하더라도 그 지방의 인정 많은 부인이나 늙은 약제사들이 그럭저럭 해주는 정도였으니까! 마침내 기차가 출발한다 해도 흔히는 이삼 일 정도 끌려다닌 뒤에야 그 곳간 같은 데에서 나올 수 있었어…. 그 때문에 각 열차마다 파상풍 환자가 얼마나 많았던지! 그들을 또 부상병으로 꽉 찬 병원에다 수용했는데, 병원마다 없는 것투성이었어. 방부제라든가 습포는 물론 고무장갑조차도 없었으니까!"

"저도 전선에서 사오 킬로쯤 되는 곳에서" 하고 앙투안은 괴로운 것을 참으며 말했다. "외과 전문 야전병원을 본 일이 있는데… 집게를 헌 냄비에 넣어… 장작불로 소독하고 있었습니다…."

"부득이한 경우라면 이해가 되지…. 난장판이었으니까…." 박사는 언제나처럼 냉소를 살짝 띠었다. "수요가 공급을 웃돌고 있었어…. 전쟁은 엄청난 피해를 가져왔어! 게다가 전쟁은 군의 여러 가지 준수 사항과 맞지 않았어! …그러나 용서할 수 없는 것은" 하며 박사는 다시 진지한 투로 말을 계속했다. "그것은 의료진을 소집하는 데 있어서 그 착상과 시행 방법이 문제였던 거야! 군은 전쟁 첫날부터 유례 없는 예비 인원을 확보하고 있었네. 그런데도 최초의 시찰 임무를 띠고 가보니까 도우체라든가 루엥 같은 유명한 개업 의사들이 스물여덟 내지는 서른 살밖에 안 된 군의관의 지시를 받으며 야전병원에서 이등위생병으로 근무하고 있는 거야! 큰 수술을 지휘하는 것은 무식한 상관들로 표저漂疽밖에는 수술해본 적이 없어 보이는 자들이었어. 그런데 그런 자들이 가장 중요한 수술들을 결정, 집행하고, 닥치는 대로 절단 수술을 하는 것이었어. 단순히 소매에 네 가닥의 금줄이 있다는 사실만으로, 소집된 민간 의사들의 의견은 귀담아들으려 하지도 않고 말이야. 더구나 일반 병원의 외과의사들인데도 자기들 휘하에 있다는 것 때문에! …나와 내 동료들은 가장 초보적인 개혁을 하는 데도 몇 개월이나 걸렸다네. 규칙을 개정하고, 부상병들을 할당해서 전문의에게 맡기기 위해서는 별의별 수단을 다 써야만 했어. 예를 들어 부상병들의 부상 정도라든가 응급처치가 필요한지의 여부는 고려치도 않고 우선 가장 멀리 떨어져 있는 병원부터 가득 채워 놓고 보자는 식의 터무니없는 원칙은 포기하도록 하는 것 말이네… 머리를 다친 부상병들은 보통 보르도나 페르피냥에 보내지곤 했는데, 그들이 목적지까지 이르는 예는 없었어. 괴사라든가 파상풍 때문에 가는 도중에 죽었기 때문이지! 열두 시간 이내에 개두 수술을 했더라면 십중팔구는 살았을 텐데!"

돌연 그는 흥분을 가라앉히더니 입가에 미소를 띠었다.

"그 개혁 초기에 누가 나를 도왔는지 알겠나? 깜짝 놀랄 거야! 자네 환자 중 한 사람이야! 있지 않나, 우리 함께 깁스를 해준 다음 베르클로 보낸 그 소녀의 어머니…."

"드 바탱쿠르 부인 말입니까?" 하고 앙투안은 멋쩍은 듯 알아듣기 힘들 만큼 빨리 말했다.

"그래! 그 환자에 관해 나에게 자네가 편지를 한 적이 있지. 기억나나, 1914년?"

아닌 게 아니라 전쟁이 일어난 지 얼마 안 되어 시몽 드 바탱쿠르로부터 미스 메리가 그 어린 환자를 베르크에 혼자 남겨두고 영국으로 돌아갔다는 엽서를 받고 그는 필립 박사에게 위게트를 돌보아줄 것을 부탁한 일이 있었다. 박사는 일부러 먼 길을 찾아가 주었으며, 그리고 위게트가 아무런 지장 없이 정상적인 생활을 다시 할 수 있다는 것을 확인해주었다.

"그 무렵 바탱쿠르 부인을 여러 차례 만나보았어. 그 부인은 파리의 사교계를 속속들이 알고 있더군! 그녀는 내가 여섯 주일 전부터 부탁해놓고 기다리던 면회를 하루 만에 주선해주었어. 그녀 덕분에 한가롭게 장관도 직접 만나 내가 조사한 자료의 결과를 털어놓을 수 있었어, 마음속에 간직하고 있던 것을 죄다 말이야… 면담은 두 시간 남짓 진행되었다네. 그러나 아주 결정적인 면담이였어!"

앙투안은 잠자코 있었다. 무슨 상념에 사로잡힌 사람처럼 물끄러미 빈 잔을 바라보고 있다가 자신의 그러한 모습을 의식한 듯 태연하게 우유를 조금 잔에 따랐다.

"자네가 보살피던 그 아가씨는 예쁜 처녀가 됐어." 박사는 앙투안이 위게트에 관해 소식을 묻지 않은 것에 놀라며 말했다. "늘 마음 쓰고 있는데… 삼사 개월 간격으로 나를 보러 오곤 하지…."

'안과의 관계를 박사는 알고 있었을까?' 하고 앙투안은 생각했다. 그는 마음먹고 물어보았다.

"그 처녀는 투렌에서 살고 있나요?"

"아니야. 베르사유에서 양아버지와 함께 있어. 바탱쿠르는 파리 근처에서 살기 위해 베르사유에 자리를 잡았지. 샤트노가 그를 돌보고 있어…. 바탱쿠르는 꽤 운수 나쁜 사람이야!"

'그렇지 않아.' 앙투안은 생각했다, '만일 그를 알고 있다면 **운수 나쁜 사람**이라는 말은 쓰지 않았을 텐데.'

"바탱쿠르가 어떻게 부상당했는지 자네는 알고 있겠지?"

"어렴풋이…. 휴가 중이라고 들었는데, 안 그렇습니까?"

"이 년 동안 전선에서 근무하면서 그는 스친 상처 하나 없었어! 그런데 어느 날 밤, 생 쥐스트 앙 쇼세에서—휴가를 받아 돌아가는 길이었어—그가 타고 있던 기차가 대피선에 정차했어. 마침 그때 독일 비행기들이 공습해왔어! 그를 찾아냈을 때는 얼굴이 엉망이 된 채, 한쪽 눈은 일그러져 있었고, 다른 한쪽은 매우 위태로운 상태였어…. 샤트노가 줄곧 곁에 있으면서 간호했지. 자네도 알다시피 거의 장님이나 다름없다네…"

앙투안은 동원령이 내리기 직전 바탱쿠르가 위니베르시테가街로 찾아왔을 때의 그의 맑고 정직해 보이던 눈길이 생각났다. 그 방문을 계기로 그는 마담 바탱쿠르와의 관계를 끊기로 결심했던 것이다.

"저…" 하며 그는 말을 시작했다. 목소리가 하도 불분명했기 때문에 박사는 몸을 앞으로 구부리지 않을 수 없었다. "바탱쿠르 부인은 그들과 함께 있나요?"

"부인은 미국에 있어!"

"그래요?"

앙투안은 이 말을 듣고 왜 안도의 한숨을 내쉬었을까?

박사는 조용히 미소를 지었다. 한편 드니는 식탁에 구운 버찌가 들어 있는 그릇을 가져다놓았다.

"흠! …그 어머니 말인데…" 하고 박사는 버찌를 들면서 드니가 나가기를 기다렸다. "별난 여자로 보이지 않던가?" 그는 스푼을 든 채 말을 중단했다. "그렇게 생각지 않나?" '박사는 알고 있는 것일까?' 하고 앙투안은 다시 자문해보았다. 마침내 그는 미소를 지으며 얼버무렸다. (박사 앞에서 그는 언제나 침착성을 잃곤 했다. 그리고 스승 앞에서 줄곧 주눅이 들어 있던 젊은 인턴 시절로 되돌아가곤 하는 것이었다.)

"그래, 미국에 있어! …지난번 그 딸을 만났을 때 이런 말을 하더군. '엄마는 틀림없이 뉴욕에 정착할 겁니다. 거기에는 친구들이 많으니까요.' 들은 바로는 프랑스의 선전 기관 같은 데서 파견한 것 같아…. 그런데 그녀가 파견된 것과 파리 주재 미국 대사관에 잠시 근무했던 미국인 대위가 본국에 소환된 것은 정확히 일치하고 있단 말이야…."

'그렇다.' 하고 앙투안은 생각했다. '확실히 박사는 아무것도 모르고 있다.'

박사는 씨 몇 개를 뱉어버린 다음 턱수염을 닦았다. 그러고 나서 이야기를 계속했다.

"어쨌든 이것이 르벨에게서 들은 바야. 그는 바탱쿠르 부인이 투르 근처, 자신의 저택 안에 세운 병원을 지금까지 운영해 오고 있지. 부인은 지금도 병원에다 적지 않은 보조를 하고 있는 것 같아… 그러나 르벨의 이야기는 아무래도 의심스러워. 소문에 의하면 그 역시 옆머리가 희끗희끗한데도 부인과… 한때 긴밀한 사이였다고 하더군… 그러고 보니 전쟁이 일어나던 첫겨울에 그자가 만사를 제쳐놓고 투렌에 가서 은둔 생활을 한 이유를 알 만해… 우유 더 마시겠나?"

"두 잔이면 족합니다." 앙투안은 미소 지으며 말했다. "우유라면 질색입니다!"

박사는 더 이상 권하지 않고 서투른 솜씨로 냅킨을 접은 뒤 자리에서 일어났다.

"저쪽으로 가지!…" 박사는 다정하게 앙투안의 팔을 잡더니 서재 쪽으로 끌고 갔다. "자네는 동맹국들이 루마니아에 강요한 화평 조건이라는 것을 보았나? …시사하는 바가 크다고 생각지 않나? 동맹국들은 석유를 확보하고 있어. 아무렴, 유리한 입장을 차지하고 있는 셈이지. 그러니 무엇 때문에 화평을 하겠어?"

"하지만 미군이 가담하겠지요!"

"설마… 만일 동맹국들이 이번 여름에 결정적인 승리를 거두지 못하면—별로 가능성은 없어. 새로운 파리 공격을 시도할 속셈이라고들 하지만—그래, 내년에는 미국의 군수품과 병력에 대항하기 위해 소련의 군수품과 병력을 동원할 거야…. 이거야말로 고갈되지 않는 저수지나 다름없지…. 생각해보게나. 어떤 타협도 원치 않고, 각자 힘의 우위를 통해 상대를 굴복시킬 수도 없는, 힘에 있어서 엇비슷한 두 진영이 맞붙는다면 그 결과는 어떻게 될까? 두 진영이 기진맥진해서 쓰러질 때까지 서로 싸우는 도리밖에…."

"선생님은 윌슨과 같은 사람의 양식에는 기대하는 바가 아무것도 없으신 모양이지요?"

"그자는 별세계에 살고 있는 사람이야…. 게다가 지금으로서는 프랑스에서도 영국에서도 평화를 원치 않는 것이 사실이고. 물론 지도자들을 두고 하는 말이지. 파리에서도 런던에서도 바라는 것은 어디까지나 **승리**뿐이야. 화평하고자 하는 생각을 품으면 그것은 여지없이 배반으로 낙인이 찍혀. 브리앙과 같은 사람들은 혐의의 대상이 되고 있어. 윌슨 역시 지금은 그렇지 않다 하더라도 얼마 안 가서 그렇게 되겠지!"

"하지만 어쩔 수 없이 화평을 하지 않을 수 없게 되는 일도 있을 테지요!" 하면서 앙투안은 뤼멜의 말을 생각했다.

"독일이 우리에게 화평을 강요할 수 있는 처지라고는 도저히 생각되지 않네. 그래. 다시 한번 말해두겠는데 대치하고 있는 두 진영의 힘은 거의 같다고 생각하네…. 두 진영이 다 같이 기진맥진해지기 전까지는 해결책이 없다고 생각해."

박사는 책상 뒤에 있는 자리로 되돌아갔다. 한편 피로에 지친 앙투안은 스승이 다정한 몸짓으로 권하는 바도 있고 해서 염치 불고하고 긴 의자에 몸을 쭉 뻗고 누웠다.

"어쩌면 우리가 살아 있을 동안 종전은 볼 수 있을지 모르지…. 하지만 절대로 평화는 볼 수 없을 거야. 유럽이 평화 속에서 균형을 취하는 것 말일세." 박사는 잠시 머뭇거리더니 또 덧붙여 말했다. "자네가 젊은데도 내가 굳이 **우리**라고 말한 것은 내가 보기에 그러한 균형을 다시 얻기까지는 앞으로 수백 년도 더 걸릴 것 같아서야!" 그는 또다시 말을 중단하고 앙투안을 몰래 한번 힐끗 쳐다보더니 잠시 수염을 매만졌다. 그러고 나서 슬픈 듯이 어깨를 으쓱해 보이면서 말을 이었다. "평화 속에서 균형을 이룬다는 것이 현재와 같은 조건 속에서 과연 상상할 수 있는 일일까? 민주주의의 이상은 지금 파탄에 직면해 있어. 상바* 말이 옳았어. 민주주의란 전쟁과는 어울리지가 않는다는 거야. 민주주의는 전쟁에 직면할 경우 불에 양초가 녹듯이 용해된다는 거지. 사실 전쟁이 계속될수록 장래의 유럽이 민주적이 될 가능성이 희박해지는 거야. 클레망소나 로이드 조지 같은 사람의 독재도 결코 예상 못 할 일이 아니지. 국민들은 하라는 대로 할 테니까. 이미 계엄령에도 익숙해진 터고. 그들은 점차 절대적인 공화제 요구마저 포기하게 될 거야. 프랑스에서 일어나고 있는 것만 보더라도 그렇지. 예컨대 식료품

* 프랑스 사회당원으로, 제1차 세계대전 초기 비비아니가 이끄는 거국내각에 입각했다.

의 배급 관리, 식량 소비의 제한, 모든 영역에서의 국가의 간섭, 가령 상공업 분야라든가 개인 간의 계약 관계—지불 유예령을 보게나—또 사상 문제도 예외는 아니지—검열 제도를 보게나! 우리는 그 모든 것을 이례적인 조치로 받아들이고 있어. 상황이 상황이니 만큼 그럴 수밖에 없다고 믿고 있는 거야. 사실 이거야말로 전적인 예속화의 전조인 것이지. 일단 목덜미를 꽉 잡히면 다시는 뿌리칠 수 없게 되는 것이야!"

"선생님은 스튀들레를 알고 계시지요? 칼리프라고 부르던… 저와 같이 일했던 친구 말입니다?"

"유태인으로서 아시리아인 같은 턱수염에 마술사 같은 눈을 갖고 있던 그 사람 말인가?"

"네…. 부상을 입었는데, 지금은 살로니카 전선 어딘가에 있습니다…. 그곳에서 이따금 자기 나름대로의 예언적인 노작勞作이란 것들을 보내옵니다…. 그런데 그의 말에 의하면 전쟁 뒤에는 필연적으로 혁명이 뒤따를 것이라는군요. 우선은 패전국에서, 뒤이어 승전국에서 혁명이 일어난다는군요. 돌발적인 혁명이든 완만한 혁명이든 간에 도처에서 혁명이…."

"그럴지도 모르지…." 하고 박사는 얼버무리며 대답했다.

"그는 현대 사회의 파탄, 자본주의 붕괴를 예언하고 있습니다! 그 역시 이 전쟁은 유럽이 지칠 대로 지칠 때까지 지속될 것이라고 생각하고 있습니다. 하지만 그가 예언한 바에 의하면 모든 것이 없어지고, 모든 것이 평준화되면 새로운 세계가 도래할 것이라는 거죠. 우리 문명이 폐허가 된 그 위에 세계연방과 같은 것, 완전히 혁신된 기초 위에 전 세계적인 커다란 집단적 생활 조직 같은 것이 세워질 거라는 거죠…."

앙투안은 이야기를 매듭짓기 위해 무리하게 목소리를 높였다. 그러자 기침이 발작적으로 나와 하던 말을 멈추고 몸을 구부렸다.

박사는 우두커니 지켜만 보고 있었다. 그는 아무것도 알아차리지 못한 것 같았다.

"있을 수 있는 일이지." 하고 박사는 장난기 어린 눈길을 던지며 말했다. 그는 언제나 상상력의 나래를 펼 준비가 되어 있는 사람이었다. "안 될 것이 없지 않은가? 팔십구년* 당시의 혁명 사상이라는 것은 모든 생물학적 사실과는 상반되게 인간은 태어날 때부터 평등하며, 법률 앞에서 평등하지 않으면 안 된다고 오랫동안 우리로 하여금 믿게 했어. 그리고 우리는 그 신비사상에 따라 한 세기를 살아온 셈이야. 그런데 그 사상도 효력이 막바지에 이르러 이제는 다른 종류의 무엇인가 그럴듯하면서도 하잘것없는 이념에 자리를 양보하지 않으면 안 되게 되었는지도 몰라…. 이번에는 사상과 행동에 있어서 새롭고도 생산적인 이데올로기가 등장해서 한동안 인류는 그 이데올로기를 양식으로 삼고 또 거기에 도취될 테지…. 하지만 그 모든 것이 송두리째 뒤엎어지는 날이 또 한 번 올 거야…."

박사는 앙투안이 기침을 끝내기를 기다리면서 잠시 입을 다물고 있었다.

"그럴 수 있어." 하고 박사는 빈정거리는 듯한 어조로 말을 이었다. "하지만 그러한 비전은 자네의 예언자 친구에게 맡겨두겠네…. 내가 예상하는 미래는 더 가까운 것이고, 아주 다른

* 프랑스혁명의 해인 1789년을 가리킨다.

것이야. 내 생각으로는 앞으로 여러 나라는 전쟁이 가져다준 절대 권력을 내놓으려고 하지 않을 거야. 따라서 내가 걱정하는 것은 민주적 자유의 시대가 오랫동안 문을 닫을 거란 사실이야. 나도 시인하는 바이지만 우리 시대 사람들에게는 곤혹스러운 일이 아닐 수 없어. 우리는 그러한 자유가 얻어진 것으로, 그리고 그것이 위협받는 일이 절대로 없을 것으로 굳게 믿어왔어. 그런데 모든 것은 항상 재검토되기 마련이지! …모든 것이 꿈이 아니었다고 누가 말할 수 있겠나? 그 꿈들은 십구세기 말에만 하더라도 항구적인 현실로 여겨졌었지. 그 당시의 사람들은 운 좋게 아주 조용하고 아주 행복한 시대에 살고 있었으니까….”

박사는 두 팔꿈치를 의자 팔걸이에 올려놓고, 붉은색이 도는 그의 긴 코를 합장한 두 손으로 향한 채, 발작적으로 오므렸다가 펴곤 하는 손가락을 바라보면서, 마치 혼자서 떠들어대듯 거친 콧소리로 말을 계속했다.

“인류도 이제는 성년기에 접어들었으므로 지혜와 절도와 관용이 세상을 지배하는 시대가 마침내 도래한 것이라고 우리는 믿어왔어…. 지성과 이성이 드디어 인간 사회의 발전을 주도해 나가는 세상 말이네…. 후세의 역사가들의 눈에 우리가 인간에 대해, 그리고 문명을 대하는 인간의 능력에 대해 한심스러운 환상을 품고 있었던 어수룩하고 무지한 인간들로 비치지 않을 것이라고 누가 장담할 수 있겠나? 어쩌면 우리는 인간의 본질적인 조건에 관해 눈을 감고 있었던 것이 아닐까? 예를 들면 파괴 본능이라든가 자신들이 애써서 이룩한 것을 무너뜨리고 싶어 하는 것은 우리의 본성이 지니고 있는 건설적인 가능성을 제한하는 기본적인 법칙 중의 하나가 아닐까? 현인賢人이나 돼야 알 수 있고, 또 받아들일 수 있는 신비스럽고도 실망스러운 법칙 같은 것 말이야…? 보다시피 우리의 생각과 자네 친구 칼리프의 예언과는 거리가 있는 셈이지." 하고 박사는 비웃는 듯한 어조로 결론을 지었다. 그리고 앙투안이 계속 기침을 하자 말했다. "뭔가 마시지 않겠나? 물 한 모금? 코데인이라도? 필요 없나?"

앙투안은 필요 없다는 몸짓을 해 보였다. 이삼 분이 지나자 (그동안 박사는 잠자코 방 안을 어슬렁어슬렁 걸어 다녔다.) 그는 한결 기분이 나아짐을 느꼈다. 상체를 일으켜 두 뺨에 흐르는 눈물을 닦고 애써 미소를 지어 보였다. 초췌한 모습에 얼굴은 상기되어 있었으며, 이마에는 땀이 흐르고 있었다.

"선생님… 저는… 이만 물러가겠습니다…." 하고 앙투안은 칼칼한 목소리로 띄엄띄엄 말했다. "실례하겠습니다…." 그는 다시 미소를 띠면서 겨우 일어섰다. "저는 이제 끝장났나 봅니다. 솔직히 말씀해주십시오!"

박사는 그 말을 알아들은 것 같지 않았다.

"사람들은 이런저런 말을 하지." 박사는 말했다. "예언도 하고…. 나는 자네 친구 칼리프를 경멸하면서도 그와 똑같은 짓을 하고 있어! …이 모든 것이 어처구니없는 짓이야. 지난 사년 동안 보아온 것들 모두가 터무니없는 것이지. 그리고 그런 터무니없는 것들을 근거로 해서 우리가 예측하는 것들 또한 터무니없는 것들이고…. 물론 비판하는 것은 가능하지, 그래. 더구나 현재의 사실을 단죄할 수도 있어. 그것은 결코 어처구니없는 일은 아니야. 하지만 앞으로 일어날 일을 예측한다는 것은!… 알겠나, 이 사람아, 언제나 그 결론은 동일하다네. 즉 유일한 자세는 과학적인 자세라고 말하겠네…. 좀 더 겸손하게 말해서 단 한 가지 이성적이며, 실망시키지 않는 자세란 **잘못을 찾는 것**에 있는 것이지, 진실을 찾는 데에 있는 것이 아니야…. 그릇된 것을 인정하는 일은 어려워. 그러나 하면 돼. 그리고 엄밀히 말해서 할 수 있는 일은 그것뿐이야! …그 밖의 것은 순전히 망상에 불과해!"

박사는 앙투안이 일어서 있다는 것, 그리고 건성으로 듣고 있다는 것을 알아차렸다. 그는 의자에서 일어났다.

"언제나 다시 만나게 될까? 언제 출발하나?"

"내일 아침 여덟시에요."

박사는 눈에 띄지 않을 정도로 몸을 떨었다. 그는 자신의 목소리가 안정을 되찾기까지 잠시 기다렸다.

"아, 그래…."

그러고 나서 현관으로 가는 앙투안의 뒤를 따라갔다.

그는 앙투안의 꾸부정한 어깨며, 긴 윗옷의 깃으로부터 드러나 보이는 메마르고 핏줄이 솟은 목덜미를 바라보고 있었다. 그는 자신의 마음속을 드러내 보이지나 않을까 두려웠으며, 이와 같은 침묵이 두려웠고, 자기 자신의 생각이 두려웠던 것이다. 그는 재빨리 말을 꺼냈다.

"어쨌든 요양소는 마음에 드나? 모두들 진지하고? 자네가 꼭 필요로 하는 병원인가?"

"겨울에는 더할 나위 없습니다." 하고 앙투안은 걸어가면서 말했다. "하지만 그곳에서의 여름은 질색입니다. 다른 곳으로 옮겨주었으면 할 정도이니까요…. 시골이 좋을 것 같습니다….

바람이 시원하고 습하지 않은 곳… 송림이라도 있는 곳… 아르카숑? 그곳은 너무 더워요, 아르카숑은…. 그렇다면? 피레네 산맥에 있는 온천장? …코트레? 뤼숑?…"

앙투안은 이미 현관까지 와 있었다. 그는 걸어놓았던 군모를 벗기기 위해 팔을 치켜올리다가 휙 뒤를 돌아보면서 덧붙였다. "선생님의 의견은?" 십 년이나 같이 일해오다 보니 미묘한 변화의 구석구석까지 꿰뚫어 보게 된 박사의 얼굴에서, 그리고 코안경 너머로 깜박거리는 그의 조그마한 잿빛의 두 눈에서 앙투안은 박사 자신도 의식하지 못하는 고백, 즉 깊은 연민과도 같은 것을 얼핏 알아보았다. 그 얼굴과 그 눈길은 하나의 선고와도 같은 것, 즉 '무슨 소용이 있어?'라고 말하는 것 같았다. '여름인들 무슨 관계가 있어? 거기든 어디든… 어차피 운명은 결정되었는데. **자네는 이제 끝장이야!**'

'그렇군.' 하고 앙투안은 심한 충격에 망연자실하며 생각했다. '나 역시 **알고 있었어**… 끝장이라는 것을!'

"그래, 코트레 말이야." 하고 박사는 부산스럽게 중얼거렸다. 그리고 다시 마음을 가다듬어 말했다. "오히려 투렌이 어떨까, 여보게? …투렌… 아니면 앙주…."

앙투안은 물끄러미 마루를 바라보고 있었다. 그는 박사의 눈을 정면으로 바라볼 용기가 나지 않았다…. 선생님의 목소리는 어쩌면 그다지도 꾸민 듯한 느낌을 주는가! 무척이나 마음을 아프게 하는구나!…

앙투안은 떨리는 손으로 모자를 썼다. 그리고 고개를 수그린 채 문까지 갔다. 그에게는 한 가지 생각밖에 없었다. 빨리 작별인사를 하고 혼자가 되는 것. 자신의 극심한 공포와 함께.

"투렌… 아니면 앙주…." 하고 박사는 무기력하게 되풀이했다. "알아보겠네…. 그리고 편지로 알리겠네…."

앙투안은 표정의 변화를 감추어주는 챙 밑으로 줄곧 눈을 내리깔고는 기계적인 동작으로 손을 내밀었다. 박사는 그 손을 꽉 잡았다. 그의 입에서는 울음 섞인 듯한 목소리가 새어 나왔다. 앙투안은 손을 빼자마자 문을 열고 도망치다시피 밖으로 나왔다.

"그래… 앙주라도 무방하지 않을까?…" 박사는 난간에 몸을 굽힌 채 떨리는 목소리로 말했다.

14

밖에는 어둠이 짙게 파리를 뒤덮고 있었다. 갓을 씌운 가로등이 인도에 푸르스름한 빛의 원을 여기저기 드리우고 있었다. 사람들의 왕래라고는 거의 눈에 띄지 않았다. 이따금 자동차들이 끈질긴 경적을 울리면서 소심스럽게 지나갈 뿐이었다.

비틀거리며 정처 없이 걷고 있던 앙투안은 말제르브가街를 가로질러 부아시당글라 거리로 들어섰다. 모든 것에 무관심한 듯한 모습으로 고개를 푹 수그린 채, 숨을 가쁘게 쉬며, 이상하리 만큼 공허하고 무엇인가에 얻어맞기라도 한 듯 띵한 머리를 감싸 쥐고, 이따금 팔꿈치가 벽에 부딪칠 정도로 건물에 바싹 붙어 걷고 있었다. 그는 아무것도 생각하지 않았다. 그렇다고 괴로운 심정도 아니었다.

그는 지금 샹젤리제로路의 나무 밑에 와 있다. 그의 눈앞에는 가로수의 밑동 너머, 아름다운 봄의 밤하늘 아래로 희미하게 그 모습을 알아볼 수 있는 콩코르드 광장이 펼쳐져 있다. 그곳에는 무수한 자동차들이 소리를 죽이고 사방으로 달리고 있다. 마치 인광처럼 빛나는 눈을 가진 짐승들이 나타났다가 암흑 속으로 사라지는 듯했다. 앙투안은 벤치를 하나 발견하고 그쪽으로 다가갔다. 그 벤치에 앉기 전에 그는 습관대로 이렇게 생각했다. '감기 들면 안 될 텐데.' (즉시 또 이렇게 생각했다. '뭘 새삼스럽게!') 필립 박사의 눈길에서 읽었던 번개 같은 선고가 그의 뇌리를 떠나지 않고 있다. 아니, 그것은 마치 거대한 기생체처럼, 또는 다른 모든 것을 짓눌러버린 뒤 엄청나게 번져 나가 마침내 온몸에 번지는 종양처럼 그의 정신뿐만 아니라 육체까지 사로잡았다.

그는 자신의 몸속에 달라붙어 자신을 못살게 구는 이 미지의 것을 짓누르기 위해 몸을 웅크리고, 벤치의 딱딱한 등받이에 기대어 팔짱을 낀 채, 오늘 저녁의 일을 다시 생각해보았다. 의자에 말 타듯 걸터앉아 "처음부터 들어보자고. 처음의 부상은? 어떤 흔적이 남아 있나?"라고 말하던 은사의 모습이 다시금 떠올랐다. 그리고 자신이 한 설명을 침착하게 되새겨보았다. 그런데 지금 그에게 들려오는 자신의 말은 점차 아까 자기가 한 말과는 전혀 다른 것으로 들려왔다. 지금 그는 자신의 증상을 완전히 새롭고 객관적인 통찰력으로 사실적인 관점에서 설명하고 있었던 것이다. 계속되는 발작이며, 간격이 점점 짧아지는 소강상태이며, 재발할 때마다 더 심각해지는 증상 등을 준엄한 현실 그대로 묘사했다. 그리고 박사의 일그러진 얼굴에서 점차 걱정스러워하는 빛이 역력해지는 것을, 치명적인 진단이 점차로 이루어지는 것을 순간순간 엿볼 수 있었던 것이다. 이마에는 땀이 흘러내렸고, 숨은 한층 가쁘고 고통스러워져서 앙투안은 손수건을 꺼내 얼굴을 닦았다.

먼 곳에서 느릿느릿하고 단조로운 소리, 별로 주의를 기울이지 않았던 울음소리 같은 것이 별안간 밤의 정적을 깨뜨렸다.

그는 스승의 진찰을 받은 뒤, 긴 의자에서 간신히 상체를 일으키고 나서 체념이라도 한 듯이 고개를 흔들며 말했던 자신의 모습이 생각났다. '저는 이제 끝장났나 봅니다!' 그 순간 박사는 어이없다는 듯 아무런 반응도 보이지 않았다.

그는 자신을 짓누르고 있는 괴로움에서 벗어나기 위해 의자에서 벌떡 일어났다. 그러자 우뚝 서 있는 그의 머릿속에 마치 깊은 심연에서 불어오는 상쾌한 바람결처럼 무엇인가 마음을 달래준다는 생각이 뇌리를 스쳐갔다. '우리 의사들에게는 언제나 한 가지 방책이 주어져 있다…. 기다리지 않아도 된다는 것… 고통받지 않아도 된다는 것.'

앙투안은 그대로 서 있을 수가 없었다. 다시 자리에 앉았다.

두 사람의 그림자, 두 여인의 실루엣이 가로수 그늘에서 뛰쳐나왔다. 그와 때를 같이하여 모든 경계 경보의 사이렌 소리가 일제히 울리기 시작했다. 광장 주위에 희미하게 깜박이고 있던 몇 안 되는 가로등도 순식간에 꺼져버렸다.

'올 것이 왔군.' 그는 귀를 기울이며 생각했다. 저 멀리 북소리와 흡사한 소리가 대지를 뒤흔들었다.

뒤쪽의 가로수 길에서는 도망치는 사람들의 발소리, 겁을 먹은 사람들의 목소리가 어둠 속에서 어수선하게 들려오는가 하면, 수많은 사람들이 발길을 재촉하여 무리 지어 급히 어둠 속으로 사라졌다. 가브리엘로路에서는 전조등을 끈 몇 대인가의 자동차가 경적을 울리며 줄지어 가고 있었다. 그런가 하면 2개 분대의 보병이 보조를 맞추어 구보로 그의 곁을 지나갔다. 앙투안은 어깨를 축 늘어뜨리고, 눈은 초점을 잃은 채, 인간의 온갖 사건으로부터 초연한 듯 자리에 그대로 앉아 있었다.

엉겁결에 몇 분이 흘러갔다. 마침내 멀리서 들려오는 둔한 폭발음, 이어서 간격을 두고 울려오는 포성이 그로 하여금 그러한 허탈 상태에서 깨어나게 했다.

'몽 발레리앵*에 포진하고 있는 포대인가?' 하고 그는 속으로 생각했다.

그는 문득 뤼멜의 말이 생각났다. 해군성의 방공호.

먼 곳에서 포성이 계속 은은하게 울려오고 있었다. 그는 일어서서 광장을 향하여 인도에까지 걸어갔다. 이미 파리의 하늘은 장려한 광경으로 살아 숨 쉬기 시작했다. 지평선 모든 지점으로부터 방사되는 빛다발이 밤하늘을 이리저리 비추며 우윳빛 꼬리를 길게 늘여뜨렸다가 서로 다시 교차하는가 하면, 대담하고 민첩하면서 또 때로는 주저하는 듯한 무수한 별들을 사람의 눈길처럼 탐색하기도 하고, 수상한 어떤 점을 잡기 위해 갑자기 멈추는가 싶더니, 미끄러져가면서 수색을 다시 시작하곤 했다.

앙투안은 차도로 내려갈까 말까 망설이고 있었다. 목덜미가 아플 정도로 하늘을 쳐다보며 그 자리에 꼼짝 않고 있었다. '집에 가서 드러눕자.' 그는 생각했다. '눈을 감자…. 수면제를 먹

* 파리 근교의 언덕이다.

고… 잠을 자야지….' 말로 표현할 수 없는 무력감에 짓눌려 여전히 꼼짝 않고 있었다. '집으로 돌아가는 것이 낫겠다.' 그는 생각했다. '택시라도 잡을 수 있으면 좋으련만!' 그러나 지금 광장은 인기척 없이 어둠이 깔린 채 광활하기만 했다. 광장은 이따금 그 모습을 드러내곤 했다. 그것은 지나가는 자동차의 전조등에 의해 간간이 반사되는 난간이며, 동상이며, 오벨리스크*며, 분수며, 높은 가로등의 음침한 원주 등과 함께 희미한 어둠 속에서 갑자기 떠오르곤 했다. 마치 하나의 환영, 어쩌면 마법에 의해 화석이 된 도시, 소멸된 문명의 잔해, 오랫동안 모래 밑에 파묻혀 있던 죽은 도시와도 같았다. 앙투안은 무기력 상태에서 벗어나려고 안간힘을 썼다. 그리고 몽유병 환자처럼 단숨에 그 죽음의 도시로 들어갔다. 튀일리와 강변 모퉁이를 비스듬히 가로질러 가기 위해 오벨리스크 쪽으로 곧바로 나아갔다. 불안감이 감도는 이 하늘 아래에서, 황량한 이 광장을 가로질러 가는 그에게는 마치 끝없는 길을 더듬어 가고 있는 듯한 느낌이 들었다. 그는 아무렇게나 무리를 지어 달려가는 한 떼의 벨기에 사병들과 마주쳤다. 이어서 한 쌍의 노부부가 그를 앞질러 갔다. 그들은 어색하게 껴안고는 어둠 속을 헤매는 표류물처럼 갈피를 못 잡으면서 뛰어가고 있었다. 남자 쪽에서 그를 향해 외쳤다. "지하철로 대피하시오!" 앙투안이 대답하기도 전에 그들은 어디론가 사라져버렸다.

하늘에서는 눈에 보이지 않는 무수한 모터가 윙윙거리며 단 하나의 거대한 금속성의 진동을 이루고 있었다. 동쪽과 북쪽에

* 콩코르드 광장 가운데 있는 기념비이다.

서는 격렬한 포성이 들려왔다. 방어선에서는 끊임없이 포탄을 토해내고 있었다. 시간이 갈수록 더 가까운 포대에서 포격을 해왔다. 탐조등이 움직이며 비추고 있기 때문에 그것의 폭발은 볼 수가 없었다. 포성과 포성 사이에 별안간 콩 볶듯 하는 기관총 소리가 들려왔다.

'루아얄 다리로 가자.' 앙투안은 무심코 생각했다.

그는 난간을 따라 강변으로 갔다. 자동차는 한 대도 눈에 띄지 않았다. 불빛도 전혀 없었고, 사람의 그림자도 찾아볼 수 없었다. 이 광란의 하늘 아래에는 아무도 살고 있지 않았다. 자신과 강江, 둘만이 있었으며, 이 센강은 달빛이 휘영청 비추는 들의 샛강처럼 평평히 그리고 조용히 빛나고 있었다.

앙투안은 잠시 멈추어 서서 생각했다. '각오는 하고 있었다. 가망이 없다는 것을 나는 잘 **알고 있었다**….' 그러면서 그는 다시 자동인형처럼 계속 걸었다.

소음이 어찌나 요란했던지 음의 성질을 알아낼 수조차 없었다. 그런데 갑자기 둔중한 폭음이 다른 모든 소리를 압도하면서 들려왔다. 이어서 몇 번의 폭음이 계속되었다. '폭탄이구나.' 앙투안은 생각했다. '놈들이 탄막을 통과했구나.' 아주 멀리 루브르 방향에서 조명탄처럼 붉어진 하늘 위로 몇 개의 불기둥이 선명하게 떠올랐다. 앙투안은 뒤돌아보았다. 르발루아이거나 아니면 퓌토 부근, 여기저기에 화재가 난 듯 불기운이 솟아오르고 있었다…. '사방에 불이 난 모양이구나.' 그는 생각했다. 그러다 보니 자신의 불행도 잊고 있었다. 마치 신의 맹목적인 노여움이기라도 한 듯, 지금 머리 위를 감돌고 있는 눈에 띄지 않는 이 불명확한 위협에 쫓기면서 그는 무엇인가 인위적인 자극에 의해 격분을 금치 못했으며, 또한 일종의 원한에 찬 흥분에 의해 오히려 원기를 되찾을 수 있었던 것이다. 걸음을 재촉하여 다리까지 가서 센강을 건넜다. 그리고 바크 거리로 들어갔다. 거리는 어두웠다. 그는 쓰레기통에 부딪혔다. 몸의 중심을 잃지 않으려고 허리에 힘을 주자 기관지에 심한 통증이 울려왔다. 탐조등에 의해 투영되는 하늘의 참호를 거울 삼아 인도에서 차도로 내려갔다. 뒤에서 윙윙거리는 소리가 요란스럽게 들려왔다. 간신히 인도로 다시 올라갔다. 이상하게 생긴 금속성의 번쩍번쩍 빛나는 두 대의 자동차가 완전히 불을 끈 채 질풍처럼 지나갔다. 이어서 작은 기를 단 자동차 한 대가 뒤따라갔다.

"소방수들이군." 하고 아주 가까이에서 말하는 누군가의 목소리가 들려왔다. 한 남자가 움푹 들어간 입구 문에 몸을 착 붙이고 있었다. 그리고 소나기가 멎기를 기다리기라도 하는 듯 줄곧 목을 빼고 얼굴을 내밀어 내다보곤 했다.

앙투안은 한마디도 하지 않고 계속 걸었다. 피로가 다시 그를 엄습해왔다. 큰 거룻배에 매여 있는 배 끄는 사람처럼 그는 자신의 고정관념에 사로잡힌 채 뒤뚱거리며 앞으로 걸어갔다. '나는 그 사실을 알고 있었어…. 오래전부터 말이야….' 그는 비탄에 잠겨 있었지만 거기에는 아무런 놀라움도 없었다. 한 대 얻어맞은 사람 같다기보다는 무거운 짐에 짓눌린 사람 같았다. 끔찍하면서도 부인할 수 없는 사실이 그의 마음속에 확고히 자리를 잡았다. 필립 박사의 눈길만 하더라도 그것은 지금까지 남몰래 감추고 있던 것을 표면화시켜 주고, 오래전부터 무의식의 어둠 속에 묻혀 있던 생각을 더욱 명확하게 해준 것에 지나지 않았다.

위니베르시테가街의 모퉁이, 그의 집에서 몇 걸음 안 되는 곳에 이르자 공포가 그를 엄습해왔다. 그것은 거기에서 그를 기다리고 있을 고독에 대한 까닭 모를 갑작스러운 공포였다. 그는 그 자리에 우뚝 섰다. 도망치고 싶은 생각이 문득 들었다. 탐조등의 빛으로 온통 물들고 있는 하늘을 향해 두 눈을 무심히 들었다. 그러면서 마음속으로 누군가 의지할 수 있는 사람, 동정의 눈길을 구할 수 있는 사람을 찾고 있었다.

"아무도…." 하고 그는 중얼거렸다.

그러고 나서 잠시 벽에 등을 기댄 채, 탄막 사격 소리, 비행기 소리, 폭탄이 터지는 소리가 두개골을 때리는 속에서도 불가해한 이 사실을 곰곰이 생각해보았다. 곧, 단 한 사람의 친구도 없다는 것! 남에게 언제나 사근사근하고 친절했으며, 모든 환자로부터 사랑받았던 자신. 언제나 동료들의 호감을 샀는가 하면 스승들의 신뢰를 한몸에 받고, 몇 명의 여자에서는 열렬한 사랑을 받았던 자신이 아닌가, 그런데 한 사람의 친구도 없다니! 그것도 지금까지 줄곧 그러했으니! …자크만 하더라도…. '친구처럼 대해주지도 못하고 죽었다….'

문득 라셸이 생각났다. 아, 오늘 저녁과 같은 때에 그녀의 품에 안겨 지난날처럼 '**나의 사랑**….' 하고 속삭이던 다정하면서도 열정적인 그 목소리를 들을 수 있다면 얼마나 좋을까. 라셸! 지금은 어디에 있을까? 도대체 어찌 되었을까? 저기, 집에 놓아둔 그녀의 목걸이… 과거의 잔재를 손에 쥐고, 살처럼 빨리 따스해지던 구슬 하나하나를 만져보고 싶은 생각이 그를 사로잡았다. 그 냄새는 마치 라셸이 옆에 있는 것처럼 과거를 상기시켜 주리라….

그는 천천히 벽에서 물러섰다. 그리고 휘청거리는 발걸음으로 문이 있는 데까지 몇 미터를 걸어갔다.

15

편지들

메종 라피트, 1918년 5월 16일

나의 넓적다리를 짓이겨놓은 파편 조각들이 나를 성性이 없는 인간으로 만들어버렸습니다. 나는 이런 속내 이야기를 감히 내 입으로 털어놓을 만한 마음의 여유가 없었습니다. 당신은 의사이시니까 아마 짐작하셨겠지요? 당신과 자크에 관해 이야기할 때 그가 그렇게 삶을 끝낸 것이 오히려 부럽다고 했더니 당신은 나를 이상한 눈길로 바라보았습니다.

이 편지는 읽은 뒤 찢어버리십시오. 남들이 나의 이런 심정을 아는 것이 싫습니다. 그리고 남에게서 동정을 받고 싶지도 않기 때문입니다. 난 그저 목숨만 부지하고 있습니다. 나라에서 생활을 보장해주고 있으니까 누구에게 기대지 않아도 됩니다. 이런 나를 부러워하는 사람들이 많더군요. 어쩌면 그들의 생각이 옳은지도 모르겠습니다. 어머니가 살아 계시는 동안에는 그럴 리가 없겠지만 훗날 언젠가 내가 이 세상을 하직하고 싶다는 생각이 들 때 당신만은 그 이유를 알 수 있을 것입니다.

안녕히 계십시오.

D. F.*

* * *

메종 라피트, 5월 23일

친애하는 앙투안

이것은 당신을 탓하려고 쓰는 글이 아닙니다. 실은 당신이 조금 걱정이 되기 때문입니다. 우리에게 소식을 주겠다고 약속하셨는데 아무런 소식도 없이 꼬박 한 주일이 지나갔으니까요. 긴 여행 때문에 우리가 생각하는 것보다 훨씬 피로에 지치신 모양이지요?

저를 찾아주셔서 얼마나 저에게는 위로가 되었는지 모릅니다. 뭐라 말해야 좋을지도 모르겠고, 또 어떻게 저의 마음을 사실대로 표현해야 할지도 모르겠습니다. 하여튼 당신이 떠나신 뒤부터는 더욱 고독한 것 같습니다.

제니

* * *

메종 라피트, 1918년 6월 8일 토요일

친애하는 앙투안

하루하루 지나다 보니 당신이 메종을 떠난 지도 벌써 삼 주일이 되어갑니다. 그런데 여전히 아무런 소식도 없으니 정말 걱정

* '다니엘 퐁타냉'의 약자.

이 앞섭니다. 이렇게 침묵을 지키시는 이유를 당신의 건강 탓으로 돌릴 수밖에는 없군요. 제발 저에게 진실을 말씀해주십시오.

장 폴은 편도염으로 며칠 동안 열이 대단했습니다. 지금은 훨씬 나아졌지만 아직 바깥출입은 시키지 않고 있습니다. 그 때문에 집안이 좀 어수선한 편이랍니다. 그런데 모두들 그 애가 일주일 동안 드러누워 있는 사이에 많이 큰 것 같다고들 하는군요. 하지만 그런 일이 있을 수 없지 않겠어요? 하기는 내가 보기에는 병을 앓는 동안에 지능이 발달한 것 같습니다. 책 속의 그림이라든가 다니엘이 그려준 그림 등에 관해 자기 나름대로의 여러 가지 이야기를 꾸며서 설명을 한답니다. 저를 비웃지 마세요. 이런 것은 당신 말고는 어느 누구에게도 말할 거리가 못 되니까요. 어쨌든 그 애는 세 살치고는 놀라울 정도의 관찰력을 갖고 있습니다. 그러니 매우 영리할 것이 틀림없습니다.

그 밖에는 별다른 일이 없었습니다. 병원에는 자리를 만들기 위해 회복기에 있는 환자들은 될 수 있는 대로 많이 퇴원시키라는 명령이 내려졌습니다. 그 때문에 열흘 내지 보름 동안은 더 요양을 하리라고 굳게 믿고 있던 불쌍한 사람들을 내보내야만 했답니다. 매일 새로운 환자들이 들어오고 있습니다. 그러자 어머니는 근처 영국인으로부터 현재는 비어 있는, 등나무가 있는 별장을 빌리기로 하셨습니다. 그렇게 되면 침대를 스무 개는 더, 아니 어쩌면 그 이상을 들여놓을 수도 있을 겁니다. 니콜은 남편으로부터 장문의 편지를 받았습니다. 그의 군용 외과 자동차 반은 벨포르 근처로 가기 위해 샹파뉴 지방을 떠났다고 합니다. 그의 말에 따르면 샹파뉴에서 입은 인명 손실이 엄청나다고 하는군요. 언제까지 계속될런지? 이 악몽이 언제까지 계속될런지? 매일

같이 파리에 다녀오는 메종의 주민들 말에 따르면 폭격으로 인해 파리 시민의 사기가 무척 저하되고 있다는군요.

앙투안, 병세가 다시 악화되었다는 것을 알려주는 한이 있더라도 제발 사실을 말씀해주십시오. 우리를 더 이상 이런 불안 속에 내버려두지 마세요.

당신의 친구

제니

* * *

그라스, 1918. 6. 11.

건강 상태 별로 좋지 않음. 하지만 현재로서는 특별히 악화되는 조짐 없음. 며칠 뒤 편지 쓰겠음.

티보

* * *

르 무스키에, 1918년 6월 18일

마침내 편지를 쓸 결심을 했습니다, 제니. 이번 나의 긴 여행에 대해 당신이 걱정하는 것은 당연하다고 생각합니다. 돌아오자마자 불안할 정도로 열이 오르내리면서 꽤 심각한 징조가 보였기 때문에 몸져눕지 않을 수 없었답니다. 그래도 새로운 요법과 매우 열성적인 치료 덕분에 그럭저럭 또 한 번 병이 악화되는 것을 막을 수 있었던 듯싶습니다. 일주일 전부터는 다시 일어나 차츰 전의 생활로 되돌아가고 있습니다.

그러나 내가 침묵을 지키고 있던 이유가 병의 재발 때문은 아닙니다. 당신은 나에게 사실을 말해달라고 하는데 요컨대 이런 것입니다. 나에게 끔찍한 일이 닥쳤습니다. 말하자면 **가망이 없다**는 것을 분명히 알게 된 것입니다. 영원히 가망이 없다는 것 말입니다. 어쩌면 몇 개월은 끌고 나갈지도 모릅니다. 여하간 **내가 회복될 가망은 없습니다.**

겪어보지 않고서는 이해할 수 없을 것입니다. 이러한 뜻밖의 사실을 알게 되고 나니 거점이 완전히 무너져버린 느낌이랍니다.

이런 말을 서슴없이 하는 나를 용서해주기 바랍니다. 자신이 얼마 안 있어 죽게 되리라는 것을 알고 있는 사람에게는 모든 것이 이래도 저래도 좋고, 매사가 너무나 낯설어진답니다. 또 쓰겠습니다. 오늘은 더 이상 쓸 수가 없군요.

앙투안

※ 이 사실은 당신 혼자만 알고 있기를 바랍니다.

* * *

르 무스키에, 1918년 6월 22일

아닙니다, 제니, 당신이 생각하고 있는 것처럼(아니면 그렇게 생각하고 있는 척하는지 모르겠으나) 나는 가상적인 공포와 싸우고 있는 것이 아니랍니다. 용기를 내어 좀 더 자세한 설명을 했더라면 좋았을 것을. 오늘은 좀 더 자세히 쓰기로 하겠습니다.

나는 지금 하나의 현실을 눈앞에 두고 있습니다. 하나의 **분명한 사실** 앞에. 그것은 당신과 헤어지던 날, 즉 내가 파리에 머물던 마지막 날, 은사인 필립 박사와 대담하던 중에 돌연 나를 엄습한 사실입니다. 아마 그분이 계셨기에 그와 같은 급작스런 양면 관찰이 가능했으리라 믿지만, 나로서는 처음으로 내 병의 증상에 관해 명철하고도 객관적인 진단, 의사로서의 진단을 내릴 수 있었습니다. 있는 그대로의 사실이 섬광처럼 모습을 드러낸 것입니다.

이번 여행을 하는 동안 나는 충분한 시간을 갖고 그것을 생각해보았습니다. 처음부터 그날그날의 상태를 노트해 두었습니다. 그런데 그 결과 연일 발작이 거듭될수록 병세가 부단히 규칙적인 리듬으로 악화되고 있다는 사실을 알게 되었습니다. 또한 지난겨울에 작성한 문헌이 있는데, 거기에는 가스를 사용한 이래 전문 잡지에 실린 프랑스와 영국 두 나라의 의학 보고와 온갖 임상 기록이 거의 모두 들어 있습니다. 이미 다 알고 있던 사실이지만 이번에는 나에게 새롭게 조명되었답니다. 그리고 모든 것이 나의 확신을 뒷받침해주었습니다. 이곳으로 돌아온 뒤로 나를 돌보아주고 있는 전문의들과 나의 증상에 관해 토론도 해보았습니다. 그러나 예전처럼 자신이 회복 중이라고 믿고, 자신의 신념을 확고히 해주는 것이라면 무엇이나 그대로 받아들이는 환자로서가 아니라, 선의의 거짓말로는 더 이상 속일 수 없을 정도로 그 병에 정통하고, 마음의 준비가 되어 있는 동료로서 의견을 나누었습니다. 내가 대뜸 몰아붙였더니 그들은 애매한 태도를 보이며, 의미심장한 침묵을 지키다가 마침내는 거의 솔직한 심정을 털어놓더군요.

지금 나의 확신은 명백한 근거 위에 있습니다. 지난 칠 개월 전부터 중독증이 끊임없이 악화되는 것으로 미루어 보아 완쾌될 가망이 전혀, 엄밀히 말해 **전혀** 없습니다. 나를 평생 불구로 만들

만성적인 정지 상태조차도 허용되지 않는 것입니다. 그래요. 나는 비탈길 위에 놓여 있는 구슬이나 다름없습니다. 밑에까지 점점 빠른 속도로 굴러갈 수밖에 없는 운명에 처해 있는 셈입니다. 어떻게 이토록 오랫동안 속고 있었을까요? 의사인 나로서도 웃지 않을 수가 없습니다! 언제까지 견디어낼지 모르겠습니다. 그것은 좋든 싫든 앞으로의 발작과 그 격렬함의 정도, 그리고 소강상태가 어느 정도 지속되는가에 달려 있습니다. 병의 재발 정도에 따라, 그리고 치료의 일시적인 효과 여하에 따라 이 개월 내지 최대로 일 년쯤은 살 수 있을 겁니다. 하지만 최종 기한은 결정되어 있습니다. 그리고 그것이 임박했습니다. 어떤 경우에는 흔히들 말하는 '기적'이라는 것이 있지만, 내 경우에는 있을 수 없는 일입니다. 과학의 현 단계에서는 한 가닥의 희망도 허용되지 않습니다. 나는 지금 최악의 경우를 호소하여 마음의 위안을 주는 반론을 듣고자 하는 환자로서가 아니라, 확정적으로 판명이 된 **불치**의 병을 앞에 두고 확실한 자료를 가지고 임하는 임상의의 입장에서 이 글을 쓴다는 것을 믿어주기 바랍니다. 그리고 내가 이렇게 태연하게 말할 수 있는 것도 실은

6월 23일 — 어제 쓰다 만 편지를 다시 계속하겠습니다. 아직 나 자신을 충분히 지배할 수 없기 때문에 오랫동안 주의를 집중할 수가 없군요. 제니에게 말할 것이 있는 듯싶었는데 그것도 이제 와서는 생각나지 않습니다. 나는 **태연하게** 썼답니다. 운명을 앞에 두고 이러한 냉정함 — 슬프게도 매우 불안정한 냉정함이지만 — 여기에 이르기까지는 무서울 정도의 내적인 혁명을 겪어야만 했습니다.

깊은 구렁 속에서 여러 날 계속되는 불면의 밤을 보냈습니다. 그야말로 지옥과 같은 고통이었답니다. 그것을 생각하면 지금도 소름이 끼칠 정도로 오싹해지고, 온몸이 떨리는 것 같습니다. 그것은 아무도 상상하지 못할 겁니다. 어떻게 온전한 정신을 가지고 견디어낼 수 있을까? 그리고 어떤 신비스러운 경로를 통해 그러한 극도의 절망과 반항으로부터 이런 체념의 경지에까지 도달할 수 있단 말인가? 나로서도 설명할 길이 없습니다. 요컨대 명백한 사실로 하여금 이성적인 두뇌에 무한한 힘을 발휘토록 하는 수밖에. 또한 인간의 본성으로 하여금 지극히 유연한 순응력을 갖도록 해서 이러한 생각, 즉 살 만큼 살지도 못하고 죽어간다는 생각, 그리고 자신이 갖고 있다고 믿었던 엄청난 가능성들 중에서 그 무엇 하나도 실현하지 못하고 죽어간다는 이런 생각에 익숙해져야 합니다. 여하간 이제는 더 이상 그런 변화의 단계들을 기억조차 못 하겠습니다. 오랫동안 계속되었던 사실이니까요. 극심한 절망으로 인한 발작과 허탈감으로 몸부림치는 순간이 서로 교차되곤 했답니다. 그것마저 없었더라면 나는 도저히 견디어내지 못했을 겁니다. 그런 상태가 몇 주에 걸쳐 계속되었습니다. 그동안 육체적인 고통과 고된 치료만이 다른 괴로움, 진짜 괴로움을 잊게 해주었답니다. 점차로 올무에서 벗어난 듯한 느낌이었지요. 극기라든가 영웅주의는 물론, 체념 같은 것도 없어졌습니다. 오히려 감각의 둔마鈍磨같이 아무런 반응도 없는 상태, 무관심의 상태, 더 정확히 말해서 마비 상태의 징후가 나타난 것입니다. 나의 이성은 아무런 도움도 되지 못했습니다. 나의 의지도 마찬가지였고요. 나의 의지로 말할 것 같으면 며칠 전부터야 비로소 그런 무감각의 상태를 계속 유지해나가는 데 발휘되고 있답니다. 나는 생활의 리듬을 되찾고자 애쓰고 있습니다. 주위의 사람들과도 다시 관계를 맺고. 그리고 일어나서 침대를 박차고 방에서 빠져나왔답니다. 억지로라도 다른 사람들과 식사를 하려고 노력하고 있습니다. 오늘은 동료들이 브리지를 하는 것을 잠시 들여다보았지요. 이제 저녁이 되어 당신에게 이렇게 글을 쓰고 있지만 별로 힘들다는 생각은 들지 않습니다. 오히려 전에는 맛보지 못한 야릇한 기쁨마저 느끼고 있습니다. 나는 이 편지를 마무리하기 위해 밖으로 나와 사이프러스나무들이 줄지어 있는 그늘 밑에 자리 잡았습니다. 사이프러스나무 뒤에서는 간호병들이 일요일이면 공놀이를 하고 있습니다. 처음에는 주위의 이런 광경, 말다툼, 웃음소리 등이 견디기 어려울 것이라고 생각했는데, 지금은 오히려 여기에 있고 싶고, 또 그럴 수 있게 되었습니다. 어쩌면 이렇게 함으로써 다시 마음의 안정을 되찾을 수 있지 않을까 합니다.

어쨌든 이런 노력을 하다 보니 무척 지쳐 있습니다. 다시 편지하겠습니다. 내가 아직 누군가에게 관심을 둘 수 있는 마음의 여유를 갖고 있다면 그것은 제니 당신과 당신의 아이에게뿐이랍니다.

앙투안

* * *

르 무스키에, 6월 28일

아침부터 나는 제니의 편지를 읽고 또 읽었습니다, 제니. 간결하고 훌륭했을 뿐만 아니라 바로 내가 바라던 그런 편지였습니다. 또 내가 바라던 제니, 그리고 그러하리라고 짐작했던 제니였습니다. 나는 편지를 쓰기 위해 밤이 되어 집 안이 조용해지기를 기다렸습니다. 이 시각은 환자들의 치료도 끝나고, 당직 간호병도 순시를 마치는, 말하자면 불면만이 찾아드는 때랍니다. 그리고 망령들만이 찾아드는… 제니 덕분에 나는, 이렇게 쓰려던 참이었습니다. 용기를 되찾고 있다고. 그런데 중요한 것은 그런 용기도 아니고, 또 나에게 필요한 것은 그런 용기도 아닙니다. 중요한 것은 누군가가 옆에 있다는 것, 몇 개월이고 계속될지 모르는 나 자신과의 대결에서 외로움을 덜 느끼는 것입니다. 내가 앞으로의 몇 개월이 단축되었으면 하는 생각은 하지 않는다는 것을 알아주기 바랍니다! 나 자신에게 주어진 유예기간을 포기하고 싶지도 않습니다! 나 스스로도 놀라고 있는 사실입니다. 알다시피 마음만 먹으면 빨리 끝장낼 방법도 있습니다. 하지만 그 방법은 훗날을 위해 남겨둘 생각이랍니다. 지금은 삼가겠어요. 이 유예기간을 받아들여 거기에 집착하겠습니다. 이상하다고 생각지 않습니까? 하지만 생명에 열렬히 집착할 때 사람은 누구나 할 것 없이 그 생명을 쉽사리 버리지는 못하는 것이랍니다. 그리고 그 생명을 잃게 된다는 것을 느낄 때 더더욱 그러합니다. 벼락을 맞은 나무의 경우도 그 수액은 봄이 되면 계속 올라오고, 그 뿌리도 죽지 않고 계속 생명을 이어가는 법입니다.

그런데 제니, 그 반가운 편지에서 한 가지가 빠졌더군요. 장 폴의 소식 말입니다. 지난번 편지에서 단 한 번 장 폴에 관한 소식을 전해왔었는데, 그 편지를 받았을 때만 해도 나는 극심한 소외감과 모든 것을 거부하고 싶은 심정이었기 때문에 하루 종일, 아니 어쩌면 그 이상 편지를 뜯지도 않은 채로 두었습니다. 마침내 읽어보니 장 폴에 관한 몇 줄이 있더군요. 그래서 처음으로 나는 잠시 고정관념을 떨쳐버릴 수가 있었고, 무엇에 홀린 듯한 상태에서 벗어나 다른 일에 관심을 기울이며 외부 세계에 다시 눈을 돌릴 수 있었습니다. 그 후부터는 줄곧 장 폴을 생각하고 있습니다. 메종에 있는 동안 나는 그 아이를 직접 보고 어루만지면서 웃음소리를 듣기도 했지요. 지금도 그 아이의 근육이 움찔거리는 것을 내 손가락으로 느끼는 듯합니다. 장 폴을 생각할 때마다 그 아이가 눈에 선합니다. 그리고 그 아이를 중심으로 여러 가지 생각, 미래의 계획 같은 것이 세워지는군요. 죽음을 면할 수 없는 사람에게도 이처럼 여러 가지 계획을 세운다든가 무엇인가에 희망을 두고 싶은 욕망이 있답니다! 장 폴로 말할 것 같으면 생존해서 삶을 시작할 터이고, 그 아이에게는 완전히 다른 생활이 있을 것으로 압니다. 이 사실은 지금의 나에게는 허락되지 않는 미래에 대한 돌파구를 마련해주는 것입니다. 환자의 꿈인지도 모르겠습니다. 그렇다 해도 하는 수 없지요. 옛날과는 달리 감성적이 되는 것을 별로 두려워하지 않습니다. (이것이야말로 확실히 환자의 나약함이지요!) 나는 거의 수면을 취하지 못하고 있습니다. 그렇다고 아직은 약에 의존하고 싶지도 않아요. 하지만 사용해야 할 때가 곧 올 겁니다.

나는 재적응을 위한 노력을 체계적으로 계속하고 있습니다. 의지력을 연마하는 것만도 벌써 유익한 일이지요. 신문도 다시 읽기 시작했습니다. 전쟁에 관한 것, 폰 퀼만이 라이히스타그*에서 행한 연설도. 상대편의 온갖 제의를 미리부터 하나의 술수

* 독일 연방의회 하원을 말한다.

내지는 사기 저하를 책동하기 위한 공세라고 간주하는 한, 상호 간의 평화는 결코 이루어질 수 없을 것이라고 한 그의 말은 지극히 옳은 것입니다. 그런데도 연합국 측의 언론은 또다시 여론을 오도하고 있습니다. 그의 연설에는 조금도 '도전적인' 데가 없는 데도 말입니다. 오히려 타협적이며 의미심장한 데가 있습니다.

(이렇게 쓰기는 해도 여기에는 약간의 비아냥이 없는 것은 아닙니다. 전쟁에 대한 강박관념이 나의 마음에서 사라진 것은 아니니까요. 그리고 그것은 내가 죽을 때까지 나를 떠나지 않을 것입니다. 어쨌든 현재로서는 억지로라도 생각하고 싶은 심정입니다.)

오늘은 이만 줄이겠습니다. 이렇게 수다를 떨고 나니까 마음이 후련해지는군요. 곧 다시 쓰겠습니다. 우리는 지금까지 서로 알고 지낼 기회가 없었어요, 제니. 하지만 당신의 편지는 나를 무척 흐뭇하게 해주었답니다. 그리고 이 세상에 친구라고는 당신밖에 없다는 느낌입니다.

앙투안

* * *

르 무스키에, 6월 30일

제니, 당신을 깜짝 놀라게 할 소식을 전하겠습니다. 어제 오후를 내가 어떻게 지냈는지 짐작하겠습니까? 계산을 하고, 서류를 뒤적거리며, 또 편지를 쓰며 지냈답니다. 며칠 전부터 이런 것들을 생각하고 있었지요. 구체적인 몇 가지 문제를 처리해놓아야겠다는 일종의 초조감 때문이었습니다. 사후를 위해 모든 것을 깨끗이 정리해놓고 싶은 심정이랍니다. 얼마 안 있으면 내가 이런 노력을 할 수 있을 것 같지가 않아서입니다. 이런 걱정이 앞서다 보니 문득 머리에 떠오르는 것이 있어 이 기회를 이용하는 것입니다.

이런 투의 편지를 쓰는 나를 용서해주기 바랍니다. 장 폴의 보호자인 당신에게 나의 재산 상태를 알려주어야 하겠습니다. 그 이유는 내가 갖고 있는 재산은 당연히 그 아이에게 돌아가야 하니까요. 지금에 와서는 별것 아니군요. 아버지가 나에게 남겨주신 주식 중에서 별로 남아 있는 것이 없으니까요. 파리의 집을 개조하느라고 상당 부분을 써버렸기 때문입니다. 그리고 나머지는 무모하게도 러시아 공채로 전환해버렸습니다. 이것은 영원히 잃어버린 것이나 다름없습니다. 다행히 위니베르시테가街의 집과 메종 라피트의 별장은 그대로 남아 있습니다.

집은 세를 놓든가 아니면 팔아도 좋겠습니다. 당신은 그 수입으로 그럭저럭 살아갈 수 있을 것이며, 또 장 폴로 하여금 상당한 교육을 받도록 할 수 있을 겁니다. 그 아이는 호화스러운 생활은 하지 못할 겁니다. 오히려 다행이지요. 하지만 가난에 쪼들려 위축되는 일은 없을 겁니다.

메종 라피트의 별장은 전쟁이 끝나면 파는 것이 좋겠습니다. 신흥 부자들은 탐을 낼 것이 틀림없어요. 그 정도의 가치는 있으니까요. 다니엘의 말로는 당신 어머님의 집이 저당 잡혔다고 하더군요. 내가 보기에 어머님과 당신은 그 집에 무척 애착을 갖고 있는 듯합니다. 그렇다면 티보 별장을 판 돈으로 저당을 완전히 해지하는 것이 바람직하지 않을까요? 그렇게 되면 부모님의 집은 실질적으로 장 폴의 소유가 될 테니까요. 이 계획을 실천에 옮기는 방법을 공증인에게 물어보겠습니다.

내가 물려줄 것의 대체적인 평가가 끝나는 대로 지젤에게 줄 연금의 액수도 정하도록 하겠습니다. 제니, 장 폴이 성년이 될 때까지 이 모든 것을 당신이 관리해주십시오. 공증인 베노 씨는 매우 소심하고 좀 형식에 치우친 사람이긴 해도 믿을 수 있는 사람입니다. 요컨대 훌륭한 조언자가 될 만한 사람입니다.

이상이 당신에게 하고 싶었던 이야기입니다. 말하고 나니 마음이 다 후련해지는군요. 최종적으로 뚜렷한 것이 결정되기 전까지는 앞으로 이 문제에 관해서는 더 이상 거론하지 않기로 하겠습니다. 그런데 며칠 전부터 내 마음을 사로잡고 있는 다른 한 가지 문제가 있습니다. 당신도 직접 관계가 있는 일입니다. 상호간에 미묘한 문제이긴 하지만 그렇다고 나로서는 말을 꺼내지 않을 수가 없군요. 그러나 오늘 거론하기에는 용기가 나질 않습니다.

올리브 나무 그늘에서 신문을 읽으며 두 시간쯤 보내고 지금 오는 길입니다. 독일 군대가 꼼짝 않고 있다는데, 뒤에서 무슨 음모를 획책하고 있는 것일까요? 몽디디에로부터 우아즈강에 이르기까지 아군의 저항으로 독일군의 진격이 저지당한 것 같군요. 거기에다 오스트리아군도 패배하고 있습니다. 이것은 적에게 쓰라린 상처를 안겨다준 것이 틀림없습니다. 미군이 참전하기 전에, 여름 몇 개월 사이에 동맹국들의 노력이 결정적인 성공을 거두지 못한다면 전세는 돌변하고 말 것입니다. 과연 나는 그 때까지 살아서 그 광경을 볼 수 있을런지? 한 개인의 시각에서 볼 때 역사를 만들어내는 갖가지 사건들의 진행 과정은 너무나도 느리군요. 바로 그것 때문에 나는 사 년 전부터 얼마나 수없이 몸부림을 쳤는지 모릅니다. 더구나 앞으로 목숨을 부지할 날도 얼마 남지 않은 나의 경우에는!…

그건 그렇고, 현재 나의 건강은 일시적으로 소강상태에 있는 것 같습니다. 새로운 혈청의 효과 때문일까요? 호흡곤란을 일으키는 발작도 덜 고통스럽습니다. 갑작스런 발열도 뜸해졌고요. 이상이 나의 건강 상태에 관한 것입니다. 한편 '사기士氣' 로 말할 것 같으면 — 이것은 죽어가는 병사들의 무기력을 측정하기 위해 최고사령부가 사용하는 말인데 — 이것 또한 더 좋아졌다고 하겠습니다. 이 편지를 통해서 당신도 느낄 수 있을런지? 어쨌든 이렇게 긴 편지를 당신에게 쓴다는 사실은 당신과 담소하는 데 내가 즐거움을 느끼고 있다는 것을 여실히 보여주는 것입니다. 이것은 나의 유일한 즐거움입니다. 여기서 펜을 놓아야겠습니다. 치료받을 시간이 되었으니까요.

당신의 친구,

앙투안

이 치료를 나는 예전과 다름없이 열심히 감내하고 있습니다. 이상하지 않습니까? 나를 대하는 의사의 태도도 이상하리만큼 달라졌습니다. 예를 들자면 현재 병이 호전되어가는 것을 뚜렷이 보면서도 그 사실을 나에게 말하려 들지 않습니다. 그리고 '그것 봐, 등등'의 말을 하는 것에도 인색하답니다. 그러나 전보다 자주 나를 찾아오고, 신문이라든가 음반 따위를 가져오기도 하고 또 이렇게 저렇게 친절을 베풀어주기도 합니다. 이것은 당신의 질문에 응답하기 위해서랍니다. 임종을 기다리고 있는 나로서는 어디를 가도 이곳 만한 곳은 없을 것입니다.

* * *

루아양 제23병원 (샤랑트 앵페리외르), 1918년 6월 29일

선생님,

1916년 가을에 기니를 떠났기 때문에 지난달에 보내신 편지는 이제야 겨우 이곳으로 회송되어 저의 손에 들어왔습니다. 저는 이곳에서 외과 병동의 간호사로 근무하고 있습니다. 편지에 쓰신 소포를 기억하고 있습니다. 그러나 저의 기억이 그리 분명하지 않기 때문에 저에게 문의하시는 내용에 관해서는 상세한 말씀을 드릴 수가 없습니다. 선생님에게 전해달라고 저에게 소포를 맡기신 그 여자분은 제가 모르는 사람이었습니다. 우리 병원에 도착했을 때 이미 황열병의 중환자였는데, 닥터 랑스로의 치료에도 불구하고 며칠 뒤에 세상을 떠나고 말았습니다. 1916년 봄이었던 것으로 생각됩니다. 코나크리에 기항한 배에서 급히 하선시켰던 것으로 분명히 기억하고 있습니다. 그 물건과 선생님의 주소는 제가 숙직 당번을 하는 동안 그분이 잠깐 제정신이 들었을 때 저에게 맡긴 것입니다. 그 이유는 그분이 계속 인사불성의 상태로 있었기 때문입니다. 어쨌든 그분이 선생님께 편지 따위를 전해달라고 부탁한 적은 없다는 것을 분명히 말씀드립니다. 배가 기항했을 당시 그분은 혼자 여행 중이었음에 틀림없습니다. 왜냐하면 이삼 일 위독 상태가 계속되는 동안 아무도 찾아오는 사람이 없었으니까요. 아마 유럽인 공동묘지에 매장되었을 것으로 압니다. 병원사무장인 파브리 씨가 아직 그곳에 계신

다면 일지를 조사해서 그 여인의 이름과 사망 날짜를 알려드릴 수 있을지도 모르겠습니다. 이 밖에는 달리 알려드릴 만한 것을 기억하고 있지 못합니다. 매우 유감스럽게 생각합니다.

선생님의 건투를 빕니다.

뤼시 보네

편지를 봉했다가 다시 뜯었습니다. 그 이유는 앞서 말씀드린 그 부인이 이르트라고 하던가 아니면 이르슈라고 하는 큰 검은 불독 한 마리를 데리고 왔었다는 사실을 알려드리고 싶었기 때문입니다. 제정신이 들 때마다 부인은 그 개를 찾곤 했습니다. 하지만 병원의 규칙도 있는 데다가 성미도 고약했기 때문에 병동에는 둘 수가 없었습니다. 동료 간호사 중 한 사람이 그 개를 맡고 싶어 했었지만 온갖 곤혹을 다 치렀습니다. 어떻게 할 도리가 없었기 때문에 결국에는 독이 든 큰 환약을 먹였습니다.

16
앙투안의 일기

7월

르 무스키에, 1918년 7월 2일

새벽녘에 잠시 눈을 붙인 사이에 자크 꿈을 꾸었다. 어찌 된 영문인지 이야기의 맥락을 통 이을 수가 없다. 옛날 위니베르시테가街의 집 아래층인 것 같다. 자크와 아주 가까이에서 살고 있던 때의 일이 새롭게 떠오른다. 여러 가지 추억 중에서도 특히 소년원에서 나온 자크를 내 방으로 데리고 왔을 때의 일. 뭐니 뭐니 해도 아버지의 감시로부터 그 애를 해방시켜야겠다고 생각한 것은 나였다. 그런데도 비열한 적대감, 나 나름대로의 후회의 감정을 억제할 수 없었다. 지금도 생생히 기억하고 있다. 나는 마음속으로 이렇게 생각했었다. '좋아. 데리고 있어주마. 하지만 그 때문에 나의 일상적인 일, 나의 일에 지장을 주어서는 안 돼. 그리고 내가 출세하는 일에도 방해가 되어서는 안 되고.' **출세**! 일생을 통해 나는 줄곧 이렇게 되풀이해왔다. **출세하는 거다**! 입버릇처럼 하던 말, 유일한 목적, 이를 위해 바친 십오 년간의 노력…. 그런데 오늘 아침 침대에 있는 나의 처지에서 볼 때 이 **출세한다**는 말이 얼마나 하찮은 것인가!…

이 노트. 어제 경리 담당자에게 부탁하여 그라스 문방구에서 사 오도록 하였다. 환자의 어린애 같은 행동인지도 모르겠다. 두고 볼 일이다. 내가 생각하고 있는 것을 제니에게 편지로 씀으로써 마음이 후련해짐을 나는 확인할 수 있었다. 나는 일기라는 것을 써본 적이 없다. 열여섯 살 되던 때에 프레드나 제르브롱, 그 밖의 다른 아이들은 일기를 썼지만 나는 그러지 않았다. 때늦은 감이 든다! 일기라기보다는 마음 내킬 때 떠오르는 생각을 적어두려고 하는 것이다. 확실히 건강에도 좋을 것이다. 환자나 불면증에 시달리는 사람의 머릿속에는 모든 것이 강박관념으로 변해버린다. 그래서 무엇인가를 씀으로 해서 거기에서 벗어나려는 것이다. 게다가 기분 전환도 되고 시간을 이럭저럭 보낼 수 있으니까. (지난날에는 시간이 너무 빨리

간다고 하던 내가 그럭저럭 시간을 보내다니! 전선에 있을 때도, 그리고 병원에서 지난겨울을 보낼 때도 평생 그랬듯이 나는 눈코 뜰 사이 없는 생활을 했다. 한시도 틈이 없고, 시간 가는 것을 느끼지도 못하며 현재를 의식하지도 못했다. 그런데 자신의 죽음을 눈앞에 둔 지금의 나의 처지에서는 시간이 아주 길게 여겨진다.)

좋지도 나쁘지도 않은 하룻밤. 오늘 아침의 체온은 37도 7분.

저녁

호흡곤란이 더 심해짐. 체온 38도 8분. 늑골 간의 통증. 늑막에 이상이 생긴 게 아닌지 모르겠다.

떠오르는 여러 가지 망령들을 종이 위에 씀으로써 쫓아버리자.

하루 종일 상속 문제에 골몰해 있었다. 사후死後를 준비하자. (**사후 문제**에 관한 집요한 생각! 그러나 이번에는 내가 문제가 아니라 그들, 특히 장 폴이 문제이다.) 몇 번이나 계산을 다시 해보았다. 메종 라피트의 별장 매각, 위니베르시테가街의 집의 임대료, 실험실의 자재 처분 등. 세 든 사람이 화학 제품 업자가 아니면 어쩌지? 스튀들레가 떠맡아 줄 거야. 아니면 기계들을 분해해서 구매자를 찾아보겠지.

스튀들레도 생각해줘야 해. 전쟁이 끝나면 직장도 없이 무일푼일 테니까.

스튀들레와 주슬렝에게 문헌과 테스트에 관해 메모를 하나 남겨두자. (의과대학 도서관에 기증한다?)

7월 3일

뤼카가 혈액 검사 결과를 넘겨주었다. 매우 좋지 않다. 바르도도 느릿느릿한 그의 목소리로 솔직히 털어놓았다. '별로 좋지 않아.' 지난날의 건강했던 피! 처음 부상당한 다음 생 디지에에서 요양할 때만 해도 나의 몸에 관해 얼마나 자신만만했었는가! 빨리 유착된다고 해서 얼마나 피에 관해 자만심을 가졌었는가! 자크도 마찬가지. 티보가家의 피.

바르도에게 늑막의 합병증이라도 있지 않나 물어보았다. '이러다 화농이라도 생기면 만사는 끝장인데….' 바르도는 마음씨 착한 거인답게 어깨를 으쓱해 보이더니 정성껏 나를 진찰했다. 아무 걱정 없다고 말했다.

티보가의 피. 장 폴의 피! 지난날의 건강했던 나의 피, 우리 가문의 피, 이런 피가 지금 장 폴의 혈관 속에서 힘차게 흐르고 있다!

전쟁이 시작된 이래 나는 단 하루도 죽음을 받아들여 본 적이 없었다. 비록 그것이 십 초 동안일지라도 나의 살점 하나 희생하겠다는 생각을 해본 적은 한 번도 없었다. 그리고 그것은 지금도 마찬가지이다. 나는 죽고 싶지 않다. 그렇다고 지금에 와서 환상을 품을 수도 없다. 어쩔 수 없는 운명을 인정하고 기다리는 수밖에. 그러나 체념함으로써 그것을 받아들이고 그것의 공모자가 될 수는 없다.

오후

나는 이성이라든가 슬기로움이 어떤 것인지, 그리고 **품위**가 어떤 것인지 잘 알고 있다. 그것은 이 세상과 세상의 끊임없는 변천을 그 자체로서 다시 관찰할 수 있는 데 있다. 나 자신을 통해서도 아니고 다가오는 나의 죽음을 통해서도 아니다. 나는 이 우주의 작은 조각 하나에 지나지 않는다고 생각한다. 잘못 만들어진 조각. 할 수 없지. 내가 죽은 다음에도 계속 존재할 나머지 것에 비해 그것이 도대체 무슨 의미가 있단 말인가?

하찮은 것이다. 그렇다. 그런데도 그것에 그토록 중요성을 부여하고 있었으니!

노력해보는 거다.

사사로운 일로 판단을 그르쳐서는 안 된다.

7월 4일

오늘 아침 제니로부터 좋은 소식. 장 폴에 관해 여러 가지 상냥하고도 자세한 보고. 구아랑에게 몇 줄 읽어주지 않을 수 없었다. 그 역시 자기의 두 아이를 몹시 사랑하고 있다. 제니로 하여금 장 폴의 사진을 꼭 찍어두도록 해야겠다.

나도 제니에게 **답장**을 꼭 써야겠다. 그런데 힘들다. 하룻밤 푹 쉬고 나서 보자.

이 얼마나 기적적인 일인가—달리 표현할 말이 없다—퐁타냉과 티보 두 집안이 이렇다 할 만한 것을 아무것도 남기지 못하고 소멸해가는 바로 그 순간에 그 아이가 태어났다는 사실! 그 애는 모계로부터 어떤 유전인자를 이어받았을까? 가장 좋은 것이기를 바란다. 그런데 짐작건대 그 애는 우리 가문의 피를 이어받은 것이 거의 틀림없다. 결단력 있고 의지가 강하며 그리고 총명하다. 자크의 아들이며, 티보가의 한 사람인 것이다.

하루 종일 이런 생각에 잠겨 있었다. 우리 집안에서 때마침 새로운 그 작은 가지가 솟아나 뜻하지 않은 수액의 분출…. 이런 것을 두고 어떤 목적, 어떤 창조의 섭리에 부응하는 것이라고 한다면 어리석은 생각일까? 한 가족으로서의 교만함인지도 모르지. 그런데 그 애야말로 어떤 소명을 띠고 이 세상에 태어난 것이 아닐까? 티보다운 완벽한 형을 만들어내기 위한 종족의 숨은 노력의 결실이 아닐까? 자연의 힘에 의해 언젠가는 만들어지게 되어 있는 정수, 결국 이것을 준비하기 위해 아버지와 동생 그리고 내가 태어난 것이 아닐까? 장 폴 이전에 이미 우리 속에 잠재해 있던 그 성격의 격렬함과 힘, 이런 것들이 이번에는 진정으로 창조적인 힘이 되어 꽃피우게 되지 않을까?

자정

불면. '쫓아내야' 할 망령들.

이미 한 달 반, 칠 주 전부터 나는 가망이 없다는 것을 알고 있다. **자신은 이미 가망이 없다는 것을 알고 있다**라는 이 말, 지금 내가 쓰고 있는 이 말, 이 말은 다른 말과 다를 바 없고, 누구든지 이해할 것 같은 말이지만, 실은 죽음의 선고를 받은 자 아니면 그 어느 누구도 이 말의 뜻을 완전히 파악할 수 없으리라…. 한 인간의 마음을 졸지에 송두리째 앗아가는 전격적인 혁명.

그렇지만 죽음과 줄곧 접촉하고 있는 의사라면… 죽음과? 그것은 다른 사람들의 죽음이었다! 이렇게 육체적으로 체념하지 못하는 이유를 나는 이미 수없이 생각해보았다. (어쩌면 그것은 활기에 넘치는 나의 성격적인 특성에 기인하는지도 모르겠다. 오늘 저녁에 문득 떠오른 생각이지만.)

지난날의 그 활기—어떤 일을 시도할 때의 그 활동력, 끊임없는 그 도약—따지고 보면 그것은 창조를 통해 나의 삶이 계속되기를 바라는 마음, 즉 '사후에도 그 이름을 남기고' 싶은 심정에서 나온 것으로 여겨진다. 죽는다는 것에 대한 본능적인 공포. (물론 일반적으로 그러하겠지만 정도에 따라 매우 다르리라.) 나의 경우 이것은 유전적인 성향이다. 아버지의 경우를 곰곰이 생각해보았다. 아버지의 뇌리를 떠나지 않고 있던 욕망. 자신의 사업이며, 덕행상德行賞이며, 크루이의 넓은 광장에 자기 이름을 남겨놓고 싶은 욕망. 당신이 실천에 옮겼듯이 소년원 건물 정면에 자기 이름(**오스카르-티보 재단**)을 새겨놓고 싶은 욕망. 자기의 세례명(호적상의 신분에서 아버지를 지칭하는 유일한 부분)을 자손만대에 붙이고 싶은 욕망 등. 자신의 모노그램을 정원 철책이며, 접시 위며, 장정 위며, 심지어는 안락의자를 씌운 가죽 위에까지 붙이도록 한 괴벽! …그것은 소유자로서의 본능(혹은 내가 처음 생각했듯이 허영심의 발로) 이상의 것이다. 소멸과 싸워 자신의 발자취를 남기고 싶은 웅대한 욕망. (내세, 즉 사후의 삶은 실상 그의 마음을 충족시킬 수 없었던 것이다.) 나 자신이나 아버지에게서 물려받은 욕망. 나 역시 나 자신을 후세에 남길 수 있는 어떤 일, 어떤 발견 등에 내 이름을 붙이고자 하는 숨은 희망을 갖고 있다.

인간은 자기 아버지의 틀에서 벗어나지 못하는 법이다!

칠 주, 오십 일 동안 낮이나 밤이나 그 **엄연한 사실**과 대면하고 있다! 주저하거나 의심하거나 환상을 품는 일은 한순간도 없었다. 그렇지만—바로 이 점을 적어두고 싶었다—이런 강박관념에 시달리면서도 잠시 숨을 돌릴 수 있는 순간이 있다. 망각이 아니고 강박관념이 물러서곤 하는 잠시 동안의 간격… 순간순간을 살고 있다는 생각이 점점 더 자주 들곤 한다. 이삼 분. 길어야 십오 분 내지 이십 분. 그러면서 죽는다는 사실이 곧 무대 정면에서 물러나면서 희미해진다. 그럴 때면 나는 즉시 움직이거나 차분히 무엇을 읽을 수 있으며, 쓰고, 듣고, 토론도 할 수 있는가 하면 나를 사로잡고 있는 것에서 해방이라도 된 듯 나의 건강과는 무관한 것에 관심을 돌릴 수도 있다. 그러면서도 강박관념은 여전히 거기에 버티고 있다. 그리고 나도 끊임없이 그것이 뒷자리에서 따로 도사리고 있다는 것을 느낀다. (그것이 거기에 도사리고 있다는 것을 자면서도 느낀다.)

7월 6일 아침

목요일부터는 기분이 한결 좋아졌다. 이렇게 고통을 덜 느낄 때면 모든 것이 즐겁게 여겨진다. 오늘 아침 신문에는 피아베 삼각주 지대에서 이탈리아군이 승전했다는 기사가 실렸다. 그것은 지금까지 내가 까맣게 잊고 있던 쾌재를 맛보게 해주었다. 좋은 징조이다.

어제는 아무것도 쓰지 않았다. 밖에 나가서야 노트를 방에 두고 온 것이 생각났다. 가지러 올라가는 것이 귀찮았다. 그러나 그 때문에 오후 내내 그것이 없다는 생각에 사로잡힌 채 지냈다. 이렇게 시간을 보내는 것에 취미를 붙이기 시작하는 것 같다.

오늘은 거의 쓸 틈이 없었다. 검은색 비망록에 기록해야 할 것이 너무 많다. 이 수첩을 산 뒤로는 비망록에 대해 좀 소홀히

했다는 생각이 든다. 지나칠 정도로 간략한 기입만 했다. 그러나 비망록에 힘을 기울여야 하는 만큼, 더 신경을 써야겠다. 둘로 나누되 **수첩**에는 '망령'에 관한 것, 그리고 **비망록**에는 건강, 체온, 치료, 치료 효과, 부작용, 중독증의 경과, 바르도와 마제와의 토론 등에 관한 것 등등. 나 자신이 그 기록들의 가치를 과대평가하고 싶지는 않지만, 가스중독 환자이면서 동시에 의사인 내가 발병 첫날부터 메모를 한 이 기록들은 과학의 현 단계로 볼 때 이론의 여지가 없는 유익한 임상 관찰의 총체를 이룰 것으로 믿어 의심치 않는다. 특히 내가 이것을 **최후까지** 계속한다면. 바르도는 이것을 **회보**에 실리도록 하겠다고 나에게 약속했다.

어제 뚱보 드라에가 외출했다. 의병 휴가이다. 그는 자신이 완쾌된 것으로 믿고 있다. 그럴지도 모르지. 누가 알아? 그는 작별 인사를 하러 올라왔었다. 쭈뼛거리며, 마치 늦을 것 같아 서둘러야 한다는 식의 태도였다. '다시 봅시다'라든가 그 밖의 비슷한 말도 한마디 하지 않았다. 마침 방을 치우고 있던 조제프도 문이 닫히자마자 나에게 이렇게 말한 것으로 미루어 보아 그 사실을 눈치챈 것 같았다. "그것 보세요, 군의관님. 모두들 나아지고 있어요!"

나는 아까 이렇게 쓰려다 말았다. '내가 아직 살아 있는 것은 비망록 때문이다'라고. 그러나 이참에 **자살**이라는 문제를 확실히 해두어야겠다. 비망록은 결국 하나의 구실에 지나지 않았다는 것을 인정해야겠다. 자기 자신을 기만하는 연극이었다! 무슨 기괴한 짓인가. 나는 나 자신이 정말 자살하려고 생각했던 적이 없다고 솔직히 인정하기가 꺼려진다. 그렇다. 최악의 순간에도 그런 적은 없었다. 만약 내가 그렇게 하려고 했다면 그건 파리에서 주사약을 사던 그날 아침이었을 것이다. 그리고… 기차에 오르기 전에 나는 분명히 그것을 생각했었다…. 그날 아침부터 나는 비망록을 가지고 연극을 시작한 것이다. 마치 죽기 전에 마지막으로 처리해야 할 어떤 의무라도 있는 것처럼. 마치 끝내야 할 중요한 일이라도 있는 것처럼. 마치 이 임상 노트의 중요성이 그 유혹을 상쇄해주고, 또한 그 유혹을 외면할 만한 가치가 있기라도 한 것처럼. 용기가 없어서일까? 아니다. 정말 그렇지는 않다. 만약 정말 유혹이 있었더라면 두려움 때문에 그만두지는 않았을 것이다. 그렇다. 나에게 부족한 것은 용기가 아니라 하고자 하는 욕망이다. 솔직히 말해서 유혹이 살짝 스쳐갔을 뿐이다. 나는 그것을 매번 쉽사리 물리쳤던 것이다. (강한 정신력을 가장하면서, 그리고 써야 할 비망록이 있다는 구실을 내세워서….)

그렇지만 내가 급사急死하지 않는다면—유감스럽게도 그런 일은 없을 것이다—자연사를 기다리지는 않으리라는 것을 알고 있다. 나는 그것을 **알고 있다**. 이 점에 관해서 진실을 말하고 있으며, 분명하게 의식하고 있다고 믿고 있다. 확신하건대 그날이 올 것이다. 그날을 기다리고 있을 뿐이다. 약은 거기에 있다. 몸만 움직이면 된다. (어쨌든 이런 생각을 하는 것만으로도 마음이 가라앉는다.)

저녁

점심 식사 전에 구아랑은 베란다 밑에 있는 우리에게 윌슨 대통령의 최근의 연설문 전문이 실려 있는 스위스 신문을 가져왔다. 그는 큰 소리로 기사를 읽었다. 구아랑도 감격했고 우리도 감격했다. 윌슨의 메시지 하나하나가 유럽의 위기를 쫓아주고, 안도의 한숨을 크게 쉬도록 한다고나 할까! 탄광의 갱이 무너진 뒤 그 속에 매몰된 사람들이 질식하지 않고 구출될 때까지 싸워 버틸 수 있도록 갱 밑으로 산소를 공급해주는 것에 비유할 수 있으리라.

7월 7일 새벽 5시

고정관념. 나는 옆에 있는 벽에 부딪친다. 다시 일어나 허둥지둥대다 다시 부딪친다. 또 쓰러진 다음 다시 덤벼든다. 벽. 이따금—한시도 그것을 믿지는 않지만—그럴 리가 없다고, 내가 죽는 일 같은 것은 아마 없을 것이라고 애써 생각한다. 그것은 어떻게 해서든지 논리적인 추리를 반복한다는 구실을 얻기 위해서이지만 결국은 좋든 싫든 또다시 벽에 부딪치고 만다.

오후, 야외에서

윌슨의 메시지를 다시 읽었다. 지난번 것들보다 훨씬 명확하다. 평화에 관한 자신의 견해를 명시하고, 규정이 '결정적'인 것이 되기 위한 필수적인 조건을 열거하고 있다. 감동적이리만큼 원대한 계획이다. 1) 또다시 전쟁을 일으킬 위험이 있는 정치형태의 폐지. 2) 모든 국경의 변경이나 영토 귀속에 관한 문제를 논의하기 전에 당사국 국민의 의견을 묻는다. 3) 모든 국가가 상호 **국제법**의 규정에 관해 협정을 체결한다. 그 규정에 모든 국가는 복종하기로 약속한다. 4) **중재 재판소**의 임무를 수행하기 위해 국제 기구의 창설. 문명 세계에 속하는 **모든** 국가는 너 나 할 것 없이 여기에 대표를 파견할 수 있다.

(이런 것을 쓰고 기록하면서 나는 어린애처럼 즐거워한다. 무엇보다도 찬성의 뜻을 표하고 싶은 느낌이 든다. 오히려 협력하고 싶은 느낌이다.)

여기에서는 이것이 온통 화젯거리가 되고 있다. 모든 사람의 얼굴에는 희망의 빛이 보인다. 이 순간 유럽, 미국의 도시마다 상황이 같으리라고 생각하니 가슴이 터질 것만 같다! 군대의 휴식처마다, 대피소마다 이 연설이 메아리치고 있다! 모두가 사 년 동안 서로를 죽이는 일에 몹시 지쳐 있다! (지도자들의 명령에 따라 이렇게 서로 죽이고 죽고 한 지가 여러 세기 전부터이다….) 모두가 이와 같이 이성에 호소하는 소리를 기다려왔다. 책임자들의 귀에도 들릴까? 이번에는 싹이 도처에서 꼭 돋아났으면 좋겠다! 목적하는 바가 극히 명백하고 현명하며, 인간의 운명에, 그리고 인간의 깊은 본능에 아주 적합하다! 다만 그것을 실현하기까지는 허다한 문제가 야기될 것이며 꾸준한 노력이 필요할 것이다. 그러나 내일의 세계는 어떠한 희생을 치르더라도 다른 길을 택해서는 안 되며, 바로 이 길로 들어서야 한다는 것은 의심할 여지가 없지 않은가? 사 년에 걸친 전쟁의 결과는 학살과 산더미 같은 폐허뿐이다. 아무리 정복열에 불타는 모험가일지라도 전쟁이란 인간에게는 말할 것도 없고, 모든 나라에도 보상할 수 없는 재앙을 가져다준다는 사실을 인정해야만 할 것이다. 그렇다면? 이제야 전쟁이 얼마나 어리석은 짓인가가 모든 영역에서 경험에 의해 입증됐으며, 이제야 이 점에 관해 정치가들의 확인, 경제학자들의 계산, 일반 대중의 본능적인 반항의 합의점이 도출된 것이다. 그렇다면 영원한 평화를 구축하고자 하는 이 마당에 무슨 장애가 있을 수 있단 말인가?

점심 식사 뒤 호흡곤란. 주사. 올리브나무 밑의 긴 의자. 제니에게 편지를 쓰기에는 너무 지쳐 있다. 그러나 속히 써야만 한다.

내 앞에서 구아랑과 바르도 그리고 마제가 토론을 벌이고 있다. 윌슨의 주요 개념인 국제 중재 기구에 관해서이다. 누구도 손해볼 것이 없으며, 각 국가의 경우도 득만 있을 뿐이다. 그런데도 다음과 같은 문제에 관해서는 별로 생각하고 있는 것 같지 않다. 즉 그런 최고 재판소의 기능이라면 지금까지 그토록 많은 전쟁의 원인이었던 자존심과 국민 감정을 조정할 수 있으리라는 것이다. 국민이나 정부, 그리고 통치자의 경우도 그들이 아무리 신경이 예민하다 할지라도 이웃 나라의 위협이나 적대적인 동맹국의 압력에 굴복하는 것이 아니고, 여러 국가의 공동 이익을 위해 국제 재판소가 결정하는 선고에 굴복해야 한다면 그들의 자존심과 위신이 별로 손상된다고 느끼지는 않을 것이다. 그런 재판소(구아랑의 말로는)는 전쟁 종료와 동시에, 모든 것이 결판나기 **이전에** 구성되어야 한다. 이것은 적대국 간의 불편한 관계에서 논의되기보다는 국제연맹의 차원에서 온건하게 논의되기 위한 것이며, 그렇게 함으로써 연맹은 재정裁定을 내려주고, 책임을 분담시키며, 공정한 판정을 내릴 것이다.

국제연맹.—앞으로의 어떤 전쟁도 불가능하게 하기 위한 유일하고도 절대 확실한 방법이다. 왜냐하면 한 나라가 다른 나라로부터 공격을 당하든가 또는 위협을 받게 되면 모든 나라는 자동적으로 그 침략자에 맞서 침략 행위를 무력하게 만들고, 법에 의한 중재를 받아들이지 않을 수 없게 만들 테니까!

좀 더 멀리 내다보아야 한다. 그런 국제연맹은 **국제적인** 정치와 경제의 원동력이 되어야만 한다. 그리고 조직적이며 총체적인 협력 기구로 발전하여 궁극적으로는 전 세계적인 규모가 되어야 한다. 문명을 위한 새로운 단계, 결정적인 단계가 시작되는 것이다.

구아랑은 이 점에 관해 매우 옳은 이야기를 많이 했다. 지금 생각해보니 지난날 구아랑을 대하는 나의 태도가 너무 심했던 것 같다. 고등사범학교 출신인 그는 무엇이든지 다 아는 척했기 때문에 나로서는 무척 아니꼽게 여겨졌던 게 사실이다. 게다가 그의 말투에도. 마치 헨리 4세나 되는 것처럼, 또 역사 교수가 교단에서 강의하는 듯한 말투…. 그러나 그가 많은 것을 알고 있다는 것은 틀림없는 사실이다. 그는 여러 가지 사건의 흐름을 상세히 알고 있다. 매일 여덟 내지 열 가지 신문을 읽고 있으며, 매주 스위스에서 발간되는 신문 잡지를 소포로 받아본다. 요컨대 균형 잡힌 사람이다. (나는 언제나 **균형 잡힌 사람들**에게는 주눅이 들어 있었다.) 지금 일어난 사실을 적당한 거리를 두고 역사가의 입장에서 신중히 판단하는 그의 태도는 내 마음에 썩 들었다. 그 자리에는 부아즈네도 있었다. 바르도의 말로는 '요양소에 있는 사람들 중에서 대체로 완전한 성대를 갖고 있는 자는 구아랑과 부아즈네 둘뿐이다…. 그들은 그것을 십분 이용하고 있다!'고 한다.

어제는 상태가 과히 나쁘지 않았다. 주사 덕분이기도 했겠지만 윌슨의 메시지도 한몫을 한 것 같다!

덧붙여 말해두지만 국제연맹의 창립은 이 전쟁의 잔해로부터 기필코 무엇인가 새로운 것, 즉 세계적인 양심 같은 것을 도출해낼 것이 틀림없다. 이를 계기로 인류는 정의와 자유를 향해 결정적인 도약을 하게 될 것이다.

밤 11시

신문을 뒤적거리다. 객설, 혐오감을 일으키는 졸렬함. 윌슨이야말로 오늘날의 정치가들 중에서 원대한 시야를 갖고 있는 유일한 사람 같다. 그 고귀함에 있어서도 민주주의의 이상형. 그에 비하면 우리 프랑스나 (영국의) 선동 정치가들이란 하찮은 **정상배들** 같아 보인다. 그들 모두가 상대편을 비난하는 척하지만, 실은 정도의 차이는 있겠지만 제국주의적 전통의 앞잡이에 지나지 않는다. 부아즈네와 구아랑과 함께 미국과 민주주의에 관해 이야기를 나누었다. 부아즈네는 몇 년을 뉴욕에서 산 적이 있다. 미국의 안정성과 안전. 한편 구아랑은 예언을 하고 싶었는지, 이십일세기에는 황색인종에 의해서 유럽이 침략될 것이며, 백색인종의 장래는 단지 아메리카 대륙에만 국한될 것이라고….

새벽 2시

불면. 잠시 눈을 붙인 사이에 스튀들레의 꿈을 꾸었다. 파리에 있는 병원 구석의 실험실이었다. 작업복 차림에 머리에는 군모를 쓰고, 평상시보다 짧은 수염을 하고 있었다. 내가 그에게 무엇인가 열심히 설명해주고 난 뒤였다. 윌슨 아니면 국제연맹에 관해서였을 것이다…. 그는 어깨 너머로 눈물이 글썽거리는 큰 눈으로 나를 바라보며 말하는 것이었다. '그게 어쨌다는 거야, 자네는 곧 죽을 텐데?'

나는 계속 윌슨을 생각하고 있다. (스튀들레에게는 미안하지만.) 내가 보기에 윌슨은 지금 그가 하고 있는 역할을 위해 태어난 사람 같다. 이번 전쟁의 종결이 바로 모든 전쟁의 종결이 되기 위해서는 새로운 인간, 아무런 원한도 갖고 있지 않은 국외자, 상대를 괴멸시키는 데 광분하는 유럽의 지도자들과는 달리 사 년 동안의 이런 격변을 체험하지 않은 자의 손에 의해 평화가 이루어지지 않으면 안 된다. 바다 건너 사람인 윌슨. 평화와 자유 안에서 단결을 구현하고 있는 나라의 대표자. 그리고 그의 뒤에는 전 세계의 사분의 일이나 되는 인구가 있다! 양식 있는 미국 사람이라면 누구나 이렇게 생각할 게 틀림없다. '우리도 한 세기 전부터 미합중국을 이룩하여 확고하고 건설적인 평화를 유지해왔는데, 어째서 유럽 합중국은 만들지 못한단 말인가?' 윌슨은 워싱턴과 같은 인물들의 노선을 걷고 있다. (그 역시 그의 연설에서 암시하고 있듯이 그것을 의식하고 있다.) 전쟁을 증오하면서도 자기 나라를 전쟁으로부터 해방시키기 위해 어쩔 수 없이 전쟁을 한 워싱턴. 그에게는 딴 생각이 있었는데(구아랑의 말이다), 그것은 동시에 전 세계를 해방시키려는 것이었으며, 그리고 서로 적대시하는 여러 개의 작은 국가를 하나의 광대한 평화적 연방으로 만드는 데 성공한다면 아마 구대륙도 어쩔 수 없이 따르게 되리라는 것이다. (그러나 구대륙이 그런 것을 이해하려면 백 년도 더 걸릴 것이다!)

나는 쓰고 있다. 한편 시곗바늘은 문자판 주위를 계속 돌고 있다…. 윌슨 덕분에 나는 **망령들**을 쫓아버릴 수 있었다!

이것은 '시한부 삶을 사는 사람'까지도 가슴을 설레게 하는 문제이다. 파리에서 돌아온 뒤 처음으로 나는 미래의 문제에 관해 관심을 갖게 되었다. 종전과 함께 제기될 세계의 장래. 만약 장래의 평화가 활기 없는 유럽을 개조하고 재건하고 단일화하는 것이 아니라면 모든 것은 영구히 위험을 내포하게 될 것이다. 그렇다. 만약 무력이 각 국가 정책의 주된 도구 역할을 계속하는 경우, 만약 각 나라가 제각기 국경을 경계로 그 안에서 독자적인 행동을 계속하면서 영토 확장욕에 몰두하는 경우, 만약 유럽 국가 연맹이 윌슨이 원하는 것처럼 상호 교역의 자유와 관세 장벽의 철폐를 인정하면서 **경제적** 평화를 이루지 못할 경우, 만약 국제적 무정부주의가 완전히 막을 내리지 못할 경우, 만약 각 국민이 일치단결해서 자국의 정부로 하여금 법에 기초를 둔 전체적 질서에 복종하도록 하지 못할 경우 그때는 모든 것을 다시 시작해야 하며, 지금까지 흘린 피가 온통 헛된 것이 되고 말 것이다.

그러나 이 모든 희망이 불가능한 것은 아니다!

(나는 마치 내 자신이 거기에 마땅히 '참여'해야 할 것처럼

쓰고 있다….)

7월 8일

37세. 마지막 생일!…

정오의 종소리를 기다리면서. 방금 세탁소 여주인과 그 딸이 세탁물을 어깨에 메고 베란다 아래로 지나갔다. 며칠 전 그 젊은 여인을 보면서 약간 무거워 보이는 걸음걸이, 활처럼 휜 허리, 빳빳한 허리뼈 언저리가 눈에 띄었을 때 느낀 감동. 임신. 간신히 알아볼 정도였다. 임신 삼 개월 반, 기껏해야 사 개월. 가슴을 에는 듯한 감동, 공포, 연민, 선망, 절망! 앞으로 살날이 얼마 남지 않은 내 앞에, 저기에서 거의 명백하게 전개되고 있는 미래의 불가사의! 생을 얻기까지는 아직 상당한 기간을 기다려야 하며, 그리고 앞으로 살아가야 할 삶이 어떠하리라는 것을 모르는 태아! 나의 죽음과는 상관없이 태어나는 아이….

밖에서

윌슨의 말이 모든 사람들의 마음을 온통 사로잡고 있다. 요즈음 브리지도 휴업 상태다. 상사 클럽도 마찬가지이다. 카드는 만질 생각도 않고 두 시간에 걸쳐 잡담에 여념이 없다.

신문도 논평 기사로 가득했다. 오늘 아침 바르도의 말로는 이처럼 신문마다 평화에 대하여 환상을 품고 흥분하는데도 불구하고 검열 기관이 손을 쓰지 않고 있는 것은 매우 의미심장하다는 것이다. 『J. de L.』*에 좋은 기사가 실려 있다. 1917년 1

* 『로잔 신문』을 가리킨다.

월에 발표한 윌슨의 메시지를 환기시키고 있다. '승리 없는 평화' 그리고 '국가들 간의 점진적인 무장해제를 시작으로 **전면적인 무장해제**에 이를 것'. (1917년 1월이라면 304고지 뒤의 폐허가 된 마을이 생각난다. 아치형의 지하실 장교 식당에서 페이앙과 세페르와 함께 무장해제에 관해 토론.)

분석을 하기 위해 온 마제 때문에 중단되었다. 염화물, 특히 인산염의 감소.

소나기가 올 것 같아서인지 몹시 피곤하다. 물소리를 듣기 위해 수차水車가 있는 곳까지 슬슬 가보았다. 무엇을 읽거나 남의 생각에 주의를 집중하는 것이 점점 어려워지고 있다. 내 생각에 몰두하는 일은 아직 그런대로 괜찮다. 이 노트를 쓰는 일이 나에게는 그럭저럭 심심풀이가 되고 있다. 그러나 오래가지는 않을 것이다. 그때까지 활용해야지.

1917년 1월에 행한 윌슨의 연설. **무장해제**. 이것이 중요한 요점. 점심 식사 때의 잡담. 레몽을 제외하고는 모두가 의견 일치를 보았다. 지금에 와서는 거리낌 없이 논의의 대상이 되고 있지만 이 년 전만 해도 감히 언급도 못 했을 뿐 아니라, 생각조차도 할 수 없었던 일이다. 즉 국민의 고혈膏血을 빨아 살찌는 암적인 존재인 군대. (**일반 대중**은 상상만 해도 끔찍한 일이다. 즉 포탄 제조에 종사하는 개개인의 노동자는 유용한 생산에 협력한다기보다는 국가의 짐이 되는 기생충이 되고 만다는 것.) 국가 예산의 삼분의 일을 군비에 쏟아넣는 나라는 도저히 살아남을 수 없다. 파멸 아니면 전쟁이다. 현재의 재난도 실은 사십 년에 걸쳐 조직적으로 준비를 한 데에서 오는 필연적인 결과이다.

전면적인 무장해제가 이루어지지 않는다면 항구적인 평화란 기대할 수 없을 것이다. 이것은 수없이 들어온 진리이다. 그러면서도 공염불로 끝나고 말았다. 그 이유는 자명하다. 즉 비교전 상태 시에는 법보다 힘이 앞서는 것으로 확신하고 있는 각국 정부, 이미 서로 대립하고 있으면서 군비 확장 경쟁에 뛰어든 각국 정부가 서로 합의하여 방향을 전환하기를 기대한다든가 또는 모두가 함께 어리석은 전쟁 계획을 포기하기를 기대한다든가 하는 것은 착각에 불과하기 때문이다. **그러나** 장차 평화의 시대가 오면 모든 것이 달라질 수 있다. 왜냐하면 유럽의 모든 나라가 무無로 돌아가 있을 테니까. 백지상태. 전쟁에 지칠 대로 지친 데다가 병기고는 텅 비어 있으니까 그들은 **모든 것을** 새로운 기초 위에 다시 만들어야만 할 것이다. 예외적인 시기, 전례가 없는 시기가 다가오는 것이다. 즉 전면적인 무장해제가 가능한 시기가 오는 것이다. 윌슨은 이것을 간파했다. 그가 주장한 무장해제가 모든 여론으로부터 열렬한 환영을 받지 않을 수 없다. 사 년이란 세월이 그런 길을 마련했고, 전쟁에 대한 본능적인 저항심을 굳건히 했으며, 민족 간의 분쟁을 조정하는 데 있어서 군대에 의한 싸움 대신 마침내 국제적인 도덕심을 확립하고자 하는 욕망을 불러일으킨 것이다.

이제 평화를 원하는 절대다수의 사람들은 전쟁을 부추겨서 이익을 얻고 있는 극소수의 사람들로 하여금 앞으로 평화를 지킬 수 있는 하나의 강한 조직을 받아들이도록 해야 할 것이다. 이것은 하나의 **국제연맹**으로서, 필요에 따라 국제 경찰권을 행사하고, 무력 사용을 영원히 금지시킬 수 있는 중재적 권한을 갖는 것이다. 각국 정부는 이 문제를 국민투표에 부치게 되며,

그렇게 하면 결과는 자명해진다!

오늘 아침 식탁에서는 예견한 대로 레몽만이 분개하며 윌슨을 가르켜 '유럽의 현실'을 전혀 모르는 '계시를 받은 청교도'로 단정했다. 그러고 보니 그것은 바로 **맥심**에서 있은 뤼멜의 견해이기도 했다. 구아랑은 레몽의 주장에 정면으로 맞섰다. "다가올 평화가 각국이 모두 함께 정의를 지키고자 하는 마음가짐, 연대성 있는 하나의 유럽을 창출하기 위한 화해가 아니라면 몇백만이라는 불쌍한 사람들의 귀중한 희생에 의해서 얻어진 그 평화는 한낱 조약 이외의 아무것도 아니며, 겉치레 평화에 불과할 것이어서 여차하면 패전국의 복수심에 의해 깨지게 마련입니다!"—"신성 동맹이 얼마만큼의 가치가 있는지 그리고 얼마나 지속될지를 모두가 알고 있어."라고 레몽이 말했다. 그런데 화제에 무심코 끼어들었던 나는 기분만 상하고 말았다. (깊이 생각해보면 그것은 그다지 어리석은 말도 아니었으며, 겉보기만큼 역설적인 것도 아니었다.) "물론 티보, 자네는 지나치게 현실주의자여서 이런 환상적인 이야기에 오히려 마음이 끌릴 걸세!" (이것은 생각해볼 만한 일이다.)

빗방울이 떨어지기 시작한다. 소나기라도 퍼부어 시원한 밤이 되었으면 좋으련만!

7월 9일 새벽녘에

괴로운 밤. 계속되는 기침. 두 시간도 못 잤다. 그것도 몇 번으로 나누어서였던가?

라셀이 생각났다. 이렇게 무더운 밤이면 목걸이의 냄새가 못 견딜 정도이다. 라셀 역시 병원의 침대에서 어이없는 생을 마쳤다. 홀로. 그러나 인간은 누구나 숨을 거둘 때는 홀로인 것이다.

이런 생각이 문득 떠올랐다. 오늘 아침에도 예나 다름없이 이 시각에 어딘가의 참호 속에서 몇천 명의 불쌍한 병사들이 돌격의 신호를 기다리고 있으리라는 것. 나는 파렴치하게도 이런 것에서 마음의 위로를 찾으려고 했다. 그것도 헛된 일. 참호의 흉벽을 뛰어넘어야 하는 그들을 불쌍하게 생각하기보다는 오히려 건강한 그들, 위험에 몸을 맡기고 있는 그들이 나로서는 훨씬 부럽게 생각되었기 때문이다….

내가 읽다 만 키플링의 작품 속에 **젊은**이란 말이 나온다. 자크가 생각난다… **젊은**. 이것은 자크에게 잘 어울리는 형용사이다! 자크는 언제나 청년이었다. (여러 사전에서 청년의 전형적인 특징을 찾아보라. 혈기, 과격함, 수줍음, 대담성과 소심, 그리고 추상적 사변에 대한 관심, 미온책에 대한 혐오, 회의주의와는 어울리지 않는 데서 나오는 매력….)

그가 어른이 되었더라도 과연 계속 나이 먹은 청년으로 있을 수 있었을까?

밤에 쓴 노트를 다시 읽어보았다. 레몽이 나에게 한 환상이라는 말…. 아니다. 나는 언제나, 지나칠 정도로, 현실성이 없는 사고를 배척해왔다. 누가 한 말인지는 몰라도 이 격언을 마음속에 간직해왔다. '가장 위험한 정신착란은 모든 것을 자기에게 편리하도록 믿는 것이다.' 정말 그래서는 안 된다. 윌슨은 '우리가 바라는 것은 전 세계가 순수해지고 그런 세계에서 우리가 살아가는 것이다'라고 천명했지만 나의 회의주의는 거기에 반발하지 않을 수 없다. 즉 인간에 의해 다스려지는 이 세계가 '순수'해지기를 바랄 만큼 나는 인간이 완벽해질 가능성을 믿고 있지 않기 때문이다. 그러나 윌슨이 '평화를 사랑하는 모든 나라를 위해 이 세계가 **신뢰할 수** 있어야 한다'고 덧붙인 것에 대해서는 찬성한다. 거기에는 전혀 공상적인 면이 없으니까. 이 사회가 개개인이 서로를 심판하지 못하게 하고, 싸울 일이 있을 때에는 그것을 법정에 맡기도록 한 처사는 잘한 일이다! 그런데 정부 간에는 서로 대립할 만한 이유가 있다손 치더라도 쌍방의 국민이 서로 적대시하는 것을 막지 못할 이유는 없지 않겠는가? 전쟁을 과연 자연의 법칙이라 해야 할 것인가? 그렇다면 페스트의 경우도 마찬가지이다. 지금까지의 인류 역사는 해로운 힘에 대항한 영광스러운 투쟁이다. 유럽의 주요 국가들은 점차적으로 통일의 기틀을 마련하는 데 성공했다. 그렇다면 한 걸음 더 나아가 대륙 전체의 통일을 실현하는 데까지는 어째서 갈 수 없단 말인가? 이것이야말로 사회적 본능의 새로운 단계인 동시에 새로운 비약이다. '그러면 애국적 감정은 어떻게 되는 것인가?'라고 소령은 말할지도 모른다. 그러나 전쟁을 부추기는 것은 애국적 감정도 아니고 자연적 감정도 아니다. 그것은 민족주의 감정이며, 후천적, 인위적 감정에 지나지 않는다. 땅이며 방언이며 전통에 집착하는 것이 이웃에 대해 격렬한 적개심을 품는 것은 절대로 아니다. 피카르디와 프로방스 지방, 브르타뉴와 사부아 지방의 경우를 보라. 유럽이 하나의 연방으로 구성될 때 애국적 본능과 같은 것은 지방적인 특색 이외의 아무것도 아닌 것이다.

'공상적인 것!' 그들은 이렇게 부름으로써 윌슨의 생각을 묵살하려고 한다. 신문을 보면 미국의 여러 가지 계획에 대해 가장 호의적인 사람들까지도 윌슨을 가리켜 '위대한 몽상가'라든가 '위대한 예언자' 따위로 일컫고 있는데, 이것은 매우 안타까운 일이 아닐 수 없다. 천만의 말씀이다! 내가 감탄해 마지않는 것은 오히려 그의 **양식**이다. 그의 생각은 간단하다. 그리고 새로우면서도 동시에 매우 오래된 생각이다. 즉 역사상의 온갖 시도와 경험의 귀결점에 해당된다. 유럽은 앞으로 커다란 분기점에 처하게 될 것이다. 연방 제도의 재편성이냐 아니면 또다시 계속적인 전쟁 상태로 되돌아가 모든 나라가 완전히 기진맥진하는 상태까지 가느냐이다. 만일 유럽이 처한 현 상황에서 윌슨이 제창한 합리적인 평화안—그것만이 진실되고 영속적인 평화안이다. 즉 절대적인 무장해제에 뒤따르는 평화이다—을 거부한다면 유럽은 얼마 안 가서 (어떤 대가를 치를지 모르지 않는가?) 진퇴유곡에 빠져 다시 살상의 길로 내닫게 되리라는 것을 알게 될 것이다. 다행히 그럴 리는 없겠지만.

저녁

괴로웠던 하루. 다시 절망에 빠지다. 함정에 빠진 느낌이다…. 더 나은 상황에 처할 수도 있었을 텐데. 나에게는 선생들이나 동료들이 인정해주었듯이 걸맞은 '훌륭한 장래'가 마련될 수도 있었을 텐데. (자만심일까?) 그런데 뜻하지 않게 그 참호의 모퉁이에서 들이마신 가스… 운명이 파놓은 이 함정, 이 올가미!…

새벽 3시—너무 숨이 가빠 잠을 잘 수가 없다. 베개를 세 개 포개고 앉아 있지 않으면 숨을 쉴 수가 없다. 물약을 먹기 위해 불을 켰다. 그리고 다음과 같이 썼다.

나는 지금까지 규칙적으로 일기를 쓸 시간도 또 그런 (낭만적인) 취미도 없었다. 후회막심이다. 만일 지금 내 손안에, 열다섯 살 이후 흰 종이 위에 검은 글씨로 나의 모든 과거를 적어놓은 일기가 있다면 내가 좀 더 살았다는 느낌이 들 텐데. 나의 삶은 좀 더 당당하고 무게도 있고 폭도 넓어서 역사적인 견실함도 지니고 있을 텐데. 그리고 아무것도 생각나는 것이 없는 잊어버린 꿈처럼 불투명하고 유동적인 것은 아닐 텐데. (마치 병의 경과가 체온표에 기입되어 정해지는 것과 마찬가지로.)

나는 '망령'을 쫓아내기 위해 이 일기를 쓰기 시작했다. 또 그렇게 믿고 있었다. 그런데 그 밑바닥에는 분명치 않은 잡다한 이유가 있었다. 즉 심심풀이, 자신에 대한 위안, 그리고 또한 그토록 자랑스럽게 여겼던 이 삶과 이 인격, 곧 사라지게 될 이것들을 조금이라도 남겨두고 싶다는 심정에서였던 것이다. 남겨둔다고? 누구를 위해? 무엇을 위해? 어리석은 짓이다. 그 이유는 내가 쓴 것을 나 자신은 되풀이해서 읽어볼 시간이 없다는 것을 알고 있기 때문이다. 그렇다면 누구를 위해서인가? **어린것을 위해서**이다! 그렇다. 지금 불면증에 시달리면서도 문득 떠오른 생각이다.

그 아이는 잘생겼고 강인하며 씩씩하게 자라고 있다. 나의 모든 장래, 세상의 모든 장래가 그 아이 속에 있다! 그 아이를 본 이래 나는 그 아이의 일을 생각하고 있다. 그런데 그 아이로서는 나를 염두에도 두고 있지 않을 것이라는 생각이 줄곧 머리에서 떠나지 않는다. 그 아이는 나를 잊을 것이며, 나에 대해 아는 것이 아무것도 없을 것이다. 내가 남기는 것은 몇 장의 사진과 약간의 돈과 그리고 '앙투안 삼촌'이라는 이름뿐이다. 아무것도 없다. 그것을 생각하면 이따금 참을 수 없다. 앞으로 몇 개월 살아 있는 동안만이라도 그날그날 끈기 있게 이 일기를 쓸 수 있다면…. 훗날 장 폴이 나의 흔적과 발자국, 사라져가는 한 인간의 발자취를 호기심 있게 찾아내려고 하지 않을까? 그럴 때 '앙투안 삼촌'은 너에게 하나의 이름, 앨범에 있는 한 장의 사진보다 좀 나은 존재가 되겠지. 물론 나 자신의 모습이 다르리라는 것을 나도 알고 있다. 말하자면 지난날의 내 모습과 이처럼 병에 시달리고 있는 환자로서의 내 모습 말이다…. 어쨌거나 다소의 도움은 되겠지! 없는 것보다는 나을 테니까!

너무 지쳤다. 열이 난다. 당직 간호병 방의 불이 켜져 있는 것을 보았다. 베개를 하나 더 가져오게 했다. 이 물약도 이제는 아무런 효과가 없다. 바르도에게 다른 것을 부탁해야지.

어둠 속에서 창문이 푸르스름한 빛을 띠고 있다. 아직 달이 떠 있는 것인가? 아니면 벌써 날이 새기 시작한 것일까?… (얼마나 잠들었었는지 알 수 없는 반수면 상태 뒤에 시계를 보기 위해 수없이 불을 켜곤 했다. 그리고 비웃는 듯한 문자판을 읽고 실망한 적이 한두 번이 아니었다. 고작 11시 10분… 1시 20분…!)

4시 35분. 그렇다면 달은 아니다. 여명 전의 희미한 빛이다. 맙소사!

7월 11일

침대에서 막막한 고통의 며칠을 씁쓰레하고 초조한 기분으로 보내다….

점심 식사를 끝냈다. (환자용 작은 식탁에서 한없이 걸리는 식사. 기다리다 못해 지칠 대로 지쳐서 그나마 남아 있는 식욕마저 잃고 만다! …십 분마다 조제프는 쟁반을 들고 나타난다. 그리고 받침접시에는 아주 적은 양의 식사….) 정오에서 세시까지는 마치 밤으로부터 정적을 빌려온 듯 텅 빈 조용한 한때. 그것을 깨뜨리는 것은 가까이에서 들려오는 기침 소리. 전혀 신경을 쓰지 않아도 누구의 기침 소리인지 알 수 있다.

세시에는 체온계, 조제프, 복도에서 들리는 소리, 정원에서 부르는 소리, 생활….

7월 12일

우울했던 이틀. 어제 X선 검사. 기관지의 결절종의 부위가 더 증가했다. 나 자신도 그 사실을 느끼고 있었다.

독일 의회에서 그토록 온건한 연설을 한 바 있는 퀼만은 마침내 사직하고 말았다. 독일식 정신 상태의 불길한 징조. 한편 피아베 삼각주에서 이탈리아군의 전진이 확인되다.

저녁

줄곧 누워 있었다. 걱정했던 것보다 괴로운 하루는 아니었지만. 다로와 구아랑 등 몇몇 사람들과 만날 수 있었다. 오늘 아침 바르도가 모시고 오도록 한 세그르 교수 입회하에 오랜 진찰. 이렇다 할 걱정되는 점은 아무것도 없었다. 별로 악화되지도 않았다. 내 주위 사람들은 모두가 희망적으로만 생각하려 든다. 그랬으면 하고 바라는 것을 현실과 착각해서는 안 된다고 몇 번이고 되뇌면서도 나 자신이 그런 안도의 물결에 휘말려드는 것 같다. 물론 아군의 전세는 유리한 입장에 있다. 빌레르 코트레, 롱퐁… 제4군…. (테리비에가 아직 4군에 있다면 활약이 대단할 거야!) 하기는 오스트리아군의 패배는 분명한 사실. 그것은 완전한 패배였다. 그런가 하면 일본에 의한 동양의 새로운 전선. 그러나 언제나 사정에 밝은 구아랑에 의하면 파리가 폭격을 당한 이후부터 사기가 매우 저하되어 있으며, 전선에서도 사람들은 그들의 처자가 자기들과 마찬가지로 위험에 처하는 것에 무관심할 수 없으리라는 것이다. 그는 많은 편지를 받고 있다고 하면서 모두가 이제는 지칠 대로 지쳐 있으며, 전쟁을 더 이상 끌고 가는 것은 딱 질색이라고 한다. 전쟁이 빨리 끝났으면 좋겠다. 어떤 대가를 치르더라도! …미군들의 주도하에 어쩌면 전쟁은 곧 끝날지 모른다. 더 잘된 일인지도 모른다. 전쟁이 미국에 의해 끝난다면 우리 지도자들은 평화 체결을 하게 되더라도 미국이 하자는 대로 따르지 않을 수 없을 것이다. 그렇게 되면 그것은 윌슨이 원하는 평화이지 우리 장군들이 바라는 평화는 아니다.

지금처럼 좋은 몸 상태가 내일도 계속되면 제니에게 편지를 써야지.

7월 16일

지난 며칠 동안은 고통이 심했다. 기력이 없는 데다가 아무런 의욕도 없었다. 일기장이 손이 닿는 곳에 있었지만 열어보고 싶은 생각이 전혀 들지 않았었다. 매일 저녁 비망록에 건강 상태를 기록하는 것이 고작이었다.

오늘 아침부터 겉보기에는 훨씬 좋아졌다. 호흡곤란도 간격이 뜸해지고 발작도 짧고 기침도 지금까지처럼 심하지 않아 참을 만하다. 일요일부터 다시 시작한 비소 요법 덕분일까? 이것으로 다시는 재발이 없는 것일까?

불쌍한 슈메리는 나보다 더 딱한 상태에 있다! 패혈 증세. 괴저 병소가 산재한 기관지염. 끝장이다.

그리고 뒤프레는 우측 고정맥의 정맥염이다! …그리고 베르와 또 코뱅!

마음속 깊은 곳에 잠자고 있는 모든 것! (지금까지 모르고 있던 모든 씨앗을 예를 들자면 전쟁 덕분에 나 자신 속에서 발견하게 되었다…. 심지어는 증오와 폭력의 가능성. 게다가 또 잔인성까지도… 그리고 또한 약자에 대한 경멸… 공포심 등. 그렇다. 전쟁을 통해 나는 내 마음속에 있는 매우 천한 본능과 인간의 모든 추한 면을 발견하게 되었다. 내 마음속에 깃들어 있는 이러한 씨앗과 밑바닥을 간파했기 때문에 이제 앞으로는 사람들의 결점이라든가 죄악 같은 것을 모두 이해할 수 있으리라.)

7월 17일, 저녁

확실히 상태가 나아졌다. 얼마 동안이나 계속될 것인가?

이런 기회를 이용하여 **편지**를 쓰기로 작정했다. 오늘 오후. 여러 번 쓰다 멈추곤 했다. 좀처럼 잘 써지지 않는다. 처음에는 몇 가지 접근 방법을 통해 분위기를 조성할 생각을 했었다. 그러다가 길고 정성이 담긴 한 통의 편지를 쓰기로 결심했다. 희망이 있다. 내가 알고 있는 한 제니와는 문제를 단도직입적으로 접근하는 것이 더 바람직하다. 일을 순수한 형식으로, 장 폴의 장래를 위해 불가피한 것으로 제기하려고 애썼다.

오늘 저녁 우체통의 우편물 수집은 이미 끝났다. 내일 아침까지 시간이 있으니까 다시 읽어본 다음 보낼지 말지를 결정하자.

샹파뉴 지방에서 독일군의 공세. 로샤*도 포화 속에 있을 것이 틀림없다. 이것은 말하자면 마른강에 이르러 생 미엘로 밀어붙여 베르됭을 포위하고 나서 마른과 센강 쪽으로 방향을 돌린다는 그들의 유명한 작전 개시인가? 그들은 이미 마른강 북쪽과 남쪽에 진출하고 있다. 도르망도 위험하다. (그 도시, 다리며 교회의 광장이며 교회 앞에 있던 이동 야전병원 등이 눈에 선하다….) 전쟁이 끝나기까지는 아직도 요원하다! 전혀 그럴 만한 기미가 보이지 않는다. 잘되면 1919년 미군 참전의 해. 그것은 사전 연습의 해일 테고. 1920년은 격전의 해. 1921년에 가서야 동맹국의 항복의 해, 윌슨식의 평화의 해, 동원 해제의 해가 될 것이다….

마지막으로 편지를 다시 읽었다. 만족스러운 문체. 조금도

* 프랑스 동북부의 지명.

애매한 데가 없다. 논지에 있어서도 그 이상 설득력이 있을 수 없다. 제니도 이해해주고 받아주리라는 것을 의심치 않는다.

18일 아침

팬티 바람의 세그르 교수가 눈에 띄었다. 티에르*와는 전혀 닮은 데가 없다!

오후, 정원에서

오늘 아침에 일어난 일을 적어두다.

재무관 차편으로 편지를 보내기 위해 평상시보다 일찍 일어났다. 창문의 발을 내리러 가던 중 2동棟 건물의 창 하나가 방긋이 열린 사이로 아침 단장을 하고 있는 세그르, 세그르 교수의 모습이 언뜻 눈에 들어왔다. 상반신에는 아무것도 걸치지 않고 착 달라붙은 팬티 차림에(늙어빠진 낙타와도 같은 빈약한 궁둥이!) 젖은 머리를 착 달라붙게 빗질을 한 모습… 열심히 이를 닦고 있었다. 나는 그를 볼 때마다 티에르 씨와 비슷하다고 생각해왔다. 그만큼 우리의 눈에 비친 그는 장중하고 위엄 있으며, 몸에 꼭 맞는 옷차림에 앞머리를 바람에 날리면서 턱은 앞으로 내민 채, 몸을 곧게 세우고 있는 그런 모습이 아니었는가. 처음에는 잘못 본 것이 아닌가 했을 정도였다. 그를 보는 순간 그는 거품 나는 물을 뱉어내고 나서 거울 쪽으로 몸을 굽혀 손가락을 입에 넣어 의치를 꺼내더니 근심스러운 태도로 들여다보며 동물적인 호기심으로 그 냄새를 맡아보는 것이었다. 바

* 19세기 프랑스의 정치가이자 역사가.

로 그 순간 나는 어색해지다 못해 무어라 설명할 수 없을 정도로 **가슴이 뭉클해짐**을 느끼며 방 한가운데까지 펄쩍 물러갔다. 거만한 그에게서 갑자기—무어라 말하면 좋을까?—다정한 친근감을 느꼈던 것이다….

내가 이런 경험을 하는 것이 이번이 처음은 아니다. 세그르 교수 말고도 다른 사람들에게서도. 이곳에 와서 의사, 간호병, 환자들 사이에서 생활한 지도 벌써 여러 달이 되었다. 그들의 옆모습이며 그들의 몸짓이며 그들의 버릇 등을 속속들이 알고 있기 때문에 멀리서도 안락의자 위로 나와 있는 목덜미, 창에서 재떨이를 비우는 손, 채소밭의 담장 뒤로 지나가는 두 사람의 목소리를 듣기만 해도 누구인지를 어김없이 알아맞힐 수 있다. 그러나 그들에 대한 나의 우정은 매우 평범하고 신중한 관계를 넘어서본 적이 없다. 하기는 다른 사람들과 마찬가지로 정신적으로 자유분방하고, 사교적이었던 시절에도 나는 남들과의 사이에 철저한 장벽을 쌓고, 타인 속의 타인이라는 느낌을 가졌었다. 그런데 그들 중의 한 사람이 고독하게 혼자 있는 것을 보면 나의 소외감은 금세 녹아버려 거의 애정에 가까운 폭발적인 우정을 느끼기 시작하는 것은 어째서일까? 어쩌다(우연히 거울에 비치거나 혹은 문이 반쯤 열려 있기 때문에) 같은 층에 사는 한 남자가 누가 보지 않는다고 생각하지 않으면 도저히 할 수 없는 하찮은 짓을 하는 것을 목격한 일이 한두 번이 아닌데(주머니에서 남몰래 사진을 꺼내 들여다본다든가, 침대에 눕기 전에 성호를 긋는다든가 또는 은밀한 것을 생각해내고는 약간 정신 나간 듯한 모습으로 싱긋 웃는다든가), 그럴 때면 즉시 그에게서 **이웃** 사람, **비슷한** 사람, **나와 똑같은** 사람임을 발견하고 그 사람과 친구가 될 수 없을까 하는 생각도 잠시 하곤 한다!

어쨌든 '친구를 만드는' 일에는 전혀 소질이 없는 나의 성격. 나는 **친구**가 없다. 또 가져본 적도 없었고. (바로 이런 점에서 자크가 무척 부럽게 여겨졌었다. 자크에게는 친구가 많았다.)

쓰고 싶은 마음이 다시 생기다. 지난 며칠 동안은 확실히 전보다 훨씬 좋아졌다.

저녁

오늘 아침 식탁에서 전쟁의 추억담. (평화가 오면 사냥에 관한 이야기보다는 전쟁 이야기가 더 화젯거리가 될 것이다.) 다로스는 전쟁이 발발하자마자 알자스 지방에서 수색 나갔을 때의 이야기를 했다. 달빛이 훤히 비치는 밤에 그는 몇 명의 동료들과 함께 모두가 피란 가고 아무도 없는 조용한 어떤 마을을 지나게 되었다. 그런데 독일 보병 세 명이 총을 끌어안고 인도 위에 누워서 코를 골며 자고 있더라는 것이다. 다로스는 말했다. "아주 가까이에서 보니까 독일 사람이라는 생각이 들지 않더군. 기진맥진한 친구로밖에 보이지 않았어. 나는 잠시 망설였지. 결국 그들을 **못 본 척하고** 계속 길을 걷기로 결심했어. 그런데 뒤따르던 여덟 명도 나와 똑같이 하더군. 우리는 잠들어 있는 그들에게서 십 미터쯤 갈 때까지도 뒤를 돌아보지 않았어. 그날 저녁 우리들 중의 누구 하나 우리가 한 일에 관해 말 한마디 비치지 않았어. 마치 짜기라도 한 것처럼 말이야."

7월 20일

어제 '위원회'가 요양소 '검열'을 실시했다. 이 지방의 모든 **고위층**. 그 전날부터 세그르 교수, 바르도 그리고 마제는 기진맥진해 있었다. 군병영에서의 끔찍한 추억. 후방은 전쟁이라고 해서 변한 것이 아무것도 없다.

'군대의 힘인 규율'에 관해서는 할 말이 없다. 아무렴! …브랭이나 그 밖의 다른 군위관들 일이 생각난다. 예비 의무관들과 비교해 능력이 부족한 그들. 그것은 오로지 그들이 수년 동안 계급을 존중하며 일을 해왔기 때문이다. 몸에 밴 복종하는 습관. 견장의 수에 따라 진단의 자유와 책임의 소재를 한정하는 습관.

군기軍紀. 콩피에뉴 부대의 의무실 하사관이었던 그 잔인한 파오리가 생각난다. 기둥서방 같은 그의 얼굴, 언제나 충혈되어 있는 두 눈. 근본이 나쁜 녀석은 아니었을 것이다. 매일 저녁 찌르레기에게 줄 대마씨를 따러 물가에 가곤 하던 그의 인간 됨됨이로 미루어 보아… 전쟁 전에는 그토록 두렵고 보기만 해도 끔찍했던 **재복무 하사관** 중의 한 사람. (어째서 재복무를 했을까? 그 직업이야말로 공포 분위기를 자아내어 동료들을 지배할 수 있는 유일한 길이라는 것을 간파했음이 틀림없다.) 그는 군의관에게 진찰을 받으러 오는 병사들 이름을 기록하라는 명을 받았다. 환자들이 문을 두드리는 소리가 사무실까지 들려오곤 했다. 언제나 똑같은 질문을 소리치듯 하는 파오리. "그래, 제기랄! 아프다는 거야 아니면 괜찮다는 거야?" 나는 겁에 질린 **신병**의 얼굴을 상상했다. "그래, 괜찮으면 꺼져!" **신병**은 더 이상 묻지도 않고 되돌아가는 것이 아니겠는가! 군의관의 말로는 파오리야말로 나무랄 데 없는 하사관이라는 것이다. “그 친구 앞에서라면 꾀병을 피우는 놈들은 절대로 용서 없어.”

“군대는 한 나라를 대표하는 위대한 학교야”라고 아버지는 말씀하시곤 했다. 그래서 그는 크루이의 감화 대상 소년들을 징병소로 보내곤 했었다.

21일, 일요일

온갖 노력에도 불구하고 이번 주 분석에 의하면 인산염의 감소와 무기 성분 감소가 규칙적으로 진행되고 있음이 나타난다.

전황 발표. 전세가 좋은 편이다. 우르크강에서 진격. 샤토 티에리에서 진격. 진격은 엔강으로부터 마른강에까지 이르고 있다. 포슈 사령관은 적당한 시기에 방어선으로부터 공격선으로 전환하기 위해 대기하고 있다는 것이다. 드디어 그 시기가 온 것일까?

지휘관은 지도 위에 있는 기旗의 위치를 옮기는 데 하루하루를 보내고 있다. 말비의 ‘반역’ 사건*과 고등법원의 처사에 관한 격렬한 논쟁. 전황 발표가 유리해지기만 하면 기세를 만회하는 정치권.

22일, 저녁

니에브르 출신 국회의원인 그의 매부가 오늘 케라젤을 찾아왔었다. 우리와 함께 점심 식사를 했다. 급진 사회당원인 것 같

* 내상 루이 말비는 1917년 일어난 파업을 강경하게 진압하지 못했다는 이유로 우파로부터 패배주의자라고 공격을 받고 해임되었다. 반역죄로 기소된 그는 대법원에 의해 5년 추방형을 언도받았다.

다. 그게 무슨 상관이 있담. 지금에 와서는 모든 정당이 전쟁 상태에 복종하면서 너 나 할 것 없이 진부한 이야기만을 되풀이하고 있는데. 역겹고 보잘것없는 담화. 그렇지만 한 가지 예외였던 것은 작년 봄 식스트 드 부르봉*이 프랑스 정부에 전달한 오스트리아의 평화안에 관한 것. 구아랑은 프랑스 정부가 그것을 거부한 것에 분개하고 있었다. 가장 고집불통이었던 사람은 늙은 리보**였던 것 같다. 푸앵카레와 로이드 조지를 교묘히 설득한 것은 바로 리보였던 것이다. 당시 프랑스 정계에서 논쟁의 초점은 다음과 같은 것이었으리라. '부르봉가의 한 사람에 의해 공화국에 전달된 평화안 같은 것은 심의할 가치조차 없다. 왕당파가 대대적으로 선전에 이용할 테니까. 그렇게 되면 앞으로 정권을 유지하는 데에 위험이 따르고. 무엇보다도 권력이 장군들의 손안에 있는 지금에 있어서는!…'

믿기 어렵군!

7월 23일

어제 만난 국회의원. 현대의 열병 환자의 좋은 본보기! 열두 시간을 벌기 위해 밤 특급으로 파리를 출발. 불안한 눈초리로 끊임없이 시계를 본다. 주전자를 만지면서 한 손을 떨고 있는 것으로 미루어 보아 좀 취해 있는 것 같기도 하다. 여러 가지 사상을 피력하는 그의 사고력이 혼란스럽기 짝이 없다.

그는 돌아다니는 것을 활동으로 여기고 있다. 그런데 그가

* 부르봉가의 후예이다.

** 1917년 당시 프랑스의 수상이다.

하는 활동과 그가 하는 일과는 전혀 앞뒤가 맞지 않는다. 그는 언성을 높이면 그것이 합리적인 토론인 것으로 착각하고 있다. 그리고 단호한 어조를 띠면 그것이 능력이나 위엄을 나타내는 것으로 착각하고 있다. 또한 대화에서 일화적인 하찮은 것을 보편적인 사상이라도 되는 것으로 잘못 생각하고 있다. 정치에서도 관용의 부재不在를 총명한 현실주의로 착각하고 있다. 그리고 건강을 대담성으로, 식욕을 만족시키는 것을 삶의 철학이라도 되는 것처럼, 등등.

나의 침묵을 전적인 찬동으로 착각하고 있었던 것은 아닐까?…

7월 23일, 저녁

우편물. 제니의 회신.

처음에 생각한 것처럼 그녀의 어머니에게 먼저 말해야 옳았을 텐데 그렇게 하지 않은 것이 지금에 와서는 후회스럽다. 제니는 거절하는 편지를 보내왔다. 신중하면서도 단호한 편지. 그녀는 자신의 행위에 대해 전적인 책임을 지겠노라고 당당히 말하고 있다. 그것은 어디까지나 그녀의 재량권이다. 자크의 아이는 다른 아버지를 가져서는 안 된다는 것, 법률상으로도 그러하다는 것이다. 뿐만 아니라 자크의 아내는 재혼을 해서도 안 된다는 것, 자신은 아들이 어떻게 생각하든 그런 것은 개의치 않는다는 것, 등.

나의 공리적인 생각이 그녀의 마음을 움직이기는커녕 전혀 고려의 대상도 되지 않았다. 심지어 일고의 가치도 없는 것으로 여겨졌음이 분명하다. 물론 노골적으로 말하고 있지는 않지만 '사회적 관습'이라든가 '옛날의 편견' 등과 같은 표현을 명확히 경멸적인 투로 여러 번 사용하고 있는 것으로 미루어 보아.

물론 나는 단념하지 않는다. 다른 방법으로 설득할 작정이다. 왜냐하면 '사회적 관습' 같은 것은 아무런 가치가 없기 때문이다. 그렇다면 그런 것에 반항할 이유가 어디에 있단 말인가? 그런 태도야말로 대수롭지도 않은 관습에 어떤 중요성을 부여하는 것이나 다름없는 것이다! 특히 이런 점을 강조해야겠다. 즉 그녀 때문이 아니고 장 폴 때문이라는 것을. 떳떳치 못한 출산이라고 해서 아직도 그것을 꺼림칙하게 여기고 있다는 것은 우스꽝스러운 일이다. 물론 그럴 수도 있다. 그러나 그것은 하나의 기정사실이다. 만약 이 점을 이해시키면 제니도 서슴지 않고 내 이름을 받아들일 것이며, 또 그 아이도 알게 할 것이다. 여러 가지 상황이 여타 경우와는 전혀 다르다. 즉 조만간 내가 사라지기만 하면 모든 것이 아주 간단해질 테니까!

오늘 당장 답장을 해야겠다.

실은 일을 어떻게 처리할 것인지 명확하게 충분한 설명을 해주지 않은 내가 잘못이었다. 그녀는 여러 가지 번거로운 상황을 생각했을 게 틀림없다. **상세하고 명확히** 설명을 해주자. 다음과 같이 알려주자. '저녁에 특급을 타고 오기만 하면 됩니다. 그라스에서 기다릴 테니까. 모든 것은 면사무소에 준비되어 있습니다. 도착하고 두 시간 후면 또다시 파리행 기차를 탈 수 있을 것입니다. 어쨌든 정식으로 된 호적을 갖고 오기를!'

24일

어제 편지를 쓴 것이 천만다행이다. 오늘로 미루지 않기를 잘했다. 오늘은 괴로운 하루. 새로운 치료 때문에 몹시 지쳐 있다.

단지 행정적인 절차를 마치는 것만으로 앞으로 장 폴의 신상에 닥쳐올 모든 어려움을 확정적으로 제거해줄 수 있다고 여긴다면 그것은 너무나 어리석은 생각이다. 무슨 수를 써서라도 제니를 설득해야 한다.

7월 25일

신문. 아군은 샤토 티에리를 점령했다. 독일군의 패배인가 아니면 작전상의 후퇴인가? 스위스 신문이 전하는 바에 의하면 포슈의 공세는 아직 시작되지 않았다는 것이다. 현재의 목표는 독일군의 퇴각을 견제하는 데 있는 것 같다. 영국군이 전선에서 꼼짝도 않고 있는 것도 이런 추정을 수긍케 한다.

발작적인 호흡곤란이 그 빈도를 더해간다. 걱정스럽다. 체온의 변화가 심하다. 의기소침.

27일, 토요일

괴로운 밤. 나쁜 소식. 제니는 끝내 나의 말을 들으려 하지 않는다.

오후

주사. 두 시간의 휴식.

제니의 편지. 그녀는 이해하려 들지 않는다. 고집불통이다. 서류 조작에 불과한 것을 그녀는 스스로를 크게 배반하는 것으로 여기는 것 같다. ('만약 자크에게 문의한다면 그런 비열한

편견과는 절대로 타협하지 말라고 할 게 틀림없습니다…. 그를 배반하는 것이 될 테니까요, 만약…' 등등.)

이런 것을 가지고 왈가왈부하며 시간을 낭비하는 것이 화가 난다. 그녀의 동의가 늦어질수록 그만큼 모든 수속이 어려워질 것이다. (서류를 갖추는 일이며, 결혼이 이곳에서 이루어진 것으로 하는 일이며 결혼 공시일 등.)

오늘 제니에게 편지를 쓰기에는 너무 기진맥진해 있다. 나는 이 문제를 감정에 호소하기로 결심했다. 만약 장 폴에게 편안한 일생을 마련해줄 수 있는 확신을 가졌을 때 내가 느낄 정신적인 안도감을 내세워보자. 또한 나의 불안감을 과장해보자. 그리고 제니에게 나의 마지막 기쁨을 거절하지 말아 달라고 간청하는 것 등.

28일

편지를 썼다. 그리고 발송했다. 고된 노력 끝에.

29일

신문. 엔강으로부터 베슬강에 이르기까지 전 전선에 걸친 압박. 마른강은 탈환. 프렌, 페르 숲, 빌뇌브, 그리고 롱셰르와 로미니, 빌앙타르드누아….

그 일대 모두가 눈에 선하다!

정원에서

시야에 들어오는 것. 주위는 온통 내가 있는 이 정원과 똑같은 정원. 공 모양의 오렌지나무, 레몬나무, 짙은 녹색의 올리브

나무, 껍질이 벗겨진 유칼리나무, 깃털 모양의 위성류, 대황속大黃屬의 넓은 잎사귀 식물, 그리고 장미와 제라늄을 폭포처럼 늘어뜨린 항아리 모양의 화분. 가지각색의 빛깔. 온갖 무지개색. 사이프러스나무 울타리를 통해 햇빛에 빛나는 집들, 그 모든 것이 흰색, 장미색, 엷은 보라색, 오렌지색 등 다양한 색으로 칠해져 있다. 하늘의 푸른색과는 대조적인 주홍색 기와지붕. 그리고 갈색, 자주색, 짙은 녹색으로 칠해진 나무 베란다! 오른쪽, 가장 가까운 곳에는 엷은 연보라색 덧문이 달린 황갈색 집. 그리고 그 옆에는 선명한 녹색 발이 내려져 있고, 보라색 그림자가 드리워진 넓은 벽면이 있어서 강렬한 인상을 주는 하얀 집!

저런 곳에 집을 갖고, 저런 곳에서 행복을 누리며 일생을 살 수 있다면….

사이프러스나무가 빽빽이 늘어선 사이로 거의 눈을 뜰 수 없을 정도로 햇살이 전신주의 사기로 된 애자礙子에 강렬한 빛을 쏟고 있다.

30일, 저녁

오늘은 아래로 다시 내려가 보았다. 지난 이틀 동안은 내려갈 수가 없었다.

어찌할 바를 모르고 바보가 된 것 같은 느낌. 나 자신 미래가 없다는 것을 안 이래로 세상이 마치 의외의 것, 불가사의한 것이 되기라도 한 듯한 눈으로 삶과 다른 사람들을 바라보고 있다.

진격은 벌써 멈춘 것 같다.

그런데 느닷없이 러시아(레닌)가 동맹국에게 선전포고를 했다.

저녁

추억. 아버지가 돌아가시자 나는 그의 편지지를 가져왔었다. 석 달 후에 나는 지도 교수에게 몇 자 쓰기 위해 편지지를 뒤집다가 아버지가 쓰다 만 다음과 같은 필적을 발견했다. **월요일. 친애하는 선생, 오늘 아침에야 비로소 편지를 받고**…. 뜻하지 않은 만남, 마치 손이 죽음과 맞닿는 것 같은 느낌! 아버지가 정성을 들여 쓴 자그마한 글씨체, 생생한 느낌을 주는 그 몇 마디, 영원히 중단된 그 노력!

8월

1918년 8월 1일

계속해서 타르드누아에서의 공격. 드디어 유리한 고지를 차지했단 말인가? 그러나 어떤 대가를 치를 것인가? 수아송과 랭스 사이에서는 눈부신 진격. 바르도는 솜 방면으로부터 한 통의 편지를 받았는데, 내용인즉 프·영 연합군이 아미앵 동쪽에서 또 다른 공격을 준비하고 있다는 것이다. (1914년 8월의 아미앵…. 도처에서 빚어지고 있던 그 혼란! 나는 그 기회를 십분 이용했다! 병원 약국에 근무하고 있던 뤼오 덕분에 다량의 모르핀과 코카인을 훔쳐내어 우리 구호반에 재보급한 일이 있었지! 보름 후에 마른 전선에서 그것이 얼마나 큰 도움이 되었던가!)

하원은 20세 장정들의 근무 소집을 의결했다. 루루가 해당 연도에 속하겠군. 불쌍한 녀석은 퐁타냉 병원을 그리워하고 있을 거야.

8월 2일

제니의 고집을 도무지 꺾을 길이 없다. 이번에도 한사코 **안 된다**는 것이다. 짧은 편지. 매우 다정하면서도 요지부동의 결심을 보이고 있는 편지. 하는 수 없다. (대단치 않은 실패에도 몸 둘 바를 몰라 하던 것은 옛날 일. 지금은 체념하고 만다.) 제니는 자신의 거절을 하나의 원칙의 문제로 삼고 있다—매우 뜻밖이지만!—혁명적인 원칙…. 대담하게도 이렇게 쓰고 있다. '장 폴은 사생아私生兒입니다. 앞으로도 사생아인 채로 있을 겁니다. 그리고 이런 비정상적인 환경 때문에 자크의 아들이 일찍부터 사회와 등을 져야 한다면 그것도 감수해야겠지요. 아마 자크도 자기 아들이 이보다 더 나은 출발을 하기를 원치는 않았을 겁니다!'(그럴지도 모르지…. 좋아! 자크가 마음속에 품고 있던 반항 정신은 그가 죽은 뒤에도 길이길이 남기를!)

3일, 밤

편지 쓰기에 좋은 시각. 낮보다 머리가 더 명석해지고, 나 자신과 더 가까워질 수 있는 시각.

제니. 그녀가 마음속에 품고 있는 생각은 어떠하던 간에 그녀의 편지는 나무랄 데가 없고, 처음부터 끝까지 일관성이 있다는 사실을 인정해야겠다. 박력과 대담성이 있는 편지. 게다가 존경심마저 느끼게 한다.

장 폴에게

훗날 앙투안 삼촌이 쓴 것을 읽을 마음이 생겨 이 편지를 읽게 되면 너는 놀라움을 금치 못할 것이다. 너는 이 문제에서 서슴지 않고 어머니가 옳다고 인정하리라는 사실도 삼촌은 알고 있다. 그래도 좋다. 용기라든가 너그러운 마음은 너의 어머니 쪽에 속하는 것이고 나하고는 무관하단다. 단지 너에게 부탁하고 싶은 것은 나를 이해해 달라는 것, 내가 이렇게 끈질기게 주장하는 본심은 부르주아적인 편견에 복종하는 기회주의적이고 퇴보적인 것과는 거리가 멀다는 사실을 인정해 달라는 것이다. 다음 세대, 즉 너의 세대가 모든 분야에서 끔찍한 곤경, 어쩌면 오랫동안 극복하기 어려운 곤경에 처하게 되지나 않을까 걱정스럽다. 거기에 비하면 너의 아버지나 내가 겪은 어려움은 아무것도 아닌 것이다. 이런 생각을 할 때면 나는 가슴이 죄어오는 것만 같단다. 나는 이미 이 세상을 하직한 뒤이므로 그런 투쟁을 하는 너를 도울 수가 없기 때문이다. 그런 경우 나로서는 너를 위해 그래도 무엇인가를 마련해주었다고 생각할 때, 마음속에 흐뭇함을 느낄 수 있지 않을까 한다. 말하자면 너에게 떳떳한 호적을 남겨주고, 너에게 내 이름, 너의 아버지의 이름을 지니게 함으로써 네가 세상을 살아가는 데 있어서 너에게 닥칠 여러 가지 장애 중의 하나를 제거해준 셈이 될 것이다. 너를 보호하기 위해 내가 해줄 수 있는 유일한 것이다. 그러나 너의 어머니의 말대로 이 점에 내가 비중을 너무 두고 있는지도 모르겠다.

8월 4일

신문. 수아송 탈환. 그곳은 삼월 말부터 적의 수중에 있었다. 이제 아군은 엔강과 핌므를 앞에 두고 베슬강에 도달할 수 있게 된 셈이다. (핌므라면 아직도 되살아나는 이런저런 추억들! 바로 그곳에서 전선으로 가는 송데르의 동생을 만났다. 그는 그 뒤 영영 돌아오지 않았다.)

랜다운*의 사려 깊은 연설. 사람들이 그의 말에 귀를 기울일까? 현재 돌아가는 상황으로 보아—구아랑도 같은 의견이지만—겨울이 닥쳐오기 전까지는 협상의 시도가 있을 것이다. 그러나 클레망소는 마지막 카드인 미군의 상륙까지는 귀담아들을 것 같지 않다.

러시아. 그곳에서도 별의별 일이 다 일어나고 있는 것이 틀림없다. 동맹국이 아르한겔스크에 상륙. 일본군은 블라디보스토크에 상륙. 그렇지 않아도 러시아로부터는 하찮은 정보밖에 알아내지 못하는데 하물며 혼돈에 빠져 있는 그곳에서 무엇을 알아낼 수 있단 말인가?

저녁

세그르 교수가 마르세유에서 돌아왔다. 참모본부에서는 18일에 시작된 동맹국의 반격의 제1단계가 끝나가는 것 같다고 전하고 있다. 목적은 달성된 모양이다. 우아즈강에서부터 뫼즈강까지 이르는 직선적인 전선. 기습을 시도해볼 돌출부도 없어져버렸다. 이 새로운 전선에서 온 겨울을 보낼 작정인가?

* 영국의 정치가.

8월 5일

마제가 준 새로운 진정제의 결과에 관해 나는 만족해야 할 것인가? 불면증에는 아무런 효과도 없다. 그러나 정상적인 맥박, 신경의 안정, 좀 무디어진 감수성. 머리는 훨씬 명석해지고 활기에 넘친다. (나 혼자의 생각이지만.) 결국 밤에 잠은 못 이루지만 여느 때보다는 비교적 기분 좋게 지내는 밤이다.

비망록을 쓰기에 알맞은 밤이다!

조제프는 휴가를 떠났다. 그 대신 나이 든 뤼도빅이 왔다. 그의 수다 때문에 골치가 아플 정도다. 그가 방을 치우러 올 때면 나는 슬쩍 피한다. 그런데 오늘 아침에는 지짐술을 위해 늦게까지 침대에 있었기 때문에 영락없이 그에게 붙들리는 신세가 되었다. 딸꾹질 때문에 중단되기도 하고 또 언성을 높인다든가 하는 따위로 중단되곤 하기 때문에 이야기를 나누어도 매우 피곤해진다. 그자는 마룻바닥을 밀랍으로 닦는 일을 자기 '담당'으로 여겼던 모양이다. 양발에 솔을 달고 혼자 떠들어대면서 일종의 지그춤*을 춘다.

그는 사부아 지방에서 보낸 자신의 소년 시절 이야기를 들려주었다. 그러면서 되풀이하는 말이 "군의관님, 좋은 시절이었지요!" (그래, 뤼도빅, 나 역시 지난날을 회상할 때마다 매우 괴로웠던 일도 '좋은 시절'이었어!)

뤼도빅의 말투는 구수한 데가 있다. 이 점은 클로틸드와 유사하다. 그러나 그 어법에 있어서는 같지 않으며, 사투리도 덜

* 빠르고 경쾌한 춤의 하나이다.

쓴다. 그가 일러주는 말에 의하면 자기 아버지는 **바느질 직공**이었다는 것이다. 즉 양복점에서 **바느질하는** 직공, 재단사가 재단한 천을 치수에 맞추어 꿰매는 사람이었다는 것이다. 경구警句. 얼마나 많은 사람들이(자크도 그중의 하나이지만….) 자신들이 배운 것을 정리하기 위해 **바느질 직공**과 같은 사람의 도움을 필요로 하는가!

제니는 최근에 보낸 어느 편지에서인가 그의 '주의主義'에 관해 말하고 있다. 전혀 사리에 맞지 않는 말이다. 그녀와 그 문제에 관해 토론을 할 생각은 없다. 그러나 자크가 그녀 앞에서 일관성 없이 말한 사상, 그리고 그녀 자신 모호하게밖에 파악하지 못한 그 사상을 마치 하나의 '주의'로 여기는 것은 내가 보기에 장 폴의 교육을 위해서도 위험스럽기 짝이 없다.

장 폴, 언제이고 너는 이것을 읽게 될 것이다. 너의 아버지의 사상을 지리멸렬한 것으로 판단한 앙투안 삼촌의 생각에 대해 너무 성급한 결론을 내리지 않기를 바란다. 너의 아버지는 어떤 문제가 생길 때마다 충동에 이끌리는 사람처럼 그것에 대해 다양한 견해를 갖고 있었으며, 게다가 대개의 경우 그 견해라는 것이 서로 모순을 안고 있어서 자기 자신도 정리하지 못하곤 했다는 사실을 말해두고 싶을 뿐이다. 적어도 너의 아버지는 그렇게 다양한 견해에서 하나의 명확하고도 확고한, 그리고 연속성을 지닌 확신, 뚜렷이 방향이 설정된 행동 지침을 끄집어낼 수 있었어야 했을 텐데 거의 그러지를 못했단다. 또한 네 아버지의 인격만 하더라도 여러 가지가 서로 이질적이고 모순되고 동시에 고압적인 요소로 이루어져 있었다—물론 그런 것들이 그의 인간 됨됨이를 풍부하게 해주기는 했지만—그런데 너의 아버지는 그런 요소 중에서 어떤 것을 선택해야 할지를 몰랐을 뿐만 아니라, 그것들을 결집시켜 조화로운 총체로 만들 줄을 몰랐단다. 그런 이유 때문에 그는 언제나 불안스러워했고, 그의 생활은 깊은 고뇌에 빠져 있었던 것이다.

하기는 우리 모두 정도의 차이는 있지만 너의 아버지와 별로 다를 바 없겠지. 내가 '우리들'이라고 하는 것은 기성 체계에는 한 번도 발을 들여놓아본 적이 없는 사람들을 가리키는 것이다. 그런 사람들이란, 그들이 발전해가는 어느 시기에 있어서 누가 무어라고 하던 간에 하나의 명확한 철학, 종교, 이론의 여지가 없고, 확고부동하며, 확실한 입장 따위를 갖지 못했기 때문에 주기적으로 자신들의 거점을 정정할 수밖에 없는 사람들, 그래서 끊임없이 즉흥적인 균형을 만들어낼 수밖에 없는 사람들을 가리키는 것이다.

8월 6일, 저녁 7시

나이 든 뤼도빅. 굵은 손가락으로 49호실의 환자에게 체온계를 넣었다가 빼고, 이어서 55호와 57호의 타구를 청소한 다음, 같은 손을 설탕통 밑바닥까지 넣었다가 나의 탕약 잔에 각설탕을 넣는다. 그러면 나는 이렇게 인사한다. '고맙소, 뤼도빅….'

평범한 하루. 그렇다고 이제 와서 까다롭게 굴 처지는 못 된다.

저녁에 주사. 휴식.

밤

별로 괴롭지 않다. 그러나 불면.

어제 장 폴을 위해 썼던 것. 즉 나에 관한 대목에는 꽤 부정확한 것이 있다. 너는 아마 내가 일생을 통해 균형을 찾아 헤맸다고 생각할 테지. 그건 그렇지 않아. 나의 직업 덕분이기도 했겠지만 나는 언제나 균형 잡힌 사람인 것으로 자처해왔다. 그리고 불안으로 괴로워한 적도 거의 없었고.

나 자신에 관하여.

아주 젊어서부터(의학을 시작한 첫해부터) 나는 종교적이라든가 또는 철학적인 교리는 전혀 받아들이지 않았다. 그러면서도 나의 모든 성향을 교묘히 조화시켜 나 자신을 위한 생활과 사상의 견고한 틀, 즉 도덕률 같은 것을 만들어놓고 있었다. 한계가 있는 틀이긴 했지만 나 자신 조금도 불편을 느끼지 않았다. 오히려 그 속에서 나는 마음의 평온을 느끼기까지 했다. 자기 자신이 설정한 한계 속에서 만족하며 살아간다는 것이 나에게는 행복의 조건처럼 되어 있었으며, 그 조건은 나의 일을 위해서도 필수적인 것이었다. 이처럼 나는 일찍부터 몇 가지 원칙을 세워놓고 그 속에 안주하고 있었다. 내가 **원칙**이라고 쓰는 것은 이 밖에는 적당한 말이 없기 때문이다. 용어 자체가 건방지고, 무리한 감을 주지만. 그 원칙은 나의 성격적인 욕구와 의사로서의 생활에 잘 들어맞았던 것이다. (대체로 말해 그것은 정력 숭배와 의지 실천 등을 기본으로 삼는 행동가의 초보적인 철학이라 하겠다.)

어쨌든 전쟁 전에는 이것을 지극히 옳은 것으로 여기고 있었다. 전쟁이 발발한 뒤에도 최초의 부상까지는 적어도 그러했다. 그런데 (생 디지에 병원에서 회복기를 보내는 동안) 그때까지 그런대로 힘의 균형, 쾌적한 조화를 보장해주었고, 나의 재능 덕분에 충분한 수확을 거둘 수 있게 해주었던 사고방식이라든가 행동 양식 따위를 나는 다시 검토하기 시작한 것이다.

피곤하다. 이런 자기분석 같은 것을 더 이상 계속하는 것이 어떨지 망설여진다. 의욕 상실. 자승자박. 쓰면 쓸수록 내가 쓰고 있는 것에 대해 자신이 없다.

가령, 지금 나는 내 일생을 통해 가장 중대한 몇 가지 행위에 관해 생각해본다. 그러한 행위 중에 나로서는 최대한 자연스럽게 수행한 행위가 실은 내가 주장하고 있는 '원칙'과는 분명히 모순된 것이었음을 인정하지 않을 수 없다. 결정적인 순간마다 매번 나는 나의 '윤리관'으로서는 도저히 용납할 수 없는 결심을 했었다. 그것은 지금까지의 모든 습관, 논리보다도 더 강력한 내적인 힘에 의해 순간적으로 강요된 결심이었다. 그 결과 나는 그런 '윤리관'이라든가 나 자신에 대해 대체로 의구심을 품게 되었다. 그래서 불안한 마음으로 자문해보곤 했다. '나는 과연 스스로 생각하고 있는 그런 사람인가?' (결국 이러한 불안은 곧 사라지고, 일상적인 자세로 돌아가 나의 균형을 되찾곤 했다.)

오늘 저녁, 이 자리에서 생각해보건대 (고독에 파묻혀 지난날을 돌이켜보건대), 과거 내가 살아온 생활양식, 또 그런 생활양식에 순응하는 습관 때문에 본의 아니게 나 자신을 인위적으로 변모시키고, 자신의 모습을 가면을 쓴 것같이 만들어버렸다는 것을 나는 분명히 알게 되었다. 그리하여 가면과도 같은 그러한 용모가 점차 나의 본래의 성질까지 바꾸어버렸던 것이다. 나는 생활의 흐름 속에서 (그런 데다가 나 자신을 곰곰이 생각해볼 만한 마음의 여유가 거의 없었기 때문에) 만들어진 그 성격에 그럭저럭 순응했던 것이다. 그런데 어떤 중대한 시기에 봉착하여 자신도 모르게 순수하게 마음을 결정하지 않으면 안 되었던 일이 있었는데, 그로 인해 예기치 않게 나의 본성의 참모습이 드러나면서 본래의 성격이 그대로 반영되었다.

(이런 것을 밝히게 되어 매우 기쁘다.)

나는 이런 경우가 빈번했던 것으로 안다. 그 결과 다음과 같이 생각하기에 이르렀다. 즉 인간의 내면의 본성을 규명하기 위해서는 습관적인 행위에서 찾으려고 할 것이 아니라, 본인도 깨닫지 못하는 뜻하지 않은 행위, 언뜻 보아서는 설명이 되지 않는 것 같은, 때로는 터무니없는 것으로 여겨지는 행위에서 찾아야 한다는 것. 그렇게 함으로써 **진정한 모습**이 드러난다는 것.

그런데 자크의 경우는 나와 달랐던 것 같다. 자크에게서는 대부분의 경우 그의 생활의 행동 지침이 되고 있었던 것은 깊은 본성(**진정한** 모습)이었음이 틀림없다. 그 때문에 그의 생활을 지켜보고 있던 사람들에게는 변덕스러운 그의 기질, 무모한 행위, 그리고 종종 겉으로는 그런 것이 앞뒤가 안 맞는 것으로 보여졌던 것이다.

창에 비치는 여명. 또 하룻밤이 지났다. 하룻밤이 줄어든 셈이다…. 잠을 청해보자. (이번만은 잠을 못 이룬 것을 아쉽게 여기지 않는다.)

8월 8일, 밖에서

그늘에서도 섭씨 28도. 대단한 더위지만 쾌적하다. (인류의 대부분이 무엇 때문에 기후가 나쁜 북쪽 지방에서 사는지 이해할 수 없다!)

조금 전, 식사 때, 모두가 자신들의 장래에 관해 이야기하는 것을 들었다. 그들 모두가 믿고 있기를, 또는 믿는 척하기를 '가스 중독자'가 영구히 신체장애자로 남아 있는 것은 아니라는 것이다. 그들은 또한 동원령이 중지되는 그 시점부터 자신들의 생활을 다시 시작할 수 있을 것으로 믿고 있다. 마치 평화가 오기만 하면 모두가 옛날의 생활을 되찾을 수 있을 것처럼. 어처구니없는 실망이 도사리고 있지 않았으면 좋으련만….

그런데 내가 가장 놀란 것은, 시민으로서의 자신들의 직업에 관해 말하는 그들의 태도이다. 자신들이 그 어느 것보다 좋아해서 선택한 직업이 결코 아닌 것처럼. 마치 중고등학교 학생이 자기 학급에 관해 말하듯 한다. 징역에 관해 말하는 도형수 같지는 않다 하더라도. 딱하기 이를 데 없다! 투철한 사명감 없이 인생에 발을 들여놓는 것만큼 비참한 일은 없다. (그렇다. 하기는 거짓 사명감을 갖고 인생에 발을 들여놓는다면 문제는 다르지만.)

장 폴에게.

얘야, '거짓 사명감'을 경계해라. 인생에 실패한 사람들, 노년을 비참하게 보내는 사람들 대부분은 그 원인이 여기에 있단다.

나는 청년이 된 너를 상상해본다. 열여섯, 열일곱 살의 너를. 그때가 특히 어려운 연령이지. 이성에 눈을 뜨기 시작하고, 그 이성이 힘에 대해 헛된 기대를 걸기 시작하는 연령. 감정이 큰 소리로 말하기 시작하고, 그 감정의 폭발을 억누르기에 힘든 연령. 새롭게 발견한 시야에 도취되어 정신을 잃고 수많은 가능성 앞에서 망설이는 연령. 아직 연약함에도 불구하고 스스로 강인한 것으로 착각한 인간이 인생의 거점과 지표를 찾을 필요성을 느끼고 처음으로 느낀 확신과 처음으로 만난 시련을 향해 정신없이 달려드는 연령… 조심하여라! 또한 그 시기는—너는 거의 깨닫지 못할 것이 틀림없지만—너의 상상력이 진실을 왜곡하기 쉬운 연령이기도 하다. 심지어는 거짓을 사실로 여길 정도로. 너는 이렇게 말할 것이다. '나는 알고 있어요.' '나는 느끼고 있어요.' '나는 확신하고 있어요.' …조심하여라! 열일곱 살의 소년이란 마치 고장 난 나침반을 믿고 항해하는 조종사에 비유할 수 있다. 청년인 자신의 취향이 태어날 때부터 주어진 것이어서 그것을 자신의 길잡이로 삼아야 하며, 그것이야말로 의심할 여지 없이 자기가 앞으로 나아갈 방향을 제시해준다고 굳게 믿는다. 그리고 일반적으로 부자연스럽고, 일시적이며 독단적인 취향에 자신이 이끌려 다니고 있다는 사실도 깨닫지 못한다. 그런가 하면 틀림없이 **자신의 것**으로 여기고 있는 경향도 실은 **남들의 것**으로서, 어느 날 책에서 아니면 세상 어디에서 어쩌다 하나의 가면처럼 찾아낸 것임을 잊고 있다.

이러한 위험으로부터 너는 어떻게 스스로를 지킬 수 있을 것인가? 너의 일을 생각하면 나는 몹시 걱정스럽다. 네가 나의 충고에 귀를 기울일까?

우선 너에게 바라는 것은 너의 스승들의 의견이나, 너의 주위에서 너를 아끼는 사람들의 의견을 귀담아들을 줄 알아야 한다는 것이다. 그분들은 겉으로는 너를 이해하지 못하는 것 같지만 실은 네가 너 자신을 알고 있는 것보다 너를 훨씬 더 잘 알고 있단다. 그분들의 충고가 너의 신경을 건드리겠지? 그것은 바로 네 자신이 어렴풋하게나마 그 충고가 옳다는 것을 느끼고 있기 때문이다….

그러나 무엇보다도 내가 바라는 것은 네가 너 자신을 지켜주었으면 하는 것이다. 너 자신을 속이고 있는 것은 아닌가, 외양에 속고 있는 것은 아닌가, 이런 것들을 늘 잊지 않기를 바란다. 너 자신의 이익 같은 것은 염두에 두지 말고 어디까지나 성실함을 관철하고, 그것을 명확하고 유용한 것으로 만들지 않으면 안 된다. 그리고 다음의 것도 명심하여 이해하도록 힘써 다오. 즉 너와 같은 환경에서 자란 소년들에게 있어서는—말하자면 교육도 받았고, 독서로 정신을 함양했으며, 총명하고 말주변도 좋은 사람들 사이에서 자란 너와 같은 소년들의 경우—**경험**보다는 이런저런 사실, 이런저런 **관념**을 앞세우는 예를 흔히 찾아볼 수 있다는 것이다. 그런 소년들은 자신들이 아직 몸소 체험하지도 못한 무수한 감각을 머릿속으로, 상상력을 통해서만 알고 있다. 그들은 그런 사실은 알아차리지도 못한 채, **안다**는 것과 **몸으로 느낀다**는 것을 혼동한다. 그들은 다른 사람들이 어떤 감정이나 욕망 따위를 느낀다는 사실을 단지 **알고** 있는 데 지나지 않으면서도, 마치 그런 것들을 자신이 직접 **몸으로 느끼고** 있기라도 한 것처럼 생각한다.

내 말에 귀를 기울여라. 사명감! 한 예를 들어보자. 열 살, 열두 살이 되면 너는 선원이나 탐험가의 천분을 타고난 것으로 생각할지 모르겠다. 그 이유는 너는 일찍부터 모험담에 취해 있었으니까. 지금 너는 충분한 분별력을 갖고 있으므로 그것을 생각하고 아마 미소를 짓겠지. 그건 그렇고. 열여섯, 열일곱 살이 되면 유사한 과오가 도사리고 있을 것이다. 조심해야 한다.

그리고 너 자신의 성향을 경계해야 한다. 어쩌다 책을 읽거나, 인생을 살아가는 동안 시인이라든가 위대한 실천가라든가 연인들을 찬양하는 기회가 있을 것이다. 그렇다고 해서 너 자신을 시인인 것처럼, 행동가인 것처럼, 그리고 위대한 사랑의 희생자인 것처럼 착각하는 일이 없도록 해라. 네가 타고난 본질이 어떤 것인지를 인내심을 갖고 찾아보도록 해라. 참된 너의 개성을 점차로 발견하도록 애써라. 쉬운 일은 아니겠지만! 대다수의 사람들은 훨씬 뒤에 가서야 그런 경지에 이른다. 물론 영영 거기에 도달하지 못하는 사람들도 많단다. 무엇을 하든 충분한 시간을 갖도록. 서두를 필요가 없다. 자신이 **누구인가**를 알기 위해서는 오랜 시간을 두고 모색할 필요가 있다. 그러나 일단 너 자신을 파악했다는 생각이 들 때는 즉시 빌린 옷을 모두 벗어버리도록 해라. 너 자신이 한계가 있고, 결점을 갖고 있다는 것을 인정해야 한다. 그리고 건전하고 보편적으로 자신을 발전시키도록 노력해라. 참된 목적을 위해서는 속임수를 써서는 안 된다. 자신을 알고, 자신을 인정한다고 해서 그것이 노력하는 것을 포기한다든가 또는 자기완성을 단념하는 것을 의미하지는 않는다. 오히려 그 반대이다! 그렇게 함으로써 최상에 이르는 절호의 기회를 갖게 되는 것이다. 왜냐하면 너의 열정이 양식의 길로 향해 있으므로 노력을 할 때마다 결실을 맺게 될 테니까. 또한 너의 한계를 넓히도록 노력해라. 그러나 그것도 **자연적인** 한계여야만 한다. 다만 그 한계가 어떤 것인지를 충분히 이해하고 난 뒤에야 비로소 가능한 일이다. 인생에 있어서 실패하는 사람들은 대개의 경우 첫출발을 하면서 자신의 성격을 잘못 파악했던가 아니면 자신의 것이 아닌 길로 잘못 들어선 사람들, 또는 새로운 방향을 향해 출발하면서 자신의 **힘의 한계**에 머무를 줄 몰랐던 사람들, 또는 그러한 용기가 없었던 사람들이다.

8월 9일

신문. 로이드 조지의 낙관적인 연설. 사정이 그러한 만큼 좀 과장된 낙관론임에 틀림없다. 어쨌든 지난 이십 일 동안 프랑스 전선에서 일어난 상황은 정말 뜻밖이었다. (파리에서 뤼멜과의 대화.) 그런데 어제부터 피카르디에서도 공세가 시작된 것 같다. 그리고 미군의 앞으로의 참전. 퍼싱 장군의 계획은 포슈로 하여금 전선을 재정비토록 해서 파리를 완전히 평정한다는 것, 다음으로 프·영 두 나라 군대가 종전의 전선을 지키고 있는 동안 미군으로 하여금 알자스 쪽을 향해 파죽지세로 돌진하도록 한 다음, 국경을 넘어 독일로 쳐들어가는 데 있는 것 같다. 그럴 경우 모종의 독가스 덕분에 전쟁은 이기게 되리라는 것, 어디까지나 적의 영토에 국한시켜야 한다는 것이다. 왜냐하면 그 독가스 때문에 모든 것이 파괴되고, 수년 동안 어떤 식물도 성장할 수 없게 되리라는 것 등…. (식탁은 온통 감격에 휩싸였다. 불쌍한 독가스 중독 환자들, 그중 대다수는 전혀 가망이 없는 자들인데 이런 새로운 독가스 이야기를 듣고 한결같이 기뻐하고 있다니….)

다로스는 미군의 통역을 맡고 있는 동생으로부터 온 편지를 우리에게 읽어주었다. 그의 말로는 미군들의 어린애 같은 자신감이 동생의 신경을 몹시 건드렸다는 것이다. 장교이거나 사병이거나 할 것 없이 모두가 공격만 하면 단시일 내에 최후의 승리를 거둘 수 있다고 장담한다는 것이다. 또한 포로 수가 너무 많으면 처리하기가 곤란해지므로 오백 명 정도는 기관총으로 처치해버려야 한다고 파렴치하게도 공언했다는 것이다. (더구나 그 이상가들은 잔인한 미소를 띠고 천진스런 눈매를 지으면서 기회가 있을 때마다 자기들은 '정의'와 '권리'를 위해 싸우러 왔다고 되풀이하고 있다는 것이다.)

8월 10일

그럭저럭 읽는 일에 다시 흥미를 갖게 되었다. 별로 애쓰지 않고도 주의를 집중시킬 수 있다. 특히 밤에. 다우슨이란 사람이 쓴 (런던에서 발간된 『의학 회보』) 훌륭한 논문을 다 읽었다. 이페리트 가스의 후유증에 관한 것인데, 다른 독가스의 여파와 비교하고 있다. 그의 관찰은 여러 가지 점에 있어서 나의 소신을 뒷받침해주고 있다. (만성적 경향을 띠는 이차 감염 등.) 그에게 편지와 더불어 나의 비망록의 몇 쪽을 보내고 싶은 생각이 든다. 그러나 서신 왕래가 계속되지나 않을까 하는 걱정이 앞선다. 계속할 자신이 없기 때문이다. 8월 초하루부터는 상태가 눈에 띄게 좋아졌다. 실질적으로 좋아진 것은 아니겠지만, 여하튼 고통은 많이 완화됐다. 일시적인 소강상태. 지난 몇 주간과 비교해볼 때 이 정도라면 꽤 견딜 만하다. 아침마다 사람의 진을 빼는 치료, 호흡곤란의 발작(특히 해가 지는 저녁 무렵에), 거기에다 불면증…. 그러나 지난 며칠 밤처럼 무엇을 읽을 수 있을 때는 불면증도 별로 고통스럽지 않다. 비망록을 쓰는 일이 한몫을 했겠지만.

점심 식사 전, 창가에서

이 풍경, 광활한 이 기복의 장엄함. 여러 구릉을 향해 공격이라도 하듯 올라가고 있는 좁은 계단식 밭. 낮은 돌담으로 이루어져 있는 백악질의 선으로 나란히 구획된 초록빛의 언덕. 그리고 저 위쪽으로는 벌거벗은 암석의 왕관. 경석으로 되어 있는 것이 오렌지색을 반사하고 있어서 보기에 아주 부드럽다. 그리고 저 밑으로, 아주 멀리, 경작지와 암석이 만나는 곳에 계단식의 작은 마을. 지층의 습곡에 매달려 있는 한 줌의 빛나는 자갈 같다고나 할까. 이 순간, 컴컴하고, 넓고, 그리고 유유한 움직임을 보이고 있는 밭의 선명한 녹색 위로 구름의 그림자가 천천히 이동하고 있다.

앞으로 이런 광경을 몇 주일이나 바라볼 수 있을까?

11일

마제는 생 디지에 병원에 있던 군의관 소령 드자벨과 비슷한 의사이다. 드자벨은 가망이 없는 것으로 '판명된' 환자들은 돌보는 일이 절대로 없었다. 그는 이렇게 말하곤 했다. "훌륭한 군의관은 육감이 빨라야 해. 즉 환자에게 더 이상 **관심을 가질 필요가** 없는 정확한 시기를 느낄 수 있어야 해."

그렇다면 마제가 볼 때 나는 아직 **관심**의 대상이 되고 있다는 것일까? 있다면 얼마 동안이나?

랑그루아는 종양이 생긴 뒤부터는 마제에게 진찰을 받으러 가지 않는다.

솜강의 공격은 매우 순조롭게 진행되고 있는 것 같다. 영국군 쪽에서도 뒤에 처져 있고 싶지 않았던 것 같다. 상테르 고지도 재탈환했다. 파리-아미앵 간의 광활한 전선도 해방되었다. 지금 몽디디에에서 전투 중. (몽디디에, 라시니, 레송 쉬르 마츠 등, 이들 지명 모두가 1916년의 여러 가지 추억을 불러일으키는 곳이다!…)

구아랑은 지극히 낙천적이다. 이제는 모든 희망을 가져도 괜찮다고 주장한다. 나도 그렇게 생각한다. (놀라고 있는 사람들이 꽤 많을 테지. 우선 군민軍民 양쪽의 지도자들. 봄에 그자들은 파멸이 이미 가까워온 것으로 예측하고 있었으니까! 모두가 의기양양하고 있겠지. 너무 그러지는 말았으면 좋으련만.)

8월 12일, 저녁

다우슨에게 보내기 위한 비망록의 발췌 부분을 다시 베끼느라고 오후를 보냈다.

여러 가지 신문. 영국군은 페론 장군 휘하에 있다. 딱한 페론! 지금 거기에는 무엇이 남아 있을까? (1914년 당시 후퇴 때의 일이 지금도 생생히 기억난다. 불빛 하나 없는 도시, 어둠 속을 헤매던 순찰용 각등, 기병대의 퇴각, 사람들은 지쳐 있고, 말들은 다리를 절면서…. 그리고 시청의 아래층은 말할 것도 없고 보도 위에까지 빽빽이 줄지어 있던 들것!)

13일, 저녁

여느 때보다 호흡이 가쁘다. 그러나 다우슨에게 보낼 기록들을 끝냈다. 비망록을 다시 훑어보니 흐뭇한 느낌이 든다. 썩 마음에 든다. 도표를 보듯이 병의 진전을 읽을 수 있다. 전체가 하나의 중요한 문헌. 어쩌면 유일한 것이 될지도 모른다. 권위 있는 것으로 인정되어 오랫동안 연구의 기초 자료가 될지도 모른다. 자살의 유혹과 싸워야만 한다. 최후까지 기다리며 분석을 마무리 지어야지. 아직 잘 알려지지 않은 이런 증상의 완벽한 기록을 내가 죽은 뒤에라도 남겨놓아야겠다.

어떤 때는 이런 생각이 나의 힘을 돋구는 것 같다. 그런가 하면 또 어떤 때는 이런 생각을 하면서 조금이라도 위안을 얻기 위해 처절하리만큼 나 자신과 싸우지 않으면 안 된다….

새벽 1시

어렴풋한 추억. (무슨 생각에 잠겼다가 갑자기 중단되곤 하면서 관념 연상의 맥락을 과거로 다시 소급해서 생각의 흐름을 거꾸로 출발점까지 더듬어간다는 것은 이상한 일이다.)

오늘 저녁, 뤼도빅이 쟁반을 들고 들어오는 순간, 쟁반에 있던 소금병 뚜껑이 잘 닫혀 있지 않았던 탓에 접시 위에 떨어지면서 땡그랑 소리를 냈다.

처음에 나는 별로 신경을 쓰지 않았다. 그런데 저녁 내내, 치료를 받는 동안, 그리고 세면을 하는 동안, 또 기록한 것들을 다시 베끼는 동안 아버지와의 일이 나의 뇌리를 떠나지 않았다. 잇달아 떠오르는 옛날 추억. 식사 때 온 가족이 모였던 일, 위니베르시테가街에서 혼자 쓸쓸히 저녁 식사를 하던 때의 일, 베즈 아주머니와 식탁보 위에 놓인 그녀의 작은 두 손, 일요일마다 메종 라피트에서 창문을 열어놓고 햇볕이 내리쬐는 정원을 바라보던 점심 식사 때의 일 등.

어째서일까? 이제는 알 만하다. 그것은 접시에 떨어진 소금

병의 뚜껑 소리가 (무의식적으로) 그 옛날에 식사를 시작할 때마다 아버지의 코안경이 내는 독특한 소리를 상기시켰기 때문이다. 아버지는 자리에 무겁게 앉곤 했다. 그러면 끈 끝에 매달린 코안경이 접시 가장자리에 부딪치며 소리를 내곤 했다.

장 폴을 위해 아버지에 관한 몇 가지 기록을 해두는 것이 좋을 것 같다. 할아버지에 관해 그 아이에게 말해줄 사람이 아무도 없을 테니까.

아버지를 좋아하는 사람은 거의 없었다. 심지어는 우리들까지도. 아버지는 좋아하기에 매우 어려운 사람이었다. 나는 아버지를 신랄하게 비판해왔다. 그런 나의 태도가 항상 옳았다고 할 수 있을까? 지금에 와서 생각할 때 아버지를 좋아할 수 없었던 것은 그가 지니고 있던 어떤 정신력, 어떤 엄격한 덕망의 이면, 아니면 그런 것이 정도를 지나친 데 있었던 것 같다. 아버지의 일생을 두고 볼 때 그는 남에게 존경을 강요했다고 하기에는 무언가 좀 망설여진다. 그렇지만 어떤 각도에서 볼 때 아버지는 당신이 선행이라고 여기는 일에는 매우 헌신적이었던 것만은 사실이다. 그의 괴벽은 모든 사람들로 하여금 그를 멀리하게 했으며, 그의 선행은 어느 누구의 호감도 사지 못했다. 그는 선행을 실천하는 데 있어서 자기 나름대로의 방식이 있기는 했지만, 그것은 사람들로 하여금 가장 나쁜 결점 이상으로 그를 경원시하는 결과를 가져왔던 것이다…. 아버지도 그런 사실을 깨달았던 것으로 안다. 그리고 당신이 고립되어 있다는 것을 몹시 괴로워했던 것으로 안다.

장 폴, 나는 너의 할아버지인 티보 씨가 어떤 사람이었나를 언제이고 너에게 꼭 설명해줄 필요가 있다고 생각한다.

8월 14일, 아침

또 뤼도빅의 여전한 수다. 그가 단정하는 바로는 이렇다. (큰 손으로 수염을 쓰다듬으면서) "군의관님, 다로스 중위는 **꾀병쟁이**랍니다."

나는 물론 그렇지 않다고 말했다. 뤼도빅은 의연한 태도로 "더 이상 설명할 필요가 없지요." 그러면서 그는 이렇게 분명히 말했다. 다로스가 부속 병동에 있을 때 체온을 재면서 '속임수'를 쓰더라는 것이다. 십오 분쯤 운동을 한 뒤가 아니면 절대로 체온을 재는 법이 없었으며, 체온표에 기입할 때도 약간씩 올려서 쓰곤 했다는 것이다.

그럴 리가 없다고 말은 했지만… 나도 걱정스러운 몇 가지 사실을 목격한 적이 있다. 예를 들어 흡입실에서의 일이다. 치료를 받을 때 나태한 그의 태도. 바르도나 마제가 등을 돌리자마자 흡입하기를 그만둔다던가 하는 따위. 자기 혼자서 치료를 하도록 하는 경우에는 보통 빠지기 일쑤였다. 다로스의 그런 태만은 도무지 이해가 안 간다. 왜냐하면 그 또한 자신의 건강을 몹시 걱정하면서 나에게 자주 물어오기를 '자기의 건강은 이제 전혀 가망이 없다'고 말하곤 했으니까. (다로스는 상해를 입지 않았다. 그러나 기관지의 나쁜 상태가 좀처럼 낫지를 않는다.)

저녁 무렵, 채소밭에서

긴 의자가 있는 여기까지 오는 것을 나는 좋아한다. 오솔길 위로 드리워진 사이프러스나무의 그림자. 갈대밭. 정연한 화단. 물레방아 소리. 물뿌리개를 들고 왔다 갔다 하는 피에르와

뱅상.

뤼도빅의 험담이 머리를 떠나지 않는다. 그것이 사실이라면, 그리고 다로스가 정말 꾀병을 부리는 사람이라면 생각해볼 만한 일이다. '그것이 **나쁜 짓**인가?'

간단한 문제는 아니다. 상대가 누구인가가 문제인 것이다. 뤼도빅의 경우, 두 아들이 전사했다. 그의 입장에서는 꾀병은 **나쁜 짓**이다. 범죄행위라고까지 하겠다. 일종의 도피 행위이니까. 그는 다로스를 군법회의에 회부해야 한다고 생각할지 모른다. 다로스의 아버지가 볼 때도 그것은 나쁜 짓임에 틀림없을 것이다. (나는 다로스의 아버지를 좀 알고 있다. 때때로 아들을 보러 왔었으니까. 아비뇽의 목사이다. 늙은 청교도로서 애국자이다. 그는 막내아들을 군에 입대시켰던 것이다.) 그렇다. 분명히 다로스의 아버지 입장에서는 그것은 **나쁜 짓**이다. 그러나 다른 사람에게 있어서는? 예를 들어 바르도에게는? 그는 넉 달 전부터 다로스를 돌보고 있으며, 또 다로스를 매우 좋아하고 있다. 바르도가 무엇인가를 눈치챘다고 가정해보자. 과연 그는 다로스를 엄벌할까? 아니면 못 본 체할까? 그리고 다로스 자신을 두고 볼 때 그가 '속임수'를 쓴다는 점에서 책망받아 마땅하다고 치자. 그러나 과연 **나쁜 짓**을 한다는 생각을 스스로 하고 있을까?

그러면 나의 경우는? 생각해보아야겠다. 그것이 **나쁜 짓**인가? 물론 **좋은 일**이라고 말할 수는 없다. 그것은 병원에 수용되어 고의적으로 병이 낫지 않도록 '연구'하고 있는 전방 기피자들에 대해 느끼는 본능적인 혐오감 때문이다. 그러나 **나쁘다**고 명백히 말할 수는 없다.

기이한 이야깃거리이다. 이것을 규명한다는 것은 흥미 있는 일이다. 좋은 일인가 나쁜 일인가?

우선 다음과 같은 사실은 인정한다. 즉, 그가 연극을 하든 아니든 간에 그것과는 상관없이 다로스에게 품고 있는 나의 호감은 변함없다. 다정다감하고 사려 깊고 교양 있는 청년. 근본이 정직한 사람이라고 나는 믿고 있다. 비록 **꾀병을 부리는 환자**이긴 하지만 나는 그의 사람 됨됨이를 좋게 평가하고 있다. 그는 나에게 속내 이야기를 자주 털어놓았다. 자기 아버지에 관해, 자신의 젊은 시절에 관해, 성性적으로 매우 엄격했던 신교도적 교육에 관해. 또한 부부 생활에 관해서도. (특히 동원령이 내리던 날 저녁, 자기 아내와 리옹에서 지낸 이야기를 들려주었다. 두 사람은 때마침 아비뇽에서 휴가를 보내고 리옹에 돌아오는 길이었다. 이튿날 새벽 그는 자신이 속해 있는 예비 연대에 귀대하기로 되어 있었다. 두 사람은 용케 허름한 호텔의 방 하나를 구할 수 있었다. 지금도 다음과 같이 말하던 그의 목소리가 귀에 생생하다. "테레즈는 공포에 떨면서도 울지 않으려고 이를 악물고 있었어요. 나는 아내의 팔에 안긴 채 어린애처럼 흐느끼면서 하룻밤을 보냈지요. 잊으려야 잊을 수 없어요. 아내는 말문이 막힌 채 살며시 내 머리를 쓰다듬더군요. 길거리에서는 밤새 끊임없이 포대가 지나가는 소리. 요란스런 소음이 들려왔어요.")

어쩌면 지금은 꾀병을 부리는 환자일지 모른다. 그러나 비겁한 자는 아니다. 보병으로 사십 개월간의 복무, 두 번의 부상, 세 번에 걸친 표창. 그리고 마침내 오 드 뫼즈에서의 독가스. 전쟁이 발발하기 육 개월 전에 결혼. 부부 사이에 어린아이

하나. 건강이 좋지 않은 아내. 재산은 없다. 마르세유에서의 초라한 교편 생활. 그가 독가스에 중독된(경미하기는 하지만) 것은 지난 이월의 일이었다. 처음에는 트루아 병원에서 치료를 받았다. 그래서 그의 아내는—나는 이 점을 중요하게 여기고 있다—그곳에 가서 꼬박 한 달을 함께 살 수 있었다. 이어서 그는 전쟁에서 사백 킬로미터나 떨어져 있는 이곳으로 이송되었다. 그리하여 그는 다시 그리워하던 푸른 하늘, 햇볕, 휴가나 다름없는 생활을 되찾은 것이다…. 그가 겪은 마음의 갈등을 나는 충분히 상상할 수 있다! …폐의 질환을 될 수 있는 대로 오래 끌기 위해 모든 수단을 다 동원할 결심을 했다고 치자—그런데, 그렇지 않을까? 평화가 올 날도 그다지 멀지 않았으니까—선량한 신교도인 다로스로서는 양심의 갈등 없이는 그렇게 할 수 없었을 것이다. 그가 결국 어떻게 해서든지 자신의 목숨을 구하기로 결심했다면, 치료를 게을리 한 탓으로 자기의 병을 악화시키는 위험까지도 감수하면서, 그것은 과연 **좋은 일**인가? 아니면 **나쁜 짓**인가?

어떻게 대답해야 할 것인가?

그렇다. 그가 비록 그런 결심을 했더라도 나로서는 그에 대해 갖고 있는 호감을 버릴 생각은 없다.

자정

불면증, 불면증. 어두운 암흑 속에서 끝없는 명상… 되도록이면 나의 주의를 나 자신으로부터, '망령'으로부터 딴 데로 돌리기 위한 일종의 자기 보존 본능.

다로스. 다로스 사건은 어쨌든 꽤 중대한 문제이다. 즉 **나 자신에게도** 중대할 뿐만 아니라, 그 사건으로 인해 **나에게** 야기되는 문제 전반에 걸쳐서도 중대하다.

부수적인 이야기지만 나는 이제 책임이라는 것을 믿지 않는다.

전에는 믿었던가? 그렇다. 한 사람의 의사로서 믿을 수 있는 범위 내에서. (우리의 경우 책임의 한계라는 것은 일반인들이 생각하는 책임의 한계와는 완전히 다르다. 베르뇌유에서 저격병 대대의 군의관이면서 법의학자였던 그 의사와의 토론이 생각난다. 우리의 행위라는 것은 우리의 실존과, 주위 환경의 결과에 지나지 않는다는 것을 너무나 잘 알고 있다. 그렇다면 우리는 우리의 유전에 대해 책임을 져야 하는가? 우리의 교육에 대해서도? 우리가 경험한 예에 대해서도? 여러 가지 상황에 대해서도? 아니다. 전혀 그런 것은 아니다.)

그러면서도 나는 마치 **나의** 절대적 책임을 믿고 있는 것처럼 언제나 행동해왔다. 그리고 좋은 일과 나쁜 일에 대해—이것도 기독교적 교육의 탓일까?—매우 강한 의식을 갖고 있었다.

(물론 마음이 약해질 때도 있었다. 저지른 과오에 대해서는 상대적으로 책임을 회피하고 싶다든가, 좋은 일을 한 것에 대해서는 공로를 인정받고 싶은 심정 따위….)

이 모든 것이 모순이 아닐 수 없다.

(**장 폴을 위해.**

이런 여러 가지 모순을 두려워하지 말아라. 이런 것이 불쾌할 수도 있지만 건전한 것일 수도 있다. 나의 정신이 이해할 수 없는 모순에 빠져 있을 때야말로 나에게서 늘 도망치려고 하는, 대문자로 쓰인 참된 진리에 가장 가까웠던 것으로 나는 생각한다.

만약 내가 '다시 태어날 수 있다'면 그것은 어디까지나 **의혹이 지배하는** 분위기에서 태어났으면 한다.)

생물학적 견해.

전쟁 초기에 나는, 분개하면서도 정신적, 사회적 문제를 오로지 아주 단순한 생물학적 견지에서 생각하는 것으로 만족했다. (이런 식의 사고방식 말이다. '인간, 그것은 다름 아닌 피를 좋아하는 짐승이다, 등. 그로 인한 손해는 엄격한 사회조직에 의해 제한되지 않으면 안 된다. 그리고 그 이상 많은 것을 바라서는 안 된다.') 나는 콩피에뉴에서 어쩌다 구한 파브르*의 책 한 권을 군용 트렁크 속에 넣어 여기저기 끌고 다니기까지 했다. 나는 인간이라는 것, 나 자신을 포함해서 모두가 투쟁, 공격과 방어, 정복, 서로 잡아먹기 등을 위해 무장한 커다란 곤충에 지나지 않는다고 스스럼없이 생각하고 있었다. 나는 또 이렇게 매정하게 되뇌곤 했다. '이 전쟁으로 인해 눈을 뜨면 되는 거야, 바보 같으니라구. 세상을 있는 그대로 보는 것이다. 우주란 맹목적인 힘의 총체이며, 가장 저항이 약한 것을 파괴함으로써 균형을 이루는 것이다. 또 자연이란 본능에 있어서 서로 반대되는 인간들과 종족들이 서로 잡아먹고 있는 하나의 살육장과 같은 것이다. 좋은 것도 없고 나쁜 것도 없다. 인간이란 담비나 새매 등과도 별 차이가 없는 것이다.'

* 『곤충기』의 저자.

부상자로 가득 찬 야전병원의 지하실 구석에서 권리보다 힘이 앞선다는 사실을 어떻게 부정할 수 있겠는가? (몇 가지 추억이 분명하게 떠오른다. 즉 카토에서의 저녁. 페론의 공격. 그것은 토담 뒤에 숨어서의 일이다. 낭퇴유 르 오두앵의 야전 응급치료소. 베르됭과 칼론 사이, 헛간 안에서 두 명의 어린 저격병의 단말마.) 이 세상의 동물학적 현상을 지겨울 정도로 지켜보면서 절망했을 때의 일이 생각난다.

단견短見…. 내가 헤어나지 못하고 있던 치명적인 비관론 때문에 결국 숨도 쉴 수 없는 밑바닥으로 빠져들게 된다는 사실을 미리 알았어야 했는데.

불을 끄고 잠시 눈을 붙여보자.

1시

오늘 밤에는 잠을 청해도 소용이 없을 것 같다.

저놈의 다로스 때문에(본인은 거의 눈치도 채지 못하고 있겠지만) 나는 열다섯 시간 동안이나—일생을 통해 지금까지 겪어온 것 이상으로—'정신적인 문제'에 얽매여 고통을 당하고 있다!

솔직히 말해 이런 문제는 지금까지 생각해본 적이 없다. 선이라든가 악이라든가 하는 따위. 일상적으로 써온 편리한 말로써 다른 사람들과 마찬가지로 거기에 실질적인 가치를 부여하지 않고 사용했던 것이다. 전혀 강제력을 갖지 않은 공허한 관념. 나는 전통적인 도덕률을 인정하고 있었다. 인정했지만 그것은 어디까지나 다른 사람들을 위해서였다. 가령, 어떤 혁명정권이 승리를 한 뒤, 그 도덕률을 폐지시키려고 했다면, 그리고 나에게 의견을 물으러 왔다면 그런 사회적 기반을 하루아침에 무너뜨려서는 안 된다고 만류했을 것이다. 그런 사회적 기반이란 내가 보기에 완전히 임의적인 것에 지나지 않았다. 그러나 '다른 사람들' 상호 간의 관계에 있어서는 이론의 여지가 없는 실용가치를 지니는 것으로 여기기도 했다. 나의 경우 나 자신과의 관계에 있어서 나는 그런 것을 전혀 고려의 대상으로 여기지 않았던 것이다.

(그건 그렇고, 만일 내가 반드시—그럴 틈도 없었고, 또 그런 것을 생각해본 적도 없었지만—자기 자신의 생활의 규범이 되는 것을 명확히 해야만 했다면 과연 어떤 형식으로 했을까 하는 것이 궁금하다. 아마 다음과 같이 비교적 신축성 있는 형식에 집착했을 것으로 짐작된다. '나의 생활을 윤택케 하고 나의 발전에 이바지하는 것은 선이며, 내 존재의 실현을 방해하는 것은 악이다.' 그렇다면 '생활'이라든가 '존재를 실현한다'는 것부터 규명할 필요가 있다…. 그런데 지금으로서는 단념할 수밖에 없다.)

사실 나의 생활을 지켜본 사람들이 있다면—예를 들어 자크나 필립 박사 같은 사람들—그들은 내가 원칙으로 삼고 누리던 완전한 자유를 거의 알아차릴 수 없었다. 왜냐하면 나는 행동하는 데 있어서 사람들이 한결같이 '도덕'—'정직한 사람들의 도덕'이라고 부르는 것에 언제나 별로 신경을 쓰지 않고도 적응해왔기 때문이다. 그렇지만 사생활 또는 직업생활의 매우 중대한 시기에 처했을 때는 여러 차례—과장은 하지 말자. 십오 년 동안 세 번 내지는 네 번 정도였으니까—나의 자유분방한 행동이 꼭 이론과 부합되는 것이 아니라는 것을 문득 깨달을 때가 있었다. 그간 살아오면서 나는 서너 번쯤 평소 나 자신이 받아들이고 있던 법규에서 벗어난 영역, 즉 이성과는 거리가 멀고 직감과 충동만이 지배하는 영역으로 단숨에 뛰어든 적이 있었다. 상쾌하고 청명한 영역, **극도의 무질서**의 영역으로서, 나는 거기에서 놀라우리만큼 고독과 힘과 자신감을 느꼈다. 그렇다. 자신감이었다. 왜냐하면 갑자기 무엇에 가까워졌다는 느낌(이 문장을 어떻게 끝맺어야 할지 모르겠다….) 말하자면 신이 볼 때 순수한 진리에 가까워졌다는 느낌을 강렬하게 받았기 때문이다. (그것은 대문자로 쓰인 진리.) 그렇다. 내가 알기로는 적어도 세 번이었다. 모든 사람들이 한결같이 믿고 있는 도덕률을 의식적으로 단호하게 짓밟아버렸다. 그러면서도 나는 전혀 양심의 가책도 느끼지 않았다. 지금에 와서 생각해보니 그런 일을 극히 태연스럽게, 추호의 뉘우치는 기색도 없이 자행했던 것이다. (더구나 나는 지금까지 회한과 같은 경험을 가져본 적이 없다고 단언할 수 있다. 그것은 타고난 성향처럼 몸에 배어 있어서 자신의 사상이나 행위가 어떻든 간에 그것을 마치 지극히 자연적인 현상처럼 받아들였던 것이다. 그러고는 합리화시켰던 것이다.)

오늘 밤은 유별나게 무엇을 쓰고 싶은 생각이 든다. 정신도 맑다. 만일 내일 그 대가로 괴로운 하루를 치러야 한다면 감수해야지.

쓴 것을 다시 읽었다. 모든 것에 관해, 그리고 그것을 중심으로 오랫동안 곰곰이 생각해보았다.

특히 이런 질문을 나 자신에게 던져보았다. 보통 사람들(일반적으로 통용되는 도덕률을 위배하는 일 없이 생활해가는 사람들)의 경우 무엇이 그들을 위배하지 않도록 하는 것일까? 왜냐하면 그들 중에는 소위 '부도덕한' 행위에 유혹당해 보지 않은 사람이 거의 없기 때문이다…. 물론 종교적 또는 철학적으로 깊은 신념을 갖고 있기 때문에 '악마'의 함정에 말려들지 않은 신념 있는 사람들은 예외로 하자. 그렇다면 그 밖의 모든 사람들의 경우, 무엇이 그들로 하여금 그렇게 하지 않도록 하는 것일까? 소심함? 세상의 평판이나 항간의 소문을 염려해서일까? 예심 판사가 두려워서일까? 앞으로 사생활 또는 공적인 생활에 지장을 초래할 것이 두려워서일까? 물론 그런 것을 모두 배제할 수는 없다. 그런 장애가 크게 작용할 수도 있다. 그리고 '유혹에 이끌린' 사람들 중의 상당수에게 그런 장애는 어쩌면 극복할 수 없는 것으로 여겨질지도 모른다. 그러나 그런 것은 형이하학적인 장애에 불과하다. 만일 다른 장애, 정신적인 차원의 장애 같은 것이 없다면 인간은 종교적인 속박에 얽매어 있지 않는 한 헌병을 두려워한다든가 아니면 적어도 추문醜聞 같은 것을 두려워하는 따위에 의해 겨우 정도正道를 유지한다고 말할 수 있을 것이다. 따라서 신앙을 갖지 않은 개개인이 유혹에 처했을 경우, 전적으로 비밀이 보장되고, 절대로 벌을 받지 않는다는 보장이 확실하다면 그들은 아마 즉시 유혹에 몸을 맡기고 신이 나서 '악'을 저지를 게 틀림없다…. 그것은 결국 신앙이 없는 자를 붙들어줄 만한 '도덕적인' 동기가 존재하지 않는다는 말이 되며, 또한 신의 율법이라든가 종교적 혹은 철학적 이상 같은 것을 전혀 따르지 않는 자에게는 효과적인 도덕적 금기라는 것은 존재하지 않는다는 말이 된다.

여담이지만 결국 도덕의식(해야 할 일과 해서는 안 될 일, **선과 악**을 우리 모두가 자연스럽게 구별하는 것)이란 그 근원을 종교에 둔 복종심으로서, 현대인에게는 일종의 과거의 유물이며, 지나간 여러 세대에 걸쳐 오랫동안 받아들여지다 보니 확고한 성질처럼 된 것이라고 주장하는 사람들에게는 좋은 구실이 될지도 모른다. 나 역시 그러기를 바란다. 그러나 내 생각으로 그것은 신의 존재란 인간이 가정한 것에 지나지 않는다는 것을 망각한 추론인 것 같다. 왜냐하면 인간이 **만들어낸** 신이 그러한 선과 악의 구별을 인간의 정신에 과하리라고는 여기지 않기 때문이다. 오히려 인간 쪽에서 그런 구별을 신에게 부여하여 그것을 신의 계명으로 삼은 것에 지나지 않는다. 애당초 그런 구별이 종교적인 면에 근거하고 있다 하더라도 결국 신에게 그것을 부여한 것은 인간이다. 따라서 그것은 인간이 마음속에 간직하고 있었던 것이나 다름없다. 그런데 그것이 인간의 마음속에 깊이 뿌리를 박고 있었기 때문에 인간은 그런 구별을 하는 데 있어서 영원히 이의異議를 제기하지 못할 최고의 권위에 의지할 필요성을 느낀 것이다….

그렇다면 어떻게 해결할 것인가?

4시

여담을 늘어놓다 보니 피곤해졌다. 두 시간 이상 푹 잤다. 이 수첩이 가져다준 특기할 만한 결과이다. 또한 나의 철학적인 사고가 가져다준….

도대체 어떻게 말하려고 했는지 잊어버렸다. '어떻게 해결할 것인가?' 옳아. 어떻게라고? 그런 가운데서도 무엇인가 더 뚜렷하게 알게 된 것 같은 느낌이 든다. 그러나 그 맥락을 다시 찾을 수 없다.

도덕의식, 그리고 그것의 근원에 관한 문제. 이것을 사회적 관습의 잔재라고 하면 안 될까? (어쩌면 나는 잘 알려진 설명을 나 자신에게 편리하도록 새삼스레 만들어내고 있는지도 모른다. 상관없다. 나에게는 새로운 것이니까.) 도덕의식이 신의 어떤 율법에서 나온 것이라는 생각을 배격할 경우, 그것은 다음과 같이 생각하는 것과 마찬가지이다. 즉 도덕의식이란 지난날의 인간들에 의해 생겨난 것이며, 그것을 만들어낸 목적이 사라진 후에도 계속 습관으로 남게 되어, 그런 습관이 세습이라든가 전통에 의해 우리 속에 깊이 뿌리를 내리고 있는 것이다. 요컨대 그것은 옛날의 인간 집단들이 겪은 여러 가지 경험의 잔재로서, 자신들의 공동생활을 조직하고, 자신들의 사회적인 관계를 규제하기 위해 그것을 만들어내지 않으면 안 되었던 것이다. 훌륭한 경찰 법규의 잔재. 이러한 도덕의식이라든가 **선과 악**을 구별하고자 하는 생각이야말로 (즉, 우리 각자의 마음속에 오래전부터 존재하고 있던 구별, 그것이 우리에게 명하는 바는 흔히 부조리하면서도 우리로 하여금 언제나 복종하지 않을 수 없게 하는 것, 우리의 이성이 주저하고 거부하는 순간에도 우리를 이끌고 가는 것, 그리고 매우 현명한 사람들도 제정신으로는 도저히 할 수 없는 행위를 하도록 한다고 생각하는 것이야말로) 자존심을 위해서도 지극히 매력적이며 흐뭇한 일이 아닐 수 없다. 더욱 매력적인 것은 그런 구별이 사회적 동물인 인간 본능의 잔재임을 인정하는 경우이다. 그러한 본능은 수천 년에 걸쳐 우리에게 이어져온 것이며, 그리고 우리 인간

사회는 그런 본능에 의해서 완성의 길로 나아가고 있다.

8월 15일, 정원에서

쾌청한 날씨. 저녁기도를 알리는 종소리. 온통 축제의 분위기. 하늘과 꽃들과 지평선의 도도함이 쾌청한 날씨의 눈부신 훈륜暈輪 속에서 아른거린다. 세상의 아름다움에 대항하여 그것을 파괴하고 파국이 닥치기를 빌고 싶은 심정! 아니, 그보다는 어디론가 도망쳐서 숨고 싶은 심정, 깊이 반성하면서 괴로워하고 싶은 심정.

스파*에서는 확대 군사회의. 카이저와 군의 수뇌들. 스위스 신문에서는 삼단에 걸쳐 이를 다루고 있다. 그런데 프랑스 신문에서는 한마디도 언급하지 않았다. 이날은 훗날 초등학교 학생들이 교과서에서 배우게 될지도 모를 역사적인 날이다. 그리고 그 결과는 전쟁의 방향을 돌려놓을 역사적인 날임에 틀림없을 것이다….

구아랑에 의하면 외무부 인사들 중에는 올해 겨울 평화가 올 것이라고 공공연히 말하는 사람들도 많다는 것이다.

공보에는 별로 대단한 것이 없다. 소나기가 오기 전의 무더위처럼 무겁게 짓누르는 기대감.

저녁, 10시

어젯밤에 고심하며 쓴 것을 다시 읽어보았다. 그토록 장황하게 늘어놓은 것에 놀라움과 불만이 교차한다. 좀 지나치게 나

* 벨기에의 지명.

의 한계를 드러낸 것 같다…. (게다가 인간들이 쓰는 어휘라는 것이 고작 감정만 표현할 수 있을 뿐, 논리를 전할 수는 없다!)

장 폴을 위하여,

얘야, 환자의 이러한 횡설수설에 근거해서 앙투안 삼촌을 평가하지 말아다오. 삼촌은 복잡한 관념 체계와 대면할 때면 언제나 거북함을 느껴왔다. 그런 것에 발을 들여놓기만 하면 처음부터 어찌할 바를 모르는 거야…. 전에 루이 르 그랑 학교에서 철학과 바칼로레아* 시험 준비를 할 때(두 번째에 합격한 것은 이 시험이 유일한 것이었다.) 나는 정말 굴욕적인 시간을 겪곤 했다…. 서투른 사람이 비눗방울로 곡예를 하는 것과 같은 느낌이었다고나 할까! …죽음과 마주하고 있는 지금도 그런 나의 성향에는 아무런 변화도 생기지 않았단다. 추상적인 사변에는 근본적으로 맞지 않는 이러한 나의 기질을 고치지 못한 채 나는 이 세상을 하직할 것이다!…

자정 무렵

비니**의 『일기』는 지루한 감을 주지 않는다. 그런데도 주의력이 산만해지면서 손에서 책을 떨구곤 한다. 불면증에서 오는 신경질. 생각이 공전하고 있다. 죽음, 별 볼 일 없는 인생, 별 볼 일 없는 인간. 정신을 바짝 차리고 이해하려고 들자마자 막다른 골목에 이른 듯 헤어나지 못하고 마는 수수께끼 같은 것. 아무

* 프랑스의 대학 입학 자격시험.

** 19세기 프랑스의 낭만주의 시인.

리 발버둥 쳐도 '무엇 때문에?'라는 질문에 해답을 줄 수 없다.

지난날들의 일을 생각할 때, 즉 환자들을 위해서는 모든 것을 다 희생한 일이라든가, 또 나의 **여러 가지 의무**를 수행하는 데 있어서 언제나 최대한의 세심한 주의를 기울인 점 등을 생각해 볼 때, 온갖 도덕적인 규율에서 해방되었다고 자처하던 내가 무엇 때문에 가히 모범적이라고 할 만한 생활을 할 수 있었을까?

(나는 재능이 있는 사람들이 아니면 감히 접근할 수도 없는 이런 문제는 다루지 않기로 다짐한 바 있다. 하기는 그렇게 하는 것이 그런 문제에 휘말리지 않는 최선의 길이 아니었을까?)

사심이 없는 감정이라든가, 헌신적 행위라든가, 직업적 양심 따위는 무엇 때문이었을까?

그런데 상처입은 어미 사자가 맞아 죽으면서까지도 자기 새끼를 떠나지 않는 것은 무슨 까닭에서일까? 함수초가 잎을 접는 것은 무슨 이유일까? 또는 백혈구의 아메바 운동은? 또는 금속류의 산화는? 등등.

따지고 보면 무슨 이유가 있는 것은 아니다. 문제를 제기하는 자체가 '무엇인가'가 있다는 것을 가정하는 것이며, 그럴 경우 형이상학적 함정에 빠지게 된다…. 그렇다! 인식 가능한 것의 한계를 인정하지 않으면 안 된다. 현자들이(르 당텍* 등) 역설한 것처럼 예지란 '무엇 때문에'라는 질문은 그만두고 '어떻게 해서'라는 것에 만족하는 데에 있다. (하기는 '어떻게 하여'라는 것만으로도 문제 삼을 것이 많다!) 무엇보다도 모든 것은 설명이 가능하며 당위적當爲的이라는 식의 유치한 생각은 버려

* 프랑스의 생물학자.

야만 한다. 따라서 나 자신이 그러했듯이 논리적인 일관성에서 벗어나는 일이 전혀 없는 것처럼 생각하는 따위는 이제는 삼가자. (실은 나는 오래전부터 그렇게 믿어왔다. 티보가의 오만일까? 오히려 자기도취라고 하는 편이 낫겠지….)

어쨌든 여러 가지 태도 중에서 다음과 같은 것이 있을 수 있다. 즉 도덕적 관습에 따르는 것. 그러나 거기에는 속임수가 없어야 한다. 질서를 사랑하고, 또 그것을 따르기를 바랄 수 있다. 그렇다고 해서 그것을 하나의 도덕적 실체로 여겨서도 안 되며, 그것은 공동생활을 해나가는 데 있어서 실질적으로 필요한 것이며, 중요한 사회복지의 조건 이외에는 아무것도 아니라는 것을 잊어서는 안 된다. (선善이라고 쓰는 것이 싫어서 질서라고 쓴다.)

스스로 **질서를 따르고 있다**고 생각하면서도 자신이 따르고 있는 질서의 법칙이 어떤 것인지 전혀 모르고 있다. 이런 문제를 생각할 때마다 화가 치밀 뿐이다! 나는 이 수수께끼가 언젠가는 풀릴 것으로 오랫동안 믿어왔다. 그런데 나 자신에 관해 별로 아는 것도 없이 죽을 수밖에 없다, 이 세상에 관해서도 마찬가지이지만….

신자信者라면 이렇게 대답할지도 모르겠다. '그거야 지극히 단순한 것이야!…' 그러나 나에게는 그렇지 않다!

피로에 지쳐 있다. 그런데도 잠이 오지 않는다. 이것이 바로 불면의 고통이라는 것이다. 어떻게 해서든지 휴식을 취하고자 하는 육체의 기진맥진한 상태와 그리고 졸음을 쫓아내는 정신의 불규칙한 활동 사이의 모순.

한 시간 전부터 엎치락뒤치락하고 있다. 이런 생각으로 고민

하고 있기 때문이다. 즉, '나는 낙천주의를 표방하며 살아왔으므로 회의나 의구심을 품고 이 세상을 하직해서는 안 된다.'

나의 낙천주의. 나는 낙천주의를 표방하며 살아왔다. 이 사실을 의식하지 못했을지는 몰라도 지금에 와서 생각해볼 때 분명히 그러했던 것으로 여겨진다. 나를 줄곧 부추겨왔고, 또 끊임없이 나를 뒷받침해왔듯이, 낙천적인 직관과 적극적인 신뢰의 정신은 따지고 보면 과학 분야에 종사하면서 거기에서 매일 자양을 얻은 것 같다.

과학. 이것은 단순한 지식 이상의 것이다. 과학은 우주와 조화를 이루고자 하는 바람이다. 과학에 의해서 여러 가지 법칙이 예측되는 우주. (그리고 그 길을 따라가는 사람들은 **불가사의**의 세계에 이르게 된다. 그것은 종교에서의 불가사의보다 더 광범위하고 더 가슴을 설레게 하는 불가사의이다!) 과학을 통해서 사람들은 자연과 자연의 신비와 접촉하며 조화를 이루고 있음을 깊이 느낄 수 있다.

종교적 감정이라 할 수 있을까? 이 말에는 두려움이 따른다. 그러나 결국에는…?

자비와 희망 그리고 신앙. 언젠가 베카르 신부가 나에게 말하기를 나 역시 신학적 덕을 실행하고 있다고 했다. 나는 이의를 제기하면서 **자비**와 **희망**은 받아들이지만 **신앙**은 거부한다고 한 적이 있다. 그럼에도 불구하고? 만약 지난 십오 년 동안 나를 지탱해온 그 정열을 오늘에 와서 정당화하고자 한다면, 그리고 또한 그러한 불굴의 신념의 숨은 뜻을 찾아내고자 한다면 결국 그것은 무언가 신앙에 꽤 가까운 것이 될 게 틀림없다….
그렇다면 무엇에 대한 신앙인가? 그렇다. 그것은 살아 있는 것들에게서 가능한 성장, 그리고 어쩌면 무한한 성장에 근거를 둔 신앙이리라. **만물이 보다 높은 상태에 도달하고자 한다는 것에 근거를 둔 신앙**….

나는 자신도 모르는 사이에 '궁극목적론자'였단 말인가? 상관없다. 어쨌든 나는 다른 '궁극목적론'은 바라지도 않으니까.

8월 16일

열이 있다. 호흡곤란. 숨이 더 가쁘다. 여러 차례 산소호흡의 도움을 받아야만 했다. 일어나기는 했지만 밖으로 나가지는 않았다.

구아랑이 신문을 들고 왔다. 이번 겨울이 지나기 전에는 평화가 올 것이라고 여전히 믿고 있다. 능란하게 그리고 끈질기게 자신의 견해를 옹호한다. 기이한 사나이. 미간이 좁고 깜박이는 작은 두 눈, 긴 코, 그레이하운드의 주둥이처럼 튀어나온 그 얼굴에서 풍기듯이 노상 근심에 잠긴 듯한 그 모습과는 대조적으로 자못 안심시키는 말을 하고 있는 그를 볼 때 기이한 느낌을 갖지 않을 수 없다. 기침을 하며, 그리고 끊임없이 가래를 뱉는다. 자기의 직업에 관해 말하면서 마치 간단한 작업처럼 말했다. 그렇지만! 앙리 4세 학교에서 역사를 가르치는 일이란 결코 즐거움이 없는 무의미한 일은 아닐지도 모른다. 고등사범학교에서의 자신의 공부에 관해서도 말했다. 남을 헐뜯기 잘하는 사람. 자신이 옳다는 것을 내세우기 위해 남을 비판하는 데 지나치게 쾌감을 느낀다. 이따금 불성실한 사람이 아닌가 하는 느낌도 준다. 지나치게 영리한 사람인지도 모르겠다. 자기 자신에게는 관대하지만 남의 일에는 무관심하고 아량을 베풀 줄 모르는 헛똑똑한 사람. 그런가 하면 종종 기지도 엿보인다.

재치? 재치에는 두 가지가 있다. 이야기하는 내용에 있어서 재치가 있는 경우(필립 박사의 경우). 이야기하는 태도에 있어서 재치를 보이는 경우. 구아랑의 경우는 재치가 있는 말을 실제로는 한마디도 하지 못하면서 재치가 있는 것처럼 보이는 사람들 축에 속한다. 색다르게 말하는 투라든가 말끝에 힘을 주는 따위. 그런가 하면 약간 목소리를 바꾸기도 하고, 우스꽝스럽게 몸짓을 해 보이기도 하며, 말을 얼버무려 알쏭달쏭한 어법을 구사하는 따위. 또 때로는 장난기로 반짝이는 눈빛이며 말할 때마다 무엇인가를 암시하는 듯한 화법. 필립 박사가 이야기하는 투를 되새겨보면 그의 말은 신랄하고 날카로운 데가 있어서 언제나 사람의 마음을 섬뜩하게 한다. 그런데 구아랑의 말은 아무리 되새겨 보아도 대부분의 경우 남는 것이 아무것도 없다.

8월 17일

호흡이 점점 더 곤란해지다. X선 검사를 받다. 심호흡을 해도 신경막의 변동이 전혀 없는 것으로 나타난다. 바르도는 삼일 동안 휴가를 얻었다. 기분이 매우 좋지 않다. 아무런 생각도 나지 않는다.

8월 18일

며칠째 몸이 좋지 않다. 밤에는 더 심하다. 바르도가 없는 동안에 마제에게서 다른 방법으로 치료를 받고 있다.

8월 19일

치료로 인해 매우 지쳐 있다.

8월 20일

오늘 아침은 이상하게 몸이 홀가분하다. 어젯밤에 맞은 주사 때문에 다섯 시간 이상 잠을 잘 수 있었다! 기관지염이 눈에 띄게 나아졌다. 신문을 읽었다.

저녁

오후 내내 좋았다. 발작은 가라앉은 것 같다. 마제는 만족해 한다.

라셀과의 추억이 줄곧 뇌리를 떠나지 않는다. 이처럼 여러 가지 추억에 사로잡혀 있다는 것은 몸이 쇠약해졌다는 징조가 아닐까? 건강하게 살 때에는 지난 일을 회상하는 일이 없었다. 과거란 나에게는 전혀 관심 밖의 일이었으니까.

장 폴을 위해.

도덕. 도덕적인 생활. 사람은 각자 자신의 의무를 알고, 그 의무의 성격과 한계를 분명히 해야만 한다. 평소의 경험과 꾸준한 탐구를 통해, 그리고 스스로의 판단에 따라 자신의 태도를 선택하지 않으면 안 된다. 끈기 있는 연마. 상대적인 것과 절대적인 것, 가능한 것과 바람직한 것 사이에서 현명하게 헤엄쳐 나가야 하며, 우리 마음속에 있는 **깊은 지혜**의 목소리에 귀를 기울이면서 현실을 직시할 줄 알아야 한다.

자기 자신을 지킬 줄 알 것. 과오를 두려워하지 말 것. 끊임없이 자신을 부인하기를 두려워하지 말 것. 자신을 해명하고, 자신의 의무를 발견하는 데 있어서 더 앞으로 나가기 위해 자신의 잘못을 인정할 줄 알 것.

(결국 자기 자신에 대한 것 이외에는 의무란 있을 수 없다.)

8월 21일, 아침

신문. 영국군은 거의 전진하지 않고 있다. 우리 프랑스군도 마찬가지이다. 단지 여기저기에서 약간의 전진을 보이고 있을 뿐이다. (공보에서 언급하듯 '약간의 전진'이라고 나는 쓴다. 그러나 '전진하는' 병사들에게는 그것이 무엇을 의미하는지를 나는 **알고 있다**. 즉 폭발로 인한 웅덩이, 연락 참호 속에서의 포복, 사상자들로 들끓는 전방의 응급치료소….)

치료를 받기 위해 침대에서 일어났다. 아침 식사는 아래로 내려가서 하도록 해야겠다.

밤, 야등 불빛에서

좀 눈을 붙였으면 싶었다. (어제저녁에는 체온이 거의 정상, 37도 8분.) 그러나 뜬눈으로 밤을 꼬박 새우다. 내내 또랑또랑한 정신 상태. 그러다 보니 새벽이 되었다.

그렇기는 해도 마음이 매우 편안한 밤이었다.

22일, 아침

어제저녁에는 정전으로 인해 쓸 수가 없었다. 지난밤의 경탄할 만한 별똥별에 관해 몇 자 쓰고 싶다.

하도 더워서 새벽 한시쯤 창문 발을 걷기 위해 갔었다. 침대에서 아름다운 여름 하늘을 넋을 잃고 바라보았다. 심오한 밤하늘. 유탄이 온통 작열하는 것 같고, 불꽃이 쏟아지는 듯한 하늘. 별들이 사방으로 흘러내린다고나 할까. 솜강에서의 공격, 마로쿠르의 참호 등 8월 16일 밤의 일이 생각났다. 별똥별과 영국군의 화력전이 환상적인 불꽃놀이에서처럼 엇갈리고 뒤섞였다.

문득 이런 생각이 들었다. (그리고 그것이 사실이라고 나는 믿고 있다.) 언제나 우주 공간을 생각하며 살아가는 천문학자는 다른 사람들보다 훨씬 편한 마음으로 죽을 수 있을 것이라고.

그런 모든 것에 관해 나는 벌써 오래전부터 꿈꾸어왔다. 하늘을 물끄러미 쳐다보는 눈길. 무한한 하늘, 망원경이 차츰 개량됨에 따라 끊임없이 심오함을 더해가는 하늘. 그것은 모든 공상의 대상 중에서 우리의 마음을 달래주는 공상이다. 우리의 태양과 유사한 무수한 별들이 천천히 회전하고 있는 저 공간, 저기에서는 그 태양조차도—지구보다 백만 배나 더 크다고는 하지만—**보잘것없는 것**, 무수한 다른 별들 속의 단 하나의 단위일 뿐….

은하수, 무수한 별들, 무수한 태양, 그 주위를 몇십억 개의 행성들이 서로 몇천만 킬로의 거리를 두고 돌고 있는 것이다! 그리고 저 모든 성운, 저곳으로부터 미래의 무수한 태양이 탄생될 것이다! 천문학자들의 추측에 의하면 이처럼 무수한 무리들로 이루어진 세계도 우리가 전혀 알지 못하는 방사선과 중력에 의한 상호작용으로 온통 뒤범벅이 된 에테르의 세계에 비한다면 거의 무無에 가까운 것이며, 단지 미세한 공간을 차지하고 있을 뿐이라고 한다.

이렇게 쓰는 것만으로도 상상력이 흔들거린다. 즐거운 현기증. 오늘 밤 처음으로, 아마 이것이 마지막일지도 모르지만 나의 죽음에 관해 일종의 평온함, 초연한 무관심의 경지에서 생각할 수 있었다. 죽음의 괴로움에서 벗어나, 소멸해가는 나의 육체에 거의 무관심할 정도가 된 것이다. 나라는 존재는 무한소에 지나지 않으며, 일고의 가치도 없는 부스러기에 불과하다….

이런 평정을 되찾기 위해 매일 밤 하늘을 쳐다보기로 작정했다.

이제 날이 밝아온다. 새로운 하루.

오후, 정원에서

감사하는 마음으로 다시 일기를 펼친다. 지금까지 일기가 이처럼 그 목적에 잘 들어맞는 것으로 여겨본 적이 없다. 즉 망령을 떨쳐버릴 수 있다는 말이다.

다시 어젯밤처럼 하늘을 관조하는 데에 마음을 빼앗기고 있다.

인간이라는 동물의 방수성防水性. 우리 역시 서로 만나는 일 없이, 또한 서로 융화되는 일 없이 서로의 주위를 맴돌고 있을 뿐이다. 각자 독주하고 있을 뿐. 각자 밀폐된 고독 속에 갇혀 있고, 각자 가죽 주머니 속에 틀어박혀 있는 것이다. 그렇게 자기 삶을 영위하다가 이 세상을 하직하는 것이다. 끊임없는 리듬으로 인간은 태어났다가 죽어간다. 일 초에 한 사람씩 태어나니까 일 분에 육십명꼴이 된다. **한 시간**에 **삼천명** 이상의 갓난아기가 태어나며, 또 그만큼 죽는다! 매년 삼백만 명이 사라지는 것만큼 새 생명이 그 자리를 메운다. 이런 것을 진정으로 이해하고 내 것으로 만들어 '실행한' 사람이라면 과연 전처럼 자신의 운명에 대해 자기 본위로 열중할 수 있을까?

6시

오늘은 어쩐지 들떠 있는 기분이다. 놀라우리만큼 몸이 가벼워진 느낌. 자신이 **미세한 조각**임을 뚜렷이 의식하면서 살고 있는 작은 물질이라는 느낌.

전에 파리에서 제랭제가 자기 친구인 장 로스탕을 데리고 와 저녁 한때를 같이 지내면서 가졌던 흥미진진한 화제가 생각났다….

이렇게 무한한 우주 속에서의 인간의 조건이란 실로 기이한 것. 일찍이 로스탕이 신랄하며 무엇인가 깨우친 듯한 목소리로, 그러면서도 학자다운 신중한 단정과, 시인다운 서정적인 감동과 선명한 표현을 써가며 인간의 조건을 정의하는 것을 들었을 때와 똑같이 그 사실이 명백하게 떠오른다. 죽음을 눈앞에 둔 지금, 그와 같은 사고에 남다른 매력을 느낀다. 경건한 마음가짐으로 나는 그런 사고를 계속해야 한다. 그런데 거기에서 나의 비탄에 대한 어떤 구제책을 찾아냈다고 할 수 있을까?

나는 본능적으로 형이상학적인 공상을 거부한다. 지금까지 허무라는 것에 대해 이처럼 명백하게 생각해본 적이 없다. 나는 지금 공포를 느끼면서, 그리고 본능적인 반항을 느끼면서 그것에 다가가고 있다. 그러나 그것을 부정하거나, 터무니없는 희망에 기대를 걸려는 생각은 추호도 없다.

그 어느 때보다 더 나의 존재가 보잘것없다는 것을 의식하고 있다. 어쨌든 경이로운 것임에 틀림없다! 아직 얼마 동안은 더 나에게 속해 있을 이 세포의 경탄할 만한 집합을 남의 것처럼 바라보고 있다. 이미 삼십 년 전부터 나 자신 깊숙한 곳에서 나를 구성하고 있는 무수한 세포가 끊임없이 신비스런 교류를 행하고 있다는 것을 느끼고 있다. 나도 모르는 사이에 나의 대뇌피질 속에서 이루어지고 있는 이런 신비스런 화학적 반응, 이런 에너지의 변화가 나로 하여금 이 순간에 생각하고, 또 글을 쓰는 동물로 만들어주고 있는 것이다. 나의 사상, 나의 의지 등. 내가 그토록 뽐내던 나의 모든 정신적 활동이란 것도 나와는 무관한 반사작용의 합성물에 지나지 않으며, 또한 불안정한 자연 현상에 지나지 않는다. 따라서 모든 것을 영구히 정지시키기 위해서는 단지 몇 분 동안 세포를 질식시키는 것만으로도 충분할 것이다….

저녁

다시 자리에 눕다. 안정. 정신은 또렷한데 무엇에 약간 취한 듯한 느낌.

인간과 삶에 관해 줄곧 생각한다…. 놀라움과 감탄이 뒤섞인 심정으로 나를 꽃피게 한 유기적 계통에 관해 생각해보았다. 나 이전에 몇십억의 세기를 통한 생물의 역사의 모든 단계가 떠오른다. 태초 이래, 즉 들끓는 바다 밑바닥이거나 또는 타오르는 지각 위에서 어느 날, 어디에선가 불가사의하고, 대개는 우연적인 화학 결합물이 생성된 이래, 그러다 거기에서부터 원형질의 최초의 발현이 일어나, 그 후에 차츰 의식을 갖고 질서라든가 이성의 법칙이라든가 정의 같은 것을 생각할 수 있는 기이하고도 복잡한 동물이 될 때까지의 일들이… 그리고 데카르트가 태어나고, 윌슨이 태어나기까지의 일들이 떠올랐다.

또 다음과 같은 터무니없는 생각, 그러면서도 매우 그럴듯한 생각도 하게 되었다. 즉 인간보다 훨씬 월등한 다른 형태의 생명체가 탄생될 예정이었으나 그것이 우주의 대변동에 의해 형태를 갖추기도 전에 멸망할 수밖에 없었다는 것. 지금의 인간을 최후의 일환一環으로 하는 유기적 연쇄가 오랜 세월을 거치면서 오늘날까지 계속되고 있다는 것은 기적이 아닐까? 그리고 이런 연쇄가 소멸되지 않고 지구의 숱한 지질학적 대변동을 극복할 수 있었다는 것, 그리고 또한 자연을 맹목적으로 낭비하는 것에서 벗어날 수 있었다는 것도 기적이 아닐까?

그런데 이런 기적이 언제까지 지속될 것인가? 인류는 어떤 (피할 수 없는) 종국을 향해 나아가고 있는 것일까? 일찍이 존재했던 것으로 알려져 있는 삼엽충류, 거대한 전갈, 무수한 부유浮遊동물과 포복동물이 자취를 감춘 것과 마찬가지로 인류도 언젠가는 소멸하지 않을까? 아니면 인류는 모든 혼돈을 뚫고 나아가 지구상에 존속하면서 앞으로도 오랫동안 진화를 계속해갈 것인가? 그렇다면 언제까지? 태양이 식어 운행을 정지하고, 마침내 인류에게 열을 보내주지 않아 살 수 없게 될 때까지일까? 인류가 자취를 감추기까지 얼마만큼의 새로운 진보를 이룩하게 될 것인가? 생각만 해도 현기증이 날 것 같다….

어떤 진보가 있을 수 있을 것인가?

인류만이 어떤 특권적인 역할을 하는 우주의 구상 같은 것은 생각할 수 없다. 이미 자연의 허다한 부조리라든가 모순에 부딪쳐온 나로서는 예정된 조화 같은 것은 인정할 수 없다. 지금까지 인간의 호소나 물음에 대답해준 신은 하나도 없다. 신의 대답이라고 여겼던 것은 인간 자신의 목소리의 메아리에 지나지 않았다. 인간의 세계는 닫혀진 세계, 인간에게만 한정된 세계이다. 인간에게 허용된 유일한 야망은 그 한정된 영역을 필요에 따라 최대한으로 이용하는 것이다. 물론 그 영역이란 미미한 인간에 비하면 광대할지 몰라도 우주에 비하면 미세하기 짝이 없는 것이다. 과연 과학은 이런 정도로 만족할 수 있는 방법을 인간에게 가르쳐줄 것인가? 또한 스스로 미미하다는 것을 의식하면서도 안정과 행복을 찾을 수 있는 방법을 가르쳐줄 것인가? 불가능한 일은 아니다. 과학은 앞으로도 많은 것을 해낼 것이다. 즉 인간에게는 어쩔 수 없는 한계가 주어져 있다는 것, 인간이 태어난 것은 우연이라는 것, 인간이란 별것 아니라는 것 등을 가르쳐줄 것이다. 그것은 오늘 저녁 내가 느끼고 있는 것과 같은 차분한 마음가짐을 가질 수 있도록 인간을 지속적으로 이끌어줄 것이며, 얼마 안 가서 나에게 다가올 허무, 모든 것이 소멸되는 허무를 거의 평온한 마음으로 바라볼 수 있게 해줄 것이다.

23일

잠에서 깨어나다. 여느 때보다는 오래 숙면을 취한 편이다. 몸도 편안해졌다. 숨 가쁘게 하는 이놈의 가래만 없다면, 그리고 구멍 뚫린 풀무 같은 이놈의 호흡만 아니면 퍽 기분이 좋으련만.

일종의 도취감 속에서 잠들었다. 절망적이면서도 감미로운 도취. 오늘 아침 나를 또다시 괴롭히고 있는 모든 것이 어제만 하더라도 가볍게 그리고 중요치 않은 것으로 여겼는데. 허무도

다가오는 죽음도 나로서는 저항을 해보아야 소용이 없는 특이한 성격을 띤 하나의 분명한 사실로 여겨졌었다. 숙명론 때문만은 아니었다. 그렇다. 그것은 병과 죽음을 통해 우주의 운명에 참여하고 있다는 느낌이었다.

어제저녁과 같은 나의 정신 상태를 다시 찾았으면!

점심 식사 전에 베란다 아래에서. 대화. 축음기. 신문.

누아용의 전선, 그리고 우아즈강과 엔강 사이의 전 전선에 걸쳐 전투가 벌어지고 있다. 스물네 시간 동안 사 킬로의 전진. 아군은 라시니를 점령했다. 영국군은 알베르와 브레 쉬르 솜을를 탈환했다. 바로 브레에서의 일이다. 그곳 사제관 뒤에서 불쌍한 들라쿠르는 야영용 변소에서 볼일을 보다가 유탄에 맞아 개죽음을 당하고 말았다.

저녁

어제의 평온함을 되찾다. 오늘 저녁, 식사 때 아주 격렬하면서 긴 호흡 곤란의 발작. 그 뒤로부터는 가늠할 수 없을 정도의 피로감.

26일

어제 아침부터 흉골 후부에 거의 끊임없는 통증. 오늘 밤에는 참을 수 없을 정도. 구토증까지 곁들이다.

27일

저녁 일곱시. 우유를 좀 마셨다. 이제 곧 조제프가 온다. 그리고 내일 아침까지는 나타나지 않는다. 그가 오기를 기다리고 있다. 발소리에 귀를 기울인다. 그에게는 할 일이 산더미처럼 쌓여 있다. 침대를 정돈하고 베개를 바로 놓고 모기장을 치는 일이며, 물약을 만들고 변기를 갖추는 일이며, 덧문을 닫는 일이며, 가래침 통을 닦아내는 일이며, 손이 닿는 곳에 물컵과 약병, 전등과 벨의 스위치 등을 놓는 일이며…. '군의관님, 안녕히 계세요.'—'잘 가게, 조제프.' 그러고 나서는 여덟시 반에 야간근무 위생병인 엑토르 영감이 오기를 기다린다. 그는 말이 없다. 문을 빠끔히 열고 얼굴을 들이민다. '왔습니다. 제가 밤새 있을 테니 걱정 마세요.'

그러고 나서는 고독, 기나긴 밤이 시작된다.

자정

기운이 없다. 내 마음속 모든 것이 뒤틀린다.

모든 것을 나 중심으로 생각하는 것, 그것은 다시 말해 죽음의 길로 가는 것이나 다름없다. 지난날 누군가의 일이 떠오를 때마다 나는 곧잘 이런 생각을 한다. '내가 죽게 되리라는 것을 그자는 모르고 있을 거다.' 혹은 '내가 죽었다는 사실을 알 때 그자는 무엇이라고 말할까?'

28일

통증이 가라앉는 것 같다. 찾아왔을 때처럼 사라지는 것이 아닐까?

X선 검사 결과가 좋지 않다. 지난번 검사 때 비해 근육조직의 증식이 놀라우리만큼 눈에 띈다. 특히 오른쪽 폐.

8월 29일

고통이 덜하다. 나흘 동안의 고통으로 지칠 대로 지쳐 있다.

공보. 새로운 공세가 (스카르프강과 베슬강 사이에서) 진행되고 있다. 영국군은 누아용을 향해 전진하고 있다. 바폼은 아군의 손안에 있다.

장 폴을 위해서.

너도 틀림없이 오만해질 것이다. 우리가 그러하니까. 스스로를 인정해라. 무릇 오만해라. 겸양이야말로 인간을 비소화하는 기생충적인 미덕에 불과하다. (대부분의 경우, 그것은 자신의 무력함에 대한 자의식에 지나지 않는다.) 허세를 부릴 것도 없고, 겸손할 필요도 없다. 강해지기 위해서는 자기 자신이 강하다는 것을 알지 않으면 안 된다.

체념을 잘하는 것, 복종하기를 좋아하고 남의 명령을 따르기를 좋아하는 것, 복종하는 것을 자랑으로 여기는 것 따위도 기생충적인 생각이다. 무력과 무위의 근원. 자유를 두려워하는 소치. 자신을 크게 하는 덕망을 선택해야 한다. 지고의 덕망이야말로 정력인 것이다. 그리고 자신을 위대하게 만들어주는 것도 바로 정력이다.

그 보상은 고독.

30일

누아용은 이미 점령됐다. 그러나 그 대가는?

전쟁이 끝나가기라도 하는 것처럼 언론에서 계속 보도하도록 하는 것은 참으로 이상한 일이다. 미국의 참전은 군사적인 승리, 군사력에 의한 평화에 만족하기 위해서만은 아니었을 것이다. 윌슨은 독일과 오스트리아를 정치적으로 괴멸시키고자 한다. 그들을 지지하고 있는 러시아를 그들에게서 떼어내고자 하는 것이다. 그런데 사태의 진전 상황으로 미루어 보아 과연 육 개월 사이에 두 제국의 붕괴나, 또는 베를린, 빈, 페테르부르크에서 효과적인 교섭 상대로서의 굳건한 공화정체의 수립이 있을 수 있을까?

내 방의 창. 팽팽히 당겨진 여섯 줄가량의 전선이 사진 건판 위의 줄처럼 장방형의 하늘을 가로지르고 있다. 소나기라도 퍼부을 때에는 가느다란 물방울이 몇 센티미터의 간격으로 서로 합치는 일 없이 쭉 같은 방향으로 전선 위를 미끄러져 간다. 그럴 때면 아무것도 손에 잡히지 않는다. 다른 일 따위는 안중에도 없다….

9월

1918년 9월 1일

새로운 달. 이달이 끝나는 것을 볼 수 있을까?

아래로 내려가는 것을 다시 시작했다. 아래에서 점심 식사를 했다.

면도를 하지 않은 이래로(칠월 이래로) 세면대 위에 걸린 거울에 내 모습을 비추어볼 기회가 거의 없었다. 조금 전에 사무실에서 거울에 비친 내 모습을 언뜻 보았다. 수염이 덥수룩하고 다 죽어가는 환자인 나를 보는 순간 섬뜩한 생각이 들었다.

'좀 쇠약해졌어'라고 바르도가 말했다. 차라리 '전신 쇠약'이라고 말했어야 하는 건데!

이런 상태가 앞으로 몇 주 동안 계속된다는 것은 견딜 수 없는 일이다….

영국군은 켐멜산을 탈환했다. 아군은 북부의 운하 지대를 공격하고 있다. 적은 리스강 쪽으로 퇴각하고 있다.

1일, 밤

라셀. 어째서 라셀이 생각날까?

라셀. 다갈색의 속눈썹, 눈매를 둘러싸고 있는 금빛의 훈륜. 성숙한 그 눈길! 자신의 쾌감을 나에게 보이지 않으려고 나의 두 눈 위를 가리던 그녀의 손. 꽉 쥐고 있던 묵직한 손이 별안간 풀어지는가 하면, 입술과 몸의 온 근육이 동시에 느슨해지던 그녀의 모습….

9월 2일

바람이 좀 불었다. 바람을 피하기 위해 집 아래로 가서 자리 잡았다. 내 바로 위, 베란다 밑에서는 구아랑, 부아즈네 그리고 특무상사가 자신들 학창 시절에 관해 이야기하는 소리가 들렸다. (라틴 구區, 수플로 거리, 바세트 거리, 무도회, 여인들 등.) 잠시 귀를 기울이고 있다가 화가 치밀고 짜증스러워 홀 안으로 다시 올라왔다. 마음도 어지러웠다.

장 폴, 시간을 헛되이 보내는 것을 너무 두려워하지 말아라.

아니, 내가 너에게 하고자 하는 이야기가 이런 것은 아니다. 오히려 내가 일러두고 싶은 것은 한 인간의 일생은 믿을 수 없을 만큼 짧다는 것, 따라서 너 자신을 실현하기 위해 많은 시간이 주어져 있지 않다는 점을 명심하라는 것이다.

그렇지만 너의 젊음을 어느 정도는 불사르는 것도 잊어서는 안 된다. 얼마 안 있어 이 세상을 하직하게 될 앙투안 삼촌은 젊음을 전혀 불사를 줄 몰랐던 것이 후회스럽기만 하다….

9월 3일

여명.

지난밤에는 꿈에 너를 보았다, 장 폴. 너는 이곳 정원에 있었다. 너는 나에게 기대고 있었지. 씩씩하고 탄력 있는 너, 무엇으로도 그 열정을 막을 수 없을 정도로 씩씩하게 자라고 있는 어린 나무와 같은 너를 느낄 수 있었다. 몇 주일 전 내 무릎 위에 앉혔던 어린아이인 너를 보면서 젊은 시절의 나, 의사가 된 나를 보는 듯했다. 잠에서 깨자 문득 이런 생각이 들었다. 처음 있는 일이지만. '이 아이도 의사가 되는 것이 아닐까?'

나는 이런 생각을 중심으로 여러 가지 궁리도 해보았다. 지금 생각으로는 몇 가지의 기록물, 노트 꾸러미, 십 년 동안 관찰하며 연구한 것, 시작하다 만 계획 등을 물려줄 작정이다. 네가 스무 살이 될 때, 혹시 그것이 너에게 필요치 않으면 누구든 의사에게 주도록 해라.

그러나 나는 나의 꿈을 쉽게 버리고 싶지는 않다. 나의 일을 계승할 젊은 의사, 그것이 바로 너라는 것을 오늘 아침 알게 되었으며, 또 그랬으면 하는 바람이다….

정오

후두의 운동요법을 포기한 것, 호흡 연습을 앞당겨 중단한 것은 아무래도 잘못한 일인 것 같다. 보름 사이에 병세가 악화되어 오늘 아침에는 결국 전기지짐을 받기에 이르렀다.

아침나절은 침대에 누워 있었다.

신문. **노동절**의 새 메시지를 읽고 또 읽었다. 간결하고 고상한 논조. 양식에 차 있는 언사. 윌슨은 유럽의 평화는 새로운 변화가 아닌, 그 이상의 것이 되어야 한다고 되풀이하고 있다. 그는 분명히 말하고 있다. '이것은 **해방전**이다.' (미국의 독립전쟁과 마찬가지로.) 옛날과 같이 혼미 상태에 빠지지 말고, 이번만은 전쟁 전의 유럽의 모순적인 상태를 청산할 것. 즉 평화적이며 근면한 각국 국민이 군비로 인해 파산에 직면한다던가, 국경을 사이에 두고 언제나 전쟁의 위협을 느끼며 살았던 것과 같은 상태를 청산할 것. 화해한 각국의 연합. 미국의 힘을 만들어주고 있는 그런 안정을 마침내 구대륙에도 가져올 수 있는 평화를 이룩해야 한다. 승자도 패자도 없는 평화. 뒤에 보복의 불씨를 조금도 남기지 않는 평화, 훗날 전쟁 의지의 부활을 조장할 만한 것은 아무것도 남기지 않는 평화.

윌슨은 그러한 평화의 근본 조건으로서 다음과 같은 것을 분명히 지적하고 있다. 즉 독재 정부를 타도할 것. 가장 절실한 목표이다. 게르만의 제국주의가 근절되지 않는 한, 그리고 오스트리아-독일 연합이 민주적으로 발전하지 않는 한, 그리고 여러 가지 잘못된 생각(잘못되었다고 하는 이유는 그것이 인류의 전반적인 이익에 위배되기 때문이다), 즉 제국주의에 대한 절대적 신앙이라든가, 힘에 대한 극단적인 예찬이라든가, 다른 모든 국민보다 독일 국민이 우월하다는 신념 따위(이것은 카이저의 측근들의 메시아니즘으로서, 독일인 각자를 십자군 용사로 만들어 전 세계에 게르만의 주도권을 강요하는 사명을 띠게 한다는 것이다.)가 근본적으로 무너지지 않는 한 유럽의 안정은 보장되지 않는다는 것이다.

저녁

저녁 식사가 끝난 뒤 구아랑과 부아즈네가 와주어서 반가웠다. 독일에 관한 화제. 구아랑이 주장하는 바로는 힘에 대한 그런 위험한 신비 사상은 제국 정체政體의 결과라기보다 오히려 그 민족 특유의 민족성이라는 것이다. 즉 주의主義보다는 본능적인 것이라고 한다. 이런저런 이야기가 오갔다. 독일의 경우는 프로이센과는 다르다는 것 등등. 구아랑 자신도 독일에는 평화적이며 자유주의적인 국가의 형성을 위해 필요한 모든 요소가 존재한다는 것을 인정하고 있다. 그런데 게르만적 메시아니즘이 인종적인 본능과 맞물렸을 때도 그럴 것인가? 독재적 정권이 그것을 부추기고 확대시켜 이용할 것은 뻔한 일이다! 그러한 몹쓸 독일을 없애는 일은 우리가 승자가 되었을 때 어떻게 하느냐, 평화조약이 어떤 성격의 것인가, 그리고 패자에 대해 우리가 어떤 태도를 취하는가에 달려 있다. 윌슨이 독일 국민들에게 민주주의의 교육을 강요하는 까닭은 그들의 메시아니즘을 무용지물로 만듦으로써 그것을 즉시 둔화시키거나, 아니면 다른 목적으로 방향을 돌리게 할 수 있을지도 모르기 때문이다. 단, 평화조약이 독일 국민에게 보복의 구실을 전혀 주지 않는다는 조건하에서이다. 그러기 위해서는 앞으로 십오 년은 있어야 할지 모른다. 어쨌든 나는 희망을 갖고 있다. 1930년 이후의 독일이 공화정체이고, 소박하며, 근면하고, 평화적인 독일로서 유럽연합의 매우 굳건한 하나의 보증이 될 것이라고 생각해도 그것은 결코 잘못된 판단이 아니라고 나는 믿고 있다.

부아즈네는 1911년 11월의 일을 상기시켰다.* 매우 정확했다. 카요가 꾀한 프독 협정이 어째서 전쟁을 지연시키는 것으로만 그쳤겠는가? 그것은 협정이 독일의 정치형태를 바꾸지 않았기 때문이다, 또한 바꿀 수가 없었기 때문이다. 독일, 오스트리아, 러시아의 목표는 그들의 황제, 그들의 장관, 그들의 장군의 목표에 지나지 않았기 때문이다. 그 모든 것을 윌슨은 간파했던 것이다. 비록 카이저 한 사람을 타도한다 할지라도, 프로이센 정신, 튜턴 민족의 정신, 제국주의 체제의 정신, 제국주의의 주도권에 대한 야망, 그리고 범게르만주의 정신에 타격을 가하지 못하는 한 그것은 아무런 의미가 없다. 제국주의 체제의 정신이 다시는 되살아나지 못하게 하려면 깊은 원인을 제거해버려야 한다. 그때야 비로소 항구적인 평화가 보장될 것이다.

헤이그의 평화 회담을 실패로 돌아가게 한 것은 카이저의 정부이며, 그것도 단독으로 전 유럽을 상대로 한 처사임을 잊어서는 안 된다. (자세한 내용은 구아랑을 통해 알 수 있었다. 즉 군비 제한에 관해서는 만장일치의 찬성을 얻어 협정까지 체결되었으며, 협정의 결과를 크게 기대할 수도 있었다. 그런데 조

* 그때 프랑스는 모로코 문제 해결 때문에 프랑스령 콩고의 일부를 독일에 양도했다.

인 직전 독일 대표는 본국 정부로부터 조인에 참가하지 말라는 통고를 받았다는 것이다.) 바로 그날 독일은 가면을 벗어버린 셈이다. 만일 중재 원칙이 가결되어, 군비 제한이 다른 여러 나라와 마찬가지로 독일에 의해 받아들여졌더라면 1914년의 유럽 정세는 아주 달라졌을 것이다. 이 사실을 염두에 두어야만 한다. 대륙 중심에 자리 잡고 있는 범게르만주의의 확장 정책이 국가적 자존심을 자극하면서 칠천만 국민에게 절대 권력을 행사하는 한 유럽의 평화는 있을 수 없다.

9월 4일

오늘 아침부터 끊임없이 자리를 옮기며 계속되는 늑간 신경통의 심한 통증으로 몹시 고통스럽다. (게다가 다른 데까지 아프다.)

공보는 다시 페론의 탈환을 알리고 있다. 8월 이후 페론이 함락되었다고 발표된 적은 한 번도 없었던 것 같은데.

필립 박사의 짧은 편지. 파리에서는 포슈 장군이 삼면 공격을 동시에 계획하고 있다는 소문이 파다하다고 한다. 한쪽은 생 캉탱에서. 다른 한쪽은 엔강에서. 나머지는 뫼즈강 쪽에서 미군이. 필립 박사도 말하듯이 '앞으로는 계속 사상자의 속출….' 윌슨의 원칙에 합의하기까지 과연 얼마나 많은 사람이 죽어야 하나?

저녁

구아랑의 방문. 분개하고 있었다. 윌슨의 새로운 메시지를 두고 저녁 식사 때 있은 논쟁에 관해 들려주었다. 거의 모두가 한결같이 국제연맹이 전후 견고한 조직을 갖춤으로써, 무엇보다도 독일-오스트리아에 대항하는 문명 세계의 결속을 확대하기 위한 하나의 수단이 되어야 한다고 주장하더라는 것이다. 구아랑에 의하면 이런 생각은 프랑스 정부의 높은 사람들(푸앵카레와 클레망소를 필두로 하여)의 머릿속에 이미 깊이 뿌리를 내리고 있으며, 대체로 다음과 같이 요약할 수 있다는 것이다. '유럽의 통일은 다음의 필요 불가결한 조건 없이는 이루어질 수 없다. 곧 그 연합에서 독일인은 제외시켜야 한다는 것이다. 저주받은 종족. 미래의 전쟁의 요인. 강인한 독일이 유럽에 존재하는 한 평화는 불가능하다. 따라서 독일로 하여금 못된 짓을 하지 못하도록 하기 위해서는 늘 감시해야 한다.'

기괴한 발상. 만일 구아랑의 말이 사실이라면 그것은 윌슨의 생각을 완전히 배반하는 것이나 다름없다. 유럽의 제삼국을 그 나라가 전쟁의 책임자이며, 영원히 믿을 수 없는 상대라는 구실을 내세워 애초에 유럽의 전체 연맹에서 제외시킨다는 것은 유럽의 법적 기구를 초두에 와해시키는 것이며, 유럽을 영-프의 주도권 아래에 두고자 하는 꿈을 시인하는 것이며, 그리하여 피비린내 나는 갈등의 씨를 일부러 키우는 것이나 다름없다.

윌슨은 양식 있고 노련하기 때문에 이런 제국주의적 함정에 빠질 리가 없다!

5일, 목요일

오늘은 서 있을 수가 없다. 내 꼴은 정말 독가스 환자가 걸어가고 있는 모습 그대로이다. 계단을 내려가는 데 오 분이나 걸렸다.

천천히, 어김없이 죽음을 향해 가고 있는 것이다. 오늘 밤에는 아버지의 임종 때의 일을 생각해보았다. 아버지가 어린 시절에 부르던 그 후렴.

이랴, 가라, 기다리고 계신다!

장 폴에게 남겨둘 아버지에 관한 노트를 속히 써놓아야겠다.

후방 휴양소에서 안정을 되찾고 있을 무렵, 다시 침대 하나를 얻게 된 것을 다행스럽게 여기며 침대에 누워 얼마나 수없이 전쟁 후의 일을 생각하고, 앞으로의 일, 이제부터 해나가고자 결심하고 있던 더 나은 생활, 더 근면하고 더 유익한 생활을 천진스럽게 꿈꾸며 시간을 보냈었던가…. 모든 것이 다 틀림없이 잘되어 가리라 여겼었다!

죽음, 죽음. 한시도 뇌리를 떠나지 않는 이 생각. 나에게는 침입자처럼 생각된다. 생소한 것. 기생충. 종양.

그런 것을 받아들일 태세가 되어 있으면 모든 것이 달라질 텐데. 그런데 그러기 위해서는 형이상학에 도움을 청해야 한다. 그런데 그러자니….

무無로 돌아간다는 사실에 이토록 저항을 하게 되다니 참 이상하다. 만일 내가 지옥이 있다고 믿고, 그리고 내가 지옥에 떨어질 것이 틀림없다는 확신을 갖고 있다면 과연 어떤 심정일까를 자문해본다. 지금보다 더 괴로운 심정은 아닐지도 모른다.

9월 5일, 저녁

소령이 서표 끈이 끼어 있는 잡지 하나를 조제프 편에 보내왔다. 펼쳐 읽어보았다. **전쟁에는 갖가지 구실이 있다. 그러나 전쟁의 원인은 단 한 가지이다. 즉 군대. 군대를 없애면 전쟁도 없어진다. 그런데 군대를 없앨 수 있는 방법은? 전제주의를 없애는 것.** 이것은 빅토르 위고의 연설문에서 인용한 것이다. 그리고 레몽 소령은 여백에 감탄부호와 함께 **1869년 평화회의**라고 썼다.

비웃고 싶으면 비웃으라지. 전제주의 폐지와 군비제한을 부르짖은 지가 벌써 오십 년 전의 일이다. 그렇다고 해서 인류가 부조리에서 벗어나는 모습을 볼 가망이 없다고 단념해버릴 이유라도 있단 말인가?

지난 며칠 동안은 전례 없이 가래가 많이 나온다. 폐의 단편이 증가되고 있다. (점막 편과 의막.)

9월 6일

오늘 아침 르와 부인으로부터 편지가 왔다. 매년 아들이 죽은 날에 편지를 보내온다.

(뤼뱅을 보면 자주 마뉘엘 르와가 생각나곤 한다.)

르와가 살아 있다면 어떻게 생각할까?

부상을 당하기는 했어도(뤼뱅처럼) 언제나 아무렇지 않은 척하던 르와, 빨리 회복하여 전선으로 되돌아가고 싶어 하던 그가 눈에 선하다.

장 폴, 네가 스물다섯 살이 되는 1940년에 전쟁에 대해 너는 어떤 생각을 할지 궁금하구나. 아마 너는 재건되어 평화스러운 유럽에서 생활하겠지. 그때 너는 '민족주의'라는 것이 과연 어떤 것이었는지 이해할 수 있을까? 1914년 8월에, 너와 같은 나이, 즉 스물다섯 살 먹은, 앞날이 창창한 젊은이들의 불가사의한 영웅주의 말이다. 마뉘엘 르와와 마찬가지로 의연히 싸우러 나간 그들을 과연 너는 이해할 수 있을까? 편견을 버리고 이해하도록 해라. 그 젊은이들의 고귀한 정신을 높이 사야 한다. 그들은 죽고 싶지 않으면서도 위험에 처한 조국을 위해 남자답게 목숨을 내걸었던 것이다. 그들 모두가 정신이상자는 아니었다. 마뉘엘 르와와 마찬가지로 그들 대부분은 자신들이야말로 다음 세대—너도 그중의 한 사람이다—를 위해 더 아름다운 장래를 마련해줄 수 있다고 믿었기에 그러한 희생을 감수한 것이다. 그렇다. 적어도 대다수의 사람들은. 나는 그들을 알고 있다. 앙투안 삼촌은 그들을 위해 증언한다.

신문. 아군은 솜강을 건너 기스카르에 이르렀다. 수아송 북쪽에서도 진격하여 쿠시를 탈환했다. 과연 아군은 독일군이 에스코강과 생 캉탱 운하 뒤쪽에 포진하는 것을 막을 수 있을까?

7일, 저녁에

장 폴을 위해.

나는 장래의 일을 생각하고 있다. 너의 장래를. 마뉘엘 르와와 같은 젊은이들이 바라던 것보다도 '더 아름다운' 미래를 말이다. 더 아름다울까? 너를 위해서라도 그렇게 되기를 바란다. 그런데 우리가 너희들에게 유산으로 물려주는 것은 하나의 혼돈된 세계뿐이다. 내가 매우 걱정하는 것은 네가 혹시라도 매우 어지러운 시기에 삶을 시작하지 않을까 하는 점이다. 모순,

불확실성, 신구 세력의 충돌. 그런 오염된 공기를 마시려면 튼튼한 폐를 갖고 있어야 할 것이다. 정신 차려야 한다! 삶의 기쁨은 모든 사람에게 주어지는 것은 아니니까.

나는 될 수 있으면 예언 같은 것은 삼가고 있다. 그러나 내일의 유럽을 내다보기 위해서는 잠시 숙고해볼 필요가 있다. 경제적으로는 모든 국가가 가난에 허덕일 테고, 도처에서 사회생활의 불균형이 나타날 것이다. 정신적으로는 과거와의 급격한 단절, 종래의 가치관의 붕괴 등. 십중팔구는 그로 인한 큰 혼란이 있을 것이다. 하나의 과도기. 격발, 경련, 도약과 재몰락을 동반하는 하나의 과도기인 것이다. 결국에는 균형을 찾겠지만 시간이 걸릴 것이다. 고통이 따르게 마련인 분만기라고나 할까.

그러한 속에서, 장 폴, 너는 어떻게 될 것인가? 이해하기 힘들 것이다. 누구나 나름대로 진실을 파악하고 있다고 믿을 것이며, 언제나 그러하듯 누구나가 자신이야말로 만병통치약을 갖고 있다고 생각할 것이다. 무질서의 시대라고 해야 할까? 구아랑은 그렇게 생각한다. 그렇지만 나의 의견은 다르다. 무질서라 하더라도 그것은 표면적인 것, 일시적인 것에 지나지 않을 것이다. 왜냐하면 인류는 무질서를 향해 가지도 않으며, 또한 그럴 수도 없으니까. 그런 것은 생각할 수도 없다. 역사가 그것을 증명하고 있다. 인류는 불가항력적인 갖가지 변동을 겪으면서도 정돈 상태를 향해 나아갈 수밖에 없다. (이 전쟁을 통해 우리는 동포애 내지는 적어도 상호 이해를 향해 한 발 전진할 것이 틀림없다. 윌슨의 평화안이 실현되면 유럽의 장래는 밝아질 것이다. 인류의 연대 의식, 집단적인 문화 의식 등이 민족주의 사상을 대체하게 될 테니까.)

어쨌든 너는 엄청난 변화와 개혁을 보게 될 것이다. 너에게 꼭 일러두고 싶었던 것은 바로 이 점이다. 곧 앞으로는 여론, 그리고 그 여론을 이끌어가는 구심적 사상이 강력하고 결정적인 영향력을 행사하는 날이 오리라는 것이다. 미래는 일찍이 볼 수 없었던 유연성을 갖게 될 것이다. 개인이 더 중요성을 띨 것이다. 유능한 인물은 과거 어느 때보다도 자신의 목소리를 높이며 자신의 의견을 앞세울 수 있는 기회와, 재건에 참여할 가능성도 갖게 될 것이다.

유능한 사람이 되어야 한다. 남에게서 인정받는 인품을 스스로 개발해나가지 않으면 안 된다. 통설通說은 경계할 것. 인간은 누구나 자신의 개성이 요구되는 일은 부담스러워 할 것이다! 그리고 집단적인 열광의 거대한 물결 속에 빠져들고 싶어할 것이다! 쉽게 믿어버리고 싶을 것이다. 그렇게 하는 것이 편리하고, 또한 더할 나위 없이 마음이 편하니까! 너는 과연 그러한 유혹에 저항할 수 있을는지! …쉬운 일은 아닐 것이다. 인간은 앞길이 불확실해 보이면 보일수록 어떻게 해서든지 혼란을 피하기 위해 자기를 안심시켜 주고, 자신을 인도해줄 만한 기존의 관념을 받아들이는 경향이 있다. 스스로에게 제기해보지만 혼자서는 해결할 수 없는 여러 가지 의문에 그럴싸한 대답을 해주는 것은 모두가 피난처처럼 여겨질 것이 틀림없다. 그 대답이 대다수의 지지를 얻어 믿을 만하게 여겨질 때는 더더욱 그러할 것이다. 그것은 엄청난 위험이다! 저항하여라. 슬로건을 거부하여라! **말려들어가서는 안 된다!** 관념론자들이 '같은 패거리'에게 제공하는 나태한 정신적 안락보다는 불확실성에서 오는 **번민**을 택하도록 해라! 암흑 속에서 홀로 모색하여라. 물론 유쾌한 일은 아니다. 그러나 그로 인한 해는 적다. 가장 나쁜 것은 주위 사람들의 엉뚱한 착오를 순순히 따라가는 데에 있다. 주의하여라! 이 점에 있어서는 너의 아버지를 생각하며 본보기로 삼도록 해라! **고독했던** 그의 생활, 늘 불안하고 정착하는 일이 없던 그의 사고야말로 너에게는 스스로에 대한 성실함, 결백함, 내적인 **힘**과 품위의 본보기가 될 것이다.

새벽. 불면, 불면.

(장 폴에게 이야기를 할 때면 '설교자' 같은 어조를 띠는 경향이 있다. '주의하라' 따위의 표현은 삼가야겠다.)

'유능한 사람'이 되어야 한다…. 그것에 관해 한 가지를 잊었다. 그 방법을 가르쳐주어야지.

방법이라고? 훌륭한 사람에 관한 한 내가 접해온 사람은 고작 의사에 국한되어 있다. 그런데 사회생활을 해나가는 데 있어서 여러 가지 사건, 여러 가지 사실 그리고 뜻밖의 일에 부딪쳤을 경우에 유능한 사람들의 태도가 환자를 대하는 의사의 태도와 별로 다를 바가 없다고 나는 믿어왔다. 중요한 것은 되도록 순수한 눈으로 바라보는 것이다. 의학에서는 특수한 증세가 생길 때마다 제기되는 새로운 문제를 해결하기 위해 자기의 지식이라든가 책에서 얻은 것에만 의존해서는 충분치 않은 경우가 더러 있다. 모든 병은—모든 사회적 위기도 마찬가지이지만—같은 전례가 없는 최초의 증세로 나타난다. 곧 하나의 **예외적인** 증세로서 나타나는데, 그것을 위해 언제나 새로운 요법을 창안해내지 않으면 안 된다. 유능한 사람이 되기 위해서는 풍부한 상상력이 필요하다….

1918년, 9월 8일, 일요일

오늘 아침 일어나자마자 십 센티 정도의 세편細片을 토했다. 검사를 위해 바르도에게 보내도록 했다.

지난밤에 쓴 것을 다시 읽어보았다. 이렇게 장래의 일이라든가 내 뒤에 오는 사람들의 문제에 관해 이따금 관심을 표할 수 있다는 것에 놀라지 않을 수 없었다. 장 폴 때문이라고만 할 수 있을까?

곰곰이 생각해보면 이러한 관심은 극히 자연발생적인 것이다. 이따금 떠오르는 것은 아니다. 오히려 놀라운 것은 그것이 정신적인 노력과 반성의 결과라는 사실이다. 나로서는 사실 장래의 일을 생각하는 것은 꾸준하면서도 지극히 자연스러운 정신적 작업이다…. 기이한 일이다!

점심 식사 전.

필립 박사를 놀라게 한 어느 신문의 가십난이 생각난다. (직업 이외의 것에 관한 최초의 대담 중 하나였다. 그의 밑에서 일하기 시작한 지 얼마 안 되어서의 일이었다.) 한 사형수에 관한 이야기였는데 조수들에 의해 단두대 앞까지 이끌려 온 그 죄수는 몸부림을 치며 '내 편지를 잊지 마세요'라고 외쳤다는 것이다. (그 죄수는 자기 애인이 다른 남자와 사귄다는 사실을 감옥에 있으면서 알게 되었다. 그러자 처형되던 날 아침, 그는 집행관에게 편지를 보내서 지금까지 형을 받지 않은 다른 큰 범죄를 자백했는데, 그 범죄에는 그의 애인도 적극 가담했던 것이다.)

우리는 도무지 이해할 수가 없었다. 마지막 순간까지 이토록 집요하게 세상사에 집착하다니! 박사는 거기에서 대부분의 사람들의 경우 진정으로 비존재를 '실현한다는 것'이 거의 불가능하다는 하나의 증거를 보았다.

그 이야기가 지금의 나에게는 그때만큼 놀랍지가 않다.

9월 9일

입안에서 악취가 난다. 어째서 이렇게 불필요한 고통까지 겪어야만 한단 말인가? 식욕을 완전히 없애버리는 크레오소트가 들어 있는 물약, 치과의사를 상기시키는 그 물약에는 처음부터 아무런 기대도 하지 않았다.

오후, 밖에서

오늘 아침, 9월 9일이라는 날짜를 적으면서 문득 떠오르는 것이 있었다. 오늘이 바로 뢰빌에서 있은 사건의 **두 번째** 주기이다.

저녁

하루 종일 뢰빌에서의 일을 생각하며 보냈다.

부대가 도착한 것은 저녁 무렵, 지하 성당에 응급치료소를 설치했다. 마을은 잔해투성이였다. 전날 이백 개의 포탄이 떨어졌기 때문이다. 캄캄한 밤에 조명탄이 난무했다. 여단장의 임무를 맡고 있던 대령의 사령부는 벽이 삼면밖에 남지 않은 집 속에 있었다. 숲속에서는 포열을 하고 있던 75밀리 포의 울림. 늪 주위에는 잔해만 남은 집들. 찢어진 빨간 털이불. 나는 이튿날 아침 바로 그 옆에서 부상을 당했던 것이다. 바싹 마른 진흙과 돌 조각투성이의 땅이 차량의 통행으로 움푹 파였다. 그리고 마을 뒤로 보이는 산꼭대기. 지하 성당의 깨진 스테인드글라스를 통해 보이는 산꼭대기. 그곳으로부터 먼지를 뽀얗게 뒤집어쓴 부상병들이 절뚝거리며 떼를 지어 왔다. 그들 모두가 한결같이 넋이 나가고 맥이 풀린 모습을 하고 있었다. 지금도 눈에 선하다. 불난 듯한 하늘 위로 두드러져 보이던 산 정상. 그 위에는 마치 회오리바람에 쓰러진 듯 모두가 같은 방향으로 기울어진 채 비죽비죽 늘어선 철조망의 말뚝들. 그리고 왼쪽에는 낡은 풍차가 날개 위로 쓰러져 있는 것이 마치 무너진 장난감 같아 보였다. (이런 것을 모두 써두고 싶은 이상한 심정. 어째서일까? 잊지 않기 위해서일까? 누구를 위해서? 어느 날 아침 뢰빌에서 앙투안 삼촌에게 있었던 일을 장 폴에게 알려주기 위해서?…) 땅거미가 질 무렵부터 지하 성당은 부상자로 가득 찼다. 신음 소리와 욕지거리. 지하실 구석에 있는 짚에는 거동이 불가능한 부상자와 함께 전사자들의 시체가 놓여 있었다. 제단에는 방풍 램프. 병에 꽂아놓은 초가 천장에 둥그렇고 환상적인 그림자를 드리우고 있었다. 책상과 두 개의 통 위에 걸쳐 있는 널빤지, 그리고 갖가지 내의가 눈에 선하다. 마치 그것들을 기억하기 위해 관찰할 시간적 여유가 있기라도 했던 것처럼 생생하게 떠오른다! 그때의 나의 활약이란! 직업에 거의 도취되어 있다시피 흔쾌히 뛰어들었던 나의 마음가짐. 일에 대한 그 열의. 민첩한 움직임. 스스로 최대한의 힘을 축적하면서. 모든 감각은 놀랄 만큼 눈을 뜬 채, 손가락 발가락 끝까지 온통 긴장시키고. 비참한 심정 같기도 하면서 동시에 꼭두각시 같은 무감각. 목적의식과 사명감에 고무된 채. 아무것도 들리지 않고 보이는 것도 없이 오로지 일에만 전념했던 것이다. 상처가 곪지 않도록 하기 위해 제때에 동맥을 잇고, 골절을 임시로 고정시키기 위해 민첩하게, 그렇다고 서두르거나 지체하는 일 없이 모든 필요한 조치를 용의주도하게 처리했다. 다음 차례다!

더 막연하게 떠오르는 것은 좁은 길 저쪽에 들것에 실린 부상병들이 놓여 있던 차고와 그 처마이다. 그러나 총탄이 날아오는 통에 벽에 몸을 바싹 붙이지 않고는 지나갈 수 없었던 그 좁은 길이 뚜렷이 떠오른다. 그리고 특히 생생히 떠오르는 것은 귓전을 때리던 작은 울음소리 같은 것. 그리고 벽토에 탁 하고 부딪치곤 하던 메마른 탄환 소리! 팔을 붕대로 감아 목에 건 수염투성이의 몸집 작은 소령의 노기 띤 눈초리, 그리고 꿀벌 떼를 쫓기라도 하듯 건장한 손을 관자놀이 언저리에서 휘저으면서 '여기는 파리가 너무 많아. 너무 많아'라고 외쳐대던 그 모습. (롱프레 레 코르 생의 야전병원에 함께 있던 수염투성이에 희끗희끗한 머리를 한 그 늙은 지원병이 문득 생각난다. 부상병을 들것에서 내려놓으면서 '자, 내려요, 어서 내려!'라고 외치던 그의 험상궂은 모습과 파리 변두리의 사투리.)

우회 작전이 벌어지고 있는 사실도 눈치채지 못한 채 우리는 밤새도록 일했다. 새벽녘에 연락병이 왔을 때에야 비로소 우리는 마을 측면이 공격을 당하고 있다는 것, 게다가 철수용 참호도 위험하다는 것, 따라서 유일하게 통행 가능한 연락 참호까지 가려면 기관 총알이 난무하는 광장을 가로질러 뛰는 수밖에 없다는 사실을 알게 되었다. 그렇다고 목숨을 걸어야 한다는 생각은 잠시도 한 적이 없었다. 쓰러지는 순간 빨간 털이불이 언뜻 시야에 들어왔다. 그러고 나서 이런 생각이 뚜렷이 들었다. '폐를 다쳤구나…. 심장은 다치지 않았어…. **괜찮겠지.**'

(문제는 여기에서 비롯되었다. 그날 아침 다리나 팔을 다쳤더라면 이 꼴은 되지 않았을 것이다. 양쪽 폐가 온전했더라면 그 뒤에 들이마신 약간의 이페리트 가스로 인해 이렇게 참혹한 꼴은 되지 않았을 것이다.)

9월 10일

어제부터 머리에 떠오르는 것은 전쟁에 관한 추억뿐이다.

장 폴을 위해 티푸스 환자에 관한 이야기를 적어두고자 한다. 그것 때문에 나는 병원에 있던 대부분의 동료들보다 훨씬 오랫동안 전선에 머물러 있지 않으면 안 되었다. 1915년 겨울의 일이다. 나는 여전히 콩피에뉴 연대에 소속되어 있었는데, 연대는 북부 전선에 있었다. 그런데 대대에 속해 있는 군의관들에게는 교대제가 채택되어 있었다. 그래서 각자 약 보름에 한 번 정도씩 육 킬로 떨어진 후방으로 가서 작은 수용소, 침대 이십 개 정도 설치해놓은 의무실을 며칠 동안 담당하도록 되어 있었다. 나는 어느 날 저녁에 그곳에 도착했다. 궁륭형의 지하실에는 열여덟 명의 환자가 있었다. 그들 모두가 열이 있었다. 상당수의 환자는 열이 40도나 되었다! …나는 램프 불빛 밑에서 그들을 진찰했다. 아니나 다를까. 열여덟 명이 모두 티푸스 환자였다. 그런데 전선에는 티푸스 환자의 배속이 금지되어 있었던 것이다. 실제적으로 군의 수칙상 장티푸스 진단은 절대로 내려서는 안 되게 되어 있었다. 그날 저녁에 즉시 상급자에게 전화를 걸었다. 열여덟 명의 '딱한 녀석들'이 파라티푸스와 매우 유사한(나는 신중을 기하기 위해 **티푸스**란 말을 피했다) 심한 위장 질환에 걸린 듯하다는 것과, 그리고 솔직히 말해서 그들을 즉시 후송하지 않는 한 녀석들은 지하실에서 죽을 것이 뻔한 일이므로 의무실 담당을 거절할 수밖에 없다고 통고했다. 다음 날 새벽에 자동차를 보내왔다. 사단본부로 출두하라는 것이었다. 나는 높은 사람들과 담판을 지었다. 결국 즉시 후송시켜도 된다는 허락을 받아냈다. 그런데 그날 이후 나의 근무 상태 평가에 '요주의'라는 딱지가 붙고 말았다. 그로 인해 나는 부상을 당할 때까지 진급을 상신할 때마다 거부당하는 신세가 되었다!

저녁

이곳에 있는 다른 사람들과의 관계를 생각해본다. 전선에서와 마찬가지로 서로 간의 친숙함이 있음직한데도 전혀 그렇지가 않다. 전혀 비교도 되지 않는다. 여기에서는 동지애 따위는 찾아볼 수 없다. 전선에서는 하찮은 취사병끼리도 형제나 다름없는데.

내가 알고 지내던 동료들을 생각해본다. 그들 한 사람 한 사람을 떠올리기만 해도 우울해진다. 거의 모두가 의병제대 아니면 팔다리가 잘리거나 또는 실종됐다…. 카르리에, 브로, 랑베르 그리고 선량한 다랭, 위아르, 레네, 뮈라통 등 그들은 모두 어디에 있을까? 그리고 소네는? 그리고 꼬마 놉스는? 그 밖의 다른 동료들은? 그들 중 몇 사람이나 무사하게 전쟁을 끝마치게 될까?

나는 오늘 평상시와는 다른 각도에서 전쟁을 생각해본다. 전에 메종 라피트에서 다니엘이 한 말이 생각난다. '전쟁, 그것은 인간들 사이에 각별한 우정을 나눌 수 있는 기회지요….' (끔찍한 기회. 그리고 덧없는 우정!) 어쨌든 그의 말은 옳았다. 일종의 동정과 관용과 상호 간의 애틋한 마음가짐이 있으니까. 그런 불행을 함께 나누는 가운데 인간들은 기본적이면서 모두가 똑같은 반응만을 나타낸다. 계급이 높든 낮든 간에 같은 속박, 같은 고통, 같은 권태, 같은 공포, 같은 희망, 같은 진창길, 때로는 같은 식사, 같은 신문. 다른 곳에 비해서는 그래도 계략이라든가 비열한 짓이라든가 악의 따위가 덜한 편이다. 그만큼 서로서로가 필요한 것이다. 남에게서 사랑을 받고, 도움을 받기 위해 남을 사랑하고 돕게 되는 것이다. 개인적인 반감이나 시기심 같은 것은 찾아볼 수 없다. (적어도 전선에서는.) 증오심도 없다. 전면에 대치하고 있는 독일군에게까지도 증오감은 없다. (그들도 똑같이 어리석은 짓의 희생자이니까.)

그리고 또 이런 점도 아울러 말해두어야겠다. 곧, 전쟁은 어쩔 수 없는 형세에 의해 하나의 **사색**의 시기를 마련해준다. 교양이 있고 없고와는 불문가지의 일이다. 단순하면서도 깊은 사색. 대체적으로 모든 사람들이 매한가지이다. 명상하는 생활과는 거리가 먼 사람들까지도 깊이 생각하게 되는 것은 매일 죽음과 마주하고 있기 때문일까? (예를 들면 이 일기도….) 대대의 동료들 중에서 **사색**에 잠겨본 적이 없는 사람은 하나도 없었던 것으로 안다. 고독하고 내면적인 사색. 필요에 따라 하면서도 남의 눈을 피해 하는 사색. 자신만을 위해 마련된 유일한 세계. 그런 어쩔 수 없는 비개성화 속에서 사색이야말로 개성의 마지막 은신처인 셈이다.

그런데 죽음을 모면하게 될 자들에게 그러한 사색의 결과로 무엇이 남을까? 대단한 것이 아닐 게 틀림없다. 어쨌든 삶에 대한 강렬한 의욕. 쓸데없는 희생이나 과장된 말이나 영웅주의에 대한 증오? 아니면 그와는 반대로 전선에서의 '미덕'에 대한 향수?

11일

지난번 아침에 토한 세편에 대한 조직 검사를 했다. 의막義膜은 없다. 단지 점막의 한 형일 뿐.

저녁

사실 나는 나의 죽음에 관해 생각하는 것만큼 삶에 대해서도 자주 생각해본다. 그리고 끊임없이 나의 과거의 일을 되돌아본다. 마치 넝마주이가 쓰레기통을 뒤지듯 나의 지난날을 곰곰이 생각해본다. 작은 갈고리 끝으로 무엇인가 잔해를 끄집어내어 살핀 다음, 거기에 의문을 제기하면서 끈기 있게 숙고해본다.

인생이란 정말 보잘것없는 것… (나의 삶이 단축되었기 때문에 그렇게 생각하는 것은 아니다. 누구의 삶이든 마찬가지이다!) 정말 보잘것없는 것이다. 무한한 어둠 속에서 잠시 비치는 불빛과도 같은 것. 이런 상투어를 반복하면서 이 말이 지니고 있는 참뜻을 알고 있는 사람은 몇 명이나 될지. 그 비통함을 느끼고 있는 사람은 또 몇 명이나 될런지!

이런 쓸데없는 질문을 송두리째 떨쳐버릴 수는 없다. 곧 '삶의 의미는 무엇인가?' 나 자신 과거를 반추하면서 때때로 자

신도 모르게 이런 반문을 하곤 한다. '그것은 무슨 의미가 있을까?'

아무 의미도 없다. 전혀 의미가 없다. 그러나 이것을 선뜻 받아들이기에는 약간의 고통이 따른다. 왜냐하면 천팔백 년이라는 세월에 걸쳐 기독교 정신이 골수까지 박혀 있기 때문이다. 그러나 깊이 생각하면 할수록, 자신의 주변과 마음속을 들여다보면 볼수록 다음과 같은 분명한 진실에 직면하게 된다. 즉 '삶이란 아무 의미도 없다'. 수백만 인간들이 이 지구 위에 태어나서 잠시 우글거리고 살다가 해체되어 자취를 감추는가 하면, 또 다른 수백만 인간들이 그 자리를 차지했다가 내일이 되면 다시 해체된다. 그들의 잠깐 동안의 출현은 아무런 '의미가 없다'. 삶이란 의미가 없다. 그리고 그런 덧없는 나그넷길을 걷고 있는 동안 될 수 있으면 불행을 최소화하려고 애쓰는 것 외에는 삶에서 중요한 것이라고는 아무것도 없다….

이런 사실을 알았다고 해서 생각하는 것만큼 우리가 실망하거나 무력해지지는 않는다. 어찌 되었건 인생에 무언가 의미를 부여하고자 하는 사람들의 경우, 그들이 품고 있는 환상에서 벗어나 그것을 깨끗이 털어버린다면 놀랄 만큼 평온함과 활력과 자유로운 느낌을 갖게 될 것이다. 한 걸음 더 나아가 그것을 다룰 줄 안다면 틀림없이 사고의 활력소가 될 수도 있을 것이다….

지난날, 병원 근무를 마친 뒤에 매일 아침 지나가곤 하던 B동의 아래층 오락실이 갑자기 생각난다. 방 안은 나무쌓기 놀이를 하는 어린아이들로 꽉 차 있었다. 거기에는 불치의 아이들, 신체장애아들, 병에 걸린 아이들, 회복기에 있는 아이들 등이 있었다. 요컨대 작은 세계와도 같은 것… 축소시켜 놓은 인류의 모습…. 대부분의 아이들은 자기 앞에 놓여 있는 나무토막들을 아무렇게나 움직여보기도 하고 옮겨놓기도 하고 또 이리저리 뒤집어보기도 하며 놀고 있었다. 더 지능이 앞선 아이들은 집짓기 나무토막들의 색깔을 배합하고 그것들을 정렬시켜 기하학적인 도형을 만들고 있었다. 좀 더 대담한 아이들은 흔들거리는 작은 건물을 만들며 놀고 있었다. 그중에는 간혹 열성적이고 집념도 강하고 창의적이면서 야심적인 아이도 있어서 어려운 모양을 생각해내어 수없이 실패하면서도 결국에 가서는 다리라든가 오벨리스크라든가 높은 피라미드를 만들어내는 것이었다…. 오락 시간이 끝날 무렵에는 모든 것이 허물어져버렸다. 그리고 리놀륨 위에는 내일의 오락 시간을 위한 나무토막 더미만이 여기저기 흩어진 채 남아 있었다.

요컨대 인생과 아주 흡사한 모습이다. 우리도 각자(아무리 멋진 구실을 붙여도) **노는 것 이외에는 다른 목적이 없으며**, 각자 일시적 기분이라든가 능력에 따라 삶이 가져다주는 여러 가지 요소, 곧 태어날 때부터 자기 주위에서 찾아내는 갖가지 색의 수많은 나무토막들을 모으는 것에 지나지 않는다. 그러한 속에서 재능이 뛰어난 자는 자신의 삶을 하나의 복잡한 건물, 하나의 진정한 예술품으로 만들고자 애쓴다. 삶의 놀이가 재미있는 것이 되기 위해서는 그러한 사람들 속에 끼어들어야만 한다….

인간은 각자 자기 나름대로의 방법을 갖고 있다. 각자 우연에 의해 주어진 요소를 갖고 있다. 그런데 오벨리스크나 피라미드를 비교적 잘 만들어내는 것이 과연 중요한 일일까?

같은 날 밤

얘야, 나는 어제저녁에 쓴 글을 후회하고 있다. 너는 이 글을 읽고 분개하겠지. '늙은이의 생각'이라고 너는 말하겠지. '환자의 생각….' 너의 생각이 옳은지도 모른다. 나는 이제 뭐가 뭔지 모르겠다. 하지만 '무엇 때문에 살고, 무엇 때문에 일하고, 무엇 때문에 최선을 다하는가?'라는 의문을 너 스스로도 품게 될지 모른다. 여기에는 좀 더 적극적인 다른 대답 등을 할 수 있을 것이다.

무엇 때문에? 과거와 미래 때문이다. 너의 아버지와 너의 아이들 때문이며, 네가 이어갈 고리 때문이다…. 연속성을 확보하기 위해… 받은 것을 뒤에 오는 사람들에게 전달하기 위해, 단, 더 좋게, 더 풍요롭게 전달하기 위해서이다.

그런데 우리의 존재 이유는 그것으로 끝나는 것일까?

9월 12일, 아침

나는 **평범한 인간**에 지나지 않았다. 삶이 나에게 요구하는 것과 조화를 이룰 줄 아는 보통의 능력. 보통의 지능과 기억력, 잘 순응하는 재주. 평범한 성격. 그리고 그 나머지는 위장.

오후

건강, 행복. 이런 것은 눈가리개에 지나지 않는다. 병은 인간을 명철하게 만든다. (스스로를 분명히 이해하고 남을 이해하기 위한 최상의 조건은 병을 **앓고 나서** 건강을 다시 찾는 것이다.) 나는 이렇게 쓰고 싶다. '언제나 건강한 인간은 필연적으로 바보'라고.

나는 평범한 인간에 지나지 않았다. 진정한 의미의 교양도 없다. 나의 교양이라고 해보았자 나의 직업에 국한된 직업적인 것에 불과했다. 위대한 사람들, **참으로 위대한 사람들**은 그들의 전문성에 한정되지 않는다. 위대한 의사, 위대한 철학자, 위대한 수학자, 위대한 정치가, 그들은 의사나 철학자 등으로 그치지 않는다. 그들의 두뇌는 다른 영역에서 마음껏 활동하며, 특수한 지식의 영역에서 벗어날 줄 안다.

저녁

나 자신에 관하여.

나는 단지 운이 좋았던 인간에 지나지 않는다. 나는 가장 쉽게 성공할 수 있는 길을 택했었다. (그것 자체가 이미 무언가 실용적인 것에 대한 지능이 존재했음을 증명한다….) 그러나 **보통의** 지능으로서 유리한 상황을 잘 이용할 줄 아는 정도의 지능인 것이다.

나는 자만심에 현혹되어 살아왔다.

지금까지 내가 이루어놓은 모든 것을 나의 두뇌와 정력의 덕분인 것으로 생각하고 있었다. 내 스스로가 나의 운명을 창조하고 나의 성공을 이룩한 것으로 생각하고 있었다. 그런가 하면 누구보다도 앞장서 가는 인물로 자처하고 있었다. 왜냐하면 나보다 재능이 뒤떨어지는 자들로 하여금 그렇게 생각하게 할 수 있었기 때문이다. 위장. 나는 필립 박사조차 속였었다.

망상이나 환상은 언제나 오래가지 못하는 법. 어쩌면 삶은 나에게 무한한 실망을 미리 마련하고 있었는지도 모른다. 나는 선량한 의사 이상은 기대하지 말았어야 할 인간이다. 다른 많은 사람들과 마찬가지로.

9월 13일

오늘 아침 가래에 나타난 분홍빛. 열한시. 흡각을 위해 오기로 되어 있는 조제프를 침대에 누워서 기다리다.

나의 방. 보기에도 흉측한 이 작은 세계. 이 방에 있는 것 하나하나가 구역질이 날 정도로 눈에 익어버렸다. 못 하나, 못을 박았던 자리 하나하나, 장밋빛이 도는 벽의 긁힌 자국 하나하나까지 나의 시야에 얼마나 수없이 들어왔던가! 그리고 거울 위에 붙어 있는 그림 속의 **소녀들**! (하기는 그것을 떼어버리면 무척 허전한 생각이 들지도 모른다.)

이 침대에서 보낸 한없는 시간, 허구한 낮과 밤. 그토록 활동적이던 내가!

활동. 나는 활동적이었을 뿐만 아니라, 활동이라는 것을 유치할 만큼 광적으로 숭배했었다.

(지난날의 활동에 대해 필요 이상으로 혹평은 하지 말 것. 나의 지식만 하더라도 활동을 통해서 그것을 얻었다. 현실과 몸으로 직접 부딪쳐서. 나는 활동에 의해 만들어졌다. 지옥과 같은 이 전쟁을 그토록 의연하게 감내할 수 있었던 것도 실은 나 자신을 끊임없이 활동하도록 했기 때문이다.)

오후

사실 나는 외과의사가 되었어야만 했다. 의료 행위를 하는 데 있어서 외과의사로서의 기질을 발휘했다. 짐짓 훌륭한 의사가 되기 위해서는 생각하는 사람이 되어야 한다.

저녁

지난날의 화려했던 나의 활동에 관해 다시 생각해본다. 나 자신을 준엄하게 비판하면서. 지금 그런 나의 태도에서 연기演技 같은 것, 서투른 연기 비슷한 것을 엿보는 것 같다. (다른 사람들에 대한 경우 이상으로—그 정도까지는 아니더라도 적어도 같은 정도로—나 자신에 대하여.)

나의 약점. 그것은 언제나 **남에게서 칭찬을 받고 싶어 하는 것**. (하기 힘든 고백을 한다, 장 폴!)

내가 일을 하는 데 있어서 가장 보람을 느끼는 것은 다른 사람들이 내 앞에 있을 때라는 사실을 수없이 확인했다. 남들이 내가 일하는 것을 보고 평가하면서 경탄해 마지않는다고 느낄 때 나의 모든 능력은 고무되어 용기와 결단력을 발휘하기도 하고, 힘을 느끼기도 했으며, 나의 의지는 억제될 수 없는 비약을 보이곤 했던 것이다. (가령, 페론 폭격의 경우—몽미라이의 야전병원의 경우—브뤼레 숲에 대한 기습 등. 또 다른 예로는 입대하기 전, 집의 진찰실에서 환자와 마주 앉아 있을 때보다는 병원에서 진찰을 할 때에 훨씬 날카롭게 진단을 내릴 수 있었고, 더욱 대담하게 치료할 수 있었다.)

참된 정력이란 결코 그런 것이 아님을 지금에 와서는 분명히 알고 있다. 즉 정력을 쏟는 일에는 관객이 필요 없다. 그런데 나의 정력만 하더라도 최대한의 능력을 발휘하기 위해서는 남의 도움이 필요했던 것이다. 만일 로빈슨 크루소처럼 고도에 혼자 있었다면 나는 아마 자살했을지도 모른다. 그러나 프라이데이가 왔더라면 나는 영웅적인 일을 수행했을지도 모른다….

저녁

장 폴, 너의 의지를 연마해라. 마음만 먹으면 안 되는 일이 없을 것이다.

14일

재발. 다른 통증에 곁들여 흉골 뒤쪽에 통증. 그리고 알 수 없는 근육의 경련. 무엇을 먹기만 하면 토해버린다. 일어날 수도 없다.

구아랑이 신문을 가져왔다. 스위스에서는 오스트리아-헝가리의 평화 제의에 관한 소문(?) 그리고 독일에서의 은밀한 혁명 운동의 소문이 돌고 있다는 것이다(?)…. 윌슨의 메시지 덕분에 그들 나라에서 이미 민주주의 사상이 뿌리를 내리고 있는 것일까?

생 미엘 쪽으로 미군이 진출하고 있다는 소문은 꽤 근거가 있는 것 같다. 그리고 생 미엘로 말할 것 같으면 브리에와 메스로 가는 길목이 아닌가! 어쨌든 아군은 도저히 돌파할 수 없다던 힌덴부르크선에 이르렀다.

9월 16일

증세가 약간 호전되다. 구토증도 없다. 지난 이틀 동안의 절식 때문에 몹시 쇠약해졌다.

오스트리아의 평화 안에 대한 클레망소의 회답. 더할 바 없이 불쾌감을 주는 것. 기병대 장교의 말투. 더 고약한 것은 범게르만주의자나 된 것 같은 말투. 최근의 군사적 성공의 결과를 당연한 것으로 여긴다. 교전국의 한쪽이 유리한 입장에 있는 듯하면 **언제나 제국주의적인** 그들의 저의를 드러내곤 한다. 연합군의 승리가 오로지 미국의 힘에 의한 것이 아닐 경우에 윌슨은 연합국 측의 정치가들과 맞서서 할 일이 많을 것이다. 연합국 측으로서는 자기들이 바라는 바를 솔직하게 말할 수 있는 좋은 기회였을 텐데. 그런데 그들은 전후 처리 문제에 있어서 패전국들로부터 가능한 것은 모두 우려냈으면 하지만 그렇지 못할 것이 두려워 허세를 부리며 최대한의 것을 요구하고 있다. 구아랑의 말을 빌리면 '약간의 성공에 벌써 연합국 측은 도취해 있다'는 것이다.

17일

자기들이 하고 싶은 대로 말하라지. 기관지염의 반복은 항상 도질 수 있는 폐침윤의 형태로 간주되어 왔다고 한다.

18일

오랜 시간에 걸친 바르도의 검진. 뒤이어 세그르 교수의 진찰. **청색증과 저혈압 증세와 함께 오른쪽 심장의 현저한 약화.**

몇 주 전부터 예상했던 일이다. 옛말에도 있다. '폐가 아프면 심장을 치료하라.'

간호병의 특징. 급한 일이 있어 부를 때면 들리는 곳에 있는 법이 없다. 그런가 하면 옆에 있는 것이 참을 수 없을 정도로 귀찮게 여겨질 때에는 방에서 나가지 않고 죽치고 있다….

19일에서 20일까지의 밤

삶과 죽음. 끊임없는 발아發芽 등.

오늘 오후 부아즈네와 함께 샹파뉴 전선의 지도를 자세히 들여다보았다. 희끄무레한 석회질의 그 들판(샤롱 동북부의 어느 곳)이 문득 생각났다. 1917년 6월, 그곳으로 부대 배속을 옮겼을 때의 일이다. 우리는 그곳에 잠시 정지하여 간단한 식사를 하고 있었다. 지면은 전쟁 초기에 계속적인 포격으로 깊이 파여서 아무것도, 개밀 한 줄기도 돋아나 있지 않았다. 때는 봄이었다. 전선에서 멀리 떨어진 곳이어서인지 주변 지역은 온통 밭갈이가 되어 있었다. 그런데 우리가 정지하고 있던 장소에서 가까이, 석회질의 사막 한가운데에 녹색으로 뒤덮인 하나의 작은 섬이 눈에 띄었다. 나는 그쪽으로 가까이 갔다. 그것은 독일병들의 묘지였다. 크게 자란 풀 속, 땅 위에 납작이 누워 있는 무덤들. 그리고 젊은 병사들의 시체 위에는 귀리와 들꽃이 가득한가 하면 나비들도 날아들고 있었다.

지극히 평범한 광경. 그러나 오늘 그 추억은 그때와는 다르게 나의 흉금을 울리고 있다. 저녁 내내 맹목적인 자연의 섭리에 관해 생각했다. 그 밖에도. 그러나 그런 나의 심정을 구체적으로 어떻게 표현해야 좋을지 모르겠다.

9월 20일

생 미엘 전선에서의 성공. 힌덴부르크선을 앞에 두고 성공. 이탈리아에서의 성공. 마케도니아에서의 성공. 도처에서 성공을 거두고 있다. 그러나….

그러나 얼마나 많은 희생의 대가일까?

더구나 그것뿐만이 아니다. 아군의 전력이 압도적으로 우세하다는 사실을 감지한 이후부터 연합국 측 언론의 변화된 논조를 볼 때 어떻게 걱정을 하지 않을 수 있겠는가? 밸푸어,* 클레망소,** 그리고 랜싱***은 얼마나 강경하게 오스트리아의 제의를 일축해버렸던가? 그리고 벨기에로 하여금 독일의 제의를 거부하게 했을 것이 틀림없는 일이다!

구아랑의 방문. 그렇다. 종전이 오기까지는 아직도 요원하다고 나는 생각한다. 독일 공화국을 창설하고, 찰흙으로 된 거인인 러시아를 단단한 초석 위에 올려놓기 위해서는 앞으로 몇 달, 아니 몇 년이 걸릴지도 모른다. 따라서 우리의 승리가 확실해질수록 영속적인 평화가 보장될 수 있는 유일한 수단인 화해에 의한 평화를 받아들이기 어렵게 될지 모른다.

구아랑과 **진보**에 관해 격렬한 공론空論. 그는 반문한다. '그렇다면 자네는 진보라는 것을 믿지 않는다는 말인가?'

물론 그것을 믿고 있다. 그러나 그게 무슨 소용인가! 앞으로 **수천 년**이라는 세월이 지나면 모를까 그전에는 인간에게서 바랄 것은 아무것도 없다….

21일

아래층에 내려가서 점심 식사를 하다.

* 당시의 영국 수상이다.

** 프랑스 수상이다.

*** 미국 국무장관이다.

뤼뱅, 파벨, 레몽 모두가 서로 의견은 달리하고 있지만 한결같이 과격파임에는 틀림없다. (부아즈네는 소령에 관해 이렇게 말하고 있다. '저런 인간이 두뇌를 갖고 태어났다는 것은 믿기 어려워. 그자에게는 척수밖에 없다고 말하더라도 나는 조금도 놀라지 않을 걸세.')

장 폴을 위해서,

진리라는 것은 일시적인 것에 불과하다.

(살균제로 모든 것을 해결한 것으로 믿고 있던 시기가 아직도 기억에 새롭다. '세균을 죽인다.' 그런데 그와 동시에 인간의 세포까지도 빈번히 죽이게 된다는 것을 알게 되었다.)

모색해라. 그리고 성급해하지 말고. 어떤 것에도 확정적으로 단정을 내려서는 안 된다. 어떤 길이던 끝까지 달려가다 보면 막다른 곳에 이르게 마련이다. (의학에도 그런 예가 많다. 똑같은 재능과 똑같은 총명함을 갖고, 진리에 대해서도 똑같은 열의로 불타면서, 그리고 똑같은 현상을 연구하고 똑같은 임상관찰을 하고 있으면서도 아주 다른, 때로는 정반대의 결론에 도달한 사람들을 나는 알고 있다.)

확신하기를 좋아하는 버릇은 젊어서부터 고쳐야 한다.

22일

양쪽 옆구리의 통증이 어찌나 견디기 힘든지 어디든지 가서 자리 잡으면 더 이상 몸을 움직일 용기가 나질 않는다. 바르도는 에틸렌 연고가 썩 잘 듣는다고 말했다. 그런데 전혀 효과가 없다.

9월 23일

그들은 이제 어디에다 지짐술을 해야 할지 모르고 있다. 나의 상반신은 거품 떠내는 조리 같다.

25일

어제부터 다시 열이 큰 폭으로 오르내린다.

그렇지만 아래로 내려가보려고 했다. 그러나 층계참에 이르자 현기증이 나서 하는 수 없이 되돌아와 침대에 누웠다.

이 방, 장밋빛이 도는 이 벽…. 아무것도 보고 싶지 않아서 눈을 감는다.

나는 전쟁 전의 일, 그 무렵 나의 생활, 나의 젊은 날을 생각한다. 나의 진정한 힘의 원천은 **미래에 대한** 은밀하면서 변함없는 **자신감**이었다. 자신감이라기보다는 확신이라는 편이 낫겠다. 그런데 그처럼 찬란했던 나의 지난날이었건만 지금은 암흑. 바로 이것이 줄곧 나를 괴롭히고 있다.

구토증. 세 차례에 걸쳐 환자가 도착했기 때문에 바르도는 아래층에 붙들려 있다. 그래서 오늘 오후에는 마제가 두 번이나 올라왔다. 무뚝뚝한 그의 태도, 늙은 식민지 부대 병사 같은 그의 낯짝이 이제 더 이상 참을 수 없다. 언제나 그렇듯이 땀 냄새가 코를 찔렀다. 토할 것만 같았다.

9월 26일, 목요일

괴로운 밤. 청진해본 결과 또 다른 수포음의 자리가 생겼다는 것이다.

저녁

주사를 맞고 나서 좀 편안해졌다. 얼마나 계속될 것인지?

구아랑이 잠시 다녀갔다. 그로 인해 몹시 피곤하다. 프랑스-미군의 대공세. 영국-벨기에군의 대공세. 독일군은 도처에서 후퇴하고 있다. 발칸 전선에서도 연합군의 승전. 불가리아가 휴전을 제의하고 있다. 구아랑이 말하기를 '불가리아와의 화평은 곧 종전을 의미하는 것이다. 즉 임신한 여인에게서 양수가 나오는 때와 같은 것이니까….'

독일에서는 드디어 내분이 시작되었다. 사회당원들은 그들의 입각에 앞서 분명한 조건들을 내걸었다. 온 국민의 불만이 수상이 한 연설에서도 다분히 풍겨 나오고 있다.

너무나 멋지다. 사태가 하도 급진전하니까 겁이 날 정도다. 터키는 괴멸되었다. 불가리아와 오스트리아는 항복 직전. 도처에서 승전보. 평화는 깊은 구렁처럼 활짝 열려 있다. 현기증이 난다. 유럽은 과연 **진정한** 평화를 누릴 수 있을 만큼 성숙되어 있는 것인가?

그라스의 그랑호텔에서는 성탄절까지는 전쟁이 끝날 것이라고 하면서 한 미국인이 일 루이*에 대하여 일천 달러를 걸었다고 한다.

성탄절을 지낼 수 있는 자는 행복하다.

* 프랑스 화폐 단위.

27일

더욱 쇠약해졌다. 호흡곤란. 지난 월요일부터 목소리가 전혀 나오지 않는다. 바르도가 세그르 교수를 모시고 오다. 오랜 진찰. 평소보다 덜 무뚝뚝하다. 걱정스러운 것인가?

저녁

가래 분석. 폐렴 구균. 무엇보다도 특수 혈청에도 불구하고 점점 더 늘어나는 연쇄상 구균. 중독 전염병 증상이 나타남.

내일 아침 X선 검사.

28일

전반적인 감염 증상이 뚜렷하다. 바르도와 마제는 하루에 몇 차례씩 올라온다. 바르도의 말로는 X선 검사에 이어 시험적으로 천자법穿刺法을 하자는 것이다.

그는 무엇을 두려워하는 것일까? 샘세포 조직 안의 종기?

10월

10월 6일

한 주일이 지났다.

무엇을 쓰기에는 몸이 너무 쇠약하다. 무기력한 상태. 비망록을 다시 보게 되어 기쁠 따름이다. 게다가 내 방. 그리고 **미국 아가씨**들도.

다시 한번 곤경에서 벗어나는 것인가?

10월 7일

한 주일 동안 비망록에 손도 대지 못했다. 기력이 다시 돌아왔다. 체온은 드디어 내려갔다. 아침에는 정상, 저녁에는 37도 9분 내지 38도.

모두가 나를 끝장난 줄로 믿고 있었다. 그런데 그렇지가 않았다.

30일 월요일에 그라스 병원으로 실려 갔다. 그날 오후, 미칼의 집도로 수술을 받았다. 세그르 교수와 바르도도 입회했다. 오른쪽 폐에 큰 종기. 다행히 번지지는 않았다. 수술 뒤 닷새만에 르 무스키에로 돌아올 수 있었다.

천자법을 받은 뒤, 29일에 어째서 나는 자살을 하지 않았던가? **생각조차 하지 않았던 것이다.** (분명한 사실이다!)

10월 8일, 화요일

한결 나아진 느낌이다. 죽을 고비를 넘기게 해준 것을 유감스럽게 생각할 수밖에 없는 나의 심정. 아니다, 그래서는 안 된다. 좀 비열한 느낌이 들지만 즐거운 마음으로 이 새로운 막간을 받아들이자….

그동안 신문을 읽지 못했기 때문에 주변 상황을 이해하는 데 어려움이 있다. 독일 내각의 사퇴를 나는 까맣게 모르고 있었다. 틀림없이 독일에서는 중대 사태가 벌어지고 있는 것 같다. 스위스 신문에 의하면 평화 협상을 위해 막스 폰 바덴이 수상으로 임명되었다는 것이다.

10월 9일

자랑할 만한 거리가 못 된다. 자살하고 싶다는 생각은 꿈에도 한 적이 없었다. 이 방으로 돌아올 때에야 비로소 머리에 떠올랐다. 종양 진단에서부터 수술할 때까지 줄곧 나의 뇌리를 떠나지 않고 있던 것은 단 한 가지. 곧 수술이 될 수 있는 대로 빨리 끝났으면 하는 것과 더구나 그 수술이 성공적이기를 바라고 있었다는 것.

더욱 창피스러운 것은 그라스에 머무르는 동안 용연향 목걸이를 여기에 두고 온 것을 못내 아쉬워했다는 사실이다. 게다가 더욱 한심스러운 것은 여기에 돌아오는 즉시 바르도에게 부탁하여… 그 목걸이를 나의 관 속에 넣어주겠다는 약속을 받아내기로 결심까지 했었다는 사실이다!

그렇게 할지 어떨지는 모르겠다. 다만 죽어가는 자의 어린애 같은 생각. 그러한 유혹에 내가 굴복하더라도, 얘야, 너무 성급하게 나를 판단해서는 안 된다. 앙투안 삼촌을 업신여겨서도 안 되고. 그 목걸이에 얽힌 추억으로 말할 것 같으면 나에게는 어떤 사건과 깊은 연관이 있단다. 그런데 그 사건이야말로 내가 걸어온 하찮은 삶 중에서 그래도 가장 흐뭇하게 여기는 것이다.

10일

미칼의 왕진.

10월 11일, 금요일

어제 있은 미칼의 왕진으로 인해 지쳐 있다. 하나도 빠짐없이 모두 나에게 설명해주었다. 저항력이 매우 강한 섬유질의 기둥 같은 것에 의해 칸이 쳐져 있고, 분명히 고름이 고여 있는 큰 종양. 짙고 끈끈한 고름. 폐는 극도의 수종성 충혈 상태에 있다고 솔직히 말해주었다. 세균 분석 결과는 연쇄상 구균의 배양.

미칼은 이 증상에 흥미를 갖고 있다. 별로 흔한 예는 아니다. 일 년 동안 이곳에서 79명의 이페리트 환자가 치료를 받았는데, 그중에서 **단순** 농양 환자는 일곱 명뿐. 내가 그중 한 사람이다. 네 사람은 수술이 성공적. 나머지 셋은….

다행히 **다발** 농양의 경우는 드물다. 절대로 수술을 해서도 안 된다. 79명의 독가스 환자 중 세 명만이 수술을 받았다. 그런데 세 명 모두가 사망했다.

나는 운이 좋은 편이었다. (나도 모르게 쓴 말. 깊이 생각할 여유가 있었더라면 절대로 이런 말은 쓰지 않았을 텐데. 어쨌든 쓴 이상 지우지는 않겠다. 고통의 연장을 '운이 나빠서'라고 말하지 못하는 것은 아직도 삶에 대한 애착을 떨쳐버리지 못하고 있기 때문인지도 모른다….)

10월 12일

어제 오후부터 다시 일어나기 시작했다. 9월 20일 이후 2킬로 400이 줄었다.

심장은 계속 약해진다. 디기탈린과 드로세라를 하루에 두 번. 끊임없이 흘리는 땀. 불편함, 쇠약, 헛기침, 호흡곤란. 이런 증세가 동시에 있다. 그리고 나에게 안부를 물을 때면 며칠 전부터는 '그럭저럭…'이라고 솔직히 대답한다.

13일

스위스 신문에는 독일 새 내각이 협상을 시작하기에 앞서 윌슨을 상대로 간접적인 교섭을 시도하고 있다는 그럴듯한 내용의 기사가 실려 있다. 즉각적인 휴전 제의가 공공연하게 표명되고 있다. 그럴듯한 내용이라고 한 이유는 독일 수상이 의회에서 최근에 한 연설이 솔직한 평화 제의이기 때문이다. 어제까지만 해도 그렇게 오만하던 독일이!

연합국 측이 자제하면 좋겠는데! 그리고 승리를 구가하고 싶은 욕망에 사로잡히지 말았으면…. 그러나 이미 도처에서 경마 기수의 오만 같은 것이 엿보이고 있다! 내가 보기에 뤼멜 자신도 봄에 최악의 경우가 있으리라는 사실을 잊어버렸음이 틀림없다. 오늘날 그 친구보다 더 강경한 승리론자도 없을 것이다!

불쾌한 것은 프랑스 신문에서 끊임없이 '기쁨'이라는 말을 되풀이하고 있는 것이다. '해방'이라고는 할 수 있으나 '기쁨'은 아니다! 지금 유럽을 짓누르고 있는 갖가지 커다란 고통, 그것을 어쩌면 그렇게도 빨리 잊을 수 있단 말인가? 전쟁이 끝나더라도 그 고통은 사라지지 않고 계속 이어질 것이다.

10월 14일, 밤

불면증이 다시 시작되다. 염증이 생기기 시작했을 때에는 그래도 꾸벅꾸벅 졸 수 있었는데, 그때가 나도 모르게 그리워진다. 텅 빈 머리, 쇠약. '망령'에 쫓기고 있다. **매우** 고통스러워하고 있다는 것을 분명히 의식하고 있다.

나는 이 비망록에다 나 자신의 모습을 기록해두고자 했다.

장 폴을 위해서. 그런데 비망록을 쓰기 시작했을 때에는 이미 주의력이라든가 일관성이라든가 열성 따위가 내 뜻을 따라오지 못했다. 실현하지 못한 또 하나의 꿈.

무슨 상관이 있단 말인가? 될 대로 되라는 식의 마음가짐뿐인 데다가 큰 종양이 계속 번져가는 나의 처지.

15일

전면 공세. 도처에서 승전. 모든 전선에 걸쳐 동시에 공세를 취하고 있다. 평화가 사람들 입에 오르내리기 시작한 이래 연합군 사령부는 급히 먹어치운 음식물 찌꺼기를 가지고 음미하고 있는 듯한 느낌을 준다. 마지막 '몰이 사냥'….

오늘은 기분이 좀 나아진 편이다. 펜을 들 마음이 생기다.

부아즈네가 오다. 부처님 같은 그의 모습. 넓적한 얼굴. 깊지 않은 눈구멍, 사이가 많이 떨어진 두 눈, 꽃잎이 두터운 꽃들(매그놀리아나 동백꽃)처럼 곡선을 그리고 있는 두꺼운 눈꺼풀. 큰 입, 움직임이 느린 두꺼운 입술. 얼굴에는 총기가 넘치고 있어 바라보고 있노라면 마음이 안정된다. 지극히 동양적이면서 일종의 운명론자와 같은 차분함.

사령부 안에 감도는 정신 상태에 관해 최근의 정보를 입수했다는 것이다. 불안스럽다는 것. '예비군'을 얼마든지 동원할 수 있는 미군에 의존하는 길도 있다고 믿기 시작한 뒤부터는 병력 손실 따위는 아랑곳도 하지 않는다는 것이다. 그리고 평화를 반대하는 음험한 움직임. 어떠한 휴전도 반대하며, 독일 국경 내로 쳐들어가 베를린에서 평화조약을 맺는다는 등. 부아즈네는 말한다. "그들은 **전쟁 종식** 따위는 안중에도 없고 오로지 **승**

리만을 생각하고 있어." 게다가 윌슨에 대한 적개심을 점점 더 노골적으로 드러내고 있다. 그러면서 '열네 개의 항'* 같은 것은 윌슨 개인의 의견에 지나지 않으며, 연합국 측에서는 그것을 **공식적으로** 승인한 적이 전혀 없다는 것 등. 부아즈네가 지적하는 바로는 7월 이래, 즉 최초의 군사적 승리를 거두기 시작한 이래 언론(검열을 거친 것)은 '국제연맹'에 관해 이따금 언급한 일은 있어도 '유럽 합중국'에 관해서는 일언반구도 없었다는 것이다.

저녁

부아즈네는 『위마니테』지를 몇 장 두고 갔다. 윌슨의 메시지를 접하고 나서부터는 우리 사회주의자들이 더할 나위 없이 초라하게 여겨진다는 사실에 나 자신도 놀랐다. 편협하고 당파색에 젖은 무리들. 그런 무리들, 그런 인간들에게서는 도저히 큰 일을 기대할 수 없다. 유럽의 사회주의 정치가들이란 구시대의 잔해와 함께 정리해야 할 무리들. 그리고 쓰레기와 함께 쓸어버려야 할 것들.

사회주의. 민주주의. 역시 필립 박사의 말이 옳지 않았나 하는 생각이 든다. 그리고 승자가 된 각국 정부가 사 년 전부터 익혀온 독재의 관습을 과연 포기할지 어떨지가 의심스럽다. 클레망소가 이끄는(공화정체의) 제국주의는 그 기반을 내놓기 전에 저항할지도 모른다! 앞으로 참된 사회주의의 중심은 우선 패전국인 독일에 세워질 것이 틀림없다. 그 이유는 패전국이기

* 제1차 세계대전 종결 및 평화 회의 기초에 관해 윌슨이 제시한 사항.

때문이다.

16일

지난 한 주일 동안은 약간의 차도를 보였다.

구아랑이 27일 자 메시지의 본문을 얻어 왔다. 지난번 것에 비해 새로운 것이 아무것도 없지만 평화의 목적만은 더 명확히 명시되어 있다. '이 전쟁은 새로운 질서를 준비한다, 등.' 각국 국민의 전체적인 결속, 그것만이 집단 안보의 보장. 이런 말의 효과가 '시한부 삶'을 살고 있는 나에게 이 정도로 들리는데, 하물며 수백만의 전투 요원과 그들의 아내, 어머니들의 느낌은 어떠할지 짐작이 가고도 남는다! 이와 같은 희망을 헛되이 끝나게 해서는 안 된다! 연합국의 지도자들이 윌슨의 원칙을 진지하게 지지하든 안 하든 그런 것은 지금에 와서 별로 문제가 되지 않는다. 사태가 여기까지 와 있는 데다가, 하나로 뭉치려는 힘이 매우 강하므로 때가 되면 유럽의 어떤 정치인도 모두가 기다리는 평화를 외면하지는 못할 것이다.

나는 장 폴을 생각하고 있다. 얘야, 너를 생각하고 있단 말이다. 한없는 안도감. 바야흐로 새로운 세계가 도래할 것이다. 너는 그런 세계가 확고히 자리 잡는 날을 보게 될 것이다. 너도 거기에 협력해야 한다. 그리고 **남 못지않게** 협력하기 위해서는 언제나 강해야 한다!

17일, 목요일

독일의 첫번째 제의에 대한 윌슨의 청천벽력 같은 회답. 모든 협상에 앞서 제국의 와해, 군벌 제거, 정체政體의 민주화를 분명히 요구하고 있다. 물론 경우에 따라서는 평화가 지연되는 것도 각오하고 있다. 그럴 수밖에 없는 강경 일변도. 주된 목적을 잊어서는 안 된다. 이 마당에 시기상조의 휴전이라든가 카이저의 항복 같은 것은 문제가 되지 않는다. 중요한 것은 **전면적인 무장해제**와 **유럽의 연합**이다. 이것은 독일 **제국**과 오스트리아 **제국**이 이 땅에서 사라지지 않는 한 실현 불가능하다.

구아랑은 매우 실망하고 있다. 나는 구아랑과 그 밖의 다른 사람들 앞에서 이렇게 윌슨을 옹호했다. 윌슨이야말로 노련한 전문의와 같아서 병의 원인이 어디에 있는지를 알고 있으며, 붕대를 감아주기에 앞서 종기를 떼내어주는 인물이라고.

종기에 관한 한 대가大家로 자처하는 바르도의 설명에 의하면 이페리트 가스는 종기의 유인誘因에 지나지 않는다는 것이다. 사실 종기는 제 2기 증후로서, 이것은 독가스 때문에 야기된 충혈성 상해를 **틈타** 샘세포 조직을 침해하는 세포가 그 원인이라는 것이다.

10월 18일

오늘은 힘겹게 피로를 극복했다. 신문 말고는 아무것도 읽을 수 없다.

우리의 '승리'에 관해 언급하고 있는 연합국 측 신문의 논조! 나폴레옹의 영웅적 무훈을 노래한 위고를 방불케 한다…. 이번 전쟁에는(그 어떤 전쟁도 마찬가지이지만) 영웅적 서사시 같은 것은 있을 수 없다. 잔인하고 절망적일 뿐이다. 마치 악몽처럼 고뇌의 땀 속에서 끝나가고 있다. 많은 영웅적 행위를 낳게 했을지는 몰라도 그런 것은 공포 속에 파묻혀 있다. 그런 영웅적 행위는 참호의 밑바닥에서, 그리고 진흙탕과 유혈 속에서 이루어졌던 것이다. 필사의 용기와 함께. 전쟁에 대해 혐오감을 느끼지만 끝까지 밀고 가야 한다는 정신과 함께. 결국 이 전쟁은 끔찍한 추억만을 남길 것이다. 아무리 나팔을 불어대고, 국기에 경례를 해도 이런 사실에는 아무런 변화를 가져다주지 못한다.

21일

괴로운 이틀간. 어제저녁에 고메놀을 기관 내에 주입. 그러나 후두의 침윤과 지각과민 때문에 조작이 힘들었다. 세 사람이 합세해서야 겨우 성공할 수 있었다. 가련한 바르도는 구슬 같은 땀을 흘리고 있었다. 세 시간을 푹 자고 나니까 오늘은 한결 몸이 가벼워진 느낌.

수요일(10월 23일)

디기탈린 분량을 늘렸으므로 효과가 좀 더 있을 것 같다.

전혀 목소리가 나오지 않을 때에는 다른 문제지만 말을 더듬거리는 경우가 전보다 더 빈번해졌다는 것을 알게 되었다. 전에는 드문 일이었다. 그리고 있더라도 그것은 언제나 큰 걱정거리가 있다는 표시였다. 그런데 지금의 경우는 체력의 쇠함을 뜻하는 징후 이외에는 아무것도 아닌 것 같다.

신문. 벨기에군은 오스탕드와 브루게에. 영국군은 릴, 두에, 루베, 투르쿠앵에. 무적의 진격. 그런가 하면 독일과 미국 간의 각서 교환은 지지부진한 상태. 그렇지만 윌슨은 선결 조건으로 제국 헌법을 개혁하고, 보통선거를 실시한다는 약속을 받은 것 같다. 이것만으로도 큰 성과를 거둔 셈이다. 그러고 나서 카이저를 퇴위시키는 것이다. 이것은 내일 이루어질 것인가 아니면 육 개월 후에 이루어질 것인가? 언론에서는 독일 국내의 소요를 끈질기게 보도하고 있다. 그러나 헛된 희망은 품지 말 것. 독일에서 혁명이 일어난다면 사태를 급진전시킬 수도 있지만, 다른 한편으로는 복잡하게 만들 수도 있기 때문이다. 이런 까닭에 윌슨은 매우 안정된 정부가 아닐 경우에는 협상에 응하지 않을 속셈인 것 같다.

24일

그렇다. 나는 환자들에게서 흔히 볼 수 있는 무지라든가, 어처구니없는 환상 같은 것은 부러워하지 않는다. 죽음을 눈앞에 두고 있는 의사의 명철한 의식에 관해 얼토당토않은 이야기가 전해지고 있다. 그런데 나의 경우는 오히려 그런 명철한 의식을 갖고 있기 때문에 스스로를 지탱해가는 데에 도움이 되고 있는 것으로 안다. 뿐만 아니라 최후를 맞을 때까지도 도움이 될 것이 틀림없다. 안다는 것을 저주해서는 안 된다. 그것은 하나의 힘이다. 나는 알고 있다. 내 병이 어떻게 되어가는지를. 내 눈으로 보고 있는 듯하다. 심지어는 흥미를 끌기까지 한다. 나는 지금까지의 바르도의 치료 과정을 뒤좇고 있다. 어떤 면에서는 이와 같은 호기심이 나에게는 하나의 뒷받침이 되고 있는지도 모른다.

이 모든 것을 좀 더 철저히 분석하여 필립 박사에게 써보냈으면 싶다.

24일부터 25일에 이르는 밤

그런대로 견딜 만했던 하루. (이제는 내 주장만을 내세울 수 없다.)

'망령'과 싸우기 위한 일기.

새벽 세 시. 한 인간의 죽음이 모든 것을 망각 속으로 실어 간다는 생각에 사로잡힌 채 한동안 잠을 이루지 못하고 있었다. 처음에는 그런 생각이 옳다고 여기면서 절망과 함께 거기에만 몰두해 있었다. 그래서는 안 된다. 결코 옳은 생각이 아니었다. 죽음으로 인해 허무로 돌아가는 것은 적은 것, 아주 적은 것에 지나지 않는다.

나는 차분히 지난날의 갖가지 일들을 더듬어보았다. 나도 모르게 저지른 잘못들, 은밀한 애정 편력, 약간 쑥스러운 일 등. 한 가지가 떠오를 때마다 나 자신에게 물어보곤 했다. '과연 그런 것은 나의 죽음과 함께 완전히 없어져버리는 것일까? 나 이외의 어느 누구에게도 추호의 흔적을 남기지 않을 수 있을까?' 거의 한 시간 동안이나 과거를 돌아보며 내가 한 행위 중에서 나의 의식을 떠나 다른 곳에 그 흔적을 전혀 남기지 않는다고 장담할 수 있을까, 그리고 더 이상 확장되지 않고, 정신적으로도 물질적으로도 아무런 결과를 남기지 않을 뿐만 아니라, 내가 죽은 뒤에도 다른 사람이 그것을 기억해낼지도 모를 씨앗을 전혀 남기지 않았다고 장담할 수 있을까 자문하면서 무엇인가 좀 유별났던 행위를 되새겨보는 데에 열중했다. 내가 죽은 뒤에 다른 사람의 기억 속에서 싹틀 만한 것이 전혀 없는 어떤 특별한 것이 있지나 않을까 하고 무진 애를 쓰며 찾아보았다. 그런데 추억을 하나하나 더듬어볼 때마다 결국 떠오르는 것은,

누군가가 그것을 목격했을지도 모른다는 것, 또한 누군가가 그것을 알았거나 그렇지 않으면 적어도 그것을 눈치채고 있었을 것이 틀림없다고 여겨지는 것, 그리고 그자는 지금 여전히 살아 있어서 내가 죽은 뒤에도 언젠가는 문득 그것을 생각해내리라는 사실이었다…. 나는 누운 채 엎치락뒤치락하며 무어라고 설명할 수 없는 회한과 굴욕감에 시달렸다. 그러면서 만약 무엇인가를 찾아내지 못한다면 나의 죽음은 한낱 하찮은 것에 지나지 않는다는 생각, 무無로 되돌아가지만 그래도 나 혼자만이 소유하고 있는 무엇인가를 **갖고 간다**는 자부심으로 스스로를 달랠 수 있는 처지도 못 되는 것이 아닌가 하는 생각에 줄곧 젖어 있었다.

그러다 갑자기 나는 찾아냈다! 라에넥 병원에서 만난 알제리 여인과의 일.

이것만은 분명히 나만이 갖고 있는 추억으로 간직하고 싶다! 그리고 내가 숨을 거두는 순간부터 아무것도, 아무것도 남는 것 없이 깨끗이 청산되는 것이다!

새벽녘. 너무 피곤해서 잠을 이룰 수가 없다. 잠시 눈을 붙였는가 했더니 기침 때문에 금세 눈을 떴다.

밤새도록 그놈의 추억으로 인한 망령과 싸웠다. 그 괴로운 추억을 허무로 돌리지 않기 위해 여기에다 써두었으면 하는 유혹과, 그와는 반대로 나 혼자만이 그 비밀을 간직하고 싶으므로 그것만은 나의 죽음과 함께 끌고 가야 한다는 이기심 사이에서 갈등을 느끼고 있었다.

그렇다. 아무것도 쓰지 말자.

10월 25일, 정오

몸이 쇠약해졌기 때문일까? 강박관념 때문일까? 아니면 정신착란의 시초인가? 어제저녁부터 나의 죽음은 그 **비밀**과 계속 관련이 있는 것처럼 여겨진다. 줄곧 생각나는 것은 나 자신의 문제라든가 곧 다가올 죽음에 관한 것이 아니고, 라에넥 병원에서의 추억과 연관된 일이다. (조제프가 와서 평화에 관해 말했다. "군의관님, 우리는 곧 제대하게 되겠군요." 그의 말에 나는 대답했다. "나는 곧 죽을 거야, 조제프." 나의 속마음은 이러했다. '얼마 안 있어 알제리 여인과의 추억도 **깨끗이** 끝난다.')

그러자 문득 나의 운명을 마음대로 할 수 있을 것 같은 느낌이 들었다. 그렇게 함으로써 내가 죽음을 지배하게 되었다. 왜냐하면 그 **비밀**이 허무의 세계로 함께 인도될 것인가 아닌가 하는 문제는 오로지 나에게 달려 있기 때문이다. 즉 상대가 누구이든 글로 써서 은밀하게 전하기만 하면 되는 것이니까.

오후

참다못해 구아랑에게 말하고 말았다. 물론 구체적인 것은 한 마디도 하지 않았다. 알제리 여인에 관해서는 말할 것도 없고, 라에넥 병원의 이름조차도 비치지 않았다. 마치 말 못 할 비밀을 간직하고 있는 아이들이 만나는 사람마다 '나는 알고 있어, 하지만 가르쳐주지는 않겠어'라고 말하듯. 구아랑은 뭔가 어색해하면서 당황한 기색을 띠고 나를 바라보았다. 그는 분명히 내가 정신이상자가 되지나 않았나 하고 의아해하는 눈치였다. 나는 이루 말할 수 없이—틀림없이 이것이 마지막이 될 테지만—자만심에서 오는 만족감을 맛보았다.

저녁

머리를 식히기도 할 겸 해서 신문들을 뒤적거렸다. 독일에서도 군벌들이 평화 협상을 깨뜨리려고 한다. 루덴도르프*는 수상이 미국과 협상하려고 했다 해서 그를 배반자라고 공공연하게 비난하면서 그에 대항하는 반대 운동에 앞장섰던 것 같다. 그러나 평화를 지향하는 움직임이 더 강했다. 그래서 루덴도르프는 마침내 사령관직을 사임할 수밖에 없었다. 좋은 징조.

구아랑이 찾아오다. 밸푸어가 우려할 만한 연설을 했다는 것이다. 영국인의 식욕이 눈을 뜨기 시작한 것이다. 독일의 여러 식민지를 합병하려고 한다! 구아랑의 말에 의하면 작년까지만 해도 로버트 세실 경이 영국 상원에서 '우리는 정복자로서의 제국주의 의도는 전혀 없이 이 전쟁에 참가했다'고 단언했다고 한다. (변소에 갈 적 맘 다르고 올 적 맘 다른 법이니까….)

다행히 윌슨이 버티고 있다. 민족자결권. 전승국들이 식민지의 흑인들을 가축처럼 나누어 갖는 일은 못 하게 할 것이다!

구아랑과 식민지의 문제. 만약 연합국이 독일 식민지를 나누고자 하는 유혹에 굴복하고 만다면 그것이야말로 용서받지 못할 과오를 저지르는 꼴이 된다고 구아랑은 매우 지혜롭게 설명해주었다. 모든 식민지 문제를 전면적으로 검토하기 위한 유일한 기회가 주어진 것이다. 국제연맹의 감독 밑에 세계의 자원을 폭넓게 **공동으로 이용**할 수 있는 길을 모색해야 한다. 이것만이 평화를 보장하는 길이다!

* 제1차 세계대전 당시의 독일 참모총장이다.

26일

통증이 갑작스레 악화. 하루 종일 호흡곤란.

27일

호흡곤란은 드디어 다른 특징들을 나타내기 시작했다. 끔찍한 고통. 후두가 쥐어짜는 듯 뒤틀린다. 호흡곤란에 수축까지 가세한 것이다. 비망록에다 병의 진행 상황을 기록하는 데 거의 한 시간이 걸렸다. (앞으로 매일 메모를 하는 일이 오래 지속될 수 있을지가 의문이다.)

28일

어린 마리우스가 지금 막 신문을 가지고 올라왔다. 비참한 심정. (윤기 있는 얼굴, 밝은 두 눈, 그 젊음… 자기 건강에 대한 놀라울 정도의 **무관심!**) 앞으로는 노인이나 환자 이외에는 만나고 싶지 않다. 사형수가 자유롭고 건강한 간수를 더 이상 보기가 역겨워 그에게 달려들어 교살하는 심정을 이해할 만하다….

몸이 점점 더 빠른 속도로 나빠지고 있다. 정신적인 기능도 불가능한 상태…. 이미 쇠약해질 대로 쇠약해져 그것조차 의식하지 못하는 것이 틀림없다.

10월 29일

지금 죽음과 마주하고 있는 나의 처지에서, 하다못해 작가들이 그들의 작품 속에서 '위대한' 사랑이라고 말하는 추억이라도 갖고 있다면 아쉬움이 덜할까?

라셀을 또 생각해본다. 자주. 그러나 이기적으로. 그리고 환자로서. 라셀이 내 곁에 있어서 그녀의 품에 안겨 죽는다면 얼마나 좋을까 하는 생각이 든다.

파리에서 그 목걸이를 찾아냈을 때 느낀 그 감동! 그녀를 그리워하던 그 열정! 이미 끝난 일이다.

나는 과연 라셀을 '사랑했던가'? 어쨌든 그녀 말고는 아무도 사랑해본 적이 없다. 그토록 사랑한 여자도, 그 이상 사랑한 여자도. 그런데 작가들이 한결같이 '사랑'이라고 하는 것이 바로 그런 것인가?

저녁

이틀 전부터 디기탈린도 전혀 듣지 않는다. 바르도가 곧 와서 캠퍼를 주사해 줄 것이다.

30일

여러 사람의 방문.

불안해하는 그들을 바라보았다. 앞으로 그들의 인생행로는 어떠할까? 그래도 내가 그들보다는 더 특혜를 받은 사람일지도 모른다.

피곤하다. 나 자신에 지쳐 있다. 지쳐 있다, 이제는 어서 끝장이 났으면 싶을 정도다!

모두가 나를 징그럽게 여기고 있다는 사실을 나는 잘 알고 있다.

지난 며칠 사이에 확실히 나의 몰골이 아주 달라진 것이 사실이다. 빠른 속도로 진행되고 있다. 숨차 하는 사람의 얼굴, 즉 호흡곤란으로 고통스러워하는 사람의 모습을 하고 있는 것이 틀림없다…. 보기에 그보다 더 끔찍한 일은 없다는 것을 나는 알고 있다.

10월 31일

근처의 부속 사제가 나를 만나고 싶다는 것이다. 이미 토요일에도 왔었다. 그런데 몸이 너무 괴로워서 사절했었다. 오늘은 올라오게 했다. 나를 몹시 피곤하게 만들었다. "기독교인이었던 당신의 어린 시절, 등" 하며 서두를 시작하려는 그에게 나는 말했다. "천성적으로 이해의 필요성을 느끼면서도 믿을 수는 없다고 한다면 그것은 나의 잘못이 아닙니다." 그는 '좋은 책'을 나에게 가져다주겠노라고 말했다. 그래서 나는 말했다. "교회는 전쟁에 반대하는 데 있어서 무엇을 주저하고 있는 것입니까? 프랑스의 주교들과 독일의 주교들은 군기軍氣를 축복하고 테데움*을 노래하면서 주님께 학살을 감사하고 있습니다, 등." 그러자 그는 어처구니없는 (관료주의적인) 대답을 했다. "살인은 기독교의 금기이지만 그것이 **정당한** 전쟁일 경우에는 예외인 것입니다."

지극히 우호적인 분위기에서의 대담. 나를 어떻게 설득해야 할지 모르고 있는 것 같았다. 그는 돌아가면서 이렇게 말했다. "자아, 자아, 당신과 같이 훌륭한 사람이 개처럼 죽어서야 안 되지요." 나는 반문했다. "그런데 신앙을 갖고 있지 않은 나는 어쩔 도리가 없지 않겠습니까, 개처럼?" 출입문에 가 있던 그

* 찬송가.

는 나를 호기심에 찬 눈으로 바라보았다. (엄격함과 놀라움과 슬픔이 뒤섞인 표정으로. 그리고 또한 애정의 눈길도 깃들어 있었다.) '**형제여**, 어째서 스스로를 비방하시나요?'

두 번 다시 오지 않으리라는 것을 나는 알고 있다.

저녁

누구에게 틀림없이 기쁨을 안겨준다면 **하는 수 없이** 동의하겠다. 그러나 누구를 위해 기독교적인 죽음을 받아들여야 한단 말인가?

오스트리아가 이탈리아에 휴전을 제의했다. 구아랑이 찾아왔다. 헝가리는 독립과 동시에 공화국을 선포했다.

마침내 평화가 오는 것인가?

11월

1918년 11월 1일, 아침

나의 죽음의 달.

희망이 없다. 이것은 갈증으로 인한 고통보다 더 괴롭다. 그렇기는 해도 나의 몸속에서는 아직도 생명이 고동치고 있다. 힘차게. 이따금 **나는 나 자신을 망각한다**. 잠시 옛날의 나로 되돌아가 다른 사람들과 같은 입장이 되어 뭔가 계획까지도 세워보곤 한다. 그러다가 돌연 얼음 같은 숨결. 다시금 나는 **알게 된다**.

나쁜 징조. 마제의 발길이 뜸해졌다. 올라오기만 하면 이런

저런 이야기를 나에게 모두 해주는데, 나의 문제에 관해서는 별로 말을 꺼내지 않는다.

도형수의 간수와도 같이 네모진 얼굴의 마제를 앞으로 아쉬워할 때가 올까?

저녁

문지방을 넘기만 하면 여전히 생동하는 세계가 펼쳐지고 있는데…. 나는 진작부터 혹독한 고독의 수렁에서 헤어나지 못하고 있으니. 살아 있는 자는 아무도 이런 나의 심정을 이해할 수 없으리라.

11월 2일

이제는 거동도 할 수 없다. 사흘째 침대에서 안락의자까지의 이 미터 반도 움직여보지 못했다.

이제는 끝장이다. 이제는 창가에 가서 앉을 수도 없단 말인가? 어느 창가에도? 저녁 하늘에는 사이프러스나무의 쓸쓸한 모습…. 이제는 정원도 다시 볼 수 없단 말인가, 어떤 정원도?

이제는 끝장이다라고 나는 쓴다. 그러나 이 말이 뜻하고 있는 지옥에 관해서는 어렴풋이 느낄 뿐이다.

밤

죽음은 어떻게 찾아올 것인가? 밤마다 수없이 나 자신에게 물어보며 지낸 지가 얼마나 되었던가? 여러 가지 경우가 있을 수 있다…. 나이 어린 네다르처럼 갑작스런 후두 경련? 아니면 실베르의 경우처럼 진행성? 또는 몽비엘이나 푸아레의 경우처럼 심장의 기능 쇠약과 졸도?

어떻게라고? 가장 나쁜 것은 불쌍한 트루야와 같은 질식이다.

그것은 두렵다.

그것이라면 도저히 기다리고 있을 수 없다.

저녁

오늘 저녁은 상태가 하도 나빠 바르도를 두 번이나 불렀다. 자정경에 다시 올 것이다. 책상에 기관 절개를 위해 상자를 두고 갔다.

'죽는 것은 아무것도 아니다. 문제는 고통스러운 것이다'라고 사람들은 말하곤 한다. 그렇다면 그것을 면할 방법도 있는데 무엇 때문에 계속 고통을 겪는단 말인가? 무엇 때문에 줄곧 기다리고 있지? 그런데도 나는 기다리고 있다!

11월 4일

이탈리아가 오스트리아-헝가리와 정전협정에 조인했다.

부속 사제가 다시 만났으면 한다. (피곤하다는 구실을 내세워 거절했다.) 하나의 예고인 것이다. 결단을 내려야 할 날이 다가오고 있다.

5일

얘야, 우리가 바라던 모든 것, 우리가 하고 싶어 하던 모든 것, 우리가 이룩하지 못한 모든 것을 너는 반드시 성취해야만 한다.

11월 6일

구아랑이 찾아오다. 휴전이 하루 속히 이루어졌으면 싶다. 그런데 전 전선에 걸쳐 전투는 계속되고 있다. 그 이유는 무엇일까?

완전한 실성失聲. 한마디도 할 수 없다.

7일

이제는 성문聲門이 거의 열리지 않는다. 환상 배상 후부가 마비된 것인가? 바르도는 통 입을 열지 않는다.

모르핀.

1918년 11월 8일

독일 측의 전권 사절이 아군의 전선을 통과했다. 끝난 전쟁이다.

어쨌든 이런 것을 알고 죽으니 다행이다.

11월 9일

병세 악화. 다시 체온의 변화가 심해지다(37도 2분—39도 9분). 수종성 충혈이 재발하다. 새로운 증상은 전혀 없다. 그런데도 전체적으로 다시 심해지다.

X선 검사(어째서일까?)를 부탁했다. 다른 의심 나는 점이 보이면 정밀 검사를 받기 위해서이다. 농양이 또 생기지나 않았을까 두렵다. 체온의 변화는 깊은 화농이 있다는 것을 분명히 말해준다.

10일

오른쪽 폐의 통증이 점점 더 심해지고 있다. 하루 종일 모르핀 투입. 다른 농양이 생긴 것일까? 바르도는 그렇지 않다고 하지만. 특별한 증상을 나타내는 징후가 전혀 없다.

가래는 오히려 감소.

베를린에서 혁명. 카이저가 도망가다. 참호에서는 물론, 도처에서 희망과 해방! 그런데 나는….

11월 11일

괴로운 하루. 여전히 오른쪽, 같은 부위에 참기 어려울 정도의 타는 듯한 통증.

어째서 힘이 남아 있을 때 좀 더 일찍 결심하지 못했을까? '때가 왔다'라고 생각할 때마다 나는….

(그렇다. '때가 왔다'고 생각해본 적은 한 번도 없다. 다만 '때가 **다가오고 있다**'고 생각했을 뿐이다. 그러면서 나는 기다리고 있다.)

12일

바르도는 호흡이 연장되고, 국지성의 염발음 소리를 알아냈다(?)

정오

X선 검사 결과. 오른쪽 폐 위에 경계가 뚜렷하지 않은 음대[陰帶]가 있다. 횡경막은 움직이지 않는다. 투명도의 전반적인 감소.

그러나 종양은 발견되지 않았다. 만약 다른 농양이라면 의심쩍은 부위에 선명하게, 뚜렷한 윤곽과 함께 완전한 불투명성을 보일 텐데. 그렇다면? 천자법을 시도하기에는 아무래도 증상이 너무 모호하다. 만약 다른 농양이 발견되지 않는다면 어쩌지? 어쩌지?

13일

여전히 같은 부위에 매우 한정된 염증. 증세가 확실히 온몸에 퍼지고 있다. 땀이 비 오듯 하며 냄새도 역하다.

저녁

작은 농양? **다양한** 작은 농양?

바르도도 분명히 그런 것을 생각하고 있으리라.

그렇다면 속수무책이다. 샘세포 조직 안의 농양. 어떠한 처치도 불가능하다. 마지막에는 질식사.

14일

양쪽 폐의 타는 듯한 아픔. 왼쪽 폐도 수종에 걸리다. 농양은 양쪽 폐에 흩어져 있는 것이 틀림없다.

마지막 시도로 고정 농양*을 해본다?

저녁

극도의 쇠약 증세와 허탈감. 서랍 속에는 제니와 지젤의 편

* 종양이 더 이상 커지는 것을 막기 위해 약물을 주입하는 조치.

지 한 통씩. 오늘 저녁에도 제니로부터 편지 한 통. 그 어느 것도 뜯지 않았다. 혼자 있고 싶을 뿐이다. 이제는 어느 누구에게도 줄 것이 아무것도 없기 때문이다.

밤에는 오랫동안 De profundis clamavi*를 되뇌었다. 나는 그 말의 뜻을 비로소 이해했다.

15일

그토록 두려움을 갖고 있던 내가 잘못이었던 것 같다. 내가 생각하고 있던 것보다는 그렇게 무서운 것은 아니리라. 가장 고통스러운 시기는 지난 것 같다. 그토록 최후의 순간을 생각해온 나는 더 이상 생각해볼 여지가 없다. 모든 것이 준비되어 있다. 모든 것이 저기에 있다.

16일

고정 농양은 아무런 효과가 없다. 그들은 그저 해본 것인가? 아니면 하는 척한 것인가?

이틀째 비망록에 아무것도 쓰지 못했다. 너무나 고통스럽다.

결말을 지을 생각만 한다. '내일' 아니면 '오늘 저녁….' 결정을 내리기가 힘들다.

17일

모르핀. 고독, 정적. 시간이 갈수록 점점 격리되고 소외되는 느낌. 여러 사람의 목소리가 들려오는데도 무슨 말을 하는지

* 라틴어로 '나의 심연으로부터'라는 뜻.

귀담아듣고 싶지 않다.

세편 제거도 거의 불가능해졌다.

그것은 어떤 식으로 올까? 주사할 때까지 맑은 정신으로 계속 쓰고 싶다.

수락하는 것이 아니고 무관심이라 하겠다. 기진맥진해서 저항할 힘도 없다. 불가피한 것과의 타협. 육체적 고통에 몸을 내맡기는 것이다.

마음의 평화.

결말을 지어야겠다.

18일

양쪽 다리의 수종. 마음만 있으면 지금이 그때다. 모든 것은 저기에 있다. 손을 뻗어 결심만 하면 된다.

밤새도록 나 자신과 싸웠다.

결정적인 순간.

1918년 11월 18일, 월요일.

37세, 4개월 9일.

사람들이 생각하는 것보다는 간단하다.

장 폴.

작품 해설

정지영

8부 「에필로그Epilogue」—또 다른 삶을 위한 프롤로그

로제 마르탱 뒤 가르가 「에필로그」를 발표한 것은, 「1914년 여름」으로 노벨문학상을 수상한 지 삼 년 후인 1940년이었다. 당시 세계는 제2차 세계대전의 소용돌이 속에 휩싸여 있었다. 작가는 자신이 삼 년 전 그토록 우려하고 경고하고자 했던 일이 다시 벌어지고 있는 것을 안타까운 마음으로 바라보며 이 작품을 썼을 것이다. 사실 「1914년 여름」에서 자크의 죽음은 평화에 대한 희망의 파산선고를 의미하는 것이었다. 작가는 희망의 파산을 말함으로써 역설적으로 사람들에게 전쟁의 비극성을 알리고자 하였던 것이다. 그런데 「에필로그」에서 작가는 종전 직전의 1918년 파리에 앙투안을 데려다놓으면서 아무것도 달라진 것이 없다는 말로 작품을 시작하고 있다. 모든 희망이 사라졌다고 말하던 작가가, 다시 모든 것이 예전 그대로 남아 있다고 말하고 있는 것이다.

앙투안은 다시 돌아온 파리에서 전쟁 전에 그가 알고 지냈던 사람들을, 혹은 그들의 흔적들을 만나게 된다. 지젤, 제니 같은 주요한 인물 외에도 라셀, 안, 그리고 그가 잠시 치료해준 적이 있는 소년까지, 전 편에서 등장했던 거의 모든 인물들이 적어도 한 번씩은 다시 언급된다. 이들을 통해 앙투안은 파괴적인 전쟁 속에서도 살아남아 인간 삶의 흐름을 부단히 이어가고 있는 사람들이 있음을 알게 된다. 앙투안이 파리의 자기 집에 들어서면서 이상하게도 자신의 집이 아니라 오래전에 돌아가신, 그리고 자신이 그토록 부인하고자 했던 '아버지의 집'에 들어오는 느낌을 받았다고 말하는 것도 이 때문이다. 그러나 전쟁의 파괴적인 힘에 맞서 끈질기게 이어지는 생명력을 무엇보다도 잘 상징하고 있는 것은 아마도 장 폴의 존재일 것이다. 「1914년 여름」에서 평화와 자유를 향한 자크의 노력은 결국 허무한 죽음으로 끝을 맺고 말았지만, 자크와 제니 사이에서 태어난 장 폴은 자크가 죽은 이후에도 사라지지 않을 희망을 상징한다. 보다 보편적으로 말하자면 결국 작가는 장 폴의 존재를 빌려, 자크의 노력이 결코 헛된 것이 아니며 뒤이어 올 세대에서 다른 누군가에 의해서 그러한 노력은 계속 이어질 것이라는 말을 하고 있는 것이다. 실제로 「에필로그」와 『티보가 사람들』의 대단원을 맺는 마지막 단어는 '장 폴'이라는 말이다. 『티보가 사람들』이라는, 한 시대와 그 시대를 살았던 사람들의 숨가쁜 삶에 대한 거대한 이야기의 끝맺음에서 작가는 장 폴이라는 이름을 통해 끝나지 않은 희망과 새로운 시작을 말하고자 했을 것이다. 그런 의미에서 「에필로그」는 또 다른 삶의, 전쟁이 일어나고 수많은 사람이 죽고 엄청난 불행과 위기가 닥쳐도 끝끝내 살아남아 인류의 삶을 면면히 이어나갈 사람들의 「프롤로그」이기도 한 것이다.

「에필로그」는 크게 두 부분으로 나뉘어 있다. 전반부는 독가스에 중독된 앙투안이 유모의 장례식에 참석하기 위해 파리로 돌아오는 것으로 시작되어 자신의 병이 나을 수 없는 것이며 머지않아 죽으리라는 것을 깨닫기까지의 이야기이다. 전반부에서 앙투안은 전쟁 전 평화로웠던 시기에 그와 함께했던 사람들을 다시 만나고 또 장 폴도 만나게 된다. 장 폴은 앙투안이 만났던 많은 사람들, 전쟁으로 인해 상처받고 변화한 사람들이 가지고 있는 마지막 희망을 상징한다. 지젤도 다니엘도 모두 장 폴을 '우리의 아이'라고 부른다. 당연히 앙투안에게도 장 폴은 그동안 포기하고 있었던 자신의 삶에 대한 희망을 일깨워준다. 그러나 이러한 앙투안의 희망은 자신의 병이 절망적인 상태라는 것을 확인하면서 잠시 흔들리게 된다.

「에필로그」의 후반부는 절망을 안고 다시 병원으로 돌아온 앙투안이 자신의 마지막 희망인 장 폴에게 남겨주고 싶은 말을 때로는 담담하게 때로는 격렬하게 써내려간 일기 형식을 취하고 있다. 여기에서 우리는 죽음을 눈앞에 둔 앙투안의 심정을 빌려 자신의 모든 사상과 철학을 피력하고 있는 작가를 만나게 된다. 그의 성찰은 전쟁과 죽음에 대한 것에서부터 영원한 평화에 이르는 방법까지, 인류의 행복을 위한 갖가지의 영역을 넘나든다. 특히 전쟁의 성격에 대해 언급하고 있는 부분은 그가 얼마나 정확하게 전쟁의 본질을 꿰뚫어 보고 있는지 잘 보여준다. 앙투안은 독가스를 사용해서 사람을 죽이는 독일군은 비인간적이라고 말하는 니콜에게 이렇게 말한다.

> 전쟁에서 비인간적인 방법이라는 말은 아무런 의미가 없다. 총으로 죽이는 것은 인간적이고 독가스로 죽이는 것은 비인간적이라는 주장은 이미 전쟁을 하는 어떠한 방식이 있다는 것을

가정하고 있는 것이다. 그러나 사람을 죽이는 데 있어서 인간적인 방법은 있을 수 없다. 말도 안 되는 것, 비인간적인 것은 이미 전쟁 그 자체인 것이다.

작가는 작품 속에서 이러한 '말도 안 되는' 전쟁을 막고 영원한 평화를 보장하기 위한 대안까지 제시하고 있는데 그것은 유럽 통합이다.

> "그렇다. 만약 무력이 각 국가 정책의 주된 도구 역할을 계속하는 경우, 만약 각 나라가 제각기 국경을 경계로 그 안에서 독자적인 행동을 계속하면서 영토 확장욕에 몰두하는 경우, 만약 유럽 국가 연맹이 윌슨이 원하는 것처럼 상호 교역의 자유와 관세 장벽의 철폐를 인정하면서 경제적 평화를 이루지 못할 경우, 만약 국제적 무정부주의가 완전히 막을 내리지 못할 경우, 만약 각 국민이 일치단결해서 자국의 정부로 하여금 법에 기초를 둔 전체의 질서에 복종하도록 하지 못할 경우 그때는 모든 것을 다시 시작해야 하며, 지금까지 흘린 피가 온통 헛된 것이 되고 말 것이다."

유럽 통합에 대해서는 이미 이전부터 논의가 있었으나 활발하게 관심의 대상이 된 것은 1980년대 후반에 들어서였고 90년대 중반에 이르러서야 여러 가지 실험적 형태들이 현실적으로 나타나고 있다. 따라서 1930년대의 작가가 유럽의 평화를 보장할 장치로서 유럽 통합을 주장하였다는 사실은 마르탱 뒤 가르가 얼마나 뛰어난 역사적 안목을 가지고 있었는지를 잘 보여주는 대목이다. 사실, 이런 부분은 『티보가 사람들』이라는 소설을 읽는 데 있어서 흔히 놓치기 쉬운 부분이다. 그것은 격동하는 시대의 흐름 속에서 티보가의 두 형제와 그들을 둘러싼 많은 인물들의 부침이 그려내는 음영에 가려 독자들의 시선을 받기가 쉽지 않은 것이 사실이다. 그러나 이 부분은 반전反戰 소설로 노벨문학상을 수상한 작가가 전쟁의 참상을 바라보면서 느꼈을 안타까움과 책임감을 생각하고, 그러한 고민의 산물로서 이 소설을 바라본다면 분명 간과해서는 안 될 부분이다. 따라서 「1914년 여름」부터 사회소설로서의 색채를 더욱 뚜렷하게 갖추기 시작한 『티보가 사람들』 전작을 작가의 이러한 메시지를 염두에 두고 읽어본다면 작품의 또 다른 면모를 발견하는 계기가 될 것이다.

영원한 현대인, 로제 마르탱 뒤 가르

알베르 카뮈 Albert Camus

『생성』에 나오는 마즈렐 영감과 그 아내의 인물 묘사를 읽어보라. 로제 마르탱 뒤 가르는 그의 데뷔작부터, 오늘날에는 그 비결을 찾아볼 수 없는, 폭넓은 인물 묘사에 성공하고 있다. 그러나 그의 작품의 폭을 넓혀주는 제3의 차원으로 인하여 그의 작품은 현대문학에서 조금 별난 것이 되고 말았다. 사실 우리 시대의 창작물은 그것이 가치 있는 것일 경우 톨스토이보다는 도스토옙스키 쪽을 내세우리라. 거기에는 정열적이거나 혹은 영감을 받은 망령 같은 인물들이 인간의 숙명에 관한 성찰에 주석을 붙이기 위해서 몸짓을 하고 있기 때문이다. 물론 도스토옙스키의 인물에서도 입체감과 심오함이 합치하고 있다고 할 수 있다. 그러나 그는, 톨스토이와는 달리, 그것을 창작의 규범으로 삼지는 않는다. 도스토옙스키가 우선 움직임을 추구한다면 톨스토이는 형식을 추구한다. 『악령』의 젊은 여자들과 나타샤 로스토프 사이에서는, 영화의 인물과 연극의 주인공과 같은 차이를 엿볼 수가 있다. 곧, 생기가 감돌지만 육체성이 결여되어 있는 것이다. 그런데 도스토옙스키의 경우 이러한 재능 부족은 보충적인 차원, 곧 죄악이나 성성聖性에 뿌리를 박고 있는 영혼의 차원을 도입함으로써 보상되고 (정당화되기까지 하고) 있다. 그러나 몇 가지의 예외를 제외하면, 도스토옙스키로부터 망령과 같은 인간만을 유산으로 이어받은 현대인들은 이러한 개념을 비현실적인 것으로 여긴다. 카프카의 영향(카프카에게 있어서는 환상가가 예술가를 능가한다.)이나 미국 행동소설의 기교에 영합함으로써, 또한 가속화된 역사를 신경질적으로, 지적으로 더욱 힘겹게 쫓아가면서 모든 것에 대처하려고 한 나머지 아무것도 철저히 규명하지 못하는 예술가들에 동화됨으로써, 도스토옙스키라는 절대적인 본보기는 프랑스에서 자극적이면서도 실망스러운 문학을 낳게 했다. 이 문학의 쇠약 증상은 오로지 그 야망이 컸다는 데 기인한다. 그리고 그것이 유행의 종말을 고할지 아니면 새로운 시대의 도래를 예고할지는 아직까지 아무도 예측할 수 없다.

그와는 반대로 이십세기 초부터 글을 쓰기 시작한 로제 마르탱 뒤 가르는 자기 세대에서 유일하게 톨스토이 계열에 속할 수 있는 문학가이다. 그러면서 동시에 그는 오늘의 문학의 도래를 예고하고, 자신을 짓누르고 있는 문제들을 문학에 전수하고, 또한 문학에 대해 몇 가지 희망을 품을 수 있게 해준 아마 유일한 (어떤 의미에서는 지드나 발레리 이상으로) 작가인지도 모른다. 로제 마르탱 뒤 가르는 오늘날에 와서는 시대에 뒤진 미덕으로 여겨지는 인간에 대한 흥미, 육체의 어두운 측면에서 인간을 묘사하는 기술, 용서의 지혜를 톨스토이와 공유하고 있다. 그러나 톨스토이가 묘사하는 세계는 하나의 총체, 변함없는 신앙에 의해 생명을 부여받은 독자적인 유기체를 이루고 있다. 곧 그의 인물들은 영원을 향한 지고의 모험 속에서 서로 재결합한다. 눈에 뜨이건 그렇지 않건, 그들은 모두 이야기의 어느 한 지점에서 결국은 신 앞에 한 명씩 무릎을 꿇고 만다.

톨스토이 자신도 가정과 영광을 버리고 어려움 속으로 뛰어들어 그들의 불행, 보편적인 비참함, 그리고 그가 저버릴 수 없는 순수함에 이르고자 했다. 반면 마르탱 뒤 가르가 그려내는 사회에서는 이런 신앙은 찾아볼 수 없다. 어떻게 보면 그 자신에게도 없다. 그렇기 때문에 그의 작품은 의혹의 작품이며, 실망을 하면서도 집요하게 추구해 나가는 이성의 작품이며, 널리 알려진 무지無知에 대한 작품이며, 인간 이외에는 어떤 다른 미래도 가지고 있지 않은 인간에 대한 도박의 작품인 것이다. 바로 이런 점에서, 그리고 또 눈에 보이지 않는 그의 대담성과 용인된 모순에 의해서도 이 작품은 우리 시대의 것이 된다. 오늘도 여전히 이 작품은 우리를 우리 자신에게 설명해줄 수 있으며, 아마도 머지않아 미래의 인간들도 도와줄 수 있을 것이다.

실제로 우리 시대의 작가들의 진정한 야심이 『악령』을 완전히 소화한 다음, 언젠가는 『전쟁과 평화』를 쓰는 데 둘 가능성은 아주 많이 있다. 여러 번의 전쟁과 부정否定을 통해 기나긴 여정旅程을 체험한 작가들은, 비록 말은 하지 않지만, 겸허와 절제를 통해 마침내 작중인물들을 그들의 육체와 수명 속에서 소생시키게 될 포괄적 예술의 비결을 다시 한번 발견할 수 있으리라는 희망을 간직하고 있다. 동서양을 막론하고 현재의 사회상황에서 이러한 위대한 창조가 가능할지는 의심스럽다. 그러나 이 두 사회가 전체적 자살에 의해서 스스로 파멸하지 않는다면, 서로 풍요로워지고 다시금 창조를 가능하게 하리라는 희망은 충분히 가질 수 있다. 천재가 올 가능성도 또한 기대해볼 수 있으며, 새로운 예술가가 나타나 신선하고 탁월한 솜씨를 발휘함으로써 그가 받는 모든 억압을 기록하고 우리 시대의 모험의 본질을 소화해주리라는 희망도 간직해두자. 그렇게 될 때 아마도 그의 진정한 사명은 작품 속에 미래가 어떠하리라는 것을 미리 보여주고, 특히 작품 속에서 예외적으로 예언 능력과 진정한 창조의 힘을 일치시키는 것이 되리라. 생각조차 못 할 이러한 일들은 과거 예술의 비결을 배우지 않고서는 이루어질 수 없을 것이다. 고독하면서도 견실하게 자리 잡고 있는 마르탱 뒤 가르의 작품은 바로 그러한 몇 가지 비밀을 내포하고 있으며, 우리가 알아볼 수 있는 겉모습 밑에 그 비밀을 우리가 마음대로 쓸 수 있도록 담고 있는 것이다. 스승이자 공모자인 그에게서 우리는 우리가 가지지 못한 것을 발견하는 동시에 우리의 존재를 재발견할 수 있다.

플로베르는 이렇게 말했다. '걸작이란 몸집이 큰 동물과 같다. 그것들의 모습은 평온하다.' 그러나 그들의 핏속에는 야릇하고 젊은 열기가 항상 흐르고 있다. 마르탱 뒤 가르의 작품에 우리가 접근할 수 있는 것은 바로 이 열기와 대담성 때문이다. 그리고 무엇보다도 그의 작품이 평온한 얼굴을 하고 있는 만큼 더욱더 그러하다. 일종의 순박함이 냉혹하리만큼 명석함을 가리고 있다. 그 명석함은 깊이 생각할 때가 아니면 모습이 드러나지 않지만, 드러나게 되면 우리에게서 다시 떠나는 일이 없다.

우선 마르탱 뒤 가르는 외적인 동기 유발이 예술 창작의 한 방법일 수 있다고는 결코 생각해본 적이 없다는 것을 지적해둘 필요가 있다. 인간과 작품은 똑같이 남의 눈에 뜨이지 않는 곳에서 끈기 있는 노력에 의해 연마되었다. 마르탱 뒤 가르는 결국 상당히 드문 한 예로서, 어느 누구도 그의 전화번호를 아는 사람이 없는 우리 시대의 대작가 중 한 명이다. 이 작가는 강렬한 방식으로 우리 문단에 존재하고 있다. 그러나 그는 물속의 설탕처럼 그 속에 녹아 있다. 이렇게 말해도 좋을지 모르겠으나, 영광과 노벨상도 그에게는 여분의 하룻밤을 추가로 베풀었을 뿐이다. 소박하면서도 신비스러운 그는 힌두인들이 말하는 (이름을 부르면 부를수록 달아나버린다는) 격언과 같은 데가 있다. 더구나 이 그늘 속에 숨기를 추구하는 마음에는 어떤 계산도 없다. 그의 인품을 알고 있다고 자부하는 사람들은 오히려 그의 겸손함이 현실적이라는 것을 알게 된다. 그만큼 그의 겸손은 비정상적으로 보인다. 나 역시 겸손한 예술가가 존재할 수 있다는 것을 언제나 부정해왔지만, 마르탱 뒤 가르를 알면서부터 나의 신념은 흔들렸다. 그러나 기괴하리만큼 겸손한 이 사람이 은둔해서 사는 데는 별난 그의 성격 이외에도 또 다른 이유가 있다. 곧 예술가로 자처하는 사람들이라면 누구나 마음속에 품고 있듯이, 작품을 위한 시간을 아끼고자 하는 마음가짐이다. 작가가 작품을 자신의 생활의 구축과 일치시키자마자 이러한 이유는 절대적인 것이 된다. 이때 시간은 더 이상 작품이 이루어지는 장소가 아니라, 어떠한 기분 풀이에도 곧 위협받게 되는 작품 그 자체가 된다.

이러한 소명 의식은 외적인 동기 유발 및 그것의 계산된 기교를 부정하고 대신 창작과 관계되는 모든 것에서 진정으로 노동자적인 규율을 받아들인다. 마르탱 뒤 가르가 문단에 데뷔했던 시기에 사람들은 신앙생활에 들어가는 것처럼 문학에 발을 들여놓았다. (NRF그룹의 역사가 그것을 잘 보여준다.) 오늘날의 작가들은 장난삼아 문단에 등단한다고나 할까, 적어도 등단하는 척한다. 그것은 다만 몇몇 사람들에게서나 실효를 거둘 수 있는 감동적인 유희에 지나지 않는다. 하여튼 마르탱 뒤 가르에게는 문학이 그렇게 진지한 것인지 어떤지는 문제가 아니었다. 성격상의 결함 때문에 문학이라는 천직을 수행하지 못한 사람의 이야기인 그의 인쇄된 첫 소설 『생성』을 보면 잘 알 수 있다. 이 소설에서 그는 자신을 묘사한 인물에게 다음과 같이 말하게 한다. "재능, 그것은 모든 사람이 조금씩 가지고 있다. 그런데 오늘날 결여되어 있는 것이 있다면 그것은 양심이다. 왜냐하면 그것은 노력해서 획득해야 하기 때문이다." 이 인물은 지나치게 세련된 기교를 '거세된' 예술이라 하여 좋아하지 않고 또 '미성년적 본질에 의한 천재'도 싫어했다. 작가의 이런 독설이 현실적이며 진실임을 너그럽게 이해해주기를 나는 원한다. 그런데 마르탱 뒤 가르가 이 소설에서 '뚱보'라고 부르는 그 인물은 조심스럽게 이런 말을 계속한다. "파리에서는 모든 작가들이 재능을 가지고 있는 것처럼 보인다. 그러나 실제로 이들에게는 재능 한 가지도 가질 시간이 없었다. 그들은 서로 차용하는 일종의 숙달된 솜씨만을 가지고 있다. 말하자면 개인적인 가치는 사라져버리는 공유 보석만을 가지고 있는 셈이다."

예술이 하나의 종교나 다름없다고 한다면 그것은 받아들이기에 용이한 종교가 아니라는 것을 그는 이미 이해하고 있었다. 이 점에 대해서 마르탱 뒤 가르는 예술을 위한 예술과 상징주의의 이론가들과 즉각적으로 의견을 달리한다. 상징주의는 그의 세대의 작가들에게 섬세하기는 했지만 너무나 많은 피해를 입혔는데, 그에게는 아무런 영향도 끼치지 않았다. 다만 문체상의 어떤 자기만족을 주었으나 그조차 청년기의 여드름처럼 즉시 벗어났다. 그가 『생성』을 쓸 때 그의 나이는 스물일곱 살에 지나지 않았다. 그가 이 첫 작품에서 감탄해 마지않으면서 인용하는 작가는 벌써 톨스토이였다. 이때부터 마르탱 뒤 가르는 금욕주의적 천직이라는 원칙에 평생토록 충실하게 되며, 과시나 겉치레를 피하고 영속적인 작품을 위해 온갖 노력을 아끼지 않는 일종의 예술의 장세니슴을 충실히 따르게 된다. 조숙한 통찰가였던 그는 이렇게 말한다. "어려운 것은 어떠한 사람이었다는 것이 아니라 어떠한 사람으로 머물러 있는 것이다." 사실 재능이란 덧없는 요행에 지나지 않을 위험이 있다. 다만 노력과 강인한 성격만이 재능을 영광과 인생으로 바꾸어 놓을 수 있다. 노동과 노동의 조직화, 이를 위한 겸허한 자세가 자유로운 창작 활동의 중심에 자리 잡게 되며, 이때부터 자유로운 창작 활동은 똑같은 노동이기는 하지만 모욕을 당하고 있는 노동을 법규로 삼고 있는 세계로부터 떨어질 수 없는 것이다. 마르탱 뒤 가르의 미학은 작품을 역사적 차원으로까지 확대시키면서도 개인적인 문제가 가장 중요한 위치를 차지하고 있다 해도 과언이 아니리라. 자유로운 노동을 자신의 존재 이유와 기쁨으로 삼는 사람은 그 노동에 과해지는 굴욕을 제외하고는 온갖 굴욕을 감내할 수 있다. 마찬가지로 그는 자유의지에 의해 얽매인 일로부터 이탈하는 특권을 제외하고는 모든 특권을 누릴 수 있다. 이렇게 이루어진 작품들은 부지불식간에 예술적 노동을 속세로 복귀시키며 이 작품들은 패배하든 성공하든 더 이상 그 속세에서 이탈할 수 없는 것이다.

그러나 이미 그가 그곳에서 어떤 발전을 했는지를 듣기에 앞서, 그 결과는 돌처럼 견고한 구축물이 되어 나타났다. 그 본체는 『티보가 사람들』이며, 그것을 받쳐주는 것들은 『생성』, 『장 바루아』, 『오래된 프랑스』, 『아프리카의 비화』 및 희곡 작품들이다. 이 작품들에 대해 이의를 제기하고 한계를 파악해보려고 할 수도 있다. 그러나 이 작품들이 존재하고 있다는 것, 그것도 당당하게, 믿을 수 없을 정도로 성실하게 존재하고 있다는 것을 부정할 수는 없다. 이 작품들에 주석이 덧붙여지기도 하고 잘라내어지기도 할 수 있다. 그렇다고 해도 이 작품들은 우리가 건물 주위를 맴돌 듯이 그 주위를 돌 수 있는 프랑스에서는 예외적인 것들 중의 하나로 꼽힐 수 있다. 허다한 미학자, 섬세하고 세련된 작가들을 배출해낸 이 세대가, 살아 있는 인간들과 정열로 가득 차 있으며, 연마된 테크닉의 계획에 따라 세워진 작품 하나를 우리들에게 안겨주었다. 평생 동안 닦은 예술의 엄정성만으로 건립된 인간을 모시는 성당이, 시인이나 수필가나 영혼의 소설가뿐이던 시대에, 한 사람의 건축 총감독이며 무신론자이지만 신앙이 없지는 않았던 피에르 드 크라옹*이 우리들을 위해 태어났다는 것을 보여주고 있다.

어쨌든 예술에는 한 가지 법칙이 있어서, 어떤 창작인이라도 그 법칙의 지극히 표면적인 미점美點의 무게에 압도당하기를 바라는 것이다. 널리 알려진 바 마르탱 뒤 가르의 예술에 대한 성실성 때문에 그의 참모습이 가려지는 때가 간혹 있었다. 여러

* 폴 클로델의 『마리아에게 내린 계시』에 나오는 성당을 건축하는 인물이다.

가지 이유를 들 수 있겠으나, 이 시기는 무엇보다도 천재적인 것과 즉흥적인 것에 열광하는 시기였는데, 이는 마치 천재적인 것은 시간 계획표 없이도 얻을 수 있고, 즉흥적인 것은 자기만의 근면한 노동 없이도 이루어질 수 있는 것처럼 여기는 데 기인한 것이다. 예술에서 미점이란 위험을 방지하기 위한 한 수단에 지나지 않는다는 것을 잊은 채, 비평가는 그것을 찬양하고 나면 해야 할 일을 충분히 다했다고 믿었다. 우리의 관심을 끄는 이 작품들 속에는 대담성이 결코 결여되어 있지 않다. 그것들은 거의 모두 심리학적 진실을 끈질기게 추구한 데서 비롯된다. 따라서 그 대담성은 인간의 모호한 면을 강조하는데, 만일 그런 모호성이 없다면 이러한 진실은 아무런 의미도 없다. 『생성』*을 읽으면서 우리는 작품 끝부분의 비정한 현대성에 이미 놀란 바 있다. 여기에서는 슬픔 속에서 아내를 매장하고 돌아온 앙드레가 육체적으로 탐내고 있던 젊은 하녀를 창가에서 발견한다. 그녀가 앙드레를 도와 그의 슬픔을 달래게 되리라는 것을 우리는 예견할 수 있다.

마르탱 뒤 가르는 성性과 이것이 인생에 던지는 어두운 부분에 솔직하게 접근했다. 그 방식은 솔직하기는 해도 노골적이지는 않았다. 상당수의 현대 소설을 예절 교본만큼이나 지루하게 만들고 있는 이 파렴치한 유혹에 그는 결코 굴복하지 않았다. 그가 단조로운 방탕 행위를 신이 나서 묘사한 것은 아니다. 오

* 반면 이 작품에서 다음의 몇 가지 세목에는 당시의 연대의 각인이 찍혀 있다. 곧 주인공이 식당 종업원을 '내 친구'라고 부르거나, 그가 보스턴 왈츠를 추거나, 요즘 젊은이가 '안녕'이라고 쓰는 편지의 끝부분을 'tibi'(라틴어로 '너', '당신'이라는 뜻)라고 쓰는 것이다.

히려 그는 부적절한 성생활을 통해 성생활의 중요성을 보여주는 쪽을 선택했다. 진정한 예술가로서 그는 성을 있는 그대로 그려내지 않고 당연히 그러해야 하는 방향으로, 그것도 간접적으로 그려냈다. 예를 들어 바람을 피우는 남편 앞에서 퐁타냉 부인을 일생 동안 허약하게 만드는 것이 바로 성이다. 우리는 그것을 알고 있다. 그러나 작품 어느 구석에서도 이것을 언급하고 있는 곳은 없다. 다만 퐁타냉 부인이 운명하는 남편 곁에서 밤샘을 할 때 비로소 알게 된다. 이 밖에 『티보가 사람들』에서는 욕정과 죽음의 테마가 이상하게 얽혀 있는 것을 알 수 있다. (자크가 리스벳에게서 첫 경험을 하는 것도 역시 프릴링 어멈의 장례식 전날 밤이다.) 이런 점은 예술가에게서 찾아볼 수 있는 특권적 집념 중 하나인 동시에, 성생활이라는 이상야릇한 존재를 고발하는 한 수단임을 알아야 할 것이다.

그러나 욕정은 단순히 죽음과 관련된 것에만 끼어드는 것이 아니라, 도덕을 오염시켜 도덕을 모호하게 만들기도 한다. 선한 인간이며 과시적인 기독교인인 아버지 티보는 그의 비망록에 다음과 같이 쓴다. "이웃에 대한 사랑과 어떤 사람에게 다가가 그들과 접할 때 느끼는 감흥을 혼동하지 말 것… …젊은 사람들이거나 어린아이들일지라도." 그다음에는 '어린아이'라는 말을 삭제해버리는데, 이것으로 그는 수치심도 성실성의 가책도 느끼지 않게 되는 것이다. 마찬가지로 제롬 드 퐁타냉은 그가 밀어넣었던 사창가에서 리네트를 끌어내면서 참회하는 탕아의 뿌듯함을 맛본다. "나는 착한 놈이다, 사람들이 생각하는 것보다는 더 좋은 놈이다." 그는 감동해서 이렇게 반복해서 중얼거린다. 그러나 그는 육체적인 쾌락에 미덕의 즐거움을 더하면서 마지막으로 한 번 더 그 여자를 소유하지 않을 수 없었다. 이런 태도에서 기계적이면서도 마치 영감이라도 받은 것 같은 어떤 것을 느끼도록 하기 위해 마르탱 뒤 가르에게는 한 문장으로 충분했다. "그의 손가락은 자동적으로 그녀의 치마 단추를 끄르며 한편 입술을 그녀의 이마에 얹고 온정이 넘치는 키스를 해주었다."

작품 전체가 이처럼 진실에 대한 애착을 보이고 있다. 멋진 작품인 『오래된 프랑스』에서는 자전거를 탄 아스타로트Astaroth류의 우체부 주아노 같은, 마르탱 뒤 가르가 그린 가장 음산한 인물만이 등장하는 것은 아니다. 이 작품에서는 시골 인심을 가차 없이 폭로하며, 그 마지막 페이지에서는 여기에 대해서 놀라운 결론을 내리고 있다. 마찬가지로 『아프리카의 비화』에서도 근친상간을 하는 동생이 간결한 어조이기는 하지만 그의 유감스러운 정사를 자연스러운 것으로 만들어버린다. 1931년에 쓴 『어떤 과묵한 사람』에서 마르탱 뒤 가르는 스스로 동성애적 성향이 있는 것을 발견하는 어떤 점잖은 실업가의 드라마를 극화시킨다. 그렇다고 천박한 어조를 구사하지는 않는다. 마지막으로 『티보가 사람들』에서는 이러한 착상을 얼마든지 찾아볼 수 있다. 지젤이 자신이 사랑하는 남자와 다른 여자 사이에서 태어난 아이에게 은밀히 숫처녀인 자신의 젖을 물리는 장면을 인용할 수 있으리라. 그러나 나는 위대한 소설가의 모습이 드러나는 다음 두 가지 발견을 다른 모든 것보다 앞세우려 한다.

첫째는, 앙투안이 처음으로 크루이 소년원에 자크를 찾아갔을 때 자크가 보인 집요한 침묵이다. 이러한 침묵이 아니고서는 더 효과적으로 굴욕감을 나타낼 방법이 없었으리라. 도망가는 듯한 말투, 침묵이 감도는 분위기, 게다가 이 침묵을 더욱 눈에 뜨이게 하는 묵설법默說法이 정확하게 배합되고, 정확하게 계산되었다. 이 때문에 이때까지 단조롭기만 하던 이야기에 신비와 연민이 갑자기 부각되고, 이야기가 시작되는 파리의 부르주아 사회의 시야보다도 어떻게 보면 더 넓은 시야를 이 작품에 부여하고 있다. 굴욕을 객관적으로 묘사하는 수법은, 광란적이고 거친 도스토옙스키의 경우(나는 개인적 굴욕에 대해 이야기하는 로렌스를 인용하지는 않겠다.)와 서사적인 방식의 말로(이 작가의 의견과는 반대로 내가 끈질기게 좋아하는 『왕도』에서 특히)를 제외하면 성공한 작가가 없다. 게다가 마르탱 뒤 가르처럼 굴욕감을 고르고 잔잔한 색조로 그려내려고 시도한 작가는 없다. 이런 점에서 마르탱 뒤 가르는 예술에서 가장 어려운 일에 성공한 셈이다. 예술의 기적이 있다면 사실 그것은 틀림없이 은총의 기적과 비슷하다. 그러한 은총에 대해서 욕심 많고 비인간적인 한 편협한 상인을 구하는 것보다는 악과 범죄로 타락한 한 인간을 구하는 편이 그에게는 훨씬 쉬운 일이었을지도 모른다고 나는 항상 생각해왔다. 이처럼 예술에서는 대상으로 취하는 현실이 산문적일수록 그것을 변형시키는 것은 더욱더 어려워진다. 이 경우에는 넘어설 수 없는 어떤 한계까지 있어서 절대적인 사실주의의 모든 주장을 지지할 수 없게 만든다. 그러나 이 한계 위에서, 곧 현실의 양식화의 중도에서 때로 예술이 가끔은 성공적인 완성에 이르는 일이 일어나게 된다. 내 견해로는 굴욕적인 자크의 초상은 이러한 성공 중의 하나로 남을 것이다.

마르탱 뒤 가르의 '수법'의 마지막 본보기로 아버지 티보의 가장된 죽음을 인용해보자. 어떤 의미에서는 그의 일생을 일관했던 희극을 그의 죽음 속에 반영시킨 것은 사실 소설가의 대단한 착상이다. 형식적인 기독교인이 될 수밖에 없었던 이 인물은 자기가 앓고 있는 병이 치명적이라는 것도 모른 채, 병이 악화 도중 소강상태를 이루는 사이에 임종의 희극을 연출하게 된다. 그래서 그는 침대 곁에 하인들을 모아놓고서 반쯤은 솔직한 심정으로 모범적인 회개, 그럴듯한 교화와 신성한 거양성체를 곁들여, 마지막 총연습을 주재하는 것이다. 게다가 아버지 티보는 다른 모든 환자들이 그렇듯이, 때때로 품어온 막연한 불안감을 종식시킬 수 있는 항변 형태로 그 희극의 보상을 기대한다. 그러나 가족들이 그의 죽음을 진정으로 슬퍼하며, 죽음이 가까워졌다고 하는 그의 말을 조용히 받아들이는 것을 보고 대번에 그의 병세가 심상치 않다는 것을 알아차리게 된다. 그의 희극은 그가 기대하던 좋은 결과를 가져다주기는커녕, 가혹하게도 준엄한 현실을 그에게 비추어준다. 그는 배우라고 자부했지만 사실은 희생자였던 것이다. 이 순간부터 그는 죽어가기 시작하고 공포로 인해 그의 신앙은 황폐해진다. "아, 하느님은 어째서 나를 이 지경으로 만드는 걸까!"라는 커다란 비명과 함께 그는 거짓되고 불성실했던 자신의 신앙심, 그러나 그럴 수밖에 없었던 비극적인 이 발견으로 마지막을 장식한다. 그는 회개했지만 "아이고"라는 순박한 탄식을 반복하며 죽어간다. 이러한 탄식은 스스로 완전무결함이 파탄에 빠지고 겉치레와 허풍이 벗겨진 채, 죽음과 소박한 믿음에 온몸을 내맡긴 인간을 드러낸다.

이러한 모습에서 대가의 표지標識가 나타난다. 자신의 존재 자체를 과시의 수단으로 삼은 한 영혼의 연속적인 움직임을 그려낼 줄 알고 있었던 이 소설가가 다른 사람들에게서 배울 것이란 아무것도 없다. 그는 다만 우리에게 줄 교훈, 영원한 교훈을 가지고 있을 뿐이다.

그러나 그의 기교 이상으로 마르탱 뒤 가르의 주제는 우리의 현실과 깊은 관련이 있다. 그가 유유히 따라왔던 길을 우리 모두는 상황에 떠밀려 전속력으로 다시 걸어왔다. 요컨대 개인으로 하여금 전체의 역사를 인식하게 하고 이의 투쟁을 받아들이도록 유도하는 진전이 문제가 되는 것이다. 아마 이런 점에서도 마르탱 뒤 가르는 독특한 모습을 띠고 있다. 그는 선배 작가들 그리고 그의 동료들과 (그들은 개인에 대해서만 말하고 역사에는 상황적인 지위밖에 부여하지 않았다.) 개인에 대해서는 복잡한 암시밖에 하지 않는 그의 후계자들 사이에 자리 잡는다. 반면 『티보가 사람들』과 『장 바루아』에서 개인은 손상되지 않은 상태이고, 역사의 고통스러움은 아주 신선한 상태에 있다. 여기에서는 개인과 역사가 아직 서로를 훼손시키지 않고 있다. 마르탱 뒤 가르는 우리 세대가 겪은 상황을 체험하지 못했다. 우리는 퇴색된 개개인의 인간상으로부터, 그리고 몇 차례의 전쟁과 파괴로 인한 고통으로 인해서 경직되고 발작적인 역사로부터 현 상황을 유산으로 가지고 있는 것이다. 우리의 생생한 현실은 우리 뒤에, 마르탱 뒤 가르의 것과 같은 작품 속에 있다고 말해도 별로 역설은 아니다.

하여튼 1913년부터 『장 바루아』는 우리의 흥미를 끄는 움직임을 묘사한다. 이 흥미로운 소설의 짜임새가 매우 어설프게 여겨지기는 하지만, 그 주제는 우리에게 매우 낯익은 것이다. 사실 기교적인 면에서 이 작품은 전혀 소설적이라 말할 수 없다. 이 작품은 소설 장르의 모든 전통을 파괴하고 있으며, 이후의 문학에서도 이것과 비교할 만한 것은 하나도 찾아볼 수 없다. 이 작품의 저자는 가장 소설답지 않은 방식을 체계적으로 추구했던 것 같다. 이 책은 (간단한 연출 지시와 더불어) 대화와, 어떤 것들은 다듬어지지 않은 상태의 자료로 이루어져 있다. 그렇다고 결코 흥미가 떨어지지는 않는다. 오히려 이 책은 단숨에 읽힌다. 그것은 아마도 주제 자체가 이런 기교와 완전히 일치하기 때문인지도 모른다. 사실 마르탱 뒤 가르는 그가 집필하는 모든 작품에서 이런 형식을 채택하고자 했던 것이다. 그러나 어쩌다가 『장 바루아』만이 이런 형식의 특혜를 받게 되었다. 이러한 의미에서 이 작품은 (과학적이기를 원했지만 별수 없이 서사적인 것이 되고 만 졸라의 소설보다도 더) 과학주의 시대의 유일한 대소설이며, 과학주의 시대의 기대와 실망을 매우 잘 표현하고 있다고 말할 수 있으리라. 이 서류소설書類小說은 일종의 개인의 전기 연구인데, 종교적 위기와 관련된 문서에 관한 것이어서 더욱더 놀라운 연구서이다. 아무튼 한 영혼의 약동과 의혹을 카드처럼 기록한다는 것은 결국 몇몇 예외를 제외한다면, 과학적인 종교에 의해 자극되었던 시기에 합당한 시도였던 것이다. 바루아는 이야기가 전개되어 나감에 따라, 새로운 신앙을 위하여 옛 신앙을 포기한다. 죽음에 직면한 그가 최후의 순간에 이 새로운 신앙을 저버린다고 해서, 그가 1914년에 붕괴하는 짧은 기간의 새 시대에 속하는 인간이 아닌 것은 아니다. 그의 이야기는 새로운 복음서의 문체로 우리들에게 전달되기 때문에 더욱더 우리에게 강한 인상을 준다. 이 서류소설은 그 색다른 형식이 내용과 깊이 연결되어 있기에 마치 모험소설처럼 읽을 수 있다. 전통적인 신앙에 대해 회의하고* 과학에서 더욱 확실한 신앙을 발견하리라고 믿는 한 인간의 발전 과정을 더 훌륭하게 묘사할 수 있는 기법은 거의 과학적인 서술 기법밖에 없는데, 이것을 마르탱 뒤 가르는 자신의 것으로 만들려고 했던 것이다. 결국 과학은 바루아도 저자도 만족스럽게 해주지 못했지만 적어도 과학의 방법, 또는 적어도 그 이상만은 일시적으로 이 소설 속에서 완벽하게 유효한 기교의 경지로까지 끌어올려졌다. 이러한 공로는 우리 문학에서도 그러했지만, 마르탱 뒤 가르의 문학에서조차 일시적인 것이었다. 그것을 독려한 과학에 대한 신앙도, 소설 자체 속에서 이미 흔들리고 있던 것처럼 기계의 과도한 잔인성 앞에서 너무 일찍 소멸된 것은 아닐까? 적어도 『장 바루아』는 이에 대한 유서와 같은 책인데, 여기서 우리는 사라진 신앙에 대한 감동적인 증언 및 우리들과 관계된 예언들을 발견할 수 있다.

세기 초를 그렇게 소란스럽게 만들었던 신앙과 과학의 갈등이 오늘날에는 그렇게 많은 화제를 불러일으키지 않는다. 그러나 우리는 그 갈등의 결과를 몸소 체험하고 있으며, 그것은 『장 바루아』에서 예견되어 있었다. 하나만 예를 들어보면 『장 바루아』 속에서 무종교는 사회주의 운동의 물결과 분명히 연결되

* "이해하고 설명하고자 하는 천부의 욕구. 오늘날 우리 시대의 과학적인 발전이 이 욕구를 광범위하고 완벽하게 만족시킨다"라고 바루아는 말했다.

어 있는데, 이 점에서 이 소설은 우리 역사의 가장 강력한 원동력 중의 하나를 적나라하게 보여주고 있다고 할 수 있다. 신과의 대치를 회피하면서 바루아는 인간들을 발견한다. 그의 신으로부터의 해방은 드레퓌스를 둘러싸고 전개되었던 커다란 움직임과 동시에 이루어진다. '씨 뿌리는 사람'의 그룹이 그를 다시 인류와 연결시켜주며, '씨 뿌리는 사람'이 꽃피는 것도 그에게서이다. 결국 투쟁과 승리라는 일종의 역사적 즐거움이 그를 인간으로 완성시켜주는 것이다. 반면 역사에 대한 환멸은 그를 점점 더 고독과 불안으로 다시 데려오며, 죽음에 직면해서는 과학이라는 새로운 신앙의 부정으로 이끌어간다. 살아가는 데는 때때로 도움이 되는 인간 공동체가 죽는 데도 도움이 될 수 있을까? 이것이 바로 마르탱 뒤 가르의 작품 저변에 흐르고 있는 의문이며, 그 작품에 비극성을 부여하는 것이다. 왜냐하면 이에 대한 대답이 부정적이라면, 신앙을 가지고 있지 않은 현대인들의 상황은 설사 평온하다 할지라도 잠정적인 정신착란 상태이기 때문이다. 그렇기 때문에 오늘날 인간 공동체가 죽는 것을 방해한다고 상당수의 사람들이 일종의 분노를 터뜨리면서 주장하는지 모른다. 마르탱 뒤 가르는 어디에서도 이렇게 쓰지는 않았다. 왜냐하면 사실 그는 그렇게 생각하고 있지 않기 때문이다. 반면 그는 이 소설에서 바루아 외에도, 자신을 부정하지 않으면서 이성적으로 죽음을 맞는 합리주의자의 초상을 그렸다. 극기주의자 뤼스는 아마도 그 당시의 마르탱 뒤 가르의 이상을 나타내고 있을 것이다. 뤼스 자신의 말을 믿는다면, 유난히 엄격하고 어두운 이상이다. "나는 두 개의 도덕을 알지 못한다. 인간은 어떠한 환상에도 속는 일 없이 유일한 진리에 의해 행복에 도달해야 한다." 행복에 대한 분명한 포기를 이보다 더 잘 정의할 수는 없을 것이다. 그러나 여기에서는, 모든 희망에 등을 돌리고는 오로지 죽음과 대결하기로 결심한 이 인물들, 곧이어 우리 문학에서 그렇게 번번이 나타나게 될 이 인물들의 최초의 초상을 1913년 로제 마르탱 뒤 가르가 그렸다는 것만을 분명히 기억해두고 넘어가자.

역사와 신 사이에 낀 개인이라는 이 거대한 주제는 『티보가 사람들』 속에서 교향악적인 방법으로 조화를 이룬다. 여기의 모든 등장인물들은 1914년 여름의 재앙을 향해 나아간다. 간단하게 말하면, 종교적인 문제는 더 이상 무대의 전면을 차지하고 있지 않다. 이 문제는 처음의 몇 권에서 전개되다가, 역사가 점점 개인의 운명을 덮어버림에 따라 사라지며, 앙투안 티보의 고독한 최후를 묘사하는 마지막 권에서 부정적인 형태를 띠고 다시 나타난다. 그런데 이 문제의 재등장은 매우 의미심장하다. 다른 모든 진정한 예술가들과 마찬가지로 마르탱 뒤 가르도 그의 강박관념으로부터 벗어날 수는 없었던 것이다. 그러므로 그의 다른 작품에서도 한결같이 나타났던 주제, 곧 이렇게 말해도 좋을지 모르겠으나, 거기에서 인간이 마지막 단계의 큰 문제에 대한 질문을 받는 단말마의 고통이라는 주제로 그의 대작품이 끝난다는 것이 중요하다. 『티보가 사람들』의 마지막 부인 「에필로그」에 이르면, 마르탱 뒤 가르의 두 주요 인물인 사제와 의사 중에서 사제는 사라졌거나 아니면 거의 사라지게 된다. 『티보가 사람들』은 다른 의사들 속의 고독한 한 의사의 죽음으로 끝난다. 앙투안의 경우처럼 마르탱 뒤 가르의 경우에도 문제는 단지 인류라는 차원에서만 제기되는 듯하다. 그리고 앙투안의 이러한 변화를 설명해주는 것은 바로 역사에 대한 경험과 이에 대한 강요된 참여이다. 역사에 대한 열정(이 단어의 두 가지 의미에서)은 오늘날에는 무신론적인 것이거나, 적어도 무신론적인 것처럼 보인다. 더 단순하게 말하면, 이십세기의 역사적 불행은 부르주아적 기독교의 붕괴를 보여주고 있다. 이런 생각의 상징적인 면을 우리는 다음과 같은 사실에서 언뜻 엿볼 수 있다. 곧 앙투안이 볼 때 아버지 티보는 종교를 비유적으로 나타내고 있었는데,* 아들이 무신론적임을 고백하자 곧 세상을 떠났다는 사실이다. 어쨌든 세계대전이 발발하고, 상업적이면서 동시에 기독교적일 수 있으리라고 믿고 있던 사회는 핏속에서 붕괴한다. 그러므로 『티보가 사람들』이 참여소설의 최초의 작품이라고 보는 것이 타당하지만, 그것은 오늘날의 참여소설보다도 더욱 옳은 의미에서 참여소설이라는 것을 솔직하게 인정해야 한다. 왜냐하면 마르탱 뒤 가르의 인물들은, 우리들의 인물과는 달리 역사적 투쟁에 참여하고 또 잃어버릴 만한 것을 가지고 있기 때문이다. 현실의 압박은, 그들의 존재 그 자체 속에서, 종교나 문화와 같은 전통적인 조직에 대해서 가해진다. 이들 조직이 파괴되는 날에는 인간은 어떻게 보면 더 이상 존재하지 못한다. 단지 미래의 어느 날 존재하도록 준비가 될 뿐이다. 이렇게 해서 앙투안 티보는 우선 타인의 존재를 향하여 마음을 열지만, 최초의 이 진보는 단지 그를 죽음에 직면하도록 하며, 모든 위안과 환상을 떠나 그의 생존 이유의 마

* "저는 유감스럽게도 언제나 아버지를 통해서만 하느님을 보아왔습니다."

지막 말을 찾아내게 만든다. 우리가 상대하는 반세기의 인간이 『티보가 사람들』과 더불어 태어났다. 그리고 그 인간과 상대하는가 또는 놓아주는가 하는 절호의 기회를 우리는 맞고 있다. 우리가 그의 존재에 대해 무어라고 판단을 내리지 않는 한 그는 무슨 짓을 할지 모르는 것이다.

이 주제가 인상적으로 구현되는 것을 우리는 앙투안이라는 인물에서 찾아볼 수 있다. 두 형제 중에서 자크는 빈번히 칭찬도 받고 감탄의 대상도 되었다. 그는 본보기가 되는 사람처럼 보였다. 그러나 나는 오히려 앙투안에게서 『티보가 사람들』의 진정한 주인공을 발견한다. 이 자리에서 그렇게 방대한 작품의 주석을 붙일 수는 없으나, 적어도 이 두 형제를 대비해봄으로써 본질적인 것을 드러낼 수는 있음 직하다.

그 전에 앙투안을 중심인물로 선택한 이유를 들어보자. 『티보가 사람들』은 앙투안에게서 시작되어 앙투안으로 끝난다. 그리고 그가 차지하는 중요성은 끝없이 커진다. 또 앙투안은 자크보다 더 작가에게 가까운 듯하다. 물론 소설가는 자신이 쓰는 작품의 모든 인물 속에 자기를 나타내고 또 동시에 드러나는 것이기는 하다. 각각의 인물은 그의 경향이나 욕망 중의 어느 하나를 나타낼 것이다. 마르탱 뒤 가르는 지금이나 그 이전이나 앙투안이기도 하고 자크이기도 하다. 이들의 입을 통해서 하는 말은 때로는 그 자신의 말이기도 하고 또 때로는 아니기도 하다. 그러나 작가라는 것은, 더구나 같은 이유로 해서, 가장 많은 모순을 그 속에 모아놓은 인물에 훨씬 더 가깝다. 이런 점에서 볼 때 그의 복잡성, 소설적 유연성으로 인하여 앙투안은 자크보다 훨씬 더 풍요롭다. 마지막으로, 그리고 이것이 내가 그렇게 생각하는 가장 중요한 이유인데, 『티보가 사람들』의 심오한 주제는 자크보다는 앙투안에게서 훨씬 더 설득력이 있다. 이 두 사람은 모두 분명 개인적인 세계를 버리고 많은 사람들의 세계에 참가한다. 심지어 자크는 앙투안보다도 먼저 그렇게 한다. 그러나 자크의 진전은 훨씬 더 논리적이고 사전에 예견될 수 있었던 것이므로 그만큼 의미가 적은 것이다. 개인적인 반항에서 혁명 사상으로 옮아가는 것보다 더 쉬운 일이 있을까? 반대로 앙투안에게서 보듯이 행복하고 안정되어 있으며, 활력 있고 자신에 대해 성실하게 평가를 하고 있는 인간(오르테가 이 가세트에 의하면 고귀함의 표시라고 함.)의 내부에서 일어나서 공통의 비참을 인식하게 되고, 그곳에서 자신의 한계와 동시에 개화를 발견한다는 이 큰 움직임, 이보다 더 심오하고 더 설득력 있는 것이 있을까?

아마도 『티보가 사람들』을 처음으로 읽은 사람들이 자크에 대해 가지고 있는 관심에는 가히 짐작이 간다. 당시에는 사춘기가 유행이었다. 처음에는 즐겁고 그다음에는 행복한 청춘에 대한 예찬을 마르탱 뒤 가르의 세대는 우리들에게 이식했는데, 이런 것이 우리 문학에 전염되어왔다. (오늘날 작가는 저마다 자신이 실제로는 젊은이들을 어떻게 생각하는지 아는 것이 유일한 관심사여야 함에도, 젊은이들이 자신에 대해 어떻게 생각하는지 자문해보고 걱정하고 있는 것 같다.) 반면 1955년의 독자들이 앙투안보다는 자크 쪽을 꾸준히 더 좋아하는지 어떤지 나로서는 잘 모르겠다. 적어도 마르탱 뒤 가르가 자크라고 하는 이 나라의 문학에서 가장 뛰어난 청춘기의 인물상을 성공적으로 그려냈다는 것은 인정하자. 용기 있고 의지적이며 (마치 생각나는 모든 것은 말할 가치가 있는 것이기라도 하듯) 생각하는 것은 무엇이든지 끝내 말하려고 하고, 우정에서는 정열적이지만 사랑에서는 서투르고, 처녀처럼 어색해하고 부자연스러우며, 자기 자신에게도 남들에게도 불편해하고, 결국에는 비타협성과 순수성으로 인해 어려운 삶에 몸을 바치게 되는 표본 같은 이 인물은 그의 창조자에 의해 훌륭하게 묘사되었다.

그러나 또한 소설 속에서는 마치 눈먼 유성처럼 삶을 관류하는 한 예외적인 인간의 운명이라고도 할 수 있다. 어떻게 생각하면 자크는 살도록 만들어진 인물이 아니다. 사랑과 혁명이라는 그의 두 가지 주요 경험이 이를 입증한다. 우선 자크가 사랑을 체험하기에 앞서 혁명을 체험했다는 것을 우리는 알 수 있다. 제니와 결합했을 때 그는 이 두 삶을 동시에 살아보려고 노력하지만, 그것은 가망이 없는 생각이었다. 혁명이 본색을 드러내서 그를 배반하자 이번에는 그가 제니를 버리고, 훌륭한 귀감이라고 생각한 외로운 죽음을 향해 나아간다. 게다가 바로 이러한 잠적이 그들의 사랑을 오래 지속시킬 수 있는 유일한 보장이었던 것이다. 야성적인 여자 제니는 처음에는 자크를 싫어하는데, 그렇다고 상류사회를 좋아하지도 않으며 누가 자기 몸에 닿는 것을 참을 수 없어 했다. 이런 점이 생각해볼 만한 여지를 제공하고 있다. 그러면서도 자크와 멀리 떨어져 있으면 그녀는 애정이라고는 거의 담겨 있지 않은 그에 대한 일종의 메마른 정염을 스스로 발견했으며, 그리고 단지 홀로인 상태에서만이, 이런 말이 그녀에 대해 어울릴지 모르겠으나, 지속적인 사랑의 기쁨을 발견할 수 있었던 것이다. 이러한 제니는 여성 참정론자가 될 자격이 있는 목석같은 여자라고나 하겠다. 죽은 남편의 사상에 대한 충실성과, 이 기묘한 사랑에서 태어난 아이에게 베푸는 헌신적인 교육이 그녀를 꿋꿋하게 일어설 수 있게 하는 데 족하리라. 사실 '궁지에 몰린' 이 두 사람의 사랑에 어떤 다른 출구를 상상할 수 있겠는가? 1914년 8월 파리에서 상喪의 베일을 쓴 제니는 자크의 뒤를 따라 모든 집회 장소를 돌아다닌다. 그곳에서는 사회주의자들의 배반과 패배의 빛이 뚜렷해진다. 그러고 나서 두 사람은 무더운 오후에 총동원령의 종소리를 들으면서 뛰어간다. 이러한 사랑은 흥분보다는 오히려 고통을 느끼게 하는 것이다. 이들 사랑하는 두 사람이 침대 속에서 결합했다는 것을 알면 좀 놀라게 될 것이다. 사실 이런 형식에 대해서는 잊어버리는 것이 더 바람직하다. 예술적으로 이들 두 사람은 오히려 설득력이 있다. 왜냐하면 이들은 진실하기 때문이다. 인간적으로는 자크만이 우리에게 감동을 주는데, 그것은 그가 고통과 패배를 짊어진 인간이기 때문이다. 고독한 반항에서 출발하여 그는 역사와 그 역사의 투쟁을 발견하며, 사회주의가 당한 가장 참담한 패배 중 하나가 일어나기 전날 밤에 사회주의 운동에 가담하여 고통 속에서 이 패배를 경험하고, 전광석화와 같은 사이에 제니를 발견하는가 하면, 그녀를 만날 때와 마찬가지로 꿈꾸듯이 그녀를 떠나고, 모든 것에 절망하여 다시 고독 속으로, 그러나 이번에는 희생자의 고독 속으로 되돌아온다. '자신의 몸을 바치고 그러한 완전한 희생을 통해서 구속에서 벗어날 것.' 하나의 결정적인 행위가, 그가 진정으로 체험한 적도 없는 삶으로부터 그를 앗아간다. 더구나 그 인생에 그는 다음과 같은 방법으로 봉사하고 있다고 생각한다. '누구보다도 정당하자. 그리고 죽음속으로 달아나자!' 이 명제는 의미심장한 것이다. 사실 자크는 참여할 수 있는 기회를 발견한 후에도 참여하지 않은 것이다. 고독한 이 인간은 희생자라는 고독한 형태로 다른 사람들과 연결될 수 있었다. 그의 가장 근본적인 욕구(결국 우리의 욕구)는 모든 다른 사람들과 더불어 옳고자 하는 것이다. 그러나 만일에 그것이 공상에 지나지 않는다면, 그리고 사실 그것은 공상에 지나지 않으므로 그는 일관성을 가지고 어느 누구보다도 정당하기를 택할 것이다. 기꺼이 죽는다는 것은 이 경우에 결정적으로 옳을 수 있는 유일한 방식이다. 사실 자크는 위대한 사상 속에서가 아니라면 결코 다른 사람들과 결합할 수 없었을 뿐만 아니라, 오히려 다른 사람들에 의해서 포위되어 있다고 항상 느껴왔다. '나는 다른 사람들의 먹이가 되어 있는 것처럼 생각된다. 만일 그들에게서 벗어나 그들과 멀리 떨어져 다른 곳에서 완전히 새로운 삶을 다시 시작할 수 있게 된다면, 마침내 이런 평온을 찾을 수 있을 것이라고 항상 상상한다.' 자크는 여기서 우리 모두가 어느 순간엔가 생각하는 것을 표현하고 있다. 그러나 어떤 곳에도 새로운 삶이란 없고, 또는 적어도 다른 사람이 없는 삶이란 어느 곳에도 없다. 그리고 끊임없이 옳으려고 하는 사람으로서 그는 다른 모든 사람들과 대립해 있다는 것을 언제나 느끼고 있다. 다른 사람들 속에 살면서 동시에 옳을 수는 없다. 단 하나의 진정한 진보는 오히려 혼자만이 그르다는 것을 배우는 것임을 자크는 모르고 있다. 그러나 그렇게 되려면 기나긴 인내, 만들고 구축해낼 줄 아는 인내가 필요하며, 바로 이 인내야말로 유일하게 역사나 예술에서 걸작을 창출해낼 수 있는 것이다. 하지만 어떤 유형의 사람들은 지속적인 활동을 감당할 만큼의 인내심을 소유하지 못한 경우가 있다. 오직 단번에 끝나는 행동만이 그들을 만족시킨다. 이러한 인간 집단의 정점에 테러리스트가 있는데, 우리 문학에서 자크는 이러한 인물의 최초의 대표자 중 하나이다. 그는 홀로 죽는다. 그것은 본보기로서조차도 쓸모가 없다. 자크를 마지막으로 보는 한 헌병은 자크의 목숨을 끊으면서 욕설을 퍼붓는다. 그를 죽여야 하는 것이 싫기 때문이다. 자크처럼 자신을 변화시키기 위해 삶을 변화시키려고 하는 사람들은 삶을 고스란히 놓아둔 채, 결국 있는 그대로의 자신으로 머물게 된다. 있는 그대로의 자신이란 인간에게서 살기를 거부하고 또 앞으로도 영원히 거부할 (감동적이지만, 아무 소득도 없는) 증인들로서라는 뜻이다.

앙투안의 초상은 훨씬 어렵고 또 교훈적이다. 이 인물은 오히려 정열적으로, 육체적으로 삶을 사랑한다. 그는 삶에 대해서 아주 실천적인 육체에 대한 지식을 가지고 있다. 의사로서 그는 육체의 왕국에 군림한다. 그의 성질이 그의 천직을 잘 설명해주고 있다. 그에게서 인식은 항상 감각을 통해 전해진다. 그의 우정, 그의 사랑은 육체적인 것이다. 친구나 동생의 어깨, 여자의 육체의 광휘가 바로 그의 마음을 밝게 하고 그의 지성을 따스하게 하기 위해 그의 감정이 취하는 길이다. 그는 심지어 자신의 신념보다는 감각을 더 좋아하기까지 한다. 퐁타냉 부인* 앞에서 그는 단지 육체적인 공감 때문에 자신과 아무런

* 비록 공모의 몸짓도, 한마디의 말도 나누지 않았지만 우리는 퐁타냉 부인과 앙투안의 사랑에 대해 말할 수 있으리라.

연관도 없는 신교를 옹호한다.

이러한 육체적인 취향은 때때로 향락주의자의 무기력함이나 파렴치 쪽으로 이끌고 가는 수가 있다. 그러나 앙투안에게 그것은 일과 성격이라는 두 가지가 서로 협조해 나가기 때문에 균형을 이루고 있다. 그의 생활에는 질서가 있고 직무가 있으며, 특히 직업에 도움을 주며, 의사에게 없어서는 안 되고, 또 육체의 내부로 의사를 안내해주는 방향감각을 그에게 부여한다. 또 이 관능은 그의 지나치게 자의적인 면을 완화시켜준다. 바로 이런 점에서 그의 확고부동한 안정감, 노련한 관용과 또한 지나친 자신감이 유래된다. 왜냐하면 앙투안은 완전한 사람과는 거리가 멀며, 장점에서 오는 단점까지 가지고 있기 때문이다. 자기 자신을 즐기는 사람들에게서는 어떤 형태의 고독한 행복은 이기주의나 맹목성 없이는 이루어지지 않는다. 자크와 앙투안은 두 종류의 인간이 존재한다는 것을 알게 해준다. 한쪽은 죽을 때까지 어린아이인데 반해, 다른 한쪽은 태어날 때부터 이미 어른이다. 그러나 어른은 자기의 균형이 이 세계의 법칙이며, 따라서 불행은 오류라고 생각할 위험이 있다. 앙투안은 그가 살고 있는 사회가 최선의 것이며, 결국 개개인은 위니베르시테가街의 특급 호텔에 살면서 의사라는 존경받을 만한 직업에 종사할 수 있고, 인생의 좋은 면에서 인생을 맞이하는 것이 당연한 것으로 여기고 있다. 적어도 처음의 몇 권에서 그의 한계는 여기에 있으며, 반감을 불러일으키는 많은 태도도 여기에서 비롯된다. 부르주아로 태어난 그는, 그를 둘러싸고 있는 것이 그에게 적합하므로 그것은 영원하리라는 생각 속에서 살고 있다. 이러한 신념은 그의 진정한 본성에까지 영향을 미쳐서, 그는 그 진정한 본성을 티보가의 아들이라는 외투 속에 감싸고, 육욕의 모험에서까지도 가진 자로서 처신한다. 그래서 그는 쾌락의 값을 돈으로 치르며 다른 곳에서 거짓 위엄을 보란 듯이 내세운다.

그러므로 앙투안은 삶을 받아들일 필요가 없다. 다만 살아가는 사람이 자기 혼자만이 아니란 것을 발견하기만 하면 된다. 단적으로 말하면 그는 그의 본성에 따라서 자크와 정반대의 길을 걷는다. 이 소설의 심오한 진리는 여기에서 드러난다. 인간은 그가 배우고 있는 것을 상황에서 발견하는 것이 아니라, 단지 그 자신의 본성에 따라 환경과의 접촉을 통해 발견한다는 것을 마르탱 뒤 가르는 알고 있다. 인간은 자신이 가지고 있는 본성대로 생성된다. 앙투안을 감싸고 있는 껍데기를 깨뜨리는 것은 당연히 여자이다. 육체적인 인간은 육체를 통해서만 진리에 이를 수 있다. 바로 이러한 이유 때문에 그가 나아가는 길은 예측할 수 없다. 여기서 그 길이란 라셸이란 이름의 길이며, 앙투안과 그녀의 결합 일화는 『티보가 사람들』에서도 가장 아름다운 이야기 중 하나가 된다. 문학에 나타나는 수많은 사랑과는 달리 앙투안과 라셸의 사랑은 결코 심정 토로나 하는 황홀한 하늘을 날아다니지는 않는다. 그러나 적어도 그들의 사랑은 독자로 하여금 이러한 진실이 가능한 한 세상에 대해 감사와 은밀한 즐거움을 느끼도록 해준다. 라셸의 육체적인 아름다움은 『티보가 사람들』 전체를 환히 밝혀주며, 죽기 전날까지 앙투안은 이 육체에서 끊임없이 온기를 되찾는다. 그는 라셸에게서 그가 이때까지 습관적으로 소유해왔던 돈으로 산, 또는 굴욕을 당하는 먹이가 아니라, 아량이 넓은 한 대등한 인간을 발견한 것이다. 그녀는 앙투안을 흠모할지는 모르지만 그에게 종속되지는 않는다. 그녀는 체험도 풍부하고 산전수전 다 겪었으며, 그의 앞에서는 비밀을 간직하고 있어서 진정한 그녀 자신의 모습을 드러내지도 않는다. 앙투안을 일편단심 사랑하면서도 그녀는 "나는 이래요"라고 말한다. 그래서 앙투안으로서는 자신 말고도 다른 남자가 있는 듯하다는 것을 인정할 수밖에 없고, 또 그러한 존재 방식이 오히려 즐겁고 매력적이라고 하지 않을 수 없다. 그들은 만날 때부터 이미 대등한 상태였다. 비바람이 심하게 불어대던 어느 날 밤, 앙투안이 응급처치로 한 소녀를 수술하고 있을 때 라셀은 등불을 꼭 잡고 있었는데, 앙투안은 의사인 자신이 바로 이 단 한 사람의 존재에 의해서 도움을 받고 있다는 것을 발견한다. 곧이어 지쳐버린 그들은 나란히 앉아서 잠이 든다. 앙투안은 옆구리에 따스한 온기를 느껴 잠에서 깨어난다. 라셀이 그에게 기대어 졸고 있었다. 잠시 후 그들은 사랑하는 사이가 되지만, 그러나 이미 그들은 연인 사이면서, 옆구리를 통해 연결되어 서로에게 더 큰 생명력을 부어주고 있었던 것이다. 이 순간부터 앙투안은 기꺼이, 감사하는 마음으로 우월한 상태에서 대등한 상태로 내려왔다. 몇 년 동안 헤어져 있었던 형을 로잔에서 다시 만났을 때 자크는 형이 '변했다'고 생각한다. 백 번의 설교로도 해낼 수 없었을 일을 한 여자가 해낸 것이다. 그러나 이 여자는 앙투안이 유일무이하고 영원하다고 믿는 세계에 속하는 여자는 아니다. 그녀는 항상 떠나가버리는 족속, 곧 유랑민이다. 그녀 곁에서 호흡할 수 있는 것을 자유라는 이름으로 부른 것도 이 때문이다. 이는 물론 관능적인 자유이지만, 앙투안은 이 속에서 육체와 정신의 최고의 꿈인 상이함 속의 대등함을 처음으로 발견한다. 그러나 그 자유는 또한 신분의 차이에서 오는 편견에 대한 마음의 자유로움이기도 하다. 라셀은 편견과는 싸우려고 하지도 않았고 그런 것은 알지도 못했다. 오로지 자신이 존재한다는 것을 통해서 이 편견을 조용히 부정할 따름이다. 바로 이렇게 하여 앙투안은 그녀 곁에 있으면서 단순해지고, 자신의 본성 속에서 유일하게 가치 있는 것, 곧 그의 개인적인 아량, 그의 활기, 감탄할 수 있는 힘*을 발견한다. 그가 더 나은 사람이 되었다는 것은 아니다. 다만 그는 자신을 인정해주고 자신을 존경해주는 한 인간을 알게 되어 즐거워하는 가운데 더한층 자기 자신에 가까워진 것이다. 어떤 최고의 진실이 아마 여기에서 정의될 수 있을 것이다. 곧 다른 한 인간을 본성 그대로 사랑함으로써 자유롭게 해주는 것과 동시에, 스스로 있는 그대로의 자기 자신으로 존재할 수 있다는 승인을 받았다고 느끼는 사람의 진실이다.

그들이 헤어진 후 오랜 시간이 지난 후에도 이러한 진실이 앙투안의 감동을 북돋운다. "그는 젊은이다운, 파도가 일렁이는 듯한, 목 깊은 곳에서 나는 웃음소리를 냈다. 그것은 오랫동안 억제되었던 웃음, 라셀에 의해 비로소 해방된 웃음이었다." 실제로 그들은 비와 물보라가 휘몰아치는 어느 날 밤에 서로 보지도 못한 채 헤어진다. 언뜻 보기에 그들의 이야기는 짧다. 라셀은 그녀 자신의 그늘진 비탈길을 따라가듯이 아프리카로

* 마르탱 뒤 가르는 (앙투안과 스승 필립 사이의 아름다운 장면에서) 감탄을 주제로 삼기도 했다. 이것은 놀라운 일이 아니다. 감탄이 부족한 곳에서 작품과 심성은 기형이 된다.

가서 그녀를 지배하는 신비로운 남자에게로 다시 간다. (여기에서의 동기부여는 약간 황당하다.) 사실 이 활기찬 여자는 자기가 태어날 때부터 결탁하고 있는 죽음을 향해 나아간 것이다. 그러나 그녀는 앙투안이 성장할 수 있도록 도와주게 되고, 심지어는 그가 보람 있게 죽을 수 있도록 도와주게 된 것이다. 왜냐하면 죽음이 가까워졌을 때 앙투안의 마음이 쏠리는 곳은 바로 그녀 쪽이기 때문이다. 그는 자크의 유복자에게 남겨주는 공책에 이렇게 쓴다. "얘야, 너무 성급하게 나를 판단해서는 안 된다. 앙투안 삼촌을 업신여겨서도 안 되고. 그 목걸이에 얽힌 추억으로 말할 것 같으면 나에게는 어떤 사건과 깊은 연관이 있단다. 그런데 그 사건이야말로 내가 걸어온 하찮은 삶 중에서 그래도 가장 흐뭇하게 여기는 것이다." '하찮은'이란 단어는 너무 지나치기는 해도 이것은 죽어가는 사람이 비통해하면서 쓰는 말이다. 앙투안의 애정 생활은 아마 그리 풍요롭지는 않았을지 모른다. 그러나 애정 생활에서 라셸은 더할 나위 없는 선물, 아무것도 강요하지 않으면서 풍요롭게 해주는 선물이었다. 앙투안이 자크에게 자신의 사랑에 대한 속내를 조심스레 털어놓으려고 하자, 자크는 철없이 순진한 마음으로 "아니야! 아니야, 형, 아니야. 사랑이란 그런 것과는 다른 것이야!"라고 외치지만 이렇게 말한 자크는 자신이 말하는 것을 이해하지 못한다. 그에게는 어떤 훈련이 부족했다. 그것은 감사하는 마음을 가지고 다른 사람을 사귀는 것인데, 만일 그가 그것을 갖추고 있었다면 그는 육체에 의한 사랑 앞에서는 좀 더 겸손해지고, 인생과 인간이라는 즐거운 선물 앞에서는 좀 더 자유롭게 될 수 있었을 것이다.

자유와 겸허는 바로 라셀이 앙투안에게 일깨워준 덕행이다. "'그렇다. 삶은 터무니없는 것이다. 삶은 사악한 것이다!' 그는 마치 고집 센 낙천가에게 말하듯 이렇게 격한 마음으로 생각했다. 그런데 그 고집 센 사람, 멍청하게 안주하고 있는 사람이 바로 자신이었으며, 매일매일의 앙투안이었던 것이다." 이러한 앙투안이 라셀과 결합한 다음에는 더욱 인생에 통달해서 살아 나갔다. 그는 삶이 좋다는 것을 알고 있으며, 거기서 마음대로 행동하고, 필요하다면 거짓말도 하고, 인생이 이러한 신념을 확고하게 해주기를 끈기 있게 기다린다. 또 인생은 대개의 경우 그렇게 해주었다. 그러나 동시에 라셀이 일깨워준 불안감이 그의 마음속 어딘가에 자리 잡고 있어서 이것이 그의 확신을 인간적인 것으로 만들어주었다. 이제 앙투안은 다른 사람의 존재를 알고 있다. 예를 들면 사랑도 혼자서만 즐기는 것이 아니라는 사실도 알고 있다. 이것은 진보하는 역사에서 그 혼자만이 고통받고 있는 것이 아니라는 사실을 가르쳐줄 수 있는 많은 길들 중의 하나, 확실한 길이다. 프랑스는 전쟁에 돌입한다. 자크는 이 전쟁을 거부하며, 바로 그 때문에 죽게 된다. 앙투안은 내키지는 않지만 이 전쟁을 받아들인다. 그리고 이렇게 받아들였기 때문에 그 또한 죽는다. 그는 명망 있고 부유한 의사로서의 생활을 그만두고, 새로 단장한 특급 호텔을 떠난다. 그 호텔의 갓 칠한 페인트가 그의 군용 가방 때문에 벗겨져 나간다. 또 실제로 페인트는 비닐 모양으로 벗겨져 떨어지고, 미장널과 장식이 무너져 내린다. 실제로 그는 자신이 버린 상류사회에 결코 되돌아가지 못하리라는 것을 알고 있다. 그러나 그는 본질적인 것, 그의 직업을 간직한다. 그것을 전쟁 속에서,

그리고 그가 진지하게 말하는 것처럼 혁명 속에서까지도 영위할 수 있을 것이다. 미친 듯이 내달리는 역사 앞에서 앙투안은 이제 자유롭다. 가지고 있던 것을 포기했지만 그 본연의 모습은 포기하지 않았기 때문이다. 그는 전쟁에 대해 비판할 수 있을 것이다. 의사란 부상병의 상처와 임종의 고통 속에서 작전 공보를 읽는 것이다. 독가스에 중독되고 불구자가 되어 자신의 죽음이 확실해졌다는 통고를 받은 그는 이 낡은 세계에 아무런 미련이 없다. 「에필로그」에 나타나 있는 그의 근심거리 두 가지는 인류의 미래(그는 전쟁의 재발을 피하기 위해 '승자도 패자도 없는 평화'를 갈망한다.)와 자크의 아들 장 폴이다. 그 자신으로 말하면 이제는 추억 이외에는 소유한 것이라고는 아무것도 없으며, 특히 자신이 살아가는 데 지혜가 된 라셸의 추억이 앞으로는 자신이 죽는 것을 도와줄 것이다.

『티보가 사람들』은 병든 의사의 일기와 이 주인공의 죽음으로 끝맺는다. 그와 더불어 하나의 사회 역시 사라진다. 그러나 문제는 한 너그러운 개인을 통해 구세계에서 신세계로 전해지는 것이 무엇인지 아는 것이다. 역사의 대범람이 여러 대륙과 국민들을 뒤엎었다가 물러가고, 살아남은 사람들은 없어진 것과 지속되고 있는 것을 헤아려본다. 1914년의 전쟁 속에서 살아남은 앙투안은 이 재난에서 그가 구할 수 있었던 것을 장 폴에게, 다시 말해 우리에게 전해준다. 그의 위대성이 있는 곳이 바로 여기다. 그 위대성이란 모든 사람의 수준에, 그러나 이번에는 분명한 의식을 가지고 되돌아왔다는 것이다. 앙투안이 그의 스승 필립의 눈에서 자신의 죽음의 선고를 읽은 순간부터 고독한 최후를 마칠 때까지 실제로 그의 중요성은 끊임없이 커

간다. 그러나 그는 자신이 품고 있는 의문점과 자신의 약점을 하나하나 정확하게 재인식했던 것이다. 자신에 대해 만족하고 있던 보잘것없는 한 의사가 이제 자신의 무지를 발견해 나가는 것이다. "나는 내 자신과 이 세상에 대해 별로 깨달은 것도 없이 죽음을 선고받았다." 그는 순수한 개인주의는 불가능하다는 것을 알고 있다. 왜냐하면 인생이란 한 청년의 역량을 이기적으로 발휘한다고 해서 완전한 것은 아니기 때문이다. 매시간 삼천 명의 신생아가 태어나고 또 그만큼 죽어간다는 어떤 헤아릴 수 없는 힘이 개인을 그 세대의 끊임없는 물결 속으로 휩쓸어가며, 집단적인 죽음도 결코 메우지 못하는 대양 속에 개인을 빠뜨린다. 자신의 한계 속에서 아직도 스스로 받아들이고 자신에 대한 의무와 다른 사람에 대한 의무를 융합하려고 시도하는 것 말고 개인이 달리 무엇을 할 수 있겠는가? 그 나머지 일에 관해서는 한 번 더 내기를 걸어야 한다. 독가스에 중독되고 전락한 율리시스는 자신의 예지를 정의해보려고 하며, 그 예지가 광기와 위험이라는 얼굴을 가지지 않으면 안 된다는 것을 인식한다. 어느 누구에게도 부담감을 주지 않으려고 우선 그는 고독하게 자살한다. 그것이 얼마나 신중하면서도 겸허한 자살 방식이었던지 그가 자살에 성공한 바루아를 닮았는지 아니면 부르주아인 키릴로프와 같은 인간을 닮았는지 말하기 힘들 정도이다. 이 합리적인 자살에도 불구하고, 또는 그 자살의 합리적인 면 때문에 그의 내기는 비합리적이며 낙천적인 것이 된다. 그의 마지막 말이 자크의 아들을 위한 것이었다는 사실에서 알 수 있듯이, 그는 계속되는 인간 모험에 내기를 건 셈이다. 스스로의 죽음과 그의 사후에 살아남을 자에 대한 성실성이라는 두 가지에 의해서 그는 이중으로 사라지는데, 이것이 앙투안을 진정한 역사, 곧 불행이라는 뿌리를 가지고 있는 인간들의 희망의 역사 속으로 사라지게 한다. 이러한 점에서 나에게 가장 감명을 준 앙투안의 말은 죽기 직전에 쓴 다음과 같은 것이다. "나는 평범한 인간에 지나지 않았다." 어떤 의미에서 이것은 사실이며, 동일한 기준으로 말하면 자크는 예외적인 인물이다. 그러나 바로 평범한 인간이 작품 전체에 힘을 주며, 그 심오한 움직임을 밝혀주고, 또 감탄스러운 「에필로그」로 작품의 마무리를 장식하게 된다. 결국 율리시스의 진리가 역시 안티고네의 진리를 뒤덮고 있는데, 그 역은 진실이 아니다.

그러나 이렇게 서로 다르고 이렇게 우람한 두 인물을 침묵 속에 세우고 아무런 주석도 없이 우리에게 제시할 수 있었던 창조자에 대해서는 어떻게 생각해야 할까?

이제까지 나는 마르탱 뒤 가르의 현대성만을 다루었기 때문에 이제 그의 의혹이 바로 여전히 우리들의 의혹이라는 점을 밝히는 일이 남아 있다고 생각한다. 『티보가 사람들』에 표현되고 있는 역사 의식의 탄생은 우리가 이해할 수 있는 한 가지 문제를 제기하고 있다. 세계의 장래에 대한 결정적인 상황하에서 전쟁 위험의 증가와 더불어 사회주의가 붕괴해가는 양상을 보여주는 「1914년 여름」은 이 점에 관한 작가의 모든 의혹을 그 속에 요약하고 있다. 마르탱 뒤 가르에게 통찰력이 결여되어 있지는 않았다. 1936년에 출간된 「1914년 여름」이 「아버지의 죽음」(1929) 다음에 출판되었다는 것을 우리는 알고 있다. 이 오랜 공백 기간 동안에 마르탱 뒤 가르는 그의 작품 내부에서 하나의 진정한 혁명을 추진하고 있었던 것이다. 그는 처음의 계획을 포기하고 『티보가 사람들』의 결론을 처음 예상된 것과는 다르게 내리기로 결심했다. 최초의 계획에서는 삼십여 권을 생각하고 있었지만, 이 두 번째 계획에 따라 『티보가 사람들』을 열한 권으로 줄였다. 그래서 바로 그때 마르탱 뒤 가르는 「아버지의 죽음」 다음 권으로서 이 년에 걸쳐 작업했던 「출범」의 초고를 주저하지 않고 없애버린다. 이러한 희생을 치른 해인 1931년과 새로운 계획을 가지고 「1914년 여름」을 집필한 시기인 1934년 사이에, 그럴 수밖에 없었던 혼란의 이 년이 흘러갔다. 이것은 이 책의 짜임새에서도 느껴진다. 오랫동안 멈추어 있었기에 처음에는 기계가 잘 돌아가지 않았다. 최대 능률을 발휘하기 시작한 것은 겨우 둘째 권부터이다. 그러나 그것도 새로운 상황 판단에 비추어보면 당연한 일로 느껴질 것 같다. 히틀러가 권좌에 오르고 제2차 세계대전의 전조를 느낄 수 있었던 시기에 집필이 시작되었기 때문에 마지막 것이기를 바라던 분쟁*의 거대한 역사의 변화는 거의 스스로 부정되지 않을 수 없었다. 『티보가 사람들』을 중단하고 있었던 바로 그 기간에 쓴 『오래된 프랑스』에서 여교사는 이미 다음과 같은 무서운 질문을 제기한다. "세상은 왜 이러한가? 그것은 사회의 잘못인가… 인간의 잘못은 아닐까?" 이와 똑같은 의문이 혁명적 신념에 가장 불타고 있던 시기의 자크를 혼란 속으로 빠뜨린다. 그러한 의문은 마찬가지로 역사적 사건을 대하는 앙투안의 태도 대부분을 밝혀주고 있다. 따라서 이러한 의문에 소설가

* 제1차 세계대전이다.

자신이 항상 사로잡혀 있었다고 상상할 수 있다.

어쨌든 「1914년 여름」을 지나치다고 할 만큼 가득 채우고 있는 이데올로기에 관한 대화에서 작가는 사회운동의 모순을 하나도 빼놓지 않고 열거하고 있다. 여기에서는 정의를 위해 사용되는 폭력이라는 중요한 논쟁도 자크와 미티르크 사이의 대화에서 길게 언급되고 있다. 요가 수행자와 검찰관이라는 그 유명한 구별도 이미 마르탱 뒤 가르에 의해서 이루어졌다. 사실상 그는 혁명 내부에 사상 주창자와 기술자를 대립시킨다. 더 나아가 혁명의 허무주의적 양상은 따로 떼어내서 메네스트렐이라는 인물 속에서 깊이 있게 다루어지고 있다. 메네스트렐은 인간을 신의 위치에 올려놓은 뒤에 무신론을 더욱 밀고 나아가 이번에는 인간을 말살해야 한다고 생각한다. 그러면 무엇이 인간을 대신할 것인가 하는 질문에 대해 그는 "아무것도 없다"라고 대답한다. 게다가 영국인 패터슨은 메네스트렐을 "아무것도 믿지 않는 절망"으로 규정한다. 결국 허무주의로 인해 혁명에 참가하는 다른 모든 사람들처럼 메네스트렐은 최악의 정책을 가지고 있다. 그는 베를린에서 자크가 가지고 왔던, 오스트리아와 프로이센 사령부가 공모하고 있다는 것을 증명할 수 있는 비밀문서를 태워버리는 일도 불사한다. 만일에 이 문서를 발표하게 되면 독일 사회민주당은 태도가 바뀌고, 그 때문에 사회 전복을 위한 '최상의 수단'이라고 메네스트렐이 생각하고 있는 전쟁을 늦출 우려가 있었기 때문이다.

이러한 예를 보면, 마르탱 뒤 가르의 사회주의는 모든 것을 진지하게 고려하고 있음을 충분히 인정할 수 있다. 그는 역사에서 언젠가는 완성의 날이 올 수 있으리라고 믿지는 않았다.

그가 그것을 믿을 수 없는 이유는 그의 의혹이 바로 『오래된 프랑스』에서 나오는 여교사의 의혹과 같은 것이기 때문이다. 이 의혹은 인간 본성에 대한 의혹이다. "인간에 대한 그의 연민은 한이 없었다. 그는 인간에게 그의 마음에서 우러나는 모든 사랑을 베풀었다. 그러나 그가 이렇게 애써보았지만 아무런 소용이 없었다. 그는 인간의 도덕적인 가능성에 대해 항상 회의적이었다." 확실한 대상은 인간밖엔 없지만, 이 인간이 별것이 아님을 안다는 것, 바로 이것이 그렇게 견고하고 풍성한 이 작품 전체에 도도하게 흐르고 있는 고뇌이고, 그로 인하여 이 작품은 우리에게 친밀감을 주는 것이다. 그러나 결국 이 근원적인 의혹은 모든 사랑 속에 숨어 있고, 그 사랑에 가장 애정 어린 진동을 주는 의혹이기도 하다. 이렇듯 지극히 소박하게 한 무지의 자인自認은, 그것이 우리가 또한 공유하고 있는 확실성의 이면이기 때문에 우리의 마음을 울린다. 인간의 활동은 역사의 현실적인 움직임을 수호하기 위해 허용해야 하는 어떤 모호성과 분리될 수 없다. 앙투안이 장 폴에게 물려주는 두 가지 충고는 바로 여기에서 나온 것이다. 하나는 신중한 자유를 의무로서 떠맡는 것이다. "암흑 속에서 홀로 모색하여라. 물론 유쾌한 일은 아니다. 그러나 그로 인한 해는 적다. 가장 나쁜 것은 주위 사람들의 엉뚱한 착오를 순순히 따라가는 데에 있다." 다른 하나는 신뢰를 하면서 위험을 무릅쓰는 것이다. 곧 항상 많은 사람들 속에 들어가고, 많은 사람들이 수세기 전부터 상상도 할 수 없는 미래를 향해 똑같은 암흑 속을 비틀거리면서 걷고 있는 바로 그 길로 나아가는 것이다.

잘 알다시피 여기에서는 어느 누구에게도 무엇 하나 확실한 것은 제시되지 않는다. 그러나 이 작품은 용기와 함께 이상한 신념을 전해준다. 앙투안이 한 것처럼 의혹과 재난을 뛰어넘어, 인간의 모험에 내기를 건다는 것은 결국 무시무시하지만 그 무엇으로도 대체할 수 없는 삶에 대한 찬양으로 되돌아오는 것이나 다름없기 때문이다. 티보가 사람들의 삶에 대한 광적인 집착은 바로 이 작품 전체에 영향을 주고 있는 집착이기도 하다. 임종의 고통에 직면한 아버지 티보 또한 나름의 방식으로 하나의 전형을 보여주고 있다. 죽음을 거부하고, 뜻하지 않게 소생하고, 죽음이라는 적에 대해 불의의 공격을 가하고, 친척과 간호사들을 대혼란 속으로 몰아넣으면서 죽음에 대항하여 육체적인 투쟁을 벌이기도 한다. 어떻게 여기에서 카라마조프가의 형제들의 생활과 향락에 대한 애착을, 드미트리의 절망적인 말을 생각하지 않을 수 있겠는가? "나는 삶을 너무 사랑해. 그 때문에 혐오스럽기까지 해." 그러나 산다는 것은 품위 있는 일이 못 된다. 드미트리도 그것은 잘 알고 있다. 모든 수단을 동원해서라도 소멸로부터 벗어나고자 하는 이 위대한 투쟁이야말로 역사와 그 진보, 그리고 정신과 그 업적을 만들어온 것이다. 소멸에 대한 거부에서 탄생한 이러한 작품 중의 하나가 바로 여기에 있다. 마르탱 뒤 가르의 작품들이 지나치게 가혹하면서도 부드러운 것은 이러한 거부, 곧 인간과 세상에 대한 끝없는 집착에 기인하는 것이다. 그 작품들은 땅딸막하고 굴욕을 당하면서도 향락하려고 하는 육체의 무게로 인하여 묵직하며, 그것들이 생명을 받아 태어난 인생 속에 여전히 끈끈하게 붙어 있다. 그러나 이와 동시에 넓은 아량이 그들의 잔인성을 꿰뚫고 흐르면서 그 잔인성을 변모시키고 경감해준다. 앙투안은 이렇게 쓴다. "인생이란 언제나 우리가 아는 것보다 더 풍부하다." 아무리 삶이 야비하고 사악한 것이라 해도 삶은 그것을 이해할 수 있게 해주고 또 용서할 수 있게 해줄 만한 그 무엇인가를 깊숙한 어느 구석에 항상 감추고 있다. 이 위대한 벽화의 여러 인물 가운데 한 사람도, 심지어 우리에게 가장 사악한 모습으로 묘사된 위선적 기독교도인 부르주아조차도, 은총의 순간을 가지지 않는 사람은 없다. 결국 마르탱 뒤 가르가 보기에 유일한 죄인이란 아마도 삶을 거부하거나 인간을 단죄하는 자일 것이다. 궁극의 비밀을 탐지하거나 암시적인 명문구를 말하는 것으로는 인간을 파악한 것이 되지 못한다. 그러나 인간에게는 판단하고 용서할 수 있는 힘이 있다. 인간이 결코 선동이나 증오에 의해 예술이 영원히 못쓰게 되는 것을 막고, 또 예컨대 마르탱 뒤 가르로 하여금 한 젊은 모라스주의자Maurrassisme를 묘사할 때도 관용과 동정심을 가지지 않고는 묘사할 수 없게 하는 예술의 심오한 비밀이 바로 여기에 있다. 모든 진정한 예술가들처럼 마르탱 뒤 가르도 모든 작중인물들을 용서한다. 그 삶이 무엇보다도 투쟁이고 싸움이라 해도, 진정한 예술가는 적을 가지고 있지 않다.

그러므로 이 작품의 마지막 단어는 톨스토이가 죽은 뒤로 어느 작가에 대하여도 쓰기 어려운 단어, 곧 선善에 있다. 그러나 이 선이란 말은 거짓 예술가들을 세상의 눈으로부터 은폐해 숨겨준다든가, 그들에게 세상을 못 보도록 가려주는 선이라는 이름의 병풍이 아님을 다시 한번 분명하게 해두자. 마르탱 뒤 가르 자신은 일종의 부르주아식의 선을 악을 행하는 데 필요한 에너지의 부재라고 정의했다. 우리가 이야기하는 선은 반대로,

선한 인간은 그의 연약함 때문에 용서해주고, 악한 인간은 그 너그러움의 발휘를 사서 용서해주며, 또 고통받으면서도 희망을 가지고 있는 인류에 정열적으로 가담한다는 것을 고려해서 이들을 모두 용서해준다는 매우 명철한 미덕을 가리키는 것이다. 그리하여 여러 해 동안 집을 나갔다가 돌아온 자크가 죽어가는 아버지를 침대에서 일으켜야 했을 때, 이전에 자신에게는 억압의 상징이었던 이 거대한 육체와 접촉하면서 그는 마음의 충격을 받는다. "그런데 그는 갑자기 그 끈끈한 감촉에 당황하고는 자신도 모르게 충격을 받았다. 그것은 동정심이나 애정을 훨씬 넘어선 육체적인 감동과 동물적인 감정이었다. 곧 인간이 인간을 대하는 이기주의적인 애정이었던 것이다." 이러한 구절은 무엇 하나 소홀히 하지 않으려는 예술, 그리고 익명성을 모호하게나마 받아들임으로써 어떤 인간, 어떤 시대의 모순도 극복하려는 예술의 진정한 능력을 보여준다. 고통과 투쟁과 죽음에 시달리는 공동체가 존재하며, 이 공동체만이 기쁨과 화해의 공동체라는 희망의 기초가 된다. 이 공동체에 소속되기를 수락하는 사람은 거기에서 고귀함, 신뢰, 의혹을 받아들여야 할 이유를 다시 찾게 되며, 예술가의 경우에는, 그의 예술의 심오한 원천을 발견하게 된다. 혼란스럽고 불행한 순간을 통해서 인간은 그가 혼자 죽어야 한다는 것이 잘못된 일임을 여기에서 알게 된다. 모든 인간은 동일한 폭력에 의해 그와 동일한 순간에 죽는다. 그때 어떻게 인간들 중 단 한 사람에게서라도 떨어질 수 있겠는가? 또한 예술가가 관용으로, 또 인간이 정의를 통해 그에게 되찾아줄 수 있는 가장 고귀한 인생을 어떻게 거부할 수 있겠는가? 내가 이야기한 바 있는 현대성의 비밀이 바로 여기에 있다. 그러나 여기에서 문제가 되는 것은 가치 있는 유일한 현대성, 곧 어떤 시대에도 통하는 현대성이고, 마르탱 뒤가르를 관용과 정의의 사람으로, 그리고 우리들에게 영원한 동시대인으로 만드는 현대성이다.

작가 연보

1881년 3월 23일, 뇌이쉬르센시市 비노가街 69번지, 조부의 집에서 로제 마르탱 뒤 가르 출생.

1892년 10월, 페늘롱 중학교(파리 제네랄푸아가街)에서 반기숙생. 이어서 콩도르세 중학교에서 2, 3, 4학년.

1896년 1월, 파시에 있는 교수 댁에서 하숙.

1897년 10월, 장송 드 사이 중학교 통학(수사학).
7월, 1차 바칼로레아.

1898년 10월, 장송 드 사이(철학).
7월, 2차 바칼로레아.
11월, 소르본에서 문학학사 과정 준비.

1899년 7월, 학사 과정 입학시험 실패.
11월, 국립 고문서 학교École des Chartes 입학.

1902년 10월, 루앙 39보병연대에서 군복무.

1903년 11월, 국립 고문서 학교 졸업.

1905년 12월, 고문서학 학위 취득(「쥐미에주 수도원의 유적」에 관한 고고학 학위 논문 제출).

1906년 2월, 엘렌 푸코와 결혼. 북아프리카에서 사 개월 체류. 소설 「어느 성자의 생애Une vie de Saint」 집필.
10월, 파리 프랭탕가街 1번지 정착.

1908년 겨울, 「어느 성자의 생애」 완성 포기. 파리에서 수차례 신경정신과 진찰을 받음.
봄, 바르비종 체류, 『생성Devenir』 집필.

가을, 올렌도르프 출판사에서 『생성』 출간.

1909년 소설 「마리즈Marise」 집필 준비. 이후 이 작품의 집필을 포기하였으나 이 작품 속의 한 에피소드는 『우리들 중의 하나』라는 소설로 베르나르 그라세 출판사에서 출간됨. 시골에서 살기로 결심하고 르 베르제 도지에 정착.

1910년 『장 바루아Jean Barois』 집필.

1913년 겨울, 『장 바루아』 완성.

8월, 농촌 소극 『를뢰 영감의 유언Le testament du pére Leleu』 집필.

10월, 장 슐룸베르제, 자크 코포 등과 함께 잡지 『누벨 르뷔 프랑세즈N. R. F.』에 참여.

11월, 『장 바루아』 출간.

1914년 겨울, 비외콜롱비에Vieux-Colombier 극장을 매일 출입함.

2월, 『를뢰 영감의 유언』이 샤를 뒬랭과 지나 바르비에리에 의해 비외콜롱비에 극장에서 공연됨.

8월 2일, 총동원령. 소집 후 이틀 뒤 중사계급으로 수송대에 배치되어 제1기병대의 군수를 담당함. 종전까지 이 부대에서 복무함.

1919년 2월, 점령지 라인란트에서 제대. 파리 셰르슈 미디가街 9번지에 정착. 코포와 함께 비외콜롱비에 극장 재개관을 위해 일함. 부인은 이 극장에서 의상실을 운영. 『일기Journal』를 쓰기 시작, 1949년까지 계속 써나감.

1920년 5월, 『티보가 사람들Les Thibault』 집필 계획.

가을, 『티보가 사람들』 집필을 위해 르 베르제 도지에서 파리 근교 클레르몽으로 이주.

1922년 4월, 『회색 노트』 출간.

5월, 『소년원』 출간.

7월, 포르크롤 섬 체류. 『라 공플la Gonfle』 초고 집필.

1923년 10월, 『아름다운 계절』 두 권 출간.

1924년 3월, 이에르 해변 체류. 『라 공플』 결정판 집필.

1925년 여름, 벨렘에 있는 테르트르Tertre를 장인으로부터 매입. 그의 거주지를 새로 개조하여 정리함.

1926년 가을, 테르트르에 정착해 『티보가 사람들』 집필에 전념.

1928년 4월, 『진찰』 출간.

5월, 『라 소렐리나』 출간.

7월, 『라 공플』 출간.

1929년 3월, 『아버지의 죽음』 출간. 다음 권 「출범 l'Appareillage」 준비.

1930년 겨울, 테르트르에서 「출범」에 전념. 『아프리카의 비화Confidence africaine』 집필.

1931년 1월, 테르트르 근교에서 교통사고. 아내와 르 망의 한 외과 병원에서 두 달간 입원. 병원에서 『침묵자Un Taciturne』의 상세한 계획을 수립하고, 이미 대부분을 집필한 「출범」의 완성을 포기.

봄, 『아프리카의 비화』 출간. 아비뇽 근처 소브테르에서 휴양차 체류. 이곳에서 『침묵자』 집필.

10월, 샹젤리제 희극단이 『침묵자』 공연.

1932년 겨울, 『침묵자』 출간. 「출범」 집필로 인한 부담과 1920년에 세운 최초의 계획 포기로 인하여 『티보가 사람들』 집필을 중단.

봄, 소브테르에서 『오래된 프랑스Vieille France』 집필.

1933년 겨울, 마르세유 근교 카시스의 한 호텔에 머물며 『티보가 사람들』의 완성을 위한 새로운 계획을 구상하고 『1914년 여름』에 대한 역사적 문헌자료 조사에 전념.

3월, 『오래된 프랑스』 출간.

1934년 겨울, 니스Nice에 정착.

1935년 5월, 니스에서 『1914년 여름』 1권 완성.

1936년 3월, 『1914년 여름』 2권, 3권 완성.

11월, 『1914년 여름』 1, 2, 3권 출간.

12월, 첫 번째 로마 체류(5주간).

1937년 3월, 4월, 두 번째 로마 체류(2달간).

여름, 테르트르에서 『티보가 사람들』 마지막 권 『에필로그』 준비.

11월 10일, 스웨덴 아카데미가 노벨문학상을 그에게 수여하기로 결정한 것을 니스에서 알게 됨.

12월, 노벨상 수상식 참석차 아내와 함께 스톡홀롬에 감.

1938년 겨울, 스웨덴에서 돌아오면서 유럽 여행. 코펜하겐, 베를린, 드레스덴, 빈, 뮌헨 체류.

봄, 『에필로그』 집필을 위해 테르트르에서 작업.

10월, 『를뢰 영감의 유언』이 테아트르 프랑세 연극 공연 목록에 포함됨. 자크 코포 연출.

1939년 3월, 아내와 함께 서인도 제도로 떠남. 마르티니크 섬의 포르 드 프랑스 근처에 정착. 『에필로그』 완성.

여름, 멕시코만灣 여행. 마르티니크 섬으로 귀환.

9월, 선전포고.

10월, 프랑스 서인도 제도 간 해상 교통 두절로 유럽으로 직접 돌아오는 것이 불가능해짐.

11월, 포르 드 프랑스에서 푸에르토 리코까지 항공편 ; 푸에르토 리코에서 뉴욕까지 여객선편 ; 미국에서 3주간 체류 ; 뉴욕에서 제노바까지 이탈리아 여객선편 ; 제노바에서 니스까지 철도편.

1940년 1월, 『에필로그』 출간.

5월, 독일의 침공. 독일군 도착 전야에 부인과 함께 테르트르를 떠남.

8월, 니스에 재정착.

1941년 겨울, 새 작품 『모모르 중령의 수기Le Lieutenant-Colonel de Maumort』를 위한 노트를 시작.

1942년 겨울, 이탈리아 점령하의 니스에 체류.

1944년 4월, 연합군 상륙에 대비하여 독일군이 작성한 혐의자 명단에 그의 이름이 올라 있다는 사실을 레지스탕스 친구들이 알려줌. 니스를 떠나 피자크 근처의 로트에 있는 딸의 집으로 피신.

12월, 니스로 되돌아옴.

1945년 겨울은 니스에서 여름은 테르트르에서 보냄. 1949년까지 이 생활이 이어짐.

1949년 11월 28일, 니스에서 부인 사망.

1950년 12월, 피에르 에르바르와 함께 영화 시나리오 집필. 『회색 노트』와 『소년원』 각색.

1951년 2월, 파리에서 임종 전의 앙드레 지드를 만남.

봄, 회상록 『앙드레 지드에 관한 수기』 출간.

1952년 여름, 테르트르 체류. 『모모르 중령의 수기』의 형식상의 문제 재고.

1953년 건강에 대해 심각하게 우려함. 그러나 테르트르에서 『모모르 중령의 수기』의 중요한 에피소드인 「파산」의 새로운 판 집필.

1954년 건강 상태가 계속 좋지 않음. 11월, 12월 두 달 동안 파스퇴르 병원에 입원.

1955년 테르트르에서 플레이아드La Pléiade 전집 출간을 위한 「자전적·문학적 회상」 집필.

가을, 몇 해 전 친구가 된 알베르 카뮈Albert Camus의 서문으로 전집 출간.

1957년 10월, 국립도서관에 유증된 그의 「일기」와 지드, 코포와의 서신이 도서관에 제출됨.

1958년 겨울, 니스에서 매우 고통스러운 생활(류머티즘이 온몸으로 번짐).

4월, 말로, 모리아크, 사르트르와 함께 알제리에서의 고문에 항거하여 서명함.

7월, 테르트르로 돌아와 장 들레 교수와 함께 지드, 코포와의 서한집 간행 준비.

8월 15일, 밤에 몸져누워 다시는 못 일어남. 22일 밤 8시 45분, 작고한 아내의 친구이자 그의 충실한 협조자였던 마리 루지에와 프로망 교수가 지켜보는 가운데 심근경색으로 숨을 거둠. 그의 뜻에 따라 니스 시미에 묘지, 부인 옆에 묻힘.

12월,「마르탱 뒤 가르에게 경의를 표하며」라는 제목의 N. R. F. 특별호 발행.

옮긴이 후기

1960년대 초, 대학원 학생 시절이었던 것으로 기억한다. 스승이신 이휘영 선생께서 『티보가家 사람들』 가운데 「회색 노트」의 번역을 우리 몇 사람에게 분담시켰던 일이 있었다. 아직 배우는 학생인 데다가, 변변한 사전도 없던 당시 상황에서 그 작품의 번역은 감당하기에 벅찬 일이었다. 결국 선생님과의 약속을 지키지 못한 채 중도에 포기하고 말았다.

그로부터 이십여 년이 지난 1980년대 초, 나의 손위 동서가 운영하던 출판사 '청계연구소'에서 『티보가 사람들』 전 작품의 번역을 제안해왔다. 나로서는 부끄러운 과거사를 청산할 수 있는 좋은 기회이기도 해서 서슴지 않고 일에 뛰어들었다. 여러 해에 걸친 작업 끝에 마침내 1988년에 전반부(「회색 노트」에서 「아버지의 죽음」까지)를 출간하기에 이르렀고, 2년 뒤에 「에필로그」를 제외한 「1914년 여름」의 완역판을 내놓았다. 이어 「에필로그」를 번역하던 중 여러 가지 사정으로 인해 번역 작업은 표류하게 되었다. 출간이 중단되었던 몇 년 동안, 틈틈이 그간 번역한 작품을 읽어보면서 처음 작업했을 때 미숙했던 점들을 발견하게 되었다. 워낙 방대한 소설을 짧은 기간에 서둘러 번역하다 보니 많은 무리가 따랐던 것이다. 그래서 십여 년의 공백기를 이용해 오탈자를 비롯한 번역상의 오류를 고치고 문체의 통일성을 기하는 등 나름대로 최선을 다해 수정, 보완하기에 이르렀다.

보완 작업을 하면서 심혈을 기울였던 대목은 처음 번역할 때 주목하지 못했던 다음성多音性, la polyphonie의 문제였다. 이것은 작중 인물의 담화le discours와 작가의 서술la narration을 구별하기 어렵게 만드는 서사 기법으로 이를 적절히 우리말로 옮기는 일은 여간 힘든 작업이 아니었다. 작가 자신도 그의 『문학 수기』에서 자신의 지상 목표는 "객관적인 소설"을 쓰는 데 있으며, 이를 위해서 "작가는 무대 전면에서 사라져 작중인물들 뒤에 숨어야 한다"라고 여러 차례 언급하고 있다. "객관적인 소설"을 쓰기 위한 수단으로 작가는 '다음성'의 한 표현 양식인 '사유의 독백le monologue pensé'이라는 기법을 택하고 있다. 이것은 작중인물의 생각을 간접적으로 나타내기 위해 직접 화법과 간접 화법을 적절하게 결합하여 등장인물의 생각과 심리를 더욱 섬세하게 드러내는 표현 방식으로, 현대 언어학자들에 의해 '내적 자유 간접 화법le discours intérieur libre', '자유 간접 독백le monologue intérieur libre' 또는 '자유 직접 화법le discours direct libre'이라는 용어로 통용되고 있다.

독자들의 이해를 돕기 위해 이런 화법과 관련 있는 예를 한 가지 들겠다.

> "병풍 뒤에서 보통 때는 컴컴한 방 한구석을 이상하고 희미한 불빛이 비추고 있었는데, 그림자 두 개가 벽의 돌출부까지 늘어져 있었다. 그는 소곤거리는 소리를 들었다. 그것은 유모의 목소리였다. **언젠가도 한번 이런 한밤중에 자신을 부르러 온 적이 있었는**

데… 자크, 그 녀석의 발작…. 아이들 중에 누가 아픈가?… 지금 몇 시나 됐을까?….

세린 수녀의 목소리가 티보 씨를 다시 정신 들게 했다. 말소리는 똑똑하게 들리지 않았다. 그는 숨을 죽이고 귀를 기울였다.

좀 더 명확한 몇 마디가 그에게 들려왔다. "…의사한테는 일러 놓았다고 앙투안이 말했어요. 곧 와주실 거라고…."

아니구나, 환자란 바로 자신이로구나! 왜 의사를 불렀을까?

여러 가지 무서운 생각이 다시 떠오르기 시작했다. **몸이 더 나빠졌나? 무슨 일이 일어났나? 잠을 잤나? 용태가 나빠진 것을 자신은 모르고 있었구나. 의사를 오라고 했다니. 이 한밤중에. 끝장이구나! 이제 죽는구나!"**

위의 예문에서 고딕체로 된 부분은 등장인물의 생각이 내적 자유 간접 화법과 자유 직접 화법으로 표현된 것임을 나타낸다. 작가는 티보 씨의 몽롱한 정신 상태를 표현하기 위해서는 내적 자유 간접 화법에 의존했고, 건강 상태가 심상치 않음을 인지하고 몸부림치는 티보 씨의 모습은 자유 직접 화법으로 그렸다. 『티보가 사람들』 전 작품을 통해 이러한 기법은 매우 폭넓게, 그리고 빈번히 사용되고 있음을 옮긴이는 확인할 수 있었다.

이 밖에 작가가 체계적으로 사용하고 있는 이 기법을 우리말로 옮기는 데는 많은 어려움이 있었다는 사실을 지적해둔다. 예를 들면 내적 자유 간접 화법의 3인칭 대명사를 '그'라고 번역하면 서술[la narration]과의 차이를 보여줄 수 없었다. 그래서 이 경우에는 3인칭 대명사를 '자신'이라는 중성대명사로 옮겼다.

우리말에서 '자신'이라는 단어는 1인칭 대명사나 3인칭 대명사에 자유롭게 적용될 수 있는 말로서 원문이 지닌 문체의 효과를 보여주는 데 가장 적합하다고 생각되었기 때문이다. 이 밖에 '사유의 독백'으로 쓰인 발화체 안에서 3인칭 주어를 번역에서 생략하는 것이 작가의 의도에 부합되는 것으로 판단될 때는 이를 과감히 생략했다.

그리고 인칭대명사에 관련된 또 다른 문제를 지적할 수 있다. 프랑스어에서는 언어 구조상 주어 인칭대명사가 문장의 필수 성분인데 반해, 우리말에서는 그렇지 않기 때문에 우리말 번역에서는 주어를 과감히 빼고 번역하는 것이 문장의 흐름을 훨씬 자연스럽게 만드는 경우가 많았다. 그래서 앞뒤의 문맥을 고려하여 작가의 의도를 배반하지 않는 범위 내에서 주어 인칭대명사를 생략하고 번역하는 경우가 빈번했던 것도 지적해두고자 한다.

이 자리를 빌려 이 책을 번역하는 데 많은 도움을 주었던 대학원생들과 후학들, 그리고 출판계의 어려운 사정에도 불구하고 이 책의 출판을 쾌히 승낙해준 민음사의 박맹호 사장님께 고마움을 표한다.

2000년 11월*

정지영

* 첫 완역 출판 당시의 후기.

편집 후기

정지영 선생님과는 세 번 만났다. 모두 댁으로 찾아뵀던 것인데 처음은 오랫동안 잠들어 있던 『티보가 사람들』 복간을 결정하고 계약서를 준비해 찾아뵌 날, 두 번째는 이 작품 전반부라 부를 수 있는 1부에서 6부까지의 교정 중에서 질문지를 미리 댁으로 보내고 답을 들으러 찾아뵌 날, 셋째는 마찬가지로 후반부인 7부, 8부와 부록의 질문지를 보내고 답을 듣고자 간 날이다. 세 번째 방문 때는 논의가 길어져 선생님과 늦은 점심으로 김밥을 먹었다. 더 먹으라고 김밥 서너 개를 옮겨주시던 기억이 난다. 나는 이 편집 후기를 다 쓰고, 이 11권의 기획을 무사히 출간시키고, 다시 선생님을 뵈러 가게 될 것이다. 선생님 댁은 안산이다. 나는 애들을 등원시키거나 애들 등원시킨 아내를 맞이하고서 이것저것 챙겨 안산으로 향한다. 선생님 댁엔 인상적인 점이 하나 있다. 바로 거실 창문인데 이걸 어떻게 말할까, 기우뚱하다고 해야 할까, 그 창문에는 전면에 격자의 살이 있고 그 살이 모두 와르르 무너져 내려 있다. 그러나 창 본연의 역할에는 아무 문제가 없다. 격자가 다 내려앉은 통창 앞에서 여느 유럽 가정집에서 볼 법한 그런 카펫이 깔려 있고 사모님께서 짐을 풀고 거실 테이블에 앉은 나에게 물이나 차를 가져다주신다. 오늘 나는 이 적막을 말하고 싶었다. 선생님께 감사하다. 찾아갈 때마다 매번 아파트 단지는 잘 찾아와놓고 602호로 가는 입구를 모르겠어서 우왕좌왕하던 나에게도.

미행에서 만든 책들

1	소설	마르셀 프루스트	최미경	**쾌락과 나날**
2	시	조르주 바타유	권지현	**아르캉젤리크**
3	소설	유리 올레샤	김성일	**리옴빠**
4	시	월리스 스티븐스	정하연	**하모니엄**
5	소설	나카지마 아쓰시	박은정	**빛과 바람과 꿈**
6	시	요제프 어틸러	진경애	**너무 아프다**
7	시	플로르벨라 이스팡카	김지은	**누구의 것도 아닌 나**
8	소설	카트린 퀴세	권지현	**데이비드 호크니의 인생**
9	르포	스티그 다게르만	이유진	**독일의 가을**
10	동화	거트루드 스타인	신혜빈	**세상은 둥글다**
11	산문	미시마 유키오	강방화·손정임	**문장독본**
12	소설	마르셀 프루스트	최미경	**익명의 발신인**
13	시	E. E. 커밍스	송혜리	**내 심장이 항상 열려 있기를**
14	시	E. E. 커밍스	송혜리	**세상이 더 푸르러진다면**
15	산문	데라야마 슈지	손정임	**가출 예찬**
16	칼럼	에릭 사티	박윤신	**사티 에릭 사티**
17	산문	뤽 다르덴	조은미	**인간의 일에 대하여**
18	르포	존 스타인벡·로버트 카파	허승철	**러시아 저널**
19	소설	윌리엄 포크너	신혜빈	**나이츠 갬빗**
20	산문	미시마 유키오	손정임·강방화	**소설독본**
21	소설	조르주 로덴바흐	임민지	**죽음의 도시 브뤼주**
22	시	프랭크 오하라	송혜리	**점심 시집**
23	산문	브론테 자매	김자영·이수진	**벨기에 에세이**
24	소설	뱅자맹 콩스탕	이수진	**아돌프 / 세실**
25	산문	안드레이 플라토노프	윤영순	**전쟁 산문**
26	소설	안토니 포고렐스키 외	김경준	**난 지금 잠에서 깼다**
27	소설	모리 오가이	전양주	**청년**
28	소설	알베르틴 사라쟁	이수진	**복사뼈**
29	산문	페르난두 페소아	김지은	**이명의 탄생**
30	산문	가타야마 히로코	손정임	**등화절**
31	산문	고바야시 히데오	유은경·이재창	**비평가의 책 읽기**

32	소설	조르주 바타유	유기환	**마담 에드와르다 / 나의 어머니 / 시체**
33	시론	라헬 베스팔로프	이세진	**일리아스에 대하여**
34	시	하트 크레인	손혜숙	**다리**
35	산문	다니자키 준이치로	이한정	**문장독본**
36	소설	로제 마르탱 뒤 가르	정지영	**티보가 사람들(전 11권)**

한국 문학

1	시	김성호	**로로**
2	시	유기환	**당신이 꽃 옆에 서기 전에는**

로제 마르탱 뒤 가르(Roger Martin du Gard, 1881-1958)는 예술의 중흥기인 '벨 에포크'에서 전란과 이념의 시대로 이행하는 20세기의 역사의 한복판에서 활동한 작가이다. 1881년 파리 근교의 뇌이쉬르센에서 태어났다. 페늘롱 중학교를 졸업하고, 국립 고문서 학교에서 공부했다. 마르탱 뒤 가르는 이곳에서 면밀한 자료 수집, 과학적 논리 전개, 객관적 문장력 등의 훈련을 쌓았다.

1908년에 장편소설 『생성』을 발표하면서 문단에 데뷔한 그는 1913년 『장 바루아』를 발표하면서 두각을 나타내기 시작했다. 그 뒤로 『오래된 프랑스』, 『아프리카의 비화』 등의 소설과 『를뢰 영감의 유언』 등의 희곡 작품들을 발표했다.

1920년부터 대하소설 『티보가 사람들』을 집필하기 시작했으며, 그중 1936년에 발표된 「1914년 여름」으로 이듬해 노벨문학상을 수상했다. 그리고 「에필로그」는 1940년에 발표했다. 『티보가 사람들』의 완성 뒤로 전원에 칩거하며 제2차 세계대전을 다룬 제2의 대하소설 『모모르 중령의 수기』를 집필하였으며, 이 작품을 자신이 죽은 뒤에 출판할 것을 조건으로 국립도서관에 맡겼다. 1958년 8월 벨렘에서 사망했다.

로제 마르탱 뒤 가르의 대표작 『티보가 사람들』은 1, 2차 양차 세계대전 사이에 위치한 작가가 참혹한 전쟁의 소용돌이 속에서도 20세기의 역사를 웅장한 인간 벽화로 그려낸 대작이다. 총 여덟 편의 연작 소설로 이루어진 이 작품은 신과 인간, 예술과 이념에 대한 작가의 고찰을 고스란히 보여주면서 영원히 해소되지 않을 인간 본원의 갈등을 그리고 있다.

알베르 카뮈는 로제 마르탱 뒤 가르를 "영원한 현대인으로 남을 작가", 앙드레 지드는 "20년 후에야 진정한 평가를 받을 작가"라는 찬사를 보냈다.

옮긴이 정지영은 1937년 함경북도 회령에서 출생하였다. 서울대 불문과 및 동 대학원을 졸업하고 프랑스 그르노블 대학에서 문학박사 학위를 받았다. 서울대 불문과 교수를 역임하였고, 현재 같은 과 명예교수로 있다. 저서로는 『프라임 불한사전』이 있고, 주요 논문으로는 『티보가 사람들』에 대한 다수의 논문을 비롯 「까뮈의 『이방인』에 쓰인 자유 간접 화법」, 「빅토르 위고의 시의 형식」 등이 있다. 『티보가 사람들』을 국내에 처음 완역하여 소개했다.

티보가 사람들

8부 에필로그

로제 마르탱 뒤 가르
정지영 옮김

초판 1쇄 발행 2025년 10월 31일

펴낸곳 미행
출판등록 제2020-000047호
전화 070-4045-7249
메일 mihaenghouse@gmail.com
인쇄 제책 영신사

ISBN 979-11-92004-41-9 04860
979-11-92004-31-0 (세트)